비꽃 ©이노 / 사슴 ⓟ예원북스

비꽃

비꽃

초판 1쇄 찍은 날 | 2018년 2월 23일
초판 1쇄 펴낸 날 | 2018년 3월 12일

지은이 | 이노
펴낸이 | 예경원

편집 | 주승아

펴낸곳 | 예원북스
등록번호 | 제396-2012-000132호
등록일자 | 2012. 7. 25
YRN | 제1-0211호

주소 | 경기도 고양시 일산동구 호수로 646-24 위너스 21-Ⅱ 206A호 (우) 10401
전화 | 031-819-9431 팩스 | 031-817-9432
http://cafe.naver.com/yewonromance
E-mail | yewonbooks@naver.com

ISBN 979-11-6098-763-8 03810

※ 이 도서의 국립중앙도서관 출판시도서목록(CIP)은 서지정보유통지원시스템 홈페이지(http://seoji.nl.go.kr)와 국가자료공동목록시스템(http://www.nl.go.kr/kolisnet)에서 이용하실 수 있습니다.

Goldline•Romance•Story
이노 장편 소설
비꽃

C · O · N · T · E · N · T · S

1 부

프롤로그

크리스마스를 이틀 앞둔 날이었다. 추운 겨울이었지만 눈이 아닌 엄청난 폭우가 쏟아져 내린 그날은 가을의 인생을 송두리째 바꾼 날이기도 했다.

정신을 잃었던 가을이 처음 눈을 떴을 때 눈앞의 모든 것은 암흑 같기만 할 뿐 그 무엇도 구분되지 않았다. 시야는 어두웠고 몸은 제 의지대로 움직일 수 없었다. 여덟 살이었던 그녀가 할 수 있는 사고는 몸 위로 쏟아져 내리는 빗줄기가 칼날같이 아프다는 것이 전부였다.

"여기! 아이가 있어!"

의식이 점차 멀어져 가는 순간이었다. 지면을 두드리는 엄청난 기세의 빗소리 사이로 낯선 남자의 목소리가 들려왔다. 곧 가을의 다리를 누르고 있던 무게가 사라지고 몸이 허공으로 들렸다. 다른 이에게서 전해져 오는 체온에 작은 아이의 몸은 속절없이 파르르 떨리고 있었다.

가을은 멀어져 가는 의식을 붙잡으려 애썼다. 이마에서 뺨으로, 뺨에

서 턱 끝으로 흘러내리던 무언가를 남자가 닦아내 주었다. 그제야 아무것도 보이지 않았던 시야가 조금이나마 선명해졌다. 구급대원의 손에 들린 하얀 천은 붉게 물들어 있었다. 가을은 조금 전까지 자신의 시야를 가린 것이 엄청난 폭우에 쏟아져 내린 빗물이라 생각했지만 아니었다. 그것은 칼날 같고 차가운 빗줄기와는 다르게 붉고 뜨거웠다. 바닥을 흥건하게 적신 것이 빗물만이 아니라는 걸 가을은 뒤늦게 알아챘다.

"괜찮아. 이제 괜찮아. 아저씨 말 들리니?"

가을을 품에 안은 구급대원은 그녀가 의식을 잃지 않도록 계속 말을 시켰다. 이마를 다쳐 피가 흘러내리긴 했지만 아이는 이 끔찍한 사고에서 기적이라 생각될 정도로 크게 다친 곳이 없어 보였다. 그에 비해 눈앞의 사고 현장은 아수라장이나 다름없었다.

가을은 천천히 시선을 돌렸다. 문에 끼어 빠져나오지 못한 남자의 시체가 가장 먼저 눈에 들어왔다. 깨진 머리에서는 흥건한 피가 흘러내렸다. 하반신이 운전석에 끼인 채 빠져나오지 못한 남자의 눈은 정확하게 가을을 바라보고 있었다.

눈가가 파르르 떨렸다. 파랗게 질린 입술에서는 조금 전보다 가쁜 숨이 새어 나왔다. 공포감에 물든 얼굴은 창백했고, 두려움에 질린 두 손은 쉴 새 없이 떨리고 있었다. 하지만 가을은 남자의 두 눈을 조금도 피하지 않았다. 붉게 충혈된 두 눈을 바라보며 간절히 기도했다.

'신이 있다면, 제발 저 사람을 데려가 주세요.'

구급대원이 곧 문을 절단했다. 운전석에 끼어 있던 남자의 몸이 밖으로 나왔지만, 이내 하얀 천에 덮여 시야에서 모습을 감췄다. 즉사였다.

고개를 돌린 가을은 자신을 품에 안은 구급대원에게 간절하게 매달렸다. 손의 떨림이 심해졌다. 빠르게 뛰는 심장은 이제 정말 터질 것만 같았다. 그 순간, 가을과는 다르게 엉망이 된 채 구급 침대 위에 누워 있는 아이와 가을의 눈이 마주쳤다. 가을과 비슷한 또래로 보이는 소년의 한쪽 눈에서는 피가 흥건하게 흘러내리고 있었다. 흘러내린 피로 인해 얼굴이 제대로 보이지 않았지만 똑바로 마주한 눈동자만큼은 가을의 머릿속에 각인되었다. 그 눈은 금방이라도 빠져들 것처럼 새까맣기만 했다. 짙은 밤과 닮아 있었다. 지독하리만큼 까맣기만 한 밤.

가을의 의식이 점차 멀어졌다. 밤과 같은 기묘한 그 눈동자를 외면하고 먼저 눈을 감았음에도 그녀의 세계에는 여전히 어둠만이 존재했다. 끝나지 않을 것만 같은, 지독한 밤이었다.

끝나지 않는 밤

슥— 사각사각—

캔버스 위를 스치는 펜 소리가 듣기 좋았다. 가을에게는 그 무엇보다 안정감을 주는 소리였다. 그녀는 잠시 창가에 기대어 서서 그 소리에 귀를 기울였다. 이 순간만큼은 홀로 있는 것이 아님에도 혼자라는 생각이 들었고 시끄러운 세상과 단절된 느낌이 들었다. 오롯이 저 혼자만의 세상에 남겨진 기분이었다. 그런 그녀를 다시금 현실로 끌어당긴 것은 툭— 창을 두드리는 빗소리였다.

“아, 비 오네요. 우산 안 가지고 왔는데.”

화실 회원 중 하나가 탄식에 가까운 음성으로 중얼거린 말에 가을 역시 미간을 좁히고 말았다. 한두 방울씩 떨어지던 빗줄기는 곧 시야를 잔뜩 흐리게 만들었다. 평화는 깨졌고 안식과도 같은 시간은 사라졌다. 왼쪽 이마에 지끈거리는 통증이 밀려드는 것을 느낀 가을은 창을 등지고 섰다. 더는 저 풍경을 보고 싶지 않았다.

"여기는 조금 힘을 빼고 이런 식으로……."

걸음을 돌린 그녀는 회원들의 그림을 하나씩 확인하며 조언을 해주었다. 빗소리와 섞인 차분한 음성이 조용한 화실의 분위기와 썩 잘 어울렸다. 가을이 운영하는 화실 '소솜'은 그리 큰 규모가 아니었지만 위치가 좋은 곳에 있어서인지 회원들이 알아서 이곳을 찾고는 했다. 지금은 오전에 3명, 오후에 5명의 회원으로 운영하고 있었고 그 이상의 회원은 받지 않았다. 가을이 홀로 운영을 하고 있어 인원이 더 늘면 관리하기가 벅찼기에 누군가 관두고 자리가 비게 되면 다른 회원을 받는 식으로 운영되고 있었다. 그리고 지금 회원들은 넉 달째 변동 없이 화실에 나오고 있었다.

가을의 걸음은 이제 가장 구석진 자리로 향했다. 그녀는 눈앞의 캔버스를 가만히 내려다봤다. 아직 얼굴에 소년티가 나는 남자의 이름은 김태민이었다. 대학에 다니고 있는 그는 취미로 그림을 그린다고 했다. 처음 태민이 화실에 다니고 싶다며 소솜을 찾았을 때 가을은 그의 얼굴에 붙은 밴드와 흙먼지가 묻은 옷을 보고 미술과는 거리가 먼 사람이라 생각했었다. 잠시의 흥미로 찾아온 거겠지. 그리 생각하며 한 달도 버티지 못하고 화실을 관둘 거라 예상했지만 태민은 벌써 2년 넘게 이 화실에 다니고 있었다. 그리고 그녀는 이제 화실 회원 중 태민의 그림을 가장 좋아했다.

태민은 주로 풍경화를 그렸는데 처음 봤을 때는 그저 보기에 예쁜 풍경화라고만 생각했었다. 하지만 홀로 남은 화실에서 그림을 다시 유심히 바라보다가 그것이 전부가 아니라는 것을 알아챘다. 겉으로 보기에는 예쁜 풍경이었지만 자세히 보면 그 풍경 안에 어그러진 모습들이 있었다. 태민은 그것을 예쁜 색으로 포장한 것뿐이었다. 평화로운 고요함 속에 혼돈이 있었다.

"이미 몇 번 얘기했었지만 태민 회원님은 취미로 그리기에 재능이 너무 과해요."

꾸미지 않은 순수한 감상이었다. 정말 아까운 재능이라 생각했다. 태민은 가을이 이렇게 말을 할 때마다 칭찬이 너무 과하다며 웃어 보이고는 했다. 오늘도 다르지 않았다. 한참이나 발길을 붙든 태민의 그림을 뒤로 하고 가을은 다시 다른 회원들의 그림을 봐주었다. 그사이 창을 두드리는 빗소리는 거세져만 갔다.

"조심해서 들어가세요."

회원들이 돌아가고 홀로 남게 된 가을은 화실을 정리했다. 평소라면 빠르게 정리를 마쳤을 텐데 오늘따라 늦장을 부리고 싶어졌다. 차를 한 잔 마시고 조금 더 시간을 보내고 난 뒤에야 도구를 정리하고 청소까지 마쳤다. 화실 문을 잠그고 건물을 나설 때는 이미 한밤중이 되어 있었다.

"비가 아직 오네."

우산은 없었다. 며칠 전까지만 해도 화실에 여분의 우산을 남겨뒀었는데 오전 수업을 받는 회원 중 한 사람에게 빌려줬다가 아직 돌려받지 못했다. 그렇다고 새 우산을 하나 사자니 아깝다는 생각이 들었다. 필요할 때만 찾고 어딘가에 내버려 두다 또 잃어버리기를 반복할 것이다.

'그칠 때까지 조금 더 기다려 볼까.'

까만 밤하늘을 올려다본 가을이 고개를 가로저었다. 쉽게 그칠 비가 아니었다. 비를 맞든 우산을 하나 사든 결정을 내려야 했다. 가을은 곧 차가운 빗줄기가 쏟아져 내리는 건물 밖으로 걸음을 내디뎠다.

오피스텔은 화실 소솜에서 20분 정도 걸리는 거리에 있었다. 그녀는 결국 비를 맞는 쪽을 택했고 오피스텔에 도착했을 때는 젖지 않은 곳이 없을 정도로 빗물에 흠뻑 젖어 있는 상태였다. 저녁 생각이 없어 식사를 거르고 샤워부터 했다. 젖은 머리카락만 대충 말린 뒤 침대에 눕자 조용해진 공간에 창을 두드리는 빗소리만이 울려 퍼졌다. 몸이 한없이 가라앉는 느낌과 함께 지끈거리는 두통이 그녀를 찾아왔다. 익숙한 통증이었다. 약을 먹어도 소용없을 것이라는 걸 알고 있기에 가을은 움직임 없이 그저 잠을 청했다.

귓가에 전해지던 빗소리가 희미해졌고 의식은 곧 멀어져 갔다. 아직은 선잠에 빠진 가을의 귀에 어느 순간 낯선 소음이 들려왔다. 도어록이 해제되고 현관문이 열렸다가 닫혔다. 슬리퍼를 끄는 소리가 가까워지더니 곧 멈춘 듯이 사라졌다. 달칵— 이어진 희미한 소음이 다시 가을을 현실로 끌어당겼다.

그녀는 늘 깊은 잠자리에 들지 못했다. 자면서도 신경을 곤두세웠고 주변의 소음에 민감하게 반응했다. 눈을 뜨자 어둠에 익숙해진 시야에 누군가의 인영이 보였다. 익숙한 듯 낯선 뒷모습이 눈앞에 있었다.

"의현이?"

갈라진 음성이 새어 나왔다. 창밖을 응시하고 있는 그의 뒷모습이 환영처럼 느껴졌다. 의현이 뒤를 돌아봤다. 그의 손끝에는 붉은빛이 걸려 있었고 매캐한 향이 코끝을 스쳤다.

"언제 왔어?"

"지금."

저음의 목소리가 울리듯이 들려왔다. 주변이 조용하지 않았다면 제대로 듣지 못했을 정도로 작은 음성이었지만 그 짧은 대답에서는 어쩐지 위압감이 느껴졌다. 얼마 피우지 않은 담배를 그대로 꺼버린 의현은 침대로 다가섰다. 지금 왔다는 대답이 거짓이 아닌 것을 증명하듯 가까이 다가선 그의 주변에서 차가운 공기가 느껴졌다. 침대에 걸터앉은 의현은 안경을 벗어 협탁 위에 두고는 가을을 내려다봤다.

그의 왼쪽 눈은 시력이 거의 존재하지 않았다. 힘주어 봐도 뭉개진 것처럼 세상이 흐릿하게만 보인다고 했다. 그런데도 의현은 이렇게 보이지 않는 눈의 방향으로 비스듬하게 앉아 가을의 얼굴을 마주하고는 했다. 지금도 그녀의 얼굴이 제대로 보이지 않을 것이 분명한데 마치 가을의 얼굴을 정확하게 마주하고 있는 것처럼 한참을 내려다보고 있었다.

가을은 자신을 응시하는 의현의 얼굴이 흐릿하게 보여 두 눈을 깜빡여 보았다. 머리가 어질어질한 게 아무래도 비를 맞아 감기가 오려는 모양이었다. 하지만 가을은 아픈 내색조차 할 수 없었다. 가을이 시선을 피하자 그는 곧바로 손을 뻗어왔다. 손을 내민 그에게서는 쇠 냄새와 비슷한, 유쾌하지 않은 비 냄새가 났다. 이제 비는 그친 듯 창을 두드리는 소리가 들려오지 않았지만 의현의 머리칼은 비를 맞은 듯이 젖어 있었다. 그는 비를 맞는 것을 싫어했다. 비가 오는 날 자체를 싫어했다. 그리고 이런 날의 의현은 무섭다.

"눈 감지 마. 마침 잠도 깬 것 같으니."

넥타이를 끌어 내린 의현이 가을의 위로 올라탔다. 안 그래도 어두웠던 시야가 온통 새까매진 느낌이 들었다. 창을 통해 들어선 달빛을 받은 의현의 얼굴은 시리도록 차가워 보였고 두 눈은 여전히 밤을 닮아 있었다. 그 까만 눈동자는 어찌할 수 없을 정도로 가을을 옭아맸다.

차가운 기운을 담은 커다란 손이 순식간에 셔츠 안으로 파고들었다. 그 차가운 감촉과는 상반되는 뜨거운 입술이 가을의 목덜미를 빨아들이고 깨물었다. 셔츠를 벗겨내고 속옷 사이로 파고든 손은 아플 정도로 그녀의 가슴을 매만졌다. 조금의 온기도 없는 무자비한 손길이었다.

이미 몇 번이고 겪은 일임에도 이상하리만큼 두려움이 밀려들었다. 아마 의현의 얼굴을 너무 오랜만에 본 탓일 것이다. 그의 손이 가슴에서 허리를 타고 내려가 평평한 배를 어루만졌다. 감기 기운이 있어 열이 오른 가을의 몸과 아직 찬 기운이 남은 그의 손은 극명한 온도 차를 보였다. 손이 닿는 부분마다 차가운 칼날을 가져다 댄 느낌이었다. 그의 손이 다리 사이를 파고들어 얇은 속옷 위를 느릿하게 매만졌다. 가을은 그와 동시에 의현에게서 벗어나려다 무의식적으로 손을 휘둘렀다. 짝— 허공으로 휘두른 손이 뺨에 닿아 커다란 마찰음을 냈다. 모든 행동이 멈췄고 거짓말처럼 주변이 고요해졌다. 가을은 한 차례 크게 숨을 골랐다.

"……미안해. 놀라서."

돌아간 고개가 다시 제자리를 찾아 가을을 마주했다.

"놀라? 왜?"

그 말에 온몸의 피가 싸늘하게 식는 느낌이 들었다. 가을이 먼저 시선을 피하려 하자 그의 손이 우악스럽게 그녀의 턱을 붙들었다. 좁은 침대 위에서 그를 피할 수 있는 곳은 어디에도 없었다.

"누가 들으면 그전에는 내가 침대에서 너한테 다정하게라도 대한 줄 알겠어."

그의 말이 맞다. 모든 것이 어그러진 그날 이후 의현은 단 한 번도 침대에서 가을에게 다정하게 대한 적이 없었다. 차가운 손이 다시금 가을을 붙들었다. 이번에는 도망가지 못하도록 단단하게 붙들어 자신의 품에 가뒀다. 엉망으로 흐트러진 옷과 남은 속옷이 모두 벗겨졌고 실오라기 하나 걸치지 않은 가을의 몸이 그의 눈앞에 여과 없이 드러났다.

의현은 가을의 두 눈을 마주한 채 느릿한 손길로 입고 있는 셔츠의 단추를 풀어냈다. 곧 시야에 드러난 그의 몸에는 커다란 흉터가 자리 잡고 있었다. 가을의 눈이 한순간 질끈 감겼다. 하지만 그마저도 마음대로 되지 않았다. 의현의 손이 다시금 우악스럽게 그녀의 턱을 붙들었고 그 행동에 억지로 눈을 뜰 수밖에 없었다.

"시선 피하지 말라고 했을 텐데. 똑바로 봐야지."

가을은 자신의 인생에 있어 평생 잊을 수 없을 것만 같은 그날의 기억을 떠올렸다. 12월 23일. 크리스마스를 이틀 앞둔 그날의 사고로 지옥에 있던 가을은 구원받았고 눈앞의 의현은 나락으로 떨어졌다. 그 사고로 인해 한순간에 뒤바뀐 삶의 대가가 이것이라면 가을은 이 상황을 얼마든지 견뎌낼 수 있었다.

그녀는 까만 밤을 닮은 의현의 눈을 마주했다. 날이 선 얼굴을 하고 있지만 그는 누구보다 아픈 사람이었다. 가을만은 그 사실을 잊어서는 안 된다.

"그런 얼굴 하지 말고. 마음 약해지게."

자신이 지금 어떤 얼굴을 했을까.

가을이 버석하게 마른 웃음을 짓자 그의 얼굴에 남아 있던 웃음기가 완전하게 사라졌다. 의현이 내뱉는 말들은 가을에게만 상처가 되는 것이 아니었다. 양날의 검과 같은 말은 그에게도 상처가 될 것이 분명했다.

잠시 멈췄던 그의 손이 가을의 다리 사이를 파고들었다. 허벅지를 쓸어내리며 점차 안쪽으로 향하는 손을 막아내듯 가을의 두 다리에 힘이 들어갔지만 소용없었다. 은밀한 곳에 닿은 그의 커다란 손은 두툼한 살덩이를 전체적으로 감싸는 것처럼 매만지다 손가락으로 가운데 틈새를 부드럽게 긁어댔다. 얕게 파고들어 느릿하게 입구를 배회하던 손가락은 이내 살이 다물린 틈으로 푹 파고들었다.

"아."

내벽을 더듬으며 쉴 새 없이 그녀의 안을 탐색하는 손길에 가을은 도리질을 쳤지만 그 행위는 한참을 이어졌고, 젖어드는 속살은 그의 손가락을 놓아주지 않으려는 것처럼 수축과 이완을 반복하며 더 깊게 그의 손가락을 물었다.

가슴을 매만질 때의 무자비한 손길과는 다르게 상냥하지만 집요한 그의 손길이 가을의 약한 곳을 계속 애무했다. 열기가 묻어난 신음이 침실을 가득 채웠고 의현의 하체가 어느덧 가을의 다리 사이에 단단히 자리

잡았다. 그녀의 고개가 절로 뒤로 꺾이며 두 다리에 힘이 실렸다. 다리를 모아보려 했지만 그 사이에 의현이 자리 잡고 있어 불가능했다. 곧 서서히 그의 것이 안으로 들어섰다.

충분히 젖어 있었지만 의현을 받아들일 때마다 가을은 늘 힘들어했다. 그는 고개를 돌린 채 신음을 참아내는 그녀의 모습을 내려다보며 열이 오른 귓불을 깨물었다. 그리고 웃음기 섞인 음성으로 귓가에 입술을 가져다 댄 채 싸늘하게 속삭였다.

"엄살 부리지 말고."

두 다리를 더욱 거세게 잡아 벌린 의현이 그 사이로 몸을 바짝 밀착시켰다. 서서히 밀려들어 오는 압박감에 그녀는 잠시 숨을 참았다.

"아직 다 안 들어갔어."

가을의 손이 시트를 와락 움켜쥐었다. 그래. 견뎌낼 수 있었다. 그때의 지옥에 비하면 이건 아무것도 아니었다.

귓가에 이명이 일어났다. 어느 순간부터 의현의 목소리가 잘 들리지 않았다. 그의 움직임을 따라 속절없이 몸이 흔들리고 신음이 터져 나왔다. 의현과 침대에 있을 때면 자신의 몸이 제 것이 아닌 것만 같았다. 그에게서 전해지는 뜨거운 체온과, 제 몸을 누르는 무게, 그리고 깊은 신음을 목 안으로 삼켜내는 행동까지도, 가을에게는 모두 익숙해진 것들이었다. 가을은 저도 모르게 의현을 끌어안고 싶을 것을 몇 번이나 참아냈다.

격한 움직임은 계속되었다. 허리를 세게 쳐올릴 때마다 가을의 신음도 커져만 갔다. 그의 것이 들어섰다가 빠져나갈 때마다 느껴지는 미칠 것 같은 감각에 가을은 몸서리쳤다. 그는 가을의 몸을 누구보다 잘 알고 있었다. 어디가 약한지, 또 어디를 가장 좋아하는지. 가을은 침대에서 그를 마주하고 있으면 늘 약자가 되고 말았다.

어느덧 두 사람의 몸은 온통 땀으로 젖어 있었다. 세상이 뒤흔들리는 느낌이었다. 아— 하며 참을 수 없는 신음이 터져 나왔다. 그 소리가 되레 자극이 된 듯 의현은 그녀의 다리 사이를 더 강하게 찔러왔다. 몸을 끝까지 뒤로 물렸다가 다시 가을의 안으로 깊게 파고들었고 자꾸만 몸이 뒤로 밀리는 가을의 다리를 잡아 제 허리를 감게 했다. 그로 인해 두 사람의 몸은 더 깊게 맞물렸다. 정신을 잃을 것 같은 쾌감에 가을은 도리질을 쳤다.

빠르게 허리를 움직이던 그가 어느 순간 가을의 어깨를 붙잡았고 견딜 수 없을 만큼의 자극을 주며 강하게 안으로 파고들었다. 일시에 뿌리까지 박아대자 가을은 결국 그에게 매달릴 수밖에 없었다. 떨쳐 내고 싶어도 그 순간만큼은 놓을 수 없는 불가항력이었다. 살이 맞부딪치는 소리가 너무도 선명하게 느껴졌다. 의현의 성기가 깊게 들어섰다가 빠져나갈 때마다 가을은 정신이 아득해지는 것을 느꼈다.

"……하아."

깊은 신음을 목 안으로 삼켜내듯, 낮은 울림처럼 느껴지는 의현이 신음이 귓가에 전해졌다. 의현은 다시 한 번 제 것을 뿌리까지 깊게 그녀의 안에 박아댔고, 억눌린 신음을 끝으로 가을의 안에 사정했다. 한동안 침실 안에는 밭은 호흡만이 울려 퍼졌다. 의현은 가을의 안에 제 것을 깊숙이 파묻고서 잠시 움직이지 않았다. 여전히 아래를 강하게 조이는 느낌에 그는 다시 한 번 신음을 목 안으로 삼켜냈다.

의현의 성기가 몸에서 빠져나가고 이내 가을을 덮친 것은 탈력감이었다. 그녀는 참았던 숨을 토해냈다.

끝났다. 아래가 얼얼할 정도의 감각이 아직 남아 있었고 몸은 여전히 예민한 상태였지만 긴장이 풀린 몸은 조금이나마 제 의지대로 움직일 수 있었다. 열에 들뜬 가쁜 숨을 내뱉으며 호흡을 고르고 있는데 갑작스레 가을의 몸이 쑥— 아래로 끌려 내려갔다. 발목이 욱신거릴 정도의 힘이었다.

"그래도 오랜만인데."

아직 열기가 가시지 않은 혼탁하게 갈라진 음성에 가을은 멀어지려는 의식을 다시금 붙잡아야 했다.

"이걸로는 아쉽잖아."

의현이 다시 가을의 위로 몸을 숙였다. 역시 이런 날의 의현은 무섭다.

"일어나. 아직 안 끝났어."

그녀의 몸이 순식간에 뒤집혔다. 그가 함께 있는 밤은 여전히 지독하리만큼 길었다.

❖

의현은 한 달간 뉴욕에 있었다. 일을 겸해서 간 것이긴 했지만, 한 달이라는 기간을 잡은 가장 큰 이유는 집안 행사 때문이었다. 의현의 사촌이 그곳에서 결혼식을 올렸다.

뉴욕으로 향할 때도, 다시 한국으로 돌아올 때도, 그가 가을에게 미리 연락을 준 적은 없었다. 늘 그래 왔기에 의현의 갑작스러운 부재나 귀환이 새삼스러울 것은 없었다.

샤워를 마치고 욕실을 벗어난 가을은 부엌으로 가 커피부터 내렸다. 그는 벽면에 걸린 그림을 보고 있었다. 감흥 없는 시선으로 한참을 그렇게 바라보기만 했다. 가을은 그 이유를 알고 있었다. 지금 보고 있는 그림은 의현이 이 집에 마지막으로 왔을 때까지만 해도 그곳에 없던 그림이었다.

"네 그림은 아닌데."

그 말에 담긴 진짜 의미를 가을은 알고 있었다. 어디서 나온 그림인지 출처를 묻는 것이었다.

"화실 회원분이 그린 거야."

"그걸 왜 여기 걸어놔?"

불쾌감이 묻어난 음성이었다. 가을은 말없이 머그잔 두 개를 꺼내어 앞에 내려놓았다. 그의 말에는 힘이 있었고 가을은 그걸 거부할 수 없었다. 그러니 그림은 조만간 떼어내야 했다. 그림이 마음에 들어 태민에게 어렵게 말을 꺼내 얻은 것이었는데, 이럴 줄 알았다면 차라리 말을 꺼내지 말 걸 그랬다며 후회했다. 어딘가에 버려두느니 차라리 주인의 손에 남아 있는 것이 나았을 것이다.

의현이 식탁 앞에 앉았고 가을은 커피가 내려지기를 기다리는 동안 등 뒤에 앉은 그에게 시선을 주지 않았다. 곧 원두 향이 좁은 부엌을 채웠다. 가을은 신문을 읽고 있는 그의 앞에 막 내린 커피 한 잔을 내려놓았다.

"그 화실, 용케 안 망하고 운영이 되네."

가을은 반응 없이 의현의 맞은편 자리에 앉았다. 그의 어깨너머로 보이는 작은 창이 눈에 들어왔다. 어제 비가 내린 것이 거짓말인 것처럼 구름 한 점 없는 맑은 하늘이 그곳에 있었다.

신문 넘기는 소리와 은은한 커피 향, 그리고 서로를 마주하지 않는 시선. 좁은 부엌 안을 채우고 있는 것은 그것이 전부였다. 따뜻한 커피를 반 이상 비워내는 동안, 두 사람 사이에 대화는 없었다. 이제는 미지근해진 커피를 한 모금 넘긴 가을이 뒤늦게 고개를 들어 그의 얼굴을 바라봤다. 의현의 뺨에 상처가 남아 있었다. 유독 피부가 흰 탓인지 상처가 도드라지게 눈에 띄었다. 어젯밤 그녀의 손에 긁힌 상처였다.

"최 비서님 오면 회사 나가기 전에 치료부터 해."

"그냥 네가 해주지 그래?"

"내가 해주는 게 치료가 되겠어? 나가면 1분도 못 버티고 바로 떼어낼 거, 밴드 낭비하지 말고 최 비서님한테 말해."

툭— 접힌 신문이 식탁 위에 던지듯 놓였다.

“참 이상하지.”

가을의 시선이 신문에 잠시 닿았다가 식탁 위에 놓인 그의 손으로 움직였다. 그리고 조금 더 시선을 위로 올려 그의 두 눈을 마주했다. 입가에 미소를 머금었지만 전혀 웃지 않는 두 눈은 차가워 보이기만 했다.

“네가 나한테 고분고분한 건 아주 어두운 밤이거나, 비가 오는 날이거나. 그것도 아니면 단둘만 있는 침대에서뿐이니.”

가을의 표정에는 변화가 없었다. 아주 두꺼운 가면 하나를 쓴 것처럼 조금의 동요도 보이지 않는 그 얼굴을 보고 의현은 입가에 남아 있던 미소마저 지워냈다.

“모레 저녁에 시간 비워. 7시쯤 차 보낼 테니까.”

저녁 7시라니. 화실은 아무리 빨라도 8시에 마칠 수 있었다. 그 시간은 좀 어렵다는 말을 하려는 찰나, 그런 가을의 생각을 읽어낸 것처럼 그가 먼저 단호하게 선을 그었다.

“당장 문 닫게 만들기 전에 그날 하루쯤은 화실 쉬는 게 좋을 거야.”

그 말이 농담이 아니라는 것은 가을이 가장 잘 알고 있었다. 잠시 싸늘한 침묵이 내려앉은 부엌에 휴대전화 벨 소리가 울려 퍼졌다. 그의 비서가 오피스텔 앞에 도착한 모양이었다.

“지금 내려가.”

전화를 받은 의현은 미련 없이 자리에서 일어섰다. 돌아간다는 인사조차 없었다. 쾅— 닫히는 현관문 소리를 끝으로 그의 빈자리를 물끄러미 응시하던 가을은 손을 들어 이마를 짚었다.

“미쳤어.”

하마터면 의현을 붙잡을 뻔했다.

‘붙잡아서 어쩌려고. 대체 무슨 말을 하려고.’

차갑게 자신을 응시하던 두 눈이 떠올랐다. 마음을 어지럽히던 생각은 거기까지였다. 자신은 의현에게 그 무엇도 바라서는 안 된다. 빈껍데기인 마음조차 바라서는 안 되는 사람이 바로 자신이었다.

가을의 얼굴이 천천히 표정을 잃어갔다. 고개를 든 그녀는 조용히 벽면에 걸린 달력을 응시했다. 12월로 넘어간 달력은 이제 중반에 다다랐다. 올해도 얼마 남지 않은 것이다. 남은 날짜를 가늠하며 가을은 조용히 커피를 마셨다. 잔을 내려놓는 그녀의 표정이 그 순간 살짝 찌푸려졌다.

"쓰다."

미지근하게 식은 커피가 오늘따라 쓰다.

❖

평소 답답하게 목을 가리는 옷을 좋아하지 않는 편이었지만 가을은 오늘 옷장 깊숙한 곳에서 터틀넥을 꺼내어 입었다. 어젯밤의 흔적이 목덜미에 남아 있었기 때문이었다. 의현은 몸 어딘가에 흔적을 남기는 것을 좋아하지 않았다. 그러니 이건 가을을 곤란하게 만들기 위해서 남겨놓은 흔적이었다. 아마 얼굴에 상처를 낸 게 어지간히 마음에 들지 않았던 모양이었다.

오전 수업이 없는 날이었지만 평소와 비슷한 시간에 집을 나섰다. 비를 맞은 탓에 감기 기운이 있는 것 같아 병원부터 들러 약을 처방받은 뒤 화실로 향했다. 탁한 공기로 가득 찬 화실을 환기부터 시킨 뒤, 캔버스 앞에 자리를 잡고 앉았다. 이내 서걱거리는 희미한 소음이 들리기 시작했다. 스케치에 들어간 가을은 캔버스에서 시선을 떼어내지 않았다. 외부의 공기는 차가웠지만 창을 통해 투영된 햇볕은 따스했고 닫힌 창 너머에서 희미하게 들려오는 소음들이 편안한 분위기를 만들어냈다.

구도만 잡은 듯 간단한 스케치를 마친 그녀는 채색에 들어갔다. 린시드 오일과 패트롤 오일을 기름통에 각각 조금씩 쏟아부었다. 물감은 몇 가지의 색만 꺼내어두었다. 두텁게 덧칠하며 질감과 입체감을 낸 그림은 무척이나 거친 느낌이 들었다. 가을은 마치 자신만의 세계에 있는 것처럼 그렇게 온전히 눈앞의 그림에만 집중했다.

똑똑—

그런 가을을 현실로 끌어당긴 것은 짧은 노크 소리였다. 문을 두드리는 소리에 캔버스 위에 쉼 없이 닿았던 붓의 움직임이 멈췄다. 가을은 곧 천천히 뒤를 돌아봤다.

"집중하고 있는데, 함부로 들어가면 안 될 것 같아서요. 이미 방해는 한 것 같지만."

태민이 서 있었다. 계단으로 통하는 화실의 문은 가을이 이곳에 있을 때면 대부분 열어놓았다. 화실 회원이라면 굳이 수업 시간이 아니라도 언제든 와서 그림을 그리라는 의미였다. 그걸 화실 회원들도 모두 알고 있었다. 굳이 노크하지 않아도 될 상황이었지만 문 앞에 기대어 선 태민은 어쩐지 함부로 들어갈 수 없는 분위기에 결국 참지 못하고 노크를 했다. 그녀는 자리에서 일어나 시간부터 확인했다. 그가 화실을 찾은 것은 평소보다 이른 시간이었다.

"오늘은 왜 이렇게 일찍 왔어요?"

"수업이 취소되는 바람에 갈 곳이 없어서요. 오늘은 좀 일찍 그리고 가도 괜찮을까요?"

그녀는 망설임 없이 고개를 끄덕였다. 태민은 감사하다는 인사를 건네고는 평소에 지정석처럼 앉는 가장 구석진 자리로 향했다. 가을은 자신이 그리던 그림을 내려다봤다. 거의 다 그린 상태였지만 어차피 완성을 바라고 그린 그림은 아니었기에 손에서 붓을 내려놓았다.

"밖에 춥죠?"

"네. 며칠 새에 엄청 쌀쌀해졌어요."

"그림 그리기 전에 차 한 잔 줄까요?"

"그래 주시면 감사하고요."

"홍차 괜찮아요?"

"네."

가을은 화실 한쪽에 마련된 탕비실로 향했고 태민은 옷을 버리지 않도록 앞치마를 매고는 도구를 한쪽에 꺼내놓기 시작했다. 가을이 홍차를 내어왔을 때, 캔버스 앞에 앉아 있을 거라 생각한 태민은 조금 전까지 그녀가 그리던 그림을 내려다보고 있었다. 가만히 서서 그림을 바라보는 옆얼굴이 평소와 다르게 조금 차가워 보였다. 찻잔을 내려놓는 소리에 캔버스 위에서 떨어질 줄 모르던 그의 시선이 뒤늦게 가을에게 닿았다.

"바다네요."

어려운 문제를 풀어낸 것처럼 그는 조금 명쾌한 목소리로 말했다. 생각지 못한 말에 가을의 얼굴에 놀란 기색이 드러났다.

"어떻게 알았어요?"

"왜 몰라요?"

"온통 검잖아요."

"그래서 바다가 아니에요?"

"그건 아니지만."

"근데 그림 그린 당사자가 그렇게 말하면 어떻게 해요?"

그림은 온통 검은 빛으로 가득했다. 바다라고는 쉽게 생각할 수 없는 그림이었다. 비슷한 그림을 예전에도 그린 적이 있었는데 그걸 본 대학 동기는 무슨 바다가 이렇게 무섭냐며 블랙홀을 그린 거냐는 말까지 했었다. 이 그림이 바다라는 것을 알아봐 준 사람은 태민이 두 번째였다. 그림을 알아봐 준 첫 번째 사람은 의현이었다.

"겨울에, 그것도 아주 늦은 시간에 바다 보러 간 적이 있어요. 그때 본 바다가 딱 이런 풍경이었거든요. 밤하늘보다 더 검더라고요. 다 삼켜 버릴 것처럼."

가을이 본 바다도 그랬다. 그것은 쉽게 잊을 수 없는 풍경이었다.

"차 식기 전에 마셔요."

가을은 내려놓은 홍차를 응시하며 말했다. 가까워지는 발걸음 소리가 들려왔다. 그 소리는 곧 지척에서 멈춰 섰고 붉은빛이 도는 홍차에 태민의 모습이 흐리게 비쳤다. 뜨거운 찻잔을 조심스럽게 손에 들어 그에게 건네었다.

"태민 회원님은 왜 그림을 취미로만 그려요?"

찻잔을 받아 든 태민이 고개를 왼쪽으로 살짝 기울였다.

"그거 진짜 안 고쳐지는 거예요? 그냥 편하게 이름 불러달라고 했는데."

"예외를 두면 다른 회원분들한테도 그렇게 해야 하니까요."

그렇게 답한 가을은 조금 미안한 기색을 얼굴에 드러냈다. 곤란하게 하려는 것은 아니었다. 더는 고집을 부릴 것 없이 고개를 끄덕인 태민은 차를 한 모금 마신 뒤 질문에 대한 답을 건네었다.

"어머니가 싫어하세요."

"어머님이요?"

"네."

가을은 더 깊게 묻지 않았다. 이어진 침묵에 그는 곤란하다는 미소를 입가에 머금었다.

"보통 이렇게 대답하면 왜 싫어하는지 그 이유도 묻지 않아요?"

"먼저 말하지 않는 건 대답하고 싶지 않다는 뜻일 수도 있으니까요."

"그런 건 아니었는데. 선생님은 나한테 관심이 없구나."

장난스럽게 표정을 구기는 태민의 얼굴을 보고 가을이 작게 웃음을 터트렸다. 그 뒤로는 조용히 차를 마셨다. 붉은빛이 도는 차를 반쯤 비워냈을 때, 벽에 기대고 있던 몸을 일으켜 세운 태민이 찻잔을 내려놓고 다시 가을의 그림 앞에 섰다.

"이 그림, 저 주시면 안 돼요?"

"그림을요? 하지만 그건 미완성인데."

태민은 캔버스의 표면을 매만지는 것처럼 손을 뻗었다. 아주 조심스럽게 스치듯이, 긴 손가락이 닿을 듯 말 듯한 거리에서 캔버스 위를 배회했다.

"사실 완성작이 있다면 그걸 달라고 하고 싶은데 여기서 더 그릴 생각은 없는 거잖아요. 이런 부탁할 기회도 이제 없을 거고요."

뒤를 돌아본 그는 가을이 자신의 부탁을 거절할 수 없도록 했다. 조금의 협박도 강압도 없이, 그저 차분하게 웃는 얼굴로 말이다.

"저도 하나 드렸으니까 기브 앤 테이크해요."

그녀 역시 태민에게서 그림을 하나 얻었다. 그 그림은 가을의 오피스텔에 걸려 있었고 얼마 지나지 않아 다시 떼어내야 할 것이다. 평소라면 가을은 자신의 그림을 누군가에게 주는 일은 하지 않았을 것이다. 하지만 돌려주지도, 그렇다고 소중히 보관하지도 못할 그림이 생각나 그 말을 거절할 수 없었고 결국 그림을 주겠다고 답했다.

가을은 태민이 그림을 따로 가져갈 수 있도록 포장했고 이젤을 비롯한 도구들을 정리했다. 태민은 어느새 자신의 그림을 그리는 일에 집중하고 있었다. 오후가 되자 회원들이 하나둘씩 모습을 드러냈다. 오늘은 좀 일찍 그리고 돌아가도 되겠냐는 말이 무색하게, 태민은 오후에 화실을 찾은 회원들이 모두 돌아가고 난 뒤에도 가장 마지막까지 남아 있다가 화실을 빠져나갔다.

"벌써 9시네."

평소라면 정리를 마쳤을 시간이었다. 오늘따라 왜 이리 늦장을 부리고 싶은 건지 가을은 서두르지 않고 홀로 남아 화실을 정리했다. 그러다 문득 저도 모르게 가장 구석진 자리에 놓인 이젤 앞에서 걸음을 멈추고 말았다. 오늘따라 유독 집중해서 그림을 그리던 태민의 모습이 떠올랐다. 아직 미완성인 그림은 하얀 천으로 덮여 있었고 그녀는 그것을 가만히 내려다보다 천천히 손을 뻗었다. 스륵— 하얀 천이 힘없이 바닥으로 떨어져 내렸다. 시간이 멈춘 듯 가을은 한동안 미동조차 보이지 않았다.

"……바다네."

버석하게 마른 미소가 그녀의 입가에 그려졌다. 그날 태민이 그린 그림은 가을이 그린 것과는 너무도 다른 푸른빛의 바다였다.

❖

—CLOSED.

작은 팻말이 붙어 있는 문 너머에는 가을이 있었다. 평소대로라면 어김없이 열려 있어야 할 화실 문이 오늘은 꽁꽁 닫혀 있었고 인적조차 없이 무거운 침묵만이 감돌고 있었다. 가을은 결국 회원들에게 양해를 구하고 오늘 하루 화실 문을 열지 않았다. 내일은 원래 화실이 쉬는 날이니 이틀을 연달아 쉬게 된 것이다. 화실을 연 뒤 처음 있는 일이었다.

가을은 오전에 밀린 집안일을 하고 오후에는 집에서 쉬려 했지만 마음이 편치 않아 점심을 먹고 난 뒤 습관처럼 홀로 화실에 나와 있었다. 어차피 의현이 차를 보낼 시간은 저녁 7시였고 그때까지 마땅히 할 일도 없었기 때문이었다.

커피 한 잔을 타서 사각 테이블 앞에 앉은 가을은 화실 앞 서점에서 구매한 미술 잡지를 꺼내어 들었다. 스륵— 종이 넘어가는 소리가 조용한 화실 안에 간간이 울려 퍼졌다. 그녀는 잡지 한 권을 다 보고 난 뒤에야 자리에서 일어섰다.

"전시회라도 가볼까."

자리를 옮겨 창가 앞의 의자에 앉은 가을은 도로 너머의 건물에 걸려 있는 현수막을 물끄러미 응시했다. 미술전시회를 홍보하는 현수막이었다. 화실에서 그리 멀지 않은 곳이라 가봐도 좋을 것 같았다. 전시회 날짜를 눈여겨보던 그녀는 곧 의자에 깊게 몸을 기댄 채로 화실 한쪽의 작은 방으로 시선을 돌렸다.

오전에 집을 청소할 때 벽에 걸려 있던 태민의 그림을 떼어냈다. 다시 화실로 가져온 그림은 저 작은 방 안에 놓여 있었다. 망가지지 않도록 잘 보관을 해두었지만 앞으로 꺼내볼 일은 없을 것 같았다. 그림을 떼어낼 때까지만 해도 아무런 느낌이 들지 않았는데, 이제야 문득 그 사실이 아쉬워졌다.

그녀는 곧 눈을 감았다. 화실 안에는 고른 숨소리만이 한동안 울려 퍼졌다. 늘 깊은 잠을 자지 못하는 가을이었지만 화실에서만큼은 좀 더 편히 잠을 자고는 했다. 그걸 증명하듯 잠든 가을의 얼굴은 평온해 보였다.

미동 없이 잠을 자고 있던 그녀의 몸이 어느 순간 작게 미동을 보였다. 의자 팔걸이에 놓여 있던 손이 툭 힘없이 아래로 떨어져 내렸다. 그녀가 화들짝 놀라며 눈을 뜬 것과 동시에 휴대전화 진동음이 들려왔다. 두어 번 눈을 깜빡이며 흐릿한 초점을 바로잡은 가을은 근처에 놓여 있는 휴대전화를 손에 들어 전화를 받았다.

[차 보냈으니까 준비해.]

간단한 인사도 없이 들려온 말에 잠기운이 확 달아났다. 전화를 건 사람은 의현이었고 가을은 곧장 시간을 확인했다. 6시를 막 넘긴 시간이 눈에 들어왔다. 잠시 눈을 붙인다는 게 생각보다 너무 오랜 시간 잠을 잤다. 만일 의현이 전화를 주지 않았다면 약속 시각에 맞추지 못했을지도 모른다. 서둘러 일어선 가을은 머릿속으로 대략적인 시간을 계산했다. 지금 오피스텔로 돌아가면 시간이 얼추 맞을 것 같았다.

[10분이면 도착할 테니까.]

하지만 이어진 말에 그녀는 난감한 얼굴을 했다. 10분 안에 오피스텔로 돌아가는 것은 무리였다.

"나 지금 화실이야."

잠시 침묵이 흘렀다. 가을은 서둘러 한쪽에 놓아둔 코트를 손에 들었다. 열쇠를 찾으려 주변을 둘러보던 그녀는 이어진 의현의 말에 움직임을 멈췄다.

[쉬라고 했던 거 같은데.]

"운영은 안 했어. 혼자 나와 있던 것뿐이지. 지금 오피스텔로 갈게."

[거기 있어.]

전화는 그대로 끊어졌다. 가을은 챙겨 입으려던 코트를 다시 한쪽에 내려두고 자리에 앉았다. 대체 몇 시간을 잔 건지. 창밖은 이미 어둠이 내려앉아 있었고 화실 앞 도로를 지나쳐 가는 차들로 인해 그 어둠 속에는 붉은 불빛들이 수놓아져 있었다.

통화가 끊어진 휴대전화를 한 손에 꼭 붙든 채 가을은 그렇게 미동 없이 앉아 있었다. 고작 5분이 지났을 뿐인데 그 짧은 시간이 억겁처럼 느껴졌다. 건널목의 녹색 신호가 일정한 속도로 깜빡거리는 것을 멍하니 내려다보고 있던 가을이 어느 순간 시선을 뒤로 돌렸다. 계단을 오르는 누군가의 발걸음 소리가 가까워지고 있었다.

문이 열리고 찬 공기가 화실 안으로 들어섰다. 차를 보냈다고 해서 당연히 기사를 보냈을 거라 생각했다. 하지만 지금 화실 문을 열고 안으로 들어선 사람은 의현이었다. 뚜벅— 울리는 구두 소리가 무겁다. 그는 그리 크지 않은 화실을 무감한 얼굴로 한 번 둘러본 그는 곧장 가을에게로 다가섰다.

"그런 얼굴로 가만히 앉아 있기만 할 거면 집이나 여기나 별반 차이는 없는 거 같은데."

화실에 나온 게 마음이 들지 않는 모양이었다. 가을은 답하지 않고 자리에서 일어나 코트를 챙겨 입었다. 조금 전까지만 해도 기억나지 않던 열쇠의 위치를 기억해 냈다. 입구의 선반 위에 놓아둔 열쇠를 집어 들고 가을이 먼저 화실을 나서 문을 잡고 서 있었다. 의현은 말없이 먼저 1층으로 내려갔다.

"어디 가는 거야?"

"저녁 식사하러."

차는 그가 직접 운전을 했다. 그저 식사를 함께하기 위해 이틀 전에 약속을 잡아두고 가을을 데리러 온 것은 아닐 것이다. 그녀는 창문에 비친 의현의 얼굴을 가만히 응시했다. 기분이 좋지 않아 보였다. 그 이유를 짐작했고, 곧 마주한 상황은 가을의 생각이 틀리지 않았다는 것을 보여주었다.

도착한 곳은 호텔 에치몬드였다. 의현이 이사로 있는 호텔이자 그의 부친인 강재환이 경영하는 호텔은 가을에게도 익숙한 곳이었다.

"가을이도 같이 왔구나."

"안녕하셨어요."

"그래. 오랜만에 얼굴 보는 것 같네. 그간 왜 이리 뜸했어?"

"화실 일이 조금 바빴어요. 자주 찾아뵙지 못해서 죄송해요."

그녀의 예상대로 오늘 저녁은 의현의 부모님과 함께하는 자리였다. 숨이 턱 막히는 느낌이 들었지만 가을은 조금도 내색하지 않으며 인사를 건네었다.

"너는 가을이 데리고 올 거면 얘기라도 해주지."

"어차피 가족 같은 사이라 불편한 것도 아니잖아요."

"녀석, 말하는 거 하고는. 어쨌든 가을이 오랜만에 얼굴 보니 좋구나."

재환은 미소가 가득한 얼굴로 그녀를 맞아주었지만, 그 옆에 앉은 의현의 어머니인 송정윤은 가면을 쓴 듯 동요 없는 얼굴로 가을을 바라봤다. 얼굴에 닿는 시선이 따가웠다. 가을은 입 안쪽의 여린 살을 꽉 깨물었다.

"앉아. 천장 안 무너져."

의현의 말에 그녀는 뒤늦게 자리에 앉았다. 음식을 주문하고 대화를 나누는 동안 가을은 인형처럼 앉아 묻는 말에 대답하고 분위기에 맞춰 억지웃음을 지었다. 안면이 딱딱하게 굳어진 느낌이 들었지만 최대한 입매를 끌어 올렸다. 긴장으로 인해 꼿꼿하게 세우고 있는 몸은 벌써 피로감이 느껴졌고 입안으로 들어가는 모든 음식은 모래를 씹는 것과 다를 게 없었다. 그렇게 불편한 자리에 의현은 알면서도 가을을 불렀다.

"아, 다음 주에 서경그룹 김 회장님 댁에서 디너파티 초대를 받았는데. 의현이 너는 시간 어떠니?"

"언제인지 정확히 말씀해 주셔야 시간 내보려는 흉내라도 내죠."

"언제라고 했더라? 잠깐만."

송정윤은 휴대전화를 꺼내어 일정을 확인했다. 가을이 썰어낸 고기 한 점을 의무적으로 입안에 넣은 순간이었다.

"23일이네."

스테이크를 썰던 나이프가 그대로 움직임을 멈췄다. 가을은 곧장 의현의 얼굴을 바라봤다. 칼끝을 노려보는 눈이 매섭다. 나이프와 포크를 손에서 내려놓고 냅킨으로 입을 닦아내는 그의 행동이 슬로모션처럼 보였다. 냅킨을 내려놓고 물을 마시는 행동에는 조금의 서두름도 느껴지지 않았다.

"시간 안 될 것 같니?"

"네."

"바쁜가 보구나."

이순의 중반을 넘긴 나이에도 아직 화려하고 아름답기만 한 자신의 어머니를 바라보며 의현은 웃었다. 서늘한 칼날 같은 얼굴로, 가시 같은 말을 뱉어냈다.

"어머니 배 아파서 낳은 건 아니지만, 그래도 10년을 키운 아들인데. 형 기일 정도는 챙기시죠."

찬물을 끼얹은 듯 분위기가 싸늘하게 가라앉았다. 아버지의 표정은 굳어졌고 어머니의 얼굴에는 웃음이 사라졌다. 가을의 손끝이 희미하게 떨렸다. 하마터면 손에 들고 있던 포크를 떨어트릴 뻔했다. 그녀는 씹어내지 못한 고기를 억지로 삼켜 버렸다.

"어머, 내 정신 좀 봐. 그래. 그날이 은형이 기일이지."

정윤은 애써 제 아들을 향해 웃어 보이며 분위기를 풀어보려 했지만 한번 얼어버린 공기는 쉽게 변하지 않았다. 더는 식사를 이어나갈 만한 상황이 아니었다. 결국 의현의 아버지가 중재에 나섰다.

"깜빡할 수도 있지. 은형이 죽은 지가 벌써 24년인데. 이 사람도 그간 많이 노력하고 애썼다. 의현이 너, 자꾸 은형이 일로 네 어머니한테 날 세우지 마라."

자리에서 일어설 때까지 의현은 무슨 생각을 하는 건지 알 수 없을 정도의 무표정한 얼굴을 하고 있었다. 불편한 저녁 식사는 그대로 끝이 났고 그의 부모님은 먼저 차에 올라타 호텔을 벗어났다.

끝났다. 길고도 길었던 하루의 일과가 모두 끝났다는 생각에 가을은 안도의 한숨을 내쉬었다. 하지만 그런 가을의 안도감을 비웃듯 의현은 그녀의 손목을 잡고 돌아서 다시 호텔로 들어섰다.

카드 키를 받아 들고 엘리베이터에 올라탔다. 빠르게 고층으로 향하는 엘리베이터는 단 한 번도 멈추지 않고 위로 올라갔다. 그는 지금 자신의 행동에 대해 가을에게 그 어떤 설명도 하지 않았고, 가을 역시 그 이유를 묻지 않았다.

문을 열고 방 안으로 들어서자마자 쾅— 거세게 닫히는 문소리가 등 뒤에서 들려왔다. 입구에 설치된 자동 센서로 인해 두 사람이 서 있는 공간은 환했지만 내부는 아직 어둠에 가까웠다. 그가 카드를 꽂자 어둡기만 했던 내부에 조명이 하나둘씩 차례로 커졌고 가을은 곧 그의 손에 이끌려 빛 속으로 걸어 들어갔다. 하지만 가을의 눈에 그 길은 어느 때보다 짙은 어둠 속을 걸어 들어가는 것과 다르지 않았다.

유리창 너머의 야경은 지금 가을이 느끼는 현실과는 다른 세상처럼 화려하기만 했다. 예정에도 없던 하룻밤을 묵어가기에는 지나치게 화려하고 넓은 방이었다. 하지만 그 방의 풍경을 둘러볼 새도 없이 가을의 몸은 순식간에 침대에 닿았다. 힘없이 떠밀린 몸 위로 그가 올라탔다.

안경을 벗고 넥타이를 끌어 내린 의현이 가을을 마주했다. 현재는 남은 한쪽 눈도 시력이 많이 떨어져 안경을 쓰지 않으면 잘 보이지 않을 것이 분명한데도 그는 침대에서 가을을 마주할 때면 안경을 잘 쓰지 않았다. 마치 고통받는 그녀의 얼굴을 외면하려는 듯이.

"날 껴안고 죽었지."

가을은 그를 밀어내려 했다. 하지만 머리 위에서 떨어진 묵직한 음성에 그녀는 의현을 밀어낼 수 없었다. 잔뜩 구겨진 셔츠가 천천히 그녀의 손안에서 빠져나갔다.

"형이 아니었다면 난 눈 한쪽 병신 되는 거로 끝나지 않았을 거야."

의현을 밀어내려던 두 손이 힘없이 아래로 떨어져 내렸다. 오늘은 비가 전혀 내리지 않았음에도 빗소리가 환청처럼 들려왔다. 마치 어제 일처럼 선명하게 그려지는 기억에 가을은 길을 잃은 아이 같은 얼굴을 했다.

'신이 있다면, 제발 저 사람을 데려가 주세요.'

머리가 깨져 피가 흥건하게 흐르는 남자의 모습을 보고 어린 가을은 그렇게 기도했다. 그 남자는 가을의 아버지였다. 가을은 결국 그 사고로 인해 아버지의 죽음을 마주했고, 의현은 가장 소중한 존재를 눈앞에서 잃었다.

비가 억수같이 쏟아져 내리던 날 일어났던 그 사고는 그렇게 의현과 가을에게 각각 다른 의미로 각인됐다. 가을은 지옥에서 탈출할 수 있는 구원을, 의현은 단 하나의 천국에서 떨어지는 나락을. 그리고 의현은 그 나락으로 어느 순간 가을을 끌어당겼다.

"벗어."

하얗게 질린 가을의 얼굴에 슬픔이 차올랐다. 천천히 손을 올린 가을이 옷깃을 쥐었지만 스스로 옷을 벗지 못하고 끝내 움직임을 멈추고 말았다. 커다란 눈에서는 금방이라도 눈물이 흘러내릴 것 같았다. 아랫입술을 꾹 깨문 채 의현의 시선을 피한 그녀는 손톱자국이 날 정도로 주먹을 꽉 쥐었다. 1분 1초가 억겁처럼 느껴지는 순간 속에서 가늠하듯 가을의 움직임을 주시하고만 있던 그의 몸이 조금 더 거리를 좁혀왔다.

"못하겠어?"

나지막한 음성이 귓가에 감겨드는 것과 동시에, 그의 손이 가을의 옷에 닿았다. 그는 한 손으로 가을의 옷을 쥐고 남은 한 손으로 그녀의 턱을 쥐어 억지로 자신을 바라보게 만들었다. 허공에서 두 사람의 시선이 얽혀들었다.

"어쩌지? 나는 해야겠는데."

"의현아."

"싫으면 밀어내. 그럼 그만할 테니까."

의현은 알고 있었다. 가을이 자신을 밀어내지 못하리라는 것을.

그의 손이 옷 안으로 파고들었고 순식간에 상의가 벗겨져 바닥에 떨어져 내렸다. 얼굴이 점차 가까워지고 목덜미에 입술이 닿았다. 목덜미에서 쇄골로, 쇄골에서 가슴으로 내려간 입술은 이내 도톰하게 부풀어 오른 돌기를 머금었다.

가을의 입술 새로 신음이 터져 나왔다. 남은 한쪽 가슴을 애무하던 손은 점차 아래로 내려가 평평한 배를 어루만졌다. 잠시 움직임을 멈췄다가 다시 아래로 향한 손은 움직임의 방향을 틀어 그녀의 허벅지를 타고 위로 올라갔다. 둔덕을 감싸듯 속옷 위를 손바닥 전체로 매만지는 손길에 가을의 발가락이 절로 곱아들었다. 어느새 벗겨진 속옷이 그녀의 한쪽 발목에 걸쳐졌고 의현의 손가락이 둔덕 사이의 골을 비비다 그 틈새로 파고들었다.

내벽을 꼼꼼하게 더듬는 손길에 아래가 점차 축축하게 젖어들었다. 수축과 이완을 반복하는 내벽이 그의 손가락을 더 깊게 물었고 가을의 입술 새로 신음이 터져 나왔다. 어느 순간 그의 손이 빠져나가는 느낌에 가을은 절로 도리질을 쳤다. 그녀가 정신을 차리지 못하고 가쁜 숨을 몰아쉬는 사이, 손가락이 빠져나가 휑해진 자리에는 의현의 것이 천천히 들어섰다.

"아."

반 정도 천천히 제 것을 밀어 넣던 의현이 단번에 뿌리까지 제 성기를 박아대며 허리를 쳐올렸다. 가을은 신음조차 내지르지 못했다. 그는 가을의 몸에 틈 하나 없이 맞물리듯 그녀의 안으로 파고들었다. 아래는 이미 충분히 젖어 있었지만 고통을 동반한 쾌감에 가을의 허리가 크게 튕겼다. 아직 제대로 된 움직임을 보이지 않았음에도 가을의 내벽은 그의 것을 꽉 물고 놓아주지 않으려는 것처럼 수축과 이완을 반복했다. 의현은 목 안으로 낮은 신음을 삼켰다.

"호흡, 제대로 해."

가을의 입술 위를 스치듯 매만진 손가락이 그 틈을 벌리고 안으로 파고들었다. 벌어진 입술 새로 참았던 호흡이 터져 나왔다. 눈앞에는 의현의 얼굴이 있었다.

눈가에 맺혀 있던 눈물이 툭— 힘없이 떨어져 내렸다. 그 순간, 의현의 표정이 미묘하게 일그러졌고 그 얼굴을 마주한 가을 역시 그대로 표정을 찡그리고 말았다. 이런 식으로 가을을 상처 주면서 자신이 더 상처받은 얼굴을 하고 있는 의현을 외면하듯 그녀는 천천히 눈을 감아버렸다.

"윤가을."

머리 위에서 떨어진 묵직한 음성은 화를 담아내고 있었다.

"나 봐."

가을이 지금 자신을 외면하고 있다는 사실을 견딜 수 없다는 것처럼. 의현의 손이 거칠게 그녀의 어깨를 붙들었다.

"보라고! 지금 네 앞에 있는 게 누군지!"

방 안을 가득 울린 외침에 가을은 결국 다시 눈을 뜨고 의현의 얼굴을 마주했다. 지금 울고 싶은 게 누군데— 애원하듯 저를 바라보는 시선에 가을은 버석한 웃음을 입가에 그려냈다.

"네가 누구긴."

잔뜩 갈라진 음성이 힘겹게 가을의 목 안에서 흘러나왔다.

"내가 버릴 수도, 사랑할 수도 없는 사람이지."

의현의 얼굴에서 표정이 사라졌다. 어깨를 붙든 손에 잠시 힘이 풀리는가 싶더니, 움직임을 멈췄던 그의 것이 빠르게 뒤로 물러섰다가 거칠게 가을의 안으로 파고들었다.

단단한 가면을 쓴 것처럼 의현을 마주했던 가을의 얼굴이 순식간에 무너져 내렸고 입술 새로 신음이 터져 나왔다. 그의 성기가 뿌리까지 안으로 깊게 박혔다가 다시 빠져나가는 느낌이 너무도 선명했다. 몸이 크게 흔들리며 살이 맞부딪치는 소리가 귓가를 가득 채웠다. 그 모든 것들이 가을을 견딜 수 없게 만들었다. 그렇게 억겁 같은 시간이 흐르고 그가 가을의 몸 안에 사정했을 때, 가을은 다시 눈을 감아버렸다.

의현의 모습이 시야에서 사라지는 것과 동시에 과거의 기억이 가을을 찾아들었다. 열 살에 보았던 아름답고 화려한 풍경. 정원을 가득 물들인 홍매화가 눈을 감은 그녀의 앞에 선명하게 그려졌다.

나와 닮은 너

가을이 처음 의현의 집에 가게 된 것은 열 살이 되던 해의 이름 봄이었다. 정원에 들어서자마자 그녀를 반긴 것은 흐드러지게 피어난 진홍색의 매화였다. 집은 커다랗고 화려했다. 어린 가을의 눈에는 그 모든 것이 신기하고 아름답기만 했다.

"인사하렴. 여긴 아저씨 아들 강의현이야."

의현은 소파에 앉아 책을 읽고 있었다. 가을은 재환의 다리 뒤에 몸을 숨긴 채 고개를 살짝 내밀어 훔쳐보듯 의현을 바라봤다.

"하하. 쑥스러운 모양이구나."

재환은 의현의 아버지이자 고아가 된 가을의 후원자였다. 부모님을 모두 잃고 혼자가 된 가을을 맡아주겠다는 친인척이 없어 그녀는 1년간 보육원에서 지냈다. 그 1년간 금전적으로 가을을 후원하던 재환은 곧 친인척들의 동의를 얻어 가을을 집으로 데려오게 됐다.

"자, 의현이도 인사해야지. 이쪽은 윤가을. 앞으로 우리랑 살게 될 거야. 싸우지 말고 남매처럼, 친구처럼, 잘 지내야 한다. 알았지?"

가을의 눈에 보인 의현의 첫인상은 '예쁘다.' 였다. 햇빛을 받지 못한 것 같은 하얀 피부가 가장 먼저 눈에 들어왔다. 안경 너머로 보이는 눈은 칠흑같이 검었다. 인형 같은 소년이었다. 창을 통해 들어서는 따스한 햇볕이 그의 위로 쏟아져 내렸다. 그 때문인지 하얀 피부가 더 창백해 보였다. 손대면 부서질 것 같은 풍경이었다.

가을은 곧 전학 절차를 밟아 의현과 같은 학교에 다니게 됐다. 그녀는 그림 그리는 것을 좋아했다. 의현의 집에서는 미술 학원도 다닐 수 있었고 하고 싶은 공부는 모두 할 수 있었다. 원하는 건 무엇이든 할 수 있는 풍족한 삶이었다. 지옥 같았던 과거의 삶과는 전혀 달랐다.

"의현이는 또 책 읽고 있나?"

정원에서 홍매화를 보며 그림을 그리던 가을은 집에 혼자 있을 의현이 떠올라 붓을 내려놓고 그의 방으로 갔다. 의현의 부모님들은 바쁜 사람들이었고 집을 비울 때가 많았다. 커다란 집에는 일하는 사람들 외에 늘 가을과 의현, 단둘이 있을 때가 많았다. 가을이 없었다면 이 큰 집에는 의현 혼자 남아 있어야 했을 것이다.

"의현아, 안 심심해?"

방문이 열려 있어 노크 없이 안으로 들어섰다. 의현은 잠시 고개를 들었다가 다시 책을 보는 일에 집중했다.

"밖에 날씨 엄청 좋아. 책 그만 읽고 나랑 나가서 놀면 안 돼?"

"난 뛰어놀면 안 돼."

"왜?"

"죽을지도 몰라."

즐겁게 뛰어노는데 왜 죽는다는 걸까. 가을은 의현의 말을 이해하지 못했다. 하지만 그 말이 무서운 말이라는 것은 알 수 있었다. 가을은 잠시 망설이다 의현의 곁에 앉아 책을 하나 꺼내었다.

"안 나가?"

"너랑 있을래."

"왜?"

"그냥. 너랑 있는 게 더 좋아."

의현은 차가웠다. 아니, 어딘가 텅 빈 것 같은 사람이었다. 말수가 적었고 밝지 않은 아이였다. 또래보다 성숙한 의현은 몸이 약했지만 굉장히 똑똑했고 모든 분야에 있어 습득 능력이 빨랐다. 하지만 가을은 이 커다란 집에 들어선 이후 의현이 웃는 일을 본 적이 없었다. 그는 정말 예쁘게 빚어놓은 인형 같기만 했다. 한쪽 눈이 망가진, 몸이 약한 예쁘기만 한 인형.

"의현이가 어릴 때 많이 아팠단다. 병원에 오래 있기도 했고 마음을 많이 다쳐서 그래. 가을이 네가 의현이 곁에 있어주렴."

가을이 이 집에 들어오고 한 달 정도가 지났을 때의 일이었다. 자신에게 차갑기만 한 의현을 무서워한 가을이 의현은 자기를 싫어하는 것 같다는 말을 하자 재환은 가을의 손을 잡고 그리 말했었다.

강재환은 가을에게 은인이었다. 한순간도 사랑받지 못했던 가을에게 평온한 삶을 가져다준 은인. 어릴 때 들었던 그 말은 어린 가을이 재환에게 조금이라도 은혜를 갚을 수 있는 유일한 길인 것 같았다. 가을은 그 뒤로 의현이 자신에게 차갑게 대해도, 살갑지 않아도, 늘 의현의 곁에 있으려 노력했다.

가을은 커가면서 자연스럽게 의현에 대해 많은 것을 알게 됐다. 의현은 그의 부모님이 결혼 8년 만에 어렵게 얻은 아들이었다. 하지만 태어나자마자 심장에 이상이 있어 큰 수술을 받았고, 어린 시절부터 유독 병치레가 많아 병원에 있는 날이 많았다. 송정윤은 어렵게 낳은 아들이 제 기대에 부응하지 못한다는 사실을 못 견뎌 했고 아이에게 필요한 것만 해주었을 뿐 애정을 주지 않았다. 아버지인 강재환은 늘 아이에게 살갑게 대하긴 했지만 일이 바빠 온전한 애정은 줄 수 없었다. 결국 의현은 부모님의 사랑이 겉치레에 불과한 애정이라 느꼈다.

그런 의현이 온전하게 마음을 기대었던 사람이 8살 터울의 형인 강은형이었다. 8년간 아이가 생기지 않아 부모님이 입양했던 피 한 방울 섞이지 않은 의현의 가족. 의현은 은형의 기일이 다가올 때면 유독 날카로워졌고 나이를 먹고 커갈수록 그것은 더 심해져만 갔다.

"형이 죽길 가장 바란 사람은 어머니 아니었어요?"

"의현아."

"형 발인 날, 어머니가 전화에 대고 했던 말 똑똑히 기억해요. 이것도 제 운명이라니. 어떤 어머니가 아들 죽음에 그런 끔찍한 말을 해요!"

평소에는 말없이 차가운 얼굴을 하고 있다가 기일이 다가오는 시기에 은형의 이야기가 나오면 의현은 항상 날카로운 가시를 세우고는 했다. 그맘때쯤의 의현은 늘 어머니와 다투는 일이 잦아졌고 조금이라도 잘못 건드리면 무너질 것처럼 위태로운 모습을 보였다. 그날 역시 정윤과 다투고 집을 나선 의현은 다섯 시간 넘게 집에 돌아오지 않았다.

벌써 해가 질 무렵이었다. 어둠이 골목 사이로 내려앉을 시간에 집을 나선 가을은 의현이 있을 만한 곳을 찾아갔다. 의현은 공원에서 홀로 농구를 하고 있었다.

추운 날씨에도 의현의 옷은 땀으로 젖어 있었다. 그는 더 이상 병원에 다니지 않았다. 유명하다는 병원이란 병원은 어릴 때부터 모두 다녔고 좋다는 약은 모두 챙겨 먹었다. 중학교를 입학하며 보통 사람들과 다르지 않게 건강해진 의현은 중학교를 졸업할 때쯤에는 키도 훌쩍 크고 체격도 좋아졌다. 의현은 어느덧 그의 어머니가 바라는 아들의 모습에 완벽하게 가까워져 있었다. 약하지 않은, 누구보다 똑똑하고 강한 아이.

송정윤은 의현이 나이를 먹을수록 그가 더 완벽해지길 원했다. 그 결과 같은 학교에 다니는 친구들조차 의현의 한쪽 눈이 거의 망가져 있다는 사실을 알지 못했다. 그는 자신의 망가진 눈을 들키지 않기 위해 철저하게 훈련했다. 물건을 집을 때도 초점이 맞지 않아 그것을 놓치는 일이 없도록 연습했고 신체검사에서 시력검사라도 하게 되면 시력 판을 외워서 답을 했을 정도였다. 지금 하는 농구도 그랬다. 그는 안 되는 것이 있으면 될 때까지 이 악물고 연습했다.

"의현아."

가을이 의현의 이름을 부른 순간이었다. 쾅— 커다란 소리를 내며 골대를 튕겨 나온 공이 바닥에 닿아 몇 차례 허공으로 튕기다 가을의 앞으로 떼구루루 굴러왔다. 그는 가을이 이곳에 온 것을 진작부터 알고 있었다. 조금 전 행동은 골을 넣으려 던진 것이 아니라 화를 참지 못해 공을 던진 것으로밖에 보이지 않았다. 쓰고 있던 안경은 이미 깨진 채로 엉망이 되어 바닥에 떨어져 있었다.

"비 올 것 같아. 집에 가자."

뒤를 돌아본 의현의 얼굴은 무서웠다. 하지만 가을은 물러서지 않았다. 의현은 곧 벗어둔 옷을 챙겨 들었다. 일정한 거리를 두고 그의 뒤를 따라가던 가을이 조금 속도를 높여 의현과의 거리를 좁혔다.

"의현아. 네 형은 어떤 사람이었어?"

그의 걸음이 우뚝 멈췄다. 가을의 걸음도 따라 멈추고 말았다. 의현에 대해 조금 더 이해하고 싶었고 그의 상처를 감싸 안아주고 싶은 마음에 건넨 질문이었지만 돌아오는 반응은 싸늘했다. 하늘에서는 금방이라도 비를 쏟아낼 것처럼 성난 천둥소리가 울려 퍼지고 있었다.

"그게 왜 궁금해?"

"물어보면 안 되는 거야?"

의현에게 형 강은형은 역린이었다. 건드려서는 안 될. 돌아선 의현은 화가 난 얼굴을 했지만 가을은 그 얼굴이 아파 보인다고 생각했다. 의현은 지금 누구보다 아픈 것이다.

"미안해. 대답하기 싫으면 안 해도……."

"세상 둘도 없는 착한 사람이지."

열리지 않을 것 같던 의현의 붉은 입술이 그 순간 움직였다.

"너무 착해서 마지막까지 남을 위해서 죽은."

그는 여전히 차갑고 무서운 얼굴을 하고 있었지만 들려오는 목소리는 울음을 참아내듯 살짝 떨림을 담고 있었다. 가을은 마주쳐 오는 그 검은 눈을 피하지 않았다.

"태어나지 않은 날 위해 아들 노릇을 하다가 내가 태어나자마자 설 곳을 잃고, 그런데도 하나뿐인 동생이라고 언제 죽을지도 모를 날 사랑해 준, 유일한 사람."

툭— 빗방울이 떨어져 내렸다. 의현의 마지막 말이 빗소리에 묻혔다.

"대용품처럼 살다간 불쌍한 내 형."

쏴아아— 비가 쏟아져 내렸다. 의현은 돌아섰고 가을은 다시 그를 따라 걸었다. 그 순간만큼은 비가 내려 다행이라 생각했다. 가을은 어쩐지 우는 의현의 얼굴은 보고 싶지 않았다.

❖

샤워하고 나온 의현은 수건으로 젖은 머리카락을 몇 차례 털어내고는 의자에 앉았다. 한 손은 팔걸이에 느슨하게 걸치고 남은 손은 턱을 괸 채로 아직 잠들어 있는 가을의 모습을 물끄러미 바라봤다.

'의현아.'

마지막으로 들은 목소리가 꼭 우는 것도 같았다. 의현의 미간이 좁혀졌다. 이 시기만 되면 주체할 수 없이 들끓어 의현을 괴롭히는 분노는 끝내 날카로운 가시가 되고는 했다. 그 가시는 방향을 잃고 헤매다 결국 윤가을을 찌른다.

의현이 잠시 안경을 벗고 눈을 감은 순간이었다. 진동이 울렸다. 비서인 진호에게 걸려온 전화였다.

[이사님. 차 대기시켜 놓았습니다.]

어슴푸레한 새벽빛이 창을 통해 들어설 때까지 그는 가을을 안았다. 덕분에 11시가 다 되어가는 시간에 눈을 뜨고 말았다. 의현은 다시 안경을 쓰고 잠든 가을의 얼굴을 가만히 바라보다 시간을 확인했다. 일정에 맞추려면 서둘러 일어나야 했다. 하지만 오늘따라 쉬이 발걸음이 떨어지질 않았다.

"한 시간만 있다가 내려가지."

[엘케이 대표님과 점심 약속이 잡혀 있습니다. 시간에 맞추려면 지금 준비하고 출발하셔야 합니다.]

"취소는?"

[가능이야 하겠지만 불쾌하게 생각하실 겁니다.]

"문제 되지 않게끔 이유 둘러대고 취소해. 다음번에 내가 직접 찾아뵙겠다고 전하고."

[알겠습니다.]

전화를 끊은 의현은 아예 휴대전화의 전원을 꺼두었다. 창을 통해 들어선 햇빛이 가을의 위로 쏟아져 내리고 있었다. 그 얼굴이 창백해 보여 마치 금방이라도 사라질 신기루 같았다. 몸을 일으켜 세운 의현은 가을에게 좀 더 가까이 다가섰고 이내 침대에 걸터앉아 그녀의 잠든 얼굴을 내려다봤다. 한참을 아무런 말 없이 가을을 내려다보는 얼굴이 조금 서글퍼졌다.

갈 곳 없던 애정과 쏟아부을 수 없던 원망을 모두 받아준 유일한 여자. 윤가을이 없었다면 의현은 자신이 미쳐 버렸을지도 모른다고 생각했다. 하지만 처음부터 윤가을이 없었다면 의현이 미칠 일도 없었을 것이다.

'네가 없었으면 좋겠다. 하지만 네가 없어서는 안 된다.'

그 양날의 검과 같은 감정이 늘 의현을 괴롭히고 결국 가을을 다치게 했다. 가시에 찔린 가을은 이제 아프다는 말조차 하지 않는다. 그게 언제부터였는지 도무지 기억나지 않았다. 의현의 손이 천천히 움직여 가을의 뺨에 닿으려는 순간이었다. 열리지 않을 것 같던 가을의 두 눈이 떠졌다. 그는 빠르게 손을 거둬냈다. 초점을 맞추려는 듯이 몇 차례 깜빡이던 두 눈이 곧 의현을 마주했다. 시선이 마주쳤고 두 사람은 한동안 미동 없이 서로를 바라보고 있었다.

"그만 일어나지그래? 이미 해가 중천인데."

의현은 어젯밤의 열기가 가시지 않은 것처럼 혼탁한 음성으로 말을 건네었다. 가을의 시선은 햇볕이 쏟아져 내리는 창으로 향했다. 아침 햇살이라고 보기에는 유난히 밝았다. 꽤 오랜 시간을 잔 모양이라 생각하며 조용히 몸을 일으켜 세운 가을은 인사조차 없이 의현을 지나쳐 곧장 욕실로 향했다.

그녀가 샤워하고 나왔을 때까지도 의현은 방을 벗어나지 않은 상태였다. 평소 시간을 쪼개어 사용한다는 느낌이 들 정도로 바쁘게 일을 하는 그의 모습을 떠올렸을 때 이상한 행동이었다. 하지만 가을은 딱히 그 이유를 묻지 않았다. 말끔한 차림으로 맞은편에 앉아 있는 의현은 식사조차 하지 않은 채 신문을 읽고 있었다.

"화실 내놨던데."

툭 던진 말에 가을은 잠시 눈에 띄게 동요한 얼굴을 했다. 조금 전까지 신문을 읽고 있던 의현의 까만 눈동자는 이제 그녀의 의중을 가늠하려는 듯 집요하게 가을의 두 눈을 마주하고 있었다. 룸서비스로 시킨 수프를 반도 비워내지 못한 그녀는 그대로 스푼을 내려놓았다.

"어떻게 알았어?"

"모를 수가 있어?"

최 비서가 보고한 모양이었다. 참 유능한 남자였다. 회사 일은 물론이고 가을에 대한 사소한 것까지 그에게 모두 보고가 올라갔다. 아마 한국을 떠나 있는 한 달의 시간 동안 가을이 무엇을 하고 어떻게 생활을 했는지 그는 모두 알고 있을 것이 분명했다.

"회원도 얼마 없고 이제 그만하려고. 그림은 취미로 그려도 충분하니까."

가을의 대답이 썩 마음에 들지 않는 모양인지 의현의 시선은 여전히 그녀의 얼굴에서 떨어질 줄을 몰랐다.

"왜? 너도 내가 화실 운영하는 거 싫어했잖아."

"싫어하지."

"근데?"

"내가 싫어한다고 해서 관둘 거였으면 진작 관뒀겠지."

딱히 의현이 믿을 거라 생각해서 한 말은 아니었다. 그의 말대로 의현이 싫어한다는 이유로 화실을 닫을 거라면 진작 실행에 옮겼어야 했으니까. 가을은 다시 스푼을 들고 의무적으로 식사를 이어나갔다. 화실을 내놓은 이유에 대해 더는 설명하지 않았다. 대화는 더 이어지지 않을 것이다. 의현은 이제 일을 하기 위해 방을 나갈 것이고 가을은 홀로 돌아가면 그만이었다.

"정원에 있던 홍매화 말이야."

의현의 묵직한 음성이 들려온 것은 그때였다. 아무렇지도 않게 툭 던진 말에도 가을의 심장은 쿵 내려앉았다. 커다란 마찰음이 가을을 현실로 끌어당겼다. 정신을 차리고 보니 조금 전까지 손에 들고 있던 스푼이 바닥에 떨어져 있고 수프가 튀어 옷에 묻어 있었다. 가을은 그것을 닦아낼 생각조차 하지 못하고 고개를 들어 의현을 마주해야 했다.

"네가 그림으로 꽤 많이 그렸잖아. 근데 지금은 단 한 개도 보이질 않던데."

의현의 말대로 가을은 홍매화를 담은 그림을 많이 그렸다. 그 수를 셀 수조차 없었다. 그는 지금 그 그림의 행방을 묻고 있었다.

열 살, 가을이 그 집에 들어설 때 보았던 진홍색의 매화는 아름다웠다. 하지만 어느 순간부터 가을의 눈에 그 홍매화는 붉은 핏빛으로 보였다.

"버렸어. 하나도 남김없이, 모두."

가을은 떨어트린 스푼을 줍고 티슈로 옷 위를 닦아낸 뒤에야 다시 의현의 두 눈을 마주했다. 그림을 전부 버렸다는 그녀의 대답에 의현은 고개를 두어 번 끄덕인 것이 다였다. 왜 갑자기 그 그림에 관해 묻는 건지 이유를 알 수 없었지만, 가을은 그가 방을 빠져나갈 때까지 이유 모를 긴장을 한 채 온몸을 꼿꼿이 세우고 있었다.

"좀 더 쉴 거면 직원한테 말해두지."

"아니. 돌아갈게."

정장 재킷을 걸치고 살짝 삐뚤어진 넥타이를 매만지던 의현이 갑작스레 가을을 향해 불쑥 손을 뻗었다. 이마에 닿은 손이 서늘했다. 가을은 자신의 체온이 높은 건지 의현의 손이 차가운 건지 정확히 알 수 없었지만,

그건 같은 공간에 있다고 보기에 어려울 정도로 확연하게 다른 온도 차였다.

"집으로 바로 가. 또 화실 나가서 혼자 청승 부리지 말고."

이마 위에 닿았던 체온이 멀어졌다. 쾅— 닫히는 문소리를 듣고 나서야 가을은 긴장을 풀었다. 저도 모르게 긴 한숨이 입술 사이로 새어 나왔다. 그가 먼저 방을 빠져나간 뒤, 30분의 시간을 더 보내고 나서야 가을은 체크아웃을 하고 호텔을 빠져나왔다. 평소보다 오랜 시간을 잤지만 몸은 되레 피곤하기만 했다. 손을 들어 마른 얼굴을 쓸어내리고 로비를 빠져나온 그녀는 그대로 걸음을 멈추고 말았다. 익숙한 검은 세단 앞에서 의현의 비서인 최진호가 그녀를 기다리고 있었다. 표정 없던 가을의 얼굴에 곤란한 기색이 드러났다.

"혼자 돌아갈게요."

"이사님 지시입니다. 모셔다 드리겠습니다."

고집을 부려봐야 물러서지 않을 것이다. 이 남자 앞에서 가을은 못 볼 꼴도 많이 보였다. 서로를 할퀴다 죽겠다고 싸우고 바다에 뛰어들기도 했었다. 지금은 그럴 의지조차 없어 그저 숨죽인 채 살고 있지만, 역시 이 남자는 불편했다. 의현의 부모님조차 모르는 두 사람의 관계를 유일하게 알고 있는 사람이기 때문이었다.

가을은 열려 있는 뒷좌석의 문을 응시했다. 뱀의 아가리에 머리를 들이미는 기분이 바로 이런 것일까. 어쩐지 끔찍하게 피하고 싶었지만 의현이, 그리고 그의 아버지가 있는 호텔 앞에서 소란을 피울 수는 없었다. 가을은 결국 조용히 차에 올라탔다.

소음이 차단된 차 내부에는 침묵만이 감돌았다. 서로의 숨소리조차 거슬릴 만큼의 무거운 침묵이었다. 차가 신호에 걸려 멈춰 선 사이 가을은 창밖을 바라보는 시선을 유지한 채 진호를 향해 건조한 음성으로 물었다.

"화실 내놓은 거 의현이한테 언제 보고하셨어요?"

"보름 전에 말씀드렸습니다."

보름 전이라니. 가을이 화실을 내어놓은 날이었다. 그 정도로 빨리 소식을 알아내어 그에게 보고했다는 사실이 놀라울 뿐이었다.

"빠르네요."

"죄송합니다."

이어진 사과에 가을은 소리 없이 웃었다. 비서인 최진호는 해야 할 일을 했을 뿐이다. 그러니 사과를 받을 이유는 없었다.

"사과하실 필요 없어요."

룸미러를 통해 진호가 자신을 바라보는 시선을 느꼈지만 가을은 끝내 정면을 바라보지 않았다. 하지만 그대로 무시하기에는 얼굴에 닿는 시선이 오늘따라 무척 따가웠다.

"하실 말씀 있으세요?"

"이사님께서……."

무언가 말을 덧붙이려던 진호는 곧 입을 다물었다.

"아무것도 아닙니다. 죄송합니다."

가을은 무슨 이야기를 하려던 건지 굳이 묻지 않았다. 최진호가 스스로 해서는 안 될 이야기라 판단했다면 듣지 않는 편이 좋을 것이다. 차는 곧 가을의 오피스텔 앞에 도착했다. 문을 열어준 진호가 차에서 내린 가을의 앞으로 작은 쇼핑백 하나를 내밀었다.

"뭐예요?"

"이사님께서 보내셨습니다."

가을은 쇼핑백을 열어봤다. 포장된 죽과 감기약이 담겨 있었다. 호텔 방에서 이마에 손을 가져다 댄 그의 행동이 떠올랐다. 의현의 손이 차가웠던 게 아니라 가을에게 미열이 있던 모양이었다.

"그리고 저녁에 들르겠다고 하셨습니다."

가을은 조금 미묘한 얼굴로 최진호를 바라봤다.

"의현이가 그렇게 말하던가요? 저한테 미리 이야기하라고?"

대답하지 못하는 그를 보며 가을의 입가에 삐뚜름한 미소가 짧게 그려졌다. 강의현이 그럴 리 없다.

"아니라면 앞으로는 그런 말씀 해주실 필요 없어요. 여기까지 데려다줘서 고맙습니다. 바쁠 텐데 그만 돌아가세요."

그녀의 몸이 엘리베이터 안으로 사라지는 걸 보고 나서야 검은 세단은 오피스텔 주차장을 빠져나갔다. 집에 들어서자마자 죽이 담긴 쇼핑백과 코트를 던지듯 놓아둔 가을은 소파에 힘없이 앉아 숨을 몰아쉬었다. 한 것도 없이 유난히 지치는 하루였다. 고개를 뒤로 젖힌 채 멍하니 천장을 바라보고 있던 가을이 고개를 옆으로 돌려 아무것도 없는 하얀 벽을 물끄러미 응시했다. 그림을 걸어놓은 것은 고작 보름이 넘는 시간이었는데 벽면에 캔버스 모양을 따라 변색이 된 흔적이 남아 있었다. 그게 너무 눈에 띄기도 했고 있던 것이 없으니 허전했다. 뭐라도 걸어놔야 할 것 같았다.

'걸어둘 만한 게 뭐가 있지?'

뭔가를 떠올리려 애쓰던 가을은 웃고 말았다. 무엇을 걸어도 곧 떼어내야 할 쓰레기가 될 것이라는 걸 깨달았기 때문이었다.

몸을 일으켜 세운 가을은 부엌으로 들어가 냉수를 연달아 몇 잔이나 마셨다. 시릴 정도로 차가운 물이 목을 타고 넘어가자 답답했던 속이 그나마 나아진 기분이었다.

"배고프네."

오늘 하루 식사로 먹은 것은 제대로 맛이 느껴지지 않던 수프 하나뿐이었다. 갑작스레 허기가 밀려들었다. 의현이 보낸 죽이 있었지만 저건 넘어갈 것 같지 않았다. 가을은 냉장고를 열어 바로 먹을 수 있을 만한 음식을 찾았다. 베이글을 꺼내어 전자레인지에 돌리고 크림치즈를 발라 입에 욱여넣었다.

"콜록."

함께 마실 수 있는 음료 하나 없이 입안 가득 베이글을 밀어 넣고 씹어대다 사레가 들렸다. 연신 기침을 토해내던 가을은 결국 입안에 넣은 음식물을 모두 뱉어냈다. 신물이 함께 올라왔다. 표정을 잔뜩 찌푸린 그녀는 입안을 닦아내기 위해 욕실로 들어서 양치를 하고 차가운 물로 연거푸 세수했다. 고개를 들자 물방울이 턱 끝에 맺혀 뚝뚝 떨어져 내리는 모습이 눈에 들어왔다. 거울 속의 창백한 얼굴을 마주한 가을은 곧 손을 들어 목을 매만졌다. 목덜미에 남은 그의 흔적이 아직 지워지지 않은 채 남아 있었다.

'붉은색.'

붉게 남은 흔적을 손끝으로 매만지던 가을은 열려 있는 욕실 문을 통해 어딘가를 바라봤다. 오피스텔은 복층 구조로 이루어져 있었다. 욕실을 벗어난 가을은 계단을 밟아 복층으로 올라섰다. 그곳은 사람의 손이 한동안 닿지 않았던 것처럼 서늘한 기운이 감돌았다.

복층에는 가을의 그림이 놓여 있었다. 그녀가 아주 오래전 완성했던 그림들이었다. 그녀는 정리되지 않은 많은 그림 중 가장 구석에 놓여 있는 그림 하나를 꺼내었다.

그녀는 의현에게 답한 것처럼 홍매화를 그린 그림을 대부분 버렸다. 하지만 모두 버린 것은 아니었다. 단 한 점, 가을의 오피스텔에 남겨져 있는 그림이 있었다.

"난 네가 그린 그림 중에 이게 제일 좋아."

"왜?"

"형이 좋아했던 꽃이야. 그리고……."

"……."

"네가 좋아하는 꽃이기도 하잖아."

그리 말하며 나른한 얼굴로 웃어 보이던 의현의 얼굴이 떠올랐다. 의현이 가장 좋아했던 그림이자 그의 형인 강은형이 가장 좋아했던 꽃. 캔버스 안을 가득 채우고 있는 것은, 홍매화였다.

❖

가을이 처음 의현의 형인 은형에 관해 듣게 된 말은 열여섯이 되던 해 사고로 죽었다는 것이었다. 그는 어릴 때 늘 병원에 있어야 했던 의현을 위해 하루도 빼놓지 않고 병원을 찾아가는 자상한 형이었다. 밖에서 잘 뛰어놀지 못하는 의현을 위해 책을 가져다주기도 하고 실내에서 함께할 수 있는 놀이를 생각해 오기도 했다. 의현의 아픔을 자신의 아픔처럼 생각하는 사람이었다.

'하지만 역시 안 닮았어.'

사진 속 은형의 얼굴을 보며 가을은 늘 생각했다. 웃는 모습이 예쁜 사람이긴 했지만 의현과는 역시 닮지 않은 얼굴이었다. 실제로 은형을 한 번도 본 적이 없는 가을은 그의 죽음을 마음속 깊이 슬퍼할 수는 없었지만 형의 죽음에 아파하는 의현을 보며 그가 살아 있었으면 좋았을 것이라고 늘 생각했다.

열 살 이른 봄에 의현의 집에 처음 들어와 열여섯이 될 때까지 가을은 늘 의현의 곁에 있었다. 하지만 두 사람의 관계는 크게 달라지지 않았다. 의현과 가장 가까운 사람을 꼽으라면 그의 친구들은 모두 가을을 꼽았다.

강의현이 있는 곳에는 늘 윤가을이 있었기 때문이었다. 하지만 정작 가을이 느끼는 두 사람 사이의 거리는 멀기만 했다. 의현이 자신에게 마음을 열지 않고 있다는 것을 알았기 때문이었다. 그런 가을과 의현의 관계가 달라지기 시작한 것은 고등학교를 입학하고 한 달 정도 지난 뒤의 일이었다.

휴일이었지만 학원에 갔다 집으로 돌아온 의현은 2층 방으로 올라가기 전에 아버지에게 먼저 인사를 드리기 위해 안방으로 걸음을 옮겼다. 하지만 아버지의 모습이 보이지 않았다. 서재에도 계시지 않아 외출하신 건가 싶어 2층으로 올라가려던 의현은 응접실로 사용하는 방에 아버지와 손님이 함께 있는 것을 보게 되었다. 반쯤 열려 있는 문으로 보이는 남자의 얼굴이 낯익었다. 몇 차례 집에 방문했던 손님이었다. 인사는 나중에 드려야겠다고 생각하며 조용히 걸음을 돌리려는 순간이었다.

"그 아이는 아직 데리고 계세요?"

"아이라니."

"그때 의현 군 사고 났을 때 함께 살아남았다는 생존자 아이요."

남자의 목소리가 의현의 발걸음을 그대로 붙들었다.

"아, 가을이 말하는 건가? 대학 졸업할 때까지는 내가 돌볼 생각이네."

"의현 군이 그때 은형 군 죽은 거로 충격이 큰 것 같았는데. 굳이 그 아이를 거두신 이유를 모르겠습니다."

찻잔을 내려놓은 재환은 고개를 두어 번 끄덕이고는 씁쓸한 얼굴로 미소 지었다.

"그렇게 생각할 수도 있겠지만, 나는 아들을 잃었고 그 애는 부모를 잃었으니 서로 위안이 되지 않겠는가. 나는 은형이한테 못해준 걸 그 애한테 해줄 수 있고 그 애는 부모한테 못 받은 걸 내게서 조금이라도 받을 수 있을 테니."

"의현 군은 별말 없고요?"

"모르네."

"네?"

"가을이도 의현이도 그 사고 현장에 서로가 있었다는 사실은 모르고 있네. 가을이 같은 경우는 제 부모만 사망한 줄 알고 있지 그 사고에 다른 사망자가 있다는 사실조차 모르고 있을 걸세."

"그럼 은형 군에 대해서는 전혀 모르고 있는 거란 말씀이세요?"

"그래. 의현이도 은형이 죽은 일로 너무 힘들어했는데 가을이는 양친을 모두 잃은 사고이니 충격이 오죽했겠는가. 나중에 때가 되면 말해야지. 아직은 둘 다 어리니 자네도 모르는 척하게."

찻잔을 내려놓는 소리가 의현을 현실로 끌어당겼다. 잠시 넋을 놓은 얼굴로 두 사람의 대화를 듣고 있던 의현은 뒤늦게 정신을 차리고 걸음을 돌렸다. 재환과 대화를 나누던 남자의 시선이 뒤늦게 열린 문으로 향했지만 이미 의현은 그 자리를 뜬 이후였다.

그때의 사고로 죽은 이는 총 5명이었다. 5명의 사망자를 낸 사고에서 살아남은 이는 의현과 가을, 단 두 사람뿐이었다. 가을은 그 사고로 부모님을 잃었고 의현의 아버지는 아들을 잃었다. 피 한 방울 안 섞인 아들이긴 해도 재환에게 은형은 10년을 제 품에서 키운 아이였다. 의현의 어머니와 달리 강재환은 은형을 무척 아꼈다. 그 사고로 부모님을 잃은 아이가 있다는 소식을 듣게 된 재환은 계속해서 아이에게 마음이 쓰였고 결국 죽은 제 아들을 대신해 가을을 후원한 것이었다.

2층으로 올라간 의현은 창가 앞에 서서 한참이나 정원을 내려다보고 있었다. 열일곱의 봄, 정원의 홍매화가 다시금 흐드러지게 피어난 계절이었다. 돌아선 그는 복도 끝에 있는 방으로 향했다. 가을이 그림을 그릴 때 작업실로 사용하는 방이었다. 그녀는 오늘도 그 방에서 그림을 그리고 있었다. 쏟아지는 햇살 아래에서 붓을 들고 캔버스 가득 그리고 있는 것은 홍매화였다. 의현은 문 앞에 서서 그 모습을 가만히 바라보고 있었다. 그러다 가을의 곁으로 다가섰다. 바로 뒤에 의현이 서 있는 것도 모르고 가을은 그림을 그리는 것에 열중하고 있었다.

가을과 의현은 이 집에서 서로를 마주하기 이전에 이미 한 차례 얼굴을 본 적이 있었다. 사고 당시, 가을은 피투성이가 되어 자신을 바라보던 소년의 두 눈을 가끔 떠올리고는 했으나 다시 만난 의현은 말끔하다 못해 너무 예쁜 인형 같은 모습이라 그와 동일 인물이라고는 생각지 못했다. 의현 역시 그날 보았던 어린 소녀의 눈이 잊히지 않아 가끔 떠올리고는 했지만 흘러내린 피로 시야가 가려져 가을의 얼굴을 제대로 기억하지는 못했다.

'그게 너였구나.'

의현이 들은 말이 사실이라면 은형의 기일은 가을의 부모님 기일이기도 했다. 하지만 가을은 단 한 번도 이 집에서 부모님에 관한 이야기를 꺼내지 않았다. 12월 23일이 돌아오면 아침 일찍 어딘가를 갔다가 점심 무렵 돌아온 것이 전부였다.

'아마 부모님께 다녀온 것일 테지.'

의현은 그 사고로 자신의 모든 것을 잃었다고 생각했다. 그리고 눈앞의 가을 역시 다르지 않았다는 것을 그제야 알게 됐다. 가을도 똑같이 가족을 잃었다. 전부를 잃었다.

'너도 나와 같아. 그 사고로 모든 걸 잃었어.'

캔버스 위를 쉼 없이 움직이던 붓이 멈췄다. 뒤늦게 기척을 느낀 가을이 뒤를 돌아봤다.

"어? 의현아. 언제 왔어?"

붓을 내려놓은 그녀는 서둘러 자리에서 일어섰다. 그는 대답 없이 가을의 얼굴을 가만히 바라봤다. 어린 시절 몸이 약해 늘 병원에 있었던 의현은 그렇게도 좋아했던 형에게 해줄 수 있는 것이 아무것도 없었다. 이제는 해주고 싶어도 은형이 곁에 없었다.

사고 당시 형인 은형은 의현을 감싸려다 크게 다쳤다. 차의 반 이상이 망가진 큰 사고에도 의현이 살아남을 수 있었던 것은 모두 은형 덕분이었다. 그는 끝까지 품에서 의현을 놓지 않았다. 의현은 은형이 자신의 대용품으로 살다가 끝내는 저를 위해 대신 죽었다는 생각에 자신을 스스로 사랑할 수조차 없었다. 넘치는 마음을 줄 곳은 그 어디에도 없었다. 갈 곳 없는 마음, 줄 곳 없는 애정.

'그럼 네게 주면 될까.'

의현의 표정이 그 순간 살짝 일그러졌다. 그것을 오해한 가을은 닫혀 있는 창을 바라봤다.

"미안. 기름 냄새나지? 지금 창문 열어놓을게."

이 방에는 늘 기름 냄새가 진동했다. 가을은 유화를 자주 그렸고 그 때문에 붓을 씻어내는 기름이 방에 놓여 있어 늘 기름 냄새가 끊이지를 않았다.

창문을 열기 위해 돌아서려는 가을의 손을 의현이 붙잡았다. 갑작스러운 행동에 화들짝 놀란 가을이 손을 빼내자 의현의 까만 두 눈이 다시 그녀의 두 눈을 마주해 왔다.

"아, 나 지금 손이 엉망이야. 물감이 묻어서."

의현은 가을의 손을 내려다봤다. 뒤섞인 물감이 묻어난 손은 그녀의 말대로 엉망이었다. 그 손을 내려다보던 의현이 천천히 고개를 들었다. 물감은 손에만 묻은 것이 아니었다. 가을의 뺨에도 붉은 물감이 묻어나 있었다.

"묻었잖아."

가을의 뺨을 엄지로 한 차례 쓸어내린 의현은 놀란 토끼 눈이 되어 자신을 바라보는 그녀를 마주한 채 조용히 웃었다. 가을은 넋을 놓은 얼굴로 의현을 바라보다 얼굴을 붉혔다. 뺨에 묻어난 붉은 물감만큼이나 그녀의 얼굴이 붉어졌다.

"엉망이네."

그의 웃음이 조금 더 짙어졌다. 가을이 이 커다란 집에 들어온 이후 처음으로 보는 의현의 웃음이었다.

◈

열어둔 창을 통해 매미 울음소리가 들려왔다. 어깨 위에 앉아 귀에 대고 우는 것 같다는 착각이 들 만큼 큰 소리였다. 붓을 쥔 손을 잠시 멈추고 창가로 시선을 돌린 가을은 곤란하다는 얼굴로 웃었다. 에어컨을 켜두고 작업을 하면 이상하게 집중이 되질 않아 작은 선풍기 하나만 틀어두고 창문을 열어두었는데 이건 이거대로 단점이 있었다.

"창문을 닫자니 또 기름 냄새로 가득 찰 거고."

창문을 닫고 에어컨을 켤까. 잠시 고민하는 사이, 매미 울음소리가 사라졌다. 곧 다시 울겠지만 그래도 이때가 기회다 싶어 붓을 쥔 손을 위로 들어 올린 순간이었다. 이번에는 다른 소음이 가을의 손을 멈추게 했다.

점차 가까워지는 누군가의 발걸음 소리가 들려왔다. 소리가 들려오는 간격을 봐서는 조금도 걸음을 서두르고 있지 않았지만 어쩐지 화가 난 듯 힘이 들어가 있었다. 가을은 곧 문을 열고 안으로 들어설 사람이 누구인지 충분히 짐작할 수 있었다. 의현이다.

"왜 먼저 갔어? 기다리라니까."

역시. 가을이 손에서 붓을 내려놓고는 뒤를 돌아봤다. 반듯한 미간에 주름이 잡혀 있었다. 의현은 더위에 약했다. 하지만 오늘 저 심기 불편한 얼굴은 더운 날씨 탓이라고 돌리기에는 무리가 있었다.

"말했잖아. 일일이 학교로 데리러 오는 거 그만하라고."

"왜?"

"이유도 같이 말했는데."

"기억 안 나."

"거짓말."

가방을 툭 아무렇게나 내려놓은 의현은 소파에 앉았다. 가을이 그림을 그릴 때 작업실로 사용하는 이 방에는 원래 소파가 놓여 있지 않았다. 의자와 이젤, 그리고 도구를 넣어두는 정리대가 전부였다. 저 소파는 가을이 그림을 그릴 때 늘 서서 보던 의현이 그게 불편한 건지 어느 순간 그녀의 동의도 없이 가져다 놓은 것이었다. 지금은 의현의 전용석이나 다름없었다.

"너도 피곤하고 번거롭잖아. 내가 애도 아니고."

"차 없이 다니기에는 불편하잖아."

"안 불편해."

"아니면 면허 따라니까."

가을은 잠시 입을 꾹 다물었다. 열 살에 이 집에 들어와 스무 살이 된 지금까지 그녀는 재환의 도움을 받아 공부하고 부족함 없이 생활하고 있었다. 필요한 것이 있다면 무엇이든 구해주고 부족한 것이 있다면 아낌없이 채워줬다. 그녀가 사용하는 미술용품들 역시 전부 고가의 제품이었는데 그건 의현이 직접 알아보고 사준 것들이 대부분이었다. 그렇게 가을은 이 집에서 넘칠 정도의 호의를 받고 있었다.

하지만 가을은 제 용돈만큼은 제가 벌어 쓰려 했고 미술을 배우는 것 외에 개인적으로 필요한 물건이 있다면 제힘으로 돈을 모아 장만하려고 했다. 그 때문에 아르바이트를 늘 하고 있었다. 물론 의현은 그것을 마음에 들어 하지 않았다. 그 문제로 두세 번 다투기도 했었는데 늘 그에게 약한 모습을 보이는 가을도 이 부분에서만큼은 물러설 생각이 없다며 완강한 모습을 보였다. 결국 가을의 고집대로 하긴 했지만 그는 여전히 가을이 학교에 다니는 중에 돈을 벌기 위해 아르바이트를 하는 것을 못마땅하게 생각했다.

"면허는 나중에 내가 필요하다고 생각되면 딸게."

아마 면허를 따면 의현은 제 아버지에게 바로 말해서 가을이 타고 다닐 수 있도록 차를 뽑아줄 것이다. 그건 그녀가 당장 면허를 따지 않으려는 이유이기도 했다. 지금 그의 집에서 받는 호의만으로도 차고도 넘쳤다.

"너 요즘 고집 엄청 세졌어."

목소리에 불만이 묻어났다. 학교 앞으로 데리러 가지도 못하게 했고 면허는 따라고 해도 안 땄다. 가을이 단 하나를 져 주지 않으니 심통이 난 모양이었다. 다시 그림을 그리려 붓을 손에 쥐었던 가을이 몸을 완전하게 돌리고는 그의 두 눈을 마주했다.

"내가 면허 안 따는 게 그렇게 싫어?"

"아니면 나랑 같은 대학 왔으면 좋았잖아."

"한동안 그 소리 안 한다 싶었는데. 그 억지 언제까지 부릴 거야? 네가 워낙에 같은 대학 가길 원했으니까 최소한 노력이라도 하는 모습은 보여주고 싶어서 수험 기간 동안 열심히 하긴 했지만, 사실 처음부터 나한테는 너무 어려운 일이었다고. 그리고 미술을 전공하기에는 지금 내가 다니고 있는 대학이 더 적합했고."

이렇게 말해도 마음이 풀리지 않는 건지 의현에게서 돌아오는 반응이 없었다. 가을은 결국 자리에서 일어나 그의 곁에 앉았다.

"그래도 너 다니는 학교랑 가깝긴 하잖아. 나 그것도 엄청 노력한 건데 좀 봐줘라, 강의현."

장난스럽게 울상을 지어 보이자 의현은 결국 표정을 풀고 살짝 웃어 보였다. 가을 역시 그제야 의현을 따라 웃어 보였다.

열일곱의 봄, 의현은 그맘때쯤부터 가을에게 완전하게 마음을 열었다. 조금의 거리감도 느낄 수 없을 만큼 그는 사소한 거라도 가을을 먼저 챙겼고 남들에게 보이지 않는 약한 모습도 그녀에게만큼은 보이고는 했다. 강의현의 약한 모습을 알고 있는 유일한 사람은 자신밖에 없다. 그런 생각을 할 수 있을 정도로 가을과 의현의 관계는 가까워져 있었다. 가을은 어떤 계기로 그가 자신에게 마음을 연 건지 알 수 없었지만, 딱히 그 이유를 물을 생각은 하지 않았다. 그녀는 의현의 이런 변화가 싫지 않았다.

"나 그럼 그림 그리던 거 마저 그린다?"

가을이 자리에서 일어나 다시 이젤 앞에 앉았다. 툭— 목을 잠그고 있던 셔츠 단추 하나를 무심히 풀어낸 의현은 소파에 좀 더 편히 몸을 기댄 채로 가을의 모습을 바라보고 있었다. 햇빛을 받은 피부는 하얗고 시야에 드러난 목선은 가늘었다. 의현은 미동 없이 그렇게 가을의 모습에서 시선을 떼어내지 않았다. 그러다 문득 미간을 찌푸렸다. 사라졌던 매미 울음소리가 다시금 방 안을 가득 채웠기 때문이었다.

"시끄러워."

가을이 흰 물감을 짜내며 작게 웃음을 터트렸다. 그녀의 귀에도 거슬리게 들려온 매미 울음소리가 의현의 귀에 거슬리지 않을 리 없었다. 얼마나 참나 했더니 10분도 참지 못하고 불만을 표했다.

"방에 가서 쉬어."

"같이 가든가."

"나 이거 아직 완성 안 했잖아."

"언제 완성되는데?"

"네가 방해만 안 하면 딱 두 시간 정도?"

돌아보지 않아도 의현이 어떤 얼굴을 하고 있을지 눈에 그려졌다. 뭐가 그렇게 길어? 라고 생각하며 미간을 좁히고 있을 것이 분명했다. 뒤에서 움직이는 기척이 느껴졌다. 설마 본격적으로 방해하러 오는 건가 싶었지만 의현은 자세를 고쳐 앉았을 뿐 가을과의 거리를 좁혀오지 않았다. 그저 방 안의 풍경을 한 차례 둘러보고는 잠시 상념에 잠긴 얼굴을 했다.

"이 방, 어릴 때 형이 썼었어. 알아?"

붓을 쥔 가을의 손이 움직임을 멈췄다. 처음 듣는 이야기에 그녀는 조금 놀란 얼굴로 뒤를 돌아봤다.

"정말?"

"응. 형도 미술 했거든. 근데 어린 내가 보기에도 영 재능이 없었던 거 같아."

"그렇게 말하면 형한테 실례 아니야?"

"형이 병원에서 내 초상화라면서 가끔 내 얼굴을 그려줬거든. 그런데……."

말끝을 흐린 의현의 얼굴에 살짝 곤란한 기색을 담은 미소가 그려졌다. 하지만 오랜만에 형과의 기억을 떠올리는 그의 얼굴은 온화해 보였다. 지금 떠올리는 강은형과의 기억이 그에게 좋은 추억에 속했기 때문이었다.

"왜? 초상화가 어땠는데?"

"그림 속의 내가 너무 못생긴 거야. 그래서 난 내가 정말 못생긴 얼굴인 줄 알았어. 형이 그 그림을 보여주면서 나랑 정말 똑같이 생겼다고 했거든."

"하하."

가을이 참지 못하고 크게 웃음을 터트렸다.

"보고 싶다. 남아 있는 그림은 없어?"

턱을 괸 채로 가을을 응시하는 얼굴에 조금 미묘한 변화가 생겨났다. 그는 창가로 다시 시선을 돌렸다. 시야에 보이는 옆얼굴이 조금 쓸쓸해 보였다.

"집에 왔을 때는 그림이 하나도 없었어. 어머니가 다 정리했더라고."

가을의 얼굴에서 천천히 웃음이 사라졌다. 괜한 걸 물었다는 생각이 들었지만 이미 주워 담을 수 없었기에 그녀는 의현의 시선이 다시 자신의 얼굴에 닿자마자 밝게 웃어 보이며 장난스럽게 말을 걸었다.

"내가 다시 그려줄게."

"네가?"

"응."

가을이 붓을 내려놓고 대신 펜을 손에 들어 의현의 얼굴이 있는 방향을 향해 쭉 내밀었다.

"모델이 좀 못생겼지만 최대한 잘생기게 미화해서 그려줄게."

"뭐?"

"일단 그리던 건 마저 그리고."

그의 얼굴에 다시 미소가 그려진 것을 확인한 뒤에야 가을은 캔버스로 시선을 돌렸다. 시끄러운 매미 울음소리는 한동안 방 안을 가득 채우다 다시 사라졌다. 가을은 의현이 오래 버티지 못하고 방으로 돌아갈 거라 생각했지만 뒤에서 움직이는 기척이 없었다. 신경이 쓰인 건지 그녀는 결국 의아한 얼굴로 뒤를 바라봤다.

"계속 여기 있을 거야?"

"왜 자꾸 쫓아내?"

"여기 더우니까 그렇지. 너 더운 거 질색하잖아."

의현은 대답 없이 아예 소파에 누워 버렸다. 가을이 함께 나갈 때까지 이 방을 벗어날 생각이 없다는 의사가 분명하게 보이는 행동이었다. 소파는 그가 고등학생일 때 이 방에 들여놓았고 그때보다 훌쩍 커버린 키 때문에 소파 밖으로 발이 빠져나왔다. 그게 우스워 소리 없이 미소 지은 가을이 곧 두 눈을 감은 의현의 얼굴로 시선을 보냈다.

조금 전까지는 잘 몰랐는데 의현의 얼굴이 유독 피곤해 보였다. 붓을 내려놓고 소파로 다가선 가을은 그의 옆에 살짝 걸터앉아 안경을 벗겨냈다. 의현의 두 눈이 천천히 떠졌다. 아마 다른 이가 이런 행동을 했다면 무서우리만큼 차가운 얼굴로 화를 냈을 것이다.

"피곤해? 눈 아파?"

"괜찮아."

의현의 왼쪽 눈은 여전히 사물을 구분할 수 없을 정도로 흐릿하게만 보인다고 했다. 왼쪽 눈의 시력이 거의 존재하지 않다 보니 오른쪽의 시력까지 점차 나빠지고 있었다. 그 속도를 늦추기 위해 의현은 어릴 때부터 안경을 써왔다. 지금은 그의 눈에 문제가 있다는 것을 다른 이에게 들키지 않기 위한 하나의 도구이기도 했다. 의현이 이렇게 안경을 벗는 것도 가을의 앞에서만이었다.

"눈 찜질하는 팩 사 왔는데 그거 해줄까?"

의현이 고개를 저었다. 가을은 손으로 그의 감은 두 눈 위를 지그시 눌렀다. 그게 좋은 건지 손을 떼어내지 못하도록 그가 가을의 손목을 단단히 붙들었다.

"물감 냄새나지 않아?"

"괜찮아."

"너, 나 그림 못 그리게 하려고 일부러 이러는 거지?"

의현이 작게 웃음을 터트렸다. 가을은 입을 삐죽이면서도 자리에서 일어서지는 않았고 의현의 눈 위를 덮은 손에 조금 더 힘을 뺐다.

"시력검사 할 때 됐지? 병원에 언제 가?"

"다음 주 화요일."

"그럼 나랑 같이 가."

응. 작게 대답하는 목소리가 나른하게 느껴졌다. 졸음이 쏟아지는 모양이었다. 하지만 가을은 의현이 이곳에서 잘 수 있을 거라는 생각은 하지 않았다. 방은 기름 냄새에, 매미 울음소리, 에어컨도 켜지 않아 후덥지근한 공기로 가득 들어차 있었다.

"더워."

그럼 그렇지.

얼마 지나지 않아 들려온 그의 음성에 가을은 작게 웃음을 터트리고는 그리다 만 그림을 응시했다. 아무래도 저건 오늘 완성할 수 없을 것 같았다. 손목을 붙든 힘은 어느새 약해져 있었다. 그가 마음을 놓고 있는 사이, 손을 빼낸 가을은 의현을 억지로 일으켜 세웠다.

"일어나. 네 방 가서 쉬게."

"그림은?"

"뭘 물어? 그리지도 못하게 할 거면서."

가을은 자리에서 일어나 사용한 도구들을 정리하기 시작했다. 대충 정리를 끝내고 주변을 한 차례 둘러보는데 어깨 위에 묵직한 무게감이 느껴졌다. 의현이 그녀의 어깨에 팔을 두르고는 조금 삐딱하게 서서 가을을 응시했다. 얼른 끝내고 나가자는 무언의 압박이었다.

"얼마나 기다렸다고."

"어차피 다시 꺼낼 거잖아. 대충해 대충."

더는 기다리지 못하겠다는 듯이 어깨 위에 두른 팔에 힘을 주었다. 그는 그대로 가을을 이끌고 방을 나서려 했다.

"앞치마 아직 안 벗었잖아. 물감 묻으니까 잠깐만 저리 가 있어."

"괜찮아."

"어어?"

억지로 끌려가는 듯 했지만 그런 의현이 행동이 싫지 않은 건지 가을의 입가에는 미소가 번져 있었다. 곧 두 사람의 모습이 시야에서 사라지고 희미하게 들려오던 웃음소리마저 자취를 감췄다.

방 안에 덩그러니 놓여 있는 이젤 위에는 가을이 그리다 만 그림이 놓여 있었다. 캔버스 안에는 푸른빛이 가득했다. 누가 봐도 무엇을 그렸는지 한눈에 알 수 있는 그림이었다. 그녀가 그린 그림은 아직 어둠에는 조금도 물들지 않은 푸른 바다였다.

◈

구름 한 점 없는 맑은 하늘에서 쏟아지는 햇살이 눈이 부시다 못해 살인적이었다. 사흘째 숨이 턱턱 막히는 폭염이 이어지고 있었다. 필요한 자료를 찾아 도서관을 나서는 가을과 그녀의 동기인 은경의 발걸음이 무겁다 못해 곧 그대로 멈춰 설 것처럼 느릿하기만 했다.

"야, 차라리 도서관에 더 있을 걸 그랬다. 무슨 날이 이렇게 덥냐."

"커피라도 사먹을까? 진짜 덥네."

"윤가을 네가 쏘는 거냐?"

"대신 아메리카노 마시자. 나 쿠폰 있는데."

"나 쓴 커피 질색이야."

"시럽 많이 넣어서 마셔."

전단지를 반으로 접어 부채질하며 걷던 가을의 걸음이 그 순간 우뚝 멈췄다. 곁에서 걷던 은경 역시 마찬가지였다. 그녀가 가을의 옆구리를 쿡 찔러왔다.

"윤가을. 사실대로 말해."

"뭘?"

"난 네 말 도저히 못 믿겠다. 남친도 아닌데 저렇게 매번 데려다주고 데리러 온다고? 그것도 저 잘난 얼굴로 저 비싼 차를 타고?"

은경이 흥분하며 손가락을 척 내밀어 어딘가를 가리켰다. 가을은 곤란한 기색을 담아낸 미소를 입가에 머금으며 그 손을 따라 시선을 옮겼다. 검은 세단 앞에 서 있는 의현의 모습이 눈에 들어왔다. 어린 시절 가을의 눈에는 너무 예뻐서 인형 같기만 했던 의현은 이제 키도, 체격도 커져 남자다운 분위기가 물씬 풍겼다.

'잘 커도 너무 잘 컸어.'

새삼 감탄하며 그의 모습을 바라보고 있는데 의현 역시 가을을 발견한 건지 차에 기대고 있던 몸을 일으켜 세웠다. 오늘은 내가 이겼다는 듯이 짧게 웃어 보이는 얼굴이 조금은 심술 맞다.

"아무튼, 강의현. 고집은."

그리 데리러 오지 말라고 했는데 가을이 먼저 도망갈 시간까지 계산해서 학교 앞으로 데리러 왔다. 요즘 들어서는 도통 져 주지를 않는다.

"은경아, 미안. 나 먼저 갈게."

"야, 인사 좀 시켜주라."

달아나려는 가을을 붙든 은경이 빠르게 그녀의 앞을 막아섰다.

"아니면 확실히 대답하고 가. 진짜 무슨 사이야?"

뭐라고 해야 하나. 후원자 아들? 친구?

머릿속에 떠오른 후보 중 딱히 마음에 드는 것이 없었다. 눈동자를 이리저리 굴리며 고민하던 가을이 뒤늦게 무언가를 깨닫고는 은경의 어깨 너머를 바라봤다. 역시나. 의현은 금방이라도 여기로 올 기세였다. 더위에 약한 강의현은 이 폭염 속에서 오랜 시간 가을을 기다려 줄 만큼 참을성이 좋지 않았다.

“인사는 나중에. 커피는 내일 살게.”

“야! 윤가을!”

“너 좋아하는 거로 사줄게! 오늘은 봐주라.”

“제일 비싼 거 마실 거야, 기지배야!”

은경을 지나쳐 빠르게 의현에게로 달려간 가을은 그의 등을 떠밀어 얼른 차에 타게 하고는 자신 역시 보조석 문을 열었다. 손을 흔들어 은경에게 인사하고 차에 올라타자마자 얼른 출발하라고 재촉을 했다.

“너 잡아먹을 것처럼 보는데. 그냥 가도 되는 거야?”

“알면 얼른 출발해. 너도 같이 잡아먹힐지도 모르니까.”

차는 곧 학교를 벗어나 큰 도로에 진입했다. 그제야 한숨 돌린 가을은 손에 들고 있던 다 구겨진 전단지를 가방 안에 넣었다. 차 안은 시원해서 굳이 부채질할 필요가 없었고 의현이 미리 사다 놓은 시원한 커피가 콘솔박스 앞의 홀더에 꽂혀 있었다.

“누군데?”

“응?”

“아까 너랑 같이 있던 사람.”

“아, 이은경이라고 나랑 동기인데 아르바이트하는 카페까지 같아서 금세 친해졌어.”

“근데 왜 도망쳐?”

“너 소개해 달라고 해서.”

“소개하면 되잖아.”

“음, 그게……. 널 뭐라고 소개해야 할지 좀 애매해서.”

차가 신호에 걸렸다. 한 번 걸리면 꽤 오래 기다려야 하는 구간이었다.

고개를 돌려 가을을 응시하는 그의 얼굴이 조금은 느슨하게 풀어져 있었다. 사람들을 만날 때면 늘 가시처럼 날카롭게 신경을 곤두세우고 있는 그가 가을과 함께 있을 때만 이렇게 긴장을 풀고 편안한 얼굴을 하고는 했다. 가을은 그게 좋아서 의현과 단둘이 있는 시간을 무척 소중하게 생각했다.

"후보가 뭐 있는데?"

"일단, 후원자 아들?"

"그건 너무 먼 사이 같지 않아? 난 아버지가 너 후원하는 거에 사실 관심 없어."

"그럼 같은 집에 10년째 함께 사는 남자?"

의현이 미간을 좁히고는 진심이냐는 얼굴로 물었다.

"학교 그만 다니고 싶어?"

"농담이야. 그건 좀 오해의 소지가 있지. 아니면 친구?"

"무슨 친구가 매일 학교 앞으로 데려다주고 데리러 와?"

"그러게. 그걸 알면서 왜 자꾸 와? 자꾸 그러니까 은경이가 네가 나 좋아한다고 착각하……."

가을은 저도 모르게 내뱉은 말에 멈칫하며 말끝을 흐렸다. 커다란 눈동자를 이리저리 굴리던 그녀는 슬쩍 고개를 돌려 의현의 눈치를 봤다. 그는 동요 없는 담담한 얼굴로 가을을 응시하다 눈이 마주치자마자 조금 심술궂은 얼굴을 했다.

"착각은 윤가을 네가 하는 것 같은데."

신호가 바뀌었다. 의현은 차를 출발시켰고 가을은 그의 옆얼굴을 응시하다 창을 향해 고개를 홱 돌렸다. 그때부터 차 안은 이상하리만큼 조용했다. 잠이라도 자는 건가 싶어 옆을 확인한 의현의 입매가 또 한 번 느슨하게 풀어지고 말았다.

"윤가을."

가을의 얼굴, 시야에 드러난 목과 귀가, 잔뜩 붉어져 있었다. 자신을 부르는 목소리에 어쩔 수 없이 고개를 돌리자 의현의 손이 그녀의 뺨에 툭 닿았다.

"터지겠다."

그리 말하며 웃는 의현의 얼굴이 햇빛 아래 눈부시게 빛나는 것 같았다. 손을 들어 붉어진 뺨을 매만진 가을이 그만 놀리라며 그의 팔을 한 대 때렸다.

"내일 또 데리러 갈 테니까 이번에는 제대로 소개해."

두 사람의 관계가 또 한 번 달라진 시기였다. 스무 살의 여름. 가을은 누구보다 행복한 하루하루를 보내고 있었고 그 곁에는 의현이 있었다. 그래서 가을은 안 좋았던 기억도, 꽁꽁 감춰둔 상처도, 마치 처음부터 제 것이 아니었던 것처럼 다 잊고 지냈다.

'살려주세요.'

신을 향해 매일 기도했던 어린 소녀는 이제 그 어디에도 없었다.

견딜 수 없이 네가 보고 싶은 날

잠든 가을의 얼굴이 창백해 보였다. 악몽이라도 꾸는 것처럼 작게 신음을 내며 고통스러운 얼굴로 뒤척이던 가을은 결국 경련하듯 몸을 한 차례 움직이고는 눈을 뜨고 말았다. 방 안은 어둠만이 가득했다. 어둠에 익숙해진 눈으로 주변을 둘러보고는 곧 안도한 것처럼 길게 숨을 토해냈다. 하지만 여전히 불안정한 상태를 드러내듯 가슴은 크게 들썩였고 몸은 땀으로 젖어 있었다.

손을 뻗어 옆을 더듬거리자 휴대전화가 쉽게 손에 잡혔다. 새벽 6시를 막 넘긴 시간이 눈에 들어왔다. 이대로 일어나기에는 평소보다 기상 시간이 좀 이르고, 그렇다고 다시 잠들기에는 모호한 시간이었다. 다시 눈을 감을까. 잠시 고민하던 가을은 또다시 악몽을 꾸게 될 것 같은 느낌이 들어 일단 두 다리를 침대 아래로 내렸다. 부엌으로 가 차가운 물을 한 잔 마시자 정신이 좀 드는 느낌이 들었다.

째깍— 시계 초침마저 거슬릴 정도의 침묵이 집 안에 감돌았다. 집 안에는 가을 혼자일 뿐 누구의 기척도 느껴지지 않았다. 저녁에 들르겠다던 의현은 결국 오지 않은 것이다. 안도감, 그리고 서운함. 자신을 휘감은 그 이중적인 감정에 가을은 버석하게 마른 웃음을 짓고는 고개를 숙였다.

오랜만에 꿈을 꿨다. 어린 두 아이를 제외하고 5명의 사망자를 낸, 끔찍한 사고에 관한 기억이었다. 그날 보았던 소년의 검은 두 눈을 떠올린 가을은 손으로 얼굴을 한 차례 쓸어내렸다. 잠시 숨을 고르고 자리에서 일어서려는데 방치하듯 놓아둔 쇼핑백이 눈에 들어왔다. 의현이 보낸 포장된 죽이 그 안에 담겨 있었다. 저녁조차 제대로 먹지 못하고 죽은 듯이 잠을 잤던 가을은 뒤늦게 허기를 느끼고는 죽을 그릇에 담아 데우고 그것을 먹기 시작했다.

"윤가을."

숟가락을 든 손의 움직임이 멈췄다. 천천히 고개를 들었지만 맞은편에는 아무도 없었다. 집 안은 여전히 고요하기만 했다. 조금 전 가을이 들은 의현의 목소리는 환청이었다. 그걸 깨달았지만 가을은 쉬이 빈자리에서 시선을 떼어내지 못했다. 마치 그 자리에 의현이 있는 것처럼.

이름을 부르며 다정하게 뺨을 건드리거나 웃어 보이던 그의 얼굴이 떠올랐다. 목이 콱 메고 저도 모르게 눈물이 뚝 떨어져 내렸다. 다시 볼 수 없는 그때의 의현이 오늘따라 견딜 수 없을 만큼 보고 싶었다.

그때의 의현은 가을에게만큼은 상냥하고 다정한 사람이었다. 늘 무심한 것 같은 차가운 얼굴을 하면서도 그녀의 앞에서만큼은 봄 햇볕보다 따스한 얼굴을 보여주는 사람이었다. 딛고 있는 땅이 무너지고 두 사람의 관계가 어그러지기 시작한 것은 순식간이었다. 다 망가져 버리고 나서야 가을은 깨달았다. 의현에게 절대로 애정을 받아서는 안 될 사람이 바로 자신이었다는 것을.

시야가 잔뜩 흐려졌다. 참지 못하고 쏟아낸 눈물이 뺨을 타고 흘러내려 턱 끝에 맺혔다. 오피스텔 안에는 가을 외에 아무도 없었지만 혹여 흐느낌이 새어나갈까 싶은 건지 그녀는 입을 틀어막고 울었다. 그 순간 휴대전화가 울렸다. 의현의 이름과 번호가 액정에 나타났지만 그녀는 전화를 받지 못했다. 지금 그의 목소리를 들으면 정말 목 놓아 울어버릴 것만 같았다. 한참을 울리던 전화는 곧 끊어졌고 그 전화가 다시 울리는 일은 없었다.

오피스텔에 빛이 들어설 때쯤 그녀는 화실에 나갈 준비를 했다. 마치 아무 일도 없었던 것처럼. 그녀는 그렇게 기나긴 하루를 또 시작하고 있었다.

❖

눈이 내렸다. 올겨울의 첫눈이었다. 첫눈치고는 꽤 많은 양이 내린 탓에 오전 수업에는 1명이 나오지 못한다는 연락을 미리 해왔고 오후에는 그보다 많은 인원이 자리를 비우게 됐다.

“평소보다 조용한 분위기에서 그릴 수 있어서 좋긴 한데, 이건 좀 심하네요. 저 혼자 전세 낸 거 같아요.”

오후에는 다섯 명의 회원 중 네 명이 나오지 못했다. 화실에 나온 사람은 태민 하나뿐이었다. 그도 그럴 것이 멈췄던 눈이 점심 무렵부터 다시 내리고 있었는데 지금도 눈발이 심상치 않았다. 가을이 생각하기에도 그림을 그리러 굳이 밖으로 나오기에는 무리가 있는 날씨였다.

“오늘은 쉬지 그랬어요. 다른 분들은 일찌감치 연락 줬는데.”

“여기 와서 이렇게 그림 그릴 수 있는 것도 얼마 안 남았잖아요. 그거 생각하니까 나오고 싶더라고요."

의현에게 보고가 올라간 대로 가을은 화실을 내어놓았다. 12월까지만 운영할 생각이었고 회원들에게도 그 소식을 미리 전했다. 화실을 더는 운영하지 않는다는 사실에 다른 이들도 모두 아쉬워했지만 그중에서도 태민이 가장 아쉬워했다.

그녀가 운영하는 화실 '소솜'은 그림을 가르치고 또 배우려는 수업의 목적보다는 자유롭게 그림을 그릴 수 있는 장소라는 의미가 더 컸다. 가을은 수업이 없는 시간에도 화실 문을 열어놓을 때가 많았고 회원들은 지나가다 시간이 나면 자유롭게 소솜에 들러 그림을 그릴 때가 많았다. 태민은 무엇보다 그게 좋다고 했다.

"아쉬워요. 정말 여러모로."

전에도 한 차례 이렇게 말했지만 달라지는 것은 없었다. 스케치를 하고 있던 태민이 힐끗 가을을 향해 시선을 보냈다. 돌아선 그녀는 창밖의 눈 내리는 풍경을 바라보고 있었다. 제설 작업을 해서 도로에는 눈이 많이 쌓이지 않았다지만 마른 나뭇가지 위로, 건물 위로, 하얀 눈이 계속해서 쌓이고 있었다.

"화실 문 왜 닫는 건지 물어보면 실례일까요?"

조심스럽게 건네어진 질문에 가을이 뒤를 돌아봤다. 살짝 곤란한 얼굴을 했다가 힘없이 웃어 보이는 그녀의 얼굴이 생기를 잃은 마른 나뭇가지 같았다.

"그냥……. 지쳐서요. 이제 정리할 때도 된 것 같고요."

정리할 때가 됐다니. 그 말을 이해할 수 없는 태민에게는 전혀 답이 되지 않는 말이었다. 하지만 지쳤다는 대답만큼은 진심인 것 같았다.

'대답하기 곤란했구나.'

그리 생각한 태민은 더는 깊게 묻지 않고 다시 연필 손에 쥐었다. 사각

사각— 캔버스 위를 스치듯 움직이는 펜의 소리가 희미하게 울려 퍼졌다. 그녀는 어느새 태민의 뒤로 걸음을 옮겨 그의 그림을 물끄러미 바라보고 있었다. 스케치를 마친 태민은 이제 채색에 들어갔다. 캔버스 가득 그려진 것은 하얀 매화였다. 거리에 쌓인 눈만큼이나 희고 아름다운 꽃.

"화실 다니기 전에 다른 사람한테 그림 배운 적 있어요?"

"어릴 때부터 습관처럼 그렸어요. 친아버지가 화가시거든요."

캔버스에 머물러 있던 그녀의 시선이 태민의 뒷모습에 닿았다. 보통 아버지를 말할 때 굳이 친아버지라고 말하지는 않을 것이다. 무언가 사연이 있겠구나 싶어 그저 고개를 끄덕이고는 다시 매화를 응시하고 있는데 붓을 쥐고 있는 태민의 손이 움직임을 멈췄다. 뒤를 돌아본 그는 가을의 생각을 읽어낸 것처럼 아무것도 묻지 않았음에도 설명을 덧붙였다.

"부모님이 이혼하셨어요. 저는 어머니 따라 서울로 왔는데 1년 뒤에 어머니는 바로 재혼하셨고요."

"아."

"함께 살 때는 부모님이 매일 싸웠으니까 지금 생각해 보면 차라리 서로한테 좋은 결정이었다고 생각해요. 한창 예민할 중학생 때 벌어진 일이라 삐뚤어질 법도 한데, 그러기엔 새아버지 되신 분이 너무 좋으신 분이라 안정적인 환경에서 잘 컸죠. 그것도 아주 반듯하게."

그렇지 않아요? 하고 어깨를 으쓱이며 장난스럽게 덧붙인 말에 가을이 작게 웃음을 터트렸다.

"그럼 전에 그림 그리는 걸 어머니가 싫어한다고 말한 건……."

"아버지가 가난한 화가였거든요. 돈이 되지 않는 그림을 그려서 그땐 어머니가 생계를 책임지는 가장이나 다름없었어요. 그래서 어머니는 그림을 싫어했어요. 사실 제가 이렇게 취미로 그리는 것도 못마땅해하세요. 예전에는 이 문제로 잔소리도 자주 하셨는데 지금은 새아버지가 제 편들어주시기도 하고 지치셨는지 별말씀 안 하시지만요."

가을이 자신에 관한 이야기를 잘 하지 않는 것만큼이나 태민 역시 자신에 대해 많이 내보이는 사람이 아니었다. 2년 넘게 화실을 다니면서 이렇게까지 본인에 대해 많은 이야기를 한 것은 아마 처음인 것 같았다.

"저 원래 이런 얘기 잘 안 하는데."

"지금은 왜 했어요?"

"선생님은 제가 지금 여기서 뭐라고 떠들어도 제 얘기를 다른 곳에서 하실 분은 아닌 것 같아서요."

태민의 말대로였다. 가을은 지금 그가 한 말들을 누군가에게 전하지 않을 것이다. 그리고 시간이 지나 화실을 닫고 태민과의 연결 고리가 끊기게 되면 지금 이런 이야기를 했던 것도 어느 순간 잊게 될 것이다. 그는 다시 붓을 든 손을 움직였고 가을은 창가로 걸음을 옮겼다.

"눈이 많이 내릴 것 같은데 태민 회원님도 오늘은 좀 서둘러서 돌아가는 게 좋지 않을까요?"

"이것만 마저 그리고요."

고개를 끄덕인 가을은 태민의 곁에 놓여 있는 사이드 테이블 위에 따뜻한 차 한 잔을 타서 놓아주었다. 태민에게는 별다르게 조언을 해줄 것이 없었다. 그는 딱히 조언을 듣고 싶어 화실을 찾는 것도 아니었고 자기 색이 강한 그림을 그릴 때가 많았다. 그것이 좋았던 가을은 그의 그림에는 조금도 손을 대고 싶지 않아 말을 아꼈다. 그래서 태민은 화실에 오면 항상 저렇게 홀로 그림을 그리고 돌아가고는 했다. 오늘도 평소와 다르지 않게 조용히 매화 그림을 완성하고 자리에서 일어섰다. 서둘러서 돌아가는 게 좋지 않겠냐는 말이 무색하게 그는 평소보다도 더 늦은 시간에 화실을 나서게 됐다.

"눈 오니까 그림은 내일 챙겨갈게요."

"그래요."

코트를 챙겨 입고 목도리를 두른 태민이 마지막으로 가방을 챙겨 들다 말고 가을을 응시했다. 태민이 돌아가고 나면 이곳에는 그녀 홀로 남게 될 것이다. 하지만 가을은 어째서인지 돌아갈 기미를 보이지 않았다.

"선생님은 언제 가세요?"

"화실 정리 좀 하고요. 눈 많이 오면 화실에서 그냥 자고 가려고요."

"춥지 않을까요?"

온도를 높여둔다고 해서 그곳이 춥지 않은 곳이 되는 것은 아니었다. 가을에게는 오피스텔보다 이 화실이 되레 따뜻한 곳이었다.

"그냥 해본 소리예요. 집에는 가야죠."

"같이 가실래요? 저 오늘은 차 가지고 왔는데."

"아니에요. 가까워서 금방 가니까 걱정하지 말고 가요."

"네. 그럼 내일 뵐게요."

"조심해서 가요."

태민이 빠져나가고 가을은 혼자 남게 되었다. 이젤을 정리하고 바닥을 쓸고 닦다가 문득 휴대전화에 시선이 닿았다. 새벽에 걸려온 의현의 전화를 받지 못한 이후로 그에게서 걸려오는 전화는 한 통도 없었다. 연락뿐만이 아니었다. 호텔에서 본 것을 마지막으로 가을은 사흘간 의현의 얼굴을 보지 못했다. 사실 새삼스러운 일은 아니었다. 그는 매일같이 가을의 오피스텔을 찾다가도 어느 순간 발길을 뚝 끊고는 했다. 해외 출장으로, 일이 바빠서, 또 어떤 때는 아무런 이유도 없이. 한 달간 뉴욕에 갔을 때도 그랬다. 연락도 없이 사라졌고 불현듯 다시 나타나 그렇게 가을의 일상을 뒤흔들었다.

'이번에는 얼마나 걸리려나.'

전화를 받았어야 했을까. 아니면 곧장 전화를 해봤어야 했을까. 의현이 그 이른 시간에 전화를 거는 일은 드물었다. 그걸 자각하고 나니 받지 못한 그 전화가 무척 신경 쓰였다.

'설마 무슨 일이 생긴 건가?'

불안은 꼬리에 꼬리를 물었다. 머릿속을 가득 채운 의현의 생각에 안절부절못하던 가을은 곧 손을 들어 이마를 짚은 채 울먹이는 음성으로 중얼거렸다.

"어쩌려고 이래."

고작 사흘이다. 그리고 받지 못한 전화는 한 통이 전부였다. 그런데 이토록 안절부절못하는 꼴이라니. 앞으로 해야 할 일들을 생각하면 절대 이래서는 안 된다는 생각이 들었지만 마음을 단단히 먹어도 의현의 일에는 쉽게 무너지고 마는 자신이 싫었다. 강의현은 사흘을, 어떤 때는 일주일, 그리고 또 한 달이 넘는 시간 동안 자신을 찾지 않을 때도 있었다. 가을이 없어도 되는 사람처럼.

마대를 든 손에 힘이 빠졌다. 자꾸만 시야가 흐려져 가을은 두 눈에 힘을 주려 했지만 소용없었다. 그녀는 자리에 주저앉았고 그와 동시에 손에서 놓친 마대가 큰 소리를 내며 바닥에 떨어졌다. 차오른 눈물은 바닥을 적셨다. 작게 흐느끼는 소리조차 내지 못하고 우는 가을의 뒤로 여전히 눈발은 거세게 흩날리고 있었다.

"흐흑."

입술을 세게 깨물어봤지만 흐느끼며 우는 소리가 새어나가고 말았다. 화실이 워낙 조용한 탓에 그 소리가 크게만 느껴졌다. 가을이 손을 들어 입을 틀어막은 순간이었다. 빠르게 계단에 올라서는 누군가의 발걸음 소리가 들려오더니 곧 누군가 화실로 뛰어들어 오다 멈춰 섰다. 눈물을 닦아낼 새도 없었다.

"깜빡하고 시……."

돌아간 줄 알았던 태민이 화실 안으로 들어섰고 울고 있는 가을을 마주했다. 그는 당황한 얼굴로 끝맺지 못한 말을 이었다.

"……시계를 두고 가서 다시 왔어요."

사이드 테이블 위에 시계가 놓여 있었다. 태민의 것이었다. 그림을 그리며 잠시 풀어둔 것을 챙겨가지 못한 모양이었다. 이미 화실 안으로 두어 걸음 들어섰지만 태민은 선뜻 그 이상 걸음을 옮기지 못했다. 테이블은 하필 울고 있는 가을의 바로 옆에 놓여 있었다. 난감한 얼굴을 한 그는 뒤로 한 걸음 물러섰다.

"죄송해요. 불시에 화실 찾는 습관 좀 고쳐야지 안 되겠어요. 시계는 내일 가지러 올게요. 보관만 잘 해주세요."

태민은 우는 이유를 묻지도 않았고 위로를 건네지도 않은 채 돌아섰다. 화실을 벗어나 계단을 내려서는 발걸음 소리가 들려왔지만 그 소리는 중간에 뚝 끊기고 말았다. 태민은 계단을 반도 내려서지 못하고 다시 올라와 화실 안으로 들어섰다.

"괜찮아요?"

발걸음이 떨어지지 않는 모양이었다. 머리 위에서 떨어진 음성에 가을은 차마 고개를 들지 못했다. 우는 얼굴을 보이고 싶지 않았다. 망설이던 태민이 가을에게로 다가서서 손을 뻗으려는 순간이었다. 그 손을 다른 누군가가 치워내고는 순식간에 가을을 자리에서 일으켜 세웠다.

"화실 운영 시간은 이미 지난 거로 아는데."

가을을 자신의 품으로 당겨 세운 이는 태민에게 시선조차 주지 않은 채 물었다.

"볼일 남았습니까."

그 목소리가 창밖의 휘날리는 눈발보다 더 차가웠다. 가을은 목소리만 듣고도 자신을 일으킨 이가 누구인지 알 수 있었다.

눈물이 멈췄다. 붉어진 눈과 뺨에 남은 물기가 조금 전까지 가을이 울고 있었다는 것을 분명하게 드러내고 있었지만 의현은 손을 뻗어 그 눈물을 닦아줄 생각도, 우는 이유를 묻지도, 다정한 말을 건네지도 않았다. 그저 가을을 곁에 세워두고 태민을 경계하듯 차가운 얼굴을 한 채 서 있을 뿐이었다.

가을의 흐느낌 소리마저 사라진 화실 안에는 고요한 침묵이 감돌았다. 시간이 지나도 누구 하나 움직이는 기척이 없자 의현의 입매가 비틀리듯 위로 올라갔고 시선은 곧 태민에게로 향했다. 태민은 그 시선을 피하지 않았다.

가늠하듯 그를 바라보는 태민의 얼굴이 조금 낯설었다. 가을을 대하는 의현의 태도에서 호의적인 감정이 조금도 보이지 않아 저도 모르게 날을 세운 것이었다. 그는 늘 화실에 와서 그림만 그리다 돌아갔고 가을과 많은 대화를 나누는 사이도 아니었지만 그래도 2년 넘는 시간 동안 얼굴을 본 사이였다. 가을이 우는 걸 보고도 그 이유조차 묻지 않는 남자와 둘만 남긴 채로 돌아가기에는 마음이 불편했다.

"저는 이분이 누구신지 모르니까 이분이 아니라 선생님이 괜찮다고 하시면 그냥 돌아갈게요."

갑작스러운 의현의 등장에 너무 놀라 굳어져 서 있던 가을은 그제야 정신을 차렸다. 손을 들어 빠르게 남은 눈물을 훔쳐 내고는 테이블 위에 놓인 시계를 챙겨 태민의 손에 쥐어주었다.

"미안해요. 괜찮으니까 먼저 가요."

"정말 괜찮아요?"

재차 묻는 말에 가을은 고개를 끄덕였다. 더 고집을 부리기에는 가을이 곤란해질 것이다. 지금도 그녀는 충분히 곤란한 얼굴을 하고 있었다. 시계를 받아 든 태민은 망설이는 기색을 보였지만 곧 돌아섰고 화실을 빠져나갔다. 계단을 내려가는 발걸음 소리가 멀어지다가 완전하게 사라졌다. 가을은 조용히 문을 닫았다.

후— 들리지 않게 긴 숨을 한 차례 토해낸 가을은 천천히 뒤를 돌아봤다. 무슨 생각을 하는 건지 알 수 없는 얼굴로 서 있는 의현은 무언가를 집요하게 바라보고 있었다. 그의 시선 끝에 놓여 있는 것은 캔버스 가득 피어난 매화, 태민의 그림이었다. 눈썰미가 좋은데다 가을 때문에 미술 전시회에 자주 다녔던 그는 오피스텔에 있던 그림과 눈앞의 매화 그림의 화풍이 비슷한 것을 알아챘을 것이다. 가을은 하얀 천으로 태민의 그림을 덮었다. 집중해 보고 있던 그림이 시야에서 사라지자 그의 얼굴에 잠시 불쾌한 기색이 드러났다. 마주쳐 오는 까만 눈동자를 가을은 피하지 못하고 그 자리에 우두커니 서 있었다. 의현이 저런 차가운 눈으로 아무런 말없이 자신을 바라볼 때면 가을은 늘 발가벗겨진 기분이 들고는 했다.

"요즘 감추는 게 많지 않아?"

"그런 거 없어."

없기는— 작게 덧붙이는 목소리가 음산했다. 뚜벅— 서두르지 않는 발걸음 소리가 무겁게 들려왔다. 눈가에 와닿은 서늘한 감각이 곧 피부 위를 느릿하게 쓸어내렸다. 엄지로 가을의 붉어진 눈가를 매만지며 의현은 다시금 그녀의 두 눈을 마주했다.

"내가 무슨 짓을 해도 눈 하나 깜짝 안 하더니."

"……."

"왜 울었어?"

굳게 닫힌 입술은 작은 미동조차 보이지 않았지만, 가을의 머릿속에는 이미 그 답이 나와 있었다.

'네가 보고 싶어서 울었어.'

그리 답하면 너는 어떤 얼굴을 할까.

의미 없는 궁금증이었다. 말할 수 있을 리 없다. 말해서는 안 된다. 가을을 끝내 대답하지 못하고 그의 손을 치워내며 말을 돌렸다.

"여기까진 어쩐 일이야?"

"못 올 곳 왔어?"

"화실 오는 거 싫어하잖아."

"그렇다고 내가 여기 처음 온 것도 아니지. 뭐, 이제 올 일도 없을 테지만."

지금 의현의 기분이 좋지 않다는 것이 짧게 나눈 대화에서도 여실히 느껴졌다. 가을은 바닥에 아무렇게나 쓰러져 있는 마대를 세워 정리하고 책상 위에 놓여 있는 컵을 개수대에 담가 놓았다. 그가 먼저 화실을 벗어나지 않는 걸 보면 함께 돌아갈 생각인 모양이었다. 아무래도 남은 정리는 내일 해야 할 것 같았다.

앞치마를 벗어 한쪽에 놓아둔 가을은 그가 서 있는 곳을 제외한 모든 곳의 불을 껐다. 희미한 조명이 의현의 위에서 쏟아지고 있었다. 그는 등을 지고 선 채로 창밖의 풍경을 바라보고 있었다. 눈은 어느새 그쳤다.

"계속 거기 있을 거야?"

가을의 질문에 그는 천천히 뒤를 돌아봤다. 빛 아래 서 있는 그의 얼굴에서 조금 전까지 보지 못한 무언가가 눈에 박히듯 들어왔다. 가을이 그의 뺨에 남겨놓았던 상처는 이미 흔적 없이 사라져 있었다. 대신 얼굴에 못 보던 또 다른 상처가 남아 있었다. 손톱에 긁힌 것 같은 상처. 가을은 그 상처를 남긴 사람이 누구인지 쉽게 짐작할 수 있었다. 그의 어머니다.

'그러고 보니 곧 강은형 기일이지.'

그의 기분이 좋지 않은 이유가 그제야 짐작이 됐다. 이맘때쯤 신경이 곤두서는 의현과 그의 어머니가 충돌할 일이 있었던 것이다.

뚜벅— 움직이지 않을 것 같던 의현이 그 순간 가을과의 거리를 좁혀왔고 그녀를 지나쳐 먼저 화실을 빠져나갔다. 가을 역시 문을 잠그고 뒤늦게 건물을 빠져나와 그의 차에 올라탔다. 최 비서는 동행하지 않은 건지 차 안에는 그 혼자였다. 안 그래도 멀지 않은 거리를 차로 이동하니 그 거리가 더 짧게만 느껴졌다. 의현의 차는 곧 미끄러지듯 오피스텔 주차장으로 들어섰다.

"화실 정리되면 오피스텔도 정리할 테니까 그렇게 알아."

차에서 내려 엘리베이터를 탈 때까지도 의현과 나눈 대화는 없었다. 오피스텔 안에 들어서서 코트를 벗자마자 들려온 명령조의 말에 가을은 잠시 흠칫 몸을 굳혔다. 코트를 쥐고 있는 손이 작게 떨렸지만 이내 표정을 갈무리하고는 동요 없는 얼굴로 뒤를 돌아봤다. 그는 정장 겉옷을 벗고 침대에 걸터앉아 커프스를 풀어내고 있었다.

"오피스텔은 왜?"

"집에서 나올 거야."

"그래서?"

"회사 근처로 아파트 얻을 거니까 너도 그쪽으로 들어와."

애써 갈무리한 그녀의 표정은 단번에 무너지고 말았다. 기이하게 일그러진 얼굴로 의현을 바라보던 가을은 헛웃음을 터트렸다. 말도 안 되는 소리였다. 가을과 의현의 관계를 그의 부모님은 모르고 있었다. 그런데 이제 와서 두 사람이 한집에서 살다니. 하룻밤 자고 가는 거와는 차원이 다른 문제였다. 함께 사는 것을 감출 수 있을 리가 없었다.

"갑자기 왜? 이유가 뭐야?"

"부모님께 너와의 관계 말씀드릴 거야. 어머니는 몰라도 아버지는 크게 반대하시지 않겠지."

가을은 할 말을 잃고 말았다. 지금 자신이 의현의 말을 제대로 들은 건지, 잘못 들은 건 아닌지, 판단이 서지 않는 얼굴로 그를 바라봤지만 돌아오는 것은 침묵이었다. 동요 없는 담담한 얼굴이 자신을 마주하고 있을 뿐이다. 어떤 해명도, 그에 대한 이유도 덧붙이지 않는다. 그게 강의현다워서 입술 새로 가는 웃음이 터져 나왔다.

"너 정말 미쳤어?"

"그걸 여태 몰랐어?"

"뭐라고 말할 건데?"

"그건 내가 알아서 할 테니 신경 쓸 거 없어."

"강의현."

넥타이를 끌어 내리고 셔츠 단추 하나를 툭 풀어내는 의현의 얼굴에 피로감이 묻어났다. 화실에 있을 때까지만 해도 주변을 경계하듯 날을 세우고 있던 얼굴이 지금은 조금 긴장을 풀고 있었다. 차가운 말들을 쏟아내고 상처 주는 말들을 내뱉어도 결국 그가 이런 모습을 보일 수 있는 사람은 가을뿐이었다. 모든 것이 변해도 그 점만은 변하지 않았다.

"어머니가 자꾸 선 자리를 강요하셔. 이미 혼처까지 정해놓은 거 같아."

"그게 하루 이틀 일이야?"

"이번엔 좀 완강하시거든."

"그럼 선을 봐."

"진심이야?"

의현은 지금 가을의 대답을 듣기 위해 물은 것이 아니었다. 그는 이미 답을 알고 있었다. 누군가 단단히 발목을 붙든 것처럼 가을은 그 자리에서 미동조차 보이지 못했다. 의중을 파악하듯 집요하게 자신을 마주하고 있는 두 눈이 시리도록 차갑다.

"넌 내가 결혼하고도 나랑 이런 관계를 이어갈 수 있는 사람이 못 돼. 물론 나도 그럴 생각은 없고."

"그럼 어쩌자고? 결혼이라도 하자는 거야? 평생 이렇게 살자고?"

"나는 너를 놓아줄 생각이 없고 너는 이런 나를 버릴 생각이 없으니 어쩌겠어."

의현은 가을의 말을 부정하지 않았다. 평생이라니. 이런 끔찍한 관계를 평생 반복할 생각을 하는 의현이 그 순간 무섭고 불쌍해졌다. 두려움과 연민, 그 뒤섞인 감정들을 가을의 얼굴에서 읽어낸 의현의 표정이 잠시 굳어졌다. 안경을 벗어 협탁 위에 올려둔 그가 자리에서 몸을 일으켜 세웠다.

"나한테 감추는 거 없다고 했지?"

거리를 좁혀온 그는 정확하게 가을의 앞에서 멈춰 섰다. 신경이 잔뜩 곤두섰다. 벌어진 입술에서 무슨 말이 나올지 그가 어떤 행동을 할지 짐작조차 가지 않았다.

"그럼 대답해."

뻗어온 그의 손이 목을 조를 것만 같았다. 서늘한 그의 손은 가을의 셔츠 단추 하나를 풀어냈고 이내 자신의 시선을 피하지 못하도록 턱을 붙들어 고개를 들게 했다.

"내가 뉴욕에 가 있는 사이에……."

거기까지 말했음에도 가을은 이제 의현이 하려는 말이 무슨 말인지 알 수 있었다. 눈가에 작은 경련이 일어났다. 가을의 반응으로 답을 알아내려는 것처럼 일부러 말끝을 흐렸던 그가 싸늘하게 가라앉은 음성으로 물었다.

"어머니는 왜 만나려고 했어?"

사고가 멈췄다. 백지가 되어버린 머릿속에 의현이 했던 말이 몇 번이나 되새겨졌다. 딛고 있는 땅이, 눈앞의 풍경이, 모두 어그러지는 느낌이었다.

의현의 말대로 가을은 송정윤을 만나려고 했다. 하지만 결과적으로 만나지 못했다. 연락을 해봤지만 그의 어머니는 물론이고 아버지까지 모두 뉴욕에 있다는 사실을 뒤늦게 전해 들었다. 의현이 일 때문에 한 달 정도의 일정으로 먼저 출국을 하고 3주 뒤에 그의 부모님이 사흘간의 일정으로 뉴욕에 간 것을 알게 됐다. 의현이 아무런 말을 해주지 않았음에도 그가 한 달간 뉴욕에 있다는 것을 알게 된 것도 그 때문이었다.

"만나면 안 되는 거야?"

"안 되는 건 아니지만 무척 이상하지. 넌 처음 우리 집에 왔을 때부터 어머니를 굉장히 어려워하고 불편해했으니까. 그건 지금도 다르지 않을 거고."

가을이 의현의 집에서 살았을 때, 그녀는 송정윤을 대하는 일을 어려워했다. 친절하고 상냥했던 강재환과는 다르게 그의 어머니는 가을에게 단 한 번을 웃어주지 않았고 그저 있는 듯 없는 듯, 그렇게 투명인간처럼 가을을 대했다.

독립하고 난 뒤로는 함께 저녁을 먹는 자리나, 초대를 받지 않는 이상 가을이 그의 부모님을 직접 찾아가는 일은 거의 없었다. 안부 인사만 주기적으로 드렸을 뿐이다. 그런 가을이 송정윤을 따로 만나려고 했다. 그가 보기에 당연히 이상한 일이었다.

"너."

턱을 쥔 손에 천천히 힘이 들어갔다.

"대체 무슨 짓을 꾸미고 있는 건데."

가을은 자신을 옥죄어오는 까만 눈을 마주한 채 잠시 숨을 멈췄다. 무거운 침묵이 두 사람 사이에 흘렀다. 조금 전 의현이 자신의 어머니에 관한 이야기를 꺼냈을 때만 해도 그녀는 평정심을 찾을 수가 없었다. 그가 모든 것을 꿰뚫어 본 것만 같았기 때문이었다. 하지만 아니었다.

가을이 무얼 하고 있는지, 그녀에게 무슨 변화가 있는지, 눈에 보이는 것들에 대해서는 비서인 최진호를 통해서 보고받을 수 있다지만 그가 가을의 머릿속까지 들여다볼 수는 없었다. 그러니 의현은 가을이 지금 무슨 생각을 하는지 알 수 없을 것이다. 그래서 불안한 것이다. 거기까지 생각이 미치자 마음은 곧 고요해졌다. 표정 없는 인형 같은 얼굴로 그를 바라보던 가을은 일부러 의현을 자극하는 말을 건네었다.

"네가 상상도 못할 일."

그 말에 의현은 웃었다. 휘어진 입꼬리가 화를 담아내고 있다는 것을 그녀는 알 수 있었다.

"꼭 내가 뭘 생각하고 있는지 다 안다는 것처럼 말하네."

턱을 잡고 있던 손에 힘이 풀렸다. 천천히 아래로 내려간 손이 가을의 가늘고 긴 목덜미를 쓸어내렸다.

"내가 무슨 상상을 하는지 네가 알면…… 넌 이렇게 무방비한 모습으로 내 앞에 못 서 있어."

목덜미에 머물렀던 손이 가을의 어깨선을 따라 내려가 이내 손목을 잡았다. 손목 안쪽의 여린 피부를 쓸어내리는 손길에 온몸의 신경이 다시 곤두섰다.

"내가 상상도 못할 일이라니. 어차피 네 입으로는 얘기하지 않을 테니 나는 죽어도 모를 일이라 이거지."

가을의 몸이 앞으로 확 기울었다. 균형을 잡지 못한 몸이 처음에는 불안하게 흔들렸지만 그는 쓰러질 틈도 주지 않으려는 것처럼 강한 힘으로 가을을 끌어당겼다.

"그럼 괜한 시간 낭비하지 말고 지금 할 수 있는 일이나 하자고."

그의 걸음이 향하는 곳은 침실이었다. 가을은 의현이 이끄는 대로 걸음을 옮기며 머릿속으로 날짜를 가늠했다. 이틀 뒤는 강은형의 기일이었다. 그리고 그날은 가을의 부모님 기일이기도 했다. 창밖의 까만 밤하늘을 바라보며 가을은 무의식적으로 중얼거렸다.

"바다에 가고 싶어."

그의 걸음이 침대를 코앞에 두고 멈춰 섰다. 자연스럽게 그를 따라 멈춰 선 가을은 이제 넓은 의현의 등을 바라봤다. 뻣뻣하게 굳어진 등의 근육이 꿈틀대며 움직이는 것이 셔츠 위로 드러났다. 천천히 뒤를 돌아본 얼굴이 차가웠다. 그런데 그 얼굴이 가을의 눈에는 꼭 울 것처럼 보였다.

"내가 옆에 있어 줄게."

언젠가 그런 말을 한 적이 있었다. 가을 자신이 의현에게 했던 말인지, 의현이 가을에게 해주었던 말인지, 정확히 기억나지 않았다. 아니면 서로가 서로에게 했던 말일 수도 있다.

의현에게서 돌아오는 답은 없었다. 손목을 붙든 힘이 점차 약해졌고 이내 그 체온이 완전하게 사라졌다. 벗어둔 겉옷을 챙겨 돌아선 그는 그대로 오피스텔을 빠져나갔다. 등 뒤에서 쾅— 닫히는 문소리가 울려 퍼졌다. 모든 소음이 완전하게 사라지고 혼자 남게 되었다는 사실을 자각하자마자 가을은 그대로 자리에 주저앉아 버렸다.

부모에게조차 사랑받지 못한 가을을 처음으로 사랑해 준 사람. 너만 있으면 된다고 처음으로 가을을 필요로 해준 사람. 의현과 가을이 처음이자 마지막으로 함께 봤던 바다는 온통 검었다. 그 검은 바다 앞에서 가을은 그를 끝도 없는 나락으로 떠밀었다.

"난 아버지가 죽기를 바랐어."

딛고 있는 땅이 곧 무너질 줄도 모르고.

잠식

유명 영화의 OST로 사용된 음악이 어디선가 희미하게 들려왔다. 아직 잠에 취해 있는 상태에서도 의현은 지금 들려오는 노래가 가을이 요즘 즐겨 듣고 있는 곡이라는 것을 깨달았다. 얼마나 자주 듣는지 영화를 보지 않은 의현까지 노래를 따라 부를 수 있을 정도였다. 시간이 지남에 따라 귓가에 희미하게 전해지던 음악 소리가 커지는 느낌이 들었다. 잠기운이 점차 사라지고 굳게 닫혀 있던 의현의 두 눈이 떠졌다.

흐릿한 시야를 바로잡으며 몇 차례 눈을 깜빡인 그는 잠시 미간을 좁혔다. 곁에 있어야 할 가을이 없었다. 이미 온기를 잃은 시트 위를 더듬거리다 고개를 반대편으로 돌리자 긴 셔츠 하나를 입고 오피스텔 안을 분주하게 돌아다니는 가을의 모습이 눈에 들어왔다.

뭐 하는 걸까.

침대에 엎드려 누운 채 그 모습을 가만히 바라보고 있던 의현의 입매가 그 순간 느슨하게 풀어졌다. 아직 자는 그가 깰까 봐 걱정하는 건지 가을은 최대한 기척을 죽이고 조심스럽게 움직이고 있었다.

"뭐 해?"

의현이 깨어난 것을 알지 못했던 가을은 갑작스럽게 들려온 그의 음성에 흠칫 몸을 굳혔다. 침대 쪽을 응시하고 나서야 의현이 깨어났다는 사실을 알아채고는 놀란 가슴을 한 차례 쓸어내렸다.

"아, 깜짝이야."

"뭘 그렇게 놀라? 나쁜 짓이라도 한 것처럼."

"나쁜 짓은 무슨."

"그럼 뭐 하고 있었는데?"

"강의현이랑 같이 먹을 아침 준비."

의현의 눈이 조금 가늘어졌다. 그의 눈에 조금 전까지 가을은 요리가 아닌 청소를 하는 것으로 보였다. 요리는 부엌에서 해야지. 눈으로 그리 묻자, 가을은 금세 알아챈 듯 멋쩍은 얼굴로 웃어 보였다.

"나 요즘 야작했더니 집이 엉망이잖아."

"아침 준비하면서 청소까지 한 거야?"

"청소라고 말하기에는 좀 부족하고 눈에 보이는 것만 치웠어. 일어났으면 얼른 씻고 나와. 아침 먹자."

가을은 다시 주변을 정리하기 시작했고 의현은 느긋하게 몸을 일으켜 세우고는 시간부터 확인했다. 시간은 벌써 9시에 가까워져 있었다. 가을의 오피스텔에서 자고 갈 때면 의현은 이렇게 평소보다 한참이나 늦은 기상을 하고는 했다. 이곳에서는 악몽 하나 꾸지 않고, 편히 잠들 수 있었다. 윤가을이 있기 때문이었다.

자연스레 가을의 등에 시선이 닿았다. 그녀는 미술 잡지 몇 권을 품에 안아 들고 책장 앞에서 까치발을 들고 있었다. 책을 꽂아 넣어야 할 자리에 손이 닿지 않는 모양이었다. 의현은 가을이 서 있는 방향으로 성큼 걸음을 옮겨 그녀의 손에 든 미술 잡지를 대신 제자리에 꽂아 넣어주었다. 그리고 돌아본 가을의 입술에 짧게 입을 맞췄다.

"수고비."

놀란 토끼 눈이 된 가을이 곧 작게 웃음을 터트렸다. 두 사람이 연인이 된 지도 벌써 3년이 넘었다. 열 살에 의현의 집에 들어가 열일곱이 될 때까지, 마음은 열지 않아도 그의 곁에서 가장 오랜 시간 동안 가깝게 지낸 사람이 바로 가을이었고, 스무 살 여름이 될 때까지는 가장 친한 친구로, 그리고 스무 살 여름부터 스물셋의 겨울이 될 때까지는 연인이라는 이름으로 그의 곁에 있었다. 시간이 지날수록 마음은 흐려지는 것이 아니라 더 짙어지기만 했다. 두 사람은 늘 함께였고, 어느 순간 곁에 서로가 있는 것이 당연한 일이 되었다.

의현은 욕실로 향했고 샤워를 하고 나왔을 때는 아침 식사가 모두 준비된 뒤였다. 준비라고 해봐야 별거 없었다. 구워낸 베이글과 크림치즈, 그리고 막 내린 커피가 전부였다. 가을은 아침 식사로 밥을 챙겨 먹으려 노력하는 편이었지만 의현은 아침을 간단하게 먹는 편이었다. 그래서 그가 이곳에서 자고 가는 날은 의현의 식성에 맞춰 아침을 준비했다. 식탁 앞에 마주 앉은 두 사람은 소소한 이야기를 나누며 아침 식사를 했다. 그 어느 때보다 평화로운 아침이었다.

"바쁜 건 이제 끝난 거지? 요즘 매일 늦게 왔잖아."

"응. 오늘부터는 좀 한가해."

가을은 최근 졸업 작품 전시회 준비 때문에 매일 늦은 귀가를 했다. 그 때문에 생긴 의현의 불만이 이만저만이 아니었다. 차를 사준다고 해도 싫다고 하고, 이사를 권해도 가을은 거절했다. 지금 사는 오피스텔이 외진 곳에 있는 것은 아니었지만 5층까지는 대부분 상가와 사무실로 이용되고 있었기에 여자 혼자 살기에 위험하다는 생각 때문이었다.

"처음부터 말하긴 했지만, 아파트로 옮기는 게 낫지 않아?"

"왜?"

"좁고, 위험하고."

"나 혼자 지내기에는 충분히 넓어. 그리고 네가 있는데 뭐가 위험해?"

"내가 매일 올 수 있는 게 아니잖아."

베이글을 한 입 베어 문 가을이 그 상태로 웃음을 터트렸다. 입가에 묻은 크림치즈를 닦아내고는 불쑥 식탁 위로 몸을 기울여 의현과의 거리를 좁혔다.

"너 지금 매일 오고 있어. 그래서 내가 야작하고 집에 오면 청소할 시간도 없는 건데."

의현이 오피스텔에 와서 잠을 자고 가는 것은 한 달에 한두 번뿐이었다. 하지만 가을의 얼굴을 보러 오는 것은 거의 일상이었다. 졸업 작품 전시회를 준비하느라 늦은 시간에 집에 돌아온다고 해도 열에 여덟은 의현이 문 앞까지 데려다줬기 때문에 문제 될 것이 전혀 없었다.

"괜찮다니까."

몇 번이나 들었던 대답이 다시금 돌아왔다. 가을은 늘 이렇게 괜찮다는 말로 의현을 안심시키려 했지만 그는 조금도 이해하지 못한 표정을 지을 때가 많았다. 지금도 그랬다. 미간을 좁힌 채 홀로 생각에 잠긴 걸 보니 아마 조만간 다시 한 번 이 주제로 대화를 나눠야 할 것이 분명했다.

"호텔로 바로 가는 거야?"

"어. 아버지 뵙기로 했어."

식사를 마치고 의현은 곧장 돌아갈 준비를 했다. 가을은 셔츠 단추를 채우는 그의 앞으로 가서 넥타이를 매주었다. 일상적인 행동인 것처럼 모든 것이 자연스러웠다.

"같이 갈래? 너도 아버지 뵌 지 꽤 됐잖아. 얼마 전에도 네 얘기하시던데.”

“안 그래도 이틀 전에 전화드렸어. 오늘은 일 때문에 가는 거니까 나는 나중에 따로 뵙고 올게.”

넥타이를 매만지던 손이 멀어졌다. 조금 삐딱하게 매진 게 마음에 들지 않는 건지 이걸 다시 풀어야 하나 고심하는 얼굴을 보고 그가 짧게 미소를 지었다.

“윤가을.”

“응?”

가을은 결국 넥타이를 다시 매기로 한 모양이다. 애써 매놓은 넥타이를 풀어내고 다시 매듭을 짓는 일에 집중하는 얼굴이 조금 심각해 보였다.

“어디 가고 싶은 곳 없어?”

“가고 싶은 곳? 갑자기 그건 왜?”

“내가 바빠지면 못 놀아줄 테니까.”

마지막 매듭을 짓던 가을이 시선을 들어 그를 힐끗 올려다봤다. 그 얼굴에 희미한 미소가 피어올랐다.

“그래서 지금 놀아주려고?”

의현은 제 아버지가 경영하는 호텔로 들어가게 될 예정이었다. 그의 말대로 아마 앞으로는 바빠질 것이 분명했고 지금처럼 매일 얼굴을 보기는 힘들 것이다.

“가고 싶은 곳이 있긴 한데.”

“어디?”

“바다 보러 가고 싶어.”

“바다?”

“겨울에 바다 보러 간 적 없거든.”

이 추위에 바다라니. 의현은 이해할 수 없었지만 가을이 보고 싶다고 하니 일단 고개를 끄덕였다. 벽에 걸린 달력을 응시하며 중요한 일정들을 떠올리던 그는 이번 주 주말이 한가하다는 결론을 내렸다. 이왕 갈 거라면 더 추워지기 전에 가는 게 좋을 것 같았다.

"주말에 가자."

가을이 고개를 끄덕이고는 넥타이에서 손을 떼어냈다.

"됐다."

이번에는 넥타이를 맨 모양이 제법 마음에 드는 건지 가을은 흡족한 얼굴로 고개까지 끄덕였다. 재킷을 입고 단추를 채우는 의현의 모습을 물끄러미 응시하고 있던 가을이 그의 정면으로 걸음을 옮겼다.

"강의현."

자신을 부르는 목소리에 의현이 고개를 들자마자 그의 양쪽 어깨에 손을 올리고 까치발을 든 가을이 쪽— 소리가 나게 그에게 입 맞췄다.

"수고비."

말갛게 웃어 보이는 얼굴이 사랑스러웠다. 어깨 위에 닿았던 무게감이, 입술 위에 닿았다가 멀어진 체온이, 그대로 사라져 가는 것이 아쉬웠다. 돌아서려는 가을을 붙든 의현이 그녀의 입술을 머금었다. 조금 전의 짧은 입맞춤과는 다르게 조금 짙은 키스였다. 입술을 떼어낸 그는 짙은 미소를 입가에 그려냈다.

"팁."

입술 위를 한 차례 매만져 주는 손길이 다정했다. 먼저 걸음을 옮기는 의현의 등을 바라보며 가을이 작게 웃음을 터트렸다. 오피스텔을 나서려는 의현을 배웅하기 위해 가을은 그를 따라 현관으로 걸음을 옮겼다. 구두를 신고 허리를 곧게 편 의현이 안경을 고쳐 썼다. 조금 전까지만 해도 편안해 보였던 얼굴이 지금은 조금 서늘한 빛을 띠고 있었다. 이 공간을 나서면 의현은 타인에게 조금도 곁을 내어주지 않을 것이다. 약점도 내보이지 않을 것이고, 감정을 얼굴에 드러내는 일도 없을 것이다. 신경을 곤두세운 채 온종일 누군가를 만나고 그 사람을 대할 것을 생각하니 마음 한편이 무거워졌다.

'조금 더 편하게 지내도 괜찮을 텐데.'

의현의 한쪽 눈이 보이지 않는다는 사실을 여전히 대부분의 사람이 알지 못했다. 그의 어머니가 철저하게 숨겼고, 의현 역시 그것을 드러내지 않으려 노력했기 때문이었다. 의현의 어머니는 어린 시절 몸이 약해 늘 병원에 있던 의현을 방치하듯 키웠으면서도, 지금은 자신이 바라던 이상적인 아들의 모습으로 자라준 의현에게 제멋대로 많은 것을 바라고 있었다. 지금은 의현에 관한 일이라면 조금의 흠도 용납하지 않았다.

"의현아."

돌아서려던 그가 다시 가을을 바라봤다. 이어질 말을 기다렸지만 가을은 물끄러미 그의 얼굴을 올려다보고 있을 뿐이었다.

"왜?"

"……아니야. 아무것도."

"싱겁기는. 이따 전화할게."

"응."

의현의 모습이 사라지고, 가을은 잠시 그 자리를 뜨지 못한 채로 서 있었다. 매일 얼굴을 봤는데도 오늘따라 뭔가 보내기 아쉬운 기분이 들었다. 한참 뒤에야 돌아선 가을은 탁상용 달력을 손에 들고 주말까지 남은 날짜를 확인했다. 의현과 함께 있는 시간은 많아도 여행을 간 적은 손에 꼽을 정도였다. 그것도 바다를 보러 가는 것은 처음이었다. 얼른 주말이 됐으면 좋겠다고 생각하며 탁상 달력을 조심스레 내려놓으려던 가을은 멈칫하며 다시 달력 위의 숫자를 내려다봤다.

'그러고 보니…….'

강은형의 기일도 얼마 남지 않았다. 그리고 그날은 가을의 부모님 기일이기도 했다. 가을은 기일이 되면 의현 몰래 이른 아침에 어머니에게 다녀왔었다. 제사를 따로 지내 드리지는 못해도 어머니를 모신 곳에 찾아가 얼굴을 비추고 인사를 드렸다. 올해도 별반 다르지 않을 것이다. 의현에게 함께 가자고 해볼까도 생각했지만 은형의 기일만 되면 예민하게 날을 세우는 모습에 아직은 차마 입을 떼어보지 못했다.

가을은 의현에게 단 한 번도 자신의 부모님에 관한 이야기를 한 적이 없었다. 좀 더 깊게 생각해 보니 의현은 가을에 관해 많은 것을 알고 있으면서도 부모님에 관해서는 단 한 번도 물어본 적이 없었다.

'아저씨에게 사고에 관해 이미 들은 걸지도.'

의현의 아버지가 자신의 후원자이니 그때의 사고에 대해서도 알고 있을지도 모른다는 결론에 도달했다. 그가 부모님에 관해 묻지 않은 것은 자신을 배려한 행동인 것 같았다. 당장은 안 되겠지만 언젠가 기회가 된다면 다른 사람은 몰라도 어머니에게만큼은 의현을 꼭 인사시키고 싶었다. 희미하게 미소 지은 가을은 달력을 손에서 내려놓고 천천히 자리에서 돌아섰다. 크리스마스를 열흘 앞둔, 스물셋의 겨울이었다.

❖

가을의 의견대로 두 사람은 주말에 바다를 보기 위해 속초로 향했다. 이른 아침에 출발해 점심 무렵에 도착한 두 사람은 호텔에 체크인부터 하고 짐을 내려놓은 뒤 점심을 먹기 위해 차를 타고 밖으로 나왔다. 의현은 룸서비스를 시켜 먹자고 했지만 여기까지 와서 평소 먹던 것을 먹을 수 없다는 가을의 말에 근처를 둘러보다 물회를 판매하는 식당으로 들어섰다.

"여기 물회 맛있대. 인터넷에서 봤는데 엄청 유명하더라."

항아리에 종류별로 담긴 물회는 해산물도 싱싱하고 그 종류도 많았다. 기대한 만큼 맛도 괜찮아 점심 메뉴로 선택한 것이 무척 만족스러웠다. 가을은 회를 다 먹고 남은 육수에 소면까지 야무지게 비볐다. 잠시 창밖을 보고 있던 의현이 뒤늦게 그 모습을 발견하고는 작게 웃음을 터트렸다.

"윤가을."

"응?"

"너 바다 보러 온 게 아니라, 이게 목적이었던 거 아니야?"

의현은 곧 눈짓으로 창밖을 가리켰다.

"바다는 한 번을 안 보네."

작게 웃음을 터트리는 의현의 얼굴이 기분 좋아 보였다. 소면을 말아 입에 넣은 가을이 그제야 힐끗 창밖으로 시선을 보냈다. 식당이 해변 근처에 있어 투명한 유리 너머로 바다를 바라볼 수 있었다. 하지만 가을은 물회에만 집중하고 있을 뿐, 바다는 볼 생각이 전혀 없어 보였다. 그녀가 멋쩍은 얼굴로 웃어 보였다.

"바다야 이따 너랑 같이 보러 갈 건데, 뭐."

"비나 눈 올 것 같은데."

"안 돼. 밤에 보고 싶단 말이야."

컵을 손에 들려던 의현의 행동이 멈췄다. 그는 곧 입가에 곤란한 기색을 담은 미소를 그려냈다. 밤이라니. 지금 날씨도 굉장히 추운 거로 봐서 저녁에는 한겨울이나 다름없을 것이 분명했다. 차라리 내일 아침에 보는 게 낫지 않을까. 얘기라도 꺼내볼까 했지만, 그런 의현의 생각을 읽어낸 것처럼 가을이 먼저 선수를 쳤다.

"나 밤바다 진짜 보고 싶어."

의현의 입이 꾹 다물어졌다. 기왕 속초까지 온 상황이고 가을이 보고 싶다고 하니 반대를 하고 싶지 않았다. 당분간은 바빠서 함께 있을 시간도 적어질 테니 원하는 대로 해주고 싶어 대답 대신 그저 작게 한숨을 내쉬었다.

식사를 마친 두 사람은 차를 타고 주변의 명소를 돌아다녔다. 추운 날씨에도 이렇게 의현과 시간을 보내는 것이 즐거운지 가을의 얼굴에는 미소가 가득 피어올랐다. 해가 질 무렵까지 돌아다니다 호텔로 돌아온 두 사람은 저녁을 먹고 바다를 보기 위해 해변으로 나갔다.

"와, 진짜 춥다. 바람에 뺨 맞는 거 같아."

가을의 말에 두어 걸음 떨어져 뒤를 따르던 의현은 헛웃음을 터트렸다. 바람은 거셌고, 날은 잔뜩 흐렸고, 춥다. 아무래도 눈이나 비까지 내릴 날씨였다. 날을 단단히 잘못 잡은 것이다. 왜 사서 고생인가 싶었지만 그렇게 말하기엔 가을의 얼굴이 즐거워 보여 의현은 아무런 말 없이 그녀의 손을 잡아주었다.

두 사람 외에도 이 추운 날씨에 바다를 보겠다며 나온 사람들이 있었다. 깜깜한 밤이었지만 건물의 불빛이 멋진 야경을 만들어 냈고 시원하게 들려오는 파도 소리도 듣기 좋았다. 소소하게 대화를 나누며 모래사장을 걷던 의현은 문득 주변의 인적이 드물어졌다는 것을 깨달았다.

"여긴 우리밖에 없는 거 같은데."

"그러게."

상가 건물과 불빛들이 가득하던 곳을 지나 한참을 걷다 보니 조금 전과는 전혀 다른 세상 같은 풍경이 펼쳐졌다. 빛이 있던 곳과는 다르게 두 사람이 지금 서 있는 곳은 온통 어둠뿐이었다. 칠흑 같은 바다가 눈앞에 펼쳐져 있었다.

"진짜 새까맣다. 네 눈동자 보는 거 같아."

"뭐?"

"나 네 눈 볼 때마다 되게 새까맣다고 생각했거든. 짙은 밤처럼."

거친 파도 소리와 함께 강한 바람이 불어왔다. 가을이 몸을 살짝 움츠리며 옷깃을 여몄다.

"춥다."

"그거 봐. 들어가자니까."

"그래도 좋은걸. 조금만 더 있다가 가자. 여기 아무도 없어서 전세 낸 기분인데."

시간이 지날수록 바람은 더 거세져만 갔지만, 가을은 아예 모래사장에 주저앉아 버렸다.

"감기 걸려. 그만 들어가."

"딱 10분만 더 있다 가자. 여기 앉아."

가을이 자신의 옆자리를 손바닥으로 두드렸다. 의현은 내키지 않는 얼굴로 서 있다가 옷을 벗어 가을의 어깨 위를 덮어주고는 마지못해 자리를 잡고 앉았다.

"별도 잘 보이고, 파도 소리 좋다."

그 말이 끝나기가 무섭게 거센 파도가 밀려왔다. 움찔하며 몸을 뒤로 물린 가을이 의현의 눈치를 봤다.

"좀 무섭긴 하다."

곧장 말을 바꾼 가을 때문에 의현이 작게 웃음을 터트렸다. 가을이 자연스럽게 그의 팔에 팔짱을 끼고 어깨에 머리를 기댔다. 불어오는 바람은 여전히 차가웠지만 곁에 있는 온기 덕분에 충분히 버틸 수 있을 것 같았다.

"나 사실 바다 보러 온 거 처음이야. 어릴 때는 여행 같은 거 가본 적이 없었고, 너희 집에 들어간 뒤로도 바다는 가본 적이 없잖아? 거기다 수학여행, 졸업여행 다 네가 안 가는 바람에 나도 따라서 안 가게 됐었고."

바다를 보기 위해 여행을 온 것은 의현도 처음이었다. 어릴 때는 몸이 약해 여행 같은 건 생각할 수 없었다. 학생 때는 가을의 말대로 수학여행, 졸업여행 같은 행사들에 모두 불참했다. 좀 더 깊게 생각해 보니 의현이 처음 하는 일들은 가을 역시 대부분 처음 하는 일들일 것이다. 그녀는 고등학교를 졸업할 때까지 늘 강의현 위주로 움직이고 행동했다.

"나도 바다 처음이야."

"진짜? 정말 처음 와?"

고개를 끄덕인 의현이 까만 바다를 표정 없는 얼굴로 응시했다. 뒤이어 나지막이 들려온 그의 음성이 파도 소리와 뒤섞였다.

"물이 무섭거든."

"강의현이 무서운 게 다 있어? 물이 왜 무서운데?"

"빠져 죽을 뻔했어."

툭 던지듯 들려온 말에 가을은 놀란 얼굴로 빠르게 고개를 들었다.

"진짜? 언제 그런 일이 있었어?"

"너 오기 전이야. 일곱 살 때였나? 우리 집은 어린아이가 혼자 씻기에 욕조가 너무 크잖아."

"혼자 씻다가 물에 빠졌다고?"

"혼자는 아니고."

"그럼?"

"아직 어린 날 씻기던 어머니가 그대로 날 밀어내고 손을 놔버려서."

가을의 얼굴에서 표정이 사라졌다. 바다를 응시하던 의현의 시선이 그녀의 얼굴에 닿았다. 전혀 웃을 수 없는 이야기에 의현은 웃고 있었다.

"죽을 뻔한 기억들은 왜 이렇게 안 잊히나 몰라."

어머니가 어린 시절 그를 방치하듯 키워온 사실과 조금의 애정도 주지 않았다는 사실에 대해서는 가을도 익히 들어 알고 있었다. 하지만 이건 문제가 다르다.

"말도 안 돼. 자기 자식한테 어떻게 그럴 수 있……."

거기까지 말한 가을은 말끝을 흐린 채 입을 꾹 다물었다. 자기 자식한테도 그럴 수 있는 부모는 얼마든지 있었다. 그 사실에 대해 가을은 누구보다 잘 알고 있었다.

"어머니 눈에 나는 대용품 강은형보다도 못한 불량품이었던 거지."

"의현아."

"그렇게 심각하게 볼 거 없어. 어머니도 정말 죽이려고 한 건 아닐 거야. 욕실 앞에 형이 있었고 형이 날 꺼내줄 걸 알고 있었을 테니까. 그저 분풀이였는데, 나한테는 트라우마로 남은 거지. 그래서 물이 너무 싫었어. 지금 생각해 보니 몸이 건강해지면서 바다에 갈 기회는 얼마든지 있었지만, 자연스럽게 안 갔던 모양이야."

서글프게 웃는 그의 얼굴이 아프다. 가을이 표정을 일그러트리자 의현이 손을 뻗어 다정하게 가을의 뺨을 매만졌다.

"아버지는 일 때문에 항상 바빴고, 어머니는 날 볼 때마다 자신의 삶에 큰 오점이 생긴 것처럼 분노하고 화를 냈어. 나한테는 정말 완벽하게 형밖에 없었지. 근데 그런 형이 내 눈앞에서 사라졌고……."

"……."

"이제 내 곁에는 네가 있지."

의현이 이렇게 아무렇지도 않게 자신의 존재에 대해 안 좋은 말을 할 때마다 심장이 내려앉는 기분이 들었다. 그의 어머니는 잔인했다. 자신의 삶에 조금의 흠도 용서치 않는 사람이었고, 어린 시절의 의현은 송정윤에게 있어 흠으로 여겨졌다. 모든 것을 다 가진 것 같은 의현은 결국 아무것도 가진 것이 없는, 텅 빈 사람처럼 살아왔다.

"그렇게 말하지 마. 네가 왜 불량품이야?"

의현은 모른다. 가을에게 있어 그가 어떤 의미의 사람인지. 가을 또한, 의현의 집에 들어서기 전까지는 가진 거 하나 없는 빈껍데기에 불과했다. 그녀의 삶은 그보다 더 처참했다. 의현의 집에 들어가 그를 만나고 가을의 삶이 얼마만큼 변했는지, 의현으로 인해 자신이 얼마만큼 행복한 사람이 되었는지를 그는 조금도 모르고 있었다.

"조금 전 일은, 아무한테도 말한 적 없어. 아무것도 잘못한 일이 없는 형이 대신 사과했거든. 어머니가 너무 아파서, 화가 나서 그런 거니 이번만 용서해 주라고. 아무한테도 말하지 말고, 이 일은 형이랑만 알고 있자고. 그래서 평생 비밀로 했었는데, 오늘 너한테 처음 얘기한 거야."

그는 무슨 생각을 하는 건지 알 수 없는 얼굴로 검은 바다를 바라봤다. 그리고 턱을 괸 채로 다시 가을의 두 눈을 마주했다. 그 얼굴이 금방이라도 울 것 같아서, 사라져 버릴 것만 같아서, 가을은 저도 모르게 의현을 잡은 손에 힘을 주었다.

"윤가을이 조금이라도 날 동정해서 영영 나 못 떠났으면 해서. 이런 나한테는 너밖에 없다고 세뇌하는 거야."

"그게 무슨 바보 같은 소리야? 내가 왜 널 동정해? 그런 말 안 해도 난 네 옆에 있을 거야."

가을의 눈에 눈물이 차올랐다. 의현은 자기 자신을 사랑하지 못했다. 이런 식으로 의현이 어렸을 때의 자신을 구석까지 내모는 말들을 내뱉을 때마다 가을은 누구보다 아픈 얼굴을 했다.

'나도 외로운 사람이었다는 걸, 너처럼 사랑받지 못했고, 너보다 더 비참한 삶을 살았다는 것을 알면, 네 외로움과 텅 빈 마음이 조금은 나아질까.'

의현에게만큼은 숨기는 게 없어도 되지 않을까. 형의 죽음, 선천적으로 약했던 몸 때문에 어머니에게 관심을 받지 못했던 어린 시절, 그리고 이제야 그를 도구로 이용하며 관심을 보이는 어머니. 한쪽 눈이 망가졌다는 콤플렉스. 의현의 약한 모습을 모두 알고 있으면서 자신의 치부는 단 하나도 보여주지 않는 것은 불공평했다.

"나도 그랬어. 나도 부모님께 사랑받지 못하고 자랐어."

의현의 표정이 조금 미묘하게 변했다. 그 얼굴은 조금 놀란 기색을 담아내고 있었다. 가을이 자신의 가족에 관해 입을 연 것이 처음이기 때문이었다. 의현 자신에게 형이 아픈 가시이듯, 가을에게는 돌아가신 부모님이 그런 존재라고 생각했다. 그래서 그는 가을이 먼저 입을 열기 전에, 단 한 번도 그녀의 가족에 관해서는 묻지 않았다. 하지만 사랑을 받지 못하고 자랐다니. 의현은 가을이 한 말을 머릿속으로 한 차례 곱씹어보고는 그녀를 향해 조심스럽게 물었다.

"부모님과 사이가 좋지 않았어?"

가을은 금방이라도 눈물을 쏟아낼 것 같은 얼굴로 버석하게 마른 미소를 지어 보였다.

"좋지 않아? 그런 수준의 문제가 아니야. 의현이 넌 몰라. 내가 무슨 짓을 했는지."

8살 때 일어났던 그 끔찍한 사고를 떠올리는 가을의 얼굴이 단번에 굳어졌다. 가을은 그 사고 현장에 의현이 있었다는 것도, 의현의 형이 그 사고로 죽었다는 것도 알지 못한 채 의현을 바라보며 자신의 이야기를 해도 되는 건지에 대해 가늠하고 있었다.

그가 자신에게 모든 것을 털어놓고 기대듯이, 가을 역시 그런 사람이 되고 싶었다. 모든 사실을 알아도, 그는 자신에게 등 돌릴 것 같지 않았다. 우리 두 사람은 서로가 전부니까. 그렇게 생각하며 가을은 크게 한 차례 숨을 골랐다. 의현에게만큼은 이제 아무것도 숨기고 싶지 않았다.

"부모님은 두 분 모두 사고로 돌아가셨어. 교통사고였는데, 나도 그때 사고 났던 차에 타고 있었지만 운 좋게 살아남았어."

눈에 확연하게 보일 정도로 가을은 떨고 있었다. 모르는 척했지만 이미 그때의 사고에 대해 알고 있는 의현은 굳이 가을의 입을 통해 그 사고에 관해 들을 필요는 없었다.

"그런데 의현아."

그만 말해도 돼. 의현이 그리 말해주기 위해 가을에게 손을 뻗으려는 순간이었다.

"난 그 사고에서…… 아버지가 죽기를 바랐어."

"……뭐?"

"아니. 사실 내가 죽인 건지도 몰라."

가을에게로 향하려던 손이 허공에서 멈춰 섰다. 죽기를 바랐어? 아니, 죽인 건지도 모른다? 갈피를 잡지 못한 시선이 허공을 떠돌다 다시 가을의 얼굴에 닿았다.

"그게 무슨 소리야?"

의현의 얼굴에서 표정이 사라졌다. 그는 가을에 관해 모든 것을 알고 있다고 생각했지만 사실 아무것도 알지 못했다. 가을은 바들바들 떨리는 손을 아래로 감추며 계속해서 말을 이었다. 의현이 어떤 표정으로 자신의 말을 듣고 있던 건지, 멈춰 선 손은 왜 점차 떨리고 있던 건지, 가을은 그 순간 가늠조차 하지 못했다. 주변은 온통 어두웠고 그때의 사고를 떠올릴수록 밀려드는 두려움에 의현의 얼굴을 제대로 마주할 수가 없었다.

"나 때문에 핸들이 돌아갔어. 아니, 내가 핸들을 꺾었어. 그래서 차가…… 차가 크게 흔들렸어. 그리고 주변이 온통 깜깜해졌어. 깨어나 보니까 구급대원이 와 있고, 아버지가 죽어 있었어."

누구에게도 하지 못한 이야기를 15년간 마음에 품고 살았다. 판도라의 상자를 연 것처럼, 쉴 새 없이 그때의 기억이 떠올랐다. 가을은 어느새 반쯤 정신이 나간 듯했다. 그리고 이야기를 듣고 있는 의현 역시 다르지 않았다.

귀에 이명이 일어났다. 어느 순간 거센 파도 소리도, 시린 겨울바람도 느껴지지 않았다. 그저 윤가을의 목소리가 전부인 것처럼 들려왔다. 가을이 한 이야기를 하나, 하나 곱씹어본 의현이 하얗게 질린 얼굴로 가을을 향해 물었다.

"핸들을…… 네가 꺾었다고?"

강은형이 죽었다. 두 사람이 탄 차는 의현의 집에서 10년 가까이 일한 기사가 운전하고 있었고 신호를 위반한 것도, 과속한 것도 아니었다. 쏟아져 내리는 빗속에서 잠시 갓길에 차를 세우고 정차해 있었을 뿐이었다.

큰 트럭과 반대편에서 달려오던 SUV 차량, 그리고 정차해 있던 검은 세단. 그렇게 3대가 충돌한 사고였다. 커다란 트럭에는 철근이 실려 있었다. 그때 당시에는 블랙박스가 없는 차량도 많았고 사고가 난 길은 CCTV조차 없는 곳이었다. 트럭은 적재량을 지키지 않은 데다 과속까지 했다. 사고 원인은 명백히 트럭 쪽에 있는 것으로 보였다. 수사 결과도 그렇게 나왔고, 의현이 좀 더 나이를 먹은 뒤에 형의 사고에 관해 물었을 때도 아버지를 통해 그렇게 전해 들은 것이 전부였다. 하지만 지금 의현이 들은 말이 사실이라면, 가을이 탄 차에도 사고의 원인이 있었다는 말이 됐다.

의현의 눈가에 파르르 경련이 일어났다. 트럭에 실려 있던 긴 철근이 차 유리를 뚫고 들어왔다. 어린 시절임에도 자신을 감싸느라 피투성이가 된 은형의 모습을 그는 평생 잊을 수 없었다. 형인 은형의 시신은 온전한 곳이 없었다. 트럭 운전자를 비롯해 총 7명의 사상자를 낸 사고에서 살아

남은 사람은 가을과 의현, 단둘뿐이었다.

너랑 나, 단둘.

자신처럼 가족을 잃은, 그 사고로 모든 걸 잃은 가을의 모습에서 의현은 자기 자신을 보았다. 그래서 누구보다 사랑해 주고 싶었다. 형에게 주지 못한 애정도, 자신을 스스로 사랑하지 못했던 마음도, 저를 닮은 가을에게 모두 주고 싶었고 그렇게 사랑해 왔었다. 갈 곳 없던 애정을, 온 마음을 다 쏟아부었다. 그런데 지금 그 윤가을이 의현을 향해 말했다.

'나 때문에 핸들이 돌아갔어. 아니, 내가 핸들을 꺾었어.'

그 말이 의현의 귀에는 이렇게 들려왔다.

'내가 네 하나뿐인 형을 죽게 했어.'

의현이 두 손을 뻗어 가을의 팔을 붙들었다. 거센 힘에 가을의 몸이 속절없이 그를 향해 돌아갔다. 가을의 커다란 눈에는 이미 눈물이 가득 고여 있었다.

"정말 네가 그랬어?"

가을을 현실로 끌어당긴 것은 그의 목소리였다. 지금껏 들어본 의현의 음성 중 가장 비참한 목소리. 갑작스러운 의현의 변화에 가을은 이유도 모른 채 두려움을 느꼈다.

"……의현아?"

"네가 핸들을 돌렸어?"

양팔을 붙든 손의 힘이 거셌다. 아플 정도로 자신을 잡은 힘에 가을의 입술에서 고통 섞인 신음이 작게 흘러나왔지만, 의현은 두 손에 조금도 힘을 풀지 않았다.

"왜?"

가을의 이야기는 끝나지 않았다. 아직 해야 할 말이 있었다. 자신이 왜 핸들을 꺾게 됐는지, 왜 그 사고를 구원이라고 했는지, 왜 아버지의 죽음을 바랐던 건지. 아직 그에게 아무것도 이야기하지 못했다. 하지만 하얗게 질린 얼굴로 자신을 바라보는 의현의 얼굴이 시리도록 차가워서 잠시 입술이 떨어지질 않았다. 무언가 잘못되었다는 직감이 그 순간 가을을 뒤덮었고 그와 동시에 머릿속은 새하얗게 변해 버렸다.

"의현아."

"대답해. 네가 그랬다고? 윤가을 네가……."

"……."

"네가……."

강은형을 죽게 만들었어?

차마 내뱉지 못한 말이 입안에 맴돌았고, 간신히 그것을 삼켜내듯 그의 목울대가 크게 움직였다. 두 팔을 붙든 손에 그제야 천천히 힘이 풀렸다. 하지만 가을은 여전히 그에게 붙들려 있는 사람처럼 조금의 움직임도 보이지 못했다. 자신을 바라보는 의현의 눈이 낯설다. 웃음기 하나 없는, 감정을 담아낸 것 같지 않은 눈동자. 그래. 짙은 밤을 닮은 눈동자. 그 눈을 보며 가을은 여덟 살에 보았던 그 검은 눈을 떠올렸다. 그녀의 눈에 맺혀 있던 눈물이 뚝― 아래로 떨어져 내렸다.

❖

의현과 속초에 다녀온 지 벌써 열흘이 지났다. 1박 2일로 예정했던 여행이었지만, 가을은 갑작스러운 의현의 변화에 영문도 모른 채 서울로 올라와야만 했다. 서울로 올라가는 동안 의현은 가을에게 한마디도 하지 않았고 싸늘한 얼굴을 한 채 그녀를 향해 시선조차 주지 않았다. 말을 걸어도 돌아오는 답은 없었고, 차 안에는 무거운 침묵만이 감돌았다.

한밤중에 출발한 차는 새벽이 되어서야 서울에 도착했다. 오피스텔 앞에 차를 세우자마자 의현은 화가 난 얼굴로 핸들을 쾅 내려쳤다. 크게 들썩이는 어깨가 불안정한 그의 상태를 고스란히 드러내고 있었다. 그 순간, 정면을 바라보고 있던 의현의 두 눈이 가을에게 닿았다. 핏줄이 서 벌게진 두 눈에는 눈물이 가득 차 있었다. 그것이 가을이 본 의현의 마지막 얼굴이었다.

자신이 뭔가 실수를 한 걸까. 아버지의 죽음을 바랐다는 말이 의현에게는 충격이 되었던 걸까. 가을은 여러 가지 답을 놓고 고민하고 또 고민했다. 하지만 그녀가 예상할 수 있는 것 중에서는 의현의 반응에 대한 답을 찾을 수 없었다. 의현이 그렇게 화를 내는 얼굴은 처음이었다. 분노와 원망, 그리고 적의. 마지막으로 봤던 의현의 얼굴에는 그와 비슷한 감정들이 담겨 있었다.

'대체 왜.'

화를 내던 의현의 모습이 머릿속에서 지워지지 않았다. 전화를 해봤지만 열흘째 연락이 닿지 않았고 그 뒤로는 얼굴조차 볼 수 없었다. 바빠질 거라는 말을 미리 전해 듣긴 했었지만, 이렇게 오랜 기간 전화조차 되지 않는 것은 이상한 일이었다.

가을은 초조한 얼굴로 손톱을 깨물었다. 연락이 닿지 않았던 열흘 사이에, 강은형의 기일은 이미 지나가 버렸다. 은형의 기일이 다가올 때면 불안정한 모습을 보이던 의현이었지만 그게 연락이 닿지 않는 이유가 될 수는 없었다. 완전하게 마음을 열고 난 뒤로는 은형의 일로 힘들 때 그는 늘 가을을 찾았다.

가을은 휴대전화를 손에 쥔 채 고심하는 얼굴을 했다. 열흘 새에 그에게 건 전화는 백 통에 가까웠다. 망설이던 그녀는 휴대전화에서 강재환의 번호를 찾았다. 몇 번의 신호음 끝에 반갑게 전화를 받는 음성이 들려왔다.

[이게 누구야. 가을이 아니냐.]

“아저씨. 지금 통화 괜찮으세요?”

[그럼. 괜찮고말고.]

“잘 지내셨죠? 일본에는 잘 다녀오셨어요?”

[그래. 일 때문에 간 거라 이틀 정도만 있다가 왔는데 다음에는 여유 있게 가족들이랑 한번 가고 싶더구나. 그나저나 가을이 너, 전화는 됐으니 와서 얼굴 좀 비추고 그래라. 멀리 사는 것도 아니면서 왜 이리 뜸해. 얼굴 까먹겠다, 이 녀석아.]

“아저씨 호텔 일로 바쁘신데, 제가 괜히 방해될까 봐 그렇죠.”

[바빠도 네 얼굴 볼 시간이 없겠어?]

호탕하게 웃으며 건넨 말에 가을도 작게 웃어 보였다. 재환은 가을이 하고 싶은 공부를 하게 해주고, 필요한 것이 있다면 아낌없이 지원해 줬다. 그리고 의현을 만나게 해줬다. 그녀에게 의현의 아버지는 은인이었다. 송정윤을 대하는 일이 어려워 집에는 자주 찾아가지 못하고 있지만 가을은 전화로 자주 안부 인사를 전했고 의현의 아버지에게 늘 고마워하는 마음을 지니고 있었다.

소소한 대화로 웃음꽃을 피우던 그녀는 자신이 별거 아닌 통화로 너무 많은 시간을 빼앗았다는 것을 깨달았다. 안 그래도 호텔 일로 바쁜 분이었다. 슬슬 통화를 마쳐야 할 것 같았다.

“아저씨. 혹시 의현이 무슨 일 있어요?”

[응? 의현이? 그 녀석은 왜?]

"요즘 들어서 연락이 잘 안 되는 거 같아서요."

[그래? 별일은 없는 것 같던데. 며칠 전에 몸이 좀 안 좋다고 사흘 정도 집에서 꼼짝을 하지 않았다고 집사람이 그러긴 했다만.]

"의현이가 아팠어요?"

[심한 건 아니고. 그냥 최근에 좀 무리했던 모양이다. 지금은 괜찮아. 그나저나 가을이 너, 이번 주말에 정말 시간 안 되는 거야?]

"주말이요? 별다른 일은 없는데."

[일정이 없어? 저녁 같이하자고 했더니, 의현이한테는 일이 있어서 못 온다고 했다며.]

가을은 잠시 입을 다물고 소리 없이 눈동자를 굴렸다. 의현이 주말 일정에 관해 물은 적도, 가을이 자신의 일정에 대해 대답을 해준 적도 없었다. 의현이 거짓말을 한 것이다. 빠르게 상황을 파악했지만 그 이유에 대해서는 짐작할 수 없었다. 가을은 대충 적당한 답을 둘러댔다.

"아, 일이 있었는데 취소가 됐어요."

[그럼 잘됐구나. 시간 되면 이번 주말 저녁에 집에 좀 오려무나. 가족들끼리 저녁이나 같이 먹을까 하는데. 마침 너한테 할 얘기도 좀 있고.]

의현이 오지 못하게 한 거라면 가지 않는 편이 좋을 것이다. 하지만 연락 두절인 상태가 얼마나 더 길어질지 알 수 없었다. 전화를 받지 않으니 어차피 집으로 한번 찾아가 볼 생각이었다. 고민하던 가을은 가는 쪽으로 마음을 굳혔다.

"네. 갈게요."

[그래. 그럼 주말에 얼굴 보자꾸나.]

"네, 아저씨. 바쁘실 텐데 일 보세요. 주말에 뵐게요."

통화는 곧 끊어졌다. 긴장하고 있던 몸에 힘이 쫙 풀리는 느낌이었다. 의현이 아팠다는 말에 속상했고, 그가 거짓말을 한 이유를 몰라 불안했고, 아직도 연락이 닿지 않는 그가 걱정됐다. 침대에 풀썩 힘없이 주저앉은 가을은 까만 어둠이 내려앉은 창밖의 풍경을 바라봤다.

'내가 잘못한 걸까? 의현이한테 그런 말을 해서는 안 되는 거였을까?'

그 밤, 속초의 검은 바다 앞에서 건드려서는 안 될 의현의 무언가를 건드려 버린 것이다. 가을은 그리 결론 내렸다.

'사과하자. 뭐가 됐든, 사과하는 거야.'

그렇게 생각하며 애써 자신을 다독였지만, 마음 한 이 쓸쓸해졌다. 가을은 의현의 모든 것을 사랑했다. 의현 역시 마찬가지라고 생각했다. 그래서 그에게 꽁꽁 감춰왔던 끔찍한 치부까지, 모든 것을 털어놓으려 한 것이다.

갑자기 무서운 얼굴로 자신을 바라보던 의현의 얼굴이 떠올랐다. 가을이 세차게 고개를 가로저었다. 그녀는 그날 밤 의현에게 모든 것을 털어놓으려 했지만 끝내 말하지 못한 것이 있었다. 그래서 의현이 그렇게 화를 냈던 건지도 모른다. 가을은 다시 탁상용 달력을 응시했다. 주말에는 의현의 얼굴을 볼 수 있다. 그리 생각하니 사흘 남은 주말이 너무 멀게 느껴졌다.

❖

가을은 주말 아침에 눈을 뜨자마자 바쁘게 움직였다. 집 안 청소를 하고 백화점에 가서 그의 아버지가 좋아하는 와인을 샀다. 집에 돌아와서는 몇 벌이나 옷을 갈아입어 보았다. 의현의 어머니를 위해 붉은 장미 꽃다발까지 준비하고 나서야 저녁 식사를 함께하기 위해 약속 시각에 맞춰 의현의 집으로 향했다. 가을을 가장 먼저 맞아준 사람은 의현의 아버지였다.

"뭘 이런 걸 다 사 왔어?"

"이 와인 좋아하시잖아요. 아저씨 좋아하시는 거로 사 왔어요."

와인 상자를 받아 든 강재환은 어서 들어오라며 가을을 반겨주었다. 소파에 앉아 차를 마시고 있던 의현의 어머니가 가을에게 잠시 시선을 주었다. 가을은 곧장 고개를 숙여 인사를 건네었다.

"사모님, 그간 안녕하셨어요."

가을은 재환을 아저씨라고 불렀지만, 정윤에게는 꼬박꼬박 사모님이라는 호칭을 썼다. 가을을 후원하는 일에 일절 관심이 없던 송정윤은 가을이 이 집에 오래 살았어도 그녀를 타인으로 대하는 사람이었고, 가을은 그런 송정윤을 대하는 일이 늘 어렵기만 했다.

"가을이가 당신 주려고 장미도 사 왔어."

"거기 두세요. 나중에 꽂아둘 테니까."

아마 꽃은 버려질 것이다. 가을은 알고 있음에도 애써 웃어 보였다. 그녀는 조금 더 나이를 먹고 나서야 정윤이 자신을 내켜 하지 않는다는 것을 알아챘다. 그럼에도 가을을 후원하는 일에 찬성했던 이유는, 그것이 호텔 이미지에 좋은 도움을 주기 때문이었다. 아들을 잃은 호텔 대표가 부모를 잃은 아이를 데려와 후원한다. 그녀에게는 투자할 만한 가치가 있는 일이었다.

"배고플 텐데 일단 저녁부터 먹자. 마침 의현이도 내려오는구나."

가을의 시선이 자연스레 계단으로 향했다. 그곳에 의현이 있었다. 흰 셔츠에 남색 카디건을 가볍게 걸친 차림이었다. 오늘은 계속해서 집에 있던 모양이었다.

"의현이 넌 방에서 온종일 뭘 하는 거야? 가을이도 왔는데."

의현은 잠시 계단 중앙에서 걸음을 멈췄다. 그새 얼굴이 야윈 것 같았다. 그는 가을이 왜 이곳에 와 있는 건지 가늠하는 듯 한참이나 그녀의 얼굴을 응시하다 다시 조용히 걸음을 옮겨 1층으로 내려왔다. 그 뒤로 의현은 가을에게 눈길도 주지 않았다. 마치 처음 이 집에 왔을 때 보았던, 인형처럼 앉아 있던 그 모습과 닮아 있었다. 곧 불편한 식사 시간이 이어졌다.

"가을이 넌 졸업 후에 어디 들어간다고 했지?"

"아는 분이 미술 학원 운영하시거든요. 부탁받은 것도 있고 애들 가르치는 일도 좋아해서 일단 그쪽에서 2년 정도 일하려고 해요."

"그렇구나. 지금 사는 곳이랑 멀지 않고?"

"네. 근처예요."

"그럼 여기서도 가깝다는 건데 다시 집으로 들어오지 그러냐."

가을은 잠시 말문이 막힌 듯 대답을 하지 못했다. 대학에 입학하면서 자연스럽게 학교 근처의 오피스텔로 독립했다. 전화는 자주 드리고 있지만 가을이 이 집으로 찾아오는 경우는 일 년에 대여섯 번밖에 되지 않았다. 그녀가 그리 행동하게 된 가장 큰 이유는 의현의 어머니 때문이었다. 가을이 거절하기 전에 역시나 정윤이 먼저 화를 내듯 입을 열었다.

"무슨 말을 하는 거예요? 이미 다 큰 애를 왜 다시 이 집에서 살게 해요? 후원도 대학 졸업할 때까지만 하기로 한 거였잖아요."

"여보."

"이만큼 해줬으면 됐지. 여기서 뭘 더 어떻게 하라고."

"당신, 가을이 듣는데 무슨 말을 그렇게 해?"

갑자기 높아진 언성에 가을이 서둘러 중재에 나섰다.

"아저씨, 저는 지금 사는 곳이 편해요. 그리고 사모님 말씀이 맞죠. 저도 이제 성인이고 제 앞가림은 제가 해야죠. 대학 졸업 때까지 도움 주신 것만으로도 너무 감사한걸요."

가을의 말에 상황이 일단락되어 보였지만 분위기가 냉랭해졌다. 처음부터 내내 좋은 분위기에서 식사할 수 있을 거라고 예상한 것은 아니었지만 그때부터는 앉은 자리가 가시방석이었다. 그럼에도 가을이 자리를 지키고 있는 이유는 의현 때문이었다. 의현은 묵묵히 식사하고 있었다. 평소라면 가을에게 이것저것 먹어보라 권하고 몇 번이나 시선이 마주쳤을 텐데 오늘은 단 한 번도 그녀를 향해 시선을 주지 않았다. 가을은 조금 서운한 얼굴로 밥공기를 내려다보다 얼른 식사를 마치고 의현과 따로 이야기해야겠다고 생각했다.

"아저씨, 그러고 보니 저한테 하실 말씀 있다고 하시지 않으셨어요?"

식사는 거의 마쳐 가는 중이었다. 젓가락을 내려놓고 물을 한 모금 마신 재환이 가을을 보며 고개를 끄덕였다.

"그 얘기는 차 마시면서 하자꾸나."

식사를 마치고 거실로 나와 내어온 차와 과일을 먹었다. 의현은 잠시 자리를 비운 상태였다. 금방 돌아오리라 생각했지만 따뜻했던 차가 미지근하게 식어갈 때까지 그는 자리로 돌아오지 않았다.

"의현이 있는 곳에서 얘기하고 싶었는데, 이 녀석이 뭘 하느라 이리 안 내려와?"

"무슨 좋은 얘기라고 의현이까지 듣게 해요? 그냥 말하면 되는걸."

"어허, 이 사람이 아까부터 자꾸."

"난 더 듣고 싶지 않으니까 먼저 방에 들어가 볼게요. 볼일 보고 조심해서 가렴."

송정윤을 따라 자리에서 일어선 가을이 꾸벅 묵례했다. 그녀는 시선 한번 주지 않은 채 방으로 모습을 감췄고 한숨을 내쉰 의현의 아버지가 미안하다며 대신 사과를 했다.

"요즘 저 사람이 의현이랑 부딪치는 일이 좀 많아서 기분이 안 좋은 모양이다. 별일 아닌 거에도 괜히 예민하게 굴어."

“전 괜찮아요, 아저씨. 신경 쓰실 거 없어요. 그나저나 의현이랑 같이 들어야 하는 얘기예요? 안 내려올 것 같은데 제가 데리고 올까요?”

“아니다. 너한테 이야기하고, 의현이한테는 나중에 따로 말해도 되는 거니까.”

“말씀하세요.”

“가을이 네가 우리 집에 열 살에 왔었나?”

“네.”

대화가 잠시 끊긴 거실에는 고요한 정적이 흘렀다. 재환은 어린 시절 큰 사고로 양친을 모두 잃은 가을에게 사고에 관해 제대로 이야기해 준 적이 없었다. 이 집에 처음 왔을 때는 가을이 너무 어렸기 때문이었다.

왜 그런 사고가 난 건지, 재환이 많은 아이 중 왜 가을을 데려온 건지, 의현과 가을이 어떤 인연으로 얽혀 있는 건지, 또 가을의 부모님이 정확히 어떤 사고로 사망하게 된 건지, 한 번쯤은 이야기를 해야 한다고 생각했던 재환은 그 이야기를 오늘 하기로 마음먹었다.

“그래. 아홉 살에 보육원에 갔을 때 처음 보고, 일 년 뒤에 널 데리고 왔으니까 말이야. 내가 보육원에 있던 많은 아이 중에 왜 널 데려온 건지 알고 있니?”

처음에는 몰랐다. 가을은 그저 자신이 운이 좋았던 거라 생각했다. 이 집에 들어와 몇 년을 살고 나서야, 강은형이 교통사고로 죽었다는 사실을 알았다. 그리고 가을은 같은 날 부모님을 교통사고로 모두 잃었다는 것이 자신이 선택된 이유라고 생각했다. 하지만 그걸 입 밖으로 낼 수는 없어 그녀는 조용히 고개를 가로저었다.

“아니요.”

“아저씨한테 아들이 한 명 더 있었던 건 알고 있지? 그 아들이 교통사고로 죽은 것도 알고 있고?”

"네."

"가을이 너도 사고로 부모님을 모두 잃었지. 나는 아들을 잃고, 너는 부모님을 잃고. 널 볼 때마다 은형이 생각이 나서 그런지 자꾸만 네가 눈에 밟히더구나. 은형이 죽기 전에는 일 때문에 바빠서 제대로 신경도 못 써줬던 못난 아비였던지라, 은형이한테 못해준 걸 너한테 해주고 싶었다. 그래서 데리고 오기로 한 게야."

가을에게 그는 은인이었다. 사실 아무런 이유 없이 가을을 데리고 온 거라 해도 상관없었다. 그녀는 갚을 수 없을 만큼 많은 것들을 받았고 진심으로 감사한 마음을 가지고 있었다. 하지만 그것을 제대로 표현한 적이 많이 없다는 것을 깨달았다. 재환을 응시하는 가을의 얼굴에 온화한 미소가 자리 잡혀 있었다. 여태껏 키워주셔서 감사하다는 인사를 하려는 찰나였다.

"그리고 한날한시에 같은 사고로 그리됐다는 게 어쩐지 운명 같기도 했다. 그 사고로 살아남은 게 너랑 의현이뿐이었으니."

가을의 얼굴에서 점차 미소가 사라지고 의문 가득한 시선만이 남겨졌다. 마주하고 있는 시선에서 가을은 갑자기 알 수 없는 두려움을 느꼈다. 온몸에 서늘한 감각이 전해지는 것만 같았다. 가을은 입이 굳어버린 사람처럼, 잠시 말을 잇지 못하다가 어렵게 입술을 떼어냈다.

"한날한시에 같은 사고라니……. 그게 무슨 말씀이세요?"

찻잔을 내려놓은 재환이 눈시울을 조금 붉힌 채로 가을의 눈을 마주했다. 서두르지 않는 나지막한 음성으로 건넨 말에 가을은 심장이 내려앉는 것만 같은 느낌을 받았다.

"가을이 넌 몰랐겠지만 은형이가 죽은 것과 네 부모님이 돌아가신 사고가 같은 사고였다."

가을의 얼굴이 딱딱하게 굳어졌다. 그녀는 곧 고개를 세차게 가로저으며 조금 전 들은 말을 부정하려 했다.

“그럴 리가 없어요. 그 사고에서 사망한 건 저희 부모님뿐이라고 들었어요.”

“가을이 네가 너무 어리기도 했고 그 사고로 충격이 커서 병원 치료도 받았었잖니. 그래서 너한테는 사실대로 말하지 않았었다. 의현이도 그 사고 현장에 있었어. 너희 둘만 살아남은 거지.”

“의, 의현이도 알고 있어요?”

“그 사고로 다섯 명이 죽었다는 건 알고 있을 게다. 트럭이 과속해서 은형이가 죽게 됐다는 사실도 내가 나중에 말해줬으니 알고 있을 거고. 하지만 가을이 네가 그 사고 생존자인 건 의현이도 아직 모르고 있어. 한 번도 말해주지 않았으니까.”

가을의 눈가에 파르르 경련이 일어났다. 강은형과 가을의 부모님은 모두 교통사고로 죽었다. 그것도 같은 날이었다. 한날한시 같은 사고. 하지만 단 한 번도 그것에 대해 의심하지 않았던 것은 가을은 그 사고로 자신의 부모님 외에 다른 사망자가 있다는 것을 듣지 못했기 때문이었다.

강은형이 그 사고로 죽었다. 그걸 자각하자마자 손에 힘이 풀려 들고 있던 찻잔이 떨어졌다. 커다란 소리를 내며 바닥으로 떨어진 찻잔은 다행히 깨지지 않았지만 안에 든 찻물이 그대로 쏟아져 카펫을 적셨다. 그리고 가을의 몸은 어느새 자리에서 일으켜져 있었다.

“일어서.”

손목이 아팠다. 정신을 차리고 보니 의현이 그녀의 곁에 서 있었다.

“의현이 너 갑자기 이게 무슨 행동이야?”

“몸이 좀 안 좋아 보여서요. 가을이 얼굴 하얗게 질린 것 좀 보세요.”

의현의 말에 그제야 가을의 안색을 살핀 재환은 놀란 기색을 보이며 자리에서 일어섰다.

"조금 전까지는 괜찮았는데, 갑자기 왜 이리 안색이 나빠? 가을이 너 괜찮은 게야?"

가을은 답하지 못했다. 아무런 말도 하지 못하는 그녀를 의현이 제 쪽으로 끌어당겼다.

"제가 데려다주고 올게요."

"그래. 몸 많이 안 좋은 것 같은데 병원부터 들렀다가 가라."

"네. 중요한 말씀 중이셨던 거 같은데 죄송해요. 나중에 제가 다시 가을이 데리고 올게요."

"얘기야 나중에 다시 하면 되니까 얼른 병원부터 데려가."

"네."

가을은 꼼짝도 할 수 없는 사람처럼 걸음을 옮기지 못했다. 의현이 억지로 끌어당기지 않았더라면 그 자리에 주저앉고 말았을 것이다.

의현의 차는 주차장을 빠져나가 빠르게 도로를 달렸다. 가을은 쉼 없이 몸을 떨고 있었다. 속초 바다에서 아버지에 관한 이야기를 했을 때, 의현의 행동이 갑자기 변한 이유를 그제야 알았다. 연락이 끊긴 이유도, 그가 자신을 차갑게 보던 이유도, 모두 알게 됐다. 그 밤, 그 바다에서 의현은 알게 된 것이다. 윤가을이 강은형을 죽게 만들었다. 빠르게 달리던 차는 곧 갓길에 세워졌다.

"나한테 했던 말, 또 누가 알아?"

의현은 여전히 가을에게 시선조차 주지 않은 채 물었다.

"의현아."

"묻는 말에 대답해. 네가 핸들 돌렸다는 거, 나 말고 또 누가 아느냐고."

없다. 아버지는 이미 죽었으니까.

"……없어."

의현의 시선이 가을의 얼굴에 닿았다. 더는 자상하고, 따스한 시선으로 그녀를 바라봐 주지 않았다. 차가운 시선에 온몸이 난도질을 당하는 느낌이 들었다.

"그럼 두 번 다신, 그 이야기 누구한테도 꺼내지 마."

가을이 고개를 가로저었다. 눈물이 가득 차오른 눈으로 반쯤 정신이 나간 듯 의현에게 애원했다.

"난 몰랐어. 정말 몰랐어. 그 사고에서 다른 누군가가 죽은 줄 알았다면, 나 때문에 그렇게 된 걸 알았다면……."

"알았다면 뭐!"

의현은 속초에 다녀온 뒤로 매일 불면에 시달렸다. 잠을 제대로 잘 수도, 가만히 앉아 있을 수도, 그렇다고 다른 일을 할 수도 없었다. 여덟 살 때 보았던 피투성이의 강은형이 자꾸만 눈앞에 나타났다.

"이제 와서 뭘 어쩌겠다고. 아버지한테 뭐라고 말할 거야? 내가 당신 아들을 죽였다고? 그것도 모르고 여태 키워준 걸 감사하게 생각한다고?"

붉어진 그의 눈에 눈물이 가득 차올랐다.

"난 병신같이 그것도 모르고, 형을 죽게 한 너한테 모든 걸 다 줬는데!"

악에 받친 의현의 음성이 좁은 차 안을 가득 채웠다. 가을은 다시 고개를 가로저었다. 그에게 못한 이야기가 있었다. 그걸 떠올리고는 입술을 움직였다. 하지만 소리가 나오지 않았다.

'의현아. 아버지가 날 때렸어. 아버지를 떠올리면 온통 맞은 기억뿐이고, 몸에 멍이 가실 날이 없었어. 사고가 나지 않았다면, 아버지는 그때 나를 죽였을 거야. 사고가 났던 날 이미 뒷좌석에는……'

거기까지 떠올린 가을이 다시 의현의 얼굴을 바라봤다. 그렇다고 해서, 어떤 다른 이유가 있다고 해서, 네 형의 죽음이 합리화되는 것은 아니었다. 일어나지 않았어야 할 사고였을지도 모른다. 과속을 한 트럭, 핸들을 돌린 차량. 어느 쪽에 더 큰 사고의 원인이 있었는지는 모른다. 다만, 아무것도 잘못한 것이 없던 차는 사고를 당했고 그로 인해 강은형이 죽었다.

그의 부모님은 제 아들이 누구 때문에 죽었는지 모르고 호의를 베풀었다. 가을은 그의 집에서 먹고, 자고, 무엇 하나 부족한 것 없이 생활하고 공부했다. 아들에게 못해준 것들을 가을에게 해주었다고 했다.

"미안해."

"뭐가?"

"미안해. 의현아."

"그러니까 뭐가!"

가을의 눈에서 쉼 없이 눈물이 흘러내렸다. 의현은 울 수조차 없었다. 분노했고, 절망했다. 사흘간 방 밖으로 한 걸음도 나서지 못한 의현은 사고의 원인이 가을에게 있는 것이 아닐 거라며 그 사실을 몇 번이나 부정했다. 하지만 현실은 바뀌지 않았다. 가을의 입으로 직접 들은 이야기였기에 더 충격이 컸다.

악몽을 꿀수록, 피투성이가 된 은형이 자꾸만 눈앞에 나타날수록, 의현은 미쳐 가는 것만 같았다. 하지만 윤가을을 놓을 수도 없었다. 서로가 없이는 안 되도록, 그렇게 살아오지 않았던가. 기가 막힌 노릇이었다.

너 때문에 미쳐 버린 삶인데, 이제는 네가 없어도 미친다니.

의현이 실성한 사람처럼 웃음을 터트렸다.

"내가, 내가 어떻게 하면 돼? 다 할게. 할 수 있는 건 다 할게. 그래서 네 마음이 조금이라도 풀린다면 뭐든 할게."

눈물을 쏟아내며 가을은 미친 사람처럼 중얼거렸다. 망가진 한쪽 눈 때문인지 시야가 흐릿했다. 남은 한쪽 눈마저 망가지려는 건가. 가을의 얼굴이 제대로 보이지 않았다. 의현은 손을 뻗어 고개 숙인 가을의 턱을 잡고 억지로 얼굴을 들게 했다.

"뭐든 한다고?"

지금껏 의현의 곁에 있던 것이 가을에게 행복이었다면 앞으로 그의 곁에 있는 것은 가을에게 지옥이나 마찬가지일 것이다. 의현의 얼굴을, 그의 부모님의 얼굴을 볼 때마다 가을은 은형에 대한 죄책감을 느낄 것이다. 곁에 있는 것만으로도 고통이 될 테고, 죽을 만큼 괴로울 것이다.

"지금처럼 있어. 내 옆에."

놓을 수 없다. 그래서 의현은 가을을 자신이 있는 곳으로 끌어당기기로 했다. 같은 나락으로.

"내가 준 모든 것이 너한테서 바닥날 때까지, 강은형 대신 누렸던 모든 것이 불행으로 여겨질 때까지, 그렇게 내 옆에 있어. 네가 날 미워할 수 있는지 내가 널 말려 죽일 수 있는지, 한번 해보자고."

"……의현아."

"어차피 이제 다신 누군가를 사랑할 수도 없어. 그리고 너야 이미 수차례 봤으니 알고 있다지만, 난 몸에 있는 끔찍한 흉터에, 한쪽 눈마저 병신이라 이 끔찍한 모습으로 다른 여자랑 침대 위를 뒹굴고 싶지는 않거든."

의현의 손이 가을의 목에 닿았다. 그 서늘한 감각에 온몸의 신경이 곤두섰다. 이어진 차가운 음성이 다시금 가을을 상처 내고 할퀴었다.

"네가 해. 강은형 대신 많은 걸 누리고 살았으니, 그 정도는 희생해도 되겠지."

툭— 투툭—

어두컴컴한 하늘에서 빗방울이 쏟아져 내렸다. 비는 곧 창밖의 풍경을 흐리게 만들 만큼 세차게 쏟아져 내렸다. 목덜미에 닿은 손에 힘이 실렸고 가을은 천천히 눈을 감았다. 열 살에 처음 의현의 집에 들어가 보았던 풍경이 눈앞에 펼쳐졌다.

흐드러지게 피어난 아름다운 홍매화. 눈을 감은 지금에서야 그 풍경이 제대로 눈에 들어왔다. 가을은 착각한 것이다. 그것은 아름다운 진홍색이 아닌 붉은 핏빛이었다.

상흔

스물셋 겨울이 되기 전까지 가을과 의현의 사이에는 좋았던 기억이 더 많았다. 하지만 어느 순간부터 좋았던 기억보다 서로를 할퀴고 상처 낸 기억이 더 많아졌고 그것은 시간이 지날수록 좋은 기억들마저 퇴색되게 만들었다. 지금도 그랬다. 가을은 이제 의현과의 기억을 떠올릴 때면 조금도 웃을 수가 없었다. 좋았던 기억은 그렇게 점차 빛이 바래져만 갔다.

상념에 잠겨 있던 가을이 정신을 차리고는 창을 바라봤다. 빛이 들어서고 있었다. 벌써 날이 밝은 것이다. 의현이 돌아가고 오피스텔에 홀로 남겨진 뒤 뜬눈으로 밤을 지새웠다. 그가 다시 돌아오는 일은 없었다. 가을은 천천히 자리에서 일어나 출근 준비를 했다.

"안녕하세요."

커피를 내리고 있던 가을은 등 뒤에서 들려온 인사에 자연스럽게 화실 입구를 바라봤다. 화실에 가장 먼저 나온 사람은 태민이었다. 오후에 나와야 할 그가 오전 수업이 시작되기도 전에 모습을 드러냈지만 가을은 그 이유에 관해 묻지 않았다. 그녀는 회원들이 편한 시간에 나와 그림을 그릴 수 있도록 화실을 운영했고 태민은 오늘처럼 이렇게 이른 시간에 나와 그림을 그릴 때가 있었기 때문이었다.

"일찍 왔네요."

"그림 완성 못하고 갔잖아요. 얼른 그리고 싶어서요."

어제 일에 관해 물으면 어떻게 말을 해야 할까. 가을은 화실에 나온 뒤로 내내 그것에 대해 고민했지만, 태민은 어제 일에 대해 아무것도 묻지 않았다. 그저 평소보다 조금 더 밝은 얼굴로 인사를 건네었고 조용히 자리에 앉아 완성하지 못한 그림을 그리고 있었다.

가을이 막 내린 커피 한 잔을 태민의 옆에 놓아주었다. 꾸벅— 고개를 숙여 인사를 건네는 얼굴을 마주하며 가을 역시 짧게 고개를 숙였다. 이미 채색에 들어간 그림은 거의 완성된 상태였다. 가을은 캔버스 위에 활짝 피어난 매화를 보며 작게 미소 지었다.

"금방 완성될 것 같은데요."

"그러게요. 오늘은 하나 더 그리고 가야겠어요."

"요즘 되게 열심히 하네요?"

"화실 곧 문 닫잖아요. 이렇게 와서 그림 그릴 수 있는 날도 얼마 안 남았다고 생각하니까 이른 시간에 자꾸 찾게 되네요. 귀찮으시죠?"

"전혀요. 와서 조용히 그림만 그리고 가잖아요. 그리고 화실 계속 다니실 거라면 이 근처에 다른 좋은 화실도 많아요."

"화실이야 많은데 전 여기가 편해서요."

태민은 다시 몸을 돌려 캔버스를 응시하며 붓을 손에 들었다. 가을은 그를 방해하지 않으려 조금 떨어진 곳에 서서 그림을 그리는 모습을 바라봤다. 캔버스 위에 덧입혀지는 색이 화사했다. 화려한 색을 지닌 꽃이 아님에도 가을은 캔버스 위에 그려진 하얀 매화가 무척이나 화사하다는 느낌을 받았다.

붓의 움직임이 점차 속도를 더했다. 가을은 천천히 고개를 돌려 창밖을 바라보며 커피를 한 모금 마셨다. 내일은 은형의 기일이자 가을의 부모님 기일이었다. 그리고 9일 뒤에 화실은 문을 닫는다. 날짜를 가늠하던 가을은 앞치마에서 휴대전화를 꺼내어 손에 들었다. 액정을 한참이나 매만지다 고개를 살짝 기울이는 그녀의 얼굴에 그늘이 드리워졌다.

의현은 그녀가 자신의 어머니를 만나려 했던 사실을 알고 있었다. 직접 찾아간 것도 아니고 그의 어머니가 운영하는 갤러리에 전화한 것이 전부였다. 뉴욕에 있다는 답을 전해 듣고 약속조차 잡지 못했다. 거기까지 떠올리고 나니 갤러리에는 찾아가지 않는 것이 좋을 것 같았다. 아무래도 그곳에 의현의 사람이 있는 모양이었다.

가을은 휴대전화를 다시 앞치마의 주머니에 넣고는 의현 몰래 그의 어머니를 만날 방법을 떠올렸다. 집으로 찾아가기에는 보는 눈이 많았다. 개인 번호로 직접 전화를 걸어도 그게 가을 자신이 건 전화라면 어떻게든 의현에게 보고가 들어갈 것 같았다. 최대한 조용히, 의현이 알아차리지 못하게 만나야 했다. 어떻게? 한참을 고민하던 가을은 문득 뺨에 닿는 시선을 느끼고는 고개를 돌렸다. 그림을 완성한 태민이 몸을 돌려 그녀를 바라보고 있었다. 눈이 마주치자마자 태민은 기다렸다는 듯이 말을 걸었다.

"어제 그 남자 말이에요."

그녀는 곧 곤란한 기색을 얼굴에 드러냈다. 어제 일에 대해 아무것도 묻지 않아 그냥 넘어가려는 건 줄 알았는데 그게 아닌 모양이었다.

"아무래도 본 적이 있는 거 같아서 집에 가면서 계속 생각해 봤는데요. 그 사람, 에치몬드 대표님 아들 맞죠? 지금 그 호텔 이사로 있는."

하지만 태민은 그녀가 예상한 것과는 전혀 다른 말을 꺼내었다. 태민이 의현을 알고 있다는 사실에 놀란 가을은 잠시 말을 잇지 못하다 조심스럽게 물었다.

"의현이를 어떻게 알아요?"

"에치몬드 대표님이랑 저희 아버지랑 사업상 아시는 관계세요. 저희 집에도 몇 번 오셨고요. 송 대표님 갤러리에도 몇 번 갔었어요."

태민이 말한 송 대표가 의현의 어머니라는 것을 가을은 단번에 알아들었다.

"혹시 사모님, 아니. 그러니까 의현이 어머니와도 아는 사이예요?"

"어머니 통해서 몇 번 뵀어요."

태민과 의현의 어머니가 아는 사이다. 그 사실을 떠올린 가을은 빠르게 생각을 정리했다. 가을이 직접 그의 어머니에게 연락하지 않아도 약속을 잡아주거나 말을 전해줄 수 있는 사람이 눈앞에 있었다. 하지만 태민에게 그런 부탁을 하기는 쉽지 않았다. 한참을 망설이던 가을은 어렵게 입술을 떼어냈다.

"저기. 부탁 하나만 해도 될까요?"

물통에 담긴 물에 붓을 씻어내고 있던 태민은 잠시 놀란 얼굴을 했다. 그리고 대답 없이 가을의 얼굴을 가늠하듯 바라보다 작게 미소 지었다.

"선생님이 저한테 부탁이라니. 뭔지 되게 겁나는데요?"

"어려운 건 아니에요. 해가 되거나 하는 일은 없을 거예요. 나쁜 일도 아니고요."

"기왕 부탁할 거면 어려운 거 부탁하세요. 전 대가로 비싼 거 받을 거니까요."

"대가요?"

"네. 그림 하나만 새로 그려주세요."

가을은 곤란한 얼굴을 했다. 지난번 태민에게 주었던 바다 그림은 예외가 되었다지만 그녀는 누군가에게 자신의 그림을 주지 않았다.

"제 그림은 그렇게 값어치가 나가는 그림이 아닌데요."

"저한테 좋은 그림이면 충분해요."

조금의 꾸밈도 없는 말이었다. 마주쳐 오는 올곧은 시선이 그것을 말해주고 있었다. 잠시 고민하던 가을은 결국 고개를 끄덕였다.

"좋아요. 어떤 그림이면 될까요?"

"제 초상화요."

뭐 하나 쉬운 게 없었다. 가을은 다시 고민해야 했다. 인물화는 그녀가 잘 그리지 않는 그림이었다. 여태껏 가을이 그린 인물화는 단 두 개뿐이었다. 그리고 그 두 개의 그림은 모두 한 사람의 얼굴을 담아내고 있었다. 강의현. 그 외에는 누구의 얼굴도 그린 적이 없었다.

"인물화는 안 그리시더라고요."

태민은 생각보다 가을의 그림을 유심히 보고 있었다. 가을은 선뜻 대답하지 못했다. 그는 조금의 재촉도 없이 조용히 답을 기다렸고 결국 손을 든 것은 가을이었다.

"알겠어요. 하지만 잘 그린다고는 장담 못해요."

"열심히만 그려주세요. 그럼 선생님 부탁은요?"

"송 대표님을 만날 수 있는 자리를 마련해 주세요. 아무도 모르게요."

만나는 자리를 마련하는 것은 어렵지 않았다. 다만 아무도 모르게, 라는 말이 걸렸다. 혹여 부탁의 내용을 듣고 거절을 하면 어쩌나 싶었지만 태민은 고민의 기색조차 없이 바로 답을 건네었다.

"내일 시간 되세요?"

"내일이요?"

"저희 집에서 디너파티를 하는데 에치몬드 대표님은 참석 못하시고 송 대표님만 참석하신다고 했거든요. 제가 잠깐 자리 만들 수 있을 것 같은데요."

디너파티?

"아, 다음 주에 서경그룹 김 회장님 댁에서 디너파티 초대를 받았는데. 의현이 너는 시간 어떠니?"

가을은 그제야 의현이 부모님과 함께했던 저녁 식사 자리에서의 대화를 떠올렸다. 그게 태민의 집에서 하는 행사였다.

"아, 디너파티는 부모님께서 만든 자리인데. 제가 너무 거저먹는 건가요?"

"아니요. 충분해요."

"화실은 8시 좀 넘어서 끝나죠? 저는 내일 화실에는 못 나오니까 시간 맞춰서 제가 차를 보낼게요."

"그렇게까지 할 필요는……."

"몰래 만나야 한다면서요? 어차피 디너파티 중에 외부에서 만나기는 힘들 테고 집 안에서 자리 마련할 거예요. 저랑 같이 움직여야 눈에 띄지 않게 최대한 빨리 송 대표님 만나고 돌아갈 수 있을 거예요."

거기까지 듣고 나니 더는 거절할 수가 없었다. 가을이 꾸벅 고개를 숙였다.

"……그럼 부탁할게요."

태민은 고개를 끄덕였다. 얼마 지나지 않아 오전 수업을 받을 회원들이 화실에 하나둘씩 모습을 드러냈다. 두 사람은 아무런 일도 없었던 것처럼 각자의 일에 집중했다.

❖

가을은 이른 아침에 어머니를 모신 곳에 다녀왔다. 화실을 열고 수업을 모두 끝낼 때까지 하루가 어떻게 흘러간 건지 모를 정도로 바쁜 하루를 보냈다. 그사이 의현에게서 오는 연락은 없었다. 오늘은 은형의 기일이니 아마 가을을 찾지 않을 것이다. 만일 그가 자신을 찾아도 그건 아주 늦은 밤의 일이 될 것이라고 가을은 생각했다.

화실 운영을 마치고 퇴근 준비를 하는 동안 가을의 머릿속에는 태민과 잡아둔 약속에 관한 일들만이 가득했다. 가을은 자신이 해야 할 일들을 계속해서 머릿속으로 정리했다. 화실을 정리하고 밖으로 나서자 태민이 보낸 차가 건물 앞에 와 있었다. 기사만 보낸 것이 아니라 태민이 그 차에 함께 타 있었다.

"미안해요. 여기까지 오게 해서."

"괜찮다니까요. 공짜로 하는 일도 아니고. 타세요."

두 사람은 나란히 차에 올라탔다. 검은 세단은 곧 안정감 있는 속도로 도로를 달렸다. 두 사람 사이에 별다른 대화는 없었다. 그러다 문득 룸미러를 통해 계속 가을의 얼굴을 확인하는 시선이 있다는 것을 알아챈 태민이 곤란한 미소를 입가에 머금었다.

"박 기사님. 어머니한테도, 아버지한테도 말씀하시면 안 돼요. 다시 한 번 분명히 말하지만 여자 친구 아니에요."

"전 아무 말도 하지 않았습니다."

"자꾸 룸미러로 힐끔 보는 시선이 충분히 의심스러운데요."

"도련님 나이에 여자 친구 데려오는 게 뭐 어때서요. 이렇게 몰래 데려가시지 않아도 될 것 같은데요."

"그런 거 아니라니까요."

태민이 장난스럽게 미간을 좁히자 운전석에 앉은 남자는 인자한 얼굴로 웃어 보였다. 태민은 가을이 신경 쓰인 건지 그녀를 안심시키려 말을 걸었다. 운전하는 남자에게 들리지 않을 정도의 나지막한 음성이었다.

"저렇게 말해도 선생님에 대해서 다른 곳에서는 한마디도 안 할 거예요. 부모님께도 말씀드리지 않을 테니 안심하세요. 입 무거우신 분이에요."

"네."

차는 곧 그의 집에 도착했다. 의현의 집만큼이나 커다란 집이었다. 태민은 가을을 별채에 있는 응접실로 안내했고 그녀는 그곳에서 의현의 어머니를 기다렸다. 사람들이 많이 모여 있는 정원과 다르게 집 안은 고요하기만 했다. 창 하나를 사이에 두고 다른 세상이 펼쳐져 있는 것만 같았다. 얼마 지나지 않아 등 뒤에서 노크 소리가 들려왔다. 문이 열렸고 평소보다 화려하게 차려입은 의현의 어머니가 모습을 드러냈다. 조금 전까지만 해도 화사하게 웃고 있던 그녀는 가을을 보고 단번에 표정을 굳혔다.

"네가 여기 웬일이니?"

가을을 응시하던 그녀는 곧 자신을 이 자리로 데려온 태민을 향해 설명을 요구하는 시선을 보냈다. 하지만 그보다 가을이 더 빨랐다.

"드릴 말씀이 있어서 제가 부탁했어요."

"태민 군이랑 네가 어떻게 알고?"

"그건 말씀드리자면 길어요. 시간 오래 안 뺏을게요. 꼭 말씀드려야 할 게 있어서 실례 무릅쓰고 이런 부탁드렸어요. 죄송합니다."

의현의 어머니는 가을과의 자리가 내키지 않는 얼굴을 했지만 보는 눈이 있어 그대로 나갈 수도 없었다. 태민이 직접 차를 가져와 테이블 위에 놓아주었다. 그녀는 할 수 없이 자리에 앉았고 태민은 가을과 시선을 한 차례 마주하고는 그대로 문고리를 잡았다.

"저는 나가볼게요. 말씀 나누세요."

문이 닫혔고 방 안에는 무거운 침묵이 감돌았다. 가을은 맞은편 자리에 앉아 호흡을 한 차례 길게 내쉬었다.

"그래. 대체 할 말이 뭐기에 이런 예의 없는 짓까지 해서 날 불러냈는지 들어나 보자."

"죄송합니다. 갤러리에서 뵙기에는 보는 눈이 많아서요."

가을은 조심스레 차를 한 모금 마셨다. 갈증은 조금도 사라지지 않았지만 손의 떨림은 그나마 나아졌다. 찻잔을 내려놓은 그녀는 다시 한 번 크게 숨을 한 차례 내쉬었다. 그리고 눈앞에 앉은 여자의 두 눈을 마주했다.

"사모님은 알고 계시죠?"

"뭘?"

"저랑 의현이 관계요."

가면을 쓴 것 같은 그녀의 얼굴에 미세한 경련이 일어났다. 금방이라도 자리에서 일어나 화를 내도 이상하지 않을 모습이었다.

"너랑 의현이가 무슨 관계인데? 고작 의미를 부여해 봐야 잠자리 상대 정도?"

기가 차다는 얼굴로 가을을 비웃은 그녀는 단번에 싸늘한 얼굴을 했다.

"착각하지 마라. 한때 그러는 걸 영원할 거라고 생각하면 곤란해. 네가 의현이 짝으로 가당키나 하다고 생각하니? 안 그래도 슬슬 정리하라 말하려던 참인데 잘됐구나."

"의현이가 저희 관계 아저씨께 말씀드린다고 하더라고요. 결혼 생각……."

가을은 말을 끝맺지 못했다. 이마에서부터 타고 내려와 턱 끝에 맺힌 물방울이 뚝 떨어져 내렸다. 찻물을 뒤집어썼다. 그리 뜨겁지는 않았지만 그녀는 잠시 눈을 뜨지 못했다. 손을 들어 얼굴을 한 차례 닦아낸 가을은 화려한 동백이 그려진 찻잔을 물끄러미 응시했다. 잔을 든 그녀의 손은 화를 참지 못해 부들부들 떨리고 있었다. 이런 반응 정도야 예상하고 각오했었다. 가을은 조금의 동요도 없는 얼굴로 해야 할 말을 이어나갔다.

"떠날게요. 사모님이 도와주세요."

"뭐?"

"제가 그런 쪽으로는 능력이 없어서 도망쳐도 금세 잡힐 것 같아서요. 사모님이 생각하시는 것보다 의현이 철저하고 무서운 사람이에요. 모르시죠? 사모님 갤러리에도 아마 의현이가 심어놓은 사람 있을 거예요."

"……."

"화실은 정리했고 오피스텔은 의현이가 알아서 처분하게 둘게요. 의현이가 저 못 찾게만 해주세요. 길게도 안 바랄게요. 1년에서 2년 정도만 도움 주세요. 사모님은 하실 수 있으시잖아요."

가을은 고개를 들어 다시 그녀의 얼굴을 마주했다. 처음보다 가라앉은 분노가 눈에 보였다. 그녀는 처음부터 가을과 의현의 관계를 알고 있었다. 두 사람이 연인이라는 것도, 잠자리를 하고 있다는 것도, 알고 있으면서 모르는 척했다. 그녀에게 가을은 어차피 떼어내야 할 존재에 지나지 않은 것이다. 모든 것은 가을이 사라지면 될 일이었다. 더는 나눌 대화가 없다고 여긴 그녀는 클러치 백을 손에 들고 자리에서 일어서 가을을 내려다봤다.

"의현이가 내 쪽에 사람을 심어놨다면 내가 너한테 연락을 해도 의현이 귀에 모두 들어간다는 소리로 들리는데. 태민 군 통해서 조만간 한번 연락하마."

가을이 인사를 하려 자리에서 일어섰다. 돌아서려던 그녀는 아직 남은 화를 가을에게 풀고 가려는 것처럼 손을 뻗었다. 짝— 마찰음이 울려 퍼졌다.

"건방지긴."

가을은 돌아간 고개를 잠시 돌리지 못했다. 또각— 멀어져 가는 구두 소리가 완전하게 사라지고 나서야 다리에 힘이 풀린 건지 자리에 주저앉아 버렸다. 천천히 손을 들어 뺨을 매만졌다. 아직 마르지 않은 물기와 전해져 오는 통증에 갑자기 서러운 마음이 들었다. 툭— 눈물이 테이블 위로 떨어져 내렸다. 그리고 그 순간 고개를 숙인 그녀의 시야에 손수건이 내밀어졌다.

"괜찮아요?"

태민이었다. 가을은 차마 고개를 들지 못했다.

"내가 물었지만 이상한 질문이네요. 전혀 안 괜찮아 보이는데 괜찮냐니."

"괜찮아요."

"뭘 어떻게 하면 사람한테 찻물을 뿌리고 뺨을 때릴 수 있어요? 그렇게 안 봤는데 무섭네요. 송 대표님."

가을은 대답하지 않았다. 손수건도 건네받지 않았고 조용히 자리에서 일어나 그에게 감사 인사를 전했다.

"오늘 감사했습니다. 초상화는 다음 주에……."

"안 받을게요."

"……네?"

놀란 그녀가 고개를 들었다. 닦아내지 못한 눈물, 얼굴을 적신 찻물, 붉게 부어오른 뺨까지. 모두 엉망이었다. 그것을 본 태민은 조금 화가 난 얼굴로 말했다.

"이 부탁 괜히 들어줬다 싶거든요. 대가로 뭘 받아도 유쾌하지 않을 거 같네요."

본인이 받지 않겠다는 것을 더 강요할 수는 없었다. 가을은 다시 인사를 건네었다.

"그만 가볼게요."

"박 기사님한테 말해놓을 테니 차 타고 돌아가세요."

"아니요. 더는 폐 끼치고 싶지 않아서요. 혼자 돌아갈게요."

태민도 더 강요하지는 못했다. 가을은 그의 안내를 받아 조용히 집을 나섰고 버스를 탈 수 있는 정류장으로 걸음을 옮겼다. 정류장 벤치에 앉아 타야 할 버스를 몇 대나 눈앞에서 그대로 보내 버렸다. 뒤늦게 정신을 차리고 집에 돌아가야 한다는 생각에 시간을 확인하려던 순간이었다. 진동이 울렸다. 의현에게 걸려온 전화였다. 가을은 액정에 뜬 그의 이름을 가만히 내려다보며 서글픈 얼굴을 했다.

나는 네가 가엾다.

모든 걸 다 가진 것처럼 보이는 네가 결국은 제 손에 아무것도 가진 게 없는 사람이라는 것을 알아서.

처음으로 아끼고 보듬어주려 했던 것마저 제 손으로 망가트려야 하는 사람이라서.

나는 그런 네가 불쌍하고, 가엾고, 또 원망스럽다. 그리고 미안했다.

가을은 터져 나오려는 눈물을 참으며 크게 숨을 토해냈다. 늦은 시간이었다. 화실은 마치고도 남을 시간이었지만 잠들기에는 이른 시간이다. 전화를 받지 않으면 이상하게 생각할 것 같았다. 그녀는 전화가 끊어지기 직전에 통화 버튼을 터치했다.

[어디야?]

그의 목소리를 듣자마자 울컥— 치미는 감정이 목을 꽉 메이게 했다.
[윤가을.]
답을 재촉하는 목소리는 의현답지 않게 조금 다급한 느낌마저 들었다. 가을은 그가 이상한 점을 느끼지 못하도록 마음을 가라앉히고는 평소와 다르지 않은 덤덤한 목소리를 냈다.
“지금 집에 가려던 길이야.”
[이 시간까지 화실에 있었다고?]
“곧 화실 빼야 하잖아. 정리할 게 많아서 그래.”
대화는 잠시 끊어졌다. 통화는 계속해서 이어지고 있었지만 두 사람 사이에 오가는 대화는 없었다. 긴 침묵 끝에 한숨 섞인 대답이 그의 입에서 흘러나왔다.
[오피스텔이야. 곧바로 와.]
전화는 그대로 끊어졌다. 가을은 그 사실을 알면서도 한동안 휴대전화를 귀에서 떼어내지 못했다. 의현의 어머니가 그녀의 거처를 마련하고 의현이 찾지 못할 곳으로 가을을 숨겨주기까지 얼마의 시간이 걸릴까?
가을은 그것이 쓸데없는 고민이라는 것을 곧 깨달았다. 화실이 문을 닫을 때쯤이면 그녀는 자연스럽게 이곳을 떠나게 될 것이다.

“내가 준 모든 것이 너한테서 바닥날 때까지, 강은형 대신 누렸던 모든 것이 불행으로 여겨질 때까지, 그렇게 내 옆에 있어.”

언젠가 그가 했던 말이 환청처럼 귓가에 전해졌다. 그녀는 아프게 웃고 말았다. 의현은 정말 모르는 걸까? 윤가을의 삶이 바닥나려면 강의현이 없어야 한다. 처음부터 그녀가 손에 쥔 것은 그 하나뿐이었으니까.

의현과의 통화를 마친 가을은 5분 뒤쯤 도착한 버스에 올라탔다. 창밖으로 빠르게 지나치는 풍경들을 바라보고 있던 그녀는 시선을 조금 더 들어 까만 밤하늘을 올려다봤다. 떠날 결심을 했고 그걸 행동으로 옮긴 날이었다. 생각했던 것보다 마음은 불안하지 않았다. 되레 이상하리만큼 고요해졌다.

오피스텔 문 앞에 도착한 그녀는 심호흡을 한 차례 하고는 문을 열었다. 의현이 아직 돌아가지 않았다는 것을 알리는 것처럼 집 안에는 불이 켜져 있었다. 때마침 샤워를 마치고 거실로 나서던 의현과 정확하게 시선이 마주쳤다. 머리 위에 놓여 있던 수건이 손의 움직임을 따라 천천히 아래로 내려갔다. 그로 인해 시야에 완전하게 드러난 의현의 얼굴은 이상하리만큼 굳어져 있었다. 성큼— 가을과의 거리를 좁혀온 그는 가을의 턱을 붙들었다.

"얼굴 왜 이래?"

가을은 그제야 의현이 이렇게 표정을 굳힌 이유를 알아챘다. 그의 어머니에게 뺨을 맞았던 것을 까맣게 잊고 그냥 돌아왔다. 시간이 지나 부어 있을 것이 분명했는데 그걸 생각지 못한 것이다. 가을은 선뜻 입을 열지 못했고 그로 인해 내려앉은 침묵은 무거웠다. 그는 가늠하듯 그녀를 바라보다 창밖을 확인했다.

"비는 안 오는 것 같은데."

그리고 다시 가을을 내려다보며 그녀의 셔츠 깃을 느릿하게 매만졌다.

"옷은 또 왜 젖었고."

뺨을 맞은 것뿐만이 아니었다. 찻물을 뒤집어쓴 일도 있었다. 얼굴이야 대충 닦아냈다지만 젖은 옷은 아직 마르지 않은 채였다. 그의 어머니를 만났다는 말도, 뺨을 맞았다는 말도, 사실대로 이야기할 수 없었다. 하지만 순간적으로 하얗게 변해 버린 머릿속에는 마땅한 핑계가 떠오르지 않았다. 셔츠에서 떨어져 나간 손이 가을의 부은 뺨을 스치듯 매만졌다. 이어진 침묵과 그 작은 행동은 어떤 재촉보다 더 무섭게 가을의 목을 졸라왔다. 의현은 금방이라도 오피스텔을 나서 가을이 누굴 만났고, 오늘 하루 그녀에게 무슨 일이 있었던 건지 알아낼 수 있을 것만 같았다.

"대답하기 싫은가 본데 그럼 직접 알아……."

"화실에서 일이 좀 있었어."

생각을 거치지 않은 답이 나왔다. 저도 모르게 그리 대답한 가을은 빠르게 머리를 굴렸고 조금 더 그럴싸한 변명을 덧붙여 상황을 모면하려 했다.

"회원들끼리 다툰 일이 생겼는데 말리다가 실수로 맞은 것뿐이야."

"누가?"

"누군지가 왜 중요해? 말했잖아. 실수라고. 그냥 사소한 다툼이었어."

"그걸 지금 나보고 믿으라고?"

의현이 제 말을 쉽게 믿지 않을 것이라는 건 가을도 알고 있었다. 하지만 그가 화를 내는 것도 이상하지 않은가. 가을은 그의 태도에 기가 차다는 얼굴을 했다.

"믿지 않으면 어떡할 건데?"

"윤가을."

"신경 쓰지 마. 뺨이 부어오를 정도로 누군가한테 수십 대를 맞아도 네가 나한테 하는 행동에 비하면 하나도 안 아프니까."

가을을 가장 아프게 하는 사람은 다른 누구도 아닌 의현이었다. 비난과 같은 말에도 그의 표정에는 동요가 없었다. 뺨에 닿아 있던 손이 뒤늦게 멀어졌을 뿐이었다. 가을은 그를 지나쳐 갈아입을 옷을 챙겨 들고 욕실로 들어섰다. 물의 수압을 가장 세게 틀어놓고 그대로 자리에 주저앉아 잠시 숨을 몰아쉬었다. 오피스텔에 들어섰을 때부터 다시 신경이 곤두서 있던 몸은 그제야 긴장이 풀린 것처럼 떨려왔다.

"의현이가 저 영영 못 찾게만 해주세요. 사모님은 하실 수 있으시잖아요."

되돌릴 수 없다. 이제 의현의 어머니는 어떤 방법으로든 가을을 도울 것이고 가을은 그를 떠나야만 했다. 문 너머에 의현이 있다는 사실을 기억하며 가을은 자꾸만 힘이 빠지려는 다리에 억지로 힘을 주고 자리에서 일어섰다. 차가운 물에 얼굴부터 씻어낸 뒤 거울 속에 드러난 자신의 얼굴을 바라봤다. 부어오른 뺨은 예상보다 더 엉망이었고 실수로 맞았다고 보기에는 무리가 있을 정도였다. 이래서는 의현이 가을의 거짓말에 속았을 리 없다.

찬물로 몇 차례 얼굴을 더 씻어내고 샤워를 마칠 때까지도 부어오른 뺨은 가라앉지 않았다. 그냥 넘어간다면 다행이지만 의현이 다시 이 일에 대해 걸고넘어진다면 뭐라 대답해야 좋을지 마땅한 대안이 없었다. 가을은 초조한 기색을 감추지 못한 얼굴로 입술을 깨물었다. 한참을 망설이다 시간을 오래 지체했다는 생각에 어쩔 수 없이 문고리를 돌려 밖으로 나섰다.

그녀를 반기는 것은 무거운 침묵이었다. 그새 돌아간 건가 싶어 천천히 걸음을 옮긴 가을은 곧 의현의 모습을 찾아냈다. 그는 침대에 누워 있었고 그 모습을 확인하자마자 거짓말처럼 긴장이 탁 풀리고 말았다.

의현은 잠들어 있었다. 편히 눕지 못하고 침대 헤드에 기댄 채 잠든 것을 보면 가을을 기다리다 자신도 모르는 새에 깜빡 잠이 든 것 같았다. 가을은 그를 깨우지 않기 위해 조금 전보다 기척을 죽인 채 조심스럽게 움직였다. 부엌으로 들어서 부어오른 뺨을 가라앉히기 위해 얼음주머니를 만들어 뺨에 가져다 댔다. 아프지는 않았지만 얼얼한 감각에 잠시 얼굴을 찡그렸다.

얼음이 녹아 물이 생겨나기 시작했을 때쯤 가을은 얼음주머니를 내려놓고 다시 걸음을 옮겼다. 의현은 아직 깨어나지 않은 상태였다. 침대에 조심스럽게 걸터앉은 그녀는 잠든 의현의 얼굴을 가만히 내려다봤다.

12월 23일. 오늘은 강은형의 기일이었다. 가을은 오늘 의현의 곁에서 도망치기 위해 그의 어머니를 만났고 의현은 아무것도 모른 채 은형에게 다녀왔을 것이다.

'내가 사라지면 너는 어떨까.'

화를 내고 분노하겠지. 하지만 그것도 잠시일 것이다. 한 달간 얼굴을 보지 않은 적도 있었고 긴 시간 동안 연락조차 하지 않은 적도 있었다. 시간이 좀 더 지나면 곁에 자신이 없어도 그는 일상에 아무런 영향을 받지 않을 것이라고 가을은 생각했다.

새근새근 울리는 숨소리에, 곤히 잠든 얼굴에, 가을은 순간 울컥— 주체할 수 없는 감정이 치미는 것을 느꼈다. 잠든 의현의 얼굴은 평소의 날을 세운 얼굴과 다르게 너무도 평온해 보였다. 마치 쉴 곳을 찾은 것처럼.

'뭘 그렇게 편히 자.'

그리 묻고 싶었다. 의현은 늘 가을의 곁에서 편히 잠들었다. 가장 미워하는 이의 곁에서 가장 편히 잠들 수 있다니.

"내가 네 목이라도 조르면 어쩌려고."

울음과도 같은 목소리였다. 떨림이 가득한 음성은 가을의 비참한 심정을 고스란히 담아내고 있었다. 그 순간 의현의 두 눈이 떠졌다. 잠시 서로를 마주하는 시선 속에 많은 감정이 오갔다.

"그건 안 되지 윤가을."

무겁게 이어진 침묵을 먼저 깬 것은 의현이었다. 아직 잠에 취한 듯 혼탁한 그의 음성이 제법 또렷하게 귓가에 전해졌다.

"내가 널 죽이고 따라 죽는 거라면 모를까."

가을을 바라보는 시선은 마치 모든 것을 들여다보기라도 하는 것처럼 매서웠다.

"쓸데없는 짓 하지 마."

"내가 뭘 했는데?"

"뭐가 됐든. 날 화나게 하는 일이라면 하지 마."

"……."

"나도 내가 어떻게 나올지 정말 모르겠으니까."

의현은 침대 위를 짚고 있던 가을의 손목을 잡아 자신을 향해 끌어당겼다. 얼음주머니를 만지느라 감각이 무뎌질 정도로 서늘해진 손끝에 확연하게 다른 체온이 전해졌고 가을의 몸은 너무도 쉽게 그의 몸 위로 기울어졌다.

사실 몇 번이고 뿌리칠 기회가 있었을지도 모른다. 하지만 그럴 때마다 강하게 자신을 붙드는 의현의 손이 마치 애원하듯 매달리는 것만 같아서 가을은 늘 그를 밀어내지 못했다.

순식간에 시야가 뒤집혀 매트리스에 등이 닿고 하얀 천장이 눈에 들어왔다. 그리고 뒤이어 의현의 얼굴이 보였다. 가을은 손을 들어 그의 망가진 왼쪽 눈을 향해 손을 뻗었다. 눈가를 매만지는 손길이 조심스러웠다. 의현은 움직임을 멈춘 채 기묘하게 일그러진 얼굴로 그 행동을 지켜보다 성난 음성으로 물었다.

"뭐 하는 거야?"

"울었어?"

"……."

"울었나 보네. 강의현."

강은형의 사진 앞에서 울었을까? 의현을 울게 만들 수 있는 건 이미 열여섯에 죽어버린 그 남자 하나뿐이었다. 잠시 굳어진 그의 표정이 다시 기묘하게 일그러졌다. 그 얼굴은 금방이라도 울 것 같아 보였다. 눈가를 맴돌던 손이 그의 손에 잡혔다. 화가 난 감정을 드러내듯 악력이 전해졌고 가을은 천천히 눈을 감았다.

'내가 사라져도 넌 그렇게 울어줄까?'

울지 않았으면 좋겠다. 가을은 여전히 의현의 우는 모습은 보고 싶지 않았다.

❖

건물 내부의 지하에 있는 주차장임에도 옷자락 안으로 파고드는 새벽 공기가 매서웠다. 이른 새벽 오피스텔을 빠져나온 의현을 보고 대기 중이던 진호가 운전석에서 내려 빠르게 뒷좌석의 문을 열어주었다. 검은 세단은 곧 오피스텔 주차장을 빠져나가 도로로 진입했다.

겨울이라 해가 짧아 아직 어두운 거리에는 가로등 불빛만이 비치고 있을 뿐 인적은 드물었다. 건물에 걸린 현수막이 불어오는 바람에 마구 펄럭였다. 아무래도 올겨울 들어 가장 추운 날이 될 것 같았다. 무심한 얼굴로 그 풍경을 바라보고 있던 의현은 차 안에 미리 놓아둔 봉투에서 서류를 꺼내어 들었다. 서류의 첫 장을 넘기는 것과 동시에 그는 운전 중인 진호를 향해 물었다.

"어제 알아보라고 한 건?"

때마침 신호에 걸린 차가 멈춰 섰다. 룸미러로 의현의 얼굴을 한 차례 응시한 진호는 다시 운전에 집중하며 답을 건네었다.

"화실 문은 8시경에 닫았지만 그사이 어딜 간 건지는 파악이 되지 않습니다."

가을은 화실을 닫는 일로 정리할 것이 많아 퇴근이 늦어졌다고 했다. 하지만 화실 문은 8시에 닫았다. 대략 두 시간 정도 비는 시간이 있었다.

"어머니는?"

"사모님은 어제 서경그룹 김 회장님 댁에서 열린 디너파티에 참석하셨습니다. 회장님이 가시지 못해 사모님만 참석하셨다고 합니다."

종이를 넘기던 의현의 손이 멈췄다. 디너파티라면 지난번 가을과 함께했던 저녁 식사 자리에서 한 번 언급이 되었던 자리였다. 의현을 데리고 가려 했던 걸 보면 어머니가 꽤 중요하게 생각하는 자리일 것이다. 그 자리에 가을을 데려갔을 리 없다.

'그럼 어머니를 만난 건 아니라는 건데.'

그는 자신이 뉴욕에 가 있는 사이 가을이 어머니를 만나려 한 일이 내내 마음에 걸렸다. 서류는 이제 고작 한 장을 봤을 뿐이다. 호텔에 도착하기 전에 미리 봐두려 했지만 내용이 눈에 들어오지 않아 결국 다시 봉투 안에 넣어두었다. 그는 진호에게 받은 보고를 떠올리며 창밖을 바라봤다.

"계약한 아파트, 입주 언제 가능하다고 했지?"

"보름 뒤입니다. 추가로 지시하신 사항 때문에 공사 기간이 좀 길어졌습니다."

그는 설핏 미간을 좁히고 말았다. 계약할 때는 막상 아무런 생각이 들지 않았는데 지금은 보름이라는 기간이 꽤 길게 느껴졌기 때문이었다. 그는 가을에게 말한 대로 집에서 독립할 예정이었고 그 공간에 가을을 들일 생각이었다. 아파트는 이미 계약을 마쳐 두었으니 정리가 되는 대로 먼저 옮기고 오피스텔 처분은 나중에 해도 될 일이었다. 짐도 옮길 필요 없이 모두 처분하고 새로 사들일 예정이라 번거로울 일도 시간을 낭비할 일도 없었다.

급할 것은 아무것도 없었다. 그런데도 의현이 지금 이유를 알 수 없는 초조함을 느끼는 것은 최근 가을이 보였던 미묘한 변화들 때문이었다. 오랜 시간 그녀의 곁에 있었던 그가 가을의 변화를 눈치채지 못할 리 없었다. 윤가을이 무언가를 감추고 있다. 그게 무엇일까 생각하면서도 의현은 가을이 자신을 떠날 것이라고는 조금도 의심하지 않았다. 아니, 못했다.

"나는 너를 놓아줄 생각이 없고 너는 이런 나를 버릴 생각이 없으니 어쩌겠어."

그는 가을이 절대로 자신을 버릴 수도, 떠날 수도 없을 거라 여겼다. 어느새 어둠이 걷히고 새벽빛이 밝아오고 있었다. 창밖으로 빠르게 지나치는 풍경들을 바라보며 의현은 오피스텔을 나서기 전 마지막으로 보았던 가을의 얼굴을 떠올렸다. 이른 시간이었지만 그녀는 잠에서 깨어 있었다. 의현이 오피스텔을 나설 때까지 침대에 가만히 누워 그를 바라보고 있었다. 단 한순간도 시선을 떼어내지 않았다. 마치 눈에 담아내기라도 하듯이.

'눈에 담아?'

비틀린 웃음이 입술 새로 흘러나왔다. 하지만 곧 웃음은 걷혔고 창문에 비친 그의 얼굴은 싸늘하게 굳어져 있었다. 의현은 자신이 운전석에 앉지 않아 다행이라 생각했다. 안 그랬다면 조금 전 자신은 분명 차를 돌렸을 것이다.

"진호야."

"네."

"당분간 윤가을이 누굴 만나는지, 어딜 가는지, 하나도 빠짐없이 나한테 보고해."

"……네. 알겠습니다."

의현은 두 눈을 감은 채로 고개를 뒤로 젖혔다. 이미 망가진 지 오래라 감각 없던 왼쪽 눈이 오늘따라 유난히 욱신거렸다. 원인을 알 수 없는 통증이었다.

지독한 빗줄기, 호우

오전 수업을 마치고 화실 근처의 식당에서 점심을 해결한 가을은 복잡한 머릿속도 정리할 겸 가까운 공원으로 향했다. 가볍게 산책을 한 뒤 다시 화실로 돌아왔다. 오후 수업까지는 아직 두 시간의 여유가 있었다. 햇볕이 잘 드는 책상 앞에 앉아 노트 한 권을 펼쳐 두고 화실을 정리하며 해야 할 일들과 정리해야 할 물건들을 쭉 나열하고 있을 때였다.

툭—

노트 위에 정갈한 필체로 글자를 써 내려가던 펜의 움직임이 그 순간 멈췄다. 한참 집중하고 있던 가을은 작은 소음과 누군가의 기척을 뒤늦게 느끼고는 고개를 들었다. 책상 위에는 조금 전까지 보지 못했던 테이크아웃 커피 잔이 놓여 있었다. 조금 더 시선을 위로 올리자 후드 모자를 뒤집어쓴 태민의 얼굴을 볼 수 있었다. 그는 미간을 살짝 좁힌 채로 이마를 긁적이다 꾸벅 고개를 숙였다.

"죄송해요."

노트를 덮고 펜을 내려놓은 가을은 영문을 모르겠다는 얼굴로 그를 올려다봤다.

"뭐가요?"

"어제 일이요. 딱히 화를 낸 건 아닌데, 다시 생각해 보니 제가 화를 내버린 상황이 된 것 같아서요. 전 어떤 상황에서든 사람에게 함부로 대하면 안 된다고 생각해요. 근데 모르는 사이도 아니고 선생님이 뺨 맞은 거 보니까 저도 모르게 욱했나 봐요."

"……."

"선생님 돌아가고 난 뒤에 생각해 보니까 앞뒤 상황도 모르는 제가 참견하기에는 너무 주제넘은 일이었더라고요. 죄송해요."

태민이 얼마나 곧은 성격과 바른 심성을 지니고 있는지 알고 있었다. 이런 작은 행동에서도 그게 드러났다. 가을은 희미하게 미소를 머금은 얼굴로 커피를 손에 들었다.

"맛있는 건 제가 사야 할 것 같은데요. 정말 그림 안 받을 거예요?"

"네. 그림은 정말 됐어요."

가을은 작게 고개를 끄덕였다.

"커피 맛있게 먹을게요. 그리고 미안해할 거 없어요. 먼저 부탁한 건 제 쪽이고 어제 일은 정말 고마웠으니까요."

가을은 노트를 서랍 안에 넣고는 문을 잠가두었다. 그는 어제 일에 대해 사과를 했고 그녀는 괜찮다고 답했다. 하지만 태민은 할 말이 더 남은 사람처럼 자리를 뜨지 못했다. 뒤늦게 의아한 얼굴을 한 가을이 다시 태민의 모습을 바라봤다.

"더 할 말 있어요?"

"……아니요."

태민은 그제야 조용히 돌아섰다. 가방을 내려두고 자리에 앉은 그의 얼굴이 평소보다 조금 굳어져 있다는 느낌이 들었다. 이젤 앞에 앉은 태민은 연필을 손에 들었고 곧 캔버스 위를 스치듯 움직이는 연필의 작은 소음이 화실 안을 채워 나가기 시작했다.

시간이 좀 더 지나자 오후 수업을 받을 회원들이 하나둘씩 모습을 드러내기 시작했다. 가을은 앞치마를 매고 자리에서 일어나 회원들의 그림을 봐주며 조언을 하기도 하고 좋은 점을 칭찬하기도 했다. 그 와중에 간간이 뺨에 닿는 누군가의 시선이 느껴져 가을은 주위를 살폈다. 그럴 때마다 태민과 눈이 마주쳤다.

한두 번은 우연이겠지 싶었지만 그 횟수가 서너 번을 넘어가기 시작하니 아무래도 이상하다는 생각이 들었다. 그는 평소와 달리 그림에 집중하지 못하는 모습이었다. 그 증거로 태민은 오늘 오후 수업에 가장 일찍 나왔지만 스케치 단계도 끝내지 못한 그림이 이젤 위에 남겨져 있었다.

커피를 건네준 뒤에도 발걸음을 떼어내지 못하던 태민의 모습이 떠올랐다. 무언가 할 말이 있는 걸까. 고민하는 기색이 캔버스 위를 배회하는 손에서 드러나고 있었다. 모든 회원이 돌아가고 태민이 홀로 남게 되자 가을은 망설임 없이 그에게로 다가섰다. 태민이 지척에 선 가을을 발견하고는 서둘러 자리에서 일어섰다.

"아, 저도 그만 돌아가 볼게요. 제가 너무 늦게까지 있었네요."

"저기……."

내려놓은 가방을 집어 들려던 태민이 행동을 멈추고는 다시 가을을 돌아봤다.

"혹시 사모님이 저한테 뭔가 전해주라고 하시던가요?"

무겁게 내려앉은 침묵이 답을 대신해 주고 있었다. 역시 그런 건가. 가을은 대답하지 못하는 태민을 보며 미안한 기색을 드러냈다. 자신이 그를 곤란하게 했다는 것을 그제야 알아챈 것이다.

"어떻게 알았어요?"

"평소에 거짓말 정말 못하죠? 얼굴에 다 드러나요."

그는 조금 곤란한 얼굴을 했다. 홀로 고민하듯 머리를 한 차례 헝클어트리고는 다시 가을을 마주한 태민이 짧게 한숨을 내쉬었다.

"저한테 송 대표님 관련한 일로 부탁하실 때 분명 나쁜 일 아니라고 했잖아요."

"네."

"근데 저 지금 되게 나쁜 짓 하는 기분이거든요."

"미안해요."

"부정하지 않으면 정말 나쁜 짓이라는 건데요."

태민은 망설이는 기색을 보였지만 결국 가방에서 무언가를 꺼내어 가을에게 내밀었다.

"싫다고 했는데 억지로 쥐어주고 갔어요. 뒤따라갔지만 하필 그때 어머니가 들어오시는 바람에 돌려주지 못했고요."

태민이 내민 것은 휴대전화였다. 액정에 붙은 비닐조차 제거하지 않은 새 휴대전화. 가을은 그것을 건네받았고 까만 액정을 잠시 내려다보다 앞치마 주머니에 그것을 넣었다. 태민을 통해 직접 만나는 것은 그의 어머니가 생각하기에 언제든 이야기가 새어나갈 수 있다는 불안감이 있었을 것이다. 그러니 의현의 시선을 피해 연락할 수 있는 다른 수단을 준 것이다. 빠르게 일을 끝내려는 모양이었다.

"신경 쓰이게 해서 미안해요. 앞으로는 귀찮게 할 일 없을 거예요."

"귀찮지 않아요."

"……."

"물론 신경은 쓰이지만요."

태민은 짐을 마저 정리하고 화실을 빠져나갔다. 홀로 남겨진 가을은 우두커니 그 자리에 선 채로 한동안 움직임을 보이지 않고 있다가 휴대전화를 가방 안으로 옮겨 넣고는 화실 청소를 시작했다. 정리를 마치고 시간을 확인한 그녀는 서둘러 오피스텔로 돌아가려 했다. 그 순간 휴대전화가 울렸다. 가을이 기존에 사용하던 휴대전화는 수업 중에는 늘 진동으로 되어 있었다. 시끄럽게 울리는 벨 소리가 무척 낯설었다.

"진동도 아니고 이렇게 큰 벨 소리라니."

기가 차다는 얼굴로 그녀는 서둘러 가방에서 휴대전화를 꺼내어 들었다. 오피스텔로 돌아가기 전에 전화가 울려서 다행이라고 생각했다. 혹시라도 의현과 함께 있을 때 울렸다면 상상조차 하기 싫은 일이 벌어졌을 것이다. 이 휴대전화의 번호를 알고 있는 사람은 단 한 명뿐이었다. 가을조차 모르는 휴대전화의 번호는 의현의 어머니만이 알고 있을 것이다. 그러니 지금 전화를 건 이가 누구인지 굳이 확인할 필요는 없었다.

'빠르기도 하지.'

고작 하루였다. 눈엣가시 같았던 가을이 스스로 떠나준다는데 그녀가 마다할 이유는 없었다. 빠르면 빠를수록 좋을 것이다. 가을은 길게 숨을 한 차례 토해내고는 전화를 받았다.

"윤가을입니다."

그녀는 불을 끄려다 말고 창가로 걸음을 옮겼다. 통화를 마치고 화실을 나서는 것이 좋을 것 같다는 판단에서였다.

[너도 바쁠 테니 용건만 간단히 말하마.]

의현의 어머니가 하는 말을 묵묵히 듣고 있던 가을의 눈이 한순간 불안정하게 흔들렸다. 화실 앞에 검은 세단 한 대가 멈춰 서는 것이 눈에 들어왔다. 번호판이 보이지 않는 위치에 세워져 있어 확인되지 않았지만 가을은 신경을 잔뜩 곤두세운 채로 뒤로 한 걸음 물러섰다. 그 순간 차에서 내린 남자의 얼굴이 가을의 두 눈에 담겼다. 의현이었다.

[왜 대답이 없어? 내 말 듣고 있니?]

가을을 다시 현실로 끌어당긴 것은 통화 중이던 상대방의 음성이었다. 조금 전보다 날카로워진 음성은 이어진 침묵에 대한 불쾌감을 드러내고 있었다.

“아, 네.”

[그래서 대답은?]

“최대한 빨리 정리할게요.”

정신을 차린 그녀는 혹시 의현이 자신의 모습을 볼까 싶어 서둘러 뒤로 물러섰다. 타이밍 좋게 의현이 2층의 화실 창문을 올려다본 순간이었다. 간발의 차로 두 사람의 시선이 마주치는 일은 없었다.

“지금 의현이가 화실 앞에 왔어요. 제가 다시 연락드리겠습니다.”

통화가 종료되자마자 가을은 휴대전화를 무음으로 변경해 두고 가방 안에 넣었다. 계단을 밟는 누군가의 발걸음 소리가 들려왔다. 가을이 화실을 연 뒤로 그가 이곳을 찾는 일은 손에 꼽을 정도로 적었다. 그런데 요즘 들어 이상하리만큼 그 횟수가 많아졌다. 의현이 그런 행동을 하는 것에는 이유가 있을 것이다.

‘혹 알아챈 것은 아닐까.’

가을은 심장이 빠르게 뛰는 것을 느꼈다. 뚜벅— 울리는 구두 소리가 가까워져 오고 있었다. 애써 표정을 한 차례 갈무리한 가을은 길게 숨을 토해냈다. 열린 문을 통해 의현이 모습을 드러냈다.

“여긴 또 어쩐 일이야?”

가을은 조금 전까지 느꼈던 초조함과 불안감, 그리고 긴장감을 단번에 지워낸 무감한 얼굴로 물었다. 빠르게 화실을 한 차례 훑어본 의현은 멈춰 선 걸음을 마저 옮겨 거리를 좁혀왔다. 순식간에 지척에 선 그에게서 찬 공기가 느껴졌다.

"퇴근은?"

"지금 하려던 참이야."

가을은 대답과 동시에 가방을 손에 들었다. 빠진 것이 없나 주변을 한 차례 더 둘러보는 사이에 의현은 먼저 화실을 나섰다. 문단속을 하고 계단을 내려가 건물 입구로 나왔을 때, 차 앞에 서 있는 그의 모습을 볼 수 있었다. 가을이 나온 것을 확인하자마자 그는 운전석에 올라탔고, 잠시 망설이던 가을도 보조석에 올라탔다. 화실까지 찾아와 굳이 자신을 기다린 거라면 따로 할 이야기가 있다는 판단에서였다. 그저 얼굴만 보기 위해 이곳을 찾지는 않았을 것이다.

속력을 낸 차가 빠르게 도로 위를 달렸다. 멍하니 창밖을 바라보고 있던 가을이 조금 놀란 얼굴로 의현을 바라봤다.

"오피스텔로 가는 방향이 아니잖아."

그는 잠시 가을에게 시선을 돌렸을 뿐 목적지가 어디인지에 대해서는 어떤 설명도 해주지 않았다. 의현이 무슨 생각을 하는 건지 알 수 없어 불안했지만 재차 묻는다 해서 대답을 해줄 것 같지도 않았다. 가을은 창밖으로 다시 시선을 돌렸고 차는 조금 더 속력을 높여 어둠이 깔린 도로 위를 달렸다.

두 사람이 도착한 곳은 아파트 건물이었다. 의현을 따라 걸음을 옮기는 가을의 표정이 점차 굳어져만 갔다. 엘리베이터에 올라타자마자 그는 20층의 버튼을 눌렀고 가을은 불이 들어온 버튼을 물끄러미 내려다봤다. 이곳이 어디인지 대충 짐작할 수 있을 것 같았다. 엘리베이터에서 내려 도어록의 버튼을 누르고 안으로 들어서기까지 의현의 모든 행동에는 거침이 없었다.

두 사람이 문을 열고 현관으로 들어서자 자동센서로 인해 불이 켜졌다. 하지만 아직 실내는 어둠에 가까워 내부가 잘 보이지 않았다. 조명을

컨 의현은 신발조차 벗지 않은 채 집 안으로 들어섰다. 아파트 내부는 휑하다는 느낌이 들 정도로 아무것도 없었다. 얼마 전까지 공사한 것처럼 바닥이 조금 지저분했고 가구 같은 것들도 보이지 않았다. 사람이 산 흔적 자체가 없는 집이었다.

"여기가 어디야?"

"어디긴."

여전히 친절한 설명 같은 건 없었다. 그는 이곳이 어디인지 가을이 짐작하고 있다는 사실마저 꿰뚫고 있었다.

"가구는 네가 알아봐. 오피스텔에 있는 건 옮길 필요 없어. 그대로 다 버리고 와."

"강의현."

"확장한 방은 작업실로 쓸 수 있을 테니까 앞으로 그림은 거기서 그려. 화실은 두 번 다시 열 생각하지 말고."

처음 계약을 했을 때 이 아파트에 있는 방은 총 4개였다. 그중 두 개의 방을 하나로 합쳐 확장 공사를 했다. 화실을 닫았으니 가을이 그림을 그릴 공간이 필요하다는 판단에서였다. 그 때문에 아직 내부가 정리되지 않았고 남은 공사까지 마무리하려면 보름 뒤에나 입주가 가능했다.

"작업실을 만들어? 여기에?"

가을은 의현의 말에 기가 차다는 얼굴을 했다. 넓은 집에, 필요한 건 모두 만들어뒀다. 그 일에 가을의 동의는 필요 없었다. 이건 마치 새장과 다름없다는 생각이 들었다.

"날 여기 가두기라도 하겠다는 거야?"

"가둘 거라면 다리를 부러트리면 그만이지. 이렇게 번거로운 짓은 안 해."

커다란 거실 창 앞에 선 그는 등을 보인 채로 말했다. 거실 중앙에 우두커니 선 가을은 그 넓은 등을 바라보며 표정 없는 얼굴로 물었다.

"그럼 부러트리지그래?"

천천히 뒤를 돌아보는 그의 얼굴이 매섭다. 이어진 정적이 숨 막힐 정도로 가을을 짓눌렀다. 곧 휘어진 입술 끝에서 실소가 새어 나왔다.

"네가 도망치는 시늉이라도 한다면 그땐 나도 생각해 보지."

의현은 무서운 말을 아무렇지도 않게 하고는 다시 창밖으로 시선을 돌렸다. 아름다운 야경이 한눈에 내려다보이는 위치였지만 그 풍경이 눈에 들어올 리 없었다. 가을은 의현의 뒷모습을 바라보다 그 자리에 우두커니 선 채로 주변을 둘러봤다.

강의현과 같은 공간에서 함께 산다. 매일 얼굴을 마주하고, 함께 잠들고, 함께 눈 뜨면서.

언젠가 그런 생각을 한 적이 있었다. 의현과 함께 한 공간에서 생활하며 마주 앉아 같이 밥을 먹고 별거 아닌 일로 싸우기도 해보고, 또 금세 화해하고. 같이 잠들어 함께 아침을 맞고. 그런 일상이 당연한 날이 올 거라 생각한 적이 있었다.

'하지만 그게 이런 식은 아니었는데.'

가을은 서글픈 미소를 입가에 머금었다. 그리고 다시 의현의 등을 바라봤다.

"좋아. 네 말대로 할게."

그가 멈칫하는 것이 느껴졌다. 가을은 멈추지 않고 말을 이었다.

"단, 시간을 좀 줘. 그간 오래 운영했던 화실도 정리했는데 오피스텔까지 갑자기 옮기라고 하니까 벅차."

"아무것도 가져올 필요 없다고 말했을 텐데. 다 버리고 오라고."

"그것뿐만이 아니잖아. 아저씨한테 말씀드릴 거라며. 시간을 좀 달라는 얘기야."

다시 가을을 돌아본 의현의 얼굴이 조금 묘하게 일그러졌다. 그 얼굴은 불쾌한 기색을 드러내고 있었다. 원하는 대로 해주겠다고 답해도 그 정도의 양보도 못해준다는 건가. 가을이 작게 한숨을 내쉰 순간이었다. 뚜벅— 울리는 구두 소리가 유난히 무겁게 느껴졌다. 거리를 좁혀온 의현은 손을 뻗으면 닿을 정도의 거리에 서서 가을을 물끄러미 내려다봤다.

"왜? 그 정도도 못 기다리겠다는 거야?"

"이상하지."

"뭐가?"

"화실도 정리해. 집도 옮겨. 아버지한테 말씀드리는 것도 결국 시간을 달라는 조건을 걸었을 뿐 반대는 안 한다?"

"……."

"네가 이렇게 고분고분한데 난 왜 이렇게 기분이 더러울까."

가늠하는 시선으로 가을을 내려다봤지만 그녀는 동요 없는 얼굴을 했다. 그 얼굴에서는 무엇도 읽어낼 수가 없었다. 가을도 이 정도의 상황에는 익숙해진 것이다. 뚜벅— 구두 소리가 무겁게 이어지던 정적을 깼다.

"화실 정리하고 보름. 그 뒤에 옮겨."

의현은 가을을 지나쳐 가며 그리 답했다. 보름이면 충분했다. 아니, 사실 그렇게 긴 기간도 필요 없었다. 가을은 그리 생각하며 주변을 한 차례 더 둘러보고는 의현을 따라나섰다. 그녀가 다시 이곳에 올 일은 없을 것이다.

오피스텔로 돌아간 가을은 깊게 잠을 자지 못하고 새벽에 눈을 뜨고 말았다. 최근 들어서 이런 일이 많아졌다. 악몽을 꾸는 횟수가 늘어났기 때문이었다. 오늘도 다르지 않았다. 여덟 살, 그날의 끔찍한 사고를 꿈에서 본 가을의 몸은 온통 식은땀으로 젖어 있었다.

숨을 작게 몰아쉬던 그녀는 주위를 둘러봤다. 아직은 어슴푸레한 빛조차 들지 않는, 짙은 어둠이 내려앉은 시간이었다. 바로 옆에는 의현이 잠들어 있었다.

그는 집으로 돌아가지 않았다. 그렇다고 가을을 안은 것도 아니었다. 그저 상처 주고, 또 상처받고. 그러한 상황을 반복하다 이곳에서 잠들었을 뿐이었다. 화실을 찾아오고 가을을 안지 않을 거면서도 오피스텔을 찾아왔다. 최근 들어 하지 않던 행동을 하는 것이 아무래도 그가 가을의 변화를 눈치챈 것 같았다. 정확하게 그 이유를 알지 못했더라도 무언가 있다는 것은 짐작한 것이다.

'사람을 붙여놨을 수도 있겠네.'

아니. 이미 붙여놨을 것이다. 식은땀으로 젖은 몸이 싸늘하게 식어 내리는 느낌이 들었다. 의현의 어머니와 통화를 할 일이 생긴다면 화실이나 오피스텔 내에서 하는 것이 좋을 것 같았다. 누군가 통화 내용을 엿들을 수 있는 외부에서는 가급적 피해야겠다는 생각을 하며 그녀는 잠든 의현의 얼굴을 내려다봤다. 그리고 의현의 어머니와 화실에서 나눈 통화 내용을 떠올렸다.

[네가 사라지면 가장 먼저 날 의심할 수도 있으니 내 명의로 뭘 하는 건 위험하더구나. 집도, 휴대전화도, 모두 내가 믿을 만한 사람 명의로 구해놨으니 걱정할 거 없어. 당분간은 일하지 말고 내가 보내주는 돈으로 생활하고. 시간이 조금 더 지나면 일자리는 문제없을 만한 곳으로 알아봐 주마. 난 최대한 빨리 갔으면 좋겠는데. 언제가 좋겠니?]

"……."

[왜 대답이 없어? 내 말 듣고 있니?]

"아, 네."

[그래서 대답은?]

"최대한 빨리 정리할게요."

의현이 자신을 찾지 못하도록 도와달라는 말을 하긴 했지만 집에, 생활비에, 일자리까지 알아봐 준다는 말은 생각한 것보다도 과잉 친절이었다. 이 기회에 저를 정말 떼어내고 싶었던 모양이라고 가을은 생각했다. 앞가림 정도야 스스로 할 수 있겠지만 지금은 상황이 달랐다. 그녀의 말대로 가을이 사라지고 찾기가 힘들어진다면 의현은 가장 먼저 제 어머니를 의심할 것이 분명했다. 1년 정도는 숨죽여 지내는 것이 좋을 것이다.

협탁 위에 놓여 있던 휴대전화를 손에 든 가을은 버튼을 짧게 눌렀다. 새벽 2시를 넘긴 시간과 시간 위에 작게 떠 있는 12월 25일이라는 숫자가 유난히 눈에 박히듯 들어왔다. 오늘은 크리스마스였다. 하지만 가을에게는 아무런 감흥이 없었다. 그저 화실을 닫기까지 6일의 시간이 남았다는 것을 알려주고 있을 뿐이다.

고개를 든 그녀는 천천히 주변을 둘러봤다. 오피스텔에서 가져갈 것은 별로 없다. 옷 몇 벌과 가을의 소지품 몇 가지가 전부였다. 캐리어 하나면 충분할 것이다.

'아, 그림이 있지.'

미리 옮겨둘 수 있을까. 화실에 있는 그림과 오피스텔에 있는 그림은 가져가고 싶었다. 가을은 꼭 챙겨가고 싶은 그림 몇 점을 떠올렸다.

'그리고 또 뭐가 있지?'

의현을 곁에 둔 채 그를 떠날 생각을 하며 가져갈 물건들을 떠올렸다. 잔인한 걸까? 입안이 썼다. 갑작스레 갈증이 밀려들어 물을 마시기 위해 가을이 두 다리를 침대 아래로 내리려는 순간이었다. 손에 다른 체온이 전해졌고 그녀는 움직임을 멈췄다. 의현의 손이 닿아 있었다.

잡으려고 한 것은 아니었을 것이다. 그저 우연히 닿은 것이겠지. 그걸 알면서도 잠결에 닿은 그의 손이 너무 따뜻해 가을은 무심코 그 손을 잡고 말았다. 그 순간 기척을 느낀 건지 의현의 눈이 떠졌다. 피할 새 없이 허공에서 얽힌 시선이 가만히 서로를 바라봤다. 그는 아직 잠에 취해 있는 얼굴이었다. 가을이 곁에 있는 것을 확인한 뒤 다시 천천히 감기는 눈을 보고 그녀는 표정을 일그러트렸다.

'왜 그런 얼굴을 해?'

조금 전 자신을 바라보고 다시 눈을 감는 의현의 얼굴은 마치 안도한 얼굴 같았다. 울컥, 밀려드는 감정에 가을은 손을 들어 두 눈을 가렸다. 그 손이 작게 떨리고 있었다. 의현이 무방비한 모습으로 이렇게 가을이 기억하는 예전의 모습을 보일 때마다 그녀는 마음이 약해지고는 했다. 그리고 기대하게 됐다. 네가 나를 용서해 주지 않을까. 사실은 나를 미워하지 못하는 것이 아닐까.

"그럴 리가."

가을은 자조적인 웃음을 입가에 그려내고는 침대 아래로 두 다리를 내렸다. 일정하게 울리는 숨소리가 등 뒤에서 희미하게 들려왔다.

그때의 사고로 부모님 외에 죽은 사람이 있다는 것을 알게 된 순간부터 가을은 죄책감에 시달렸고 은형을 비롯한 이들에게 수없이 마음속으로 깊이 사죄하며 살아왔다. 그리고 이제 더는 할 수 있는 일이 아무것도 없다는 것을 깨달았다. 그제야 발밑을 내려다보니 저뿐만이 아니라 함께 서 있는 의현의 발밑도 무너져 내리고 있다는 사실을 알게 됐다.

겉으로 보기에는 평화로운 일상이나 두 사람은 곧 깨어질 유리 위를 함께 걷고 있었다. 가을은 그곳에서 발을 떼어내기로 했다. 의현이 선 곳이 더는 무너지지 않도록. 그리고 자신 역시 살아갈 수 있도록. 함께 있는 것은 두 사람 모두에게 독이었다.

❖

서류를 넘겨보던 의현이 결재란에 사인하고는 앞에 선 진호를 응시했다. 결재판을 한쪽에 내려놓으며 그는 이어질 다음 말을 기다렸다.

"그 외에 별다르게 보고드릴 사항은 없습니다. 화실에 나가 오피스텔로 돌아오는 일이 대부분입니다. 퇴근이 조금 늦어지는 때도 있었지만 화실 정리를 하느라 그런 것으로 보입니다."

"어제는 평소보다 돌아오는 게 늦었는데."

"화실 운영을 마치고 내부에 있는 물건을 옮기느라 그런 것 같습니다. 1톤 트럭 두 대를 불러서 짐을 모두 옮겼다고 합니다."

또 다른 결재판을 펼치려던 의현의 움직임이 그 순간 멈췄다.

"버릴 물건이 대부분일 텐데 차를 두 대나 불렀어?"

"차 한 대에 실은 물건들은 버릴 것으로 보였고 나머지는 그림을 따로 옮기느라 부른 것 같습니다."

화실에 있는 그림 대부분이 미완성의 그림일 것이다. 그 사실을 알고 있는 의현은 그 그림들을 버리지 않고 굳이 옮긴 이유를 이해할 수 없었다.

"별다른 일은 없다. 이거지."

처음에는 이상함을 느껴 사람을 붙여뒀지만 의현 역시 가을에게서 별다른 점은 발견할 수 없었다. 표정 없는 얼굴로 의현을 바라보고, 웬만한 일에도 화를 내지 않고, 또 무기력한. 평소의 윤가을이었다. 잠시 생각에 잠겨 있던 그는 서류 위의 내용을 빠르게 읽어 내리며 물었다.

"오늘은? 화실 운영은 안 할 텐데."

"마지막 날이라고 화실 회원들과 저녁 식사를 함께하는 것 같습니다. 근처에서 감시하라고 지시해 두었습니다."

감시.

틀린 말도 아닌데 그 단어가 유난히 거슬려 의현은 잠시 미간을 좁히고 말았다.

"오늘은 됐으니까 그냥 둬."

"네?"

"그만 돌아가라고 지시해. 내일부터는 오피스텔 나설 때만 따라붙고."

"……알겠습니다."

오늘은 가을이 오랫동안 운영한 화실이 문을 닫는 날이었다. 회원들과 마지막으로 얼굴을 보는 날이니 오늘만큼은 그냥 두어도 괜찮을 것이다. 진호가 짧게 묵례를 한 뒤 사무실을 나섰고 의현은 또 다른 서류를 보는 일에 집중했다. 그렇게 한참의 시간을 일에 몰두하다 문득 표정을 찌푸린 그는 의자를 돌려 등 뒤의 창을 바라봤다.

오늘따라 유독 눈이 아프다 했더니 한두 방울씩 빗방울이 쏟아져 내리고 있었다. 투명한 창에 흔적을 남긴 빗방울을 바라보던 의현의 시선이 다시 책상 위로 향했다. 징— 희미한 소리와 함께 휴대전화 액정에 불빛이 들어왔다. 가을의 이름과 번호가 액정에 떠 있었다. 그는 계속해서 느껴지는 통증에 미간을 찌푸린 채로 전화를 받았다.

[회사야?]

잠시 안경을 벗은 그의 얼굴에 피로감이 드러나 있었다. 의현은 손으로 얼굴을 한 차례 쓸어내리고는 혼탁한 음성으로 답했다.

"그래."

그 뒤로 이어진 침묵은 무거웠다. 가을이 아무런 용건도 없이 괜한 전화를 걸지는 않았을 것이다. 하지만 한참을 기다려도 이어지는 말이 없었다. 휴대전화 너머에서 들려오는 건 가을의 숨소리뿐이었다. 주변은 무척 조용했다. 화실 회원들과 저녁을 먹는 자리라면 시끌벅적할 테니 아무래도 지금 가을은 혼자 있는 것 같았다.

"어디야?"

[……화실.]

"거긴 왜? 짐도 다 뺐을 텐데."

[마지막으로 한번 둘러보고 가려고.]

의현은 시간을 확인하고는 보던 서류를 그대로 덮었다. 서류 위를 툭툭— 검지로 두드리는 그의 행동이 멈춘 건 가을의 목소리가 다시금 들려왔을 때였다. 평소보다도 조금 더 낮은, 비에 젖어든 것 같은 음성이었다.

[의현아.]

그는 답하지 않았다. 수화기 너머에서 들려오는 작은 호흡 소리만이 그가 전화를 끊지 않은 채 이야기를 들어주고 있다는 것을 나타내고 있었다. 뒤이어 조금 떨림을 담은 가을의 목소리가 선명하게 귓가에 전해졌다.

[내가 네 초상화 그려주기로 한 거 기억나?]

의현의 표정이 삽시간에 굳어졌다. 가을이 말한 그림이 무엇인지 단번에 기억해 냈기 때문이었다. 죽은 은형을 대신해 그려주기로 한 초상화였다. 그는 작게 헛웃음을 터트렸다.

"그건 갑자기 왜?"

[예전 그림들을 정리하는데 구석에서 네 초상화를 찾았어.]

"그래서? 찾았으니 지금이라도 주겠다고?"

[아니. 미완성이더라.]

"……."

[완성해 보려고 했는데 못 그리겠어. 초상화 속 얼굴은 분명 환하게 웃고 있는데 나는 네가 그렇게 환하게 웃던 게 언제인지 모르겠더라. 그 얼굴이 이제 기억이 안 나.]

가을이 예전에 그린 그림 속의 의현은 지금과 완벽하게 다른 사람일 것이다. 지금 두 사람에겐 아무런 의미가 없는 그림이었다. 완성이 되었다고 해도 불필요한 쓰레기에 불과했다.

"그럼 버려."

단호하게 내뱉은 말에 가을은 잠시 답이 없었다. 그리고 잠시 뒤, 그래야겠지— 작게 덧붙이는 목소리가 들릴 듯 말 듯 전해졌다.

[시간 오래 뺏어서 미안해. 일해.]

"전화, 왜 한 건데?"

그대로 통화를 끝낼 줄 알았던 의현이 전화를 건 용건을 물었다. 의현의 신경은 온통 휴대전화 너머에서 들려올 목소리에 집중되어 있었다. 들려오는 호흡에서 잠시 망설이는 기색이 느껴졌다. 다시금 이유를 물으려는 순간이었다.

[……그냥. 목소리가 듣고 싶었어.]

"……."

[끊을게.]

목소리가 듣고 싶었다고? 지금의 윤가을이 고작 그런 이유로 나한테 전화를 해?

이해할 수 없는 대답이었다. 하지만 다시 제대로 된 이유를 묻기도 전에 통화는 끊어졌다. 의현은 복잡한 머릿속의 생각을 정리하지 못한 채 빠르게 자리에서 일어섰다. 마무리하지 못한 일이 있음에도 서둘러 코트를 손에 들었다.

"운전 내가 할 테니 그대로 퇴근해."

사무실을 벗어난 그는 주차장으로 향해 차에 올라타 시동을 걸었다. 시간은 어느덧 9시에 가까워져 있었다. 회사를 나선 뒤로 더 심해지는 통증에 그는 운전하면서 연신 낮은 신음을 뱉어냈다. 눈의 통증도 통증이지만 이유를 알 수 없는 초조함을 느꼈다. 시간을 다시 한 차례 확인한 의현은 휴대전화를 꺼내어 가을에게 전화를 걸었다. 신호음은 한참 이어졌다. 핸들 위를 툭툭— 두드리는 검지의 움직임은 그가 지금 느끼고 있는 초조함을 고스란히 드러내고 있었다.

[연결이 되지 않아 삐 소리 후 소리샘으로 연결되오며 연결 후에는 통화료가 부과됩니다.]

가을은 끝내 전화를 받지 않았다. 휴대전화를 보조석에 대충 던져 둔 의현은 액셀러레이터를 밟았다. 빠르게 속력을 높인 차는 곧 화실 '소솜' 앞에 도착했다. 차에서 내린 그는 문도 잠그지 않은 채 2층 계단으로 달려 올라갔다. 거친 숨을 몰아쉬는 어깨가 불안정하게 들썩이고 있었다. 문은 잠겨 있지 않았다. 하지만 평소처럼 활짝 열려 있지도 않았다. 어쩐지 그 순간 문을 열기가 겁이 났다.

'겁이 나? 왜?'

그는 기가 차다는 얼굴로 닫힌 문을 바라봤다. 곧 천천히 손을 뻗어 문을 열고 안으로 들어선 의현은 주변을 확인하기 위해 불을 켰다. 온기가 사라진 휑한 공간이 눈에 들어왔다. 사람의 기척이라고는 느껴지지 않았다. 짐을 모두 옮기고 화실을 뺏으니 당연한 일이었다. 의현의 시선이 빠르게 화실 안을 훑었다. 그새 돌아간 건지 가을은 이곳에 없었다.

다시 건물을 나선 그는 빠르게 차를 몰아 오피스텔로 향했다. 이유를 알 수 없는 초조함과 긴장감이 계속해서 그를 옥죄었다. 잠시 신호에 걸린 차가 멈춰 선 사이 의현은 보조석에 놓아둔 휴대전화를 다시 손에 들어 가을에게 전화를 걸었다. 그리고 뒤이어 들려온 음성에 그의 얼굴에서 표정이 사라졌다.

[지금 거신 번호는 당분간 수신이 정지되어 있습니다.]

휴대전화를 귀에서 떼어낸 의현은 굳어진 얼굴로 액정을 내려다봤다. 분명 가을의 번호가 맞다. 몇 분 전만 해도 이 번호로 통화했었다. 그의 두 눈이 점차 낮게 가라앉았다. 의현은 다시 가을의 번호를 눌렀지만 조금 전에 들었던 것과 조금도 다르지 않은 말이 재차 반복되어 들려왔다.

빵— 뒤에서 클랙슨을 울리는 소리가 들려왔다. 신호가 바뀐 것을 뒤늦게 확인하고는 차를 출발시켰다. 핸들을 쥔 그의 손이 희미하게 떨리고 있었다. 의현은 가는 길에 가을에게 한 번 더 전화를 걸었지만 몇 분 전까지만 해도 멀쩡하던 번호는 정지 상태가 되어 있었다. 고작 그 몇 분 사이에.

오피스텔에 도착하자마자 서둘러 차에서 내렸다. 쾅— 문을 닫는 소리가 거칠었다. 주차장을 가로질러 뛰어가다 들어오던 차와 사고가 날 뻔했다. 운전자가 창문을 열고 뭐라 했지만 의현은 아무것도 들리지 않는 것처럼 다급한 모습으로 엘리베이터에 올라탔다.

띠리리리—

도어록의 버튼을 누르는 손이 자꾸만 헛나가 번호를 제대로 누르지 못했다. 그리 오랫동안 사용한 번호였음에도 그 순간 제대로 생각이 나지 않아 마음이 초조해졌다.

"씨발."

낮게 욕을 내뱉은 그가 다시 번호를 눌렀다. 세 번의 시도 끝에 도어록이 해제되었다. 부술 것처럼 문을 연 그는 구두조차 벗지 않은 채 안으로 들어서서 다급하게 가을을 찾았다. 하지만 그녀의 흔적은 오피스텔에서도 찾아볼 수 없었다.

"윤가을."

이름을 불렀지만 돌아오는 건 긴 침묵뿐이었다. 차갑게 피가 식어 내렸다. 온몸이 싸늘하게 굳어가는 느낌이었다. 그와 동시에 눈의 통증도 심해졌다. 의현의 얼굴에 드러난 초조함은 더해져만 갔다. 오피스텔 내부의 모습은 아무것도 변한 게 없었다. 모든 물건이 제 위치에 있었고 오늘 아침 가을이 사용한 컵도 그대로 놓여 있었다.

"윤가을."

계속해서 이어지는 정적에 눈가에는 작게 경련이 일어났다. 싸늘하게 굳어진 얼굴로 걸음을 옮긴 그는 옷장 앞에 섰다. 천천히 문을 열자 텅 빈 옷장이 눈에 들어왔다. 그걸 확인한 순간 그의 목울대가 크게 한 차례 움직였다. 무의식적으로 고개를 돌린 의현은 복층을 바라보고 있었다. 몇 년째 그대로 방치되어 있던 캔버스가 단 하나도 놓여 있지를 않았다. 변한 것이 없는 게 아니었다. 가을의 물건만이 사라졌다.

"하."

그걸 자각한 순간 머릿속이 새하얗게 변했다. 손끝이 희미하게 떨려왔다.

"전화, 왜 한 건데?"

[……그냥. 목소리가 듣고 싶었어.]

마지막으로 나누었던 대화가 머릿속에 떠올랐다. 그건 분명 가을답지 않은 대답이었다. 지금 자신을 옥죄어오는 불안감과 초조함의 이유를 의현은 짐작하고 있었다. 하지만 절대로 그럴 리 없다고 생각했다. 관계가 변한 이후 어느덧 9년의 시간이 흘렀다. 그 긴 시간 자신을 버리지 못한 가을이 이제 와서 도망칠 리 없다고 생각했다.

가을은 차가 없어 화실에서 오피스텔까지 걸어 다녔다. 의현은 차로 이동을 했으니 지금 오피스텔로 오는 중일 수도 있었다. 애써 그리 생각했지만 사라진 가을의 물건들이 계속해서 신경에 거슬렸다.

'그래. 아파트가 있지.'

그림과 옷을 옮겼다면 아파트로 옮긴 것일 수도 있다. 아파트는 회사 근처였다. 그는 곧장 진호에게 전화를 걸었다. 신호음이 3번을 채 울리기 전에 상대방은 전화를 받았다.

[네. 이사님.]

"퇴근했어?"

[지금 하려는 중이었습니다. 시키실 일 있으십니까?]

"계약한 아파트로 가서 혹시 누구 와 있는지 확인 좀 해봐. 다른 물건 새로 들여놓은 거 있나 확인하고. 그림이나 옷 같은 거."

[네. 알겠습니다.]

진호는 의현의 밑에서 오래 일하면서 쓸데없는 호기심은 갖지 않는 것이 좋다는 것을 알게 됐고 그가 이렇게 지시하는 일에 대해 불필요한 질문을 하지 않았다. 통화는 그대로 끊어졌고 의현은 화를 참지 못하고 협탁 위에 놓여 있던 작은 조명을 바닥으로 던져 버렸다. 커다란 소리와 함께 엉망으로 부서진 조명이 바닥을 뒹굴었다.

"하아."

크게 어깨를 들썩이던 의현은 두 눈을 질끈 감았다. 눈앞의 모든 풍경이 어그러져 보여 현기증이 일어났다. 길게 한 차례 숨을 토해낸 그는 입안의 여린 살을 깨물었다. 비릿한 맛이 입안에 감돌았다. 피가 배어 나온 것이다. 꽉 쥐고 있는 주먹에는 땀이 가득 차 있었다.

전화를 기다리는 것 외에는 아무것도 할 수 없었다. 머릿속은 하얘졌고 점차 숨이 가빠졌다. 어린 시절 어머니에게 불량품으로 취급받았던 심장은 이미 다 고쳤고 이제 아무런 이상이 없었지만 지금은 숨을 제대로 쉴 수 없는 기분이었다. 길 잃은 아이처럼 그 자리에 우두커니 선 의현은 주변을 둘러보기에 바빴다. 가을의 흔적이 여기저기 남아 있었다. 하지만 정작 윤가을이 이곳에 없었다.

무언가를 잃는 고통을 의현은 여덟 살에 처음 알았다. 당연하게 곁에 있으리라 생각했던 사람을 순식간에 잃게 된 고통을 평생 기억하며 살았다. 그에겐 조금도 낯설지 않은 통증일 것이다. 하지만 달랐다. 윤가을이 없다는 사실은 또 다른 고통이었다. 화가 나고, 두렵고, 무섭다.

시간이 멈춘 것처럼 미동 없이 전화를 기다리는 그의 얼굴은 이제 하얗게 질려 있었다. 억겁 같은 시간이 흘렀고 진호에게 전화가 걸려왔다. 그는 번호를 확인할 것도 없이 곧장 전화를 받았다.

"확인했어?"

[아무것도 없습니다.]

의현의 표정이 천천히 일그러졌다.

"……없어?"

[네. 사람이 오간 흔적은 없습니다. 말씀하신 그림이나 옷도 없었습니다.]

하얗게 질린 얼굴로 창가 앞에 선 그는 손을 들어 얼굴을 한 차례 쓸어내렸다. 실소를 터트리는 그의 얼굴은 지금까지와는 비교할 수 없는 짙은 두려움으로 물들어 있었다.

"그럴 리가 없어"

[네?]

"화실엔 없었어. 오피스텔에도 없고. 그럼 윤가을이 갈 곳은 아무 데도 없는데. 대체 어딜 갔다는 거야?"

[이사님?]

그는 통화를 종료시켰다. 그리고 다시 가을의 번호를 찾아 전화를 걸었다. 믿을 수 없다는 얼굴로 같은 번호를 몇 번이나 눌러 전화를 걸었다. 그렇게 스무 통의 전화를 걸었을 때였다.

[지금 거신 번호는 당분간 수신이 정지되어 있습니다.]

주변의 모든 소음이 멀어져 갔다. 오늘 하루 의현이 지겹게 들은 안내 멘트는 아마 내일쯤 아예 없는 번호라는 말로 변경되어 있을 것이다. 의현은 그제야 이 상황을 받아들일 수밖에 없었다.

윤가을이 없다.

네가 내게서 도망쳤다.

툭— 빗방울이 거세졌다. 창을 두드리는 빗소리에 그는 천천히 고개를 들었다. 한두 방울씩 떨어지던 빗방울은 어느새 굵은 빗줄기로 변해 세상을 적시고 있었다. 비가 내렸다. 그날처럼.

"내가 옆에 있어줄게."

어디선가 환청처럼 들려온 음성에 그의 표정이 잔뜩 일그러졌다. 날카롭게 퍼붓는 가시 같은 비가 시야를 잔뜩 흐리게 만들었다.

"으아악!"

그 순간 비명과 함께 집어 던진 휴대전화가 바닥에 아무렇게나 나뒹굴었다. 안경 역시 부러진 채로 바닥에 떨어져 있었다. 고통에 찬 비명을 지른 의현은 손을 들어 눈을 가렸다. 견딜 수 없을 정도의 지독한 통증이 느껴졌다. 이마에 핏대가 선 것이 보일 정도로, 손이 떨리는 것이 확연하게 드러날 정도로, 그는 고통받고 있었다. 남은 한쪽 눈마저 뭉개져 버린 것처럼 그가 보는 세상은 온통 흐릿하기만 했다.

"하아, 하아."

거친 호흡과 동시에 그의 어깨가 불안정하게 들썩였다. 고개를 든 그는 핏줄이 선 붉은 눈으로 창에 비친 자신을 노려봤다. 그 눈에 맺힌 눈물이 툭— 아래로 떨어져 내렸다. 하지만 그가 보는 세상은 조금도 선명해지지 못했다.

창밖은 여전히 쏟아지는 비로 인해 온통 흐릿하기만 했다. 두 사람이 처음 만났던 그날처럼 비가 내렸다. 한 치 앞도 볼 수 없는 지독한 빗줄기, 호우였다.

2 부

다시 시작되는 인연

희미한 바람조차 불지 않는 날씨였다. 구름 한 점 없는 하늘은 온통 푸르다는 생각이 들 정도로 맑았지만 쏟아지는 햇볕은 숨이 턱 막힐 정도로 뜨거웠다. 그 무더운 날씨에 선풍기 하나 틀지 않은 채 그림을 그리고 있는 가을의 이마에는 땀이 송골송골 맺혀 있었다. 한참 집중해서 일을 진행하던 그녀는 갑자기 무언가 마음에 들지 않는 기색을 드러낸 얼굴로 손을 멈췄다.

"아, 그만 좀 울어."

책상 위에 축 늘어진 몸을 기대며 엎드린 채로 잠시 눈을 감았다. 열어 둔 창을 통해 들려오는 매미 울음소리가 귓가를 가득 채웠다. 다른 소음은 없는 동네지만 매미 울음소리만큼은 가을이 들어본 소리 중 가장 큰 것 같았다. 저 소리에는 유독 적응이 되지 않아 요 며칠 동안 작업 속도가 느려진 건 말할 것도 없었다.

다시 몸을 일으켜 세운 가을은 미간을 살짝 찌푸리며 곤란하다는 얼굴을 했다. 도저히 일이 진행되지 않으니 기왕 이렇게 된 김에 잠시 쉬는 것이 좋을 것 같다는 결론을 내렸다. 자리에서 일어나 부엌으로 향한 가을은 냉커피를 한 잔 타서 자리로 돌아와 휴식을 취했다. 그사이 매미 울음소리는 거짓말처럼 사라진 상태였다.

"그러고 보니 장도 봐야 하는데."

마트를 먼저 다녀올까? 그리 생각하며 가을은 그리다 만 그림을 내려다봤다. 그녀는 반년 전부터 책에 들어가는 삽화 그리는 일을 시작했다. 지금 맡은 작업은 동화책에 들어갈 삽화를 그리는 일이었다. 작업은 거의 마무리 단계였고 마감 기간보다 여유 있게 작업을 해서 넘길 수 있을 것 같았지만 일을 미루는 성격이 아니다 보니 하루라도 빨리 마무리 지은 뒤에 편히 쉬고 싶었다. 하지만 다시금 들려오는 매미 울음소리에 그런 생각은 모두 날아가 버렸다.

"내년에는 꼭 에어컨 사야겠다."

가을은 결국 작업을 미뤄두기로 하고 자리에서 일어섰다. 남은 작업은 해가 진 저녁이나 조용한 새벽에 마무리하는 것이 좋을 것 같았다. 부엌으로 가 냉장고를 열어 사야 할 목록을 정리한 그녀는 곧장 외출 준비를 했다. 외출 준비라고 해봐야 옷을 갈아입고 모자 하나를 눌러쓴 것이 전부였다. 크지는 않아도 필요한 물건을 살 수 있는 마트는 집에서 15분 정도를 걸어가야 하는 곳에 있었다. 평소라면 산책이라 생각하고 다녀올 거리인데 오늘은 날이 너무 덥다 보니 그 짧은 거리가 유독 멀게 느껴졌다.

힘들게 마트에 도착한 가을은 적어온 목록을 확인하고 사야 할 물건을 바구니에 담았다. 종이에 적힌 것 외에도 추가로 산 물건이 있어 생각보다 짐이 조금 많아졌지만 혼자 들지 못할 양은 아니었다.

"사만삼천이백 원입니다."

"여기요."

5만 원짜리 지폐 한 장을 내고 거스름돈을 건네어 받은 가을은 물건을 들고 가기 쉽도록 두 개의 봉투에 나누어 담았다. 수고하시라는 인사를 건네고 마트를 나서자마자 다시금 찾아온 숨 막히는 더위에 절로 미간이 좁혀졌다. 봉투를 손목에 건 가을은 아이스크림 하나를 뜯어 입에 물었다. 차가운 게 입에 들어가니 그나마 살 것 같았다.

"공 좀 차주세요!"

한참을 걷던 가을의 앞으로 축구공 하나가 떼구루루 굴러왔다. 근처의 공터에서 축구를 하는 어린아이들의 모습이 눈에 들어왔고 가을은 손을 흔드는 아이를 향해 공을 찼다. 정확하게 제 앞으로 굴러간 공을 품에 안은 아이는 꾸벅 고맙다는 인사를 건네었다. 가을은 희미하게 미소를 짓고는 멈추었던 걸음을 다시 옮겼다.

가을이 이 동네에 온 지도 어느새 1년이 다 되었다. 처음 의현의 어머니에게 도움을 받아 도망친 곳에서 반년을 지내다 다시 이곳으로 이사했다. 한 달에 한 번 오던 연락이 두 달에 한 번으로, 그리고 석 달에 한 번으로, 그 주기가 점차 길어져 갔다. 마지막으로 의현의 어머니와 통화를 한 것이 벌써 넉 달 전 일이었다.

의현의 어머니는 처음에 가을이 일하는 것조차 반대했다. 어떤 방식으로든 의현이 그녀를 찾을 만한 여지를 조금도 남겨두고 싶지 않았던 것이다. 다른 사람의 명의로 만들어준 계좌로 보내주는 돈을 사용하라고 했지만 가을은 그 부분에 대해서는 완강하게 거절했다.

그녀에게는 부모님의 사망으로 지급된 보험금이 있었다. 성인이 된 뒤에야 받게 된 그 돈은 대학 학비로 쓰려 했지만 대학 졸업까지는 도움을 주고 싶다는 아저씨의 말에 결국 그대로 두었다가 화실을 열 때 사용했었다. 화실을 정리하면서 받게 된 돈은 다시 온전히 가을의 몫이 되었고 그녀는 서울을 떠나면서 돈을 모두 현금으로 찾아두었다. 그리고 반년을 쉬고 나서야 지금 하는 일을 시작하게 됐다.

그녀가 의현의 곁을 떠난 지도 어느새 1년 반이 지났다. 가을은 이제 의현의 어머니와도 조금씩 연결 고리를 끊으려 했다. 처음에는 집 문제도 그녀의 도움을 받았지만 반년 뒤에 이 동네로 이사하면서 일부러 월세로 집을 얻었다. 이런 작은 시골 마을에서는 월세를 현금으로 주고받는 것도 가능했다. 공인중개사도 끼지 않은 채 집주인과 간단하게 작성한 월세 계약서가 가을이 남긴 서류의 전부였다. 자신의 명의로 무언가 신고를 할 일이 없어 흔적을 남길 일도 없으니 혹시 모를 문제가 생길 염려도 없었다.

가을은 그렇게 조금씩 의현의 어머니에게 받은 도움의 범위를 줄여가며 연을 끊을 생각이었다. 아마 그녀 역시 같은 생각을 하고 있어 점차 연락을 주는 횟수를 줄여가고 있는 것이라 생각했다.

'어쩌면 의현이와의 인연이 이제 완전히 끊어졌다고 생각하는 건지도 모르지.'

의현은 지금까지 가을을 찾아내지 못했다. 아니, 찾지 않은 것일 수도 있다. 한 번은 가을이 먼저 의현에 관해 물은 적이 있었다. 잘 지내냐는 아주 짧은 질문에 정윤은 딱 잘라 대답했다. 내 아들 일에 더는 신경 쓸 필요 없다. 그것이 전부였다. 그 뒤로 가을은 의현에 관해 물은 적이 없었다.

"아, 또 이런다."

생각이 길어졌다. 이런 식으로 생각이 꼬리에 꼬리를 물기 시작하면 가을은 저도 모르게 의현에 관한 기억을 끝도 없이 떠올리고는 했다. 쓴웃음을 입가에 머금은 그녀는 고개를 한 차례 가로젓고는 애써 다른 곳으로 관심을 돌렸다. 1년이나 살아온 동네였지만 외출을 잘 하지 않는 가을의 눈에는 생소한 가게들이 많았다. 낡은 건물의 2층에 걸린 작은 간판

하나를 발견한 그녀의 걸음이 그 순간 우뚝 멈춰 섰다.

"이런 곳에 화실이 다 있네."

'아틀리에M' 이라는 작은 간판이 걸린 화실이 있었다. 가을은 이 동네에 화실이 있는 것을 처음 보았다. 그녀가 워낙에 외출을 잘 하지 않는 탓도 있겠지만 이 동네는 편의점 하나를 찾으려 해도 차를 타고 나가야 할 정도의 시골이었다. 버스는 한 시간에 한 대 정도 다니는 것이 고작이었고 학원도 찾아보기 힘들 정도였다.

'운영이 가능하긴 한가?'

이 작은 마을에 그림을 배우거나 그리려는 사람이 얼마나 있을까, 라는 생각이 들었다. 가을은 작은 간판을 한참이나 올려다보다 멈췄던 걸음을 다시 옮겨 집으로 향했다. 바람 한 점 불지 않는 날이라 그런지 실내는 여전히 후덥지근했다. 식료품을 정리한 그녀는 갈아입을 옷을 챙겨 들고 곧장 샤워부터 했다. 마트를 다녀왔을 뿐인데 날이 워낙 더워 그새 옷이 땀으로 젖어 있을 정도였다.

"씻으니까 그나마 좀 낫네."

샤워하고 나온 그녀는 마트에서 사온 복숭아를 깎아 접시에 가지런히 담았다. 거실 소파에 앉아 예능 프로그램을 시청하며 작게 웃음을 터트리던 그녀는 무슨 이유에서인지 갑작스럽게 표정을 굳히고는 주변을 둘러봤다.

혼자가 된 가을은 늘 홀로 밥을 먹고, TV를 보다 일을 하고, 한참을 뒤척이다 잠이 들었다. 별다를 것 없이 반복되는 일상에서 문득 쓸쓸함을 느낄 때마다 가을은 이렇게 아무도 없는 집 안을 둘러보고는 했다. 의현이 없다는 것을 깨달을 때면 익숙해진 이 일상은 어느새 다시 낯선 느낌으로 가득 들어차기 시작했다.

'너도 다르지 않겠지.'

하지만 그러한 감정을 느끼는 것 역시 영원하지는 않을 것이다. 당연하게 있던 것이 사라진 것에 대해 인정하지 못하는 것은 잠시일 뿐이다. 분노도, 외로움도, 쓸쓸함도, 언젠가는 모두 사라질 날이 올 것이다. 가을이 바라는 것은 그것이었다. 윤가을이 없는 삶이 의현에게 당연해지는 날이 오기를. 그리고 그것이 평온한 일상으로 다가오는 날이 오기를. 진심으로 바라고 또 바랐다.

해가 지기 시작할 무렵, 가을은 다시 책상 앞에 앉았다. 시원하지는 않아도 낮처럼 견딜 수 없을 정도로 덥지는 않았다. 매미 울음소리도 더는 들려오지 않아 작업하기에 훨씬 수월했다. 가을은 창밖이 어둠으로 물들 때까지 꼼짝도 하지 않고 자리에 앉아 작업을 했다.

"다했다."

마감을 끝낸 그녀는 한 차례 기지개를 켜고 책상 위를 정리했다. 시간을 확인하고 다시 샤워를 한 뒤에야 침대에 누웠다. 하루를 마무리하는 시간에 가을은 보통 책을 읽었다. 어제 읽다가 만 여행 에세이집을 읽다가 문득 낮에 보았던 화실의 모습을 떠올렸다. 작은 간판이 달려 있던 화실이 자꾸만 눈에 밟혔다.

'한번 가볼까?'

이곳에 온 뒤로 일하는 것 외에 따로 그림을 그린 적은 없었다. 가져온 캔버스는 하나의 방에 몰아넣어 뒀을 뿐 꺼내어본 적도 없었다. 일이라면 모르겠지만 방에서 홀로 그림을 그리는 것은 내키지 않았다. 의현에 관한 기억이 짙어지기 때문이었다. 하지만 혼자가 아닌 곳이라면 괜찮지 않을까. 다시 그림을 그리는 일에만 집중할 수 있게 된다면 불필요한 생각을 할 시간도 많이 줄어들게 될 것이다.

'화실에 나가 그리는 거라면 정말 괜찮을지도.'

화실은 집과도 가까운 편이었다. 고민하던 가을은 일단 화실에 한번 가보기로 했다. 책의 내용이 더는 눈에 들어오지 않는 것 같아 그대로 책을 덮고는 침대 옆 협탁 위에 놓여 있는 조명으로 손을 뻗었다. 방 안에는 곧 어둠이 들어찼다. 이불 속으로 파고들어 잔뜩 몸을 웅크린 가을은 그대로 눈을 감고 잠을 청했다. 오늘은 악몽을 꾸지 않기를 바라며 그녀는 그렇게 긴 하루를 또 한 번 마무리했다.

❖

조용하고 좋다.

화실에 들어선 가을이 느낀 첫인상이었다. 동네가 워낙 조용한 편이긴 했지만 화실 건물이 자리 잡은 곳은 그에 비해서도 유독 조용하다는 느낌이 들었다. 높은 건물들이 즐비한 도시와 달리 거리를 두고 떨어져 있는 건물들이 대부분인 이곳은 창을 통해 쏟아져 내리는 햇빛으로 인해 굳이 불을 켜지 않아도 환한 느낌이 들었다. 물론 지금 같은 여름에는 조금 문제가 될 것 같았지만 날이 조금 선선해지면 아늑하고 포근한 느낌이 들 것이 분명했다.

"차 한잔 들어요."

화실을 둘러보던 가을은 말을 걸어온 음성에 뒤를 돌아봤다. 작은 원형 테이블 위에 차를 내려놓은 남자는 이 화실을 운영하는 주인이었다. 50대 중반으로 보이는 남자는 가을을 향해 인자하게 웃어 보이며 맞은편의 자리를 가리켰다. 차분한 화실의 분위기를 고스란히 닮은 남자였다.

"감사합니다."

인사를 건네고 자리에 앉은 가을은 남자가 내어준 녹차를 마셨다. 녹차 특유의 텁텁함이 입안에 감돌았다. 가을은 차를 반쯤 비워낸 뒤에야 궁금한 점을 물어봤다.

"화실 운영 시간은 혹시 어떻게 되나요?"

"오전 10시에 열어서 저녁 8시까지는 열어두니까 편할 때 오면 돼요. 일요일은 휴무인데 그날도 오후에는 대부분 열려 있으니 시간 맞으면 언제든 와서 그림 그리다 가도 괜찮아요."

가을은 작게 고개를 끄덕였다. 화실에서 받는 금액은 그리 비싸지 않았고 화실 운영 방식은 가을이 예전에 화실을 운영하던 것과 비슷했다. 이런 작은 동네에 화실이 있는 것부터가 조금 의아하다는 생각이 들었는데 아무래도 돈을 벌기 위해 운영하는 화실은 아닌 모양이었다.

"그림은 배워본 적이 있어요?"

"미대 나왔어요. 화실 운영도 했었고요. 지금은 삽화 그리는 일을 하고 있는데 그 일 외에는 그림 그리는 걸 1년 넘게 쉬었거든요. 요즘 들어서 문득 그리고 싶어질 때가 있었는데 우연히 화실이 있는 걸 보고 찾아온 거예요."

고개를 끄덕인 남자는 매화가 그려진 다관을 손에 들어 반쯤 비워진 가을의 찻잔에 다시 차를 채워주었다. 다관 옆에 놓아둔 통에서 집게로 얼음도 몇 개 꺼내어 찻잔에 넣어주는 행동에 가을은 작게 감사 인사를 전했다.

"화실에는 그림을 배우러 오는 사람도 있고, 배우러 오는 것보다는 자유롭게 그리러 오는 사람도 있어요. 지금 다니는 회원이 고등학생 한 명이랑 세탁소 운영하시는 여사장님 한 분, 그리고 초등학생 꼬마 두 명이 있는데, 그 꼬마들 빼고는 대부분 자유롭게 그림만 그리다 가는 편이에요."

가을에게는 더할 나위 없이 좋은 운영 방식이었다.

"화실은 오래 운영하셨나요?"

"이름 없는 작가로 지내다가 마음 붙일 곳이 필요해서 열게 됐어요. 화실 연 지는 이제 고작 두 달 정도 됐고요."

가을이 예상했던 대로였다. 돈을 벌기 위해서였다면 이런 작은 동네에 화실을 열지 않았을 것이다. 가을은 이미 화실을 다니는 쪽으로 마음이 기울어졌기에 남은 차만 마저 마시고 자리에서 일어서려 했다. 찻잔을 다시 손에 든 그녀는 문득 주변을 둘러보다 이젤 위에 놓인 그림에 시선을 고정했다.

"저 그림은 선생님이 그리신 건가요?"

남자는 멋쩍은 얼굴로 웃어 보이고는 캔버스를 응시했다.

"나흘 전부터 그리던 그림인데 영 완성이 되질 않네요."

푸른 수국을 그려놓은 그림이었다. 미완성인 그림이었지만 가을은 홀린 듯이 그 그림을 바라봤다. 푸른 수국 위에 맺힌 물방울이 금방이라도 떨어질 것처럼 생동감 있어 보였다.

"일요일도 오후에는 문 열어두신다고 하셨으니 내일부터 화실에 나와도 될까요?"

"그럼요. 내일은 평소보다 좀 더 일찍 열어둘 테니 편할 때 나오도록 해요. 아이고, 내 정신 좀 봐. 그러고 보니 통성명도 하지 않았네요. 여기 명함 하나 줄게요. 박윤석이라고 해요."

"네. 저는 윤가을이라고 합니다."

"그래요. 앞으로 잘 부탁해요. 여기 이 종이에 인적사항 몇 가지만 적어주고, 더 있다가도 괜찮으니까 천천히 둘러보고 돌아가도록 해요."

"네. 감사합니다."

가을은 내어준 종이에 기재해야 할 사항들을 적고 자리에서 일어섰다. 화실 주인인 윤석은 어느새 이젤 앞에 앉아 미완성인 그림을 완성해 가고 있었다. 가을은 그 모습을 물끄러미 바라보다 주변을 둘러봤다. 작은 소음조차도 낼 수 없을 만큼 화실 안에는 평화로운 고요함이 흘렀다. 그 분위기가 좋아 그녀는 저도 모르게 작게 미소 지었다.

완성되어 가는 수국을 응시하던 가을은 뒤늦게 시간을 확인하고 돌아갈 준비를 했다. 인사를 하고 가야 하나 잠시 고민하다가 괜히 방해하면 안 될 것 같아 조용히 발걸음을 돌렸다. 화실을 나선 가을은 건물을 나서 2층에 걸린 작은 간판을 다시 올려다봤다.

익숙해졌다 해도 문득 의현의 얼굴을 떠올릴 때면 가을은 홀로 있는 시간이 견딜 수 없어질 때가 있었다. 마음을 기댈 곳이 생기면 조금 나아질 것이다. 그건 가을이 화실을 찾은 이유이기도 했다. 집에 돌아가서 챙겨놓아야 할 화구들을 하나씩 떠올리며 그녀는 천천히 걸음을 옮겼다.

멀어져 가는 가을의 모습이 시야에서 거의 사라져 갈 때쯤 화실 건물 앞에 검은 세단 한 대가 멈춰 섰다. 이 동네에서는 보기 힘들 정도의 비싼 차였다. 그 차에서 내린 남자는 조금 전 가을이 그랬듯 화실의 간판을 한참이나 올려다보다 뚜벅— 구두 소리를 내며 건물 안으로 모습을 감췄다.

뚜벅— 계단을 오르는 조심스러운 발걸음 소리가 들려왔다. 아직 수국을 그리는 일에 열중하고 있는 윤석은 그 기척을 알아채지 못한 채 붓을 쥔 손을 캔버스 위에서 연신 움직이고 있었다. 희미하게 들려오던 발걸음 소리는 곧 사라졌다. 한참 집중해서 그림을 그리던 윤석은 캔버스 위로 드리워진 그늘을 뒤늦게 알아챘다. 누군가 그의 뒤에 섰고 창을 통해 들어서던 햇볕을 막아선 것이었다. 뒤를 돌아본 윤석은 화실에 들어선 이의 얼굴을 확인하고는 곧바로 자리에서 일어섰다.

"언제 왔어?"

"조금 전에요."

"녀석, 연락도 없이 여기까지 어쩐 일이야?"

타박하듯 말하면서도 윤석의 얼굴에는 기쁜 기색이 드러나 있었다. 화실에 들어선 이는 윤석의 아들이었다.

"아버지 뵈러 왔죠."

통화는 자주 했지만 대학을 졸업한 아들이 회사에 들어간 뒤로는 바쁘게 지낸 탓에 윤석은 그의 얼굴을 거의 반년 만에 보는 것이었다. 자신을 만나러 올 때면 늘 편한 캐주얼 차림이 대부분이었는데 오늘은 슬림핏 정장을 말끔하게 차려입었다. 자연스럽게 이마 위로 내렸던 앞머리는 깔끔하게 세워 인물을 더 환해 보이게 만들었다. 마지막으로 얼굴을 볼 때까지만 해도 아직 소년티가 나던 아들의 얼굴은 이제 제법 남자다운 티가 났다.

"개업 축하 선물이요."

그는 품에 안고 있던 작은 산세베리아 화분을 아버지에게 내밀었다. 그것을 품에 받아 든 윤석은 호탕하게 웃음을 터트렸다.

"개업 축하 선물이라니. 화실 개업한 지 벌써 두 달이 지났다, 이 녀석아."

"일찍 오려고 했는데 진짜 바빴어요. 회사 일 적응하기도 바쁜데 어머니가 여기저기 끌고 다녀서 정말 정신없었거든요."

"그럼 여유 있을 때 오지. 바쁜데 뭐 하러 굳이 여기까지 왔어?"

"아버지가 화실 개업하셨다는데 당연히 와봐야죠. 그리고 이제 여유 좀 생겼어요."

"일은 할 만해?"

"네. 이제 적응돼서 괜찮아요. 근데 여기 정말 시골이네요. 버스가 한 시간에 한 대 다니는 동네가 있다니. 차 안 끌고 왔으면 한밤중에 도착할 뻔했어요."

"조금 불편한 점은 있어도 동네가 조용하고 좋아. 그나저나 여자 만나는 것도 아니고 아버지 만나러 오는 거면서 뭘 그렇게 힘주고 왔어? 옷이라도 편히 입고 오지. 오늘은 회사 쉬었을 거 아니야."

"정장 입은 거 아버지한테 보여 드리고 싶어서요. 저 이렇게 반듯하게 자라서 회사 잘 다닌다고 보여 드려야 안심하실 거 아니에요."

"녀석. 손 좀 씻고 오마. 잠깐 있어."

"네."

윤석은 앞치마를 벗고 손을 씻기 위해 잠시 자리를 비웠다. 그사이 화실을 이리저리 둘러보던 남자는 다관과 찻잔이 놓여 있는 원형 테이블 앞에 멈춰 섰다. 손님이 다녀간 모양이라 생각하며 그것을 대신 정리하다가 조금 떨어진 곳에 놓여 있는 종이를 발견하고는 그것을 향해 손을 뻗은 순간이었다.

"민아."

종이에 막 닿으려던 손이 움직임을 멈췄다. 그는 손을 거둬내고 자신을 부르는 아버지를 향해 고개를 들었다. 그를 민이라고 부르는 사람은 아버지뿐이었다. 어릴 때는 항상 민이라고 불렀고 성인이 된 뒤로도 가끔 저렇게 부르실 때가 있었다. 어릴 때야 모르겠지만 나이를 먹은 지금은 저 호칭으로 불리는 게 쑥스러워서 그는 잠시 난감한 얼굴로 웃었다.

"네. 아버지."

조금 늦은 대답을 건네는 목소리가 다정했다. 구김 하나 없이 반듯하게 자라준 윤석의 아들 태민이 햇살보다 더 환한 미소를 입가에 그려낸 채 그곳에 서 있었다.

종이는 여전히 테이블 위에 놓여 있었다. 하지만 이미 종이에서 관심이 멀어진 태민은 아버지가 계신 곳으로 걸음을 옮겼다.

"나가서 뭐 좀 먹자. 온다고 연락했으면 장이라도 봤을 텐데 아무것도 없어."

"그냥 있는 음식 먹어도 괜찮아요."

"그래도. 여기까지 왔는데 맛있는 거 먹여서 보내야지."

"그럼 저것만 마저 치우고요."

등 뒤의 테이블을 가리킨 태민이 다시 자리로 돌아가려 하자 아버지가 급하게 그의 팔을 붙들었다.

"그냥 둬. 네가 뭐 하러 그런 걸 해? 괜히 깨트려서 손 다치지 말고 이따 내가 할 테니까 놔두고 얼른 나와."

정리라고 해봐야 다관과 찻잔 두 개, 그리고 얼음을 놓아두었던 통이 전부였다. 마저 정리하고 가는 게 좋을 것 같았지만 여기서 고집을 부린다면 아버지는 화를 내실 것이 분명했다. 아버지도 어머니도 예전부터 태민이 이런 일을 하면 큰일이 나는 줄 아셨다.

"아버지가 모르셔서 그렇지 저 집안일 잘해요. 설거지도, 청소도 잘하는데. 요리도 좀 하고요."

"네 엄마가 참도 너한테 그런 일 시켰겠다."

"어머니 몰래 배웠는데요."

"누구한테?"

"입주 도우미 아주머니한테요. 요즘은 결혼해서 사랑받고 살려면 그 정도는 다 해야 해요."

"그래서? 결혼해서 사랑받을 애인은 있고?"

예상치 못한 아버지의 공격에 태민은 난감한 얼굴로 웃어 보이다 끙 앓는 소리를 냈다. 결국 테이블 위를 정리하는 일은 포기하기로 했다. 윤석에게 바짝 붙어 서서 화실을 나서는 그는 살갑게 웃어 보였다.

"없으니까 아버지가 소개해 주세요. 이 동네에 며느릿감으로 점찍어둔 사람 없어요?"

"여긴 네 나이대의 젊은 사람이 많이 없어. 네 어머니뻘이나 나이 많으신 분들이 대부분이지."

"그럼 며느릿감 말고 아버지 마음에 드시는 분은요?"

"이 녀석이. 못하는 소리가 없어."

큼— 헛기침을 하며 얼굴까지 붉힌 윤석이 태민의 등을 아프지 않게 한 대 때렸다. 어서 밥이나 먹으러 가자며 걸음을 재촉하고는 화실에서 멀지 않은 곳의 식당으로 향했다. 간단하게 식사를 마치고 난 뒤에는 동네를 걸으며 대화를 나눴다. 산책로가 따로 없는 비포장도로의 시골길이었지만 동네가 조용한 편이었고 커다란 나무들이 많아 그늘진 길을 천천히 걷기에 좋았다.

윤석은 두 달 사이 얼굴을 익힌 사람들을 길에서 만날 때마다 아들이라며 태민을 인사시켰다. 그리고 아들 자랑이 한참 이어졌다. 덕분에 짧은 코스를 돌았음에도 두 사람은 2시간 뒤에나 화실로 돌아올 수 있었다.

"피곤할 텐데 너무 이리저리 끌고 다닌 모양이다."

"아니요. 저도 좋았어요. 동네 분들이 다 친절하시네요."

화실 건물로 들어서 계단을 오른 태민이 닫혀 있는 문 앞에 섰다. 당연히 문이 잠겨 있을 거라 생각하고 윤석이 열쇠를 꺼내어 문을 열기를 기다렸는데 그는 열쇠를 꺼내지 않고 곧바로 문고리를 잡고 돌렸다.

"아이고, 지은이 왔구나."

"네. 선생님. 안녕하세요."

화실 안에는 교복을 입은 여자 한 명이 이젤 앞에 앉아 그림을 그리고 있었다. 식사를 하고 온 사이에 화실을 찾은 모양이었다. 태민은 잠겨 있지 않았던 문을 다시 내려다봤다.

"아버지. 화실 문을 항상 이렇게 열어두세요?"

"가까운 곳 갈 때만 열어두고 멀리 갈 때는 잠가두지. 너랑 밥만 먹고 올 거라 금방 들어올 줄 알고 열어두고 갔는데 지은이가 왔으니 열어두고 가길 잘했구나."

"그래도 자리 비우실 땐 잠가두세요."

"괜찮아. 훔쳐 갈 게 뭐 있어야지."

"그림이나 도구들 가져갈 수도 있잖아요. 위험하기도 하고요."

"내 그림이 돈 되는 그림도 아니고 이런 작은 시골에서 이런 거 훔쳐 갈 만한 사람은 없어."

아무리 그래도 사람이 아무도 없을 때 화실을 열어두는 것은 위험한 것 같았다. 아버지 혼자 계시는 곳인데 꼼꼼하게 살피지 못했다는 생각이 그제야 들었다. 태민이 화실을 다시 세세하게 둘러보는 사이, 윤석은 그림을 그리고 있는 학생의 곁으로 다가서 이런저런 조언을 해주고 있었다. 살펴본 결과 문을 열어둔 것 외에는 별다르게 문제가 될 만한 게 없는 것으로 보였다. 태민은 그 부분에 대해서만 나중에 제대로 다시 이야기해야겠다고 생각하며 조용히 화실을 벗어났다.

밖으로 나선 그는 건물 벽의 가장 끝으로 걸어가 건물과 건물 사이에 생겨난 그늘에 섰다. 공기는 여전히 후덥지근했지만 강하게 내리쬐는 햇볕을 피하니 그나마 살 것 같았다. 주머니에서 담배를 하나 꺼내어 입에 문 그는 그늘 밖으로 고개를 살짝 기울여 2층에 설치된 간판을 물끄러미 올려다봤다.

화실 '소솜'이 문을 닫은 뒤 그는 집 근처의 다른 화실을 알아보려다가 새 화실에 다니는 게 어쩐지 내키지 않아 관두었다. 때마침 아버지의 회사에 들어가게 되어 바빠진 이유도 한몫했다. 마지막으로 그림을 그린 것이 아마 넉 달 전의 일일 것이다. 이젤과 캔버스, 색색별로 놓여 있는 물감, 그리고 화실에서 느껴지는 특유의 차분한 분위기가 낯설지 않았다. 그리워하던 것들을 만난 기분까지 들었다.

오랜만에 그런 익숙한 화실 분위기를 느꼈기 때문일까. '소솜'에서 보던 가을의 얼굴이 그 순간 떠올랐다. 마치 그 얼굴조차 그리워했던 것처럼.

"잘 지내고 있으려나?"

짧게 웃어 보인 그는 다시 주변을 천천히 둘러봤다. 도시와는 확연하게 다른 좋은 점들이 눈에 들어왔다.

"조용해서 좋긴 하네."

하얀 담배 연기가 입술 새로 흘러나와 허공에서 흩어졌다. 담배를 반쯤 태운 태민은 그늘 밖으로 다시 걸음을 옮겼다. 때마침 그를 찾는 윤석의 목소리가 들려왔다.

"민아."

또 저렇게 부르시네— 태민이 난감한 미소를 입가에 머금고는 손을 흔들었다.

"아버지. 저 여기 있어요."

"거기서 뭐 해?"

"담배 한 대 피웠어요."

"좋지도 않은 걸. 끊으라니까."

일을 다니면서 담배를 피우는 양이 늘었으면 늘었지 줄지는 않았다. 좋아하던 그림마저 그리지 못하는 상황에 꽤나 스트레스를 받은 것도 한몫했다.

"내년에 새해 계획으로 도전해 볼게요."

"건강 생각해서 꼭 끊어라. 그나저나 이제 슬슬 출발해야지."

윤석의 말에 태민은 시간을 확인했다. 서울로 올라가려면 지금 출발을 하는 게 좋을 것 같았지만 내일은 휴일이었고 이대로 돌아가기에는 아쉬운 마음이 들었다. 태민만큼이나 윤석 역시 오랜만에 얼굴을 본 아들을 그대로 돌려보내기 아쉬워하는 감정이 얼굴에 드러나 있었다. 잠시 고민하던 태민은 건물 입구로 걸음을 옮겨 윤석과의 거리를 좁혔다.

"칫솔 새것 있어요?"

"칫솔은 왜?"

"자고 가려고요."

"엄마 허락은 받은 거야?"

"제 나이가 몇인데 어머니 허락을 받아요."

"그래도 이 녀석아."

"전화드리면 돼요. 올라가서 바로 전화드릴게요."

잔소리를 조금 듣기야 하겠지만 아버지의 집에서 하루만 자고 가겠다는 걸 굳이 반대하시지는 않을 것이다.

"오늘 저녁은 집에서 먹어요. 아버지가 못 믿으시는 거 같으니까 저녁은 제가 차릴게요."

"그냥 나가서 먹자."

"아버지랑 오랜만에 오붓하게 술 한잔하고 싶어서 그래요. 어차피 자고 갈 거니까 저녁 먹으면서 반주하면 되잖아요. 안주로 먹을 만한 거 간단하게 만들게요. 화실 일찍 닫으시고 올라오세요."

화실은 2층에 있었고 3층에는 원룸 형식의 집이 있었다. 윤석은 화실로 향했고 태민은 열쇠를 받아 3층으로 올라갔다. 복도 하나를 사이에 두고 작은 원룸들이 쭉 늘어져 있었다. 태민은 그중 복도의 가장 끝에 자리 잡은 방의 문을 열었다.

생각보다 쓸쓸한 집 안 풍경에 그는 현관에 선 채로 좁은 방 안을 둘러보다 코끝을 살짝 찡그렸다. 일이 바쁘다는 핑계로 그간 아버지에게 너무 무심한 건 아니었나 하는 생각이 그제야 들었다. 회사 일은 제법 익숙해졌고 이제는 여유도 생겼다. 거리가 멀긴 해도 앞으로는 좀 더 자주 와야겠다고 생각하며 구두를 벗고 안으로 들어섰다.

청소하고 저녁을 차리느라 분주하게 움직이다 보니 어느새 시간이 훌쩍 지나간 모양인지 창밖은 이미 어둠으로 물들어 있었다. 장까지 봐온 태민이 상을 거의 다 차렸을 때쯤 일을 마치고 화실 문을 닫은 윤석이 방으로 들어섰다.

"이걸 정말 네가 다 차린 거야?"

"그렇다니까요."

저녁 식사와 함께 반주에 어울릴 적당한 메뉴를 떠올리다 김치찌개와 계란말이를 준비했다. 나름 잘 차려진 상을 보고 윤석은 작게 웃었다.

오랜만에 부자가 술 한잔을 함께하고 나란히 누워 잠을 청했다. 남자 둘이 누우니 좁은 방이 꽉 들어찬 느낌이었다. 태민은 큰 방에서 매일 홀로 잠들다가 이렇게 누군가와 함께 누워 잠을 자는 것이 얼마 만에 일인지 모르겠다는 생각을 했다. 그런데 또 그게 무척이나 편안하게 느껴졌다. 아마 곁에 누워 있는 사람이 아버지이기 때문일 것이다. 아버지와 함께 살았던 어린 날의 그 시절로 돌아간 기분이었다. 태민은 윤석이 누워 있는 쪽으로 몸을 돌리고 잠든 윤석의 얼굴을 바라봤다. 그의 얼굴에 희미한 미소가 그려졌다. 평온한 밤이었다.

❖

—잠깐 어디 좀 다녀오마. 시간 괜찮으면 기다렸다가 같이 점심 먹고 올라가라.

잠든 태민의 머리맡에 남겨진 메모였다. 그가 잠에서 깨어났을 때 윤석은 방에 없었다. 속옷과 개켜진 옷이 한쪽에 놓여 있었는데 상표조차 떼어내지 않은 옷은 모두 새것이었다. 하품하며 욕실로 향한 태민은 씻고 나와 냉장고 문을 열었다. 일찍 일어난 김에 아버지가 돌아오기 전까지 화실 청소를 할 생각으로 작은 생수병 하나를 꺼내 들고 2층으로 내려갔다.

화실 문 앞에 선 태민은 의아한 기색을 얼굴에 드러낸 채로 잠시 걸음을 멈춰 섰다. 화실 문이 열려 있었다. 일요일은 휴무라고 들었는데 누군가 이젤 앞에 앉아 있었다. 화실 회원인 모양이었다. 방해하면 안 된다는 생각에 태민은 기척을 죽인 채 걸음을 돌리려다 홀린 듯이 다시 뒤를 돌아봤다.

그는 이젤 앞에 앉은 여자의 뒷모습을 물끄러미 바라봤다. 긴 머리를 하나로 틀어 올려 묶어 가느다란 목이 훤히 드러나 있었는데 목부터 시작해 어깨까지 이어지는 선이 예쁘다는 생각이 들었다. 화실의 고요하고 차분한 분위기와 잘 어울리는 모습에 태민은 저도 모르게 넋을 놓은 채 그 여자를 바라보고 있었다.

그렇게 한참의 시간을 보내다 뒤늦게 정신을 차린 태민은 이젤 너머를 응시했다. 창을 통해 쏟아져 내리는 햇볕이 뜨거웠다. 하지만 여자는 블라인드를 내려놓지도 않은 채 미동 없이 캔버스만 한참 응시하고 있었다. 연필을 쥔 손도 요지부동이었다.

'뭘 저렇게 멍하니 있는 걸까.'

아무리 봐도 그림을 그릴 생각이 없어 보였다. 그래도 말을 거는 것은 방해가 될 것 같아 돌아가자는 생각을 한순간 연필을 쥔 여자의 손이 움직였다. 그 작은 움직임에 태민의 발은 되레 굳어진 듯 움직이지 않았다. 어떤 그림을 그리는지 좀 더 자세히 보고 싶다는 생각이 들었다.

태민은 여자의 모습에서 시선을 떼어내지 못한 채 손에 든 생수병의 뚜껑을 돌렸다. 화실 안이 워낙 조용했던 탓에 그 소리가 들린 건지 여자가 캔버스 위에 연필을 가져다 대던 행동을 멈추고는 뒤를 돌아봤다. 피할 새도 없이 눈이 마주쳤다.

"캑, 콜록!"

물을 마시려던 태민은 사레가 들려 연신 기침을 했고 여자는 놀란 얼굴로 자리에서 벌떡 일어섰다. 탕— 의자가 뒤로 넘어가 바닥과 충돌하는 소리가 들렸다. 기침 소리가 멎었고 뒤이어 찾아온 것은 긴 침묵이었다. 태민의 머리카락 끝에서 마르지 않은 물기가 방울져 툭— 떨어져 내렸다.

창을 통해 투영된 햇빛이 여자의 등 뒤에서 쏟아져 내리고 있었다. 눈이 부실 법도 한데 태민은 재차 확인하듯 마주한 그녀의 얼굴을 한참이나 바라봤다.

"……와."

무겁게 이어지던 침묵을 먼저 깬 것은 태민이었다. 놀란 듯 굳어졌던 얼굴이 점차 미소를 머금더니 화사한 얼굴로 인사를 건네었다.

"오랜만이에요. 선생님."

끊어진 줄 알았던 인연이 그렇게 다시금 이어졌다. 1년 반 만의 재회였다. 반가워하는 태민과 다르게 가을은 순간적으로 머릿속이 백지처럼 새하얘져 버렸다. 가을 역시 태민을 단번에 알아봤지만 선뜻 반갑게 인사를 건넬 수가 없었다. 여러 감정이 교차한 얼굴로 태민을 바라보고 있는 사이 그는 순식간에 거리를 좁혀왔다. 막 씻고 나온 듯 머리카락은 젖어 있었고 물감 냄새로 가득했던 주변에 비누 향이 확 풍겨왔다.

"어떻게 여기 있어요?"

그건 가을이 묻고 싶은 말이었다. 그녀는 놀란 가슴을 한 차례 쓸어내리고는 손에 쥐고 있던 연필을 내려놓았다. 머릿속은 조금도 정리되지 않은 채라 여전히 엉망이었다. 의현과 관련된 모든 것을 끊어내려던 가을에게는 태민과의 우연한 만남이 달갑지 않았다. 직접 관련이 되어 있지는 않더라도 태민의 집안과 의현의 집안이 연관되어 있기 때문이었다.

"이 화실 다녀요?"

"네."

"언제부터요?"

"오늘부터 다니기로 했어요."

화실 회원이 4명에서 5명으로 늘었다던 윤석의 말을 기억해 낸 태민은 그 사람이 가을이라는 걸 그제야 알아챘다.

"그럼 이 동네 사는 거예요?"

"그나저나 태민 회원님은 왜 여기에 있어요?"

가을은 대답 대신 말을 돌렸다. 자신에 관한 정보를 많이 주는 것은 좋지 않았다. 태민은 잠시 멍한 얼굴을 했다가 곧 장난스럽게 표정을 구겼다.

"태민 회원님이라니. 저 이제 소솜 회원 아닌데요."

그러는 태민도 가을을 선생님이라고 부르지 않았는가. 그런 가을의 생각을 읽어낸 듯 태민이 멋쩍게 웃어 보였다.

"태민이라고 이름 부르는 건 어렵겠죠?"

화실을 다니며 2년 넘게 얼굴을 본 사이였다. 가을의 성격상 갑자기 그리 호칭을 바꾼다는 것이 어려운 일이라는 걸 태민은 잘 알고 있었다. 그럼에도 그는 구렁이 담 넘어가듯 은근슬쩍 서로를 부르는 호칭을 제가 원하는 방향으로 밀어붙였다.

"바로는 안 고쳐도 되니까 편해지면 천천히 그렇게 부르세요."

"아."

"그래도 회원님은 이상한데. 태민 씨나 태민 군 어때요? 그렇게 부르다 좀 더 편해지면 이름 부르면 괜찮을 거 같은데. 전 바로 고칠 수 있으니까 앞으로 누나라고 할게요."

쉼 없이 쏟아져 나온 말들에 당황한 가을이 잠시 대답할 말을 찾지 못하고 머뭇거렸다. 태민이 능청스럽게 가을 누나, 하고 부른 순간이었다. 또 다른 이의 음성이 두 사람의 대화에 끼어들었다.

"이 녀석이. 넉살도 좋다."

가을과 태민의 시선이 동시에 한곳으로 향했다. 화실 입구로 막 들어서는 윤석의 모습에 태민은 곧장 입구로 달려가 그의 손에 들려 있는 짐을 대신 받아 들었다.

"일찍 오셨네요. 화실 청소해 두려고 했는데."

"안 그래도 네가 청소한다고 나설까 봐 일찍 왔어."

"뭘 이렇게 많이 사셨어요? 무거운데 제 차 타고 가시지."

"너무 곤히 자서 못 깨웠다. 부피만 크지 별로 무겁지도 않아. 그나저나 태민이 너는 화실 회원분한테 무슨 실례야? 언제 봤다고 대뜸 누나라고 불러?"

"제가 설마 초면에 그랬겠어요? 아는 사이예요."

"정말? 어떻게?"

짐을 한쪽에 내려놓은 태민이 허리에 손을 올린 채 윤석과 가을의 얼굴을 번갈아 바라보았다.

"저 서울에 있을 때 다녔던 화실 선생님이세요. 그리고 이분은 박, 윤 자, 석 자 쓰시는 제 아버지입니다."

태민은 이미 서로의 이름을 알고 있는 윤석과 가을을 소개했다. 가을은 아버지가 화가라던 태민의 말을 그제야 기억해 냈다. 정말 어떻게 이런 우연이 있을 수 있을까.

"진짜 놀랍지 않아요? 이렇게 다 만나고."

그건 태민 역시 같은 생각인 모양이었다. 이 정도면 인연인 것 같은데— 작게 덧붙이는 목소리가 어쩐지 조금 신이 나 있었다. 가을은 난감해하면서도 유난히 반가워하는 태민의 모습에 결국 작게 웃고 말았다.

태민은 가을을 향해 그간 어떻게 지냈는지 안부부터 시작해 이런저런 질문들을 건네었다. 쉼 없이 쏟아지는 질문에 가을은 조금 어색하게 웃어 보였다. 결국 그의 아버지가 중재에 나섰다. 윤석조차도 이런 태민의 모습은 처음 본다는 반응이었다.

"평소에 안 그러던 녀석이 오늘따라 왜 이리 호들갑이야? 보니까 너 혼자만 반가운 것 같은데. 그림 그리는데 방해하지 말고 얼른 올라가."

등을 떠미는 윤석의 행동에 태민은 어쩔 수 없이 돌아섰다. 윤석의 말대로 태민이 여기 있으면 가을이 그림을 그리는데 방해가 될 것 같았기 때문이었다.

"그럼 이따 다시 내려올게요. 저 오늘 서울 가야 하니까 그냥 가지 말고 얼굴 꼭 보고 가요."

손을 흔들어 보인 태민이 화실을 벗어났다. 원래 밝은 성격이긴 했지만 못 본 사이에 좀 더 활발해진 것 같았다. 아버지의 앞이라 그런 걸까? 시선을 아래로 내린 가을은 앞치마를 만지작거렸다. 태민의 말대로 집에 돌아가기 전에 그의 얼굴을 보긴 해야 할 것이다. 여기서 자신을 봤다는 것을 누구에게도 알려서는 안 된다. 그것에 대한 약속을 받아야 했다.

"일찍 왔는데 얼마 못 그렸네요. 제 아들놈이 방해했어요?"

아직 구체적인 그림이 그려지지 않은 캔버스를 내려다보며 윤석이 미안한 얼굴을 했다. 정말 태민이 방해를 했다고 생각하는 모양이었다.

"아니요. 오랜만에 그리려니까 뭘 그려야 좋을지 모르겠더라고요."

고개를 끄덕인 윤석은 올라가 볼 테니 천천히 그리고 싶은 만큼 그림을 그리고 돌아가라 말했다. 홀로 남겨진 가을은 다시 이젤 앞에 앉아 연필을 손에 들었다. 10분을 또 그 상태로 앉아 있다가 천천히 손을 움직이기 시작했다.

그녀가 캔버스 위에 그리기 시작한 것은 꽃이었다. 힘을 빼고 천천히 연필을 쥔 손을 움직이며 집중해서 그림을 그리던 가을은 뒤늦게 누군가의 시선을 느끼고는 뒤를 돌아봤다. 언제 다시 돌아온 건지 지척에 태민이 서 있었다.

“느낌이 좀 달라진 거 같아요.”

아직 채색이 들어가기 전이지만 스케치는 거의 완성이 된 상태였다. 동백이었다. 그림을 내려다보던 두 눈이 이내 가을의 눈을 마주했다.

“아직 스케치뿐이지만 그림이 좀 화려해진 느낌이에요. 물론 완성되어야 알겠지만요.”

가을은 손에 든 연필을 만지작거리다 다시 태민을 올려다봤다. 가만히 마주쳐 오는 두 눈이 이미 무언가를 짐작하고 있는 것 같았다. 그는 이전과 다르지 않게 조금도 재촉하지 않고 가을이 먼저 입을 열기를 기다렸다.

“저기.”

“말해요. 가을 누나.”

호칭은 결국 저렇게 이어나갈 모양이었다. 가을이 난감한 얼굴을 해도 태민은 꿋꿋했다. 그녀는 일단 호칭 문제에 대해서는 포기하고 먼저 매듭지어야 할 문제를 떠올렸다. 돌아가기 전에 꼭 답을 들어야 했다. 안 그러면 마음이 놓이지 않을 것이다. 지금도 빠르게 뛰는 심장이 진정이 되질 않았다. 가을은 어렵게 입술을 떼어냈다.

“저 여기서 본 거 아무한테도 말하지 않았으면 해요.”

“알겠어요. 그게 뭐 어려운 일이라고 그렇게 뜸을 들여요?”

“절대. 누구한테도 말해서는 안 돼요.”

뭘 그렇게까지 단호하게 말하는 걸까.

가을은 약간 겁에 질린 얼굴이었다. 지쳐서 화실을 정리한다더니. 그 말이 무색하게 그녀는 다시 화실에 다니고 있었다. 거기까지 떠올리고 나니 화실을 정리한 것이 어쩐지 가을의 의지가 아닐 거라는 생각마저 들었다. 자세히 물으면 곤란한 얼굴을 하겠지. 태민은 고개를 들려는 호기심을 애써 억눌렀다.

"알겠어요. 약속할게요."

"고마워요."

"근데 이거 저한테 하는 부탁인 거죠?"

조금 애매하긴 했지만 부탁은 부탁이었다. 가을은 고개를 끄덕였다.

"그럼 제 부탁도 하나만 들어주세요."

"부탁이요?"

"지난번에 그려주기로 했다가 취소한 초상화요. 이번 부탁 들어주는 거로 대신해서 그려주세요."

"그건 안 받겠다고……."

"사실 그 말 해놓고 나중에 엄청 후회했거든요."

걸음을 옮긴 태민은 책상 앞에 기대어 섰다. 탁상용 캘린더를 손에 들어 날짜를 확인하고는 다시 가을과 시선을 마주했다.

"그간 멀어서 매주 오지는 못했지만 앞으로는 아버지 얼굴 뵈려고 자주 와야겠다고 마음먹은 참이었거든요. 첫째 주, 셋째 주 주말에 올게요. 괜찮을까요?"

거절해도 태민은 가을이 한 부탁을 지켜줄 것이다. 아무런 대가 없이 약속을 지켜주리라는 걸 알고 있었다. 그래서 더 거절할 수가 없었다. 태민이 마음을 바꿔 취소됐을 뿐 어차피 한 번 그려주기로 마음먹은 그림이니 가을은 그의 초상화를 그려주기로 했다.

"알겠어요."

"그럼 제가 어디로 연락을 하면 될까요?"

가을은 가방에서 메모지와 펜을 꺼내 번호를 적어 그에게 건네었다. 태민 역시 자신의 번호를 메모지에 적어 그녀에게 건네었다.

"여기 왔을 때만 연락했으면 해요. 혹시라도 누가 알면 곤란해서요."

"조심할게요. 그럼 저 이제 진짜 가봐야겠어요. 오랜만에 얼굴 봐서 정말 반가웠어요. 조만간 다시 얼굴 봐요."

인사를 마친 태민은 화실을 벗어나 3층으로 올라갔다. 얼마 지나지 않아 윤석과 대화를 나누며 계단을 내려오는 목소리가 들렸다. 가을은 창문 앞에 섰다. 운전석에 올라타려는 태민을 배웅하는 윤석의 얼굴에 아쉬움이 한가득이었다. 태민은 곧 차에 올라탔고 그의 차는 시야에서 모습을 감췄다.

가을은 다시 자리로 돌아가 캔버스에 그려진 그림을 내려다봤다. 아무래도 오늘은 여기까지만 작업을 해야 할 것 같았다. 짐을 챙겨 들고 막 자리를 뜨려는데 윤석이 화실로 들어섰다.

"태민이가 엄청 따랐나 봐요. 저렇게 좋아하는 거 오랜만에 보는데. 아, 내일도 나올 거예요?"

"네. 오후에 다시 나올게요."

"그래요. 조심해서 가요."

인사를 건네고 화실을 벗어난 가을은 집을 향해 걸음을 옮겼다. 시간은 오후 3시에 가까워져 있었지만 아직 강한 햇볕이 하늘에서 쏟아져 내리고 있었다. 빨리 여름이 끝났으면 좋겠다는 생각을 하며 잠시 걸음을 멈춘 가을은 우두커니 자리에 서서 하늘을 올려다봤다. 구름 한 점 없이 맑은 하늘을 가만히 응시하다 주머니를 뒤적여 작게 접힌 종이를 꺼내 들었다. 태민의 연락처가 적힌 종이였다. 이 작은 종이의 무게감이 지금의 내게는 천근과도 같다.

아무리 조심한다고 해도 예기치 못한 곳에서 문제가 생길 수 있었다. 태민을 만난 것도 반가웠고 그가 싫은 것도 아니었지만 의현과 조금이라도 관련이 되어 있는 사람과 계속해서 연락하는 것은 내키지 않았다.

가을은 작게 한숨을 내쉬었다. 태민이 2주에 한 번꼴로 이곳에 올 수 있으니 지금부터 6주 정도면 초상화는 완성될 것이다. 초상화를 그려주고 난 뒤 주말을 피해서 화실에 나간다면 태민과 마주하게 될 일은 거의 없을 것 같았다.

'그때부터 자연스럽게 거리를 두고 연락을 끊자.'

어차피 이 동네에서 계속 살지는 못할 것이다. 언젠가 분명 이사를 해야 할 일이 생길 테니 그때까지만 거리를 두면 된다고 생각했다. 가을은 멈췄던 걸음을 다시 옮겼다. 주머니에 넣은 작은 종이의 무게감은 여전히 가을에겐 무겁기만 했다.

불면

일을 마치고 호텔을 나선 의현은 근처의 레스토랑으로 향했다. 뒷좌석에 앉아 감은 눈 위를 매만지는 얼굴에는 지친 기색이 역력했다. 이대로 돌아가서 쉬고 싶었지만 일정이 있어 그럴 수도 없었다. 부모님과 함께하는 저녁 식사 약속이 잡혀 있었다. 일이 바쁘다는 핑계로 몇 차례 미룬 자리라 오늘은 도저히 빠질 수가 없었다.

"의현이 왔구나."

"일 때문에 조금 늦었어요."

"늦기는. 우리가 일찍 온 거지. 앉아라."

레스토랑에는 의현보다 그의 부모님이 먼저 도착해 있었다. 음식을 주문하고 애피타이저가 나올 때까지 의현은 자리를 지키고만 있을 뿐 별다른 대화를 나누지 않았다. 정윤은 그런 의현을 보고 걱정하는 기색을 얼굴에 가득 드러냈다.

"애 얼굴 홀쭉해진 거봐. 밥은 잘 챙겨 먹고 다니는 거야?"

"네."

"같이 살면 내가 옆에서 챙겨주고 그럴 텐데. 아주머니 보내는 것만으로 정말 괜찮은 거니?"

함께 살 때도 그다지 신경을 쓴 적은 없었다. 의현은 쓴웃음을 입안으로 삼켜내고는 조용히 물을 들이켰다.

"그러게 뭐 하러 독립을 하겠다고 그래서. 다시 집에 들어오든가 해."

"이 사람이 오늘따라 왜 이리 잔소리가 심해? 의현이가 알아서 하겠지."

"걱정되니까 그렇죠."

어머니가 걱정하는 건 여자 문제일 것이다. 의현이 가을 외에 만나는 여자가 없다는 것을 알고 있으면서도 밖에 있으니 감시를 못해 불안한 것이다.

주문한 음식이 하나둘씩 나오고 이어진 대화는 늘 그렇듯 의현에게는 지루하기만 한 화제였다. 그의 아버지는 사업 얘기를 주로 했고 어머니는 갤러리 이야기나 모임에 관한 이야기를 나눴다. 그리고 의현에게 맞선 자리가 많이 들어오고 있다는 이야기를 덧붙였다. 그 어떤 이야기에도 의현은 덤덤하게 반응할 뿐 관심이 없어 보였다.

"그나저나 가을이는 아직도 연락이 안 되는 게야?"

단 한 가지만 제외하고.

스테이크를 썰어내던 나이프가 그대로 움직임을 멈췄다. 나이프를 내려놓은 의현은 물이 담긴 잔을 손에 들었다. 목울대가 크게 두어 번 움직였다. 그는 잔을 기울이며 맞은편에 앉은 제 어머니를 바라보고 있었다. 시선이 스치듯 마주쳤다.

"그럴 애가 아닌데 대체 어찌 된 일인지 걱정되는구나. 연락 끊긴 지 벌써 1년 반 아니냐. 찾아보고는 있는 거야?"

"의현이한테 그 애 찾아보라고 했어요? 알아서 잘 지내겠죠. 어린애도 아닌데."

"당신은 가을이 걱정도 안 돼?"

"걱정은 무슨. 인사 하나 없이 사라진 거 보면 모르겠어요? 여태껏 베풀어준 은혜도 모르고."

"어허, 그래도 이 사람이."

"오랜만에 가족끼리 모여서 좋게 식사하는 자리에서 안 좋은 얘길 꺼내니까 그렇죠. 이 얘긴 그만해요."

재환은 대체 왜 가을의 이야기에 그리 가시를 세우냐고 했지만 정윤의 반응은 냉담하기만 했다. 결국 가을의 이야기를 나누는 것은 거기까지였다. 다시 평소 나누던 사업 이야기로 화제가 바뀌었고 의현은 다시 의무적으로 식사를 이어나갔다. 그의 아버지가 화장실에 가기 위해 잠시 자리를 비웠을 때였다.

"요즘 호텔은 어떠니?"

정윤이 꽤 살가운 목소리로 건넨 질문에 의현은 시선조차 주지 않고 답을 했다.

"별다른 일은 없어요."

썰어낸 스테이크를 입에 넣고 무심한 얼굴로 고기를 씹던 의현은 조금의 동요도 없는 얼굴로 툭 던지듯 질문을 건네었다.

"가을이는 잘 지내요?"

와인 잔을 손에 들려던 정윤의 행동이 멈칫했다. 붉은 와인보다 더 새빨간 손톱이 잔을 힘주어 잡는 것이 눈에 들어왔다.

"그걸 왜 나한테 묻니?"

"어머니한테 묻지 않으면 누구한테 묻겠어요?"

"그 애 일에 대해 네가 모르는 걸 내가 어떻게 안다고."

의현의 입매가 비틀리듯 위로 올라갔다.

"어머니."

다시 평온을 찾은 얼굴로 와인을 한 모금 마시고 잔을 내려놓은 그녀가 의현과 시선을 마주했다.

"정말 어머니가 숨겨두신 거라면 제 눈에 안 띄게, 절대 찾을 수 없게 잘 숨겨두세요."

"너 대체 무슨 소리를 하는 거니?"

"제가 윤가을 찾았을 때 그 일에 어머니가 조금이라도 연관되어 있다면 그 순간 제게서 어머니가 원하는 이상적인 아들의 모습은 포기하시는 게 좋을 겁니다. 그 꼭두각시 노릇, 두 번 다신 안 할 거니까요."

"의현아."

"아니면 지금이라도 내놔요."

"……."

"당신 아들 진짜 눈 뒤집히는 꼴 보기 전에."

정윤의 눈가에 작게 경련이 일어났다. 의현은 그 얼굴을 집요하게 바라봤다. 차가운 시선에는 감정이란 것이 묻어나 있는 것 같지 않았다. 제 아들이지만 의현이 저런 차가운 눈으로 저를 바라볼 때면 정윤은 소름이 끼치는 것을 느꼈다.

"네가 아무리 그래 봐야 난 모르는 일이다."

그의 어머니는 언제 그랬냐는 듯이 표정을 갈무리하고는 평온하고 차분한 어조로 대화에 선을 그었다. 그사이 재환이 자리로 돌아왔다. 의현은 핏줄 선 눈으로 제 어머니를 노려보다 조금의 미련도 없이 자리에서 일어섰다.

"왜 벌써 일어나?"

"급한 일이 생겨서요."

"얼마나 급한 일이기에 식사하다 말고 나가? 많이 급한 일이야?"

"네. 죄송해요. 두 분 식사 마저 하고 오세요. 내일 전화드릴게요."

레스토랑을 나선 의현의 앞에 차가 멈춰 섰다. 대기 중이던 진호가 곧장 운전석에서 내려 뒷좌석의 문을 열었지만 의현은 다시 문을 닫고는 그를 향해 손을 내밀었다.

"키 줘. 운전 내가 할 테니까."

의현의 말에도 진호는 미동이 없었다.

"안 들려?"

"제가 모셔다 드리겠습니다."

"최진호."

"지난번에 직접 운전하시다가 크게 사고 날 뻔하시지 않았습니까. 제가 운전하겠습니다."

진호는 다시 뒷좌석의 문을 열었다. 작게 한숨을 내쉰 의현은 결국 뒷좌석에 올라탔다. 의현은 지금 지쳐 있었고 승강이를 벌일 힘조차 없었다. 차는 곧 레스토랑에서 멀어져 갔다.

가을이 사라졌지만 그는 예정대로 집에서 나와 독립을 했고 가을과 함께 살려던 아파트에 혼자 살고 있었다. 목적지를 따로 묻지 않은 진호는 일단 그곳으로 차를 몰았다. 작은 소음조차 느껴지지 않는 차 안은 조용했다. 창밖을 무심한 얼굴로 바라보고 있던 의현은 매일 일과처럼 묻는 말을 오늘도 진호에게 건네었다.

"윤가을은?"

"찾아보고 있습니다."

저 대답만 벌써 몇백 번은 들었을 것이다. 의현은 안경 아래로 손을 밀어 넣어 왼쪽 눈을 꾹 눌렀다. 찾아보고 있다. 노력하고 있다. 그런 대답을 원한 것이 아니었다. 이 좁은 땅덩어리에서 사람 하나 찾는 게 뭐 이리 어려운 건지 기가 찰 노릇이었다.

“오피스텔로 가.”

목적지를 바꾼 의현은 그대로 눈을 감아버렸다. 차는 곧 오피스텔 앞에 도착했다. 동행한 진호는 의현을 따라나서지 않았고 그는 홀로 오피스텔로 들어섰다. 자동센서로 인해 현관에 불빛이 들어왔다. 그 외에는 온통 어둠뿐이다. 더운 여름임에도 그는 서늘함을 느꼈다. 의현은 그 이유를 알고 있었다. 사람의 흔적이 없다. 온기가 없다. 윤가을이 없기 때문이었다.

구두조차 벗지 않은 채 안으로 들어선 그는 익숙하게 버튼을 찾아 불을 켰다. 환한 빛이 들어선 공간은 말끔하게 정리가 되어 있었다. 며칠 전 술을 마신 의현이 이곳에 와 손에 닿는 물건을 모두 던지고 깨부순 일이 있었지만 그 흔적은 이미 남아 있지 않았다. 진호가 사람을 시켜 정리한 모양이었다. 깨부순 물건과 소품들은 똑같거나 비슷한 것으로 다시 그 자리에 놓여 있었다. 벌써 몇 번이나 반복된 일이었다. 뚜벅— 구두 소리가 정적을 깨고 울려 퍼졌다. 의현은 아무런 온기도 남아 있지 않은 침실 앞에 섰다.

“가두기라도 하겠다는 거야?”

“가둘 거라면 다리를 부러트리면 그만이지. 이렇게 번거로운 일은 안 해.”

“그럼 부러트리지그래?”

“네가 도망치는 시늉이라도 한다면 그땐 나도 생각해 보지.”

침대에 걸터앉은 의현은 손으로 시트 위를 쓸어내듯 만졌다. 그때도 이미 가을은 도망칠 생각을 하고 있었을 것이다. 의현의 두 눈이 낮게 가라앉았다. 찾으면 두 번 다신 도망칠 생각 따위 하지 못하게 할 것이다.

그는 힘없이 침대 위에 누웠다. 침구에서 희미하게나마 가을의 체취가 묻어나는 것 같았다. 의현은 이불을 끌어모아 그 위에 얼굴을 묻고 숨을 몰아쉬었다. 이불을 쥔 손끝이 희미하게 떨려왔다.

단 하루도 편히 잘 수 없었다. 가을이 사라진 뒤 매일 밤 찾아오는 불면은 그를 끔찍하리만큼 고통스럽게 만들었다.

"윤가을."

간신히 내뱉은 이름에 돌아오는 답은 없었다. 혼탁하게 갈라진 음성은 마치 울음과도 같았다.

❖

몸이 무거웠다. 귓가에 전해지는 익숙하지 않은 소음에 눈을 떠야 한다고 생각하면서도 무겁게 감긴 눈꺼풀은 열릴 생각을 하지 않았다. 의현은 품 안에 끌어안은 이불 속으로 더 깊게 얼굴을 묻었다. 하지만 하룻밤 사이에 가을의 체취는 사라지고 의현의 체취만이 남게 된 것 같았다. 온기가 없다. 그걸 자각하자마자 온몸이 싸늘하게 식어 내렸다.

초인종을 누르다 못해 이제는 거세게 문을 두드리는 소리가 들려왔다. 의현은 그제야 눈을 떴다. 창을 통해 여과 없이 쏟아져 내린 빛에 그는 잠시 인상을 찌푸렸다. 두 다리를 아래로 내려 현관으로 걸어간 그는 문을 열었다. 진호가 초조한 기색이 담긴 얼굴로 그곳에 서 있었다. 막 카드 키를 꺼내어 든 손이 멈칫하는 게 눈에 들어왔다.

진호는 사람을 시켜 이곳을 주기적으로 청소하거나 정리하러 올 때만 저 키를 사용했다. 의현이 이곳에 있을 때 사용하는 일은 거의 없었다. 지금은 안에 의현이 있는 것을 알면서도 문을 열고 들어오려 했으니 그만큼 다급했던 모양이었다.

"이사님."

"소란 떨지 마. 무슨 걱정을 하는지는 알겠는데 윤가을 찾기 전에는 내 스스로 죽을 일도 없고 혼자 비명횡사하는 일도 없을 테니까."

넥타이와 단추 두어 개를 풀어낸 셔츠 차림의 의현은 평소 그답지 않게 흐트러진 모습을 하고 있었다. 그는 불면으로 밤을 지새웠다. 새벽빛이 창을 통해 들어설 때까지 잠들지 못하다 주변이 조금 밝아진 뒤에야 잠이 들었다. 덕분에 10시에 가까워진 시간에 눈을 뜨고 말았다. 하루의 일정이 모두 엉망이 됐다. 서둘러야 했지만 진호는 조금의 재촉도 없이 갈아입을 옷을 담은 쇼핑백을 건네주었다.

"금방 내려갈 테니까 대기하고 있어."

쾅— 문이 닫혔다. 샤워를 하고 나온 의현은 새 정장으로 옷을 갈아입고 말끔한 얼굴로 거울 앞에 서서 넥타이를 맸다. 오늘따라 넥타이가 잘 매어지지 않아 몇 번이나 풀었다 다시 매는 것을 반복했다. 언젠가 넥타이를 삐뚤게 맸다며 몇 번이나 다시 고쳐 매주던 가을의 모습이 그 순간 떠올랐다. 의현은 잠시 눈을 감고 숨을 몰아쉬었다. 넥타이를 쥐고 있는 손끝이 희미하게 떨려왔다. 사라지지 않은 통증은 의현을 다시 덮쳐 왔다. 지독하리만큼 긴 하루가 시작된다는 신호 같았다.

늘 상비하고 있는 진통제를 하나 먹은 뒤 휴대전화를 챙겨 들었다. 어젯밤 망가트린 조명은 여전히 바닥을 뒹굴고 있었다. 구둣발 아래에서 부스러지는 유리 소리가 소름 끼치게 울려 퍼졌다. 그는 곧 오피스텔을 나섰고 주차장으로 내려온 의현의 모습을 확인한 진호가 뒷좌석의 문을 열었다. 건물을 빠져나간 차는 빠르게 도로 위를 달렸다.

"윤가을은?"

"찾는 중입니다."

지겹다 못해 이제 넌덜머리가 날 정도의 똑같은 대답이었다.

"업체 하나 더 고용해."

"지금도 세 업체에서 알아보고 있습니다."

"그런데도 못 찾고 있으니까 하나 더 고용하라는 거야."

"알겠습니다."

차는 곧 호텔 앞에 도착했다. 앞서 걷는 의현을 뒤따르던 진호가 엘리베이터에 앞에 선 그를 대신해 버튼을 누르고 다시 그의 등 뒤에 섰다.

"사모님께서 저녁에 잠깐이라도 괜찮으니 갤러리에 들르시라고 전해 달라 하셨습니다."

의현이 잠시 미간을 좁혔다. 어머니와는 바로 어젯밤 만나 저녁을 함께했다. 고작 반나절 사이에 연락해 의현을 찾는 이유를 알 수 없었다. 안 그래도 출근을 늦게 한 탓에 하루의 일정이 모두 어그러진 상황에서 어머니가 자신을 찾는다는 말이 의현의 귀에 반갑게 들려올 리 없었다.

"일이 있어 어렵다고 전할까요?"

그의 어머니는 자신을 만나러 오라는 요청을 한 것이 아니다. 명령한 것이지. 쓰게 웃어 보인 의현은 내키지 않는 얼굴로 고개를 가로저었다.

"아니야. 7시쯤 들르겠다고 연락해 둬."

"알겠습니다."

그는 곧 도착한 엘리베이터에 올라탔다. 돌아선 얼굴엔 생기가 없었다. 표정 없는 얼굴은 감정 없는 인형에 가까웠다. 가을이 처음 그 집에 들어섰을 때 보았던 예쁜 인형처럼, 의현은 다시 그때의 자리로 돌아가 있는 것만 같았다. 의현을 삼킨 엘리베이터는 이내 빠르게 위로 올라갔다.

호텔 건물 밖의 풍경을 내려다볼 수 있는 투명한 유리 벽을 응시하며 그는 가을의 얼굴을 떠올렸다. 눈 감고도 떠올릴 수 있던 얼굴이 지금은 어쩐지 조금 흐릿한 모습으로 떠올랐다. 머리까지 망가져 가는 걸까. 실소를 터트린 그가 안경 아래로 손을 밀어 넣어 감은 눈 위를 꾹 눌렀다. 손을 내리고 다시 시야에 드러난 그의 두 눈은 낮게 가라앉아 있었다.

'절대로…….'

놓치면 안 된다. 찾아내야만 했다. 몇 년이 걸리더라도 의현은 반드시 가을을 찾아낼 생각이었다. 이 집착의 끝에 무엇이 있든, 그것이 혹여 이제껏 겪어보지 못한 절망이라 해도, 지금 당장 가을을 찾지 않으면 또 한 번 미치는 것은 저일 것이다.

엘리베이터의 문이 열렸다. 의현은 기나긴 밤을 홀로 견뎌내며 느꼈던 불안감과 초조함을 모두 지워낸 얼굴로 걸음을 옮겼다. 감정을 숨기고 썩어 문드러질 정도로 곪은 상처를 누구에게도 보이지 않게 덮는다. 그건 의현에게 너무도 익숙한 일이었다. 다만 그걸 모두 내보일 수 있던 유일한 사람이 이제 곁에 없다는 것이 이전과는 다른 점이었다. 가을이 사라졌지만 그는 여전히 부서질 것처럼 위태로운 유리 위를 홀로 걷고 있었다.

❖

태민은 약속대로 셋째 주 주말에 왔다. 서울에서 꽤 일찍 출발한 건지 그는 화실이 문을 열기도 전에 가을에게 그곳으로 오라고 연락을 했다. 가을은 아침을 해결한 뒤 도구를 챙겨 들고 곧장 화실로 향했다. 문이 열려 있는 화실에는 이미 태민이 도착해 있었다.

"점심때쯤 와도 괜찮을 텐데요. 너무 서둘러서 온 거 아니에요?"

"아침에 일찍 눈이 떠져서요."

"그래도 좀 쉬고 오죠. 거리도 먼데."

"걱정해 주는 것 같아서 고마운데, 마음이 들떠서 잠이 안 와서 그래요. 저 누나가 그려준 초상화 진짜 받고 싶었거든요. 이거 빈말 아니고 진심이니까 꼭 완성해 줘야 해요."

태민의 능청스러운 말에 가을은 결국 작게 웃음을 터트렸다.

"그런데 정말 화실에서 작업해도 괜찮아요? 다른 분들께 방해되는 거 아닐까요?"

"노래를 부르겠다는 것도 아니고 화실에서 그림 그리겠다는데 무슨 방해가 돼요? 다른 회원들 있어도 방해되는 건 아니겠지만, 안 그래도 누나가 그런 말 할까 봐 일부러 일찍 오라고 한 거예요. 보통 주말에는 회원들이 점심시간 지나고 화실에 나온다고 하더라고요."

그의 초상화는 화실에서 그리기로 했다. 화실의 주인인 윤석에게도 이미 허락을 받았다는 말에 가을은 챙겨온 도구를 꺼내어두고 그림을 그릴 준비를 하기 시작했다.

"아 참. 이거 선물이요."

가을이 이젤 앞에 막 앉으려던 순간이었다. 태민이 그녀를 향해 작은 쇼핑백을 내밀었다. 쇼핑백 안에는 상자가 들어 있었다.

"이게 뭔데요?"

"음, 간식이라고 해야 하나?"

"간식이요?"

"얼마 전에 월급 탔거든요. 여기선 이런 거 먹기 힘들잖아요."

가을은 태민이 건넨 상자를 조심스레 열었다. 상자 안에는 수제 쿠키부터 시작해서 마카롱까지, 달콤한 간식거리가 들어 있었다.

"가끔 단 거 당길 때 있잖아요? 그럴 때 먹어요."

가을이 그다지 좋아하지 않는 것들이었지만 태민의 말대로 이곳에서는 잘 팔지 않는 것들이라 가끔 생각날 때가 있긴 했다. 하지만 받아도 되는 걸까? 가을은 잠시 고민했다.

"돌려줘도 저는 단 거 못 먹으니까 반품, 거절 모두 불가해요."

그런 생각을 읽어낸 것처럼 태민은 가을이 자신의 성의를 거절하지 못하도록 먼저 못을 박았다. 거절해도 태민은 어떻게든 건네줄 것 같았다. 가을은 결국 고맙다며 감사 인사를 전하고는 초상화를 그리기 위해 이젤 앞에 앉았다.

"어떤 자세로 있을까요?"

"정면으로 앉아요. 얼굴 잘 보이게 고개 들어서 이쪽 보고요. 한 시간 정도는 자세 유지하고 있어야 해서 조금 힘들 거예요."

고개를 끄덕인 태민은 이젤과 조금 떨어진 위치에 놓여 있는 의자에 앉았다. 그는 가을의 어깨너머로 보이는 창밖을 응시하고 있었다. 태민의 얼굴을 물끄러미 바라보던 가을이 허리를 곧게 펴고 한쪽 눈을 감은 상태로 연필을 들어 기울기와 크기를 쟀다. 그리고 천천히 연필을 쥔 손을 움직였다.

하얀 바탕 위에 중심선을 먼저 잡았다. 캔버스 위를 스치는 희미한 소음에 마음이 점차 차분해졌다. 연필을 쥔 손의 움직임이 조금 더 빨라졌다. 태민의 얼굴을 한 번 응시하고 다시 캔버스 위로 시선을 내린 가을이 연필을 다시 가져다 댄 순간이었다.

"그렇게 가까이 앉으면 제대로 못 그리잖아. 저기 앉아."

지금의 풍경에 또 다른 기억이 덧씌워졌다. 그 기억은 너무도 불현듯이 가을을 찾아와 그녀를 뒤흔들었다. 주머니에 손을 꽂은 채로 걸어오는 의현의 모습이 환상처럼 눈앞에 그려졌다.

"왜 못 그려? 내 얼굴을 몇 년 봤는데 눈 감고도 그려야지."

"그게 무슨 억지야? 얼른 가서 앉아."

등을 떠밀어 의자에 앉게 하자 의현이 조금 심통 난 얼굴을 했다. 그걸 여과 없이 드러내듯 평소 반듯하던 자세가 오늘따라 흐트러져 있다 못해 불량하기까지 했다. 그 모습에 가을은 작게 웃음을 터트렸다. 이럴 때의 의현은 어린아이 같았다.

“강의현. 여기 똑바로 봐.”

“어딜?”

“여기.”

의현은 보란 듯이 시선을 다른 곳으로 돌렸다. 결국 자리에서 일어선 가을이 손으로 양 뺨을 붙든 채 억지로 자신을 향해 고개를 돌리게 했다.

“자, 여기. 나만 보라고.”

가을은 다시 자리로 돌아가 이젤 앞에 앉았다. 의현은 그때부터 시키는 대로 가을을 응시하고 있었다. 턱을 괸 채로 가을을 바라보고 있는 얼굴은 조금 나른했고, 쏟아지는 햇살을 등진 그의 모습은 봄날처럼 따스해 보였다. 시간이 조금 더 흘렀을 때, 가을은 이대로 그림을 그리기가 무척 어렵다는 것을 느꼈다. 결국 연필을 쥔 손이 멈췄다.

“왜 안 그려?”

가을이 손을 멈춘 이유를 이미 짐작한 것처럼 느슨하게 풀린 입매가 심술궂었다. 가을이 시키긴 했지만 의현은 너무 집요하게 그녀를 바라보고 있었다. 그것도 애정이 듬뿍 담긴 눈으로. 이래서는 그림을 그릴 수 없다.

“못 그리겠잖아.”

귓불까지 붉어진 가을이 불평하며 괜스레 손을 들어 뺨을 매만졌다. 그의 시선이 닿은 곳이 화끈거리는 느낌이었다.

“왜? 시키는 대로 너만 봤는데.”

"누가 그렇게 보래?"

"내가 어떻게 봤는데?"

"꼭 잡아먹을 것처럼."

크게 웃음을 터트린 그는 결국 자리에서 일어섰다. 못 그리겠다니 할 수 없네— 그리 말하며 뒤로 다가선 그는 아예 가을의 곁에 붙어 앉아 허리에 팔을 감고 놓아주질 않았다. 의현의 초상화를 그릴 때면 대부분 그런 패턴이 반복되었고 결국 그 그림은 미완성으로 남겨졌다.

창밖을 바라보고 있던 태민이 그 순간 살짝 시선을 돌렸다. 가을은 움직임 없이 캔버스 위를 응시하고 있었다. 태민은 그 얼굴을 물끄러미 바라보며 시선을 떼어내지 않았다. 뒤늦게 그 시선을 알아챈 가을이 고개를 들었고 두 사람의 시선이 정확하게 마주쳤다. 감추고 있던 무언가를 들킨 기분에 그녀는 조금 당황스러워하는 얼굴을 했다.

"이거 꽤 힘드네요."

태민은 가을이 다른 생각에 잠겨 있었고 그 때문에 당황해하고 있다는 것을 알아챘으면서도 모르는 척했다. 그는 주먹 쥔 손으로 허리를 두드리며 장난스러운 얼굴을 했다.

"앉아만 있는 건데도 힘드네요. 한곳에 오래 움직임 없이 머무르는 건 조금 지루하고 누군가 나를 계속 바라본다는 건, 꽤 묘한 기분이 들어요."

그리 말하며 환하게 웃어 보이는 얼굴이 창을 통해 쏟아지는 햇볕보다 따스해 보였다. 꾸밈없이 순수하게 웃는 얼굴을 보며 가을은 마지막으로 봤던 의현의 얼굴을 떠올렸다.

'너도 분명 저렇게 웃을 줄 아는 사람이었는데.'

어쩐지 그 순간 그림을 그리기 어려워졌다. 초상화를 그리는 일이 끝나면 태민과는 적당히 거리를 두고 얼굴을 마주하지 않도록 피해 다닐 생각이었다. 그렇게 하려면 일단 초상화를 하루라도 빨리 완성해야 했다. 오래 걸리면 안 된다고 생각했지만 가을은 이 작업이 꽤 길어지리라는 걸 그 순간 예감했다.

"집중 안 되는 것 같은데 차라도 한잔 마시고 다시 시작할까요?"

서둘러 작업을 해야 한다 생각하면서도 태민의 그 말을 거절할 수 없었다. 도무지 손이 움직이지를 않았다. 가을은 결국 연필을 손에서 내려놓고 자리에서 일어섰다. 여전히 뭐 하나 쉬운 게 없었다.

❖

"손님이 와 계십니다."

돌아온 대답에 불쾌한 기색이 의현의 얼굴에 드러났다. 어머니를 찾아뵙겠다고 약속한 시각은 7시였다. 지금은 정확히 7시였고 의현은 언제 끝날지도 모르는 다른 손님과의 대화를 기다려 줄 시간이 없었다. 그냥 돌아갈까. 의현이 걸음을 돌리려는 순간 직원이 걸음을 막아서듯 다급하게 말을 이었다.

"서경그룹 사모님께서 와 계시는데 들어가신 지 꽤 되셨으니 곧 대화 마치고 돌아가실 것 같습니다."

묻지도 않은 말에 굳이 저런 설명을 덧붙이는 걸 보면 의현이 왔을 때 돌아가지 못하도록 잡아두라 직원에게 지시한 모양이었다. 그는 결국 기다리기로 했다. 갤러리에 전시된 그림을 감흥 없는 얼굴로 둘러보고 있을 때였다. 드디어 손님이 돌아가는 건지 어머니와 또 다른 이가 대화를 나누는 음성이 점차 가깝게 들려왔다. 의현이 서 있는 방향으로 그의 어머니와 또 다른 여인이 함께 걸어오고 있었다. 의현도 알고 있는 얼굴이었다. 서경그룹의 안주인이자 태민의 어머니인 윤민주였다.

"그때 본 그림이요. 태민 군이 팔 생각 전혀 없다고 해요?"

"직접 몰딩까지 고르고 제작한 액자에 넣은 거 보면 꽤 아끼는 그림인 것 같아요. 송 여사님이 부탁하셔서 제가 얘기는 해봤는데 팔 생각이 없다고 하네요."

"그럼 어쩔 수 없죠."

"녀석이 이상하게 그림에는 욕심이 많아서요."

"아, 태민 군은 대표님 회사 들어갔다고 들었는데 요즘 어때요? 제가 듣기로는 좋은 말만 들려오던데."

"회사 일은 잘 모르지만 여기저기서 칭찬하는 걸 보면 그래도 잘하고 있는 것 같아요."

"똑똑하고 현명하다 싶었는데, 사모님 닮은 모양이에요."

아들을 칭찬하며 동시에 저를 칭찬하는 송정윤의 말에 윤민주는 밝게 미소 지었다.

"그나저나 예전에는 갤러리에도 그림 보러 오고 하더니. 요즘은 뜸하네요. 회사 일이 많이 바쁜가 봐요?"

"저도 요즘 그 녀석 얼굴 보기 힘들어요. 평일에는 일 때문에 늦고 주말에는 어딜 그렇게 가는지 새벽부터 집을 나가서 저녁에 돌아온다니까요."

"그래요? 혹시 만나는 사람 있는 거 아니에요?"

"만나는 사람이요?"

"여자 친구요. 인물도 훤칠하고 성격도 싹싹하잖아요. 좋다는 여자 많을 거 같은데요?"

"아니에요. 여자 친구 있으면 숨길 녀석은 아니거든요. 자랑했으면 몰라도요."

"태민 군은 윤 여사님이랑 그런 얘기도 해요?"

"그럼요. 얼마나 시시콜콜 잘 떠드는데요."

"하긴. 태민 군 성격이 살갑고 다정한 편이죠? 우리 의현이랑은 또 그런 점이 많이 달라요."

아들 이야기를 하며 즐겁게 대화를 나누는 두 여자의 웃음소리가 고요했던 갤러리 안에 울려 퍼졌다. 손님이 없는 시간대라 방해되지는 않겠지만 조금 소란스러운 느낌이 들었다. 의현은 두 사람이 다가서고 있는 방향으로 완전하게 몸을 돌렸다. 그 순간 눈이 마주쳤고 그는 조용히 묵례했다.

"어머. 의현 군, 오랜만에 보네요. 지난번에 호텔에서 보고 처음이죠?"

"네. 오랜만에 뵙습니다."

"못 본 새에 더 훤칠해졌네. 송 여사님은 의현 군 같은 아들 두셔서 정말 든든하시겠어요."

어머니는 가면을 썼다. 세상 누구보다 상냥한 얼굴로 아들을 사랑하는 것처럼 고개를 끄덕였다. 이런 대화를 나눌 땐 숨을 쉬는 것이 버겁다. 공기마저 불쾌했다.

"아, 의현 군. 제가 조만간 저녁 식사 초대할까 하는데. 시간 되면 의현 군도 같이 와요. 우리 태민이는 한 번도 못 봤죠? 이 기회에 인사도 하고요. 녀석이 형제가 없어서 혼자 외로워하는데, 성격이 워낙 사근사근해서 친해지면 형처럼 잘 따를 거예요. 회사 일도 이제 막 배우기 시작했는데 의현 군이 이것저것 조언도 좀 해줘요."

"태민 군이랑 우리 의현이가 본 적이 없었나요?"

"태민이가 워낙 어려운 분들 모시는 자리는 피해서요. 예전에 집에서 했던 만찬 모임에는 태민이도 어쩔 수 없이 참석했었는데 그땐 의현 군이 오지 못했고요."

"그랬나요? 그럼 이번에 꼭 같이 갈게요."

의현의 동의는 필요 없는 모양이었다. 그는 쓴웃음을 삼켜내며 돌아가려는 서경그룹의 안주인을 향해 예의 바르게 인사를 건네었다.

"조심해서 가세요."

"그래요. 다음에 또 봐요. 의현 군."

또각— 멀어져 가는 구두 소리가 들려왔다. 윤민주가 갤러리를 빠져나가자 이제 남은 사람은 직원 한 명과 그의 어머니, 그리고 의현뿐이었다. 상냥했던 얼굴을 지워낸 정윤은 먼저 걸음을 옮기며 등 뒤에 선 의현을 향해 명령조로 말했다.

"들어와라."

조금 전과 같은 사람이라고는 생각할 수 없을 정도로 차가운 목소리였다.

의현은 어머니의 개인 사무실에 들어서기 전에 시간부터 확인했다. 약속했던 시간보다 30분이 지나 있었다. 이럴 줄 알았으면 진호의 말대로 일정이 있어 어렵다는 말로 거절할 것을 그랬다는 뒤늦은 후회를 한 의현은 응접실로 지친 걸음을 옮겼다.

"오늘 갤러리 직원 하나 해고했다."

의현이 소파에 앉자마자 그녀가 처음 꺼낸 말이었다. 차를 내어온 직원이 움찔 손을 떠는 것이 눈에 들어왔다. 조금 굳어진 얼굴로 찻잔을 내려놓은 직원은 도망치듯 서둘러 방을 빠져나갔다. 이 뒤에 이어질 말을 그는 충분히 예상할 수 있었다.

"네가 붙인 사람이더구나."

의현은 동요 없는 얼굴로 조용히 차를 마셨다. 어머니에게 붙인 사람이 걸린 모양이었다. 일을 이 정도밖에 못하나. 아무래도 지금 고용한 업체 세 곳을 모두 자르고 다른 곳으로 다시 알아보라 해야겠다고 생각하며 그는 조용히 찻잔을 내려놓았다. 찻잔을 쥐었다가 내려놓는 행동은 조금의 군더더기조차 느껴지지 않을 정도로 차분하면서도 깔끔했다. 곧은 자세로 자신의 어머니를 바라보는 모습까지, 그는 정말 잘 깎아놓은 인형 같았다.

"놀라지도 않는구나. 대체 뭐라고 말하려나 기대했는데 이런 반응이라니. 나한테 사람을 붙인 일에 대해 변명할 필요조차 없다는 거니?"

"어머니야말로 조금도 놀라지 않으신 것 같은데요."

"충분히 예상했으니까."

"그럼 예상한 일에 왜 이렇게 화를 내세요? 이미 해고까지 하셨다면서."

조금의 동요도 보이지 않는 모습에 질렸다는 얼굴을 한 그녀는 짧게 혀를 찼다. 정작 의현을 그렇게 키운 것은 자신이면서도 말이다.

"그 애 하나 찾는데 돈을 얼마나 쏟아붓는 거니. 다시 한 번 말하지만 내 곁에 사람 붙여봐야 소용없다."

"그래도 할 겁니다. 그러니까 다음번에도 잘 찾아보세요. 제가 붙인 사람이 어머니 곁에 있는지 없는지."

고고한 얼굴이 그 순간 일그러졌다. 붉은 입술이 불쾌감과 분노를 숨기지 못해 파르르 떨려왔다. 의현은 다시 한 번 시간을 확인했다. 더는 쓸데없는 대화에 시간을 낭비하고 싶지 않았다.

"더 하실 말씀 없으시면 그만 일어나보겠습니다."

"내 얘기 안 끝났다. 앉아라."

그는 자리에서 일어선 채로 어머니를 내려다봤다. 할 말이 있다면 지금 빨리하라는 듯 자리에 앉지 않은 채로 미동 없이 서 있었다. 차를 한 모금 마신 뒤 의현을 올려다보는 얼굴이 다시 가면을 쓴 듯 온화한 표정을 짓고 있었다. 그리고 그 온화한 얼굴로 눈 하나 깜짝하지 않고 무서운 말들을 쏟아냈다.

“네가 이 정도까지 찾는데 못 찾은 걸 보면 아무래도 무슨 일이 있는 거 아니겠니. 요즘 뉴스에서 사고 소식도 심심찮게 들리던데.”

갤러리에 들어선 뒤로 어떤 말에도 어머니의 앞에서는 동요를 보이지 않던 의현의 얼굴이 그 순간 삽시간에 굳어졌다.

“그렇게 무서운 얼굴 하지 마라. 만일의 상황도 대비해야 하잖니. 물론 그럴 일이 없어야 하겠지만 그럴 수도 있겠다고 말하는 거다.”

협박 같았다. 네가 이렇게 나온다면 가을에게 해를 입힐 거라는. 의현은 분노했고 그것을 감추지 않았다. 핏줄이 선 눈으로 제 어머니를 노려보는 얼굴이 매서웠다.

“그러니 그만하렴. 잘살고 있는 애 굳이 찾으려고 해서 혼란 만들지 말고.”

꽉 쥐고 있는 주먹이 분노로 인해 떨려왔다. 손등에 핏줄이 도드라져 보일 정도로 거센 힘이 실려 있었다.

“바쁠 텐데 그만 돌아가렴. 윤 여사님께 만찬 모임 초대받으면 다시 연락하마. 오늘 직접 초대 이야기를 꺼내셨으니 일이 생겨도 꼭 참석하고.”

대화는 끝이 났다. 어머니는 자리에서 일어섰고 의현은 분노를 가라앉히지 못한 상태에서 응접실을 나섰다. 눈가에 파르르 경련이 일어났다. 갤러리를 나서려던 의현은 화를 참지 못하고 걸려 있는 그림 하나를 향해 주먹 쥔 손을 뻗었다.

“꺄아아.”

쾅— 유리가 깨지고 액자가 바닥으로 떨어져 큰 소음을 냈다. 그것은 하나로 그치지 않았다. 연이어 두 번째 액자가 큰 소리를 내며 바닥으로 떨어졌다. 멀지 않은 곳에 서 있던 갤러리 직원 한 명이 비명을 질렀다. 깨진 유리에 손이 베여 새끼손가락부터 시작해 손목으로 이어지는 부분에서 뚝뚝— 붉은 핏방울이 떨어져 내렸다.

한계다. 의현은 자신이 또 다른 방향으로 미쳐 버리리라는 것을 예감했다. 형의 죽음과는 달랐다. 분노인지 그리움인지 알 수 없을 정도로 뒤섞인 감정들이 그를 더 깊은 나락으로 끌어당겼다. 그 순간 등 뒤에서 문이 열리는 소리가 들렸다. 그곳에는 아마 어머니가 서 있을 것이다. 분노를 억누른 의현이 주먹을 꽉 쥐었다. 그로 인해 상처가 벌어지며 더 많은 피가 흘러내렸다.

"그 애한테 손끝 하나 대지 마요."

의현은 이를 악물며 그리 말했다. 핏줄 선 두 눈은 경고하듯 정면의 유리창에 비친 어머니를 주시하고 있었다.

"윤가을이 다른 이유로 잘못되면 어머니라도 용서 안 합니다."

뚜벅— 발걸음 소리가 울려 퍼졌다. 의현은 끝내 뒤를 돌아보지 않았고 뚝뚝— 떨어져 내리는 핏방울이 그의 움직임을 따라 흔적을 남겼다. 갤러리 밖으로 나선 그는 길 한가운데에서 멈춰 섰다. 우두커니 서서 주변을 둘러보는 얼굴이 창백했다. 갈피를 잡지 못한 시선은 불안하게 흔들렸고 손에서 떨어져 내린 피는 시간이 지날수록 그 양을 더해 바닥에 고이기 시작했다.

'너는 내게 무엇이었을까.'

답을 알 수 없었다. 하지만 이거 하나만큼은 확신할 수 있었다. 윤가을을 찾지 못하면 의현은 또 다른 방향으로 미쳐 버릴 것이다.

그의 표정이 천천히 일그러졌다. 도망치고 싶을 때마다, 견디기 힘든 고통이 그를 덮칠 때마다 의현은 가을이 있던 오피스텔을 찾았다. 그곳 외에는 돌아갈 수 있는 곳이 없었다. 그걸 자각하고 나니 한 걸음도 떼어 낼 수가 없었다.

'어디로 가야 하지?'

길을 잃은 아이처럼 그는 여전히 어둠 속에서 홀로 헤매고 있었다.

❖

의현의 왼손에 하얀 붕대가 칭칭 감겨 있었다. 어젯밤 갤러리에서 일어난 일로 치료를 받은 흔적이었다. 밖에서 대기 중이던 진호는 의현이 손을 다쳤다는 것을 뒤늦게 알아채고는 그를 태우고 병원으로 가 치료를 받게끔 했다. 다행히 다친 손이 왼손이라 불편함이 덜했지만 통증이 있는 건지 의현은 일하는 내내 설핏 미간을 찌푸리며 손을 내려다보는 일을 반복했다.

"윤가을은?"

"죄송합니다."

찾고 있습니다, 혹은 죄송합니다. 오늘도 역시 돌아오는 답은 변하지 않았다. 이제 묻기도 지칠 정도였다. 의현은 무심한 얼굴로 품의서를 넘겨보며 작게 한숨을 내쉬었다.

"지금 고용한 업체들 전부 자르고 다른 곳으로 다시 알아봐. 갤러리 쪽에 붙였던 사람은 해고됐다고 하니 지금 일하고 있는 직원 중 하나 회유하는 쪽으로 하고. 어머니 경계심 때문에 당분간 새로 사람 넣는 건 힘들 거야."

"알겠습니다."

"알아보라고 한 건?"

진호가 책상 위에 서류 봉투 하나를 내려놓았다. 보고 있던 품의서를 한쪽으로 밀어내고 봉투 안의 내용물을 꺼내어 든 의현은 빠르게 종이를 넘겨보고는 이어질 진호의 말을 기다렸다. 그의 손에 들려 있는 종이는 어머니의 통화 기록이었다.

"알아본 바로는 특별히 이상한 건 없었습니다. 사모님 번호로 연락을 주고받는 분들은 최측근인 사람들이거나 사업 관련된 이들이 전부였습니다. 모르는 번호가 몇 개 있긴 했지만 역시 윤가을 씨와 연락을 주고받은 번호는 아니었습니다."

의현은 미련 없이 종이를 내려놓았다. 이 기록에 가을과의 연결 고리가 없다면 그에게는 쓰레기일 뿐이었다. 의현은 가을이 숨는 일에 어머니가 도움을 줬을 것이라 생각하고 있었다. 그 생각은 시간이 지날수록 확신이 되어갔다. 아니라면 가을이 이렇게까지 완벽하게, 오랜 시간 숨을 수 있을 리 없었다.

"전화가 아니면 편지라도 주고받는 건가?"

명백하게 비꼬는 말을 홀로 중얼거린 의현은 기가 차다는 웃음을 뱉어냈다.

"명의 빌린 휴대전화가 따로 있을 거 같은데. 어머니 근처에 그 정도로 믿을 만한 사람이 누가 있지?"

"최측근이라면 사모님 모시는 정 실장님이 계시지 않습니까."

대답해 놓고도 진호는 아차 싶은 얼굴을 했다. 이미 그쪽으로는 가을이 떠나고 석 달 뒤에 조사를 끝낸 뒤였다. 정 실장에게서도 수상한 흔적은 아무것도 발견할 수 없었다.

"아니. 정 실장은 너무 뻔하지. 어머니가 그 정도로 허술한 사람도 아니고. 내가 의심하지 않을 정도로 눈에 띄지 않으면서 어머니 근처에 있는 사람일 거야."

누가 있을까.

책상 위를 검지로 툭툭 두드리며 생각에 잠긴 의현의 두 눈이 낮게 가라앉았다. 많은 얼굴들이 머릿속에 떠올랐다. 하지만 사람을 잘 믿지 않는 어머니가 이런 일을 맡길 만한 사람은 그중에선 없는 것 같았다.

"이사님."

생각은 거기까지였다. 다시 자신을 현실로 끌어당긴 진호의 음성에 의현은 대답 없이 시선만을 보냈다.

"인에어 항공 이사님과 점심 선약 있으십니다. 지금 출발하셔야 합니다."

시간을 확인한 의현은 자리에서 일어나 사무실을 나섰다. 도착한 엘리베이터에는 강재환과 그의 비서가 먼저 함께 타 있었다. 의현이 꾸벅 예의 바르게 묵례를 했다. 고개를 끄덕이며 어서 타라고 말을 한 그의 아버지는 붕대가 감긴 의현의 손을 뒤늦게 발견하고는 놀란 얼굴로 물었다.

"손이 왜 그래?"

"조금 다쳤어요. 별거 아닙니다."

"어쩌다가. 치료한 거 보니 심하게 다친 것 같은데, 괜찮은 게야?"

"네. 치료받았고 며칠이면 나을 겁니다. 신경 쓰실 거 없어요."

"조심 좀 하지. 어제 갤러리 들렀다가 갔다던데, 네 어머니가 손 다친 거에 대해서는 아무 말 하지 않은 걸 보면 그 이후에 다친 모양이구나."

"네. 돌아가다가 사고가 좀 있었어요."

"다친 거 보고 또 걱정하겠구나."

이미 눈앞에서 봤다. 그리고 눈 하나 깜짝하지 않았지. 의현은 소리 없이 자조적인 미소를 입가에 그려냈다. 곧 1층에 도착한 엘리베이터의 문이 열렸다. 재환이 먼저 내리고 의현도 뒤를 따랐다. 로비를 걸으면서도 대화는 계속되었다.

"요즘 그 사람이 네 얘기 하면서 자꾸 쓸쓸해하더라. 손주가 보고 싶은 건지 네 결혼도 서두르려고 하고. 네 앞으로 선 자리가 차고도 넘친다던데 한번 진지하게 생각해 봐라. 그 사람 말도 일리가 있어. 네가 가정을 꾸리고 안정적으로 자리를 잡아야 일도 잘되는 거다."

의현에게 아무리 말해도 꿈쩍을 하지 않으니 이제 아버지를 이용해 그를 압박하려는 모양이었다. 참으로 어머니다운 방식이었다.

"아직 결혼 생각이 없는 게야? 아니면 만나는 사람이 있는 게야?"

"지금은 누굴 만날 여유가 없어요. 그렇다고 결혼 생각이 없는 건 아니니까 기다려 주세요."

"그래. 그럼 맞선은 그렇다 치고, 네 어머니 좀 신경 써라. 바쁘더라도 자주 전화도 하고 찾아가고 그래."

"네."

"그럼 바쁠 텐데 일 봐라."

재환이 먼저 차에 올라타 멀어졌고 의현은 뒤이어 자신의 앞에 세워진 차에 올라탔다. 약속 장소로 향하는 내내 의현의 머릿속에는 제 어머니의 주변 사람들에 관한 생각으로 가득 들어차 있었다. 이럴 줄 알았다면 어제 갤러리에 갔을 때라도 제대로 둘러보고 올 것을.

"저녁에 갤러리에 들르겠다고 연락해 둬."

"오늘도 말씀이십니까?"

"그래."

창에 비친 제 얼굴을 응시하는 의현의 두 눈이 차가웠다. 차가 터널로 들어섰고 다시 빛이 있는 곳으로 나왔을 때 그는 붕대가 감긴 자신의 손을 내려다보고 있었다. 한쪽 입술 끝이 비틀리듯 위로 올라갔다.

"어머니 좋아하시는 장미도 한 다발 준비해 둬."

아버지 말씀도 있었으니 오늘은 착한 아들 행세를 해볼까 했다. 어제는 어머니를 원수 대하듯 했어도 오늘은 남들 앞에서 어머니를 가장 위하는 아들의 모습을 할 수 있는 사람이 바로 의현이었다. 여태껏 그리 살아오지 않았던가. 그에게 감정을 감추고 가면 하나를 쓰는 일은 어렵지 않았다. 그건 송정윤도 마찬가지일 터였다.

❖

“대표님께서 잠시 자리를 비우셨습니다. 금방 돌아오신다고 하셨으니 오래 걸리시지는 않으실 겁니다.”

오늘은 의현이 약속 시각보다 20분 정도 일찍 갤러리에 도착한 상태였다. 어차피 이후에 잡힌 일정은 없었기에 시간을 확인한 그는 고개를 끄덕이고는 손에 들고 있던 꽃다발을 직원에게 내밀었다.

“기다리죠. 이건 어머니 방의 화병에 꽂아주세요.”

정윤의 부재를 알리고 의현을 응접실로 안내한 여자는 어제 차를 내어줬던 직원이었다. 갤러리에 자주 오지 않음에도 얼굴이 익숙한 걸 보니 이곳에서 꽤 오래 일을 했을 것이라고 짐작할 수 있었다. 갤러리 내부에는 그를 안내한 직원 외에도 두 명의 직원이 더 남아 있었다.

“차 드세요.”

여직원은 어제 마신 것과 같은 홍차를 테이블 위에 놓아주었다. 꾸벅 묵례하고 돌아서려는 직원의 발걸음을 붙든 것은 이어진 의현의 질문이었다.

“낯이 익은데. 갤러리에서 얼마나 일했어요?”

의현이 갤러리에 온 것은 처음 있는 일이 아니었다. 바로 어제도 얼굴을 보지 않았던가. 하지만 그가 갤러리의 직원에게 이런 질문을 건넨 일은 처음이었다. 당황한 기색이 고스란히 드러난 얼굴로 서 있던 직원은 뒤늦게 정신을 차리고는 질문에 대한 답을 건네었다.

“4년 정도 됐습니다.”

4년이라― 작게 중얼거리며 고개를 끄덕인 의현은 내려놓은 찻잔을 눈짓으로 가리켰다.

"홍차 말고 커피로 다시 부탁할게요."

"네."

내어줬던 차를 다시 가져가는 직원의 뒷모습을 그는 물끄러미 바라봤다. 마치 뭔가를 가늠하는 듯한 시선이었다. 의현은 조금 더 자세하게 기억을 더듬으며 주변을 살폈다. 조금 전 차를 내어준 직원은 그간 갤러리에서 일하거나 정윤이 고용한 사람들에 비해 나이가 꽤 어려 보였다. 그의 어머니는 갓 졸업을 하거나 경력이 없는 20대의 직원은 잘 뽑지 않았다. 4년을 일했다는 여자의 얼굴은 20대 후반으로 보였다. 그럼 20대 초중반에 갤러리에 입사해 여태껏 일했다는 말이 됐다. 송정윤이 예외를 둔 것이다.

'누구지?'

제 어머니가 사람을 뽑는 기존의 방식에 예외를 둔 것이라면 의현도 알고 있을 만한 일이 있었을 것이다. 그는 조금 더 깊게 생각에 잠겼고 이내 하나의 결론에 도달했다. 이 갤러리에서는 따로 후원하는 곳이 있었다. 갤러리의 이미지를 위한 형식상의 후원이긴 해도 꽤 오래 후원을 하는 보육원이 두 곳 정도 있었고 그중 한 보육원에서 어려운 수술을 받아야 하는 아이의 수술비까지 지원을 해줬던 일이 있었다.

수술은 잘되었고 그 인연으로 아이가 대학을 졸업할 때까지 학비를 지원해 줬다. 아마 어머니가 잡지사 인터뷰를 할 때 그것에 관한 기사가 났을 것이다. 갤러리 이미지를 위해 한 후원이니 기사가 나간 것은 당연한 일이었다. 그 아이를 갤러리에 고용하게 됐다는 말에 재환이 잘한 결정이라며 무척 흡족해한 일도 있었다. 의현이 거기까지 떠올렸을 때 여직원은 다시 응접실로 돌아왔다.

"커피로 다시 내어왔습니다."

커피 잔이 테이블 위에 놓였고 의현은 다시금 가늠하듯 눈앞에 선 여자의 얼굴을 바라봤다.

'그렇군.'

이 여자다.

의현은 확신했다. 어머니에게 도움을 받고 그걸 은혜라 생각하는 사람. 쉽게 어머니를 배신할 수 없으면서도 의현의 의심을 피할 수 있는 사람. 그런 사람이 지금 의현의 눈앞에 있었다. 윤가을을 찾을 수 있는 유일한 단서.

이제 고작 가을을 찾을 수 있는 단서 하나를 발견했을 뿐인데 손끝이 떨려왔다. 또각— 멀어져 가는 구두 소리가 들려왔다. 의현은 커피를 한 모금 마시고는 차분하게 숨을 뱉어냈다. 마음이 어느 정도 안정을 찾았다는 생각이 들자마자 그는 자리에서 일어섰다.

갤러리 입구 쪽의 데스크로 돌아간 그녀의 앞에 그늘이 드리워졌다. 손님이 온 건가 싶어 고개를 든 그녀는 눈앞에 선 이의 얼굴을 확인하고는 화들짝 놀라 뒤로 한 걸음 물러섰다. 응접실로 안내했던 의현이 어느새 데스크 앞에 서 있었다.

그는 왼쪽 가슴에 달린 명찰부터 확인했다. 금색 바탕에 '이세희' 라는 이름이 영문으로 쓰여 있었다.

"시키실 일이 있으신가요?"

"다른 건 아니고, 개인 명함 한 장 주세요."

"네? 제 명함을요?"

"어머니가 바쁘셔서 연락되지 않을 때가 있는데 갤러리에 전화하는 것보다는 어머니 스케줄에 대해 꿰고 있는 사람한테 바로 묻는 게 좋을 것 같아서요."

의현이 데스크에 기대어 선 채로 천천히 몸을 굽혔다. 거리를 좁혀온 그는 세희의 얼굴을 한 뼘 거리에서 똑바로 마주한 채 속삭이듯 낮은 음성을 건네었다.

"이세희 씨, 어머니랑 꽤 가까운 것 같은데."

세희는 당황한 표정을 숨기지 못했다. 아무리 자신이 의심하지 못할 사람을 골랐다지만 이렇게 허술해서야. 의현이 웃음기를 싹 거둬낸 얼굴로 세희를 응시한 순간이었다.

"거기서 뭐 하니?"

여직원의 얼굴에 눈에 띄게 안도하는 기색이 드러났다. 갤러리로 돌아온 그의 어머니가 데스크를 향해 빠르게 다가섰다. 의현은 굽혔던 몸을 곧게 펴고는 아직 데스크에 그대로 놓여 있는 꽃다발을 손에 들어 그녀에게 내밀었다.

"웬 꽃?"

"어제 일 죄송해서요. 그림은 제가 최 비서 시켜서 적당한 거로 갤러리 쪽에 보내라고 해뒀습니다."

"네가 갑자기 이렇게 나오니 불안하구나."

품 안의 장미를 내려다본 정윤은 그 꽃보다 더 붉은 입술을 끌어 올리며 화사하게 웃어 보였다.

"그래도 너한테 꽃을 다 받고, 나쁘지 않네. 나도 어제는 말이 심했다. 사과하마."

서로를 향해 가면 쓴 얼굴로 웃어 보이고 마음에도 없는 대화들이 오갔다. 그녀는 아직 굳어져 있는 세희에게 꽃다발을 건네었다.

"지금 가서 내 방 화병에 꽂아놔."

"네."

일부러 그 자리를 벗어나게 한 행동이라는 것을 의현은 눈치챘다. 알면서도 굳이 붙잡지는 않았다.

"저녁 먹고 갈래? 아, 시간이 늦어서 벌써 먹었으려나?"

말 한마디, 한마디를 건네는 목소리가 다정했다. 지금 의현을 바라보는 눈빛도 아들을 사랑하는 자상한 어머니의 모습을 하고 있었다.

누군가의 눈에는 저 모습이 세상에서 제 아들을 가장 사랑하는 모습으로 보이겠지만 의현에게만큼은 아니었다. 그는 잠시 이를 악물었다. 감정을 억누르고 그녀와 똑같은 가면 하나를 썼다.

"저녁은 다음에 같이할게요. 오늘은 어제 일 사과드릴 겸 얼굴만 뵈러 온 거예요."

"그래? 아쉽구나. 아, 서경 윤 여사님이 지난번 말했던 저녁 초대 말이다. 다음 주 주말로 잡혔는데, 시간 어떠니?"

"비워볼게요."

"그래. 직접 초대하신 거니까 꼭 시간 내렴."

"그럼 이만 가보겠습니다. 나오실 필요 없어요."

정윤이 사용하는 방의 문이 반쯤 열려 있었다. 의현은 갤러리를 나서며 그 방으로 들어선 세희의 뒷모습을 응시했다. 꽃은 여전히 품에 안은 채였다. 화병에 꽂을 생각조차 하지 못하고 어찌할 바를 모른 채로 서 있는 모습이 눈에 들어왔다. 짧게 스치듯 시선이 마주쳤다. 그는 데스크 앞에서 보였던 친절한 얼굴이 거짓말이었던 것처럼 감흥 없는 얼굴로 고개를 돌리고는 갤러리를 빠져나와 차에 올라탔다.

"오피스텔로 가실 겁니까."

"그래. 그리고 갤러리 직원 중에 이세희라는 직원을 조사해 봐. 윤가을과 관련된 흔적이 하나라도 나오면 바로 나한테 보고해."

"알겠습니다."

진호에게서 답이 돌아오자마자 그는 눈을 감은 채로 좌석에 깊게 몸을 기대었다. 생각보다 큰 소득이 있었다. 이제 이르면 내일, 혹은 늦어도 며칠 내로 윤곽이 잡힐 것이다.

윤가을을 찾을 수 있다. 그 생각을 하자 손끝이 희미하게 떨려왔다. 숨이 턱 막히는 기분까지 들었다. 이번에야말로 가을을 찾을 수 있다는 희열감과 다시 눈앞에서 놓칠 수도 있다는 두려움이 동시에 의현을 휘감았다. 하루라도 빨리 이 지긋지긋한 숨바꼭질을 끝내고 싶었다.

그는 천천히 눈을 떴다. 짙은 어둠이 깔린 밤이 눈앞에 펼쳐졌다. 그 풍경이 끔찍하게 싫어 다시 외면하고 싶었지만 눈을 감는다 해서 쉬이 잠들 수 없다는 것을 그는 알고 있었다. 가을이 떠난 이후 의현의 하루는 억겁처럼 길기만 했고 그것은 오늘도 다르지 않았다. 불면이 또다시 그를 찾아올 것이다.

폭풍전야

이세희에 대해 알아보라는 의현의 지시를 받은 시간이 이미 늦은 밤이었기에 진호가 그녀에 대해 알아본 것은 다음 날의 일이었다. 잡힐 것 같았던 가을의 흔적은 고작 하루 사이에 신기루처럼 눈앞에서 사라져 버렸다.

"없어?"

"네. 자취를 감춘 것 같습니다. 조사해 보니 이세희 씨 명의로 된 휴대전화가 두 개 있었는데 이미 모두 해지된 상태입니다."

눈가에 작게 경련이 일어났고 의현의 목울대가 한 차례 크게 움직였다. 송정윤이 그보다 먼저 손을 쓴 것이다.

"갤러리에는?"

"어제부로 퇴사했다고 하더군요. 집 주소를 알아내서 찾아가 봤지만 그곳에도 이세희 씨는 없었습니다."

고작 하루였다. 그사이에 이세희가 종적을 감췄다. 싸늘하게 굳어진 얼굴로 넥타이를 거칠게 끌어 내린 그가 책상 위를 두 손으로 쾅 내려쳤다. 이마에 핏줄이 선 것이 드러나 보일 정도로 그는 지금 화를 참지 못했다. 한동안 무거운 정적이 감돌았다.

"하."

그리고 잠시 뒤, 공허한 웃음소리가 그 공간을 울렸다.

"하하."

실소를 터트린 그는 손을 들어 얼굴을 한 차례 쓸어내렸다.

"빠르기도 하지."

안이한 것은 자신이었다. 어제 바로 사람을 붙였어야 했다. 입 안쪽의 여린 살을 깨물며 분노를 억눌렀다. 이로써 확실해졌다. 어머니가 윤가을을 도운 것이다. 가을이 자신에게서 도망치기 위해 그렇게도 무서워하고 싫어하던 제 어머니의 도움을 받았다는 사실이 견딜 수 없이 끔찍하게 느껴졌다.

"그리고."

뒤이어 뭔가를 보고하려던 진호가 말을 멈췄다. 휴대전화가 울린 탓이었다. 진호는 평소 의현과 함께 있을 때면 휴대전화를 진동으로 해두었지만 오늘은 이른 아침부터 이세희의 일을 알아보느라 급하게 연락이 올지도 몰라 벨 소리로 변경을 해두었었다.

"죄송합니다."

"됐으니까 받아."

의현은 돌아서서 창문 앞에 섰다. 바로 뒤까지 쫓아간 것 같았는데 코앞에서 가을을 놓쳤다. 상황이 이렇게 되니 괜히 어머니를 자극한 것이 아닌가 싶었다. 설마 가을에게 정말 손을 대지는 않을 거라 생각하며 그는 눈을 질끈 감았다. 초조한 기색을 감추지 못한 얼굴로 다시 눈을 뜬 그가 창문에 손을 가져다 대려는 순간이었다.

"찾았다고?"

의현이 손을 내리고 천천히 뒤를 돌아봤다. 아직 통화 중인 상태로 휴대전화를 한 손에 든 진호와 스치듯 눈이 마주쳤다. 그는 조금 당황스러워하는 기색이 드러난 얼굴로 몸을 틀었다. 이후로는 통화 내용을 짐작할 수 없는 단답형의 대화가 이어졌다. 의현의 시선이 집요하게 그를 응시했고 통화를 마친 진호는 다시 정면을 향해 서서 의현을 마주했다. 망설이는 기색이 진호의 얼굴에 드러났다.

"뭔데?"

의현이 먼저 묻지 않았다면 진호는 입을 다물었을지도 모른다. 감추려는 게 아니라 조금 전 통화 내용을 지금 여기서 보고해야 하는 건지 말아야 하는 건지 확신이 서지 않은 얼굴이었다. 하지만 의현이 먼저 질문을 건넨 이상 답을 하지 않을 수는 없었다.

"윤가을 씨로 추정되는 사람을 찾았다고 합니다."

이어진 진호의 목소리가 마치 울리듯이 귓가에 전해졌다.

진호에게 걸려온 전화의 발신자는 가을을 찾기 위해 고용한 업체였다. 사진과 닮은 얼굴에 윤가을이라는 이름을 쓰는 사람을 찾았다는 연락이었다. 이전에도 몇 번 닮은 사람을 찾았다는 연락을 받긴 했지만 그때마다 허탕을 친 일이 있었기에 진호는 이 사실을 의현에게 전하는 일이 조금 조심스러웠다. 그가 있는 곳에서 전화만 받지 않았어도 먼저 확인을 하고 확실해진 이후에 보고했을 것이다.

"제가 혼자 다녀오는 것이 낫지 않겠습니까."

벌써 이와 같은 말을 세 번이나 건네었지만 의현에게서 돌아오는 답은 없었다. 차 안에 적막감이 감돌았고 운전 중인 진호는 룸미러를 통해 의현의 모습을 바라봤다.

이세희를 놓친 일이 바로 두 시간 전에 일어났었다. 안 그래도 좋지 않은 상황에, 업체에서 찾았다는 사람이 가을이 아니라면 의현의 상태가 더 좋지 않게 변할 것을 염려했다. 그 때문에 처음부터 홀로 다녀오겠다고 했지만 의현은 일정을 모두 취소하고 진호와 함께 나섰다. 이번에는 얼굴 생김새뿐만이 아니라 이름마저 같았기에 가을일 확률이 높았지만 가을이 아닐 상황도 생각하지 않을 수 없었다.

"어디서 찾았다고 했지?"

"정읍에 있는 한 공방이라고 합니다."

"공방?"

"도자기나 찻잔을 만드는 공방이라고 하는데 표면에 직접 그림을 그려 굽는 모양입니다."

그림이라니. 업체에서 찾았다는 여자가 가을일 것이라는 확률에 더 무게가 실렸다.

'정말 윤가을일까.'

이번에는 정말 윤가을을 찾을 수 있을지도 모른다. 그 생각을 하자 심장이 빠르게 뛰는 것을 느낀 의현은 마음을 가라앉히기 위해 잠시 눈을 감았다. 갑작스러운 정읍으로의 이동으로 인해 일정이 모두 꼬였지만 이대로 진호를 홀로 보낸다면 연락을 기다리는 동안 일이 손에 잡히지 않을 것이 분명했다.

다시 눈을 뜬 그는 창밖으로 지나치는 풍경을 무심한 얼굴로 응시했다. 회사를 나서 정읍으로 향하는 내내 무표정한 얼굴을 하고 있었지만 실은 긴장과 초조함으로 인해 가을을 찾는 일 외에는 다른 사고를 할 수 없을 정도였다. 손바닥 안에는 진득하게 땀이 배어났고 긴장감에 목이 바짝 타들어갔다.

"피곤해 보이시는데 주무시는 편이 좋지 않을까요? 도착하면 깨워 드리겠습니다."

진호의 말에 의현은 버석하게 마른 웃음을 지었다. 잠이 올 리 없었다. 가을이 사라지고 그를 가장 먼저 찾아온 것은 불면이었다. 1년 반 동안 제대로 잠든 날이 몇 번이나 될까. 아니, 있기는 있을까? 약에 의존하지 않으면 잠들기 힘들 정도였다. 의현은 지끈거리는 관자놀이를 손으로 꾹 누르며 억눌린 음성을 잇새로 뱉어냈다.

"속력 더 내."

마음이 급해졌다. 찾을 수 있을 것 같았던 가을의 흔적을 눈앞에서 놓친 일이 바로 오늘 일어났기에 한시라도 빨리 제 눈으로 확인하고 싶었다.

'찾으면 어떻게 해야 할까. 이번에야말로 다리를 부러트려서라도 새장에 가둬야 하는 건가?'

스스로 던진 질문에 의현은 답을 찾지 못했다. 가을이 사라졌다는 것을 알았을 때 처음 느낀 감정은 강한 분노였고 의현은 아직 그때의 분노를 잊지 않았다. 하지만 그 분노는 시간이 지날수록 혼탁하게 뒤섞인 감정들로 변해 그를 혼란스럽게 만들었다. 가을을 찾으면 어찌하고 싶은 건지 저조차도 알 수 없게 되어버린 것이다. 그럼에도 일단 찾아야 한다는 생각이 강하게 의현을 지배했다. 그는 눈을 질끈 감았다. 어느 순간부터 그가 보는 세상은 눈을 떠도, 감아도, 온통 어둠뿐이었다.

❖

멀리서 봐도 알 수 있었다. 얼굴은 닮았지만 한눈에 알아봤다.

'윤가을이 아니야.'

아이들과 떠들며 밝게 웃고 있는 여자는 가을이 아니었다. 가을은 의현의 곁을 떠났다고 해서 저렇게 웃을 수 있는 사람이 아니었다.

"죄송합니다."

진호가 사과할 이유는 없었다. 이런 식으로 허탕을 친 일이 어디 한두 번이던가. 더군다나 오늘은 진호가 먼저 확인을 하고 오겠다는 것을 의현이 따라나선 것이었다.

"돌아가시죠."

더 이상 이곳에 있는 것은 시간 낭비라는 것을 의현도 알고 있었다. 하지만 어째서인지 한 발자국도 움직일 수가 없었다. 긴장이 풀린 몸에는 힘이 들어가지 않았다. 그대로 주저앉아도 이상하지 않을 정도였다.

"이사님."

진호가 의현의 상태를 알아채고 부축을 하려 하자 그는 그 행동을 거부하듯 진호의 손을 밀어냈다.

"괜찮아."

간신히 두 다리에 힘을 주고 몸을 돌리려는 순간이었다. 휴대전화 진동이 울렸다. 그의 어머니에게 걸려온 전화였다. 의현은 주변을 둘러봤다. 왜 하필 지금일까. 그녀 역시 의현에게 사람이라도 붙인 게 아닐까 하는 생각이 들 정도의 타이밍이었다. 이미 바닥까지 내려앉은 기분은 더 나빠질 것도 없기에 그는 숨을 한 차례 고르고는 전화를 받았다.

"네."

[바쁘니? 통화하기 괜찮아?]

"말씀하세요."

[다음 주에 윤 여사님 댁에 가잖니. 빈손으로 갈 수는 없는데 가져갈 선물 좀 의현이 네가 직접 골라주겠니? 직원 하나가 갑자기 개인 사정으로 관두게 되는 바람에 내가 갤러리 일로 정신이 없구나.]

이세희를 말하는 거다. 의현은 소리 없이 입매를 뒤틀어 웃었다. 어차피 그런 선물이야 평소에도 직접 고르지 않고 다른 이를 시켜 준비했기 때문이었다. 굳이 의현에게 시킬 일이 아니었다.

[너도 어제 갤러리 왔을 때 봤었지? 이세희라고. 일 잘하고 싹싹했는데 아쉽게 됐어. 형편도 그리 넉넉지 않은 것 같은데 왜 갑자기 일을 관둔다는 건지.]

일종의 경고였다. 네가 무얼 해도 자신에게서는 가을을 찾을 수 없고 애먼 사람들만 피해를 보게 될 것이라는. 그 결과로 이세희는 잘 다니던 직장을 잃었다. 가을에 관한 일을 알고 있다면 그것을 막기 위해 정윤이 섭섭지 않게 챙겨주기야 했겠지만 어찌 됐든 그녀의 입장에서는 하루아침에 직장을 잃게 된 것이나 다름없었다. 의현은 화를 참듯 질끈 눈을 감았다. 꽉 쥔 주먹에는 힘이 잔뜩 실렸다.

"네. 제가 준비하도록 할게요. 하실 말씀 끝나셨으면 이만 끊겠습니다. 일 때문에 조금 바빠서요."

[그래. 아무리 바빠도 식사 거르지 말고 챙겨 먹으면서 일하렴.]

통화를 마친 의현은 다시 뒤를 돌아봤다. 가을과 닮은 여자가 그곳에서 있었다. 가을도 저렇게 웃을 때가 있었다. 그땐 의현도 저렇게 웃을 줄 알았다. 그래, 그런 시절이 분명 있었다.

최근 들어 흐릿하게만 떠오르던 가을의 얼굴이 그 순간 점차 선명하게 눈앞에 그려졌다. 제 의지가 아니었다. 불시에 찾아온 기억은 어찌할 수 없을 정도로 강하게 의현을 뒤흔들었다. 환하게 웃는 가을의 얼굴. 그 낯설면서도 익숙한 얼굴이 거짓말처럼 선명하게 눈앞에 그려졌다.

도망친 가을이 저렇게 웃을 수 없다는 것은 제 착각이 아닐까. 그저 제 곁을 떠나 숨죽이고 있는 게 아니라 누군가와 행복하게 살고 있는 건 아닐까. 곁에 제가 아닌 다른 누군가와…….

'누군가?'

시간이 멈춘 듯한 착각이 들었고 온몸이 싸늘하게 식어 내렸다. 다른 이가 가을의 곁에 있다는 상상만으로 걷잡을 수 없는 분노와 온갖 뒤섞인 감정들이 휘몰아쳤다.

"업체 더 늘려."

"네?"

"윤가을 찾으려고 고용한 업체, 몇 개 더 늘리라고."

진호는 잠시 답을 망설였다. 업체를 더 늘린다고 해서 찾을 수 있었다면 얼마든지 그리했을 것이다.

"고용한 업체 수는 지금도 충분히."

"충분해? 그런데 왜 못 찾아?"

"이사님."

"충분하다면서 왜 못 찾느냐고 묻잖아! 이 좁은 땅덩어리가 넓으면 얼마나 넓다고 사람 하나를 못 찾느냔 말이야!"

커다란 외침에 주변을 지나던 사람들이 의현을 이상하게 쳐다봤다. 하지만 그의 외침은 거기서 끝나지 않았다. 목에 핏대까지 세우며 악을 쓰는 모습은 이성을 상실한 것처럼 보였다. 의현은 가을을 찾는 일에 온 신경을 쏟아부으면서도 표면적으로는 냉정해 보였다. 이렇게까지 화를 내는 모습을 진호에게 보인 것은 처음 있는 일이었다. 한계인 것이다.

"할 수 있는 건 다 하라고! 얼마가 들어도 좋으니까 찾아내기만 하란 말이야!"

"……."

"제발 윤가을 좀 내 눈앞에 데려와."

그걸 증명하듯 얼굴을 반쯤 가린 의현의 손이 확연하게 떨리고 있었다. 세상이 다 어그러져 보였다. 결국 자리에 주저앉은 의현이 비명을 질렀다.

'나는 대체 너를 어쩌고 싶은 걸까.'

여전히 답을 찾을 수 없었다.

❖

휴대전화를 물끄러미 내려다보던 가을이 미간을 좁히고 말았다. 어제까지만 해도 멀쩡히 잘되던 전화가 아무런 통보도 없이 해지되었다. 삽화 일이야 보통 메신저와 메일로 연락을 주고받고 있다지만 그래도 이건 너무하지 않나, 라는 생각을 하며 긴 한숨을 내쉬었다. 어떻게 된 일인지 알아봐야 할 것 같았지만 가을이 지닌 연락 수단은 이 휴대전화 하나가 전부였다.

'근처에 공중전화가 있었던가?'

기억을 더듬던 가을은 문득 좋지 않은 예감에 굳어진 얼굴로 휴대전화를 다시 내려다봤다.

'혹시 무슨 문제가 생긴 건가?'

1년 반 동안 전화번호가 바뀐 것은 총 다섯 번이었다. 의현의 어머니가 주기적으로 번호를 바꾸고 새 휴대전화를 그녀에게 보내오긴 했지만 이렇게 아무런 통보도 없이 휴대전화를 해지한 일은 처음이었다. 아무래도 뭔가 문제가 생긴 것 같아 가을은 초조한 얼굴로 손톱을 물어뜯었다. 그 순간, 조용하던 집 안에 초인종 소리가 울려 퍼졌다.

가을은 꽉 닫혀 있는 현관문을 응시했다. 가을은 동네 사람들과 인사 정도야 주고받고 있었지만 집으로 찾아올 만큼 가깝게 지내는 사람은 월세를 준 이 집의 주인뿐이었다. 하지만 주인아주머니는 늘 초인종을 두고 문을 두드리며 가을의 이름을 불렀다. 그것 때문에 가을이 일하다 말고 놀란 적이 한두 번이 아니었다. 초인종은 있지만 인터폰이 없어 문 앞에 선 이가 누구인지 확인할 길이 없었다. 가을은 조심스럽게 현관으로 다가섰다.

"누구세요?"

"송 대표님이 보내셨습니다."

조금은 익숙한 여자의 음성에 긴장감이 탁 풀렸다. 한 차례 길게 숨을 토해낸 가을이 문을 열었다. 그녀를 찾아온 사람은 이세희였다. 이 시골 마을에서 그녀의 얼굴을 알아볼 이가 있을 리 없다는 생각이 들었지만 세희는 마스크까지 착용해 얼굴을 꽁꽁 가린 모습을 하고 있었다.

"어쩐 일이세요?"

그녀는 대답 없이 상자를 내밀었고 가을은 그것을 물끄러미 내려다봤다. 굳이 내용물을 확인하지 않아도 새 휴대전화일 것이라 짐작됐다. 쓰고 있던 마스크를 아래로 내리는 모습을 응시하며 상자를 건네어 받은 가을이 작게 실소를 터트렸다.

"먼저 통보는 해주더니. 이번엔 해지가 먼저네요."

"상황이 급해서요."

급해? 가을이 웃음기를 싹 거둬낸 얼굴로 세희를 바라봤다.

"무슨 문제가 생겼나요?"

"당분간 일은 쉬라고 하셨습니다."

"그러니까 이유가 뭔데요?"

"사모님이 윤가을 씨를 숨겨주고 있는 걸 강 이사님이 의심만 하시다가 이제 아예 확신하신 모양입니다. 저까지 의심을 받는 것 같아서 저도 갤러리에는 오늘부터 나가지 않기로 했습니다."

잠시 현기증이 느껴져 가을은 눈을 감았다가 다시 뜨는 행동을 두어 번 반복했다. 의현은 잘 지내고 있으니 신경 쓸 거 없다는 대답을 들은 것 외에는 그에 관해 다른 소식은 들을 수 없었다. 하지만 지금 세희의 말로 확실해졌다.

의현이 가을을 찾고 있다. 1년 반이 지난 지금까지도.

표정을 한 차례 갈무리하고 다시 정면을 응시한 가을은 동요 없는 얼굴로 세희를 마주했다. 또 전할 말이 있는 건가 싶어 기다렸지만 이어지는 대화는 없었다. 가늠하듯 자신을 응시하고 있는 시선이 조금 불쾌했다. 하지만 가을은 굳이 그것을 지적하지 않았다. 만일 세희가 무언가를 하려 한다면 그건 송 대표의 지시일 것이 분명했고 지금 이 자리에서 보이는 반응 하나하나가 고스란히 그녀에게 보고될 것이다. 거기까지 생각을 마친 가을은 태연한 얼굴을 했다.

"여기까지 오느라 고생했는데 들어와서 차라도 한잔 마시고 갈래요?"

"아니요. 괜찮습니다."

"그래요, 그럼. 일은 당분간 쉬도록 할 테니 그렇게 전해주세요."

"네."

"저 때문에 먼 길 오느라 고생했어요. 조심해서 가요."

문이 닫히고 작게 한숨을 내쉰 가을은 집 안으로 들어와 상자를 열었다. 예상대로 상자 안에 든 내용물은 휴대전화였다. 기존 휴대전화에 저장된 연락처는 손에 꼽을 정도였다. 하지만 그 많지 않은 연락처를 옮기는 것도 일이었다. 나중으로 미룰까 싶었지만 혹여 삽화 일과 관련해 연락이 올지도 모를 일이고 당분간은 일을 쉬어야 한다는 소식도 전해야 했다. 가을은 할 수 없이 번호를 하나씩 저장하고 바뀐 전화번호를 전송하기 위해 메시지를 보낼 번호를 체크하다가 문득 태민의 이름 위에서 손을 멈췄다.

'보내야 할까?'

초상화는 아직 완성되지 않았다. 태민이 오는 날에는 그가 먼저 연락을 해야 할 테니 그에게 가을의 번호가 필요하긴 했다. 초상화 작업이 끝나고 난 뒤에 다시 한 번 번호를 바꿔야겠다고 생각하며 일단 태민에게도 번호를 전송했다. 필요한 사람들에게는 모두 연락을 한 것 같아 휴대전화를 손에서 내려놓으려는데 곧장 문자 한 통이 도착했다.

「저 이번 주에 가도 될까요?」

태민이었다. 그는 격주로 이곳에 오기로 했다. 지난주에 다녀갔으니 이번 주는 오지 못할 줄 알았는데 올 수 있는 모양이었다. 초상화 작업을 빨리 끝내고 싶은 가을로서는 거절할 이유가 없었다.

「미리 시간 알려주면 화실로 갈게요.」

답장을 보내고 자리에서 일어선 가을은 커피 한 잔을 내려 다시 소파에 앉았다. 오늘은 집 안 청소를 해야 했고 장도 봐야 했다. 해야 할 일이 꽤 있었지만 어쩐지 머릿속이 텅 비어 아무것도 할 수 없는 기분이 들었다. 그녀는 테이블 위를 물끄러미 응시했다. 해지되어 쓸모없어진 휴대전화와 사용법조차 익숙하지 않은 새 휴대전화가 나란히 놓여 있었다.

"사모님이 윤가을 씨를 숨겨주고 있는 걸 강 이사님이 의심만 하시다가 이제 아예 확신하신 모양이에요."

의현이 자신을 찾고 있다. 그 생각을 하자 알 수 없는 떨림이 온몸을 휘감았다. 가을은 두 다리를 소파 위로 올려 몸을 웅크린 채로 무릎 위에 고개를 묻었다.

'적어도 네게 나는 아무것도 아닌 사람은 아니었던 걸까. 아니면 9년을 버틴 그 시간만으로는 나를 용서할 수 없는 걸까.'

의현이 아니라면 그 누구도 알 수 없는 답이었다. 그리고 어느 쪽이 답이 되더라도 서글퍼질 것이 분명했다.

❖

가을은 손에 쥔 연필을 내려놓았다. 스케치를 끝냈고 이제 채색에 들어갈 수 있게 되어 마음이 한결 편해졌다. 처음에는 마음이 급한 탓인지 그림이 제대로 그려지지 않아 한 시간을 허비하고 말았다. 가만히 앉아 있어야 하는 태민에게도 무척이나 미안한 일이었다.

서두르지 말자는 생각으로 마음을 다잡고 나서야 제대로 그림을 그릴 수 있었다. 만일 계속해서 초조한 마음으로 그림을 그렸다면 엉망인 결과물을 태민에게 선물해야 했을지도 모른다.

채색 도구를 준비하기 위해 자리에서 일어서려던 그녀는 어중간한 자세로 멈춰 서 태민을 바라봤다. 가만히 앉아 있는 게 힘든 건지 몸을 살짝 움직이며 작게 한숨을 내쉬었다가 다시 지루한 얼굴을 한 채 창밖을 바라보는 얼굴이 눈에 들어왔다. 처음보다는 움직임이 조금 더 자유롭긴 해도 몇 시간을 저리 앉아 있었으니 힘들 만도 했다.

“좀 쉴까요?”

가을의 말에 그의 얼굴에 화색이 돌았다.

“그래도 괜찮아요?”

“커피 한 잔 정도는 마시고 해도 괜찮을 거 같아요.”

“그럼 커피는 제가 탈게요.”

금세 자리에서 일어난 태민은 화실 한쪽에 마련된 탕비실로 향했다. 가을은 그사이 도구를 가져다 놓고 창가 앞에 섰다. 더위가 한풀 꺾이긴 했지만 여전히 햇볕은 뜨거웠다. 당분간 일을 쉬어야 하니 남는 시간에 무얼 할까 생각하고 있는 가을의 앞으로 얼음을 넣은 커피 한 잔이 내밀어졌다.

“여기요.”

"고마워요."

짧게 감사 인사를 전한 가을이 커피를 입에 가져다 댔다. 태민은 멀어지지 않고 그녀의 곁에 섰다. 세희가 다녀간 뒤로 몸을 움직이거나 뭔가에 집중할 일이 없어질 때면 의현에 관한 기억을 떠올리는 일이 많아졌다. 그러니 가을에게 이런 긴 침묵은 곤란했다. 뭐라도 대화를 해야 할 것 같아 먼저 입을 열었다.

"그런데 오늘은 어떻게 왔어요? 매주 오기는 힘들 텐데."

"아, 도망쳤어요."

"도망이요?"

"오늘 집에서 만찬 모임이 있거든요. 어머니가 요즘 손님들 초대하는 걸 부쩍 좋아하시더라고요. 집에 있다가는 여기저기 인사시키는 곳에 끌려다닐 것 같아서 얼른 도망쳤어요."

"그래도 괜찮은 거예요?"

"잔소리는 좀 듣겠지만 크게 뭐라고 하시지는 않을 거예요."

가을이 작게 웃음을 터트렸다.

"어머니랑 사이가 좋은가 봐요."

"그렇게 보여요?"

"불평하는 것 같아도 어머니 이야기할 때면 표정이 밝아요."

"그랬어요?"

"네. 얼굴에 다 티 나요."

태민은 멋쩍은 얼굴로 목을 긁적였다. 쑥스러운 모양이었다. 커피를 마신 뒤 조금 더 대화를 나누다 다시 초상화 작업을 시작했다. 한 시간 정도 채색 작업을 하다 정리를 하고 자리에서 일어섰다. 태민이 슬슬 돌아가야 했기 때문이었다.

"집으로 가시는 거면 태워 드릴게요."

"아니요. 전 그림 좀 더 그리다가 가려고요."

"뭘 그렇게 열심히 해요?"

가을은 당분간 일을 할 수 없었다. 그로 인해 생긴 시간에 딱히 뭘 해야 좋을지 알 수 없어 남는 시간에 그림을 그렸다. 할 수 있는 일이라고는 고작 그것뿐이었다.

"화실 운영할 때보다 더 열심히 하는 것 같아요."

"그땐 그리는 것보다는 가르치는 일을 했으니까요."

"지금이 더 즐거워 보여요."

"제가 즐거워 보인다고요?"

"네. 딱히 뭐가 바뀌었냐고 물으면 크게 바뀐 건 없는 것 같은데 제가 느끼기엔 그래요. 미묘한 변화라고 해야 하나? 그리고 그게 그림에서도 느껴져요. 그림이 전보다 밝아졌어요."

변한 것은 아무것도 없다고 생각했다. 태민의 말을 이해하지 못한 가을은 조금 멍한 얼굴을 했다.

"좋은 의미로 한 말인데 왜 그런 얼굴을 해요?"

"네? 아, 네."

"또 그런다. 그런 얼굴 하면 마음 무거워져서 발걸음이 안 떨어져요."

장난스럽게 표정을 구기는 태민을 보고 가을은 결국 작게 웃어 보였다.

"자, 웃는 거 봤으니까 그럼 저는 이제 진짜 가봐야겠어요. 다음 주에 뵐게요."

"네. 오늘 수고했어요. 한 주만 더 고생하면 다음번에 작업 다 끝낼 수 있을 것 같아요."

"벌써요? 아쉬운데요."

태민은 장난스럽게 울상을 짓고는 인사를 건네고 돌아섰다. 좁은 길을 빠져나가 큰 도로에 진입한 태민의 차는 점차 속력을 내기 시작했다. 긴 시간 운전을 한 탓에 목이 뻐근했다. 샤워를 하고 곧바로 쉬고 싶은 마음이 들었지만 아마 집에 돌아가면 남아 있는 손님들이 있을 것이다. 어머니의 눈을 피해 방에 들어서는 것조차 어려운 일이 될 것이 분명했다.

"차라리 자고 올 걸 그랬나."

돌아가기엔 이미 먼 길을 왔기에 되돌릴 수도 없었다. 쓴웃음을 지으며 시간을 한 차례 확인한 태민은 잠시 상념에 잠겼다. 창가 앞에 서서 홀로 무언가를 생각하는 익숙한 얼굴이 떠올랐다. 가을의 얼굴이었다.

쓸쓸하고 텅 빈 것 같은 얼굴. 누군가를 그리워하는 것 같은 모습. 그녀는 스스로 인지하지 못하고 있는 것 같았지만 가을은 문득 그런 얼굴을 할 때가 있었다.

"저 여기서 본 거 아무한테도 말하지 않았으면 해요."

"알겠어요. 그게 뭐 어려운 일이라고 그렇게 뜸을 들여요?"

"절대. 누구한테도 말해서는 안 돼요."

가을을 다시 만났을 때 나눴던 대화가 그 순간 떠올랐다.

'역시 그런 거겠지?'

분명 도망친 거다. 누군가에게서.

무언가를 묻는 것이 조심스러워 따로 묻지 않았지만 역시 숨기고 있는 게 많은 사람 같았다. 아버지의 화실에서 태민을 다시 마주했을 때 가을의 얼굴에는 반가움보다는 두려움이 먼저 드러나 있었다. 그게 조금 처연해 보여 그는 모르는 척 아무것도 묻지 않았지만 역시 마음이 쓰였다.

서울에 진입한 차가 큰 사거리에서 잠시 신호에 걸렸다. 신호가 바뀌길 기다리던 중에 휴대전화를 무음으로 해둔 것을 기억해 내고는 휴대전화를 꺼내어 부재중 전화를 확인했다. 어머니에게서 두 통의 전화가 와 있었다. 그는 곧바로 통화 버튼을 터치했다.

[아들.]

"네, 어머니."

[너 또. 엄마 안 보는 사이에 몰래 어딜 간 거야? 오늘은 꼭 집에 있으라니까.]

"일이 좀 있었어요."

[핑계가 매일 한결같네?]

"이번엔 진짜예요. 지금 가고 있는데 30분이면 도착해요."

[얼른 와. 너한테 줄 선물 있으니까.]

"선물이요?"

[송 여사님이 그림을 하나 선물로 주셨는데 나보다는 네가 좋아할 것 같아서 별채에 가져다 놨어. 아직 여기 계시니까 이따 도착하면 감사 인사 꼭 전하고.]

"네. 알겠어요. 금방 갈게요."

때마침 신호가 바뀌었다. 휴대전화를 보조석에 대충 내려놓은 태민은 다시 운전에 집중했다. 빠른 속력으로 달린 차는 20분 만에 집 앞에 도착했다. 그는 주차장에 차를 세워둔 뒤 대문을 열고 안으로 들어서자마자 별채로 향했다. 손님들이 많이 빠져나가긴 했지만 예상대로 아직 남아 있는 손님들이 있었다. 이대로 정원을 가로질러 본채로 향한다면 어머니에게 붙들려 여기저기 인사를 하러 다녀야 할 것이다.

'송 대표님한테 인사는 나중에 따로 하자.'

그림을 선물 받았다며 꼭 감사 인사를 전하라는 어머니의 말이 있었지만 태민은 아직 그림을 제 눈으로 확인한 것도 아니니 일단 그림을 확인한 뒤에 시일 내로 감사 인사를 따로 전해야겠다고 생각했다. 지금 인사를 하러 갔다가는 최소 두 시간은 저 자리에 앉아 있어야 했기 때문이었다.

별채에 들어선 그는 가끔 그림을 그릴 때 작업실로 사용하고 있는 방으로 향했다. 조금 소란스러웠던 정원과 달리 별채에는 적막감이 감돌았다. 그 적막감은 무거운 느낌이라기보다는 조용하고 아늑한 느낌이었다. 태민은 이 분위기가 좋아 본채가 아닌 별채에 작업실을 만든 것이었다. 그는 작은 조명이 몇 개 켜져 있는 복도를 지나 가장 끝에 자리 잡은 방에 도착했다.

작업실 역시 복도와 다르지 않게 어두운 편이었다. 작은 조명 하나와 창을 통해 들어선 희미한 달빛만이 전부였다. 스마트키를 한쪽에 내려두고 불을 켜려던 그는 멈칫했다. 어둠에 가까운 풍경 속에 누군가 서 있었기 때문이었다.

"누구시죠?"

키가 큰 남자였다. 남자는 방 안에서 홀로 우두커니 서서 그림을 보고 있었다. 그는 태민의 질문에도 반응하지 않았다. 시간이 멈춘 듯, 움직임 하나 없었다. 숨소리조차 들려오지 않을 정도의 적막감 속에서 남자의 시선은 여전히 그림을 향해 있었다. 작업실 한쪽 벽에 걸린 그림은 검은 바다를 담아내고 있었다. 그것은 가을이 그린 그림이었다.

태민이 저도 모르게 마른침을 꿀꺽 삼켰다. 그 순간 남자의 시선이 태민을 향해 천천히 움직였다. 돌아본 얼굴이 익숙했다. 제대로 인사를 나눈 적은 없지만 태민은 그의 얼굴을 본 적이 있었다. 가장 최근에 본 것은 1년 반 전쯤이었을 것이다. 화실 소솜에서 남자의 얼굴을 본 적이 있었다. 무너지듯 울고 있는 가을을 제 품으로 끌어당기던 남자. 강의현이었다.

태민은 가을에 관해 많은 것을 알지 못했다. 아니, 사실 아는 것이 거의 없다고 말할 수 있었다. 하지만 의현과 눈이 마주친 순간 그런 예감이 강하게 들었다. 아니, 확신했다.

'이 남자구나.'

가을은 이 남자에게서 도망친 것이라고.

흔적

의현은 평소보다 조금 이른 퇴근을 했다. 서경그룹의 안주인인 윤민주가 초대한 만찬 모임 때문이었다. 갤러리에서 직접 얼굴을 마주하지 않았다면 다른 일정을 대고 빠질 수도 있었겠지만 직접 초대를 받은 데다 어머니가 당부한 것도 있어 늦지 않게 참석을 하기로 했다.

일을 마치고 호텔을 나선 그는 새로 준비해 둔 정장으로 옷을 갈아입었다. 살짝 삐뚤어진 넥타이를 매만지고 있는데 등 뒤에서 노크 소리가 들려왔다.

"들어와."

열린 문을 통해 진호가 모습을 드러냈다. 의현은 꾸벅 묵례하고 안으로 들어서는 진호의 모습을 거울을 통해 보고 있었다. 살짝 굽혔던 허리를 편 그는 커프스를 매만지며 무심한 얼굴로 물었다.

"선물은?"

"말씀하신 그림으로 준비했습니다."

윤민주는 의현의 어머니가 운영하는 갤러리에 꽤 자주 방문을 했다. 본인이 그림을 좋아하는 것이 아니라 남편과 아들이 미술에 관심이 많은 모양이었다. 그걸 알게 된 의현은 어머니가 준비하라는 선물로 그림을 선택했다.

"출발하지."

돌아선 의현이 진호를 지나쳐 방을 빠져나갔다. 뒤를 따르는 진호의 발걸음이 조금 다급해 보였다.

"괜찮으십니까."

"뭐가?"

"안색이 나쁘십니다. 몸이 안 좋으신 거면 차라리 쉬시는 게."

뚜벅— 앞서 걸음을 옮기던 의현이 자리에 멈춰 서서 뒤를 돌아봤고 그와 동시에 진호의 말이 끊겼다.

"죄송합니다."

코앞까지 닿았다고 생각했지만 가을을 놓치고 말았다. 그 일로 의현의 불면은 더 심해졌고 약 없이는 잠을 잘 수 없을 정도였다. 단단하고 정교하게 만들어진 가면을 쓴 것처럼 남들 앞에서 약한 모습을 보이지 않던 의현이 최근 들어서는 무너지는 모습을 몇 차례 보였다. 지친 상태가 얼굴에 드러날 정도로 한계가 오고 있는 것이었다.

"진호 네가 보기엔 내가 윤가을을 왜 이렇게까지 찾는 거 같아?"

진호는 잠시 답하지 못했다. 고심하는 기색이 얼굴에 드러났다. 의현이 스스로 답을 내리지 못한 문제에 대해 진호가 답을 할 수 있을 리 없었다. 그가 다시 돌아선 순간이었다.

"잘 모르겠지만, 이사님께 없어서는 안 되는 사람이 아닙니까."

없어서는 안 되는 사람. 등 뒤에서 들려온 답에 의현은 고개를 끄덕였다. 의현은 가을이 떠나기 전까지 제 곁에 가을이 없는 것을 상상해 본 적이 없었다. 그는 버석하게 마른 웃음을 짓고는 손을 들어 얼굴을 한 차례 쓸어내렸다.

"뭐, 괜찮겠지."

어머니 앞에서 감정을 그대로 드러낸 수척한 얼굴을 보이는 것도 그리 나쁘지는 않을 것이다. 그는 멈췄던 걸음을 다시 옮겼다.

윤민주가 개인적으로 마련한 만찬 모임에는 생각보다 많은 사람이 모여들었다. 정원에서 열린 만찬은 쓸데없이 화려했다. 사람도 많았고 시끄러운 분위기를 좋아하지 않는 의현에게는 자리를 지키고 앉아 있는 것조차 고역이었다. 하지만 예의를 지켜야 하는 자리였기에 그러한 생각과 감정을 얼굴에 드러내지 않았다.

"의현아."

다른 손님들과 화기애애한 분위기에서 대화를 나누던 정윤이 의현의 옆자리에 앉았다.

"일이 많이 바쁘니? 안색이 안 좋네. 쉬엄쉬엄하라니까."

일 때문이 아닌 것을 알면서도 정윤은 의현을 걱정하는 기색을 드러내며 뺨에 손을 가져다 댔다. 의현은 곧장 그 손을 잡아채고는 제 어머니를 차가운 시선으로 마주했다.

"괜찮아요. 일이야 늘 하는 것들이고 안색이 안 좋다 해도 그건 일과 관계없습니다."

일 때문에 힘든 것이 아니다. 윤가을 때문이지. 의현은 그 말을 그리 돌려 전했다. 잠시 굳어진 얼굴로 의현이 잡은 자신의 손을 잠시 내려다본 정윤은 언제 그랬냐는 듯이 화사하게 웃어 보였다.

"그래. 그럼 다른 일에 신경 쓸 게 많은 모양이구나. 뭔지는 잘 모르겠지만 쓸데없는 일에는 시간 낭비하지 마라."

정윤은 그대로 자리에서 일어섰고 의현은 기가 차다는 얼굴로 웃었다. 역시 제 어머니답다는 생각이 들어서였다. 그는 주변을 한 차례 둘러봤다. 언제까지 있어야 할까. 의현의 일에 딱히 도움이 되는 얼굴은 없어 보였다.

'이쯤 하면 된 것 같으니 이만 돌아갈까.'

일어나야 할 타이밍을 가늠하고 있는 찰나, 갑작스레 두통이 심해졌다. 짧게 신음이 터져 나올 정도로 밀려드는 통증에 그는 손을 들어 관자놀이를 꾹 눌렀다.

'약은 챙겨오지 않았는데.'

일단 이 시끄러운 곳에서 벗어나기라도 해야 할 것 같아 자리에서 일어선 순간이었다. 지면이 뒤틀리고 시야가 흐릿해졌다. 의현은 간신히 테이블 위를 짚어 몸의 중심을 잡고 숨을 몰아쉬었다.

"어머, 의현 군. 안색이 안 좋은데. 괜찮은 거예요?"

의현은 제 팔을 붙잡은 손을 거칠게 쳐 냈다. 고개를 들어보니 그를 이곳에 초대한 장본인인 윤민주가 곁에 서 있었다. 그녀는 꽤 놀란 듯 눈을 커다랗게 뜨고 의현을 바라보고 있었다.

"죄송합니다. 좀 현기증이 난 것뿐입니다."

"안색이 많이 안 좋은데, 괜히 초대한 거 아닌지 모르겠네. 태민이 이 녀석은 인사 좀 시키려고 했더니 자리를 비웠고. 정말 미안하게 됐어요. 이 녀석이 다른 일에는 안 그러면서 꼭 이런 모임에는 안 나오려고 해서요."

"괜찮습니다."

"몸이 안 좋은 거면 송 여사님 통해서 연락을 주지 그랬어요. 다음번에 다시 초대했을 텐데."

"아닙니다. 잠시 쉬면 괜찮을 겁니다."

그녀는 걱정스러운 기색을 가득 담아낸 얼굴로 의현을 바라보다가 불이 환하게 들어와 있는 본채를 한 차례 힐끗 응시했다.

"본채도 손님들이 있어서 조금 시끄러운 편인데."

말끝을 흐린 그녀가 시선을 다른 곳으로 돌렸다. 화려한 정원의 풍경과 다르게 어둠이 들어차 있는 별채에 윤민주의 시선이 닿아 있었다.

"괜찮으면 별채에 태민이 작업실이 있는데 거긴 조용할 테니 거기서 좀 쉬겠어요?"

이대로 돌아가는 것이 가장 좋겠지만 조용한 곳이라면 잠시 쉬었다 가는 것도 나쁘지 않을 것 같았다. 일단 사람 많고 시끄러운 이곳을 벗어나고 싶은 마음이 간절했다.

"그럼 그렇게 하겠습니다. 감사합니다."

의현은 윤민주가 사람을 시켜 안내해 준 별채로 향했다. 최소한의 조명만 켜져 있을 뿐 별채 내부는 어둠에 가까웠다. 환한 것보다는 차라리 이게 나을 것 같았다. 복도 끝에 있는 방으로 의현을 안내해 준 여자는 그대로 돌아갔다. 홀로 남게 된 공간은 지나치리만큼 적막했다. 그것은 되레 의현을 편안하게 만들었다.

넥타이를 살짝 풀어낸 의현은 의자에 앉아 눈을 감고 고개를 뒤로 젖혔다. 두통은 여전했지만 소음이 사라진 덕분인지 조금 전보다는 훨씬 나아진 느낌이었다. 조금만 이곳에서 쉬다가 몸이 좋지 않다는 것을 핑계로 인사를 하고 돌아가면 될 것 같았다. 숨을 몰아쉬던 그는 다시 천천히 눈을 떴고 고개를 들었다. 정면에 이젤이 놓여 있었다. 그 외에도 액자에 걸린 그림들이 방 이곳저곳에 놓여 있었다.

'아들이 미술 쪽에 관심이 많다고 했지.'

그림을 보는 것뿐만이 아니라 직접 그리기도 하는 모양이었다. 의현이 선물한 그림이 벌써 이 방 한쪽에 자리를 잡은 것이 보였다. 자리에서 일어선 그는 벽에 걸린 몇 점의 그림들을 차례로 응시했다.

그림 대부분은 풍경화였다. 감흥 없는 얼굴로 그림을 응시하며 걸음을 옮기던 의현이 어느 순간 자리에 멈춰 서고 말았다. 제 의지가 아니었다. 발이 굳어진 듯 움직이지 않았다. 텅 빈 머릿속에는 잠시 아무런 사고를 담아낼 수 없었다. 심장은 빠르게 뛰었고 눈가에는 작게 경련이 일어났다.

'검은 바다.'

한눈에 알 수 있었다. 절대로 잊을 수 없는, 칠흑같이 어둡던 그 바다가 그림 속에 있었다. 그것은 분명 가을의 그림이었다.

"누구시죠?"

방 안에 누군가 들어섰다. 목소리가 들려왔지만 의현은 돌아보지 않았다. 그는 한동안 홀린 듯이 그림을 바라봤고 뒤늦게 방의 입구로 시선을 돌렸다. 말을 건 이가 이 방의 주인일 거라 짐작했다. 그 얼굴을 확인한 순간 거짓말처럼 의현을 괴롭히던 통증이 사라졌다. 분명 본 적이 있는 얼굴이었다. 의현은 태민을 가을의 화실에서 본 적이 있다는 것을 기억해냈다. 이 남자가 윤민주의 아들이었던 거다.

답을 기다리지 못한 태민이 의현을 향해 성큼 다가섰다. 조금 다급해 보이는 행동이었다. 그는 그림이 걸린 벽과 의현의 사이를 가로막아 섰다. 마치 그림을 감추려는 것 같은 행동이었다.

'차라리 아무 행동도 하지 않았다면 몰랐을 것을.'

의현은 그 순간 태민이 가을의 행방에 대해 알고 있다고 짐작했다.

"여긴 어떻게 들어오신 거죠? 별채는 손님들이 함부로 들어오지 못하는 곳인데요."

"실례했습니다. 몸이 좋지 않아서 윤 여사님 배려로 잠시 쉬었다 가려던 것뿐입니다. 괜찮아졌으니 그만 돌아가 보죠."

태연한 의현의 반응에 태민은 가늠하듯 그의 얼굴을 바라봤다. 화실에서 만났던 것을 기억하지 못하는 건가 싶어 안도하려는 순간이었다. 그의 시선이 태민의 어깨너머로 향했다.

"그림."

이어진 말에 몸이 뻣뻣하게 굳어졌다. 그는 어느새 다시 태민을 마주하고 있었다. 그의 목울대가 긴장으로 크게 움직였다.

"멋지네요."

뚜벅— 멀어져 가는 발걸음 소리가 사라질 때까지 태민은 굳어진 얼굴을 한 채 그 자리에서 움직이지 못했다. 별채를 빠져나온 의현은 윤민주에게 그만 돌아가 보겠다는 인사를 먼저 건네고는 어머니에게로 향했다.

"벌써 가려는 거니?"

화사하게 웃는 얼굴이 낯설면서도 익숙했다. 송정윤은 다정한 어머니의 얼굴을 한 가면을 썼다. 의현은 그 가면 쓴 얼굴을 태연하게 마주한 채로 웃어 보였다.

"감사해요, 어머니."

입가에 남은 웃음기가 서서히 사라졌다. 의미를 알 수 없는 인사에 적잖게 당황한 모양이었다.

"먼저 돌아가 볼게요."

굳어진 어머니를 두고 돌아선 의현은 그대로 태민의 집을 나서 차에 올라탔다. 그는 차 안에서 대기 중이던 진호를 향해 곧바로 지시를 내렸다.

"윤민주 아들을 조사해 봐. 사람 붙여서 누굴 만나는지 어디서 뭘 하는지, 사소한 거라도 빠짐없이 나한테 전부 보고해."

"네. 알겠습니다."

차는 곧 출발했고 태민의 집은 시야에서 사라졌다. 그는 상념에 잠긴 채 창밖의 야경을 바라봤다. 생각지도 못한 큰 수확이 있었다. 김태민은 제 어머니만큼 치밀하지 못했고 아직 서툴기만 한 애송이에게서 가을의 흔적을 찾는 것은 생각보다 쉬운 일이 될 것 같았다. 조금 전의 그림을 가로막던 행동만 봐도 알 수 있었다.

'이번에야말로.'

찾을 수 있을지도 모른다. 이전과 달리 오늘은 마음이 고요했다. 불안하지도, 초조하지도 않았다. 의현은 이미 가을을 찾을 수 있다고 확신하고 있는 건지도 모른다. 폭풍전야와도 같은 깊은 밤이었다.

❖

태민은 밤을 꼬박 새웠다. 아무래도 자신이 무언가 실수를 한 게 아닌가 싶어서였다. 만일 정말 가을이 의현에게서 도망친 거라면 자신으로 인해 곤란해질 수도 있겠다는 생각이 강하게 들었다.

가을에게 먼저 연락을 해볼까 했지만 무어라 말해야 좋을지 알 수 없었다. 아무것도 물어본 게 없는 만큼 태민은 가을에 관해 아는 게 너무 없었다. 그저 짐작만 하는 이 상황에서 태민이 마치 뭔가를 아는 것처럼 나서는 것도 우습지 않은가.

'못 알아봤을 수도 있지. 어떻게 그림만 보고 알아보겠어?'

그리 생각하면서도 불안감은 사라지지 않았다. 태민의 그런 상태는 월요일까지 이어졌고 초조한 마음에 일이 제대로 손에 잡히지 않았다. 오전 업무를 어떻게 봤는지 머릿속에 하나도 남아 있지 않을 정도였다. 태민은 결국 점심조차 거른 채 회사 건물 밖으로 나섰다. 벤치에 앉아 한참을 망설이다 가을에게 전화를 걸었다. 주말에 찾아가는 일 외에 그녀에게 전화를 거는 것은 처음 있는 일이었다. 곧 가을의 목소리가 들려왔다.

[여보세요.]

잠시 말문이 막혀 아무런 말을 하지 못했다. 재차 여보세요— 하고 묻는 가을의 목소리가 들려오고 나서야 입술을 떼어냈다.

"아, 저 태민이에요."

[네. 주말도 아닌데, 어쩐 일이에요?]

전화를 걸기 전까지 얼마나 망설인 건지 점심시간은 어느새 반 이상 훌쩍 지나가 있었다. 시간이 별로 없으니 빨리 용건을 전해야 했다. 고민하고 또 고민했지만 저로 인해 혹시라도 가을이 곤란해질 상황이 생긴다면 미리 알려야 하는 게 맞는 것 같았다.

"다른 게 아니라 얘기해야 할 게 있어서요. 혹시 바빠요?"

[아니요. 괜찮으니까 말해요.]

"전에 저한테 준 그림 있잖아요. 바다 그린 그림."

[네.]

"그걸 제가 집에 걸어뒀는데 어제 만찬 모임에 온 손님 중 한 분이 그 그림을 봤어요. 근데 그 그림을 본 사람이 제가 생각하기에는 좀 문제가 될 수도 있는 것 같아서 전화했어요."

[문제라니. 무슨 문제요?]

"에치몬드 호텔, 강의현 이사님이 그 그림을 봤어요."

대화가 끊겼다. 통화 시간은 계속해서 흐르고 있었지만 가을은 잠시 말이 없었다.

"여보세요?"

[아, 네.]

조금 전의 차분한 음성과 달리 확연하게 떨림을 담은 음성이 휴대전화 너머에서 들려왔다. 가을이 당황한 것이 고스란히 느껴질 정도였다.

"역시 곤란한 건가요?"

[아.]

무슨 말을 해야 좋을지 알 수 없는 것처럼 가을은 짧은 신음 외에 다른 말을 하지 못했다. 또다시 침묵이 이어졌다. 태민은 초조한 듯 손을 들어 머리카락을 헝클어트렸다. 이럴 줄 알았다면 그림을 그곳에 걸어두지 않았을 것이다. 1분 1초가 느리게만 흘러갔다. 긴 침묵 끝에 조금이나마 마음을 진정시킨 건지 가을의 차분한 목소리가 들려왔다.

[그림을 본 것 외에 다른 일은 없었던 거죠?]

"네. 그런데 제가 보기에는 그 그림이 누나 그림인 걸 알아본 것 같았어요."

[일단 알겠어요. 혹시라도 그 그림에 관해 물으면 화실 다닐 때 선물 받았다고 사실대로 이야기해요. 저에 관해서 물으면 다른 건 답하지 말고요.]

"네."

[미안하지만 당분간은 연락하지 말아줬으면 해요. 초상화 그리는 작업도 미룰게요.]

"저는 괜찮아요. 제가 누나를 곤란하게 만든 거라면 저야말로 미안한 걸요."

태민은 심각해진 얼굴로 구두 끝을 내려다봤다. 지금의 통화로 확실해졌다. 가을은 정말 그 남자에게서 도망친 것이다. 왜 도망을 쳐야 하는 걸까? 도움을 청할 수 있는 사람이 없는 걸까? 이유도 모르면서 태민은 무작정 가을을 도와주고 싶었다.

"그 사람, 나쁜 사람인가요?"

생각을 거치지 않은 질문을 건네고 말았다. 가을을 곤란하게 만들 질문 같았다. 아차 싶었지만 이미 주워 담을 수 없었기에 태민은 고개를 숙인 채 다시 한 번 머리를 헝클어트렸다. 차라리 이대로 통화를 마치자 싶어 입을 떼어낸 순간이었다. 들릴 듯 말 듯 작게 대답을 건네는 목소리가 들려왔다.

[아니요.]

그 목소리가 조금 서글펐다. 울 것 같은 얼굴로 애써 미소 짓고 있을 얼굴이 눈앞에 선명하게 그려졌다. 뒤이어 덧붙여진 말에 태민은 저도 모르게 미간을 좁히고 말았다.

[나쁜 건 저예요.]

그것을 끝으로 전화는 끊어졌다. 태민은 한동안 자리에서 움직일 수 없었다.

❖

태민과 통화를 마친 뒤에 가을은 한동안 그 자리를 떠나지 못했다. 초조한 기색을 감추지 못한 채 아랫입술을 꾹 깨물었다가 긴 한숨을 내쉬었다. 그림을 그린 사람이 가을인 것을 눈치챈 것 같다는 태민의 말은 틀리지 않았다. 의현은 그 그림이 가을의 그림인 것을 단번에 알아봤을 것이다. 예전에 그것과 똑같은 그림을 그린 적이 있으니까.

집 안에 홀로 있다는 것을 알고 있으면서도 가을은 불안한 시선으로 주변을 살폈다. 지금 떠나야 하는 게 아닐까? 그림을 본 것 외에는 별다른 일이 없었다고 했지만 가을로서는 불안할 수밖에 없었다. 의현이 이곳에 올지도 모른다. 불안감은 커졌고 복잡한 머릿속의 생각들을 정리하기도 전에 몸이 먼저 움직였다. 커다란 캐리어를 꺼내어 옷장에 있는 옷과 필요한 물건들을 담기 시작했다. 다급한 손길로 제대로 정리조차 못한 물건들이 캐리어 안에 엉망으로 담겼다. 그 때문에 제대로 닫히지도 않는 캐리어를 억지로 힘주어 닫으려는 순간이었다.

쾅쾅쾅—

가을의 행동이 멈췄다. 그녀는 간신히 고개를 들어 현관을 바라봤다. 초인종을 두고 거칠게 문을 두드리는 소리가 들려왔다. 잔뜩 긴장한 몸은 굳어져 움직이지 않았고 누구냐는 질문을 하려 했지만 너무 놀라 목소리도 새어 나오지 않았다. 가을은 잠시 숨을 쉬는 법을 잊은 것처럼 호흡조차 하지 못했다.

"가을 씨, 안에 없어?"

뒤이어 들려온 음성을 듣고 나서야 거짓말처럼 몸의 긴장이 탁 풀렸다. 아— 작게 신음마저 터져 나왔다. 긴 숨을 뱉어내고 들썩이는 가슴을 한 차례 쓸어내린 가을은 힘이 들어가지 않는 다리에 억지로 힘을 주고 자리에서 일어나 서둘러 현관으로 향했다. 문을 열자 집주인 아주머니가 반갑게 웃는 얼굴로 그곳에 서 있는 모습을 볼 수 있었다.

"집에 있었구나?"

"네. 어쩐 일이세요?"

"부침개 좀 했는데 양이 좀 많아서. 가을 씨 먹으라고 좀 가져왔어."

"감사합니다."

"요즘 별일 없지? 지난번에 수도 고장 났다는 건 이상 없어?"

"네. 지금은 문제없어요."

"그래. 지내다가 불편한 거 있으면 언제든지 이야기하고."

아주머니에게는 가을보다 조금 어린 딸이 서울에 가 있다고 했다. 딸이 생각나기도 하고 혼자 사는 게 마음이 쓰인 건지 오늘처럼 음식을 많이 했다며 가을이 홀로 먹기에 넘칠 만큼 음식을 가져다줄 때가 있었다. 접시 가득 담긴 부침개를 내려다본 가을은 아랫입술을 꾹 깨물었다. 1년 정도 산 이 동네에 정도 많이 들었고 주인아주머니도 좋으신 분이었지만 의현에게 꼬리가 밟히게 된 이상 언제가 됐든 이곳을 떠나야 한다는 생각은 변하지 않았다. 조금이라도 서둘러 떠나려면 지금 말을 해둬야 했다.

"저기, 아주머니."

"응?"

"죄송하지만 제가 집을 빼야 할 거 같아서요."

"집을? 갑자기 왜?"

"사정이 좀 생겨서요."

"아휴, 무슨 사정이길래?"

"죄송해요."

"말 못할 일인가 보네."

아주머니는 조금 서운해하는 얼굴을 했지만 곧 알겠다며 고개를 끄덕였다.

"그럼 내가 조만간 방 내놓을 테니까 사람 구해질 때까지만 좀 있어. 나도 당장은 좀 무리야."

"네. 그렇게 할게요."

"그래. 그럼 어서 들어가서 부침개 식기 전에 먹어."

"감사합니다. 맛있게 먹을게요."

현관문을 닫고 안으로 들어선 가을은 접시를 내려놓고 식탁 앞에 앉았다. 고개를 숙인 그녀는 두 손을 들어 이마를 감싸 쥔 채 눈을 감았다.

'진정하자.'

태민에게서 가을의 흔적을 찾았다 해도 태민이 직접 이곳에 오지 않는다면 의현이 가을을 찾기는 아직 어려울 것이다. 그간 가을이 본 태민은 약속한 것에 대해서는 반드시 지키는 사람이었다. 의현이 무엇을 물어도 가을에 대해서는 말해줄 리 없었다.

다시 눈을 뜬 가을은 아주머니가 가져다준 부침개를 몇 점이라도 먹기 위해 젓가락을 손에 들었다. 하지만 서너 점밖에 먹지 못하고 젓가락을 내려놓았다. 이런 상황에서 입맛이 있을 리가 없었다. 랩으로 접시를 싸서 냉장고에 넣어두고는 부엌을 나선 가을의 눈에 닫지 못한 캐리어와 그 안에 엉망으로 담긴 짐이 눈에 들어왔다.

만일 의현이 정말 찾아온다면 이번엔 어디로 도망쳐야 하는 걸까. 아니, 도망칠 수는 있는 걸까? 그는 이번에야말로 다리를 부러트려서라도 가을을 새장 안에 가둘지도 모를 일이다. 그것이 가을을 가두는 건지 정작 저 자신을 가두는 행동인지도 모른 채로 말이다.

❖

“김태민에 관해서 알아보라고 한 건 어떻게 됐어?”

“특별히 보고할 사항은 없는 것 같습니다. 졸업 후 부친의 회사에 입사했는데 신입사원부터 시작해 회사 일을 배우느라 바쁘게 지내고 있는 듯하고, 주말에는 집의 작업실에서 그림을 그리거나 운동으로 테니스를 하러 다니는 것 같습니다.”

의현은 진호의 보고를 들으며 별채의 작업실에서 태민을 만났을 때를 떠올렸다. 그는 분명 의현의 시야에 드러난 가을의 그림을 감추려 했다. 가을에 관해 무언가를 숨기려 했기에 나올 수 있는 행동이었다. 그런 태민에게 사람을 붙였으니 곧 꼬리가 잡힐 거라 생각했지만 가을과 관련된 보고는 단 하나도 올라오지를 않았다. 아무래도 눈치를 채고 몸을 사리는 듯했다.

‘그럼 어떻게 해야 할까.’

태민이 눈치를 챈 거라면 가을의 귀에도 이미 소식이 들어갔을지도 모른다. 그럼 의현이 다시 찾기도 전에 또 다른 곳으로 꼭꼭 숨어버릴 수도 있었다. 막연하게 시간을 가지고 기다리기에는 배제할 수 없는 가능성이었다. 그 때문에 시간을 오래 끌 수 없었다. 김태민이 움직이도록 먼저 자극하거나 다른 방법을 쓰는 것이 좋을 것 같았다.

"미술 쪽에 관심이 있는 건 서경 대표와 김태민이라고 들었는데, 그럼 윤민주 여사는?"

"화훼 쪽에 관심이 많은 것으로 알고 있습니다. 자택 정원을 꾸미는 일에 공을 들이고 있는데 최근에는 그뿐만이 아니라 플로리스트 수업까지 듣고 있습니다."

만찬 모임에 갔을 때 보았던 태민의 집은 정원이 굉장히 잘 꾸며져 있었다. 고개를 끄덕인 의현은 서류의 결재란에 사인하다 미간을 찌푸린 채 눈가에 손을 가져다 댔다. 욱신거리는 희미한 통증이 전해졌다.

"괜찮으십니까."

다가서려는 진호의 행동을 막아서듯 의현이 손을 내밀었다. 괜찮으니 수선 떨지 말라는 표시였다. 자세를 다시 바로잡고 의자에 기대어 앉은 그는 잠시 생각에 잠겼다. 알아본 바로 윤민주는 아들인 김태민을 끔찍하게 아꼈다. 김태민 역시 어머니에게 무척이나 자상한 아들이었기에 그를 흔들려면 역시 윤민주 쪽으로 접근하는 게 가장 좋을 듯싶었다.

"윤민주 여사 쪽에 연락해서 내가 조만간 찾아뵙겠다고."

말끝을 흐린 의현은 오래 고민할 것도 없이 진호를 향해 다시 정정해 말했다.

"아니. 내가 직접 하지."

진호에게 윤민주의 연락처가 적힌 메모지를 건네어 받고도 의현은 잠시 망설이는 것처럼 전화를 걸지 않았다. 상념에 잠긴 채 홀로 무언가를 고민하다 마음을 정한 듯 뒤늦게 윤민주에게 직접 전화를 걸었다.

"안녕하세요, 윤 여사님. 강의현입니다."

이런 식으로 누군가에게 접근해야 한다는 것이 썩 내키는 일이 아니었지만 윤가을을 찾기 위해서라면 얼마든지 해주기로 했다. 꼭꼭 숨어버린 가을을 찾을 수만 있다면 의현은 지금 더한 것도 할 수 있을 것만 같았다.

❖

회사 일을 마친 태민은 평소보다 조금 이른 퇴근을 했다. 어머니가 다른 약속을 잡지 말고 오늘은 곧장 집으로 오라는 연락을 해왔기 때문이었다. 이유는 알려주지 않고 회사 일이 끝나는 대로 무조건 집으로 오라며 어찌나 신신당부하던지 그는 잡혀 있던 선약까지 취소해야 했다.

"다녀왔습니다."

"태민이 왔니?"

평소보다 조금 더 반갑게 맞아주는 음성에 태민은 구두를 벗으며 작게 웃어 보였다. 혹여 무슨 일이 생긴 건가 싶어 걱정했는데 아무래도 어머니에게 오늘 하루 무척 기분 좋은 일이 있었던 모양이었다.

"방에 올라가기 전에 먼저 여기 와서 좀 앉으렴."

대체 무슨 말을 하려고 저렇게 서두르시는 걸까. 거실로 막 들어선 태민은 어머니의 부름에 환하게 웃어 보였다가 곧 웃음기를 싹 거둬낸 얼굴로 표정을 굳혔다. 어머니는 혼자가 아니었다. 맞은편 소파에 익숙한 얼굴이 앉아 있었다.

"인사해요. 이 녀석이 내 아들 태민이에요. 김태민."

자리에서 일어선 의현이 태민을 바라봤다. 어머니와 함께 있던 손님은 의현이었다. 그는 여전히 굳어진 채로 서 있는 태민을 향해 악수를 청했다.

"강의현입니다."

마치 이 자리에서 태민을 처음 본 사람처럼 건넨 인사에 그는 조금도 웃어 보일 수가 없었다. 태민은 조심스럽게 주변을 둘러봤다. 집 안에 다른 손님은 보이지 않았다. 그럼 그가 홀로 이곳을 찾은 것이라는 결론이 난다. 대체 왜? 가늠할 수 없는 그의 행동에 태민은 잔뜩 긴장한 채로 서 있었다.

"태민아, 뭐 하니?"

"네?"

"내민 손 무안하게 뭐 하는 거야? 인사 안 해?"

"아, 네. 반갑습니다. 김태민입니다."

둘만 있는 것이 아닌 어머니가 계신 자리였다. 태민은 할 수 없이 의현의 장단에 맞춰 그를 처음 본 것처럼 인사를 건네고 자리에 앉았다.

"얼굴 보니 낯이 좀 익네요. 아무래도 모임에서 몇 번 본 모양입니다."

"그래요?"

"제대로 인사를 나눈 건 아니고, 그런 자리에 오가며 얼굴만 본 것 같습니다."

고개를 끄덕인 윤민주가 태민의 어깨에 손을 올리며 다정한 시선으로 제 아들을 바라봤다. 아들을 아끼고 사랑하는 감정이 그 얼굴에 드러나 있었다.

"우리 태민이가 이제 막 일 배우기 시작해서 모르는 게 많아요. 의현 군이 인생 선배로 조언도 해주고 그랬으면 좋겠는데. 사업적인 면에서도 도움받을 일이 많을 것 같고요."

"네. 어머니가 가끔 윤 여사님 아드님에 대해 말씀하시고는 했는데 듣던 대로 굉장히 잘생겼네요. 굉장히 똑똑하고 윤 여사님 닮아서 현명하다고 칭찬 많이 하시더라고요."

"어머, 태민이에 대해 그렇게 말하던가요?"

"네. 아, 듣기로는 테니스도 즐긴다던데."

"맞아요. 아들 자랑 같지만 이 녀석이 꽤 다재다능해요. 미술 쪽으로도 소질 있었고 테니스는 고등학교 다닐 때 부 활동으로 잠깐 했었는데 지금은 체력 관리하려고 꾸준히 하고 있어요."

"저도 운동을 꽤 즐겨서요. 괜찮으면 운동 같이 다니는 게 좋겠네요."

"그럼 태민이랑 운동 같이 다니면서 친해지면 되겠네."

태민에 관한 이야기를 하고 있었지만 정작 당사자인 태민은 침묵을 유지하고 있었다. 그는 제 어머니와 의현이 대화를 나누는 모습을 가만히 응시하다가 소파 끝 쪽에 자리 잡은 협탁 위를 바라봤다. 협탁 위에 놓여 있는 화병에는 어제까지만 해도 보지 못한 꽃이 꽂혀 있었다. 어머니가 가장 좋아하는 꽃이었다. 그 꽃을 누가 사온 건지 충분히 짐작할 수 있었다. 태민은 보이지 않게 주먹을 꽉 쥐었다.

대화는 한참 이어졌다. 태민은 계속해서 말을 아꼈고 어머니는 평소와 다르게 조용한 그가 신경 쓰인 건지 몸이 좋지 않냐며 걱정을 했다. 태민은 아니라며 고개를 가로젓고는 의현을 바라봤다. 그만 자리에서 일어나라는 조용한 압박에 의현은 태연하게 웃어 보였다.

"그럼 저는 이만 일어나 보겠습니다."

"벌써요? 저녁 먹고 가지 그래요?"

"말씀 감사하지만 일이 좀 있어서요. 죄송합니다. 다음에 초대해 주시면 그땐 꼭 시간 내서 오겠습니다."

"바쁜 거 뻔히 아는데 죄송하긴. 그럼 다음에 우리 태민이랑 같이 와요."

"네."

의현이 자리에서 일어섰고 따라나서려는 어머니의 앞을 태민이 가로막았다.

"어머니는 집에 계세요. 제가 배웅할게요."

"그럴래?"

"네."

두 사람이 친해지길 바라는 윤민주는 태민이 배웅하겠다고 나서는 것을 막지 않고 현관까지만 의현을 배웅했다. 그와 함께 밖으로 나온 태민은 등 뒤의 문이 닫힌 것을 확인하고는 저보다 몇 걸음 앞서 걸음을 옮기는 의현의 등을 노려봤다. 대문을 열고 집 밖으로 나서자마자 기다렸다는 듯이 어깨를 붙잡아 그를 돌려세웠다.

"무슨 짓입니까."

잇새로 흘러나온 음성이 평소의 태민답지 않게 화를 가득 담아내고 있었다. 의현은 자신의 어깨를 세게 붙들고 있는 태민의 손을 쳐 내고는 구겨진 옷을 툭툭— 털어냈다.

"나야말로 묻고 싶은데. 이게 무슨 짓인지."

조금 전의 친절한 얼굴은 온데간데없었다. 두 사람의 시선이 팽팽하게 서로를 마주했다. 그 시선에는 적의가 가득했다. 태민은 의현의 의중을 파악하려 했지만 그 얼굴에서 읽어낼 수 있는 것은 아무것도 없었다. 무겁게 이어지던 침묵을 먼저 깬 것은 의현이었다.

"윤 여사님 부탁이 있어 온 것뿐입니다. 아드님과 얼굴도 익히고 사업이야기도 하면서 많이 좀 가르쳐 달라고 해서 바쁜 시간 쪼개서 왔는데……."

말끝을 흐린 그는 태민의 얼굴을 집요하게 바라보고 있었다. 반응을 살피는 것이었다.

"이럼 곤란하지."

그리고 태민은 그의 예상에서 조금도 빗나가지 않는 반응을 보였다. 눈가에 작게 경련이 일어났다. 그는 화가 난 감정을 감추지 못했고 그것을 눈앞에서 확인한 의현의 입매가 느슨하게 풀어졌다.

“엮이고 싶지 않지? 네 어머니가 관련되는 것도 싫을 거야.”

의현은 적의를 감추지 않은 얼굴로 태민을 향해 한 걸음 더 가깝게 다가섰다. 고개를 살짝 숙인 채 속삭이는 낮은 음성이 음산했다. 그는 지금 태민을 협박하고 있었다.

“그럼 이 일에서 발을 빼면 돼. 윤가을이 지금 어디 있는지만 말해준다면 내가 다시 여기 올 일은 없을 거라 약속하지.”

태민은 입안의 여린 살을 깨물었다. 제 어머니 앞에서 보인 행동이 모두 거짓이라는 것을 짐작하고 있었으면서도 막상 눈앞에서 마주하고 나니 무서운 사람이라는 생각이 들었다. 화실에서 마주치게 됐을 때부터 느꼈지만 여러모로 껄끄러운 사람이었다.

어머니가 관여되는 것만큼은 절대로 싫었지만 그렇다고 가을의 위치를 말해줄 수도 없었다. 절대 말하지 않겠다고 약속하지 않았던가. 태민의 고민은 길지 않았다. 그는 무섭게 표정을 굳힌 얼굴로 단호하게 답했다.

“아무리 그래 봐야 제 입으로는 말하지 않을 겁니다. 말할 수 있는 게 아무것도 없으니까.”

태민은 지금 분명하게 의현을 경계하고 있었다. 적어도 가을이 의현을 피해 도망쳤다는 사실 정도는 알고 있다는 뜻이 됐다. 그는 태민과 가을이 정확하게 어떤 사이인지 알지 못하면서도 생각보다 두 사람이 더 가까운 사이일 수도 있겠다고 짐작했다.

“생각보다 윤가을과 가까운가 보네.”

그것이 그의 기분을 무척 상하게 하였다.

“서로 지킬 신의도 있고.”

“이봐요, 강의현 씨.”

그렇게 불편해하던 의현의 어머니에게 도움을 받으면서까지 도망친 가을이었다. 그런 그녀가 고작 화실 회원으로 만난 사람에게 자신의 위치를 노출시킬 일도, 또 의현에 관해 말해줬을 리도 없다. 적어도 태민이 그녀에게 아무것도 아닌 사람은 아닐 것이라는 결론을 내렸다.

'윤가을이 나도 모르게 가깝게 지낸 사람이라……. 대체 언제부터?'

불쾌감이 순간적으로 머릿속을 하얗게 만들었다. 그것을 드러내지 않으려 의현은 짧게 호흡을 뱉어내며 잠시 눈을 감았다가 떴다. 태민은 여전히 그를 주시하고 있었다. 의현은 언제 그랬냐는 듯이 태연한 얼굴로 숙였던 고개를 천천히 들어 몸을 곧게 폈다.

"어쨌든, 약속은 약속이니 앞으로 자주 보자고."

"제 얘기 아직 안 끝났습니다."

돌아서려는 의현을 태민이 붙잡으려 했다. 하지만 그는 자신을 향해 뻗어온 손을 강하게 쳐 냈다.

"손대지 마."

의현은 누군가 자신의 몸에 손대는 것을 극도로 싫어했다. 한 번이야 그렇다 치지만 더는 용납하지 않겠다는 얼굴로 경고했다. 하지만 태민은 물러서지 않았다.

"어머니한테 더는 접근하지 않겠다고 약속해 주세요."

"그건 너 하기에 달렸지."

"듣던 것과는 정말 많이 다르네요. 사업도 이런 식으로 하십니까? 수단 방법 가리지 않고, 사람 이용하고?"

"잘 봤네. 물론 거기엔 그 과정이 남에게 드러나지 않아야 한다는 전제가 붙지만."

비난하려 건넨 말에 의현은 되레 태연하게 웃으며 그의 말을 부정하지 않았다. 일부러 태민을 자극하고 있었다.

"분명하게 말했습니다. 제 입으로 이야기할 건 없다고요. 어머니에게

이 이상 접근한다면 저도 가만있지 않을 겁니다."

확답을 주지 않으면 절대로 물러서지 않겠다는 확고한 의지가 태민의 얼굴에 드러나 있었다. 의현 역시 처음부터 태민의 입을 통해 직접 답을 들을 수 있을 것이라고는 기대하지 않았다. 하지만 사람은 언제든 방심할 수 있고 그것으로 인해 의현에게는 분명 기회가 생길 것이다. 의현은 다시 태민의 얼굴을 마주했다. 오늘은 이쯤 했으면 됐다. 소란을 피워 좋을 것은 없으니 한발 물러서기로 했다.

"좋아. 알아내는 건 내가 알아서 할 테니 아까 말한 대로 운동은 같이 하는 거로 하지."

운동이라니. 태민은 의현의 의중을 도저히 알 수 없었다. 운동을 함께 할 정도로 친한 사이도 아니었고 그에게 자신은 친해지고 싶은 상대도 아닐 것이다. 머릿속이 복잡했다. 태민이 답을 망설이는 사이, 의현은 쐐기를 박듯이 덧붙여 말했다.

"그걸로 네 어머니에게 더는 접근할 일이 없을 거라 약속할 테니."

태민은 의현이 어떤 사람인지 정확히 모르기에 어머니가 관여되는 것만큼은 피하고 싶었다. 그는 이를 악물었다. 내키지 않았지만 방법이 없는 것 같았다.

"좋습니다."

돌아가려는 의현을 배웅하러 나온 것이었기에 시간이 너무 길어지면 어머니가 이상하게 생각할 것이 분명했다. 뒤를 한 차례 확인한 태민은 작게 한숨을 내쉬고는 그에게 재차 확답을 받으려 했다.

"그쪽 말대로 하죠. 약속은 꼭 지키세요."

"물론. 네가 협조만 해준다면."

대화는 끝이 났다. 의현은 미련 없이 돌아섰고 대기하고 있던 진호가 뒷좌석의 문을 열었다. 하지만 그는 곧바로 차에 올라타지 않았다. 잠시 멈춰 선 채로 열린 문을 통해 보이는 좌석을 물끄러미 응시하고 있을 뿐이었다. 뭔가 할 말이 남은 건가 싶어 태민은 그의 행동을 주시하고 있었다. 곧 의현의 두 눈이 다시금 태민의 눈을 마주했다.

"하나만 묻지."

"……."

"윤가을, 어떻게 지내?"

그 얼굴에서 읽어낼 수 있는 것은 아무것도 없었다. 가을을 원망하거나 화를 내는 것 같지도 않았고 그렇다고 걱정하는 것 같지도 않았다.

길어진 침묵에 의현은 보이지 않게 주먹을 쥐었다. 뭘 기대하는 건가. 잘 지낸다는 답을 들어도 못 지낸다는 답을 들어도 유쾌하지 않을 것이 분명했다. 쓸데없는 질문이었다. 그리 생각한 의현이 다시 걸음을 떼어내려는 순간이었다.

"무슨 대답을 기대하는 건지는 모르겠지만."

오랜 침묵을 깬 태민의 음성에 그의 걸음이 멈췄다.

"적어도 당신 같은 사람 옆에 있는 것보단 낫겠죠."

다시 뒤를 돌아보는 의현의 얼굴이 조금 차갑다. 예상한 것과 다르지 않은 답인데도 순간적으로 마음 한편이 서늘해졌다. 그는 곧 버석하게 마른 웃음을 지었다.

"그러게."

들릴 듯 말 듯 중얼거린 그 말을 끝으로 의현은 차에 올라탔고 검은 세단은 골목에서 모습을 감췄다. 그의 모습이 사라지고도 한참을 그 자리에서 있던 태민은 손을 들어 이마를 짚고는 헛웃음을 터트렸다.

"뭐야."

웃기지도 않는다는 생각이 들면서도 마지막으로 보았던 의현의 얼굴이 꼭 상처받은 얼굴 같아 마음이 무거워졌다. 그러다 문득 조금 전 보았던 의현의 얼굴이 누군가와 닮았다는 것을 깨달았다. 건조하고 메마른, 아픈 얼굴로 미소 짓는 얼굴.

"아."

상념에 잠겨 있던 가을이 가끔 보여주는 그 얼굴이었다.

❖

"하아."

몸을 숙인 태민이 손으로 무릎을 짚은 채 숨을 잔뜩 몰아쉬었다. 입고 있는 옷은 땀으로 흥건하게 젖어 있었고 턱 끝에 맺힌 땀은 뚝— 방울져 떨어져 내렸다. 조금 전까지 손에 쥐고 있던 테니스 라켓은 어디 갔는지 보이지도 않았다. 바닥에 주저앉고 싶은 걸 간신히 참아내며 호흡을 고르고 있는 사이, 발끝에 긴 그림자가 드리워졌다. 이내 시야에 물병 하나가 모습을 드러냈다.

"지난번부터 생각했지만 운동신경이 꽤 있네."

운동신경이 있다니. 태민은 울고 싶은 얼굴로 웃었다. 물병을 건네어 받고 굽혔던 몸을 바로 세운 태민은 눈앞에 선 의현을 바라봤다. 그 역시 옷은 땀으로 젖어 있었고 단정했던 머리카락도 흐트러져 있었지만 그 외에는 모든 것이 차분해 보였다. 호흡이 거칠어지긴 했어도 태민처럼 금방이라도 주저앉을 기세는 아니었다.

"그러는 강 이사님은 선수 하셔도 되겠어요. 누가 보면 같은 코트에서 다른 경기라도 한 줄 알겠네요."

좌우를 잘 이용해 공격한 의현과 다르게 태민은 공을 쫓느라 바빴다. 태민이 서툴러서가 아니었다. 의현의 운동신경이 그만큼 좋았다. 그 결과 태민은 온종일 뛰어다니느라 지쳤고 의현은 가벼운 운동을 한 것처럼 상쾌해 보였다.

실소를 터트린 태민은 의현이 건넨 물병을 따서 목을 축였다. 시원한 게 넘어가니 그제야 좀 살 것 같았다. 손등으로 입술을 한 차례 닦아낸 태민의 시선이 다시 의현의 얼굴에 닿았다. 그는 수건으로 얼굴의 땀을 닦아내고 있었다. 잠시였지만 얼굴을 살짝 찡그리는 것을 보니 그래도 조금 힘들긴 한 모양이었다. 가늠하듯 그 얼굴을 바라보고 있는데 의현의 표정이 점차 좋지 않게 변해가는 것이 느껴졌다.

"괜찮으세요?"

의현은 잠시 눈을 감은 채로 손을 들어 관자놀이를 꾹 누르고 있었다. 꽤 아파 보이는 모습에 태민이 손을 내밀려 하자 의현은 그 손을 피하듯 한 걸음 뒤로 물러섰다. 그리고 차가운 얼굴로 태민을 바라봤다. 조금 전 아파하던 모습이 거짓인 것처럼 그는 이미 평소의 모습으로 돌아와 있었다.

"몸에 손닿는 것조차 질색하면서 대체 저랑 운동은 왜 다니려는 거예요?"

이와 같은 질문을 이미 건넨 적이 있었다. 여전히 돌아오는 것은 침묵뿐이었다. 일주일에 한 번씩, 의현과 운동을 다니기 시작한 지도 어느덧 3주가 흘렀다. 태민은 그 3주간 윤석의 화실에는 아예 발길을 뚝 끊었다. 여전히 의현의 의중을 알 수 없었고 혹여 자신의 섣부른 행동으로 인해 가을에게 피해가 갈까 걱정돼서였다.

"대체 이런 행동에 무슨 의미가 있는 건지 모르겠네요. 지치면 이야기하세요. 같이 어울려 주기 싫다는 티 역력히 내는 사람과는 저도 오래 어울리고 싶지 않으니까요."

의현을 지나쳐 멀어져 간 태민은 샤워하고 옷을 갈아입었다. 젖은 머리를 수건으로 대충 털어서 말리고 있는데 어디선가 진동 소리가 들려왔다. 빛이 들어온 휴대전화 액정에 윤석의 번호가 나타나 있었다. 주변을 한 차례 둘러본 태민은 휴대전화를 손에 쥐고 탈의실 밖으로 나섰다.

"네, 아버지."

[바쁘냐? 통화하기 괜찮아?]

"네, 괜찮아요. 말씀하세요."

[한동안은 계속 내려오더니 요즘은 왜 이리 코빼기도 안 보여?]

태민은 잠시 답을 하지 못하고 어색하게 미소 지었다. 의현의 일로 당분간 가을과 거리를 둔다는 게 아버지에게도 자주 연락을 드리지 못하게 된 것이다.

"일이 좀 있어서요. 한동안은 못 내려갈 것 같아요. 죄송해요."

[죄송하긴. 타박하려는 게 아니라 걱정돼서 전화한 거야. 오지 말라고 해도 기어코 여기까지 오던 녀석이 갑자기 아무 연락도 없어서 무슨 일이 있나 했지. 거기다 너 마지막으로 여기 다녀간 뒤에 가을 양도 갑자기 화실에 발길을 뚝 끊어서 둘이 싸운 건가 싶었다.]

"싸우긴요. 어린애도 아니고요."

태민은 윤석이 알아채지 못하도록 태연한 목소리로 답을 하면서도 표정을 굳혔다. 가을이 불안해할까 싶어 일부러 화실에 찾아가지 않았는데 아예 화실에 나오지 않고 있는 모양이었다. 그는 들리지 않게 한숨을 내쉬었다.

[아니라면 다행이지만. 그럼 뭐 들은 건 없어? 무슨 일이 생긴 건가 싶어 연락했는데 처음 적어준 연락처가 없는 번호더구나. 화실비도 석 달 치나 미리 냈는데 정말 무슨 일이 생긴 건지.]

"큰일은 없을 거예요. 지난번에 갔을 때 조금 바빠진다고 들은 것 같아요. 그것 때문에 저 그림 그려준다는 것도 무기한 연기됐거든요."

[그래?]

"네. 아마 조만간 나올 테니 걱정하지 마세요."

그 순간 등 뒤의 문이 열렸다. 의현이 나온 것을 보고 태민은 급하게 통화를 마무리 지으려 했다.

"아버지. 죄송한데, 제가 이따 저녁에 집에 가서 다시 전화드릴게요. 지금 밖에 나와 있어서요."

[전화는 무슨. 별일 없으면 됐다. 바쁜데 일 봐.]

휴대전화를 아래로 내린 그는 숨을 한 차례 고르고는 뒤를 돌아봤다. 조금의 흐트러짐 없이 말끔한 정장 차림을 한 의현이 그곳에 서 있었다.

"나 때문에 끊은 모양인데 신경 쓰지 말고 계속 통화하지그래."

"아니요. 막 통화 마치려던 참이었습니다. 저는 조금 있다가 갈 테니 먼저 가세요. 다음에 뵙죠."

가볍게 묵례한 태민이 그를 지나쳐 탈의실 안으로 다시 들어섰다. 마치 도망치듯 평소보다 조금 서두르는 행동이었다. 의현은 태민이 사라진 방향을 물끄러미 응시하다 걸음을 옮겨 대기 중이던 차에 올라탔다. 차는 에치몬드 호텔로 향했다.

"아버지. 죄송한데 제가 이따 저녁에 집에 가서 다시 전화드릴게요. 지금 밖에 나와 있어서요."

탈의실을 나설 때 들려왔던 태민의 목소리가 머릿속에 강하게 남겨졌다. 급하게 통화를 마칠 때의 얼굴이 조금 당황한 것도 같았기 때문이었다. 그는 천천히 고개를 기울였다.

'어차피 저녁에는 얼굴을 보게 될 텐데 굳이 집에 가서 전화를 다시 한다?'

천천히 기억을 더듬던 그는 곧 하나의 답을 냈다. 서경 대표인 김진환과 윤민주는 재혼이었다. 첫 부인은 병으로 생을 마감했고 그때까지 김진환에게는 아들이 없었다. 태민은 재혼으로 생긴 아들일 것이다.

'그럼 아까 전화를 건 사람은 김태민의 친부인가?'

오랜 시간 연락을 끊고 지냈다기에는 통화를 하는 태민의 얼굴이 편해 보였고 건네는 목소리도 다정했다. 최근까지도 계속 연락을 하고 지냈다는 결론이 내려졌다.

"김태민이 서경그룹 대표와는 피가 안 섞였지?"

운전 중인 진호의 시선이 룸미러를 통해 잠시 의현의 얼굴에 닿았다.

"네. 의붓아들입니다."

"친부에 대해 아는 거 있어?"

"거기까지는 확인해 보지 않았습니다. 알아볼까요?"

진호의 말에 의현은 잠시 답을 하지 않았다. 그렇게까지 해야 할 필요가 있을까 싶어 됐다는 말을 하려다 다시 생각을 바꿨다. 그냥 지나치기에는 뭔가 껄끄러웠다.

'친부라…….'

창밖을 바라보는 의현의 눈이 조금 가늘어졌다.

"알아봐."

김태민에 관해서는 하나라도 놓치는 것 없이 알아두는 것이 좋을 것 같았다.

재회

점심 무렵이 지나서부터 비가 내렸다. 집 안의 모든 창문을 닫아두었음에도 빗줄기가 거센 탓에 소리가 꽤 크게 들려왔다. 창밖을 확인하니 시야가 흐릿해질 정도의 굵은 장대비가 쏟아져 내리고 있었다. 며칠째 이어지던 더위가 한풀 꺾일 것 같아 다행이긴 했지만 때마침 생필품이 떨어져 장을 보고 오려던 가을에게는 조금 곤란한 상황이 됐다.

"우산 써도 다 젖겠다. 하루만 더 버티든가 해야지."

원래도 인적이 좀 드문 동네이긴 했지만 오늘따라 거리가 더 썰렁해 보였다. 가을은 커피 한 잔을 타서 다시 자리로 돌아와 창밖의 풍경을 물끄러미 바라보고 있었다. 세차게 내리는 비 때문에 밖의 풍경이 제대로 보이지 않음에도 불구하고 가을은 못 박힌 듯 우두커니 그 자리에 서 있었다.

그 순간 짧게 알림 소리가 들려왔다. 그녀는 자연스럽게 창가 바로 옆에 있는 협탁 위를 응시했다. 휴대전화 액정에는 누군가에게서 도착한 메시지가 떠 있었다. 가을은 휴대전화에 손을 대지 않고 눈으로만 그 내용을 확인하고는 복잡한 얼굴을 했다.

「화실에 나가요. 당분간 제 쪽에서 아버지 화실에는 발길 끊을 거니까요.」

띠링— 이어서 문자 한 통이 더 도착했다.

「그렇다고 불효자식처럼 아버지한테 연락 끊겠다는 건 아니고요. 전화 자주 드릴 거예요. 그러니까 저 신경 쓰지 말고 화실에는 나가요.」

가을은 3주나 화실에 나가지 않았다. 일도 더는 잡지 않았고 살던 집까지 내놓았다. 아무래도 시골 마을이라 그런지 외지인이 오는 경우는 극히 드물었고 집을 구하는 사람을 찾기도 어려워 시일이 걸리겠지만, 집이 나가는 대로 일단 이곳을 정리하고 떠날 생각이었다. 혹여 그사이에 무슨 일이 일어날까 봐 겁이 나 거의 칩거 수준의 생활을 했지만 걱정과 다르게 그녀에게는 아무런 일도 일어나지 않았다. 태민이 이곳에 발길을 뚝 끊었기 때문일 것이다.

「좋아하잖아요. 그림 그리는 거. 그리고 약속 꼭 지켜요. 초상화 기대하고 있으니까요.」

뒤이어 도착한 마지막 문자를 확인하는 것을 끝으로 가을은 창가 앞에서 걸음을 돌렸다. 딱히 보고 싶은 방송은 없었지만 TV를 틀어놓고 소파에 앉았다. 작은 소음 하나 없이 빗소리만이 가득 들어찬 공간에서는 의현에 대한 기억이 짙어지고는 했다. 그녀는 평소보다 음량을 크게 해두고 리모컨을 손에서 내려놓았다.

시간이 지날수록 눈꺼풀이 무거워졌고 빗소리는 점차 아득히 멀어져 갔다. 가을은 곧 새근새근 고른 숨소리를 내며 잠들었다. 그녀가 다시 잠에서 깨어났을 때 시간은 오후 4시를 막 지나고 있었다. 비는 그쳤고 자리에서 일어선 가을은 외출 준비를 했다.

비가 그친 지 얼마 되지 않은 듯 마르지 않은 빗방울이 풀잎에서 떨어져 내렸다. 그녀는 잠시 망설이듯 걸음을 멈췄다가 이내 한 건물 안으로 들어섰다. 화실 '아틀리에M' 이 있는 건물이었다.

"어이구, 이게 누구야. 왜 이렇게 오랜만에 왔어요?"

윤석이 오랜만에 화실을 방문한 가을을 반갑게 맞아주었다. 그녀는 작게 미소 지으며 꾸벅 목례했다.

"안녕하세요."

"그간 안 나와서 무슨 일이 있나 걱정했어요."

"정리할 일이 있어서 좀 바빴어요. 그림 좀 그리다 가고 싶은데, 괜찮을까요?"

"그럼요. 안 될 게 뭐 있다고."

이곳을 떠나기 전, 태민에게 약속했던 그림은 완성하고 가고 싶었다. 이미 채색을 시작한 초상화 작업은 얼마 남지 않은 상태였다. 이제는 굳이 그를 오라 가라 할 것도 없이 나머지 작업은 홀로 해도 완성할 수 있을 것이다. 그리 생각하며 가을은 이젤 앞에 앉았다. 완성되지 않은 초상화를 잠시 물끄러미 응시하고 있는 사이, 사이드 테이블을 그녀의 곁으로 끌어온 윤석이 그 위에 차를 한 잔 놓아주었다. 얼음을 넣은 허브차였다.

"태민이 녀석이 지난번에 왔을 때 사다 준 차인데 마셔봐요."

"감사합니다."

윤석은 오랜만에 그림을 그리러 온 가을을 방해하지 않으려는 것처럼 멀리 떨어진 곳에 앉아 자신의 그림을 그렸다. 가을은 허브차를 한 모금 마시고는 붓을 손에 쥐었다. 오랜만에 느끼는 차분한 느낌의 화실 분위기가 마음을 평온하게 만들었다. 하지만 손에 쥔 붓은 몇 차례나 갈피를 잡지 못하고 캔버스 위를 떠돌기만 했다. 가을은 잠시 붓을 쥔 손을 내리고 캔버스 위에 그려진 태민의 얼굴을 가만히 응시했다. 꾸밈없이 순수하게 웃는 얼굴은 빛을 받은 것처럼 화사하기만 했다. 그림 속의 얼굴을 보며 가을은 누군가의 얼굴을 떠올렸다.

'닮지 않았는데, 어째서일까.'

태민의 웃는 얼굴을 볼 때, 가을은 문득 의현의 얼굴을 떠올리고는 했다. 이상한 일이었다. 닮은 점 하나 없는 두 사람을 연관 지어 생각하다니.

앉아 있던 시간에 비해 작업량은 엉망이라는 생각이 들 정도로 진전이 없었다. 집중이 되지 않은 탓이었다. 가을은 작게 한숨을 내쉬며 주변을 정리하고는 자리에서 일어섰다. 화실에는 내일 다시 나와야 할 것 같았다.

"돌아가게요?"

가을의 곁으로 윤석이 다가섰다. 그는 가을이 그리다 만 태민의 초상화를 내려다보며 인자한 얼굴로 미소 지었다.

"네. 오랜만에 그려서 그런지 집중이 되질 않아서요."

"그런 것치고는 굉장히 잘 그린 것 같은데. 나중에 완성작 받으면 녀석이 무척 좋아하겠어요. 그나저나 태민이 녀석이 초상화 그려달라고 하면서 가을 양 곤란하게 한 건 아니죠?"

"전혀요. 제가 도움받은 일이 훨씬 많아요."

"그럼 다행이고요. 내일도 화실에 나올 거예요?"

"네. 그리던 거 마저 완성해야 할 것 같아서요. 내일 다시 나올게요."

"그래요. 그럼 조심해서 가고 내일 봐요. 나도 오늘은 화실 문 좀 일찍 닫아야 할 것 같아요."

"네. 그럼 내일 뵙겠습니다."

윤석에게 인사를 건네고 화실을 빠져나온 가을은 1층으로 내려가 건물 입구에서 잠시 걸음을 멈췄다. 하늘을 올려다보는 그녀의 얼굴에 곤란한 기색이 드러났다.

"아. 또 오네."

비가 다시 내렸다. 그친 줄 알았더니 다시 세찬 빗줄기를 쏟아내는 날씨가 참 심술궂었다. 건물 입구에 서서 한동안 하늘을 올려다보던 그녀는 쏟아져 내리는 빗줄기를 향해 손을 뻗었다. 손등 위로 쏟아져 내리는 비의 촉감이 나쁘지 않았다.

'쉽게 그칠 것 같지 않은데.'

가을은 다시 올라가서 우산을 빌려볼까 하다가 관두었다. 오늘은 문을 일찍 닫는다고 했으니 화실을 바로 정리하고 이미 위층으로 올라갔을 것이라는 생각이 들어서였다. 그녀는 잠시 고민하듯 지면을 두드리는 빗줄기를 응시했다. 더위가 한풀 꺾였다고는 해도 여전히 날은 더웠고 이런 날씨에는 비를 맞아도 별다른 문제가 없을 것 같았다.

"마트 들렀다 가는 건 무리겠네."

작게 한숨을 내쉰 가을은 곧 빗속을 달렸다. 집까지 거리가 멀지 않으니 뛰기로 한 것이다. 짧은 거리라 해도 집에 도착했을 때는 온몸이 빗물에 흠뻑 젖어 있었다. 집 안으로 들어선 가을의 움직임을 따라 빗물이 뚝뚝 떨어져 내렸다. 수건으로 젖은 몸과 머리카락을 닦아내고 머리 위를 덮은 수건을 끌어 내리려는 순간이었다.

"왜 비를 맞고 다녀? 나 부르지."

가을의 움직임이 멈췄다. 바닥을 내려다보는 시선이 불안하게 흔들렸다. 이 집 안에는 가을 외에 누구도 없다. 고개를 들어봐야 눈앞에는 아무도 없을 것이다. 그런데도 바로 어제 일처럼 선명하게 그려지는 기억은 현실과의 경계선을 무너트리고 쉽게 가을이 세워둔 벽을 허물어 버렸다.

"다 젖었네."

수건 위로 뻗어온 커다란 손이 다정하게 젖은 머리카락을 말려주었다.

"너 이러다 감기만 걸려봐. 다 나을 때까지 침대 밖으로 한 발자국도 못 나올 줄 알아."

타박하듯 잔소리를 하다 수건 사이로 눈이 마주치면 언제 그랬냐는 듯이 웃어주는 얼굴은 다정했다.

"윤가을 또 어물쩍 웃는 거 봐라. 화도 못 내게."

수건을 끌어 내린 가을이 고개를 들었다. 집 안에는 여전히 가을 혼자였고 누군가의 기척은 느껴지지 않았다. 아무것도 없는 텅 빈 곳만이 눈에 들어왔다. 알고 있다. 의현이 이곳에 있을 리 없지. 그렇게 다시 웃어줄 리도 없다. 그걸 아는데도.

"의현아."

이렇게 문득 떠오르는 네 기억에 숨이 막힌다. 마르지 않은 빗물이 또 눈물이, 소리 없이 떨어져 내려 바닥을 적셨다.

❖

"태민아."

"네."

메시지를 확인하던 태민이 휴대전화를 주머니에 넣고는 목소리가 들려온 방향으로 고개를 들었다. 하늘색의 투피스로 옷을 갈아입고 나온 그의 어머니 윤민주가 탈의실에서 나와 거울 앞에 서 있었다. 태민이 웃으며 그녀의 등 뒤로 다가서서는 어깨에 손을 올린 채 거울 속의 모습을 바라봤다.

"어떠니?"

"이것도 잘 어울리는데요."

"이 앞에 입은 것보다 괜찮아?"

잠시 고민하는 기색을 드러낸 그는 끙 앓는 소리를 냈다.

"다 잘 어울려서 진짜 못 고르겠어요."

"제대로 안 본 게 아니라?"

"안 보긴요. 얼마나 집중해서 봤는데. 둘 다 잘 어울려서 고르기 어렵다니까요. 아, 이거 진짜 고민이네."

능청스럽게 대답한 태민은 이마에 손까지 올리며 아주 중대한 기로 앞에 선 얼굴을 했다. 윤민주는 제 아들의 그런 모습에 웃음을 터트렸다. 태민의 그런 행동과 장난스러운 대화가 싫지 않은 모양이었다.

"이게 제일 마음에 들어. 이거 사야겠다."

옷은 결국 제일 마지막에 입어보았던 하늘색 투피스를 구매했다. 이제 쇼핑은 대충 끝난 것 같아 저녁을 먹고 돌아가자는 말을 하려 했지만 윤민주는 그보다 먼저 남성복 판매점으로 걸음을 돌렸다.

"너 입을 정장도 하나 보고 가자."

검지로 목을 살짝 긁적인 태민의 얼굴에 곤란한 기색을 담은 미소가 그려졌다. 평일에는 회사 일을 핑계로 바쁘게 보냈고 주말에는 의현을 만나 테니스를 하고 남은 시간에는 홀로 집에서 그림을 그렸다. 그러다 보니 최근 들어 집에서 어머니와 함께 보내는 시간이 현저하게 줄었고 그 점에 대해 서운해하는 걸 알아챈 태민은 오랜만에 어머니와 백화점으로 쇼핑하러 나온 것이었다. 문제는 생각보다 꽤 오랜 시간을 백화점에 머물러 있었고 여전히 이곳을 떠나지 못하고 있다는 점이었다.

"정장은 지금도 많아요."

"엄마가 하나 사주고 싶어서 그래."

"그렇게 하나둘씩 사준 정장이 옷장 가득해요, 어머니."

"엄마가 사주는 건데 뭐 어때? 하나씩 다 입으면 되는 거지."

두어 걸음 앞서 걷던 윤민주가 걸음을 멈추고 뒤를 돌아봤다. 여기서 한 번 더 거절했다가는 오늘 백화점에서 보낸 모든 시간이 물거품이 될 것 같았다. 태민은 웃으며 제 어머니의 어깨를 감싸 안았다.

"계속 돌아다녀서 어머니 힘들까 봐 그러죠. 우리 어머니 못 본 새에 체력 엄청 좋아졌네. 요즘 저 몰래 무슨 운동해요?"

"너야말로 체력이 왜 이리 약해? 요즘은 주말마다 운동도 빠짐없이 하는 녀석이."

"알겠어요. 그럼 딱 제 정장까지만 맞추고 저녁 먹으러 가는 거예요?"

"알았어."

"어머, 윤 여사님."

멈췄던 걸음을 다시 옮기려는 순간 누군가 반갑게 아는 체를 하며 두 사람에게 다가섰다. '갤러리 休'의 대표이자 의현의 어머니인 송정윤이 어느새 지척에 서 있었다. 태민이 그녀를 향해 조용히 묵례하자 정윤 역시 눈을 반으로 접으며 웃는 것으로 인사를 대신했다.

"송 여사님 아니세요? 이런 곳에서 다 만나네요."

반갑게 인사를 건넨 윤민주가 그녀의 어깨너머를 확인했다.

"어머, 의현 군도 같이 있네요."

송정윤은 혼자가 아니었다. 조금 떨어진 곳에서 걸어오던 의현이 윤민주를 향해 꾸벅 묵례로 인사했다. 의현을 유난히 반가워하는 제 어머니의 모습에 태민은 곤란한 기색을 담은 미소를 입가에 머금었다. 아무래도 그의 어머니는 의현이 마음에 쏙 든 모양이었다.

"전 태민이랑 쇼핑하러 왔는데 송 여사님도 그런가 보네요."

"쇼핑은요. 의현이는 일 때문에 누구 만나러 온 거였고 저는 다른 약속이 있어서 여기 왔다가 우연히 만난 거예요. 지금 돌아가시는 거예요?"

"태민이 정장 한 벌만 맞추고 식사하러 가려고요. 아, 시간 괜찮으시면 같이 식사할까요?"

"저는 이후에 별다른 일정이 없긴 한데. 의현이 너는 어떠니?"

두어 걸음 떨어진 곳에 선 태민은 차라리 의현이 바쁘다는 말로 거절해 주길 바랐다. 하지만 태민의 기대와는 전혀 다른 대답이 흘러나왔다.

"괜찮습니다."

의현은 대답하는 것과 동시에 윤민주의 뒤에 서 있는 태민을 응시했다. 왜 저런 대답을 했는지 분명하게 의도를 알 수 있는 행동이었다.

'아무리 그래 봐야 얘기할 수 있는 게 없다는 데도 저러네.'

태민은 어색하게 입매를 끌어 올리고는 의현의 시선을 피해 버렸다. 괜찮다는 의현의 답에 결국 정장을 맞추려던 것까지 다음으로 미루며 네 사람은 함께 저녁 식사를 하게 됐다. 불편한 저녁 식사 자리가 될 것이 뻔했지만 태민은 조금도 내색할 수 없었다.

"혹시 여기 와보셨어요? 모임 가질 때 자주 오는 레스토랑인데 꽤 괜찮더라고요."

"저도 가끔 오는 곳이에요. 음식도 괜찮고 가게 분위기도 너무 좋더라고요."

저녁 식사 장소는 윤민주가 평소 지인을 만날 때 자주 가는 레스토랑으로 정해졌다. 마침 백화점 근처에 있기도 했고 송정윤 역시 가끔 가는 곳인데 괜찮은 것 같다는 답에 일사천리로 장소가 정해졌다.

애피타이저로 나온 연어그라브락스를 입에 넣은 태민이 의무적으로 음식을 씹었다. 아무리 맛있는 음식이라도 불편한 자리에서 먹는 음식이 제대로 넘어갈 리 없었다. 주변을 한 차례 살핀 그는 힐끗 시선을 들어 맞은편에 앉은 의현의 얼굴을 바라봤다. 그는 레스토랑에 들어선 이후 무표정한 얼굴로 조용히 식사할 뿐 별다른 말이 없었다.

'무슨 생각을 하는 건지 진짜 알 수가 없네.'

저도 모르게 짧은 한숨이 새어 나왔다. 어머니들이 주고받는 대화는 태민과 의현이 전혀 관심을 가질 만한 화제가 아니었고 시간이 흐를수록 태민 역시 점차 지루한 기색을 감추지 못했다. 거기다 맞은편에 앉은 의현이 신경 쓰여 밥도 제대로 넘어가지 않았다.

'이거야 원, 가시방석이 따로 없네.'

배도 고픈 상태였고 평소라면 맛있게 먹었을 메뉴였지만 태민은 오늘 주요리를 절반도 먹지 못했다. 아직 나올 메뉴가 꽤 남아 있었지만 뒤에 나올 음식도 별로 먹고 싶은 마음이 들지 않았다. 태민은 결국 포크와 나이프를 손에서 내려놓고는 물을 한 모금 마셨다. 의현과 함께 있는 자리가 불편하기도 했고 억지로 웃어야 하는 분위기가 싫었다. 잠시라도 나갔다 오는 게 좋을 것 같았다.

"저 잠시 실례할게요."

담배와 라이터를 챙겨 자리에서 일어서는 태민의 모습에 윤민주가 그의 팔을 붙들었다.

"어디 가려고?"

"담배 하나만 피우고 오려고요."

"몸에 좋지도 않은걸. 끊으라니까."

일로 받는 스트레스 때문인지 올해 들어 피우는 양이 제법 늘긴 했지만 그래도 최근에는 줄여가는 상태였다. 안 그래도 금연을 해야 하나 생각 중이었다. 하지만 당장은 무리라는 생각이 들었다.

"내년 새해 계획으로 실천해 볼게요."

"작년에도 그 말 했던 거 같은데."

"올해까지만 봐주세요. 진짜 끊을게요."

태민이 윤민주의 어깨에 손을 올리고는 작게 웃음을 터트렸다. 내년까지는 봐달라는 나름의 애교인 것이다.

자리에서 일어선 태민은 테이블에서 멀어졌고 의현은 그가 사라진 방향을 응시하다 시간을 확인했다. 태민이 함께 있는 자리라 오긴 했지만 딱히 건질 만한 정보는 없어 보였다. 거기다 제 어머니가 함께 있는 자리인지라 윤민주와 태민에 관한 대화를 나누기에는 걸리는 점들이 많았다. 타인에게 관심 없는 의현이 태민에 관해 묻는 것 자체를 이상하게 여길 것이 분명했다.

"그러고 보니 요즘 우리 태민이랑 운동 같이 다니는 건 어때요?"

태민이 자리를 비우자마자 대화의 화제가 바뀌었다. 어머니가 계신 곳에서는 피했으면 하는 화제였지만 의현은 태연하게 행동했고 송정윤은 처음 듣는 이야기에 영문을 모르겠다는 얼굴로 물었다.

"우리 의현이가 태민 군이랑 운동을 같이 다녀요?"

"네. 태민이가 주말에 테니스 하러 다니고는 하는데 요즘 의현 군이랑 같이 운동하거든요."

"그랬어요? 의현이 애는 그런 얘기를 통 안 해서요. 둘이 꽤 친해진 모양이네요."

"제가 우리 태민이 좀 잘 챙겨달라고 부탁했어요. 우리 태민이가 의현 군 귀찮게 하거나 불편하게 하는 건 없죠?"

의현은 조금 전의 지루함을 얼굴에서 싹 지워낸 채로 작게 웃으며 고개를 가로저었다.

"전혀요. 저도 혼자 다닐 때보다 같이 운동 다니는 편이 좋은걸요."

"그럼 다행이고요."

윤민주와 송정윤은 다시 식사를 이어나가며 소소한 대화를 주고받았고 의현은 식사를 마친 듯 포크와 나이프를 손에서 내려놓았다. 이제 그만 슬슬 자리에서 일어나야 할 것 같아 타이밍을 재고 있을 때였다.

짧은 진동과 함께 알림음이 울렸다. 그와 동시에 테이블 위에 놓여 있는 휴대전화에 빛이 들어왔다. 태민의 휴대전화였다. 가장 가까운 곳에 앉아 있던 의현이 물을 마시다 말고 자연스럽게 소리가 들려온 방향으로 시선을 내렸다. 흔한 잠금 하나 해놓지 않은 건지 액정 위에 메시지의 내용이 바로 떴다. 관심 없다는 듯 무심한 얼굴로 다시 시선을 돌리려던 그의 표정이 순식간에 굳어졌다.

「요즘 가을 양 다시 꾸준히 화실 나오는데 네 녀석 없이 그리려니 초상화가 잘 안 그려지는 모양이더라. 다른 그림만 그리다 돌아가던데 시간 되면 언제 한번 와봐.」

옴짝달싹할 수 없는 사람처럼 의현의 시선은 태민의 휴대전화에 못 박힌 듯 고정되어 있었다. 그는 발신인의 이름을 다시 확인했다. 곧 빛이 꺼지고 액정에는 까만 어둠이 들어찼다. 모든 소음이 사라진 것처럼 주변이 고요해졌다.

태민이 가을의 위치를 알고 있다고 확신한 순간, 그의 근처를 맴돌다 보면 언젠가 작은 단서나 흔적이라도 찾을 수 있을 거라고 생각했다. 하지만 이렇게 결정적인 단서를 잡게 될 줄은 몰랐다. 의현은 잠시 호흡을 멈춘 채 문자의 내용을 되새기고 또 되새겼다. 그리고 다시 휴대전화를 내려다봤다.

'아버지라…….'

의현은 얼마 전 진호에게 받은 보고를 떠올렸다. 태민의 친부인 박윤석을 조사한 내용이었다.

"김태민 씨가 열다섯 살 때 부모님이 이혼했고 모친을 따라 서울로 올라왔다고 합니다. 어머니인 윤민주 씨가 서경 대표와 재혼을 하고 난 뒤로도 계속 친부와는 연락하고 지낸 모양입니다. 지금은 작은 화실 하나를 운영하고 있습니다."

진호에게 박윤석에 관해 알아보라 지시한 날로부터 나흘 뒤에 전해 들은 보고였다. 조사한 내용만 보고받았을 뿐 더 깊게 알아보라는 지시는 내리지 않았다. 당시에 보고받았던 내용을 다시 떠올리는 순간 심장이 빠르게 뛰었다. 그의 목울대가 한 차례 크게 움직였다.

'화실.'

태민의 친부가 시골의 작은 마을에서 화실을 운영하고 있다고 했다. 그리고 가을의 이름이 적혀 있던 문자의 내용에도 분명 화실이 언급되어 있었다. 그곳에 윤가을이 있다.

의현은 아무런 일도 일어나지 않은 것처럼 평온한 얼굴로 물을 마셨다. 하지만 잔을 내려놓는 손이 희미하게 떨려왔다. 손끝이 저릿했다. 겉으로는 평온해 보였지만 그는 지금 크게 동요하고 있었다.

'찾았다.'

드디어.

'찾았어.'

윤가을을 찾았다.

의현은 잠시 눈을 감았다가 다시 떴다. 태민이 자리로 돌아오고 있었다. 그는 가까워지는 태민의 모습을 확인하며 그가 알아채지 못하도록 휴대전화를 자연스럽게 뒤집어놓았다. 자리로 돌아온 태민은 별다른 의심 없이 식사를 이어나갔다. 문자를 보기 전까지만 해도 그만 자리에서 일어서려던 의현 역시 생각을 바꿔 끝까지 자리에 남기로 했다. 그는 처음과 달리 그곳에 앉은 이들과 함께 대화를 나누기도 했고 태민을 향해 말을 걸기도 했다. 의현의 태도가 변한 덕분에 식사 내내 좋은 분위기가 이어졌다. 그는 디저트로 나온 커피까지 마시고 나서야 자리에서 일어섰고 직접 계산까지 마쳤다.

"의현 군 바쁠 텐데 괜히 저녁 함께하자고 붙잡아서 곤란하게 한 거 아닌지 모르겠어요. 거기다 계산까지 직접 하고."

"아닙니다. 지난번 저녁 식사 함께하자고 권해주셨을 때 거절해서 마음이 불편했는데 이렇게라도 해야 제 마음이 편할 것 같아요. 다음에 식사 자리 초대해 주시면 꼭 참석하겠습니다."

"그래요. 오늘 너무 즐거웠어요. 나중에 태민이랑 꼭 한번 같이 와요."

"네."

계산을 마치고 레스토랑 앞에서 인사를 나누고 있을 때였다. 휴대전화에 도착한 메시지를 그제야 확인한 건지 태민의 표정이 살짝 굳어지는 것이 보였다. 의현은 모르는 척 시선을 돌렸고 그와 동시에 뺨에 닿는 태민의 시선이 느껴졌다. 그 시선을 알아챘으면서도 의현은 눈길조차 주지 않았다. 태민이 눈치챈다면 모든 일이 수포가 될 것이다. 의현에게서 별다른 낌새를 알아채지 못한 태민은 곧 의심 없이 시선을 거두었고 윤민주와 함께 차에 올라타 먼저 그곳을 벗어났다.

"제법 싹싹하게 구는구나."

"서경은 에치몬드 호텔과도 사업적으로 관련 있는 곳입니다. 거기다 어머니는 물론 아버지와도 잘 아시는 곳인데 평소처럼 냉담하게 굴어서야 안 될 일이죠."

"그렇게 생각하면 다행이다만. 태민 군이랑은 어떻게 인연이 닿아서 운동까지 같이 다니는 거니?"

이미 지나간 대화의 내용을 다시 언급하는 걸 보니 신경이 쓰이긴 했던 모양이었다. 의현은 레스토랑에서 그랬듯이 눈 하나 깜짝하지 않고 태연하게 답했다.

"윤 여사님이 부탁하신 게 있어서요. 사업 관련해서 조언도 많이 해주고 친하게 지내달라 하시더군요."

"누가 부탁한다고 그런 거 들어줄 애가 아니잖니. 웬일인가 싶구나."

"말씀드렸잖아요. 에치몬드와도 관련 있는 집안이니 거절하기 어려웠습니다."

"뭐, 그렇기야 하지. 아무튼, 태민 군을 가까이해서 나쁠 건 없으니까 잘 지내면 좋겠구나."

그렇게 말하면서도 정윤은 아들의 얼굴을 틈틈이 살폈다. 예전에 태민과 가을이 연이 닿아 있던 걸 알고 있기에 그것을 신경 쓰는 것이었다. 하지만 가을이 서울을 떠난 지도 꽤 되었고 지금은 완전히 끊어진 인연 같았다. 괜찮겠지, 라고 생각하며 그녀는 곧 의심을 거두었다. 이내 검은 세단 한 대가 두 사람의 앞에 섰고 의현이 직접 문을 열어주었다.

"들어가세요."

"그래."

차에 올라탄 송정윤이 먼저 모습을 감췄고 의현 역시 대기 중이던 진호의 차에 올라탔다. 차 안에 고요한 정적이 흘렀다. 상념에 잠긴 채 창밖의 야경을 바라보는 의현의 두 눈은 낮게 가라앉아 있었다.

레스토랑에서 봤던 문자와 태민의 집에서 봤던 가을의 그림. 그리고 운동을 함께하러 갔을 때 친아버지와 통화를 하다 말고 급하게 전화를 끊던 태민의 모습까지. 그것들을 하나하나 떠올린 의현은 또 다른 의문을 갖게 되었다.

가을은 의현에게서 도망치기 위해 분명 어머니의 도움을 받았다. 그런데 가을은 지금 김태민의 친부가 운영하는 화실에 있다. 어머니와 박윤석의 사이에 연결 고리는 하나도 존재하지 않았다.

'어머니는 김태민 친부의 화실에 윤가을이 있는 것을 전혀 모르는 건가?'

알고 있다면 태민과 가깝게 지내는 일에 반색할 게 아니라 거리를 두는 쪽으로 조언했을 것이다. 결국 모르고 있을 것이라는 결론이 나왔다. 의현은 좀 더 깊게 생각했다. 어머니뿐만 아니라 가을과 박윤석 사이에도 태민을 제외한다면 남는 연결 고리는 없었다. 박윤석에 관해 보고받고도 더 깊게 조사해 보지 않았던 이유는 바로 그 때문이었다.

'그럼 김태민과 다시 엮인 건 우연이라는 건가?'

우연히 찾아들어 간 화실이 하필 김태민의 아버지인 박윤석이 운영하는 화실이었을 것이라 짐작됐다. 그래서 태민과 다시 엮이게 된 것이다. 거기까지 결론을 내린 의현은 작게 헛웃음을 터트리고 말았다.

'그렇다면 도망쳤어야지.'

여지를 남겨두었고 그로 인해 결국 꼬리가 밟혔다. 윤가을은 정말 김태민을 믿고 있었던 건가? 이 정도의 신임을 줄 만큼?

그 순간 이유를 알 수 없는 불쾌감이 온몸을 휘감았다.

"김태민의 친부 말이야."

운전하고 있던 진호의 시선이 룸미러를 통해 의현의 얼굴에 닿았다. 때마침 신호에 걸린 차가 멈춰 섰고 그는 기억을 더듬어 태민의 친부인 윤석의 이름을 입에 올렸다.

"박윤석 씨 말씀하시는 겁니까."

"그래. 그때 보고한 거 외에 그 사람에 대해 알아낼 수 있는 건 전부 알아내. 빠르면 빠를수록 좋아."

"알겠습니다."

대답이 떨어졌고 차는 다시 출발했다. 고요한 침묵 속에서 조금 더 생각을 정리한 의현은 천천히 눈을 감았다. 서두르지 않을 것이다. 이제 정말 코앞이었다. 이번에야말로 절대 놓치지 않으리라 생각하며 그는 마음을 다잡았다.

가을의 위치에 관한 흔적을 찾았음에도 의현은 서두르는 기색 없이 평소와 다르지 않게 행동했다. 평일은 호텔 일로 바쁘게 보냈고 주말에는 태민과 함께 운동했다. 표면적으로 보기에 그에게서 달라진 점은 조금도 느끼지 못할 정도였다. 태민 역시 아무런 의심을 하지 못했다.

중요한 미팅을 마치고 호텔 에치몬드로 돌아온 의현은 한 시간을 꼬박 책상 앞에 앉아 있었다. 오후 2시를 막 지날 무렵, 똑똑— 두어 번의 노크 소리가 들려왔다.

"들어와."

문이 열리고 진호가 모습을 드러냈다. 그는 의현의 책상 위에 서류 봉투 하나를 내려놓았고 의현은 안에 든 내용물이 무엇인지 이미 짐작하고 있는 것처럼 조금의 망설임도 없이 그것을 꺼내어봤다. 박윤석에 관한 자료였다. 진호에게 지시를 내린 지 불과 사흘 만이었다. 의현은 종이에 타이핑된 내용을 빠르게 읽어 내렸다. 마지막 장까지 확인한 뒤에는 종이를 반으로 찢어 휴지통에 넣어버렸다.

"사람을 먼저 보낼까요?"

"아니. 그럴 필요 없어. 내가 직접 갈 테니까."

"혹시 지난번처럼 잘못된 정보일 수도 있습니다. 다른 사람 보내는 게 내키지 않으시면 제가 직접 가보겠습니다."

"아니야."

"네?"

진호의 말을 단칼에 자른 그는 검지로 책상 위를 툭툭— 일정하게 두드리다 망설임 없이 자리에서 일어섰다.

"내가 가야 해."

그는 확신했다. 그 어느 때보다 강한 확신이 들었다.

"여기 있을 거야."

윤가을은 분명 이곳에 있을 거라고.

❖

가을은 화실에 나와 오랜만에 유화를 그렸다. 평소 그녀는 유화를 그릴 때 물감을 의도적으로 두껍게 칠했다. 캔버스 위에 물감을 칠한다기보다는 묻힌다는 생각으로 붓을 움직여 물감의 물성을 강조해 그리고는 했다.

하지만 오늘은 붓을 사용하지 않고 구부러진 나이프의 아래쪽 면에 물감을 묻히고 누르며 밀어내는 작업을 몇 차례나 반복했다. 누르는 압력이나 나이프의 방향에 따라 캔버스 위에 그려진 해바라기에는 조금씩 다른 질감이 표현됐다. 붓으로 칠한 것과는 또 느낌이 달라 가을은 가끔 이 기법으로 그림을 그리고는 했다. 거친 질감으로 표현된 해바라기는 정리되지 않은 것 같은 느낌이 들었지만 좀 더 강렬한 느낌으로 눈에 들어오는 것 같았다.

해바라기는 거의 완성 단계였다. 하지만 가을은 또다시 끝을 맺지 못하겠는지 작업을 멈추고 말았다.

'잠시 쉬었다 그려볼까.'

이대로는 진행이 되지 않을 것 같았다. 차를 한 잔 마시고 다시 그려볼까 생각했다가 고개를 가로저었다. 나이프를 손에서 내려놓는 순간 이 그림을 다시 그릴 수 있을 것 같지 않았기 때문이었다. 가을은 결국 자리를 뜨지 못한 채 그 자세 그대로 잠시 휴식을 했다.

"느낌이 좋네요."

갑작스럽게 등 뒤에서 들려온 음성에 가을의 어깨가 흠칫 굳어졌다. 이젤 앞에 우두커니 앉아 캔버스 위를 물끄러미 응시하고 있던 그녀의 뒤로 어느새 윤석이 다가서 있었다. 그는 무척이나 집중해서 가을의 그림을 바라보고 있었다.

"원래 유화를 그렸어요? 그간 유화 그리는 건 못 본 것 같은데."

"아, 네. 원래 유화를 즐겨 그려요. 여기 와서는 그리지 못했지만요."

고개를 끄덕인 윤석은 다시 그림으로 시선을 돌렸다.

"수채화 그릴 때도 좋긴 했지만 가을 양한테는 확실히 유화가 더 어울리는 느낌이네요. 내가 괜히 말을 걸어서 방해한 모양인데 마저 그려요."

윤석이 멀어졌고 가을은 다시 캔버스 위로 시선을 돌렸다. 손에 쥔 나이프의 무게가 유독 무겁게 느껴졌다. 10분의 시간을 더 보내고 나서야 가을은 자리에서 일어섰다. 그림은 결국 미완성인 상태로 남겨졌다. 도구를 정리하고 자리에서 뜨려던 그녀는 멀지 않은 곳에 놓여 있는 이젤을 물끄러미 응시했다.

하얀 천으로 덮인 이젤 위에는 아직 완성되지 않은 태민의 초상화가 놓여 있었다. 초상화는 그 뒤로 전혀 손을 대지 못하고 있었다. 남은 작업은 간단했다. 굳이 태민이 있지 않아도 끝낼 수 있는 작업이었지만 조금도 진전이 없었다.

'어째서일까.'

환하게 웃는 얼굴을 볼 때마다 자꾸만 과거에 보았던 의현의 얼굴이 떠올랐다. 전혀 닮지 않은 얼굴을 보며 그를 떠올리고, 그 기억에 아파하다 결국 붓을 든 손을 아래로 내리고 말았다. 그게 몇 차례 반복되다 보니 한동안은 초상화 작업이 무리일 것 같아 아예 손을 놓아버렸다. 오늘처럼 이렇게 다른 그림을 그리다 집으로 돌아가는 일이 이미 일주일 넘게 반복되고 있었다. 가을이 발길을 떼어내지 못하고 한참을 홀로 상념에 잠겨 있을 때였다.

"언니. 오늘은 벌써 가세요?"

말을 걸어온 앳된 목소리가 가을을 현실로 끌어당겼다. 곁으로 다가선 이는 화실에 다니는 진희였다. 고등학생인 진희는 입시 준비로 이 화실에 다니고 있었다. 화실에 다니며 몇 번 마주쳐 인사를 했고 태민이 사다 준 간식거리들이 홀로 먹기에는 많은 양이라 그걸 주고는 했는데 이제는 가을을 무척이나 잘 따랐다.

"응. 오늘은 좀 일찍 가려고."

"와, 이거 언니가 그린 거예요?"

유화로 그린 해바라기를 보며 진희는 정말 잘 그렸다는 칭찬과 함께 연신 감탄사를 뱉어냈다. 그녀는 보통 화실에 오면 소묘를 그리다 돌아갔는데 다른 이가 그린 수채화나 유화 그림을 보면 매번 이와 같은 반응을 보이고는 했다.

"언니."

"응?"

"전화 오는 거 같아요."

진희의 말에 가을이 고개를 숙여 손에 든 가방을 내려다봤다. 희미하게 진동음이 들려왔다.

"아, 그러네. 언니 이만 가볼게. 열심히 해."

"네. 조심해서 가세요."

짧게 웃어 보이며 인사를 건넨 가을은 그대로 건물을 빠져나가 전화를 받았다. 집주인 아주머니에게 걸려온 전화였다.

"네, 아주머니."

[통화 괜찮아? 집에 갔는데 없어서 전화로 했어.]

"제가 잠깐 나와서요. 지금 가는 길이에요. 말씀하세요."

[다른 게 아니라, 그 이틀 전에 집 보고 간 사람 있잖아.]

"네."

[그 사람이 계약하겠다고 하네. 근데 한 달 뒤쯤 들어오는 거로 했으면 좋겠다는데. 괜찮을까?]

몇 주간 집을 보러 오겠다는 사람이 없다가 이틀 전 한 여자가 다녀갔다. 가을이 집을 깨끗하게 사용하기도 했고 여자 혼자 쓰기에 딱 적당한 집이라 들어오겠다고 한 모양이었다. 가을은 날짜를 가늠했다. 한 달이면 그래도 가을이 생각했던 것보다 빠르게 집이 나간 편이었다.

"네. 괜찮아요. 그럼 그렇게 알고 있을게요."

[그래. 생각보다 집이 늦게 나갔는데 이해해 줘서 고마워. 아, 누가 고구마를 한 상자나 보내줬는데 이따 쪄서 좀 가져다줄게.]

"네, 감사합니다."

[그럼 바쁠 텐데 일 봐.]

통화를 마친 가을은 걸음을 멈추고 위를 올려다봤다. 화실 간판을 물끄러미 응시하다 작게 한숨을 내쉬었다. 내일부터는 그림이 그려지지 않아도 이젤 앞에 억지로 앉아 있기라도 해야 할 것 같았다. 한 달. 그 안에 초상화를 완성해야 했다.

❖

휴대전화를 왼쪽 귀에서 오른쪽 귀로 옮겨 받은 가을은 곤란한 기색을 담은 미소를 입가에 머금었다. 그런 가을의 반응과는 상관없이 상대방은 여전히 신이 난 목소리로 떠들고 있었다.

[요즘 어머니만 완전히 신나셨어요. 제가 주말만 되면 사라지다가 이제 운동 가는 시간 외에는 집에 딱 눌러앉아 있으니까 여기저기 끌고 다니느라 바쁘세요. 얼마 전에는 백화점을 함께 갔었는데 4시간을 돌아다닌 거 있죠? 전 어머니 체력이 그렇게 좋은 줄 처음 알았어요. 아, 가을 누나도 쇼핑하는 거 좋아해요?]

그간 어떻게 하고 싶은 말을 참고 지냈을까. 태민이 활달한 편이긴 했지만 이렇게 말을 많이 하는 것은 처음인 것 같았다.

가을의 부탁도 있었고 그녀의 번호로 전화를 거는 건 위험하다고 생각했는지 태민은 서너 번 문자를 보낸 것 외에는 그간 가을에게 전화를 걸지 않았다. 그녀가 화실에 나가 있는 시간에 윤석에게 전화를 걸었던 태민이 때마침 가을이 화실에 나온 것을 알고는 바꿔달라고 했다. 그리고 20분째, 전화를 끊지 않고 있었다. 가을이 난감한 얼굴로 윤석을 바라보자 윤석은 '녀석이 가을 양 걱정을 많이 하는 모양이에요.' 라고 그녀에게만 들리도록 속삭이듯 말을 하고는 화실을 벗어났다. 신경 쓰지 말고 편하게 통화를 하라는 배려 같았다.

[듣고 있어요?]

"아, 듣고 있어요. 어머니랑 같이 시간 보내는 거 좋은 거 같아요. 그간 일 때문에 바쁘기도 했다면서요."

[네. 이렇게 좋아하실 줄 알았으면 진작 시간 좀 많이 낼 걸 그랬다는 생각이 들더라고요. 누나는 어떻게 지내요? 제 초상화 다시 그리기 시작했다면서요?]

가을은 이젤 위에 놓인 캔버스로 시선을 보냈다. 그림은 여전히 제자리걸음을 하고 있었다.

"네. 다시 시작은 했는데 조금 어렵네요."

[아무래도 제가 없어서 잘 안 그려지죠? 제가 거기 앉아 있기만 해도

막 의욕 생기고 그러지 않았어요?]

능청스러운 태민의 말에 가을이 작게 웃음을 터트리고 말았다. 휴대전화 너머에서도 작게 웃는 기척이 느껴졌다.

[제가 지금 그쪽으로 가는 건 좀 위험하겠죠?]

아직 의현이 의심하고 있을 테니 태민이 화실로 오는 건 위험하다는 생각이 들었다. 가을이 미안하다는 말을 하려는 찰나, 태민이 먼저 그녀에게 사과를 건넸다.

[미안해요. 알면서도 한번 말해봤어요.]

"그림은 어떻게든 저 혼자 해볼게요."

[그렇다고 안 그려지는 거 억지로 그리지는 말고요. 천천히 그려서 줘도 되니까 부담 갖지 말아요.]

가을은 답하지 않았다. 그녀는 조만간 이곳을 떠나야 했고 그 안에 그림을 완성해야 했기 때문이었다. 이곳을 떠난다는 말은 태민에게도 윤석에게도 하지 않을 생각이었다. 여기서 또 떠난다는 것을 알게 되면 어쩌지 태민이 당장 달려와 반대를 할 것 같았기 때문이었다. 그래서 완성된 초상화만 두고 조용히 떠날 생각이었다.

통화 내내 쉴 새 없이 떠들던 태민이 갑자기 조용해졌다. 잠시 침묵이 흘렀고 더는 할 말이 없는 것 같아 통화를 마치려 할 때였다.

[저 요즘 강의현 씨랑 테니스 하러 다녀요.]

이어진 말에 가을은 원래 하려던 말을 잊고 놀란 얼굴로 물었다.

"의현이랑 테니스를요?"

[네. 무슨 생각인 건지 같이 운동 다니자고 하더라고요. 그래서 주말마다 같이 다니고는 있는데, 그 사람 혹시 선수였어요? 무슨 운동을 그렇게 잘해요?]

"아, 의현이가 운동신경이 좋은 편이에요."

어릴 때는 몸이 약해 잘 뛰어다니지 못했지만 중학교에 입학하면서부터 의현은 운동을 즐겨 했다. 웬만한 운동은 대부분 좋아하는 편이었다.

[함께 테니스 하다 보면 어쩐지 절 가지고 노는 느낌을 받을 때가 있거든요. 그래서 한번은 화가 나서 있는 힘껏 공을 쳤더니 거의 홈런 수준으로 공이 코트 밖으로 날아갔어요. 공이 날아간 방향은 쳐다보지도 않고 주우러 갈 생각도 안 하면서 그냥 절 한심하다는 얼굴로 쳐다보더라고요. 그리고 코트 밖으로 나가 버렸어요.]

가을은 미묘한 표정으로 태민의 이야기를 듣고 있었다. 다른 사람과 의현에 관한 이야기를 하게 되는 날이 올 줄이야.

[그 사람 못하는 운동 없어요? 종목을 다른 거로 바꾸자고 해야겠어요.]

가을은 힘없이 미소 지었다. 만일 태민이 눈앞에서 봤다면 왜 그렇게 아픈 얼굴로 웃느냐고 타박했을지도 모를 일이었다. 그만큼 가을은 아프게 웃었다. 이런 사소한 것이라도 의현의 소식을 듣는 것에 안도감을 느끼는 자신이 싫었지만, 그래도 의현이 생각보다는 잘 지내는 것 같아 마음이 놓였다.

[강의현 씨 말이에요.]

태민의 목소리가 조금 더 낮아졌다. 잠시의 머뭇거림 끝에 이어진 음성이 유난히 무겁게 느껴졌다.

[저랑 있기 싫어하는 것 같은데도 주말마다 꼬박꼬박 저랑 운동 다니는 거 보면 정말 누나를 찾고 싶은 모양이에요. 차갑고 무서운 얼굴을 하긴 해도 누나 이야기가 나오면 가끔 보여주는 얼굴이 다른 사람 같아 보일 때가 있어요. 뭐, 그렇다고 그 사람을 동정하거나 싫어하지 않는다는 건 아니지만요.]

"……."

[제 착각일지도 모르겠지만 누나는 그 사람 미워하는 거 같지 않아서요. 누나는 강의현 씨를 미워하지 않고 그 사람은 누나를 그렇게 찾고 있는데 누나가 숨어 다니는 건 아무래도 이상하잖아요. 왜 그 사람에게서 도망쳐야 하는 건지 물어보는 건, 너무 주제넘을까요?]

가을은 잠시 답을 하지 못했다. 주제넘다고 말하기에는 태민이 많은 도움을 주었다. 하지만 의현과 가을의 관계는 쉬운 말로 정의될 수 없었다. 잠시 고민하던 가을은 자신이 왜 의현을 떠났는가, 라는 간단한 질문을 자신에게 던졌다. 그리고 머릿속에 떠오른 생각을 대답으로 대신했다.

"나는 의현이가 이제 그만 편해졌으면 해요. 그러려면 내가 그 애 곁에서 사라져야 하고요."

당장은 아니더라도, 시간이 걸리더라도, 윤가을이 없는 강의현의 삶은 언젠가 안정을 찾을 수 있을 것이다.

태민은 잠시 대답이 없었다. 두 사람의 관계에 대해 무엇도 알지 못하는 그에게는 이 대답이 어려운 말일 것이다.

[그럼 누나가 떠난 건 그 사람을 위해서라는 거네요?]

하지만 태민은 정확하게 가을이 건넨 답의 진짜 의미를 찾아냈다.

[역시 미워하는 게 아니었네요, 그 사람.]

가을은 서글프게 웃고 말았다. 어떻게 의현이를 미워할 수 있을까. 다른 사람도 아닌 강의현을. 가을은 절대 그럴 수 없었다.

[무슨 의미인지 정확히는 모르겠지만 대답해 줘서 고마워요. 약속은 꼭 지킬게요. 그러니까 너무 걱정하지 말아요.]

"고마워요."

[고맙긴요. 제가 너무 귀찮게 했죠? 오랜만에 통화라 반가워서 그랬어요. 그만 끊을게요.]

통화를 마치고 가을은 잠시 아무런 움직임을 보이지 못했다. 5분여 정도 그렇게 시간을 보내다 주변을 둘러봤다. 휴대전화를 돌려줘야 했지만 윤석은 아직 돌아오지 않았다. 지척에 놓인 사이드 테이블 위에 휴대전화를 내려두고 가을은 다시 이젤 앞에 앉았다. 환하게 웃는 태민의 얼굴을 응시하다 붓을 다시 손에 들었다.

'어디부터 다시 손을 대야 할까.'

고민하며 캔버스 위를 응시하다 붓에 푸른 물감을 묻힌 순간이었다. 뒤에서 가까워지는 기척이 느껴졌다. 가을은 붓을 내려놓고 사이드 테이블을 향해 손을 뻗었다.

화실 문은 늘 활짝 열려 있었다. 그녀는 당연히 화실 안으로 들어선 사람이 윤석일 거라 생각했다. 화실 회원들은 보통 화실 안으로 들어설 때 먼저 인사를 건네지만 윤석은 그림을 그리는 일에 방해가 될까 싶은 건지 매번 조용히 화실 안으로 들어섰기 때문이었다.

휴대전화를 돌려주기 위해 뒤를 돌아본 그녀의 얼굴에서 웃음기가 싹 사라졌다. 뚜벅— 가까워지던 발걸음 소리 역시 사라지고 지척에 선 이의 그림자가 가을의 위로 어두운 그늘을 만들어냈다. 탁— 손에서 떨어져 내린 휴대전화가 바닥에 부딪혀 둔탁한 소음을 만들어냈다.

그는 표정 없는 얼굴로 태민의 초상화를 내려다보고 있었다. 하염없이, 마치 시간이 멈추기라도 한 것처럼. 멈춘 것 같았던 시간이 다시 움직이기 시작한 것은 그 차가운 시선이 가을의 얼굴을 향해 움직인 순간이었다. 현실감이 느껴지지 않는 풍경에 그녀는 눈조차 깜빡이지 못했다.

"오랜만이네."

서늘한 그 목소리가 가을을 현실로 끌어당겼다. 온몸을 옭아맨 시선에 조금의 움직임도 보일 수 없었다. 밤을 닮은 까만 눈동자. 여전히 끝나지 않은 지독한 밤. 의현이 지금 그녀의 눈앞에 서 있었다.

다시 시작된 밤

차 안에는 적막감이 감돌았다. 가을을 찾기 위해 서울에서 출발한 지 한 시간이 넘어설 때까지 의현은 말없이 창밖만을 바라보고 있었다. 높고 즐비한 빌딩과 아파트 건물들이 시야에서 사라졌고 넓은 도로가 점차 좁아지더니만 비포장도로로 차가 들어섰다.

아파트는 보이지 않았고 건물들은 대부분 낮았다. 높아 봐야 2~3층의 건물이 대부분이었고 단독주택이 드문드문 자리를 잡고 있었다. 주변에는 논과 밭이 보이기도 했다. 의현에게는 그 모든 것들이 낯선 풍경이기만 했다. 그건 가을에게도 마찬가지일 것이다. 열 살에 처음 의현의 집에 들어와 같은 것을 보고 같은 환경에서 함께 자랐으니 당연한 일이었다.

"얼마나 걸려?"

차에 올라타고 의현이 처음으로 건넨 말이었다. 진호는 내비게이션에 나온 도착 예정 시간을 확인했다.

"거의 다 왔습니다. 십 분이면 도착할 것 같습니다."

의현의 목적지는 화실 '아틀리에M' 이었다. 가을이 그 화실에 다닌다고 해서 지금 당장 만날 수 있는 것은 아니겠지만 그곳에 가을의 흔적이 조금이라도 남아 있다면 찾기는 수월해질 것이 분명했다. 특히나 이런 작은 시골 마을에서는 더 쉬운 일이 될 것이 분명했다.

비포장도로를 달리던 차가 다시 포장된 도로로 진입했다. 길은 좁았지만 차가 많이 다니지 않아서 운전하는 데는 무리가 없었다. 차는 곧 한 건물 앞에서 멈춰 섰고 의현은 창밖으로 시선을 보냈다. 3층짜리 건물이 그의 눈앞에 있었다. 2층에는 '아틀리에M' 이라는 간판이 걸려 있었다.

"여기입니다."

돌아오는 답은 없었다. 내려서 문을 열어야 할까 가늠하던 진호는 시동을 끄지 않은 채 운전석에서 자리를 지키고 앉아 있었다. 의현이 차에서 내릴 기색을 보이지 않았기 때문이었다. 가늠하듯 건물을 올려다보고 있던 그의 시선이 좀 더 아래로 움직였다. 건물 입구에서 한 남자가 모습을 드러냈다. 이미 사진으로 얼굴을 확인해 알 수 있었다. 태민의 아버지인 박윤석이었다. 윤석은 주변을 한번 둘러보고는 화실 건물 근처의 식당으로 들어섰다. 의현은 그제야 차에서 내렸다.

"여기서 대기하고 있어."

"네."

그는 홀로 화실 건물을 향해 걸음을 옮겼다. 건물 내부는 유난히 조용하다는 느낌이 강하게 들었다. 마을 자체가 조용한 편인 것 같았지만 이곳은 그보다 더 고요하다는 느낌이 강하게 들었다. 눈앞에 놓인 계단은 그리 높지 않았다. 하지만 어쩐지 그 계단을 밟는 일이 망설여졌다.

이 계단을 올라가 화실 안으로 들어섰을 때 윤가을이 있을까. 시간이 맞지 않아 지금 화실에는 가을이 없을 수도 있었다. 아니면 확신이 들었다고는 했지만 의현이 완전히 잘못 짚은 것일 수도 있다. 복잡한 감정을 제대로 추스르지도 못한 채 의현은 일단 걸음을 옮겼다. 계단에 올라설 때마다 울리는 나지막한 발걸음 소리가 심장을 옥죄었다. 이 작은 소리에도 의현이 이곳에 왔다는 것을 알아채고 가을이 도망을 칠 것만 같았다. 끝나지 않을 것 같던 계단은 어느새 끝이 보였다. 2층으로 올라선 그는 화실 문 앞에 섰다. 문은 열려 있었다. 의현은 조용히 시선으로만 화실 안을 훑어냈다. 그의 시선이 어느새 한곳에 멈춰 섰다.

하나로 묶어 올린 머리와 그로 인해 드러난 목선, 그리고 둥글게 떨어지는 어깨선이 유난히도 눈에 익숙하다는 느낌이 들었다. 커다란 창을 통해 가득 들어선 햇빛을 받은 뒷모습이 그 어느 때보다 선명하게 눈에 들어섰다. 늘 흐릿하기만 했던 세상이 그 순간만큼은 선명하게 눈에 담겼다. 이젤 앞에 앉아 붓을 쥔 손을 움직이지 못하고 생각에 잠겨 있는 뒷모습은 분명 의현에게도 익숙한 모습이었다.

'찾았다.'

탄식과도 같은 숨이 저도 모르게 입술 새로 흘러나왔고 손끝이 다시금 저릿해졌다. 심장이 빠르게 뛰었다. 지금 당장 달려가 저 작고 약한 어깨를 붙들어 제 앞에 세워 얼굴을 확인하고 싶었지만 의현은 숨을 한 차례 고르며 마음을 진정시켰다. 그는 다시금 주변을 둘러봤다. 지금 의현이 서 있는 곳 외에 다른 출구는 없는 것 같았다. 이 화실 안에 가을이 도망칠 곳은 존재하지 않는 것이다. 거기까지 결론을 내린 의현은 멈췄던 걸음을 다시 옮겼다.

뚜벅— 울리는 발걸음 소리가 귓가에 강하게 내려앉았다. 기척을 느낀 건지 가을이 살짝 움직임을 보였다. 뒤를 돌아보지 않고 사이드 테이블 위에 내려놓은 휴대전화를 손에 든 그녀는 웃는 얼굴로 뒤를 돌아보고는 그것을 의현에게 내밀었다. 아무래도 다른 이와 착각을 한 모양이었다. 의현의 얼굴을 확인하자마자 가을의 얼굴에서는 웃음기가 사라졌다.

그와 동시에 의현 역시 피가 싸늘하게 식어 내리는 느낌을 받았다. 그의 시선은 가을의 얼굴이 아닌 캔버스 위에 닿아 있었다. 저를 올려다보는 시선을 알아챘음에도 불구하고 의현은 캔버스 위에서 시선을 떼어내지 않았다. 아니, 떼어내지 못했다. 익숙한 얼굴이 그 안에 있었다. 태민이었다.

조금 전까지 의현을 혼란스럽게 만들었던 모든 감정이 그 순간 사라지고 사고가 정지했다. 환하게 웃고 있는 태민의 얼굴을 내려다보던 그는 천천히 가을을 향해 시선을 돌렸다. 오랜만에 보는 얼굴은 좀 더 야위어 있었다.

"오랜만이네."

인사를 건네는 목소리는 제 것이 아닌 것만 같았다. 1년 반이 넘는 시간 동안 미친 듯이 찾아 헤맨 것에 비해서는 참으로 간단한 인사였다. 어떤 말을 해도 지금 자신이 느끼는 이 감정을 표현할 방법은 없을 것이다. 어떤 마음으로 윤가을을 찾았는지, 또 조금 전 어떤 마음으로 이곳에 들어섰는지. 그리고 지금 눈앞에 보이는 김태민의 초상화를 보고 자신이 무슨 생각을 하고 있는지. 그 누구도 알지 못할 것이 분명했다.

의현은 천천히 몸을 숙였다. 조금 전 가을의 손에서 떨어져 내린 휴대전화를 손에 들어 사이드 테이블 위에 놓아두었다. 그 모든 행동이 가을의 눈에 선명하게 박혀들었다. 여유롭고 느긋한 그의 행동이 언제 칼날처럼 변해 자신의 목을 조를지 몰랐다.

팽팽하게 이어지던 균형이 깨진 것은 그때였다. 가을이 자리에서 벌떡 일어섰다. 그로 인해 의자가 넘어져 꽤 큰 소리를 내고 말았다. 하지만 가을은 그 자리를 벗어날 수 없었다. 어느새 의현의 손이 그녀의 손목을 강하게 붙들고 있었다.

"어디 가려고?"

"……어떻게 여길."

"나야말로 묻고 싶은데. 어떻게 네가 도망칠 생각을 했을지."

가을의 눈동자가 크게 흔들렸다. 쉽게 놓아주지 않으리라는 것을 드러내듯 그는 강한 힘으로 가을을 붙들고 있었다. 의현의 시선이 천천히 움직였다. 그는 가을의 어깨너머로 보이는 초상화를 다시금 응시하고 있었다. 그 눈이 시리도록 차가웠다.

"익숙한 얼굴이네."

말 한마디 한마디가 심장 깊이 박혀드는 느낌이었다. 발이 얼어붙기라도 한 것처럼 한 걸음도 떼어낼 수가 없었다.

"내가 생각한 것보다 더 김태민과 막역한 사이인가 봐."

비난과도 같은 음성이었다. 그의 시선이 다시 가을의 얼굴에 닿았다.

"정말로 나한테서 도망칠 거였다면 조금의 여지도 주지 말았어야지. 다른 사람도 아니고 김태민이라니. 아무리 아버지 사업에는 관심이 없다 해도 에치몬드와 서경그룹 사이에 연관이 아예 없다고는 생각지 못할 텐데 말이야."

차가운 시선과 칼날 같은 말들이 서걱— 마음을 도려냈다. 의현은 그녀의 손목을 놓아주고는 쓰러진 의자를 바로 세웠다. 손수건을 꺼내어 손을 닦아내는 행동에서도 조급함은 찾아볼 수 없었다.

"그림, 마저 그릴 게 아니라면 일단 나가지. 이후에 나눌 대화는 여기서 떠들 만한 내용이 아닐 테니까."

그가 손을 내밀었다. 하지만 가을은 도저히 그 손을 잡을 수 없었다.

"버틴다면 내 방식으로 끌고 나갈 텐데, 괜찮겠어?"

당장에라도 캔버스로 손을 뻗어 그것을 갈기갈기 찢어버리고 싶은 얼굴을 하고 있으면서도 그는 나지막이 속삭이듯 평온한 음성으로 말했다. 경고였다. 지금 나서지 않으면 후회할 일이 생길 것이라는 경고. 그 짧은 기다림조차 허용할 수 없다는 듯 의현이 가을을 향해 손을 뻗은 순간이었다.

"누구시죠?"

두 사람의 시선이 한곳으로 향했다. 화실 입구에서 누군가 막 안으로 들어섰다. 윤석이었다. 식당으로 들어서기에 시간이 꽤 걸릴 것이라 생각했지만 그는 금세 화실로 돌아왔다. 식사를 하러 간 건 아니고 잠깐 볼일이 있던 모양이었다. 의현은 손을 거둬내고는 태연하게 인사를 건네었다.

"안녕하세요."

"네. 처음 보는 얼굴인데, 가을 양 아는 사람이에요?"

"네. 가까운 지인입니다."

고개를 끄덕인 윤석이 가을의 얼굴을 바라봤다. 싸늘하게 굳어진 얼굴로 서 있던 가을은 애써 표정을 갈무리했다. 하지만 눈에 띄게 굳어진 얼굴을 보고 이상하게 생각한 윤석이 의현을 향해 조금 경계하는 눈빛을 보낸 순간이었다.

"아, 김태민 씨와도 잘 아는 사이입니다."

"우리 태민이랑요?"

"김태민 씨 어머니와 제 어머님이 아는 사이라 몇 번 인사하고 만났다가 최근에는 운동도 같이 다니고 있습니다. 테니스를 같이 치러 다니고 있는데 취미로 하는 거라 보기에는 실력이 너무 좋은 것 같아 물어보니 고등학생 때까지 부 활동으로 테니스를 했다더군요."

"맞아요. 녀석이 미술에도 재능이 있지만 테니스도 곧잘 쳐요. 다른 운동은 싫어하면서 테니스는 지금도 즐겨 친다고 들었어요."

"네. 운동 같이 다니면서 친해졌는데 아버님에 대해서도 몇 번 이야기하더군요. 친아버지가 화실을 운영하고 있는데 그 화실에 가을이가 다니고 있다고요."

그는 자연스럽게 그 경계심을 허물어 버렸다. 태민이 제 입으로 그런 말을 했을 리가 없다. 가을은 알고 있다. 하지만 윤석은 달랐다. 태민이 제 부친에 관해 말을 했다면 의현과 태민이 꽤 가까운 사이라고 짐작을 했다. 그의 의도대로 윤석의 경계심이 누그러졌다.

가을은 심장이 내려앉아도 몇백 번은 내려앉는 느낌을 받았다. 그런 가을과 다르게 의현은 여전히 태연했다. 가면 하나를 쓴 것처럼 친절한 얼굴로 태민과 아는 사이라고 자신을 소개한 의현은 자연스럽게 윤석과 대화를 이어나갔다. 가을은 그 낯선 얼굴을 보며 뒤로 한 걸음 물러서고 말았다. 하지만 의현은 그 작은 기척조차 알아챈 것처럼 곧장 팔을 뻗어 가을의 팔을 붙들었다. 제게서 이 이상 조금이라도 떨어지는 것을 허락지 않으려는 것처럼 말이다.

"오랜만에 얼굴 보러 온 건데 같이 식사하고 와도 될까요?"

"그럼요. 내 허락을 받을 일도 아니고 그림이야 그리고 싶을 때 그리다 가는걸요."

꾸벅 묵례하고 뒤를 돌아본 의현의 얼굴은 여전히 낯설었다.

"나가자."

다정한 목소리와 다르게 팔을 붙든 힘은 무척 강압적이었다. 가을은 주변을 정리하고 의현을 따라나섰다. 화실을 빠져나가 건물 밖으로 나설 때까지 자신이 무슨 생각을 하고 있었는지 기억해 내지 못할 정도로 가을의 머릿속은 엉망이었다. 그리고 건물 앞에 선 검은 세단을 본 순간 머릿속이 새하얗게 변해 버렸다.

최진호가 운전석에서 내렸고 뒷좌석의 문이 열렸다. 하지만 가을은 조금의 움직임조차 보이지 못했다. 한 걸음도 떼어낼 수 없는 사람처럼 굳어진 그녀의 뒤로 의현이 다가섰다. 다정하게 어깨를 감싼 손에 천천히 힘이 들어갔다.

"타."

잇새로 흘러나온 그 낮은 음성이 숨결과 함께 귓가에 와닿았다.

"지금 다시 올라가서 네 눈앞에 놓여 있던 그 캔버스, 박윤석 앞에서 모두 갈가리 찢어버리기 전에 일단 타."

"……."

"여기서 더 참아줄 만큼 내 인내심이 그리 좋은 편이 아니니까."

진심이었다. 그는 지금 화가 났고 허언을 할 사람이 아니었다. 가을이 차에 올라타지 않는다면 지금이라도 당장 화실로 올라가 윤석이 보는 앞에서 태민의 얼굴이 그려진 초상화를 망가트릴 것이 분명했다.

가을의 걸음이 천천히 움직였다. 그와 동시에 어깨를 붙든 손의 힘이 약해졌고 닿았던 체온은 멀어져 갔다. 차의 문이 닫히고 화실이 시야에서 멀어져 갔다. 철컥— 문이 잠기는 소리에 가을은 눈을 감았다. 의현은 그 뒤로 아무런 말이 없었다. 그 어느 때보다 숨 막히는 침묵이었다.

무겁게 이어지는 적막감 속에 가을은 진정하고 상황을 정리하려 애썼다. 태민이 직접 가을의 위치를 말했을 리는 없었다. 의현이 가을을 찾는 중이고 가을이 그에게서 도망쳤다는 것을 알게 된 뒤로 태민은 화실에 발길을 끊었다. 가을에게 전화조차 직접 거는 일이 없었다. 그럼 대체 어떻게 의현이 제 위치를 알게 됐는지 도무지 알 수 없었다.

"저 요즘 강의현 씨랑 테니스 하러 다녀요."

"무슨 생각인 건지 같이 운동 다니자고 하더라고요."

가을이 두 눈을 질끈 감았다. 바로 오늘 태민과 나눴던 통화 내용을 떠올린 순간이었다. 의현이 일부러 태민에게 접근해 그의 근처를 맴돌았다는 것은 그 대화만으로도 충분히 짐작할 수 있었다. 태민의 곁에 있으면서 가을의 흔적을 발견할 일이 있었을 것이다. 의도한 건 아니었겠지만 아마도 그건 분명 태민을 통한 것이었을 거라 짐작할 수 있었다.

"어디로 가는 거야?"

차에 탄 이후 가을이 처음으로 꺼낸 말이었다. 창밖을 바라보고 있던 그의 시선이 그제야 가을의 얼굴에 닿았다.

"그게 궁금해?"

"서울로 돌아가려는 거라면 차 돌려. 난 가지 않을 거니까."

"내가 지금 여기서 너한테 그런 선택권을 줄 거라 생각해?"

"세우지 않을 거라면 달리는 차에서 뛰어내리기라도 할까?"

가을의 얼굴에 냉소가 그려졌고 그걸 본 의현의 얼굴은 더 차갑게 굳어졌다. 마음은 다시 차갑게 굳어졌고 머릿속은 깨끗해졌다. 바뀌는 것은 없었다. 의현이 저를 찾으면 또 도망치면 될 일이다. 처음보다 더 어렵기야 하겠지만 가을은 이대로 의현의 곁에 돌아갈 생각이 없었다. 또다시 그 지옥 같은 일상을 반복할 수 없었다. 미쳐 가는 강의현을 그대로 둘 수 없었다.

"세워."

경고조의 말에도 의현은 꿈쩍하지 않았다.

"세우라고!"

가을은 몸을 돌려 차 문을 열려고 했다. 놀란 진호가 핸들을 꺾어 차가 크게 흔들렸고 이내 차는 갓길에 멈춰 섰다. 잠금을 풀고 빠르게 차에서 내린 가을은 도로 위를 달렸다. 다행히 차는 별로 없었지만 시야가 탁 트인 이런 곳에서는 의현의 눈을 피해 도망칠 수 없었다. 그런 그녀의 눈에 바다가 보였다. 눈앞에 넓은 바다가 있었다. 가을은 물속으로 뛰어들었고 의현은 그런 가을을 붙들었다.

"이거 놔!"

"윤가을!"

두 사람은 서로를 밀어내며 상처내고 할퀴었다. 예전에도 한 번 이런 적이 있었다. 아마 스물여섯 여름이었을 것이다. 가을은 바다에 뛰어들었고 의현은 그런 가을에게 지독히도 화를 낸 적이 있었다. 제 허락 없이는 죽는 것도 용서치 않겠다는 사람처럼.

물에 흠뻑 젖은 옷이 몸에 달라붙었다. 젖은 옷으로 인해 몸이 무거웠고 움직임이 둔해졌지만 가을은 자신을 붙드는 의현의 손을 있는 힘껏 뿌리치려 했다. 하지만 의현은 절대로 가을을 놓을 생각이 없다는 것을 드러내듯 더 강한 힘으로 그녀를 붙들었다.

"이거 놔! 두 번 다신 네 곁으로는 안 가! 죽어도 안 갈 거라고!"

가을의 외침에 의현이 화가 난 기세를 그대로 드러내며 그녀를 제 쪽으로 돌려세웠다. 두 사람의 시선이 허공에서 서로를 향해 얽혀들었다.

"안 가? 죽어도 내 곁으로는 안 가겠다? 그래서 죽겠다고?"

하— 입술을 비집고 나온 실소가 소름 끼칠 만큼 서늘한 감각으로 귓가에 전해졌다.

"달리는 차에서 뛰어내린다고 하질 않나, 내 눈앞에서 또 한 번 바다에 뛰어들질 않나. 이런 협박도 할 줄 알고 많이 영악해졌네, 윤가을."

"……."

"그럼 나도 해야 하나?"

그의 손을 뿌리치려던 가을의 행동이 거짓말처럼 멈췄다. 그 어느 때보다 강한 화를 담아내고 있는 눈이 가을을 내려다보고 있었다.

"자기 때문에 네 위치가 노출된 걸 김태민이 알면 어떨 거 같아?"

"뭐?"

"김태민은 제 어머니를 무척 아끼더군. 내가 너 때문에 윤민주에게 접근한 걸 알자마자 마치 다른 사람처럼 날을 세우더라고. 나와 내 모친과의 관계를 생각하면 참 많이 달라. 안 그래?"

가을은 태민의 어머니에 관해 이야기를 몇 차례 듣긴 했지만 사실 이름조차 알지 못하는 사이였다. 하지만 그가 지금 이 상황에서 무슨 의미로 저런 말을 하는 건지는 충분히 알 수 있었다. 윤민주는 김태민의 어머니였고 그는 가을을 찾는 일에 그의 어머니를 이용한 것이다. 그걸 태민이 알고 있고 지금 가을이 제 말에 따르지 않는다면 태민이 곤란한 일을 겪게 될 거라는 협박이었다. 그것도 그의 어머니를 이용해서.

"너, 대체 무슨 짓을 하고 다니는 거야?"

"너도 알겠지만 난 네 일이라면 가끔 무슨 짓을 해도 상관이 없을 때가 있거든."

"강의현."

"그러니까 얌전히 있어. 해야 할 이야기는 일단 서울에 가서 하자고."

"……."

"다시 한 번 말하지만 더는 내 인내심을 시험하지 마."

가을의 몸이 속절없이 그에게 다시 끌려갔다. 물에 젖은 채 그대로 차에 올라탔고 차는 다시 서울로 빠르게 향했다. 1분 1초가 느리게만 흘러갔다. 서울로 가는 내내 가을은 의현을 향해 눈길 한번 주지 않았다.

창밖의 풍경이 조금씩 달라졌다. 익숙하면서도 조금 낯설어진 풍경이 눈에 들어오기 시작했다. 가을은 이 길을 잘 알고 있었다. 화실 소솜에서 오피스텔로 향할 때 매일같이 걸어 다닌 길이었다. 이 차의 목적지는 눈에 보이듯 뻔했다.

"내려."

차는 그녀가 예상한 것처럼 오피스텔 주차장에 도착했다. 의현이 먼저 내려 문을 열었고 가을은 반항 없이 차에서 내려 그를 따라 걸음을 옮겼다. 도어록의 비밀번호는 그대로였다. 문을 열고 안으로 들어선 의현은 넥타이를 끌어 내리고 수건을 꺼내어 젖은 몸을 닦았다.

마르지 않은 물방울이 뚝뚝 떨어져 내렸다. 가을은 물기를 닦아낼 생각조차 하지 못하고 주변을 둘러봤다. 오피스텔은 그녀가 떠날 때와 별반 다르지 않은 모습을 유지하고 있었다. 없어진 물건들이 몇 가지 있긴 했지만 거의 변하지 않았다고 봐도 무방할 정도였다. 현실감이 느껴지지 않아 마치 환상이라도 보는 것처럼 멍한 얼굴을 하고 있던 가을을 현실로 끌어당긴 것은 의현이었다. 그는 가을을 제 쪽으로 끌어당겼고 새 수건 하나를 꺼내와 그녀의 머리 위를 덮어 커다란 손으로 물기를 닦아내 주었다. 그리고 찰나의 순간, 수건 사이로 눈이 마주쳤다.

"어쩌려고."

이어진 가을의 질문에 의현의 손길이 멈췄다. 잠시의 침묵이 흘렀고 그는 다시 태연하게 젖은 머리카락을 말려줬다.

"가두라고 했었나? 그래. 분명 그렇게 말했지. 넌 그때부터 이미 나한테서 도망칠 생각을 하고 있었던 거고."

"……."

"그 말에 나는 번거롭게 가둘 게 아니라 다리를 부러트리면 그만이라고 답했을 거야."

스륵— 수건이 머리 위에서 떨어져 내렸다. 눈앞에는 피할 곳도 없이 의현이 자리를 잡고 있었다. 그가 살짝 고개를 숙여 가을의 귓가에 입술을 가져다 댔다.

"그럼 이제 어쩔까."

나지막이 속삭인 말에 가을의 눈에 파르르 작게 경련이 일어났다. 의현은 지금 화가 났다. 그 어느 때보다 강하게 화를 내고 있었다. 숙였던 고개를 다시 제자리로 돌려놓고 허리를 곧게 펴는 얼굴이 그것을 여과 없이 드러내고 있었다. 가을은 그 차가운 두 눈을 마주한 채 일부러 그를 자극하는 말을 내뱉었다.

"한 번 한 거 두 번은 못할까. 네가 다리를 부러트린다면 난 기어서라도 갈 거야."

"해봐. 할 수 있다면 말이지."

"네가 어떤 협박을 해도 난!"

"아버지가."

머리 위에서 떨어진 무거운 음성에 가을은 하려던 말을 잊고 그를 올려다봤다. 의현은 조금도 서두르지 않는 얼굴로 가을을 쉴 새 없이 뒤흔들었다.

"널 많이 걱정하셨어."

뒤이은 말에 가을의 얼굴에서 표정이 사라졌다.

"강은형이 누구 때문에 죽었는지 모르고."

순식간에 눈물이 차오른 시야가 흐릿해졌다. 입술이 파르르 떨려왔다.

"강의현."

"그러니까 더는 날 화나게 하지 마. 당분간 여기 얌전히 있어. 죽은 듯이."

"……."

"안 그래도 너 때문에 미쳐 버린 내가 여기서 더 미쳐서 모든 걸 망가트리기 전에, 내 입으로 모두 말하기 전에, 얌전히 있으라고."

눈물이 툭— 볼을 타고 흘러내렸다. 의현의 손이 그녀의 뺨에 닿았다. 엄지로 뺨에 묻어난 눈물을 닦아내 주는 손길은 다정한 듯했지만 지금의 가을에게 그 손길은 칼날 같기만 했다.

"울지 마."

"……."

"나도 아버지가 거기까지 아는 건 원치 않으니까."

땅이 무너져 내리고 세상이 또 한 번 어그러졌다. 그와 함께 발을 디디고 있는 이곳은 여전히 지옥이었다.

❖

퇴근하고 집에 돌아온 태민이 샤워를 마치고 방으로 돌아와 부재중 전화를 확인했다. 아버지에게서 걸려온 전화였다. 수건으로 젖은 머리카락을 털어내며 그는 제 아버지에게 전화를 걸었다. 몇 번의 신호음 끝에 익숙한 목소리가 들려왔다.

[여보세요.]

"네, 아버지. 전화하셨던데요."

[통화 괜찮아? 바쁠 때 전화한 것 같아서 금방 끊었는데.]

"아니에요. 퇴근하고 지금 집에 와 있어요. 샤워하느라 전화기를 방에 두고 가서 못 받은 거뿐이에요. 식사는 하셨어요?"

[그럼. 시간이 몇 신데, 진작 먹었지.]

이쯤이면 대충 물기는 제거했다 싶어 수건을 세탁 바구니에 넣은 태민이 침대 위에 걸터앉았다. 태민이 회사에 다닌 뒤로 일하는데 방해가 될 것을 염려하는 건지 윤석은 평일에 그에게 전화를 잘 걸지 않았다. 별거 아닌 일로 평일 이 시간에 윤석이 그에게 전화했을 리가 없다. 뭔가 급한 용건이 있는 것 같아 태민이 먼저 말을 꺼냈다.

"무슨 일 있으세요?"

[다른 게 아니라……. 아, 이거 참. 이름을 물어볼 걸 그랬네. 생각해 보니 이름도 못 물어본 걸 지금에서야 알았으니.]

"누구 말씀하시는 거예요? 누가 다녀갔어요?"

[오늘 화실에 가을 양 아는 사람이 찾아왔었어. 너도 잘 아는 사람이라

고 하던데.]

"저를요?"

[그래. 나에 대해서도 들었다고 하고, 너랑 운동도 같이 다닌다고 이야기했다. 짚이는 사람 없어?]

단번에 의현의 얼굴을 떠올린 태민은 자리에서 벌떡 일어서고 말았다.

[너랑 아는 사이인 것 같았고 가을 양도 별말 없어서 그냥 그러려니 하고 인사만 했는데. 아무리 생각해 봐도 아까 봤던 가을 양 표정이 이상해서 말이다.]

"그래서요? 가을 누나랑 그 사람 지금 어디 있어요?"

[그야 아까 돌아갔지.]

그는 초조한 기색을 감추지 못한 얼굴로 손을 들어 입가를 매만졌다. 대체 어떻게 화실을 찾아간 걸까? 두 사람이 지금 함께이고 가을이 곤란한 상황을 겪고 있을지도 모른다는 생각에 잠시도 앉아 있을 수가 없었다.

[여보세요? 태민아?]

"아, 네."

태민의 걸음이 우뚝 멈췄다. 그의 반응에 뭔가 이상함을 느낀 윤석이 걱정스러운 음성으로 물었다.

[설마 너 모르는 사람인 거야?]

"아니요. 그 사람 저 아는 사람 맞아요. 어머니 소개로 알게 된 사람인데 같이 운동 다니는 것도 맞고요."

[그래? 그럼 다행이고.]

"아버지. 저 지금 일이 좀 생겨서 그런데 제가 다시 전화드릴게요. 조만간 화실에도 찾아갈게요."

[그래. 너 아는 사람이라니까 마음 놓이는구나. 어서 일 봐라.]

통화를 마친 태민은 휴대전화를 던지듯 침대 위에 내려놓았다. 그의 얼굴에 어두운 그늘이 드리워졌다. 의현이 가을을 찾기 위해 다른 곳도 아니고 태민의 아버지가 운영하는 화실로 찾아갔다. 아무리 생각해 봐도 저를 통해 가을의 위치를 찾아낸 것만 같았다.

"대체 언제……."

티가 날 만한 행동은 하지 않았다고 생각했다. 일부러 가을에게 전화도 하지 않았고 화실에도 발길을 끊지 않았던가. 초조한 듯 이리저리 방 안을 서성이며 돌아다니던 태민은 침대 위에 던지듯 내려놓은 휴대전화를 내려다봤다.

"문자."

그 순간 태민은 아버지가 보낸 문자를 떠올렸다. 의현과 그의 어머니가 함께한 저녁 식사 자리였다. 잠시 자리를 비운 새에 아버지가 문자를 보냈고 그는 레스토랑에서 나와 뒤늦게 문자를 확인했다. 태민은 혹여 자신이 자리를 비운 새에 의현이 문자를 봤을까 잠시 걱정했지만 그의 행동은 가을을 찾았다고 여기기에는 너무 태연해서 의심조차 하지 못했다. 하지만 다시 생각해 봐도 그가 태민을 통해 가을의 흔적을 찾았다면 짚이는 것은 그것뿐이었다.

'그럼 나 때문에…….'

손을 들어 이마를 짚었다가 낮게 욕을 뱉어낸 태민이 휴대전화를 다시 손에 들어 가을의 번호를 찾아 통화 버튼을 터치했다. 혹여 전화를 받지 않으면 태민은 지금 당장에라도 아버지의 화실이 있는 곳으로 갈 기세였다. 몇 번의 신호음이 이어졌다. 그 짧은 시간을 기다리지 못한 태민이 스마트키를 손에 쥔 순간이었다.

[여보세요.]

태민의 행동이 멈췄다. 액정에 뜬 것은 분명 가을의 번호였다. 하지만 전화를 받은 음성은 가을의 것이 아니었다. 굳이 확인하지 않아도 수화기 너머에 있는 사람이 누구인지 알 수 있었다. 그건 상대방도 마찬가지인 듯했다.

[말해. 김태민.]

의현이었다.

휴대전화 너머에서 한동안 들려오는 답은 없었다. 희미한 호흡 소리만이 이어졌고 의현은 그 긴 침묵에 작게 한숨을 내쉬고는 창밖의 풍경을 바라봤다.

오피스텔에 가을을 두고 홀로 돌아오는 길이었다. 가을은 더는 소리를 지르지도 돌아가겠다고 고집을 부리지도 못했다. 그저 입을 다물었고 의현의 말에 그 어떤 반응도 보이지 않았다. 아버지라는 카드를 꺼내 든 것이 절반은 먹혀든 것이다.

가을이 입을 닫아버리자 두 사람 사이에는 그 어떤 대화도 이어지지 않았다. 일단 가을을 서울에 데리고 온 것으로, 또 제 공간에 둔 것으로 충분하다고 생각한 의현은 꽤 많은 인원을 오피스텔에 붙여두었고 홀로 그곳을 빠져나왔다. 아무리 가을이라도 이번에는 쉽게 도망칠 수 없을 만한 숫자였다. 거기까지 떠올린 의현은 다시 통화에 집중했다. 가을에게서 빼앗듯이 가져온 휴대전화에 가장 먼저 전화를 걸어온 사람은 태민이었다.

[결국 찾으셨네요.]

"뭐, 덕분에."

[가을 누나는요?]

"누나? 꽤 친근한 호칭이네."

[설마 억지로 끌고 간 건 아니겠죠?]

"내가 억지로 끌고 왔든 윤가을이 제 발로 걸어왔든, 네가 상관할 바는 아니지."

[강의현 씨 이러는 거 송 대표님도 아세요?]

의현은 잠시 표정을 굳혔다. 가을에 관한 이야기를 하면서 송정윤을 언급하는 태민의 행동에 잠시 놀란 것 같았다. 그는 자신이 생각했던 것 이상으로 가을의 일에 태민이 깊게 관여되어 있다고 결론 내렸다. 하지만 의현은 이내 동요 없는 얼굴로 작게 실소를 터트렸다. 조금 전 그건 협박치고 너무 무르지 않은가.

"재밌겠네. 내 어머니에게 말하는 순간 어떤 일이 벌어질지 나도 궁금하거든."

[송 대표님도, 강 이사님도 왜 그렇게 사람을 함부로 대하죠?]

"대체 뭘 안다고 그렇게 떠드는 건지 모르겠는데, 내 어머니가 윤가을에게 차갑기는 해도 함부로 대하지는 못해."

[얼굴에 물을 뿌리고 뺨을 때리는 게 함부로 대하는 게 아니라면 강 이사님은 대체 어느 정도로 밑바닥을 보여야 사람에게 함부로 대한다는 말을 쓰나요?]

무거운 침묵이 이어졌다. 태민의 말을 듣지 못한 게 아니었지만 믿을 수 없다는 얼굴로 그의 말을 곱씹어 되새긴 의현이 굳어진 얼굴로 되물었다.

"뺨을 때려? 누가? 어머니가 윤가을을?"

[…….]

"대답해."

[궁금하면 송 대표님께 직접 물어보세요.]

"김태민."

허튼소리는 아닐 것이다. 그간 의현이 보아온 태민은 확실하지 않은 일을 떠벌릴 만한 성격이 아니었다. 그럼 어머니가 가을에게 물을 뿌리고 뺨을 때렸다는 그 말이 사실이라는 결론이 난다. 의현이 주먹을 꽉 쥐었다. 뼈마디가 드러날 정도로 강한 힘이었다.

[저는 가을 누나와 강 이사님 사이에 무슨 일이 있었던 건지 모릅니다. 하지만 적어도 이건 알아요. 누나는 강 이사님 미워하지 않는다고 했어요. 진심으로 걱정하는 것 같았고요.]

의현은 한참을 아무 말이 없었다. 혹시 통화가 끊어진 건가 싶었지만 통화 시간은 계속해서 흐르고 있었다. 작게 한숨을 내쉰 태민은 가을이 지금 어디에 있는지, 잘 있는지를 묻는 것 대신 그에게 충고하려 했다.

[서로에게 해가 되는 관계라면.]

"주제넘어."

태민의 말을 냉정하게 자른 의현은 안경을 벗고 손으로 눈 위를 덮었다. 해가 되는 관계. 독이 되는 관계. 그런 것들로 가을과 의현의 관계를 정의할 수 없었다.

"나와 윤가을은 그렇게 간단한 말로 정의할 수 있는 사이가 아니야."

손을 내리고 다시 천천히 눈을 뜬 의현은 어둠이 내려앉은 창밖을 응시했다. 그는 조금 전 태민이 했던 말을 떠올렸다. 가을이 저를 미워하지 않는다고 했다. 진심으로 걱정하고 있다고. 굳이 태민의 입을 통하지 않아도 의현 역시 알고 있는 사실이었다.

"윤가을이 날 미워하지 않는다고 했지? 나는 그날 이후, 단 한순간도 윤가을을 미워하지 않은 순간이 없었어. 왜인지 알아?"

사랑하지 않은 날이 없는 만큼,

"미워하지 않고는 견딜 수가 없었거든."

널 미워하지 않은 날도 없다.

"그만 끊지. 이 번호로 다시 연락해 봐야 소용없을 테니 윤가을 일에는 이제 그만 손 떼."

의현은 그대로 전화를 끊어버렸다. 통화를 마친 그는 휴대전화에 저장된 번호를 확인했다. 조금 전 전화가 걸려왔던 태민의 번호와 집주인 아주머니로 저장된 번호 하나. 그리고 일 관련으로 분류된 3개의 번호. 그의 눈에 마지막으로 들어온 것은 제 어머니의 번호였다.

가을이 어머니의 도움을 받고 있었다. 그녀는 가을이 도망치는 일에 가장 큰 조력자가 되어주었다. 그것을 의현의 눈으로 확인한 순간이었다. 그는 집주인 아주머니의 번호만 빼서 자신의 휴대전화로 연락처를 전송해 둔 뒤 창문을 내리고 휴대전화를 밖으로 던져 버렸다. 의현은 가을과 연관된 모든 것을 제 손으로 끊어낼 것이고 그녀를 다시 자신의 공간에 가두고 있었다. 그것이 여전히 자신을 스스로 가두는 행동이라는 것은 모른 채.

❖

창을 통해 어슴푸레한 새벽빛이 들어설 때까지 가을은 꼬박 뜬눈으로 지새우다 주변이 조금 환해졌을 때쯤 잠이 들었다. 침대에 누워 뒤척이던 그녀는 피부 위에 닿는 서늘한 바람에 잠시 몸을 움츠렸다가 천천히 눈을 떴다. 흐릿한 시야에 익숙한 듯 낯선 풍경이 눈에 들어왔다. 혹여 어제의 일이 꿈이 아닐까 했지만 지금 눈에 보이는 풍경은 그녀에게 확실하게 말해주고 있었다. 이게 현실이라고.

몸을 일으켜 세운 가을은 두 다리를 침대 아래로 내리려다 잠시 멈칫했다. 그녀는 어제 이곳에 돌아온 이후 집 안 물건에는 그 무엇에도 손을 대지 않았다. 아직은 조금 더운 날씨였지만 에어컨도 켜지 않고 잠들었고, 잠들기 전 마지막으로 보았던 것은 높은 건물에서 내려다볼 수 있는 야경이었다. 하지만 지금 가을이 보는 풍경은 많이 달라져 있었다.

시간은 오후 1시였다. 이 시간이면 밝은 빛이 창을 통해 쏟아져 내려야 하지만 블라인드가 내려져 있었고 에어컨이 켜져 있었다. 마치 잠든 가을을 배려라도 한 모양새였다. 거기까지 생각이 미치자 가을은 그 순간 뒤를 돌아보는 일이 어쩐지 두려워졌다.

망설이는 기색을 알아채기라도 한 것처럼 좀처럼 움직이지 않던 등 뒤의 누군가가 움직이는 기척이 느껴졌다. 슬리퍼 끄는 소리가 들려왔고 그녀의 앞을 지나쳐 창가로 다가선 의현이 블라인드를 올렸다. 환한 빛이 다시 집 안에 들어설 때까지 가을은 빈 바닥을 한참 응시하고 있었다. 그리고 그 시야에 누군가의 모습이 들어섰다. 의현이 제 앞에 선 것이다.

"생각 정리 끝났으면 그만 일어나지그래."

그녀는 하는 수 없이 고개를 들었다. 단정한 정장 차림의 그는 여전히 잘 만들어진 인형 같았다. 의현은 오늘 에치몬드 호텔에 출근했을 것이고 지금 이 시각이면 호텔에서 한창 바쁘게 일을 해야 했다. 그런데 왜 여기에 와 있는 것일까.

'감시라도 하러 온 건가.'

가을은 실소가 터져 나오려는 것을 참아냈다. 그런 일이야 의현이 직접 하지 않아도 다른 사람을 시키면 될 일이었다. 그녀는 대꾸 없이 몸을 일으켜 세웠고 부엌으로 향했다. 차가운 물을 한 잔 마시고는 한 차례 숨을 골랐다. 머리가 좀처럼 깨지 않는 느낌이었다. 그러다 문득 컵을 쥔 손에 이질감이 느껴지는 것을 알아챘다. 가을은 표정 없는 얼굴로 제 손을 물끄러미 내려다봤다.

도망친 가을이 바다로 뛰어들려다 의현과 승강이를 벌이는 상황에서 손에 상처가 났었다. 그 손에 밴드가 붙여져 있었다. 그것을 본 가을은 사고가 정지한 사람처럼 조금의 움직임도 보이지 못했다.

지금 집 안에는 가을과 의현뿐이었다. 의현은 그녀에게 사람을 붙여두었어도 이 공간에는 절대 다른 사람을 들이지 않았었다. 직접 오지 못할 상황에서 가을에게 전달해야 할 일이나 급한 용무가 생겼을 때는 진호를 보내고는 했었다. 하지만 그마저도 의현의 허락이 있어야 했고 집 안에 가을이 있을 땐 꼭 그녀가 문을 열어줘야 들어가도록 전달을 해두었다.

가을이 잠든 사이 초인종을 누른 사람은 없었고 의현이 직접 와 있는 상황에서 진호를 보냈을 리도 없다. 그럼 답은 간단해졌다. 손의 치료는 의현이 해놓은 것이었다.

드륵— 등 뒤에서 의자 끄는 소리가 났다. 가을의 상념도 거기까지였다. 어느새 부엌 안에 들어선 의현이 식탁 앞에 앉아 있었다.

"앉아."

그 커다란 식탁 위에는 포장된 음식이 놓여 있었다.

"자꾸 두 번 말하게 하지 마."

단호하게 말하긴 했지만 오늘의 의현은 어제와는 많이 다른 모습이었다. 그는 서두르지도 화를 내지도 않았다. 가을이 이미 제 공간에 들어서 있기 때문인지도 몰랐다.

가을은 다시 식탁 위를 내려다봤다. 포장된 음식은 1인분이었다. 의현이 먹을 게 아니라 가을이 먹을 음식이라는 것을 알 수 있었다. 작게 한숨을 내쉰 그녀는 물을 한 잔 떠서는 의현의 앞에 앉았다. 하지만 음식에는 전혀 손을 대지 않았다. 팽팽한 신경전을 벌이듯 가을은 버텼고 의현은 그런 가을을 압박했다. 하지만 그녀는 끝까지 음식에 손을 대지 않았다. 의현의 한숨 소리가 들려왔다.

"이제 어쩔 거야?"

긴 신경전을 끝낸 것은 가을이었다. 툭 던진 질문에 그는 가늠하듯 가을의 얼굴을 바라보다 입술 끝을 비틀어 올렸다.

의현은 가을을 찾고 싶었다. 아니, 반드시 찾아내 제 곁에 둬야 한다는 생각이 머릿속을 지배했다. 찾지 못하면 미쳐 버릴 것 같았다. 그리고 이제 윤가을을 찾았다. 그럼 이제 어떻게 해야 할까. 스스로 다시 한 번 던진 질문에 그는 쉽게 답을 내렸다.

"어쩌긴. 너 때문에 미뤄진 것뿐이니 예정대로 해야지."

결혼. 가을이 잠시 눈을 질끈 감았다가 다시 그의 얼굴을 마주했다.

"사모님이 그걸 찬성할 거 같아?"

"당연히 반대하겠지. 그럼에도 불구하고 난 진행할 거고."

"강의현."

"그나저나 나도 묻고 싶은 게 하나 있는데."

낮게 혼잣말을 하듯 중얼댄 목소리를 끝으로 의현의 얼굴에 조금 전까지는 보이지 않던 감정이 드러났다. 그는 지금 화를 내고 있었다.

"대체 언제부터 김태민과 그렇게 가까워진 건지 모르겠네. 나한테서 도망치는 일에 그 녀석 도움을 받을 정도로 의지한 거라면……."

"분명하게 말하지만."

의현의 말을 자른 가을이 단호한 얼굴을 했다. 그에게 피해가 가서는 안 된다는 생각에 마음이 다급해졌다.

"내가 도망친 일에 그 사람이 도움을 준 건 없어."

"그야 모르지. 네가 도망치는 일에 집을 마련해 줬다던가, 금전적으로 도움을 줬다던가, 그렇게 직접 도움을 준 건 아니더라도 간접적으로 도움을 줬을 수는 있지."

"……."

"예를 들어 내 눈을 피해 어머니를 만나는 자리를 마련했다던가. 뭐 그런 거."

가을의 표정이 눈에 띄게 굳어졌다. 그리고 그건 의현에게 그 어떤 말보다 확실한 대답이 되었다.

"역시 그랬군."

어머니가 가을에게 물을 뿌리고 뺨을 때렸다. 제 어머니에게 사람을 붙여둔 의현마저 모르는 일을 김태민은 알고 있었다. 의현의 눈이 닿지 않는 곳에서 따로 만날 자리가 있었던 것이다. 의현은 곧 어렵지 않게 답을 찾아냈다.

김태민은 서경 대표의 의붓아들이었다. 그리고 그의 어머니인 윤민주는 손님들을 초대해 파티를 여는 것을 좋아했다. 김태민의 집에서 디너파티가 있던 날, 어머니는 그 파티에 참석했고 가을은 상당히 늦은 퇴근을 했었다. 의현이 이 오피스텔에 미리 와 있었고 가을을 기다리고 있었던 날이기에 기억할 수 있었다.

늦은 밤에 돌아온 가을의 옷은 물에 젖어 있었고 뺨은 엉망으로 부어 있었다. 화실 회원들의 다툼을 말리다 실수로 뺨을 맞았다고 했지만 의현은 이제야 진짜 이유를 알게 됐다.

"다시 한 번 말하지만 김태민 씨는 이 일과 아무 관련이 없어. 너와 내 일에 다른 사람까지 피해 보게 하지 마."

의현의 시선이 다시 가을의 얼굴에 닿았다. 감정을 그대로 드러낸 얼굴이 눈앞에 있었다. 가을은 지금 태민을 걱정하고 있었고 의현은 그런 가을을 보며 화실에서 봤던 초상화를 떠올렸다. 환하게 웃고 있는 태민의 얼굴을 담은 초상화. 윤가을이 보는 김태민의 모습.

"내가 지금 가장 화나는 게 뭔지 알아?"

"……."

"네 입으로 아무 관련이 없다고 말하는 그놈을, 네가 내 앞에서 감싸고 있다는 거야. 마치 내가 그 녀석을 어쩌기라도 할까 겁이 나는 사람처럼."

가을은 대화를 더 이어나가고 싶은 생각이 없다는 것처럼 자리에서 일어섰다. 의자가 크게 흔들렸지만 신경 쓰지 않고 부엌을 벗어나 거실로 들어섰다. 하지만 의현에게 금세 손목이 잡혀 몸이 돌아갔다. 다시 그를 마주하게 된 가을은 그 손을 뿌리치려 했다. 의현은 쉽게 가을을 놓아주지 않았다.

"김태민, 건드리지 마."

가을은 의현을 향해 날을 세웠다. 그리고 의현은,

"그 이름."

그에 관한 분노를 숨기지 않았다.

"내 앞에서 두 번 다시 입에 올리지 마."

손목을 끌어당기는 힘이 강해졌다. 속절없이 그에게 이끌린 가을의 몸이 침대에 닿았다. 의현은 넥타이를 끌어 내리고 목을 잠그고 있던 셔츠 단추 하나를 풀어냈다. 조금의 여유도, 머뭇거림도 없는 행동이었다. 단정했던 모습이 흐트러졌고 커다란 손이 다시 가을을 압박했다. 그리고 입술 위에 조금 다른 체온이 와닿았다.

거칠기 짝이 없는 무자비한 입맞춤이었다. 하지만 곧 의현의 행동이 멈췄다. 코앞에서 가을을 내려다보는 얼굴이 차갑게 굳어져 있었다. 침실에는 한동안 거칠어진 가을의 숨소리만이 울려 퍼졌다. 의현은 손등으로 입술 위를 한 차례 훔쳐 내고는 제 손등을 내려다봤다. 피가 묻어 나왔다. 입술이 찢긴 것이다.

잠시 서로를 바라보는 시선 속에 긴 침묵이 이어졌다. 그 침묵이 깨진 것은 의현의 전화가 울린 순간이었다. 그는 전화를 건 이가 누구인지 이미 알고 있는 것처럼 가을에게서 시선을 떼어내지 않은 채 전화를 받았다.

"이후 일정 모두 취소해."

머리 위에서 떨어진 그 서늘한 목소리가 다시 시작될 긴 밤을 알리고 있었다.

아무도 모르는 이야기

가을이 오피스텔로 돌아온 지 어느덧 나흘이 흘렀다. 휴대전화는 그녀의 손에 없었기에 누구에게도 연락하지 못했고 오피스텔 밖으로는 한 발자국도 나서지 않는 생활을 했다. 거의 칩거나 다름없었다. 굳이 확인하지 않아도 오피스텔 앞을 지키는 이들이 있을 거라는 확신이 들었기 때문이었다. 아니라면 의현이 가을을 이렇게 홀로 놔둘 리 없었다.

욕실에 들어서 차가운 물로 연거푸 세수한 가을은 거울 속에 비친 제 모습을 바라봤다. 턱 끝에 맺힌 물방울이 툭— 아래로 떨어져 내리는 모습을 물끄러미 응시하다 조금 더 시선을 위로 올렸다. 드러난 목에 붉은 흔적들이 남아 있었다.

의현은 나흘간 하루도 빠짐없이 오피스텔을 찾았다. 달라진 것은 없었다. 서로에게 상처를 주고 그 상처 위를 할퀴는 일을 반복했을 뿐이다. 가을은 천천히 제 목에 남은 붉은 흔적을 매만졌다. 손끝이 희미하게 떨렸다. 통증 따위 느껴질 리 없는데 그 무엇보다 아픈 상처를 남겨놓은 듯한 느낌이었다.

수건으로 젖은 얼굴을 닦아내고 밖으로 나선 그녀는 조용한 집 안을 둘러봤다. 의현은 오늘도 올 것이다. 그리고 다시 긴 밤이 시작되겠지. 며칠째 제대로 잠을 자지 못해 몸 상태가 좋지 않다는 것을 가을은 스스로 느낄 수 있었다. 거기다 제대로 된 식사도 하지 않아 조금만 움직여도 현기증이 날 정도로 몸이 좋지 않았다. 두 발을 제대로 딛고 서 있었지만 땅이 움직이는 것처럼 현기증을 느낀 가을은 잠시 눈을 감았다가 이내 힘겹게 창가 앞으로 걸음을 옮겼다. 그리고 조용히 상념에 잠겼다.

나흘간 하루도 빠짐없이 오피스텔을 찾은 의현은 가을을 안았다. 예전과 달라진 점이 있다면 새벽에 일어나 출근 준비를 모두 마치고도 한참을 침대에 앉아 있었다는 점이었다. 미동 없이 가을의 얼굴을 바라보다 돌아가고는 했다. 그 시선을 느꼈지만 가을은 단 한 번도 의현의 두 눈을 마주해 준 적이 없었다.

상념은 거기까지였다. 초인종 소리가 집 안 가득 울려 퍼졌다. 가을은 여전히 창밖을 바라보고 있을 뿐 뒤를 돌아보지 않았다. 의현이라면 벨을 누르지 않을 것이고 이 시간에 벨을 누르고 여길 찾을 사람은 한 사람밖에 없기 때문이었다. 세 번째 벨을 누를 때까지 문을 열어주지 않으면 문밖에 선 이는 의현에게 전화할 것이다. 그리고 그의 허락을 받아 직접 문을 열고 들어올 테지.

띠리리—

생각이 끝나기가 무섭게 도어록이 해제되는 소리가 조용한 집 안에 울려 퍼졌다. 이내 유리에 비친 진호의 모습이 보였다. 꾸벅 묵례한 그는 쇼핑백 하나를 테이블 위에 내려놓았다. 아마 가을이 먹을 식사가 담겨 있을 것이다.

"초밥입니다. 좋아하시는 것들로 포장했는데 조금이라도 드세요."

진호는 의현의 지시로 이렇게 가을이 먹을 식사를 가져다주었다. 하지만 어제 가져다준 음식도 가을은 먹지 않았고 작은 쇼핑백은 그대로 테이블 위에 놓여 있었다.

"거기 두고 돌아가세요."

"오늘은 드시는 거 보고 돌아오라고 하셨습니다."

"온종일 여기에 서 계실 생각이세요?"

가을의 질문에 진호는 답하지 않았다. 그저 조금 곤란한 기색을 얼굴에 드러냈을 뿐이다. 돌아선 가을은 작게 한숨을 내쉬었다. 말은 그렇게 했지만 진호를 곤란하게 하려는 것은 아니었다. 그에게 무슨 죄가 있겠는가. 그녀는 결국 억지로 소파에 앉았다.

젓가락을 뜯어 초밥 하나를 억지로 입에 밀어 넣었다. 의무적으로 음식물을 씹어 목으로 넘기는 과정이 꽤 고통스러웠다. 생수병을 따서 목을 축이자 그나마 조금 나은 것 같았다. 물을 절반이나 마시고는 다시 초밥을 내려다봤다. 다 먹지는 못해도 두어 개는 먹는 척을 하고 진호를 돌려보낼 생각이었다.

"이전 집에서 사용하시던 물건은 모두 처분하고 짐은 여기로 옮겨오라고 지시해 두었습니다."

초밥 하나를 더 집어 들려던 가을은 이어진 진호의 말에 젓가락을 내려놓고 고개를 들었다. 의현이 가져간 휴대전화에 집주인 아주머니의 연락처가 있었다. 그는 어렵지 않게 가을이 지내는 곳을 찾아냈을 것이다. 그리고 그곳에서의 생활을 모두 정리하게 했다. 그 모든 과정에 가을의 의견은 존재하지 않았다.

"한 달 뒤에 들어올 사람이 구해졌다고는 들었는데 이사님 지시로 월세는 석 달 치를 미리 지급했습니다."

"쓸데없는 짓을 하시네요."

"화실에서 그리던 그림도 모두 여기로 가져오라고 했습니다만, 박윤석 씨가 한사코 안 된다고 내어주질 않으시더군요."

"그냥 두세요. 가져와도 모두 버릴 거니까."

혹여 이 일로 윤석에게 피해가 갈까 걱정되어 손끝이 떨려왔다. 진호가 알아채지 못하도록 가을은 손에 꽉 힘을 주었다. 그리고 자연스럽게 화제를 돌렸다.

"오피스텔은 왜 처분하지 않으셨나요?"

"이사님 지시였습니다. 일이 끝나면 거의 매일같이 여기 오셨습니다."

가을이 없으니 이 오피스텔을 처분할 거라 생각했지만 의현은 그렇게 하지 않았다. 그뿐인가. 사용하던 물건도 그대로 놓여 있었다. 집은 사람이 없으면 티가 나는 법이다. 하지만 오피스텔은 1년 반이 넘는 시간 동안 비어 있던 집이라고 보기에 무리가 있었다. 분명 사람이 지낸 흔적이 있다 싶었는데 지금 진호의 말로 그 의문이 해결됐다. 의현이 이 공간에서 지낸 것이다.

"최 비서님이 보시기에 제가 의현이에게 어떤 의미의 사람인 것 같나요?"

"비슷한 질문을 이사님이 하신 적이 있습니다."

"뭐라고 답하셨어요?"

"없어서는 안 될 사람 같다고 답했습니다."

"아니요."

가을은 딱 잘라 말했다.

"의현이한테 저는 없어져야 할 사람이 맞아요."

"없어져야 할 사람이라면 1년 반 동안 죽을 것처럼 찾아다니지는 않았을 겁니다."

"제가 없다고 의현이가 죽지는 않아요. 1년 반도 살았으니 시간이 지나면 5년도, 10년도, 그보다 더 긴 시간도, 멀쩡히 살아 있을 거예요. 죽을 것처럼 찾아다니는 건 잠시뿐이고요. 제 곁에서 이리 사는 것보다는 뭐가 됐든 훨씬 나은 삶이 됐을 거예요. 그렇게 생각하지 않으세요? 가장 가까이서 보셨으니 아실 텐데요."

"……."

"최 비서님이 의현이 곁에서 오래 일했다는 것도 진심으로 의현이를 위한다는 것도 알아요. 정말 의현이를 위한다면 제가 여기 있다는 거 송 대표님께 전해주세요."

도박이었다. 진호가 제 말을 듣지 않고 이런 이야기를 했다는 것을 의현에게 전할 확률이 더 높았지만 다른 방법이 없었다. 시간이 지나도 돌아오는 답은 없었다. 가을은 초밥이 담긴 상자를 다시 닫아 쇼핑백 안에 넣고는 그것을 저 멀리 치워 버렸다.

"도저히 넘어가지 않네요. 오늘은 먹는 흉내라도 냈으니 이만하고 돌아가시죠."

더는 식사를 이어나갈 수가 없었다. 진호는 나중에라도 꼭 드시라는 말을 남기고는 테이블 위에 휴대전화 하나를 내려놓았다.

"이사님께서 전해 드리라고 하셨습니다."

의현이 이 상황에서 가을에게 휴대전화를 주는 것은 이상한 일이었다. 미묘한 얼굴로 그것을 내려다보던 가을은 휴대전화를 손에 들었다. 그리고 이내 실소를 터트리고 말았다. 그가 건네준 전화는 수신만 가능한 상태였다. 거기다 가을이 이곳을 떠나기 전까지만 해도 설치되어 있던 와이파이까지 모두 사용이 불가능한 상태였다. 가을이 오고 난 뒤 해지를 한 모양이었다.

"저는 이만 돌아가 보겠습니다."

진호의 인사에 가을은 미동 없이 앉아 있기만 했다. 문이 닫히는 소리가 들리고 집 안에 침묵이 내려앉은 후에도 그녀는 움직임 없이 자리를 지키고 앉아 있었다. 그렇게 20분의 시간이 흘렀을 때쯤 전화가 울렸다.

이 번호를 아는 사람은 단 한 명뿐이다. 가을은 액정에 뜬 번호가 의현의 번호라는 것을 단번에 알아봤다. 눈감고도 외울 수 있는 번호였다. 그녀는 전화를 받자마자 차가운 음성으로 비난하듯 말을 이었다.

"하고 싶은 말이 있다면 직접 와서 해. 어차피 이 집에서 얼굴 볼 수 있는 사람이 너랑 최 비서님뿐인데 너한테밖에 걸려오지 않는 전화라니. 이게 무슨 끔찍한 짓이야?"

[어머니가 보고 싶은 거라면 내가 자릴 마련하지.]

가을이 두 눈을 질끈 감았다. 진호가 다녀간 지 고작 20분이 지났을 뿐이지만 여기서 나눈 대화는 이미 모두 의현의 귀에 전해진 모양이었다.

진호는 의현의 고교 후배였다. 막역할 정도로 친한 사이는 아니었지만 진중한 성격에 예의 바른 진호를 의현은 꽤 마음에 들어 했었다. 진호의 부친이 하던 사업이 잘못되어 집안이 기울고 동생이 아파 수술비 때문에 학교를 그만둬야 할 정도로 힘들었을 때 의현이 도움을 줬다고 들었다. 그에게 의현은 은인이었다.

[물론 그 자리에는 내가 동행해야겠지만.]

최진호는 정말 뼛속까지 강의현의 사람이라는 걸 다시 한 번 실감한 순간이었다. 가을은 자리에서 일어나 천천히 걸음을 옮겼다. 창밖의 아름다운 야경이 마치 다른 세상의 풍경처럼 눈에 들어왔다. 가을이 서 있는 곳은 밝지만 실상은 어둠뿐이었고 창밖의 세상은 어두웠지만 가을에게는 빛으로 보였다.

"강의현."

돌아오는 답이 없었다. 가을은 창에 손을 가져다 대고 눈에 보이는 풍경을 천천히 어루만졌다. 오피스텔 밖에 사람을 배치해 뒀다고 해서 가을을 이곳에 혼자 두는 것은 의현답지 않게 안이한 행동이었다. 의현은 가을이 예전과는 정말 다르다는 것을, 그를 정말 버리려 했다는 것을, 많은 것이 변했다는 것을 아직 인정하지 못한 모양이었다.

"12층 높이에서 사람이 떨어지면 죽어."

가을은 바다에 뛰어들려던 일 외에는 의현의 앞에서 죽음을 직접 입에 올린 적이 없었다.

"발을 내미는 순간 모든 게 끝나. 두려운 건 잠시고 아차 싶었을 땐 모든 게 끝나 있을 테니까."

그랬기에 의현은 가을이 이런 말을 꺼내리라고는 상상도 하지 못했을 것이다.

"굳이 네가 날개를 꺾지 않아도, 내 다리를 부러트리지 않아도, 이 모든 상황이 끝나는 방법이야. 안 그래?"

가을은 이런 식으로 의현을 협박해 본 일이 없었다. 형의 죽음으로 상처받은 의현을 죽음으로 협박하다니. 못할 짓이었다. 지금 내뱉은 말들은 가을에게도 고스란히 상처로 남겨질 것이 분명했다.

가을은 그대로 전화를 끊었다. 뒤이어 몇 번이나 휴대전화가 울렸지만 그녀는 전화를 침대 위에 던져 두고 하염없이 창밖의 야경을 바라보고 있었다. 그렇게 10분이 지났을까? 도어록이 해제되는 소리에 이어 쾅— 거칠게 문이 열렸다. 창문 앞에 선 가을이 뒤를 돌아봤다. 숨을 몰아쉬는 의현은 구두조차 벗지 않은 채 안으로 성큼 들어서 가을의 두 팔을 붙들었다. 목에 드러난 핏대가 분노한 그의 감정을 고스란히 드러내고 있었다.

"누구 마음대로!"

악에 받친 그의 목소리가 집 안을 가득 채웠다. 그리고 이어진 목소리는 떨림이 가득했다.

"누구 마음대로 죽는다는 소리를 해."

시뻘겋게 핏줄이 선 그의 눈은 불안하게 흔들리고 있었고 손은 잔뜩 떨리고 있었다. 가을은 의현의 두 눈을 마주하며 아픈 듯 얼굴을 찡그리고 말았다.

'날 가장 괴롭게 만드는 네가, 내가 죽을까 전전긍긍하는 모습이라니.'

널 미워할 수 없다. 그렇다고 사랑할 수도 없지. 용서를 구할 수도 용서를 받을 수도 없다. 그럼 대체 어찌해야 할까.

가을은 서글픈 얼굴로 웃었다. 그리고 의현을 향해 고개를 숙였다. 툭— 힘없이 그의 어깨에 이마가 닿았고 가을의 눈에서 눈물이 툭 떨어져 내렸다.

"우리 엄마는."

지친 듯 힘없이 갈라져 흘러나온 음성이 의현의 귀에 또렷하게 전해졌다.

"아버지에게 맞아 죽었어. 어린 나를 감싸다가."

가을을 떼어내려던 그의 행동이 멈췄다. 그녀는 다시 천천히 고개를 들었다. 그의 두 눈을 똑바로 마주한 채로 조용히 속삭이듯 말했다. 그 목소리는 너무 차분하고 평온해서 귓가에 전해진 말은 좀처럼 현실감이 느껴지지 않았다.

"나는 그날, 죽으러 가는 길이었어."

"……."

"아니. 죽임을 당하러 가는 길이었지."

가을은 그날의 일을 절대 잊을 수 없었다. 한 번도 잊은 적이 없었다. 그 밤, 가을은 남자의 죽음을 간절히 기도했다. 어둠 속에서 피를 흘리며 어린 자신을 바라보던 제 아버지의 죽음을.

분노하고 화를 내던 의현의 얼굴에서 점차 표정이 사라졌다. 그는 가을이 한 말을 이해할 수 없다는 얼굴을 하고 있었다. 이해하지 못하는 것이 당연했다. 고작 여덟 살이었다. 그리고 가을은 그 어린 나이에 죽임을 당하러 가는 길이라고 말했다.

"무슨 헛소리야."

갈라진 음성이 희미하게 떨려왔다. 팔을 붙든 손에 조금 전보다 더 강한 힘이 실렸다.

"우리 엄마는 사고로 죽은 게 아니야. 이미 죽은 채 뒷좌석에 누워 있었어."

가을은 자신의 이야기가 아닌 남의 이야기를 대신 전하듯 아주 천천히, 그리고 차분하게 말을 이어나갔다.

"아버지는 거의 매일같이 엄마와 나를 때렸어. 하루도 맞지 않은 날이 없었지. 엄마를 때리다 지치면 그 화살은 내게로 돌아왔어. 커다란 손과 무자비한 발길이 나에게 향하면 엄마는 너무 맞아 조금 전까지 움직이지도 못하던 몸으로 다시 나를 감쌌고 또 엉망이 될 정도로 맞았어. 그런 생활이 매일같이 반복됐어. 누구도 도와주지 않았고 도움을 청할 수 있는 사람도 없었지."

그 오래된 비밀을 전하는 가을의 얼굴에는 작은 동요조차 보이지 않았다. 그 때문에 의현은 지금 제 귓가에 전해지는 끔찍한 이야기가 현실처럼 느껴지지 않았다. 가을은 계속해서 말을 이어나갔고 의현은 그런 가을에게서 시선을 떼어내지 않았다. 잠시라도 눈을 감으면 가을이 사라져 버릴 것처럼 느껴졌다.

"그러던 어느 날, 아버지의 폭행을 참다못한 엄마가 날 데리고 도망을 치려 했어. 급하게 짐을 쌌고 어린 내 손을 잡고 집을 나서려는데 문 앞에 아버지가 있었어. 엄마가 날 데리고 집을 나가려 했다는 걸 알게 된 아버지는 그때까지와는 비교도 되지 않을 정도로 엄마를 때렸어. 그때 살던 방은 비좁았고 작은 창 아래에는 오래되어 낡은 협탁이 있었는데."

그때까지 동요 없던 가을의 얼굴이 잠시 일그러졌다. 떨리는 호흡을 뱉어내는 얼굴에 공포감과 두려움이 드러나 있었다. 뒤이어 흘러나온 음성은 조금 전과 달리 심하게 떨리고 있었다.

"그 협탁은 끝이 망가지는 바람에 모서리가 날카롭게 다듬어지지 않은 채로 놓여 있었어. 아버지에게 맞아 쓰러진 엄마가 그 협탁 모서리에 머리를 부딪쳤고 그 뒤로 엄마는 움직이지 않았어. 아무리 불러도, 흔들어도, 미동조차 없었지. 아버지는 창백해진 얼굴로 집을 나섰고 나는 엄마를 안고 울었어. 그리고 얼마 지나지 않아 밖에서 문이 잠기는 소리가 들려왔어. 정확히 가늠할 순 없지만 세 시간 정도를 갇혀 있었던 것 같아. 그리고 돌아온 아버지가 엄마를 뒷좌석에 태우고 날 그 차에 함께 태웠어. 비가 내리는 어두운 밤이었어."

그날이다. 12월 23일. 크리스마스를 이틀 앞둔 비가 내리던 밤. 은형이 죽은 밤. 의현이 세상에서 가장 소중했던 형을 잃은 날.

"어린 나이에도 알 수 있었어. 나는 죽겠구나. 아버지는 날 엄마처럼 죽이려는 거구나."

가을은 아버지가 어머니를 죽인 일의 유일한 목격자였다. 아버지는 어머니의 시신을 매장하고 가을마저 죽이려 했다. 그리고 그날, 가을은 살기 위해 핸들을 돌렸다.

빗길에 어린아이 둘만 살아남은 사고는 제대로 된 조사조차 진행되지 않았고 어머니의 사인은 사고사로 기록되었다. 몸에 멍 자국이 있었지만 대형 교통사고로 인해 많은 곳이 훼손된 시신에서 그것을 신경 쓰는 사람은 아무도 없었다. 그 누구도 아버지가 어머니를 죽였다는 생각은 하지 않았다. 아버지는 이미 죽었고 어린 가을마저 입을 다물었기에 아무도 알지 못했다. 눈앞에 있는 의현마저도 가을의 그런 끔찍한 삶에 대해서는 알지 못했을 것이다. 가을은 고개를 들었다. 그리고 그 어느 때보다 아픈 얼굴을 했다.

"네가 왜 울어?"

"웃기지 마."

의현은 화를 내고 있었다. 핏줄이 서 붉어진 두 눈에는 눈물이 고여 있었다.

"그래. 웃기지도 않는 얘기지."

"윤가을!"

죽어도 의현에게는 이야기하지 않으려 했다. 어머니가 죽었다 해서, 자신이 살고 싶었다 해서, 그의 형인 강은형이 죽어야 할 이유는 어디에도 없었다. 적재량을 무시하고 과속을 한 트럭, 핸들을 돌린 차. 그 어느 쪽에 원인이 있다 해도 사고에 가을이 연관되어 있다는 사실은 변하지 않았다.

"면죄부를 받자는 게 아니야."

그녀는 이제 정말 지쳤고 더는 버틸 힘이 없었다.

"용서해 달라는 말도 아니야."

가을은 의현과 자신이 닮았다고 생각했다. 차이가 있다면 모든 걸 다 쥐고도 의현은 사랑받지 못했고 가을은 무엇 하나 손에 쥐지 못하고 사랑마저 받지 못했다는 것뿐이었다. 신은 가을의 손에 단 하나 쥐어준 것마저 가장 끔찍한 방법으로 빼앗아갔다. 가혹했고 가을은 그런 신을 원망했다.

"의현아. 나는 아직도 모르겠어. 여덟 살이었던 어린 내가 그 상황에서 대체 뭘 할 수 있었던 건지. 그냥 죽었어야 했을까? 아버지를 따라 얌전히 그 차를 타고 가서 엄마처럼 그렇게 죽었어야 네가 행복."

가을은 말을 끝맺지 못했다. 다시 한 번 죽음이라는 단어를 입에 올린 가을을 의현이 강하게 붙들어 자신을 바라보게 했다.

"입 다물어."

가을은 버석하게 마른 웃음을 입가에 머금었다.

"어떻게 하면 네 마음이 풀릴까. 9년의 그 긴 시간을 버텼음에도 네가 날 용서할 수도 버릴 수도 없는 거라면 나는 대체 어떻게 해야 할까. 내가 죽는 것조차 네가 바라는 복수가 되지 못한다면 너는 대체 내게 뭘 바라는 거야?"

가을의 커다란 눈에서 눈물이 툭— 떨어져 내렸다.

"네가 이렇게 나와 같이 망가지는 게 강은형의 죽음에 대한 복수가 된다고 생각해?"

의현은 답하지 못했다. 너무 많은 일이 일어났고 가을의 말과 행동은 그를 혼란으로 빠트렸다. 그 혼란 속에서도 단 하나, 절대 변하지 않은 사실이 있었다.

그럼에도 불구하고 나는 너를 놓을 수 없다.

"네가 뭐라고 해도 난 너 절대 못 놔."

의현은 분노했고 화를 냈다. 제대로 된 판단을 할 수 없는 상태였다. 그는 곧바로 가을의 손을 끌어당겼다. 하지만 그녀는 그 손을 강하게 뿌리쳤다.

"강은형이 너한테는 전부라고 했지. 세상에서 가장 소중한 형. 그걸 내가 빼앗았고."

"……."

"그럼 너한테 뭐 하나라도 돌려줘야 할 텐데 내가 가진 게 그리 많지 않아, 의현아."

아주 작게 속삭이듯 중얼댄 목소리는 현실감이 느껴지지 않았다. 의현이 가을을 향해 다시 손을 뻗으려 했다. 그 순간 왼쪽 눈에 강한 통증이 느껴졌다. 그의 손은 가을에게 닿지 못했고 의현은 손으로 왼쪽 눈을 가린 채 고통에 찬 신음을 뱉어냈다. 한쪽 눈을 가리자마자 의현이 보는 세상은 조금 전보다 선명해졌다. 그리고 그 선명해진 시야에 끔찍한 광경이 펼쳐졌다.

"윤가을!"

가을이 화병을 들어 제 손을 내려쳤다. 의현은 조금 전까지 저를 지독히도 괴롭히던 통증은 잊은 사람처럼 가을을 붙들었다. 산산이 조각난 화병의 유리 조각이 바닥으로 흩어졌다. 깨진 유리에 베인 손에서는 피가 흘러내렸다. 그뿐만이 아니었다. 가을은 그 유리 조각을 손에 쥐고 힘을 주었다. 선명한 붉은 피가 흥건하게 바닥으로 흘러내렸다.

"이게 무슨 짓이야!"

의현은 제 손이 베이는 것도 상관하지 않고 가을의 손을 붙들었다. 손 안 가득 쥔 유리 조각을 빼내려 했지만 가을은 손에서 힘을 풀지 않았다. 의현의 손마저 유리에 베여 엉망이 되어갔다.

"손에 힘 풀어. 당장 놓지 못해!"

"그림은 두 번 다신 그리지 않을게."

소리치며 억지로 손에 쥔 유리를 빼내려던 의현의 행동이 멈췄다. 가을은 작은 통증조차 느끼지 못하는 사람처럼 동요 없는 얼굴로 의현의 두 눈을 마주했다.

"지금의 내가 잃을 수 있는 거. 내가 가진 재능, 이것뿐이야."

"……뭐?"

"하지만 이걸로는 부족하지?"

순식간이었다. 가을이 손에 쥔 유리 조각을 눈에 가져다 댔다. 망설임 없는 행동이었다. 뚝— 흘러내린 피가 의현의 손을 타고 손목으로 흘러내렸다. 피는 의현의 손에서 흘러내린 것이었다. 유리 조각이 눈에 닿기 직전, 그는 제 손으로 그것을 막았다.

"안 돼!"

그리고 겁에 질린 얼굴로 고개를 가로젓고 애원하듯 말했다.

"하지 마."

눈앞의 남자는 가을을 가장 상처 주는 사람이었다. 가시 같은 말로, 차가운 행동으로, 잔인하게 상처 주는 의현은 정작 가을이 다치는 것은 용납하지 못했다. 제 곁을 떠나는 것도, 함부로 다치는 것도, 죽음을 입에 올리는 것도, 그는 무엇 하나 허락하지 않았다.

유리 조각을 빼낸 의현은 피투성이가 된 가을의 손을 매만졌다. 제 손에서 흐르는 피는 상관치 않고 창백하게 질린 얼굴로 가을의 손을 살폈다. 그 커다란 손이 눈에 띄게 바들바들 떨리고 있었다. 가을의 눈에서 떨어진 눈물이 그의 손등 위로 떨어져 내렸다. 그 순간 의현의 시선이 다시 가을의 얼굴에 닿았다.

"놔줘."

"안 돼."

"이번에도 붙잡으면."

"……."

"내 두 눈으로 널 볼 수 있는 일은 두 번 다시 없을 거야."

빈말이 아닌 것을 알 수 있었다. 가을은 진심이었다. 창백하게 질린 의현의 얼굴이 박히듯 그녀의 눈에 들어왔다. 그의 눈에 고여 있던 눈물이 툭— 떨어져 내렸고 그와 동시에 손을 쥐고 있는 힘이 약해졌다. 가을은 그 손을 뿌리치고 오피스텔을 벗어났다. 엘리베이터가 아닌 계단으로 향했고 쉼 없이 뛰어 아래로 내려갔다. 얼마 지나지 않아 멀리서 뒤를 따르는 발걸음 소리가 들려왔다. 오피스텔 건물을 빠져나온 가을은 빠르게 달렸지만 얼마 못 가 멈춰 서고 말았다.

"하아, 하아."

거칠게 숨을 몰아쉰 가을은 지금의 상황을 이해할 수 없다는 얼굴을 했다. 어째서 여기에 태민이 와 있는 걸까?

그는 무섭게 굳어진 얼굴을 한 채 피로 엉망이 된 가을의 손을 내려다봤다. 그 얼굴이 너무도 낯설어서 그녀가 알던 태민의 얼굴 같지 않았다. 다시 고개를 든 그는 애써 웃어 보이려 했지만 화가 난 기색을 감추지 못했다.

"아무래도 안 되겠더라고요. 일이 이렇게 된 게 제 탓인 거 같아서 도저히 일이 손에 안 잡혀요. 걱정돼서 아무것도 할 수 없어요. 그래서 여기 알아냈어요. 저, 아버지 능력 이용하는 거 정말 싫어하는데 처음으로 싫어하는 짓 했거든요. 근데 지금 이 상황 보니 백번, 천 번 잘한 일 같네요."

"내 일이에요. 더는 관여하지 말아요."

가을은 선을 그었다. 태민을 이 이상 엮이게 만들 수는 없었다. 그 순간 태민의 시선이 움직였다. 그는 가을의 어깨너머를 응시하고 있었다. 오피스텔 건물을 빠져나온 의현이 주변을 둘러보다 가을에게로 다가서고 있는 모습이 그의 눈에 들어왔다.

"누구의 도움 없이 저 남자에게서 도망칠 수 있는 게 가능하다고 생각해요? 송정윤 대표님은 이제 가을 누나를 도와줄 수 없어요. 같은 방법에 두 번 당할 만큼 강 이사님이 그렇게 호락호락한 사람이 아니라는 거 잘 알잖아요. 정말 간절하게 도망치고 싶은 거 맞아요?"

"……."

"피해주기 싫다. 다른 이에게 도움받아서는 안 된다. 그런 생각하죠? 손은 피투성이에 그 꼴을 하고. 누나 지금 신발도 안 신고 도망친 거 알아요? 이렇게까지 해서라도 도망치고 싶은 거라면 지금 내민 손이 누구 손이든 잡아요. 안 그럼 저 남자한테서 평생 도망칠 수 없어요."

지척에 다가선 의현이 가을을 붙들려 했다. 하지만 그 앞을 태민이 먼저 막아섰고 그와 함께 온 경호원 두 명이 태민의 곁으로 붙어 섰다. 오피스텔 근처를 지키고 있던 남자들은 가을이 뛰어나온 걸 보고 움직이려 했지만 뒤이어 나온 의현의 모습을 보고는 행동을 멈췄다. 두 남자 사이에 무거운 침묵이 잠시 흘렀다. 태민은 조금 전 보았던 것과 마찬가지로 피투성이가 된 의현의 손을 내려다봤다. 그의 손도 가을 못지않게 엉망이 되어 있었다.

"비켜."

"못 비켜요."

"김태민."

"그만하시죠. 아무리 봐도 두 분 관계 정상적으로 볼 수가 없는데요."

"네가 뭘 안다고."

"경찰 부를까요?"

"뭐?"

"사람을 멋대로 잡아두고 이런 곳에 가두는 거 범죄입니다. 강 이사님."

"그게 나한테 협박이 된다고 생각해? 비켜."

"못 비킨다고 했습니다. 그리고 협박이라니. 아직 시작도 안 했는데요."

하— 짧게 헛웃음을 터트린 의현이 태민의 어깨를 붙들어 밀쳐 내려 했다. 하지만 태민은 물러설 생각이 없다는 듯 그 손을 쳐 내고 싸늘하게 굳어진 얼굴로 의현의 앞을 가로막았다.

팽팽한 공기가 이어졌다. 서로의 시선만이 오가는 상황에서 묵직한 긴장감이 한동안 그곳에 흘렀다. 절대 물러서지 않겠다는 얼굴로 태민을 노려보던 의현의 시선이 잠시 가을을 향해 움직인 순간 그는 크게 동요한 얼굴을 했다. 가을의 손에서 흘러내린 피가 바닥에 고이고 있었다. 의현이 가을을 향해 다가서려 했지만 태민은 다시 한 번 그의 앞을 가로막고 경고하듯 말을 이었다.

"저는 여태껏 한 번도 제 손에 쥔 걸 이용해 볼 생각 같은 건 하지 않았어요. 분에 넘치게 많은 걸 받았지만 욕심을 내서도, 손에 쥔 걸 휘둘러서도 안 된다고 생각했거든요. 이건 모두 제 새아버지가 주신 것들이고 제가 하는 행동 하나하나가 아버지에게 영향이 갈 거라 생각해서 지금 제가 지닌 것들은 모두 제 것이 아니라고 생각하고 살았습니다. 하지만 이번에는 이용하려고요."

"……"

"포기해요. 저도 이번에는 수단 방법 가리지 않고 지키기로 마음먹었으니까."

멀지 않은 곳에 태민의 차가 세워져 있었다. 경호원과 태민에게 둘러싸인 채 가을은 그 차에 올라타려 했다. 그는 멍하니 가을의 행동을 눈으로 좇고 있었다.

"윤가을."

뒤늦게 정신을 차린 의현이 그녀의 이름을 불렀다. 울먹이는 그의 목소리에 가을의 걸음이 멈췄다. 열린 문을 눈앞에 두고 가을은 뒤를 돌아봤다. 두 사람의 시선이 허공에서 얽혀들었다. 다른 이의 앞에서 한 치의 흐트러짐조차 내보이지 않던 의현이 지금은 엉망인 모습으로 서 있었다. 제 상처를, 치부를 모두 드러낸 채로 오직 가을만을 바라보고 있었다.

"의현아."

간신히 새어 나온 음성이 아프게 갈라져 있었다. 가을에게로 다가서려던 그의 걸음이 멈췄다. 이번에도 붙잡으면 제 눈으로 다신 의현을 볼 수 없을 거라는 협박이 떠오른 것이다.

"……손."

그는 반쯤 정신이 나간 얼굴을 하고 있었다. 자신이 무슨 말을 하는지도 모르는 채 피투성이가 된 가을의 손을 바라보며 몇 번이나 같은 말을 중얼거렸다.

"손 치료해야 돼. 너 손……."

주변의 작은 소음조차 그 순간 들려오지 않았다. 아주 작게 중얼거리는 그의 목소리만이 전부인 것처럼 그 음성만이 선명하게 귓가에 전해졌다. 가을은 울컥 치미는 감정에 목이 꽉 메는 느낌이 들었다.

"미안해."

차마 용서해 달라는 말은 할 수 없었다. 의현은 그 자리에 우두커니 서 있었다. 길을 잃은 아이처럼, 한 걸음도 떼어낼 수 없는 사람처럼. 가을은 차에 올라탔다. 홀로 서 있을 의현의 모습이 눈에 밟혀 더는 뒤를 돌아볼 수 없었다.

"일단 병원으로 가요."

태민의 지시에 차는 병원으로 향했다. 큰 도로에 진입한 차가 속력을 내기 시작했고 그는 뒤늦게 가을의 모습을 확인했다.

"울어요?"

가을은 답하지 못했다. 두 손에 얼굴을 묻고 소리조차 내지 못하고 울었다. 제 손이 엉망이 된 것은 신경 쓰지 않고 가을만을 걱정하던 그 얼굴이 아프게 눈에 밟혔다.

의현은 어딘가 크게 망가졌다. 그리고 그런 의현을 망가트리고 미치게 한 것은 가을이었다. 가을은 자신이 의현의 곁에 있는 것이 그를 점점 더 미치게 한다 생각했고, 함께 있는 삶보다 헤어지는 것이 나을 거라 여겼다. 그게 의현을 위한 길이라 여겼다. 하지만 마지막에 보았던 의현의 얼굴은 그 모든 결심과 생각을 흔들리게 했다.

"왜 그런 사람을 미워하지도 못해요."

태민의 말에 가을은 무너지듯 소리 내어 울었다. 어떻게 미워할 수 있을까. 한순간도 사랑하지 않은 적이 없는데.

❖

의현은 시간이 멈추기라도 한 것처럼 그 자리를 떠나지 못한 채 미동 없이 서 있기만 했다. 그의 시선은 가을이 떠난 방향을 하염없이 바라보고만 있었다. 오피스텔 근처를 지키고 있던 이들의 연락을 받은 진호가 그를 병원으로 데려가지 않았다면 몇 시간이고 그렇게 자리를 지키고 있었을 것이다.

병원에서 치료를 받은 의현은 오피스텔이 아닌 아파트로 돌아와 생활했다. 산산이 깨진 화병의 유리 조각. 가을과 의현 중 누구의 것인지 모를 붉은 핏자국. 그리고 윤가을이 없는 그곳으로는 도저히 돌아갈 수 없었다.

아파트는 가을과 함께 살기 위해 구매한 집이었다. 하지만 가을을 찾기 전까지 의현 역시 대부분 오피스텔로 향하는 일이 많았기에 이 집은 비어 있는 일이 더 많았다. 공들여 인테리어 공사를 한 뒤 가구를 채워 넣었고 필요한 물건들은 모두 사두었다. 화려하고 아름다운, 무엇 하나 부족한 것이 없어 보이는 풍경이었다. 하지만 그 집에 사람의 온기라고는 느껴지지 않았다.

방 안은 어둠뿐이었다. 한 치 앞도 볼 수 없어 길을 찾지 못하는 그의 마음과 닮아 있는 모습이었다. 조명 하나 켜두지 않은 그곳에서 의현은 침대에 우두커니 앉아 있었다. 그가 앉은 방향은 커다란 창이 있는 쪽이었다.

건물에서 흘러나오는 밝은 빛과 도로 위의 차들이 만들어내는 화려한 빛이 색색 별로 조화를 이루어 멋들어진 야경을 만들어냈지만 그의 눈에는 조금도 들어오지 않았다. 아무것도 담아낼 수 없는 텅 빈 눈동자는 무기력해 보였고 창백하게 질린 얼굴은 금방이라도 쓰러질 것처럼 위태로워 보였다. 아무런 표정 없이 그렇게 한참을 앉아 있던 의현의 얼굴이 어느 순간 천천히 일그러졌다. 손을 들어 귀를 막고 눈을 질끈 감은 그는 고통에 찬 신음을 흘렸다.

"우리 엄마는 사고로 죽은 게 아니야. 이미 죽은 채 뒷좌석에 누워 있었어."

귓가에,

"아버지는 거의 매일같이 엄마와 나를 때렸어. 하루도 맞지 않은 날이 없었지."

네가 했던 말들이 몇 번이고 들려와,

"어린 나이에도 알 수 있었어. 나는 죽겠구나. 아버지는 날 엄마처럼 죽이려는 거구나."

고통에 잠식되고 만다.

거칠게 숨을 몰아쉬며 신음을 흘리던 의현의 어깨가 크게 들썩였다. 귀를 막았던 손을 천천히 떼어내고 바들바들 떨리는 두 손을 내려다봤다. 손은 이미 치료했다. 화병으로 손을 내려치고 날카로운 유리 조각을 손안에 힘주어 쥐었던 가을과 다르게 그것을 빼내려던 의현은 유리에 서너 곳 크게 베인 것이 전부였다. 흉이 조금 남기야 하겠지만 일상생활에는 아무런 문제가 없었다. 하지만 며칠이 지나도 통증은 조금도 사라지지 않았다.

그는 제 손을 내려다보다 온통 붉게 물들었던 가을의 손을 떠올렸다. 가을은 정말 제 눈을 찌르려 했다. 의현이 막지 않았다면 날카로운 유리 조각은 그녀의 눈을 파고들어 더 붉은 피를 묻혔을 것이다. 악몽 같은 시간이었다. 1분 1초가 느리게만 흘렀다. 의현을 괴롭히는 기억들은 넘칠 만큼 많았고 그는 홀로 그 긴 시간을 버텨야 했다.

손을 들어 얼굴을 반쯤 가린 의현은 숨도 제대로 쉴 수 없는 사람처럼 불안정한 호흡을 내뱉었다. 그는 며칠째 제대로 잠을 자지도 먹지도 못했다. 진호가 매일 이곳을 찾아와 의현을 챙기지 않았다면 진작 쓰러져도 이상하지 않을 모습이었다. 밀려드는 현기증에 땅이 일렁이고 세상이 어그러졌다. 차라리 눈을 감고 싶을 정도의 어지럼증에 의식을 놓고 싶었지만 그것조차 마음대로 되지 않았다.

그를 현실로 다시 끌어당긴 것은 초인종 소리였다. 조금 전까지 어그러졌던 풍경이 다시 제자리를 찾았다. 의현은 아무런 답을 하지 않았지만 이미 이곳에 의현이 있는 것을 확신한 듯 초인종은 몇 번이고 끈질기게 울리다 한참 뒤에야 끊어졌다. 그리고 얼마 지나지 않아 문이 열리는 소리가 들렸다.

이곳의 카드 키를 지닌 사람은 진호뿐이었다. 그마저도 전화를 수십 번하고 초인종을 누르다 의현이 위험하다고 판단이 되어야만 그 카드 키를 써서 문을 열고 들어섰다. 그러니 지금 문을 열고 들어선 사람이 진호가 아니라는 것쯤은 쉽게 알 수 있었다.

"이러시면 안 됩니다."

"이거 놓지 못해? 네까짓 게 뭔데 내 아들 얼굴 보겠다는 걸 막아서?"

가까워지는 구두 소리와 높은 언성이 유난히 거슬리게 귓가에 전해졌다. 굳이 고개를 들어 저 문을 열고 들어올 사람의 얼굴을 확인하지 않아도 알 수 있었다. 곧 문이 열렸고 누군가 불을 켰다. 익숙하지 않은 환한 빛이 그 공간을 가득 채웠다.

"의현이 너는 안에 있으면서 문도 안 열고 뭘 하는 거야?"

문을 열고 들어선 사람은 의현의 어머니였다. 차가운 얼굴로 방에 들어선 그녀의 어깨너머로 진호의 모습이 보였다. 그의 뺨이 조금 붉게 부어올라 있었다. 문을 열라며 진호를 협박한 모양이었다.

"죄송합니다."

진호는 의현을 향해 고개를 숙였지만 의현은 개의치 않는 얼굴이었다. 진호가 끝까지 문을 열지 않았더라면 어머니는 경찰을 불러서라도 저 문을 열었을 것이다.

"여기까지 어쩐 일이세요?"

그리 묻는 의현의 목소리가 잔뜩 갈라져 있었지만 정윤은 걱정은커녕 의현을 한심하게 여기기에 바빴다.

"어쩐 일? 전화도 안 받고, 일주일째 호텔에도 나오지 않고. 대체 여기서 뭘 하는 거야? 꼴은 그게 또 뭐고? 네가 지금 이러고 있을 때니?"

어머니의 말에 의현은 제 모습을 바라봤다. 화려한 야경을 내려다볼 수 있는 창에는 의현의 모습이 비치고 있었다. 그녀의 말대로 제 모습은 엉망이었다. 금방이라도 쓰러질 것 같은 그 얼굴을 보고도 정윤은 제 아들에게 괜찮냐는 말 한마디 하지 않았다.

의현은 문득 예전의 기억을 떠올렸다. 함께 살았던 가을이 독립하고 얼마 지나지 않아 의현이 사흘을 내리 앓았던 날이 있었다. 한집에 살았으면서도 어머니는 사흘 동안 아들의 얼굴을 보고 그가 아팠다는 사실조차 알지 못했다. 반면, 사흘 만에 얼굴을 본 가을은 단번에 그가 아팠다는 것을 알아봤다.

"얼굴이 이게 뭐야? 이상하게 연락 안 된다 싶어서 다른 일로 바쁜가 해서 일부러 연락 안 한 건데 어디 아팠어? 그럼 나한테 연락을 했어야지."

그녀는 아팠던 사흘 동안 제게 연락을 하지 않았다며 의현에게 화를 내고 또 그런 의현을 걱정했다.

마지막으로 보았던 가을의 얼굴이 머릿속에 떠올랐다. 상처투성이가 된 가을이 그제야 마음에 박혀들었다. 미안해— 바람결에 금세 사라질 것만 같은 그 희미한 목소리가 귓가에서 떠나질 않았다.

아버지의 폭행, 어머니의 죽음, 살기 위해 한 선택. 미리 알았다면 달라졌을까? 어린 날의 가을이 그런 끔찍한 삶 속에서 버텨왔고 어쩔 수 없는 선택을 했다는 것을 그때의 자신이 알았다면 그 커다란 분노도 원망도 조금은 덜했을까.

'아니.'

그는 서글프게 웃었다. 그 무엇도 확신할 수 없다. 의현은 고통에 얼굴을 일그러트렸다. 손을 들어 한쪽 눈을 가리고 실성한 듯 작게 웃음을 터트렸다. 그런 의현의 모습에 정윤은 기가 차다는 얼굴을 했다.

"일어나! 당장 집으로 들어와. 너 이러고 있는 거 더는 못 보겠다. 가을이 때문에 네가 이러는 거라면 더더욱 난 널 이해 못하."

"찾았어요."

크게 소리치던 송정윤의 음성이 끝을 맺지 못하고 사라졌다. 고개를 든 의현은 굳어진 제 어머니의 얼굴을 바라보며 천천히 자리에서 몸을 일으켜 세웠다.

"어머니가 꼭꼭 숨겨놓은 윤가을, 제가 찾았다고요. 찾아서 억지로 끌고 오고, 가둬두고, 끝내 망가트렸어요."

그는 서늘한 시선으로 제 어머니를 바라보고 있었다. 그녀 역시 그런 의현의 시선을 피하지 않았다. 비틀거리는 걸음을 옮겨 어머니 앞에 선 그는 억지로 입매를 끌어 올렸다.

"좋으시겠어요."

그 말이 끝나기가 무섭게 송정윤의 얼굴이 굳어졌다가 다시 일그러졌다. 어린 시절부터 지금까지 의현은 단 한 번도 어머니의 앞에서는 울지 않았다. 사랑을 달라 구걸하지도 아프다는 말도 하지 않았다. 그런 그의 눈에서 지금 눈물이 툭툭— 쉴 새 없이 떨어져 내렸다.

"어머니가 원하시는 대로 이제…… 영영 윤가을 찾을 수 없게 됐으니까."

온통 검었던 그 바다 앞에서 이미 한 번 잃었던 가을을 이제 정말 완벽하게 잃었다.

사랑하지 않은 날이 없는 만큼 널 미워하지 않은 날도 없다. 그렇게라도 하지 않으면 널 곁에 둘 방법 따위는 존재하지 않는 것 같았다. 형을 죽게 했을지도 모르는 널 어떻게 사랑할 수 있을까. 하지만 당연한 듯 사랑했던 널 어떻게 사랑하지 않을 수 있을까.

'네가 강은형을 죽게 했어?'

사랑할 수 없으니,

'내가 준 모든 것이 너한테서 바닥날 때까지, 강은형 대신 누렸던 모든 것이 불행으로 여겨질 때까지, 그렇게 내 옆에 있어.'

미워할 수밖에.

의현은 웃었다. 모든 것을 다 잃은 얼굴로 체념한 듯, 그렇게 실성한 사람처럼 웃었다. 송정윤은 그런 의현의 모습에 저도 모르게 뒤로 한 걸음 물러서고 말았다. 화를 내고 분노하는 모습은 봤어도 이런 의현의 모습은 처음이었다. 그리고 그 모습에 두려움을 느꼈다. 하지만 의현이 뒤로 물러서려는 그녀의 어깨를 붙들었다. 도망치지 못하도록 강한 힘으로 어깨를 붙든 그는 천천히 고개를 숙여 코앞에서 제 어머니의 두 눈을 마주했다.

"어머니 꼭두각시 노릇, 더는 안 합니다."

"……."

"돌아가세요."

그 말을 끝으로 의현은 돌아섰다. 창문 너머의 야경이 점차 가까워졌다. 앞을 막아선 투명한 유리가 없다면 그곳으로 걸어 들어가 자신을 스스로 어둠 속에 가두었을 것이다. 그는 닿지 않는 풍경을 바라보다 눈을 감았다. 눈을 감아도 눈을 떠도, 눈에 보이는 풍경은 변하지 않았다. 피투성이가 된 채로 저를 바라보던 가을의 모습이 눈앞을 가득 채웠다.

너를 잃다

해가 짧아졌다. 얼마 전까지만 해도 퇴근하고 이 시간에 집 앞에 도착하면 하늘을 물들인 노을을 볼 수 있었던 것 같은데, 오늘은 어둑어둑한 골목의 풍경이 태민을 반겼다. 그는 어제까지 연이은 야근에 제대로 쉬지도 못했다. 오랜만에 얼굴이나 보자며 술 한잔하자는 대학 동기의 연락까지 거절하고 곧장 집으로 온 태민의 얼굴에는 지친 기색이 드러나 있었다.

"태민이 왔니?"

"네. 다녀왔습니다."

하지만 그는 금세 아무렇지 않은 얼굴로 웃어 보이며 일부러 크게 인사를 건네었다. 어머니에게 걱정을 끼쳐 드리고 싶지 않았기 때문이었다.

"오늘은 일찍 왔네. 저녁은?"

"아직 안 먹었어요."

"그럼 얼른 씻고 내려와."

"아버지는요?"

"곧 도착하신다고 하더라."

"그럼 저 씻고 내려올게요."

2층으로 올라가 샤워부터 하고 나온 태민은 수건으로 머리를 덮은 채 책상 앞으로 걸어갔다. 상반신은 아직 아무것도 걸치지 않은 채였지만 그에게는 옷을 꺼내어 입는 것보다 먼저 해야 할 일이 있었다.

자리를 비운 사이에 연락이 온 게 없는지 휴대전화부터 확인하는 일이 어느새 습관이 되었다. 혹여 가을에게 무슨 일이 생겼을지도 모를 염려 때문이었다. 부재중 전화나 새로 온 메시지가 없다는 것을 확인한 그는 그제야 옷장을 열어 편하게 입을 셔츠 하나를 꺼내었다. 그대로 방을 나서려다 샤워를 하러 가기 전 창문을 열어뒀던 게 기억났다. 다시 걸음을 돌린 그는 창가 앞으로 다가섰다.

선선한 바람이 조금 거세게 불어왔다. 가을이 확연하게 느껴지는 날씨에 어느새 그만큼의 시간이 흘렀다는 것을 체감했다. 짧은 가을이 끝나면 또 금세 겨울이 찾아올 것이다.

어둠이 내려앉은 창밖의 풍경을 잠시 바라보다 시선을 들어 하늘을 올려다봤다. 바람이 좀 심상치 않다 싶더니 아무래도 비가 오려는 모양이었다. 그는 창문을 닫고 저녁을 먹기 위해 1층으로 내려갔다. 아버지도 퇴근해 집에 돌아온 상태였다.

"이렇게 같이 저녁 먹는 게 얼마 만인지 모르겠어요. 태민이 이 녀석이 너무 바빠서 얼굴 보기도 힘들고."

"일하느라 그런 걸 서운해하면 쓰나."

"정말 누굴 닮아서 고집이 저렇게 센지. 왜 사서 고생을 하나 몰라."

태민은 제 아버지가 회사의 대표임에도 불구하고 신입사원부터 시작해 차근차근 일을 배워 나가고 있었다. 어머니는 쉬운 길을 놔두고 어려운 길을 택한 태민에게 가끔 서운한 기색을 보이기도 했다. 지금 하는 말도 그런 잔소리 중 하나였다.

"바쁜 일 끝났으니까 당분간은 꼬박꼬박 집에 일찍 들어올게요."

"정말이야?"

"네."

씩씩하게 대답하고는 환하게 웃어 보이는 아들의 얼굴에 윤민주의 마음이 금세 풀어졌다. 다시 화기애애한 분위기 속에서 대화를 나누며 식사를 이어갔다. 먼저 식사를 마친 태민이 젓가락을 내려놓고 물을 마시려 컵에 손을 가져다 댄 순간이었다.

"아, 그러고 보니 오늘 들은 이야기인데. 의현 군 말이에요."

익숙한 이름이 그의 움직임을 멈추게 했다.

"에치몬드 이사직 사임했다던데 정말이에요?"

태민은 잠시 굳어진 얼굴로 맞은편에 앉은 어머니를 응시하다 컵을 손에 들었다. 온몸의 신경이 아버지와 어머니가 나누는 대화에 쏠린 것처럼 어쩐지 꼼짝도 할 수 없는 기분이 들었다. 태민은 컵을 손에 쥐기만 했을 뿐 물을 마시지조차 못했다.

"음, 그렇다고 듣기 했는데. 몸이 좋지 않은 모양이야."

"어디 크게 아픈 거래요?"

"그건 아닌 거 같고. 들리는 말에 의하면 원래 강 이사가 어릴 때 수술 받은 적도 있었고 몸이 좀 약했다고 하더라고. 크면서 괜찮아졌다고 들었는데 근래에 나빠진 모양이더군. 강 대표님이 걱정이 이만저만이 아니더라고."

"한번 가봐야 하는 거 아니에요?"

"나도 그렇게 생각하는데, 의현 군이 누굴 통 만나려 들지 않아서 당분간은 좀 어렵겠다고 했어. 쉬쉬하는 게 뭔가 다른 문제가 있는 거 같기도 한데. 혹시 나중에 시간 나면 당신이 갤러리로 한번 가봐."

"그럴게요. 아, 태민이 너도 함께 가보는 건 어떻겠니? 운동도 같이 다니고 의현 군이랑 꽤 가깝게 지냈잖아."

윤민주는 굳은 표정으로 앉아 있는 태민의 모습을 그제야 확인하고는 의아한 기색을 얼굴에 드러냈다. 어머니의 말이 들리지 않은 것처럼 그는 컵을 손에 쥔 채로 여전히 미동 없이 앉아 있었다.

"태민아?"

"……."

"김태민?"

"아, 네."

뒤늦게 정신을 차린 태민이 당황한 얼굴로 어머니와 아버지의 얼굴을 번갈아 응시했다.

"왜 그렇게 넋을 놓고 있어?"

"……잠깐 딴생각 좀 했어요. 죄송해요. 무슨 말씀하셨어요?"

"의현 군이 몸이 좋지 않다는데 너도 가보는 게 어떻겠냐고."

"……저는 나중에 따로 가볼게요."

"그럴래?"

"네."

"내일은 다른 일정 있어?"

"가볼 곳이 좀 있어요."

"평일에는 회사 일로 바쁘더니 주말에는 또 어딜 그렇게 다녀? 혹시 여자 친구 생긴 거면 엄마한테 꼭 소개해 줘야 해?"

"그런 거 아니라니까요."

"아니라고만 하지 말고 누굴 좀 만나. 이렇게 잘생기게 낳아줬는데 너 좋다는 여자도 없어?"

어머니의 타박 아닌 타박에 태민은 그저 웃음으로 대답을 대신했다.

그는 진작 식사를 마쳤지만 부모님이 모두 드시고 자리에서 일어설 때까지 함께 자리를 지키고 앉아 대화를 나눴다. 그리고 가장 마지막에 자리에서 일어섰다. 방으로 들어선 태민은 침대에 걸터앉은 채 한동안 홀로 상념에 잠겨 있었다.

의현이 이사 자리에서 물러났다. 사업에는 일절 관여하지 않는 어머니의 귀에까지 소식이 들려온 거라면 상태가 꽤 좋지 않은 모양이라 짐작됐다. 태민은 복잡한 심경이 드러난 얼굴로 한숨을 내쉬고는 그대로 침대에 힘없이 누워 버렸다.

그는 내일 친아버지인 윤석을 만나러 갈 예정이었다. 그곳에는 가을도 함께 있을 것이다. 찔러도 피 한 방울 나올 것 같지 않던 의현의 건강이 좋지 않다는 말에, 그 누구도 만나려 하지 않는다는 말에, 또 사임했다는 말에, 신경이 쓰였고 마음이 어수선했다.

'단순히 몸이 아픈 것은 아닐 테지.'

아마 가을 때문일 것이다. 그걸 알고 있기에 당장 내일 만나게 될 가을의 앞에서 어떤 얼굴을 해야 좋을지 알 수 없어졌다. 내색하지 말아야 한다는 생각이 들었지만 어쩐지 자신이 없어졌다. 차라리 몰랐다면 좋았을 것들을 태민도 이제 너무 많이 알아버렸기 때문이었다.

❖

새벽 내내 비가 쏟아져 내렸다. 외출 준비를 마친 태민이 집을 나설 때쯤에는 비가 그치긴 했지만 빗줄기만 쏟아지지 않을 뿐 날은 여전히 흐리기만 했다.

"비가 또 오려나?"

심술궂은 날씨에 작게 한숨을 내쉬고는 차에 올라타 시동을 걸었다.

오늘은 윤석이 보육원에 가서 아이들에게 미술을 가르치는 날이었다. 그의 아버지는 화실을 운영하며 일주일에 한 번 보육원에 가서 무료로 아이들에게 미술 수업을 해주고는 했다. '아틀리에M' 이 일요일 오전에 운영하지 않는 이유는 그 때문이었다. 오늘은 야외에서 그림을 그릴 예정이라고 들어 날이 맑았으면 했지만 그의 바람과는 달리 날은 흐리기만 했다. 비만 안 오면 다행이라는 생각이 들 정도였다.

태민은 아이들이 먹을 간식거리를 넉넉히 사서 보육원으로 향했다. 날은 흐렸지만 외부에서 그림을 그리는 일정은 그대로 진행하는 건지 보육원 밖에 아이들이 많이 모여 있는 모습이 눈에 들어왔다. 스케치북에 열심히 그림을 그리는 아이들의 모습을 본 태민이 희미하게 미소를 지었다. 그 아이들 곁에는 전보다 조금 편해진 얼굴의 가을이 있었다. 그는 차에 기대어 선 채로 잠시 그 모습을 지켜봤다.

피투성이가 되었던 가을의 오른손에는 커다란 흉터가 남았다. 그 사건으로 그녀의 손은 정중신경이 손상되었다. 수술을 받았고 병원 치료도 계속해서 받았지만 그 뒤로 그림을 그리지는 않았다. 손의 통증 때문이 아니었다. 태민은 그녀가 더는 그림을 그릴 의지가 없다는 것을 어렵지 않게 알아챘다.

가을은 다시 화실 근처에 집을 얻었고 윤석을 따라 가끔 이 보육원에 들러 아이들을 가르치는 일을 돕고는 했다. 여전히 그림은 그리지 않고 잡다한 일을 돕거나 아이들과 놀아주고 그림을 그리는 아이들 곁에서 이런저런 조언을 해줄 뿐이었다.

"어? 착한 삼촌이다."

태민과 얼굴을 자주 본 아이 한 명이 그를 알아보고는 신이나 그에게로 달려왔다. 태민은 조금 전까지 얼굴에 드러냈던 걱정을 말끔히 지워내고는 눈이 마주친 가을과 아이들을 향해 손을 흔들어 보였다. 가을은 짧게 미소 짓고는 묵례로 인사를 대신했다. 간식을 먼저 보육원 안으로 옮겨두고 아버지의 얼굴을 먼저 뵌 뒤에야 그는 가을에게로 다가섰다.

"좀 쉬죠. 무리하는 거 아니에요? 아버지가 막 무거운 짐 들게 하거나 그러는 거 아니죠?"

"아니에요."

가을의 옆에 앉은 태민은 손에 든 두 개의 캔커피 중 하나를 그녀에게 내밀었다. 얼마 지나지 않아 간식을 먹을 시간이라는 원장 수녀님의 목소리에 신이 난 아이들이 두 사람의 곁에서 멀어져 갔다. 태민이 사온 간식을 나눠 주는 모양이었다.

"지내는 건 괜찮아요?"

"네. 여러 가지로 도움 줘서 정말 고마워요."

"제가 한 게 뭐 있다고요. 제가 구해준 집에서는 보름도 살지 않고 나갔잖아요. 지낼 집도 누나가 알아서 얻었고, 다른 방향으로 도움 주려고 해도 전부 거절하고 있으면서. 아버지 화실 일부터 보육원 오는 일까지 도와주고 있으니 되레 고맙다는 말은 제가 해야죠."

그래도 고마워요— 작게 속삭이는 듯한 가을의 목소리가 바람을 타고 들려왔고 태민은 조용히 미소 지었다. 그는 처음으로 아버지의 힘을 빌려서라도 가을을 지키겠다고 말했지만 의현은 그 뒤로 가을을 찾지 않았다. 그의 움직임을 주시하고 경계했던 것들이 허탈할 정도로 정말 아무런 움직임을 보이지 않았다. 더는 가을을 쫓지 않으려는 사람처럼.

'아니, 어디에 있는지 정도는 아마 알고 있을지도 모르지.'

하지만 적어도 가을을 이전처럼 억지로 끌고 가거나 하는 행동은 하지 않았다. 태민은 커피를 마시는 가을의 옆얼굴을 물끄러미 바라봤다. 그는 한 달 전쯤에야 두 사람의 관계와 그사이에 얽힌 악연 같은 그날의 사고에 대해 알게 됐다. 태민이 따로 알아본 것이 아니라 가을의 입을 통해서였다. 두 사람의 일에 이미 너무 많은 연관이 되었고 도움을 준 태민에게 아무것도 말해주지 않을 수는 없었기 때문이었다.

가을을 오피스텔에서 데리고 올 때까지만 해도 의현이 가을을 찾는 일에 날을 세웠고 그녀를 보호하려 했던 그가 최근 들어 이 일에 망설임을 가지기 시작한 이유도 그 때문이었다. 가을이 그를 떠나던 날 마지막으로 보았던 의현의 그 절망적인 얼굴이 그제야 이해가 됐다. 의현은 가을을 미워하면서도 사랑하고 있었다. 태민마저도 쉽게 알 수 있을 정도로 그는 가을을 잃는 걸 두려워하고 있었다.

그렇다고 해서 가을을 다시 그의 곁으로 보낼 생각은 없었다. 여전히 태민은 가을의 의견을 가장 중시했다. 가을이 스스로 의현을 떠났고 다시 볼 생각이 없는 거라면 그는 최대한 그 일에 도움을 줄 생각이었다. 제 얼굴을 빤히 바라보는 시선을 느낀 건지 가을이 태민을 돌아봤고 눈이 마주쳤다.

'그 사람, 아프대요.'

태민은 그 순간 목까지 차오른 말을 다시 꾹 눌러 담았다. 그녀는 태민에게 의현에 관한 소식을 묻지 않았다. 가을이 묻지 않는 이상 태민은 앞으로도 의현에 관한 이야기를 먼저 꺼내지 않을 생각이었다.

"아, 비 오네요."

가을의 말에 태민은 하늘을 올려다봤다. 흐린 하늘에서 빗방울이 조금씩 떨어져 내렸다. 두 사람은 아이들이 사용하던 미술도구를 급하게 챙겨 보육원 건물 안으로 들어섰다. 약했던 빗줄기는 얼마 지나지 않아 굵은 빗줄기로 바뀌어 지면을 세차게 두드렸다. 시야가 흐릿해질 정도의 빗줄기였다.

"쉽게 그칠 것 같지 않네요. 아무래도 야외에서 아이들 그림 그리는 건 다음번에……"

태민은 말을 끝맺지 못한 채 걸음을 멈췄다. 그보다 좀 더 앞서 건물 안으로 들어간 가을이 걸음을 멈추고 복도에 우두커니 서서 창밖의 풍경을 바라보고 있었다. 한참을 그렇게 비 내리는 풍경을 바라보던 그녀는 등 뒤에선 태민을 향해 조심스럽게 물었다.

"의현이는…… 잘 지내고 있어요?"

처음이었다. 가을이 태민에게 그의 소식을 물은 것은. 태민은 가을의 질문에 대한 정확한 답을 이미 알고 있었다. 하지만 사실대로 말할 수 없었다.

"네."

돌아본 가을이 아프게 미소 지었다.

"다행이다."

그리고 혼잣말처럼 그리 중얼거렸다. 빗소리에 묻힐 만큼 아주 희미한 목소리였다. 가을은 다시 걸음을 옮겼고 태민은 그 뒤를 천천히 따랐다. 그녀는 다시 아이들과 즐겁게 어울려 놀아주었다. 지금의 행동만 보자면 마치 별거 아닌 사소한 대화를 나눈 기분이었다.

지면을 두드리는 빗소리는 여전히 귓가를 가득 채우고 있었다. 잠시 자리를 비웠다가 손을 씻고 돌아온 태민은 창가 앞에 서서 홀로 창밖을 바라보고 있는 가을의 모습을 보게 됐다. 그녀는 아주 오랫동안 쓸쓸한 얼굴로 그 풍경을 바라보고 있었다.

❖

새벽 공기가 차가웠다. 며칠 새에 일교차가 커진 것이 여실히 느껴지는 날이었다. 주말이었지만 평소보다 일찍 일어나 가볍게 조깅을 하고 집으로 돌아온 태민은 샤워를 한 뒤 곧장 별채에 있는 작업실로 향했다.

태민은 아버지의 회사에 다니게 된 뒤로는 정장을 거의 일상복과 다름없이 입었다. 하지만 오늘은 청바지에 하얀 니트 차림의 편한 복장이었고 물기를 반쯤 말린 머리카락은 정돈되지 않은 채 자연스럽게 이마 위로 흐트러져 있었다. 평소의 단정하고 깔끔했던 모습과는 차이가 있었다. 누구의 시선도 신경 쓰지 않은 편한 모습으로 작업실 안에 들어선 태민은 그림을 그릴 도구들을 가져다 놓고 이젤 앞에 앉았다.

스슥— 캔버스 위를 스치는 연필 소리에 마음이 차분해졌다. 생각해보니 이렇게 마음 놓고 그림을 그리는 것은 오랜만이었다. 회사 업무에 어느 정도 익숙해지고 여유가 생긴 뒤로는 주말에 틈틈이 운동을 다니면서 그림을 그렸지만 오늘처럼 아예 날을 잡고 이른 시간부터 작업실을 찾은 것은 처음이었다.

별채에는 오롯이 태민 혼자였고 아무런 방해 없이 집중해서 그릴 수 있는 환경이었지만 마음만큼 손이 따라주질 않았다. 두 시간 정도를 그렇게 허비하고 나서야 아무래도 오늘은 날이 아닌 모양이라는 판단을 내렸다.

"아."

한숨 섞인 신음과 함께 결국 캔버스 위에서 손을 떼어냈다. 태민은 곤란하다는 기색을 한껏 담아낸 얼굴로 고개를 기울였다.

"신경 쓰여."

온종일 그의 마음을 어지럽히는 일이 있었다. 복잡한 마음은 그림에도 드러났다. 아직 스케치 단계였지만 평소보다 조금 거친 느낌의 그림을 보고 그는 결국 손에서 연필을 내려놓고는 자리에서 일어섰다.

"끊어야 하는데."

창가 앞에 선 태민은 창문을 반쯤 열어두고 담배 하나를 꺼내어 입에 물었다. 차가운 공기가 밀폐되어 있던 작업실 안으로 들어섰다. 머리가 조금이나마 깨이는 느낌이 들긴 했지만 마음은 여전히 복잡했다. 몸을 돌려 창틀에 기대어 선 채로 하얀 연기를 뱉어낸 태민은 엉망으로 그려놓은 스케치를 내려다보며 어제의 일을 떠올렸다.

그가 마지막으로 가을을 만나고 서울로 돌아온 지도 어느새 2주가 지났다. 태민의 어머니는 어제 시간을 내어 '갤러리 休'에 방문해 송정윤을 만나고 왔다. 의현의 몸이 좋지 않은 데다 이사직까지 사임했다는 소식에 걱정이 되어 찾아간 것이었지만, 송정윤은 의현에 관한 말을 유독 아꼈다고 했다. 그걸 알아챈 태민의 어머니는 더 깊게 묻지 못하고 형식적인 인사만 나눈 뒤 집으로 돌아왔다. 아무래도 심각한 모양이라며 의현에 대한 소문과 떠도는 이야기들까지 식사 자리에서 언급했다. 바로 어제저녁의 일이었다.

태민이 오늘 새벽부터 잠을 설쳐 이른 시간에 조깅을 나간 것도, 그 덕분에 이 시간에 작업실에 홀로 찾아오게 된 것도 모두 그 대화 내용 때문이었다. 그리고 지금 마음이 다른 곳에 가 있어 그림이 그려지지 않는 것도 딱히 다르지 않은 이유 때문일 것이다. 길게 숨을 내뱉은 그는 담배를 끄고 그 자리에 10여 분을 서 있었다. 이쯤이면 충분히 환기됐겠다 싶어 창문을 닫고 별채를 빠져나간 그는 부모님과 함께 평소보다 조금 늦은 아침 식사를 했다. 그리고 식사를 마치자마자 옷을 갈아입고 외출 준비를 했다.

"어디 가려고?"

계단을 내려서 막 1층 거실에 도착했을 때였다. 소파에 앉아 차를 마시고 있던 윤민주가 태민의 달라진 옷차림을 한 차례 눈으로 훑어내고는 의아한 얼굴로 물었다.

"그 차림으로 별채에 가는 건 아닐 거고. 오늘은 집에서 쉰다더니 다른 약속 생겼어?"

"강 이사님 좀 뵙고 오려고요."

의외의 답이었는지 찻잔을 내려놓은 윤민주가 잠시 복잡한 얼굴을 했다. 송정윤을 만나기 위해 갤러리에 찾아갔을 때 그녀가 보인 반응이 마음에 걸렸기 때문이었다.

"괜찮을지 모르겠다. 어제 송 여사님 반응이 의현 군 일에 괜히 관여하지 말라는 거 같았는데."

"그래도 아프다는 거 몰랐으면 모를까 알고도 모른 척하는 건 좀 그래서요. 일단 가보고 만나기 어렵다고 하면 그냥 돌아올게요."

"그럴래? 듣기로는 의현 군이 지금은 따로 독립해서 살고 있다고 들었는데. 주소 알아봐 줄까?"

태민은 잠시 대답을 망설였다. 가을을 의현에게서 지켜주고 도움을 주겠다고 생각했을 때 태민은 그에 관해 알아볼 수 있는 것들은 최대한 많이 알아놓은 상태였다. 아파트 주소 역시 그때 알아놓은 것 중 하나였다.

"알고 있어요. 운동 같이 다닐 때 한 번 가봤거든요. 다녀올게요."

거짓말로 적당히 둘러대고는 서둘러 집을 나섰다. 차에 올라탄 태민은 메모지에 적어온 주소를 내비게이션에 입력하고 곧바로 차를 출발시켰다. 집에서 그리 멀지 않은 곳에 있는 아파트였다.

"여기까지 와서 그냥 돌아갈 수도 없고."

태민은 아파트 주차장에 차를 세워두고 20분이 넘는 시간을 보냈다. 그만큼 의현을 찾아가는 일에 망설임이 있었다. 한참을 고민하다 차에서 내린 그는 결국 굳게 닫힌 현관문 앞에 섰다. 짧게 한숨을 내쉬고는 초인종을 눌렀다. 하지만 돌아오는 답이 없었다. 안에 있는 것이 분명한데 아무도 없는 것처럼 그는 자신을 숨기고 있었다. 잠시 망설이던 태민은 이번에 초인종이 아닌 문을 두드렸다.

"김태민입니다."

그 행동을 서너 번 반복했다. 하지만 돌아오는 것은 침묵뿐이었다.

'열어주지 않는 걸까.'

태민은 포기하고 걸음을 돌리려 했다. 그 순간 열리지 않을 것 같았던 문이 열렸고 의현이 눈앞에 모습을 드러냈다.

'아.'

태민은 의현의 모습을 마주하자마자 괜히 이곳을 찾았다는 생각을 했다. 문을 두드리지 말고 돌아설 것을. 아니, 1분만 더 일찍 돌아갈 것을.

"시끄러워."

잔뜩 갈라진 음성은 듣는 것만으로도 어쩐지 괴로움이 느껴질 정도였다. 흐트러짐 하나 없는 단정한 모습에 가면을 하나 쓴 것처럼 필요 때문에 만들어낸 얼굴로 누군가를 대하던 의현은 그곳에 없었다. 야위고 지친, 감정을 감추지 못한 얼굴만이 눈앞에 있을 뿐이다.

그 모습을 보자마자 입안이 썼다. 이럴 것 같아 망설였다. 차라리 아무렇지도 않게 잘 지내는 모습을 보게 되기를 바랐다. 하지만 태민의 예상은 빗나가지 않았다. 의현은 조금도 괜찮지 않았고 그게 눈에 확연하게 보일 정도였다. 이런 식으로 약해진 의현의 모습을 태민은 보고 싶지 않았다.

"오랜만이네요."

태민의 인사에 그는 답하지 않고 조용히 돌아섰다. 들어가도 되는 건가. 잠시 가늠하듯 열린 문을 바라보던 태민은 머뭇거리던 발걸음을 떼어냈다.

묵직한 침묵이 내려앉은 공간은 서늘하다는 느낌이 들었다. 현관을 벗어나 거실로 들어서자마자 잘 꾸며놓은 실내가 눈에 들어왔다. 하지만 온기라고는 느껴지지 않는 풍경이었다. 의현이 이곳에 머무르고 있지만 이 집은 사람이 생활한 흔적을 도무지 찾아볼 수 없는 것 같았다.

"앉아."

주변을 둘러보던 태민의 시선이 의현의 얼굴에 닿았다. 그래. 쫓아내지 않는 것이 어디인가. 환영을 해주거나 차를 내어주는 것은 처음부터 기대하지도 않았기에 태민은 그가 조금 전 눈짓으로 가리킨 맞은편 자리에 조용히 앉았다.

"연락 없이 불쑥 찾아와서 죄송해요."

마주쳐 오는 시선에 생기라고는 하나도 없었다. 좀 더 자세히 보니 의현의 모습은 예상한 것보다 훨씬 엉망이었다. 면도도 제대로 하지 않았고 옷차림은 흐트러져 있는 데다 테이블 위에는 조금 전까지 마신 것으로 보이는 빈 양주병이 놓여 있었다. 청소는 누군가가 와서 주기적으로 해준 모양이지만 그 깨끗한 풍경 때문에 엉망이 된 의현의 모습은 더 두드러져 보이기만 했다.

"운동까지 같이 다닌 바람에 어머니는 제가 강 이사님이랑 친한 줄 아시거든요. 저보고 한번 가보라고 하셔서요."

"그 정도는 알아서 둘러대도 될 텐데."

날이 선 음성에 태민은 곤란한 기색을 담은 미소를 입가에 그려냈다. 눈에 보이는 모습이 변했어도 태민을 싫어하는 건 여전한 모양이었다.

"사실 처음에는 그렇게 생각했는데 그래도 한 번은 얼굴 봐야 할 것 같아서요."

의현은 투명한 잔에 얼음을 몇 개 넣고 양주를 따랐다. 지친 기색이 역력한 그 얼굴을 물끄러미 바라보던 태민은 작게 한숨을 내쉬었다. 이대로 돌아가면 오늘 본 의현의 모습이 내내 또 마음에 걸릴 것이 분명했다.

"뭐, 하실 말씀 없으세요?"

잔을 들려던 손이 멈칫했다. 돌아오는 것은 긴 침묵이었다. 의현은 잔에 따른 양주를 모두 비워낼 때까지 아무런 말도 꺼내지 않았다. 그가 먼저 입을 열지 않으면 태민 역시 딱히 나눌 수 있는 대화가 없었다. 의현은 그를 향해 날이 선 반응을 보이기는 했지만 돌아가라는 말도 하지 않았고 이전처럼 화를 내거나 분노를 드러내지도 않았다. 정말 이제 모든 일에 지쳐 버린 사람 같았다.

태민은 그 뒤로도 오랫동안 자리를 지키고 있었다. 의현이 세 번째 잔을 비워내고 다시 잔에 술을 채워 넣었을 때였다.

"그럼 전 얼굴 봤으니 이만 일어나겠습니다."

그 말을 끝으로 태민이 자리에서 일어섰다. 그때까지 홀로 술만 들이켜던 의현이 다급하게 건넨 말이 그의 발목을 붙잡았다.

"손은."

그 짧은 말을 끝으로 잠시의 정적이 흘렀다. 의현은 얼굴을 굳힌 채 태민을 올려다보기만 할 뿐 다시 말을 잇지 못했다. 고개를 숙인 그는 손을 들어 반쯤 가린 얼굴을 찡그리며 고통스러워했다.

"윤가을 손은, 괜찮아?"

힘겹게 내뱉은 음성은 여전히 잔뜩 갈라져 있었다. 그가 태민에게 제대로 건넨 첫 질문은 가을이 어디에 있는지를 묻는 것이 아니었다. 다시 제 앞으로 데려오라는 협박도, 태민에게 더는 나서지 말라는 경고를 하는 것도 아니었다.

태민은 의현의 손을 내려다봤다. 그의 손에는 그때의 일로 생긴 흉터가 남아 있었다. 그게 생각보다 아프게 눈에 박혀들었다.

태민은 처음 이곳에 오기 전까지 가을에 관해서는 무엇도 이야기할 생각이 없었다. 그래서 대답 없이 돌아서려 했지만 쉽게 발길이 떨어지질 않았다. 한참을 망설이던 태민은 깊은 한숨을 내쉬고는 다시 맞은편 자리에 앉았다.

"정중신경이란 곳이 손상됐대요."

그 짧은 대답 하나에 의현이 크게 동요하는 게 눈에 보였다. 찔러도 피 한 방울 나올 것 같지 않던 남자의 무너지는 모습을 보는 것은 그다지 유쾌하지 않았다. 태민 역시 의현을 좋아하지 않았고 되레 불편했지만 그렇다고 해서 이런 모습을 보고 싶었던 것은 아니었다.

"수술받고 이후에 치료도 계속 받았지만 그림은 그리지 못할 거 같아요."

사망 선고라도 들은 것처럼 의현의 얼굴이 창백하게 질렸다. 생각해 보니 오피스텔 앞에서 의현을 마주했을 때도 그랬던 것 같다. 태민을 향해 날이 선 반응을 보여 처음에는 몰랐지만 의현은 그때도 분명 피투성이가 된 가을의 손을 보고 크게 동요하고 있었다. 제 손이 엉망이 된 건 신경 쓰지도 않은 채로.

"큰 병원에서 수술받으면."

"아니요. 그게 문제가 아니에요. 다친 손이 문제가 아니라……."

말끝을 흐린 태민은 손을 들어 이마를 짚은 채 긴 한숨을 토해냈다. 두 사람 사이에 있던 일들에 대해 알게 된 상태에서 의현의 약한 모습을 봤기 때문일까. 하지 않으려던 이야기가 자꾸만 입에 맴돌았고 일어서야 한다 생각하면서도 말이 길어졌다. 태민은 지금 자신이 내뱉을 말이 의현을 더 힘들게 할 것이라는 걸 알고 있었다. 하지만 그가 끝내 가을을 버리지 못하겠다면 이건 분명하게 마주해야 하는 일이었다. 태민은 어렵게 입술을 떼어냈다.

"본인이 그리려는 의지가 전혀 없어요."

긴 침묵이 흘렀다. 그 무거운 정적에 숨이 막혔다.

"그림을 안 그리긴 하지만 나름 잘 지내고 있어요. 안정적으로 생활하고 있고 가끔이지만 웃기도 하고요. 그러니까 강 이사님도 좀 더 괜찮게 지낼 수는 없어요?"

그리 물으며 고개를 든 태민은 난감하다는 얼굴을 했다.

“다음에 한 번 더 물어보면 제가 거짓말 못할 것 같아서 그래요. 마지막으로 얼굴 보고 왔을 때 누나가 저한테 강 이사님 잘 지내냐고 물어봤었어요. 저도 강 이사님 소식 전혀 모르고 지냈었는데 하필이면 어머니한테 소식 들은 다음날 물어보더라고요. 몸이 좋지 않아 이사직 사임했다는 소식을 들어놓고도 잘 지낸다고 거짓말했어요. 안 그러면 누나 마음에 제 대답이 가시처럼 남을 테니까요.”

아무것도 몰랐을 때는 그저 의현의 행동이 이해가 되지 않았고 가을에게서 떼어내야 한다고만 생각했다. 하지만 두 사람의 사이에는 더 복잡한 일들이 얽혀 있었다. 그리고 시간이 지날수록 태민의 생각은 한쪽으로 기울어졌다.

‘아무리 봐도 서로에게 없어서는 안 될 존재가 아닌가.’

제 손으로 의현을 버린 가을은 내내 그렇게 무미건조한 삶을 살게 될 것이고 의현은 가을을 완전하게 버리지도 제 곁에 두지도 못한 채 엉망인 삶을 살아가게 될 것 같았다. 만일 가을만이라도 의현을 완전하게 놓을 수 있었다면 태민은 이리 말하지 않았을 것이다. 그를 설득할 필요도 가을의 소식을 전해줄 필요도 없었다.

“그 사고가 온전하게 가을 누나의 탓이라고 볼 수 없다는 건, 강 이사님도 아시지 않나요.”

적재량을 무시하고 과속을 한 트럭, 핸들을 돌린 차, 한 치 앞도 보이지 않을 정도로 쏟아져 내리던 비, 잠시 정차하고 있던 검은 세단. 사고의 원인은 분명 모든 것들이 복합적으로 얽혀들어 있었지만 의현은 모든 것을 가을의 탓으로 돌렸다. 모든 마음을 쏟아부어 가장 사랑한 사람이 제게 가장 소중했던 사람을 빼앗아갔을지도 모른다는 생각에 눈이 멀어버린 것이다.

"저는 가을 누나와 강 이사님이 한 번쯤 다시 제대로 대화하는 날이 있어야 한다고 생각해요. 물론 당장은 불가능해요. 그건 강 이사님도 잘 아실 거예요."

태민은 자리에서 일어섰다. 돌덩이를 얹어놓은 것처럼 마음 한편이 여전히 무거웠지만 이번에는 정말 돌아가야 할 것 같았다.

"이사님이 괜찮다고 생각될 때쯤 연락해 주세요."

멀어져 가는 발걸음 소리가 완전하게 사라질 때까지 의현은 미동 없이 그렇게 자리를 지키고 앉아 있었다. 태민의 모습이 시야에서 사라졌고 긴 침묵이 찾아들었다. 숨 막히는 정적은 의현을 다시 악몽 같은 현실로 끌어당겼고 술 없이는 버티지 못하게 만들었다.

그는 빈 잔에 넘칠 정도로 술을 가득 따랐다. 그 잔을 손에 든 의현은 잠시 행동을 멈추고 제 손에 남은 상처를 물끄러미 내려다봤다.

"그림은 두 번 다신 그리지 않을게."

피투성이가 된 가을의 손이 그 순간 생생하게 눈앞에 그려졌다. 의현은 고통에 찬 비명을 지르고는 벽을 향해 잔을 내던졌다. 산산이 깨어진 잔이 날카로운 유리 조각이 되어 바닥으로 흩어졌다. 거친 숨을 몰아쉬던 의현은 빠르게 자리에서 일어섰다.

몇 주 만에 처음으로 아파트를 나섰다. 햇볕이 강했던 날씨는 조금 서늘하다는 느낌이 들 정도로 바뀌어 있었고 단풍이 들어 떨어진 낙엽은 바람을 타고 이리저리 흩날리고 있었다. 밖에서 대기 중이던 진호가 의현의 모습을 발견하고 그에게 다가섰지만 그는 진호의 손을 뿌리치고 택시에 올라타 홀로 오피스텔로 향했다.

띠리리— 도어록이 해제되는 소리가 무겁게 귓가에 전해졌다. 안으로 들어선 그를 맞이해 주는 것은 여전히 침묵뿐이었다. 그날의 흔적은 이미 말끔하게 사라진 상태였다. 핏자국은 물론 깨진 유리 조각도 찾아볼 수 없었다. 마치 아무런 일도 일어나지 않은 모습이었다. 하지만 의현의 눈에는 바닥에 고인 흥건한 피와 날카로운 유리 조각이 모두 보이는 것만 같았다. 지금 제 눈앞에 놓여 있는 것처럼 모든 것이 생생하게 그려졌다. 그의 표정이 점차 아프게 일그러졌다.

의현은 소리치던 가을의 모습을 떠올렸다. 모든 것을 체념한 지친 얼굴, 힘겹게 내뱉던 목소리, 아프게 흘리던 눈물이 그를 숨 막히게 했다.

가을은 제 아버지에게 하루도 맞지 않은 날이 없다고 했다. 그 차에는 이미 사망한 어머니의 시체가 실려 있었다고 했다. 여덟 살의 어린아이가 죽음의 공포에 질려 살기 위해 한 어쩔 수 없는 선택. 모든 걸 알았다면 조금이라도 달라졌을까.

"하."

눈물 고인 눈이 굳게 닫혔다. 그는 일그러진 얼굴로 헛웃음을 터트렸다.

나는 여전히 무엇 하나 확신할 수 없다.

스물셋 겨울. 그때까지만 해도 이 오피스텔은 의현과 가을에게 추억이 담긴 장소였다. 그리고 이제는 악몽 같은 곳으로 변했다. 주변을 둘러본 의현의 눈에 다시 눈물이 차올랐다. 그만 일어나— 속삭이듯 귓가에 전해지는 음성과 환하게 웃으며 제 잠을 깨우는 가을의 모습이 환상처럼 눈앞에 그려졌다. 그 모습은 곧 신기루처럼 사라졌다.

의현은 사라진 가을의 모습을 찾는 것처럼 주변을 두리번거렸다. 하지만 가을의 모습은 그 어디에서도 찾을 수 없었다. 갈피를 잡지 못하고 허공을 맴돌던 그의 시선이 어느 순간 한곳에서 멈춰 섰다. 방 한쪽에 주인의 허락도 없이 가져다 놓은 짐이 있었다. 가을의 물건이었다. 짐이라고 해봐야 캐리어 하나와 캔버스 몇 개가 전부였다. 그만큼 가을이 가진 것은 아무것도 없었다.

캔버스에 그려진 그림은 미완성인 그림이 대부분이었다. 의현은 언젠가부터 가을의 그림을 일부러 보지 않았고 그녀는 완성작인 그림을 그리지 않았다. 두 사람의 시간은 그렇게 스물셋 겨울에 멈춰 있는 것만 같았다.

의현은 그림 앞으로 걸어갔다. 일렬로 쭉 세워놓은 그림의 가장 앞쪽에는 붉은 홍매화를 그린 그림이 놓여 있었다. 뒤에 놓여 있는 그림은 홍매화 그림에 가려져 있어 무엇인지 볼 수 없었지만 아마 완성작인 그림은 저것 하나뿐일 거라고 예상할 수 있었다.

익숙한 듯 낯선 그 그림에서 의현은 시선을 떼어내지 못했다. 차마 손을 뻗지 못하고 하염없이 바라보기만 했다. 은형이 좋아했고, 가을이 좋아했고, 그래서 의현마저 좋아했던 그림.

가을은 햇볕이 잘 드는 창가 앞에서 그림을 그리고는 했다. 의현이 가장 좋아하는 모습이었다. 그 모습을 가만히 바라보고 있으면 시선을 느낀 가을이 뒤를 돌아보고는 의현을 향해 웃어주고는 했다. 조금만 기다려— 거의 다 되어간다니까— 방해하면 안 돼— 작게 속삭이듯 전해지던 그 목소리가 환청처럼 들려왔다.

그의 무릎이 바닥에 닿았다. 무너지듯 주저앉은 의현은 바닥에 엎드린 채 오열했다. 비명과도 같은 그의 울음소리가 한동안 좁은 공간에 울려 퍼졌다. 뜨거운 눈물이 아프게 손등 위로 떨어져 내렸다.

❖

거리의 풍경이 조금 쓸쓸해 보이는 계절이 왔다. 색색으로 물든 나뭇잎은 이제 모두 바닥에 떨어져 앙상한 가지만을 남겨두었고 불어오는 바람은 절로 어깨를 움츠러들게 하였다.

주말이었지만 태민은 평소보다 이른 시간에 눈을 떴다. 기억하기로는 아마 새벽 4시쯤 눈을 떴던 것 같다. 잠을 설쳤고 다시 눈을 감는다 해도 잘 수 없을 것 같아 4시간 정도를 멍하니 방 안에서 시간을 허비했다. 8시가 되어서야 아침 식사를 마치고 외출 준비를 한 그는 10시쯤 집을 나섰다.

제대로 잠을 자지 못한 탓에 조금 지친 기색이 그의 얼굴에 드러나 있었다. 태민이 향한 곳은 의현과 함께 다니던 테니스장이었다. 그가 어젯밤 갑자기 태민에게 연락을 해왔기 때문이었다. 그건 태민이 새벽 4시부터 잠을 설친 이유이기도 했다.

“갑자기 연락해서 테니스라니.”

태민은 기가 차다는 얼굴로 헛웃음을 터트렸다. 아파트로 찾아가 의현을 만나고 돌아온 뒤로 태민은 그의 얼굴을 두 달 만에 보는 것이었다. 최근에 다시 복직한다는 소문을 듣긴 했지만 그건 들려오는 소문일 뿐 제 눈으로 확인할 수 있는 건 아무것도 없었다. 태민은 의현을 일부러 찾아가지 않았다. 그의 소식을 누군가에게 묻지도 않았다. 의현이 먼저 연락하기 전까지 이제 자신이 그를 만날 필요는 없다고 생각했기 때문이었다.

테니스장에 들어서자 태민보다 먼저 도착해 있는 의현의 모습을 볼 수 있었다. 처음 보았을 때처럼 가면을 쓴 듯 차가운 얼굴을 한 남자가 눈앞에 서 있었다. 흐트러짐 없이 단정한 모습은 여전히 잘 만들어놓은 인형 같기만 했다.

“생각보다 회복이 빠르네요.”

태민이 의현에게 건넨 첫인사였다. 비꼬려는 게 아니라 다행이라는 마음으로 건넨 인사였다. 두 달 만에 다시 마주하게 된 의현에게서 약한 모습은 조금도 찾아볼 수 없었다. 가을로 인해 무너지고 망가져서 엉망이 된 모습은 씻은 듯이 지워낸 것만 같았다. 정말 다행인 일이었다.

의현은 태민에게 제대로 된 인사도 건네지 않았고 왜 이곳으로 불러냈는지 설명조차 해주지 않았다. 두 사람은 코트 안에 들어섰고 예전처럼 운동을 함께했다. 대화 없이 이어진 시합은 의현의 승리로 끝이 났다. 그간 몸이 좋지 않다는 이유로 집에서 폐인처럼 지내던 사람이 맞는 건가 의심이 들 정도로 의현은 도저히 믿을 수 없을 정도의 움직임을 보였다.

"하아."

무릎에 손을 올린 채 숨을 몰아쉬던 태민이 잔뜩 인상을 찌푸렸다. 잠을 설쳐 컨디션도 엉망인데다 아침을 먹은 것이 얹힌 건지 좋지 않은 상태로 운동하려니 당연히 엉망인 시합을 할 수밖에 없었다. 거기다 의현이 이런 행동을 하는 의도를 알 수 없으니 머릿속이 복잡해 시합에 집중할 수 없는 것은 당연한 일이었다.

거친 숨을 몰아쉬던 태민은 굽혔던 몸을 바로 세우고는 제게 다가서는 의현의 모습을 바라봤다. 갑자기 사람을 불러내 이게 뭐 하는 짓이냐며 따져 물으려던 그는 툭 던지듯 건네 온 의현의 말에 할 말을 잊은 사람처럼 입을 다물고 말았다.

"오피스텔에 그림이 있어."

태민에게 다가선 그는 거칠어진 숨을 한 차례 가다듬고는 무언가를 내밀었다.

"윤가을 그림이야. 예전 집에 있던 짐도 모두 거기 있고."

그가 건넨 것은 카드 키였다. 검은 바탕에 오피스텔 로고와 이름이 그려진 키였다.

"보름 안에 빼가. 그리고 카드 키는 돌려줄 필요 없으니 버려. 오피스텔은 보름 뒤에 곧바로 처분할 거니까."

가을이 의현에게서 도망쳐 살던 집에서 빼온 짐들은 모두 오피스텔에 있었다. 그녀는 그 짐을 따로 가져오지 않았고 정말 필요한 물건들만 새로 구매를 했다. 눈앞에 내밀어진 카드 키를 선뜻 받아 들지 못한 태민은 손을 내밀어 그것을 받아 드는 대신 굳어진 얼굴로 입을 열었다.

"가을 누나는."

"윤가을 소식."

하지만 말을 끝맺지 못했다. 태민의 말을 자른 그는 단호하게 선을 그었다.

"더는 내게 전할 필요 없어."

시선조차 주지 않은 채 카드 키를 억지로 태민의 손에 쥐어준 의현은 그대로 돌아섰다. 태민은 멀어져 가려는 그를 붙드는 것처럼 의현의 등에 대고 소리쳤다.

"다신 안 볼 거예요?"

그 가볍지 않은 질문에 의현의 걸음이 멈췄다. 두 달간 얼마나 많은 악몽을 꾸고 얼마나 많은 날을 불면으로 지새웠는지 셀 수 없을 정도였다. 그러다 문득 깨달았다. 아무리 죽을 것처럼 고통스러워도 시간은 흘러가고 있었고 자신은 숨을 쉬며 살아가고 있었다. 어떻게든 살아가고 있다. 그러니 윤가을 없이 살 수 없다는 말은 이제 할 수 없었다. 죽지 못해 살아도 숨은 쉬니까.

'그건 너도 마찬가지겠지.'

그리고 의현은 결론 내렸다.

이 분노와 증오를 비워낼 수 없다면 널 버리는 게 맞다.

"말은 똑바로 해."

돌아선 그는 조금 날이 선 얼굴로 아프게 웃어 보였다. 그리고 이내 얼굴을 일그러트렸다.

"안 보는 게 아니라……."

"……."

"못 보는 거지."

끔찍한 악몽 끝에, 수없이 많은 불면의 밤을 홀로 지낸 끝에 내린 결론.

나는 이제 너를 볼 수 없다.

사랑해도 더는 아프지 않은 순간

하얀 눈송이가 소리 없이 하늘에서 떨어져 내렸다. 올겨울의 첫눈이었다. 부쩍 추워진 날씨에 작은 원적외선 히터 하나를 켜두고 창가 앞에 앉아 있던 가을은 잠시 움직임을 멈춘 채 창밖의 풍경을 응시했다.

"꽤 많이 내리려나 보네."

첫눈치고 꽤 굵직한 눈송이는 아무래도 녹지 않고 그대로 쌓일 것 같았다. 제설 작업이 제대로 되지 않는 작은 마을이다 보니 제집 앞마당과 골목에 쌓인 눈은 자발적으로 나가서 치워야 했다. 가을은 조금 곤란한 기색으로 시간을 확인했다. 시간상으로 여유가 있는 지금은 눈이 쌓이지 않아 치울 수 없고 눈이 제법 쌓일 때쯤에는 화실에 나가야 했다. 저녁에 돌아오면 꽤 많은 눈이 쌓여 있을 테니 아무래도 오자마자 눈부터 치워야 할 것 같았다. 가을은 시간을 한 차례 확인하고는 읽던 책을 덮고 자리에서 일어섰다. 그 순간 잠잠하던 휴대전화가 울렸다. 윤석에게 걸려온 전화였다.

"네. 선생님."

[혹시 벌써 집에서 나온 거 아니지?]

"이제 슬슬 준비하고 나갈 참이었어요."

[그럼 아직 집이라는 거지? 오늘은 나오지 마. 눈도 많이 와서 사람도 안 나올 거 같으니까 집에서 쉬어.]

가을은 이 동네로 다시 돌아오게 된 뒤 윤석의 화실 일을 돕고 있었다. 더는 그림을 그릴 생각이 없어 자연스럽게 화실에 나가지 않으려 했지만 윤석이 일자리를 구한 게 아니라면 화실 일을 도와달라 부탁했기 때문이었다. 굳이 가을의 도움이 필요한 것 같지 않았지만 윤석은 몇 번이나 일을 도와달라 청했다. 아마 태민의 배려일 것이다. 그가 제 아버지에게 부탁했다는 것을 가을이 모를 리 없었다. 그녀는 결국 윤석의 화실 일을 돕게 되었고 주말에 나가는 보육원 봉사활동에도 함께 나가게 되었다. 함께 있는 시간이 길어진 덕분인지 지금은 윤석이 가을을 좀 더 편하게 대하고 있었다.

"아직 눈이 많이 온 것도 아닌데 나가서 청소라도 도울게요."

[청소는 내가 다 했으니까 쉬어. 그나저나 눈이 많이 내릴 것 같은데 이따 눈 치우는 거 도와줄까?]

"아니에요. 혼자 할 수 있어요."

[괜찮겠어?]

윤석의 질문에 가을은 잠시 답하지 못했다. 뭘 걱정하고 묻는 말인지 알고 있기 때문이었다.

"손은 이제 멀쩡해요."

[그걸 알면서 그림은 왜 안 그려?]

정곡을 찌르는 말에 가을은 그저 난감한 얼굴로 웃었다.

[아무튼, 오늘 화실 나오면 그림 그리라고 닦달할 거니까 나오지 말고

푹 쉬어.]

장난스러운 협박에 가을은 결국 알겠다고 답하고 통화를 마쳤다. 화실에 나갈 일이 없어졌으니 오늘 하루는 뭘 하고 보내야 하나 싶어 잠시 생각에 잠겼다. 눈이 제법 쌓이면 눈을 치우고 집 안 청소를 해야 할 것 같았다. 천천히 집 안을 둘러보던 가을의 시선이 부엌 입구에 닿았다.

"아, 배고파."

뒤늦게 허기가 느껴졌다. 가을은 생각하던 것을 멈추고 부엌을 향해 걸음을 옮겼다. 냉장고에 있는 반찬을 몇 개 꺼내어 밥과 함께 볶았다. 혼자 먹기에 딱 좋을 양의 볶음밥을 만들어 간단하게 식사를 마치고 커피 한 잔을 마셨다. 다시 자리로 돌아왔을 때는 제법 눈이 쌓인 풍경이 눈에 들어왔다.

"눈 치워야겠다."

미리 눈삽을 사둔 것이 있었다. 어디에 뒀더라— 기억을 더듬던 가을의 시선이 현관 바로 옆의 방문에 닿았다. 문을 열자 황량하다는 생각이 들 정도로 채워지지 않은 공간이 눈에 들어왔다. 작은 방 안의 중심에는 천으로 덮여 있는 이젤과 캔버스 하나가 덩그러니 놓여 있었다. 가을이 완성하지 못한 태민의 초상화였다. 의현의 지시로 진호가 가을의 집에 있던 짐을 모두 가져갔지만 화실에 있는 그림은 손대지 못했다. 윤석 때문이었다.

초상화는 미완성으로 남겨졌고 오피스텔에서 다시 이곳으로 돌아온 뒤에 태민은 단 한 번도 그림에 관해 입을 열지 않았다. 가을은 그게 고마우면서도 미안했다. 그녀에게 남은 그림은 이제 이것 하나뿐이었다. 그마저도 미완성인 그림. 그녀는 하얀 천으로 덮인 이젤을 물끄러미 응시하다 제 손을 내려다봤다. 치료는 받았고 손은 무리 없이 움직일 수 있었다. 하지만 가을은 여전히 그림을 그리지 않았다.

'언젠가 완성은 할 수 있을까?'

서글프게 웃어 보인 가을은 고개를 가로젓고 방 안으로 들어섰다. 아직 한 번도 사용하지 않은 눈삽이 방 벽면에 세워져 있었다. 가을은 목도리를 두르고 장갑까지 착용한 채로 눈삽을 들고 문을 열고 밖으로 나섰다. 하얀 눈송이가 그녀의 머리와 어깨 위로 소리 없이 내려앉았다. 그 풍경 속에 익숙한 얼굴이 있었다.

"이제 일어났어요?"

눈삽으로 눈을 긁어내듯 퍼내어 한쪽으로 치워둔 태민이 허리를 곧게 펴고는 가을을 바라봤다. 그 얼굴에 어쩐지 장난기가 가득했다.

"설마요."

가을은 고개를 기울이며 난감한 얼굴로 웃어 보이고는 주변을 둘러봤다. 이미 집 앞의 눈은 모두 치워져 있었다. 눈송이는 약해져 있었고 골목에 쌓인 눈만 치우면 끝이 날 것 같았다.

"언제 왔어요?"

"한 시간 전쯤?"

"그런데 여기서 뭐 해요?"

"뭐 하긴요. 눈 치우잖아요. 화실 갔더니 아버지가 눈 오는 날 여기까지 왜 왔냐고 잔소리하시다가 이왕 온 김에 누나네 집에 가서 눈 치우는 거나 도와주라고 하시더라고요. 오랜만에 얼굴 보는 건데 어쩌나 구박하시던지."

불만처럼 이야기했지만 아버지에 대한 애정을 드러내듯 태민의 얼굴에는 미소가 그려져 있었다. 아직 현관 앞에 서 있던 가을은 문을 닫고 그의 곁으로 다가섰다.

"거의 다 치웠어요. 추운데 들어가요."

"골목 남았잖아요."

"옆집까지 거리가 얼마나 된다고요. 제가 할게요."

"제가 할 일인데 여기까지 대신 해준 것만으로도 고마워요. 나머지는 제가 할게요."

"그럼 같이해요. 같이하면 금방 끝날 테니까. 다 하고 차 한잔만 주세요."

고개를 끄덕인 가을은 눈삽을 쥔 손에 힘을 주고 눈을 치우기 시작했다. 태민의 말대로 두 사람이 함께 치우니 생각보다 빨리 끝이 났다. 집 안으로 들어선 그녀는 홍차 티백을 우려낸 찻잔을 식탁 위에 내려놓았다. 태민이 고맙다는 인사를 짧게 건네고는 조용히 차를 마셨다.

"눈도 오는데 여기까지 웬일이에요?"

"서울에는 눈 안 와요."

눈을 반으로 접으며 그리 대답한 태민은 다시 조용히 차를 마셨다. 가을과 함께 있을 때면 평소보다 말이 많아지고는 했던 태민이 오늘은 유독 조용하기만 했다. 그는 차를 다 비워내고도 한동안 자리를 지키고 앉아 있었다. 그리고 시선이 마주친 순간, 작게 한숨을 내쉬고는 주머니를 뒤적였다.

"사실 오늘은 누나한테 전해줄 게 있어서 왔어요."

태민이 식탁 위에 무언가를 내려놓았다. 검은색 바탕에 익숙한 로고가 그려진 카드였다. 가을은 그것이 무엇인지 한눈에 알아봤다. 오피스텔 카드 키였다.

"강 이사님이 직접 주셨어요. 누나 짐이랑 그림이 그곳에 있다고요."

"의현이가 이걸 태민 씨한테 줬다고요?"

"네. 제가 이걸 받은 게 대략 일주일 전이니까 다음 주 주말 안으로 짐은 빼와야 할 것 같아요. 보름 뒤에 오피스텔 처분할 거라고 그 안에 가져가라고 했거든요. 받은 날 바로 주려고 했는데 생각 좀 정리하느라 늦었어요."

찻잔의 둥근 테두리를 엄지로 매만지던 태민이 자리에서 일어섰다.

"차 한 잔만 더 마실게요."

"아, 제가 할게요."

"아니요. 제가 할 테니까 그냥 앉아 있어요."

태민은 상자에서 티백 하나를 꺼내어 컵에 넣고 뜨거운 물을 부었다. 그 뒷모습에서 뭔가 고민하는 기색이 느껴졌다. 다시 자리에 앉은 그는 붉은빛으로 물든 차를 물끄러미 내려다보다 고개를 들었다.

"저 누나한테 거짓말한 거 하나 있어요."

가을은 대답 없이 조용히 앉아 태민의 말에 귀를 기울였다. 그는 해야 할 말과 하지 않아도 좋을 말을 골라내는 것처럼 서두르지 않고 차분하게 말을 이어나갔다.

"전에 강 이사님 잘 지내냐고 물어본 적 있죠? 그때 사실 강 이사님 완전 엉망이었거든요. 건강이 안 좋아져서 이사직 사임하고 거의 칩거했다 들었어요. 나중에 찾아가 보니 이건 뭐, 거의 폐인이더라고요."

"의현이가 이사직을 사임했어요?"

목소리가 떨렸다. 눈에 띄게 당황해하는 가을의 모습에 태민은 조금 안쓰러운 기색을 드러낸 얼굴로 애써 웃어 보였다.

"지금은 다시 제자리 찾았어요. 이거 꽤 된 일이거든요. 지금은 예전처럼 잘 지내는 거 같아요. 제가 보기엔 겉으로만 잘 지내는 것으로 보이지만요."

태민은 알고 있었다. 그간 지켜본 모습만으로도 분명하게 알 수 있는 것이 있었다. 가을은 의현을 버렸다고 해서 그를 잊고 살아갈 수 있는 사람이 아니었다. 마음에 아픈 가시처럼 의현을 박아 넣은 채 그를 잊지 못하고 살아갈 것이다.

"누나도, 강 이사님도 서로 떨어져서 머리를 식히고 주변을 둘러볼 시간을 가졌으니 한 번쯤은 만나서 제대로 대화를 하는 게 좋지 않을까 싶어서 꺼낸 말이에요."

태민의 말이 맞다. 가을도 언젠가 의현을 만나 제대로 된 대화를 한 번 더 할 수 있는 날이 오기를 바랐다. 하지만 아직은 이르다.

"알고 있어요. 하지만 지금은 아니에요."

가을의 말에 태민은 고개를 끄덕였다. 가을의 생각이 그렇다면 제가 고집을 부릴 수 있는 일이 아니었다. 이건 본인들이 결정할 문제였다.

"짐 빼는 거 직접 가기 어려우면 제가 이쪽으로 차 보낼게요."

"아니요. 제가 갈게요."

"그럼 제가 도울 일 있으면 언제든 연락해요."

태민은 늘 가을을 배려했다. 그녀를 위한 제안을 하면서도 가을이 싫어하거나 거절하는 일에는 조금의 강요도 없이 그대로 물러서고는 했다. 가을은 차를 마시는 태민의 얼굴을 물끄러미 바라봤다.

"태민 씨는 왜 이렇게까지 해서 날 도와줘요?"

태민은 잠시 아무런 답을 하지 못했다. 찻잔을 내려놓고 천천히 마주쳐 오는 그의 시선에서 읽어낼 수 있는 것은 아무것도 없었다. 그는 자신 때문에 가을의 위치가 발각된 것을 이유로 그녀를 도왔지만 아무래도 그 때문만은 아닌 것 같았다.

태민은 잠시 창밖을 바라봤다. 그리고 상념에 잠겼다. 화실 소속에서 가끔 그림을 그리는 가을의 모습을 볼 때면 넋을 놓고 바라볼 때가 있었다. 그 모습이 좋았다. 뭔가 아픈 걸 감추고 있는 처연한 모습도, 조용하고 차분한 분위기도, 꽤 좋아했던 것 같다. 호감보다는 조금 더 커다랗지만 아직은 형태를 갖추지 못한 감정이었을 것이다.

감정이 형태를 갖추고 그것이 무엇인지 깨달았을 때는 이미 너무 많은 것을 알아버렸다. 의현과 가을의 사이는 엉망으로 부서지고 갈라져 있었지만 다른 사람이 들어설 틈은 없었다. 두 사람 사이에 생겨난 틈은 두 사람만이 메울 수 있었다. 가을의 곁에 있으면 의현이 그녀에게 어떤 존재인지를 금세 알아챌 수 있었다. 그걸 어떻게 모를 수 있을까. 태민의 첫사랑은 그렇게 시작도 하기 전에 끝나 버렸다.

"제가 원래 좀 손해 보며 사는 성격이에요."

다시 고개를 돌린 태민이 차를 한 모금 마시고는 소리 없이 조용히 미소 지었다.

"착해서."

마지막 말은 장난스럽게 미간을 찡그리며 아주 비밀스러운 이야기를 하듯 낮게 속삭였다. 가을은 그의 얼굴을 마주한 채로 조용히 웃어 보였다.

"고마워요."

"별말씀을."

홍차를 다 비워낸 그는 자리에서 일어섰다. 태민이 돌아간 뒤 홀로 남게 된 가을은 식탁 앞에 앉아 검은색 카드 키를 한참이나 내려다봤다. 의현이 직접 건네준 것이라고 했다. 가을이 다니는 화실 '아틀리에M'의 위치와 그녀가 사는 동네를 알고 있음에도 그는 가을을 찾지 않았다. 그리고 짐을 가져가라 말했다. 더는 가을을 찾지도, 억지로 가두지도 않을 것이라는 답과 다름없었다. 무언가 변한 것이다.

작게 한숨을 토해낸 그녀는 카드 키를 손에 쥐었다. 짐이라고 해봐야 몇 개 없었다. 옷 몇 벌과 꼭 필요한 물건. 그리고 그림만 몇 점 가져오면 될 것이다.

'내일 다녀오자.'

가을은 천천히 눈을 감았다. 의현의 얼굴이 그 순간 선명하게 떠올랐다. 평소에는 애써 지워내려던 모습이었지만 오늘은 오랫동안 눈에 담고 싶었다. 눈을 뜨면 그 모습이 신기루처럼 사라질 것 같아 가을은 한동안 눈을 뜨지 못했다. 한참의 시간이 지나고 감은 눈 사이로 눈물이 흘러내렸다.

너는 여전히 내게 아픈 사람인 모양이었다.

다음날 가을은 날이 밝자마자 서울로 향했고 오피스텔로 가서 짐을 챙겼다. 옷과 중요한 물건을 담은 캐리어 하나와 캔버스 열 개 정도의 짐이었다. 모두 정리하고 주변을 한 차례 둘러본 그녀는 문득 들려오는 익숙하고도 희미한 소음에 창밖을 바라봤다.

"아."

그녀의 얼굴에 난감한 기색이 스쳤다. 빗방울이 떨어져 내리고 있었다. 가을이 사는 동네에는 어제 눈이 내렸는데 서울은 오늘 비가 내리고 있었다. 날이 좀 흐리다 싶긴 했는데 설마 비가 올 줄이야. 최근 들어 날씨가 참 짓궂다는 생각이 들었다.

정리한 짐을 내려다보던 가을은 작게 한숨을 내쉬고는 휴대전화로 용달회사를 검색했다. 가장 상단에 나오는 용달 회사에 연락해 차를 한 대 불렀다. 거리가 있어 요금이 꽤 나올 테지만 그림이 있는데다 비까지 내리니 어쩔 수 없는 선택이었다.

차는 15분쯤 지나 오피스텔에 도착했다. 짐을 싣고 그 차를 함께 타고 갈까 하다가 생각을 바꿨다. 서울에서 마저 해야 할 일이 떠올랐기 때문이었다. 가을은 윤석에게 전화해 화실로 짐을 몇 개 보낼 테니 잠시만 보관을 해달라 부탁을 했다. 차에 물건을 싣고 기사분에게 주소와 연락처를 건네준 가을은 오피스텔 건물을 나서 편의점에서 작은 우산 하나를 샀다.

택시를 타고 그녀가 향한 곳은 송정윤이 운영하는 갤러리였다. 약속도, 미리 언질도 없이 갤러리를 찾은 가을의 방문에 송정윤은 불쾌감을 숨기지 않았지만 일단 응접실로 가을을 불러들였다. 의현의 아버지가 함께 있었기 때문이었다.

"가을이 너, 그간 대체 어디서 어떻게 지낸 거야? 연락받고 얼마나 놀랐는지 알아? 연락은 왜 갑자기 끊긴 거고?"

재환을 갤러리로 부른 것은 가을이었다.

"죄송해요."

쏟아져 나온 질문에 답할 수 있는 것은 아무것도 없었고 그녀가 할 수 있는 말은 이게 전부였다. 가을은 조금 야윈 얼굴로 애써 웃어 보이고는 두 사람을 향해 고개를 꾸벅 숙였다.

"어릴 때부터 대학 졸업할 때까지 도움 주셔서 정말 감사합니다. 딸처럼 여겨주시고 정말 부족한 거 하나 없이 키워주셔서 정말 감사드려요."

갑작스러운 인사에 재환은 영문을 모르겠다는 얼굴을 했다. 묻고 싶은 말이 산더미 같았지만 그는 일단 잠자코 가을이 하는 말을 들어보기로 했다. 정윤은 혹여 가을이 이상한 소리라도 할까 싶은 건지 긴장한 채로 신경을 곤두세우고 있었다.

가을이 주먹을 꽉 쥐었다. 의현은 이제 더는 가을을 찾지 않을 것이고 가을은 완전하게 이곳을 떠나게 된다. 떠날 때 떠나더라도 의현의 아버지에게만큼은 꼭 말을 해야 할 것만 같았다. 강은형의 죽음과 그 사고에 관해. 어떤 죗값을 치르더라도, 용서를 받지 못하더라도 말을 해야 한다는 결론을 내렸다.

가을이 입술을 떼어내려던 순간이었다. 문이 쾅— 소리를 내며 열렸다. 막무가내로 응접실 문을 열려는 행동을 막아서려던 건지 갤러리의 직원 한 명이 의현의 팔을 붙들고 있었다. 직원은 난감해하는 얼굴로 서 있다가 거세게 팔을 뿌리치는 그의 행동에 뒤로 두어 걸음 물러서고 말았다. 갑작스러운 의현의 등장에 가을과 송정윤, 모두가 놀랐다.

"내가 연락했다."

이어진 말에 가을은 두 눈을 질끈 감았다. 의현이 이곳을 찾은 것이 우연인가 싶었지만 아니었다. 재환이 그를 부른 것이다.

"그동안 저 녀석도 네 걱정 많이 했다. 그래서 연락했는데, 너한테 연락 왔다니까 놀란 모양이다. 의현이 너는 아무리 그래도 그렇지 뭘 그렇게."

끝맺지 못한 말이 허공에서 사라지고 가을은 자리에서 일어설 수밖에 없었다. 강한 힘이 손목에 전해졌다.

"일어나."

"의현이 너, 이게 무슨 짓이야?"

"죄송해요, 아버지. 나중에 제가 따로 말씀드릴게요."

가을을 데리고 응접실을 빠져나가려는 의현의 앞을 송정윤이 막아섰다.

"어딜 가? 앉아."

제 어머니의 손을 차갑게 한 차례 내려다본 의현은 그녀를 향해 한 걸음 더 가깝게 다가섰다. 재환에게 들리지 않도록 속삭이듯 건네는 음성이 차갑기 그지없었다.

"약속한 거, 잊지 마세요."

송정윤의 얼굴이 삽시간에 굳어졌고 그를 붙든 손에는 힘이 풀렸다. 가을을 데리고 갤러리를 나선 의현은 한참을 걸어 갤러리와 떨어진 곳에 멈춰 섰다. 비는 여전히 내리고 있었고 두 사람은 이미 빗물에 흠뻑 젖은 상태였다. 돌아보는 그의 얼굴이 무척 야위어 있었다. 지면을 두드리는 빗소리 사이로 의현의 날이 선 음성이 들려왔다.

"짐이나 챙겨가라고 했더니 갤러리에는 왜 왔어? 아버지까지 불러놓고 무슨 말 하려고?"

"어릴 때부터 대학 졸업할 때까지 자식처럼 나 키워준 분이야. 용서받지 못해도 사실대로 말해야 한다고 생각했어."

"그래서? 자식처럼 키워준 사람한테 네 아들 내가 죽였을지도 모른다고 말하려 했다고?"

"사실이잖아."

"하지 마."

"의현아."

"부탁이니까."

잇새로 흘러나온 음성은 처참했다. 빗소리에 묻힐 만큼 작은 음성이었음에도 그의 목소리가 또렷하게 귓가에 전해졌다. 의현은 금방이라도 울 것 같은 얼굴로 표정을 일그러트린 채 가을에게 애원하듯 말했다.

"그것만은 아버지에게 말하지 마."

가을의 팔을 붙든 의현의 손은 잔뜩 떨림을 담고 있었다. 진정이 되지 않는 건지 그 떨림은 한참을 멈추지 않았다.

"알아. 나도 알고 있었어. 백 퍼센트 너 때문에 일어난 사고라고 단정 지을 수는 없다는 거. 네가 네 아버지에게 폭행을 당했다는 것도, 네 어머니가 그것 때문에 죽었다는 걸 미리 알았더라도, 무언가 달라졌을 거라고는 장담 못해. 그때의 난 형을 잃은 사고의 원인에 네가 엮여 있다는 사실 하나로 보이는 게 없었고 어떻게든 널 원망했을 거야."

고개를 든 그가 가을의 두 눈을 마주했다. 얼굴에 흘러내리는 물이 빗물인지 눈물인지 분간이 되지 않았다.

"그래. 그냥 그 사고가 너 때문에 일어난 거라고 치자."

홀로 고개를 끄덕인 그가 다시금 아프게 얼굴을 일그러트렸다.

"자그마치 9년이야. 이제 너 죗값 다 치렀어. 내가 그걸 인정 못했을 뿐이지."

팔을 붙든 힘이 약해졌다. 머리 위로, 어깨 위로, 쏟아져 내리는 빗줄기는 여전히 아프기만 했다. 가을은 시야가 잔뜩 흐려지는 것을 느꼈다. 의현의 얼굴이 제대로 보이지 않아 몇 번이고 눈을 깜빡였지만 소용없었다.

언젠가 너한테 용서받을 수 있다면, 이 빗줄기가 아프게 느껴지지 않을 날이 온다면, 얼마나 좋을까. 그리 생각한 날이 많았다. 하지만 의현은 끝내 가을을 그런 이유로는 잡지 않았다. 용서한다는 말도, 가지 않으면 안 되냐는 말도 하지 않았다.

"가. 이제 너 하고 싶은 대로 하고 살아."

등을 떠미는 말에 가을은 아프게 웃었다. 결국 이리될 것을 알고 있었다. 예상하고 마음의 준비를 한다 해서 아프지 않을 이별이 존재하긴 할까.

"다신 여기 오지 마."

울음과도 같은 그 마지막 목소리를 끝으로 시야가 다시 선명해졌다. 마지막으로 본 것은 울고 있는 의현의 얼굴이었다.

❖

비를 맞은 탓인지 미열이 있었다. 목도 조금 부은 것 같았고 몸에는 힘이 들어가지 않았다. 아무래도 몸살이 오려는 모양이었다. 아침부터 몸 상태가 그만큼 좋지 않았지만 의현은 눈을 뜨자마자 부모님이 계신 본가로 향해야 했다. 아버지의 부름이 있었기 때문이었다.

집안 분위기는 좋지 않았다. 어제 갤러리에서 보인 의현의 행동 때문이었다. 가을은 그 뒤로 다시 연락이 두절 되었고 재환은 가을과 의현의 사이에 무언가 문제가 있다는 것을 인지하고는 그를 다그쳤다.

"얘기해 봐라. 가을이랑 대체 무슨 일이 있던 건지."

의현은 동요 없는 얼굴로 앉아 있었다. 그 얼굴에서 읽어낼 수 있는 건 아무것도 없었다. 되레 안절부절못하는 사람은 송정윤이었다.

"여보. 의현이랑 가을이가 조금 다툰 모양인데."

"당신은 잠자코 있어. 의현이 너한테 물었다. 얼른 대답 못해?"

정윤이 붉은 입술을 꽉 깨물었고 거실에는 무거운 정적이 내려앉았다. 한 모금도 입에 대지 않은 커피를 내려다보던 의현이 한참 뒤에야 고개를 들어 제 아버지를 마주했다.

"제가 가을이를 감금했습니다."

"……뭐? 의현이 네가 뭘 했다고?"

"좋아한다는 걸 이유로 가을이가 제 곁에서 도망치지 못하게 협박하고, 감시하고……."

"……."

"감금했습니다."

조금도 예상치 못한 말에 강재환의 얼굴은 딱딱하게 굳어졌다. 의현은 제 아버지에게서 돌아올 반응이 무섭지도 않은지 표정 없는 얼굴로 계속해서 말을 이었다.

"근데 어머니가 그걸 아시고."

말끝을 흐린 그의 서늘한 시선이 송정윤의 얼굴에 닿았다. 사색이 된 얼굴로 그를 마주한 얼굴은 잔뜩 긴장한 채로 신경을 곤두세우고 있었다.

"가을이가 제 곁에서 도망치는 일에 도움을 줬습니다. 제가 찾을 수 없도록 가을이를 일단 숨겼는데, 어머니로서는 자기 아들이 딸처럼 키운 애를 협박하고 감금했다는 걸 누구에게도 말할 수 없었겠죠. 아버지한테도 사실대로 말씀드릴 수 없었고요. 모두 제 잘못입니다."

믿을 수 없다는 얼굴로 의현을 응시하던 강재환의 시선이 이내 제 아내의 얼굴에 닿았다. 한참이나 말을 잇지 못하다 어렵게 떼어낸 입술에서 잔뜩 떨림을 담은 음성이 흘러나왔다.

"의현이 말이 사실이야?"

"그게……."

"왜 대답을 못해? 사실이냐고 묻잖아!"

불같이 화를 내는 제 남편을 보고 그녀는 마지못해 고개를 끄덕였다. 답이 떨어지기가 무섭게 커다란 손이 의현의 뺨에 닿으며 마찰음을 냈다. 의현의 고개가 돌아갔다.

"못난 놈."

자리에서 일어선 재환은 주먹으로 의현의 등을 몇 번이나 거세게 내려쳤다.

"어디 할 짓이 없어서 그런 짓을 해!"

"여보. 그 정도만 해요."

"그 정도만 하라니? 대체 뭘! 제 자식 일이라도 눈감아줄 게 따로 있지! 당신은 그걸 알고서도 묵인했다는 거야? 가을이랑 연을 끊게 하고 숨겨 줄 게 아니라 이 녀석을 혼냈어야지. 제대로 바로 잡았어야 할 거 아니야!"

의현은 조금의 반항도 없이 맞고만 있었다. 맞은 뺨은 금세 부어올랐고 재환의 호통은 계속되었다. 몸이 크게 흔들릴 만큼 거센 힘으로 의현을 때리는 재환은 제 아들보다 더 아픈 얼굴을 했다. 끝내 그것조차 하지 못하겠는지 손을 들어 이마를 짚은 채 자리에 주저앉았다.

"나가라. 꼴도 보기 싫으니까 얼른 나가!"

자리에서 일어선 의현이 묵례하고는 그대로 집을 나섰다. 초조한 얼굴로 곁에 서 있던 정윤이 그를 따라 밖으로 나섰다. 밖으로 나간 의현이 차에 올라타기 전, 그의 앞을 막아선 그녀는 차 문을 억지로 닫아버리고는 크게 소리쳤다.

"어쩌자고 네 아버지한테 그런 말을 해? 다른 적당한 핑계를 댔어야지. 왜 없는 사실을 만들어내? 네가 가을이를 협박하고 감금했다니. 제정신이니?"

"사실 맞아요."

"뭐?"

"어머니가 가을이 마음에 안 들어 하셔서 제 곁에서 떼어내려고 숨겨준 것만 사실대로 말하지 않았을 뿐, 나머지는 모두 사실이라고요. 제가 윤가을 감금했어요. 감시하고, 협박하고, 가뒀다고요. 윤가을은 좋아서 제 곁에 있던 거 아닙니다."

그녀는 굳어진 얼굴로 의현을 바라보다 헛웃음을 터트렸다.

"너 정말 미쳤구나."

도저히 인정할 수 없다는 얼굴을 한 송정윤은 네가 그럴 리 없다는 말을 중얼거리며 고개를 가로저었다.

"믿지 않으셔도 상관없어요. 사실이니까."

"의현아."

"더는 가을이 일에 상관 마세요. 어제도 말씀드렸는데. 저랑 한 약속 벌써 잊으셨어요?"

호텔 일에 모두 손을 떼고 폐인처럼 지내던 의현이 다시 제자리를 찾기 전, 제 어머니에게 약속을 받은 일이 있었다. 호텔 일은 제대로 할 것이고 여태껏 했던 대로 어머니가 원하는 아들의 모습은 유지할 테니 더는 가을에 관해서만은 관여를 하지 말라는 것이었다. 설령 제 곁으로 다시 가을을 불러들여도 정윤은 그에 관해서 만큼은 더는 관여하지 않기로 약속했다.

처음에는 가을이 사라져도 무너지지 않았던 의현을 보고 가을이 사라져도 상관없다 여겼지만 제대로 무너진 의현의 모습을 한 번 보고 나니 송정윤은 그 제안을 받아들이지 않을 수 없었다.

"가을이한테 아무 짓도 하지 마세요."

그는 다시 한 번 제 어머니를 향해 경고했다.

"협박이니?"

"네. 협박입니다."

더는 잃을 것이 없었다. 단 하나뿐이라고 생각했던 사람을 잃었으니 이제 의현의 손에 남은 것은 아무것도 없었다. 그러니 무엇이 두렵겠는가.

"어머니는 잃을 게 많으신 분이잖아요."

평온한 얼굴로 무서운 협박을 하는 제 아들의 얼굴을 보고 정윤은 저도 모르게 한 걸음 뒤로 물러서고 말았다. 마주한 얼굴과 시선이 차갑기 그지없었다.

"강의현. 난 네 엄마야. 그깟 여자 하나 때문에 널 낳아준 나한테 이럴 수가 있니?"

"어머니에게 모성애라는 게 있긴 해요?"

"뭐?"

"전 한 번도 잊은 적 없어요. 어머니가 어린 저를 커다란 욕조에서 밀었던 것도, 그 때문에 숨을 못 쉴 만큼 물에서 허우적거린 것도, 형이 귓가에 속삭이던 말들도. 단 하나도 잊은 적 없다고요."

의현이 말하는 상황들이 언제의 일인지 쉽게 기억해 낸 그녀의 얼굴에 당혹감이 스쳤다. 눈가에는 작게 경련마저 일어났다.

"그거야 다 예전 일이잖니. 그땐 네가 몸이 약하게 태어난 게 모두 내 탓 같아서 나도 제정신이 아니었어."

"그러셨어요?"

"의현아."

"상관없어요. 어머니가 날 사랑하든 사랑하지 않든 죽길 바랐든 건강하게 살길 바랐든, 아무것도 상관없으니까. 그냥 윤가을만 건드리지 마세요."

"……."

"더 하실 말씀 없으시면 이만 가보겠습니다."

의현은 그 말을 끝으로 차에 올라탔다. 진호가 차를 출발시켰고 송정윤의 모습이 멀어져 갔다. 그는 두 눈을 감았다. 뺨을 맞고 집 안을 엉망으로 만들었지만 그의 마음은 되레 고요해졌다.

"이사님."

의현이 사는 아파트 근처에 도착했을 때쯤이었다. 조용히 침묵을 유지하고 있던 진호가 그를 향해 어렵게 입술을 떼어냈다. 그는 눈을 감은 채로 답했다.

"말해."

"어제 윤가을 씨가 오피스텔에서 짐을 가져갔습니다. 혹시 몰라 사람을 붙여 일단 거취를 알아두었는데 보고드릴까요?"

그가 천천히 눈을 떴다. 가을의 거취는 이미 예상하고 있었다.

"진호야."

"네."

"앞으로 윤가을에 관해 나한테 그 어떤 것도 보고할 필요 없어."

"하지만 이사님."

"오피스텔은 예정대로 처분해. 쓸데없는 짓 하지 말고."

"……알겠습니다."

"그리고 휴가 줄 테니 너도 보름 정도 쉬어."

"괜찮습니다."

"쉬라면 좀 쉬어. 혼자 생각할 것도 있고 당분간은 혼자 움직이고 싶으니까."

진호는 답하지 않았고 차는 아파트 앞에 도착했다. 방에 들어서자마자 침대에 누운 의현은 옷도 갈아입지 않은 채 잠을 청했다. 환한 빛이 창을 통해 쏟아져 내리고 있었고 눈에는 희미한 통증이 느껴졌지만 그는 미동 없이 고른 숨을 내쉬었다. 감기 때문인지 몸이 나른했다. 얼마 지나지 않아 점차 의식이 멀어져 갔다.

가을 없이 잠들지 못했던 수많은 날이 거짓인 것처럼 끝나지 않을 것 같던 밤이 끝났다. 불면은 사라졌다. 너를 완전하게 버린 이 순간에서야.

❖

화실에 이젤과 의자 몇 개를 새로 들여놓았다. 오래된 것들이 많아 버려야 할 것들을 처분하고 새로 사용하려 구매한 도구들을 한쪽에 잘 정리해 놓아두었다. 그 외에 작은 도구들도 버릴 것과 계속 사용할 것을 구분해 정리하다 보니 오전 시간이 훌쩍 지나갔다. 오후에는 화실 청소를 하고 평소보다 두 시간 정도 이른 퇴근을 했다. 오늘 하루 너무 많은 일을 했다며 얼른 퇴근하라고 윤석이 가을의 등을 떠밀었기 때문이었다.

그녀는 커피가 떨어진 것을 기억하고 마트에 들러 커피와 차 몇 종류, 그리고 귤을 조금 사서 집으로 돌아갔다. 좁은 골목에 들어서 집이 보이기 시작할 때쯤 가을의 걸음이 점차 느려지기 시작하더니만 어느 순간 우뚝 멈춰 서고 말았다. 검은 세단 한 대가 집 앞에 세워져 있었다. 조금 긴장한 얼굴로 세워진 차를 바라보고 있는데 뒷좌석에서 익숙한 얼굴이 내렸다. 의현의 아버지였다.

"아저씨."

"연락도 없이 찾아와서 미안하다."

가을은 조금 당황한 얼굴로 그를 바라보다 주변을 살폈다. 재환은 혼자 온 것 같았다. 잠시 망설이던 그녀는 일단 문을 열고 안으로 그를 들였다. 좁은 집에는 정말 필요한 살림살이 몇 개만 놓여 있었다. 재환은 소파에 앉아 그 모습을 바라보며 착잡한 얼굴을 했다. 곧 가을이 내어준 차가 테이블 위에 놓였고 그는 내색하지 않으며 고맙다는 말을 전했다.

"동네가 조용하고 좋구나."

"네."

"잘 지내고 있는 거야?"

"네. 걱정 끼쳐서 죄송해요. 그런데 여기는 어떻게 아셨어요?"

"집사람한테 물어봤다. 안 알려주려는 걸 사과만 하고 오겠다고 몇 번을 설득하고 난 뒤에야 답하더구나."

"사모님이 저 있는 곳을 아저씨한테 알려주셨다고요?"

"그래. 한데, 집사람이 알려준 곳은 다른 집이었는데 그곳에 가니 네가 근처로 이사했다고 이 집을 알려주더구나."

가을은 이해할 수 없다는 얼굴로 재환을 바라봤다. 가을을 찾는 일을 정윤이 반길 리가 없었다. 그런데 직접 가을의 위치를 알려주기까지 했다니. 거기다 재환은 분명 사과를 하러 왔다고 했다. 가을은 그에게 사과를 받을 일이 없었다. 갚아야 할 은혜만 태산 같았다.

"미안하다."

"무슨 말씀을 하시는 건지 잘 모르겠어요. 아저씨가 왜 저한테 사과하세요?"

"다 들었다. 의현이 그 녀석이 널 협박하고 감금까지 했다고."

"……네?"

"그래서 그 사람이 널 숨겨준 거라고 들었다. 의현이가 그런 짓을 했으니 네가 우리랑 연락을 끊을 만했더구나."

가을의 얼굴에서 표정이 사라졌다. 정윤이 자신을 도운 일을 감추기 위해 의현과 가을의 관계에 대해 그리 이야기한 건가 싶어 날을 세웠다.

"누가 그래요? 설마 사모님이 그렇게 말씀하세요?"

"의현이한테 들었다. 그래도 뉘우치는 게 있는지 제 입으로 말하더구나."

"그게 무슨……. 의현이가 직접 그렇게 말했다고요?"

고개를 끄덕인 재환은 소파에서 몸을 일으켜 세웠다. 그리고 옆으로 자리를 옮겨 가을의 앞에 무릎을 꿇었다. 놀란 가을이 서둘러 자리에서 일어나 그의 앞에 무릎을 꿇고 주저앉았다.

"아저씨, 왜 이러세요? 일어나세요."

"내가 대신 사과하마. 내가 그 녀석을 잘못 키웠어. 다 내 탓이다."

"이러지 마세요."

"미안하구나."

"아니요. 아니에요."

가을의 눈에서 눈물이 흘러내렸다. 사과를 받아서는 안 된다. 빌어야 할 사람은 가을이었다. 아저씨 아들이 자신 때문에 죽었을지도 모른다고, 그것도 모르고 여태 아저씨의 도움을 받으며 공부하고 자라왔다고, 빌고 또 빌어야 할 사람은 본인이라고 가을은 생각했다. 더는 감출 수도 버틸 수도 이 마음의 무게감을 덜어낼 수도 없을 것 같아 그녀는 사실대로 말하려 했다.

"부탁이니까 그것만은 아버지에게 말하지 마."

하지만 입술을 떼어내려다 멈칫했다. 매달리듯 애원하던 음성이, 그 야윈 얼굴이 떠올라 끝내 목소리가 나오지 않았다. 의현이 가을에게 마지막으로 한 부탁이었다.

"아."

가을은 신음과도 같은 그 짧은 말을 뱉어내고는 눈물을 흘렸다.

"죄송해요."

"가을아."

"죄송해요, 아저씨."

쉼 없이 눈물을 흘리며 죄송하다는 말만 반복하는 가을을 재환은 품에 안아주었다. 등을 토닥이며 미안하다고 몇 번이나 사과하는 목소리에 가을의 울음소리는 더 커져만 갔다.

한참을 울고 나서야 재환과 대화를 나눴다. 의현은 제 아버지에게 가을을 협박하고 감금했다고 말했다. 가을은 의현에 관해 그 무엇도 변호할 수 없었다. 어디서부터 어떻게 설명을 해야 좋을지 알 수 없었다. 그저 자신은 의현을 조금도 미워하지 않는다는 말을 건네는 것이 그녀가 할 수 있는 유일한 대답이었다.

재환이 돌아가고 홀로 남게 된 가을은 한참을 거실에 우두커니 홀로 앉아 있었다. 다 식어 반쯤 비워진 커피 잔 두 개가 테이블 위에 놓여 있었고 창밖에는 어둠이 내려앉았다. 불을 켤 생각도 하지 못한 채 움직임 없이 앉아 있기만 하던 가을이 천천히 몸을 일으켜 세웠다. 꽉 닫혀 있는 방문을 열고 불을 켰다. 이젤 하나가 중앙에 덩그러니 놓여 있던 방 안에는 이제 다른 짐들이 함께 놓여 있었다.

오피스텔에서 가져온 그녀의 그림은 총 열 점이었다. 가을은 그 그림을 방 한쪽에 몰아서 넣어두었다. 천천히 그림 앞으로 걸어간 가을은 캔버스를 포장한 종이를 뜯어내기 시작했다. 단 한 점, 홍매화를 그린 그림을 제외하고는 모두 미완성인 그림들뿐이었다.

아홉 점의 그림을 뜯어내 한쪽에 정리하고 다시 바닥을 내려다봤다. 이제 마지막 한 점의 그림이 남아 있었다. 가을은 저 캔버스 안에 담긴 그림이 무엇인지 이미 알고 있었다. 캔버스 위를 감싸고 있는 종이를 뜯어내는 손길이 무척 조심스러웠다. 그 느릿한 움직임은 마지막 그림을 꺼내는 일을 망설이는 기색을 담고 있는 것 같기도 했다.

환하게 웃고 있는 의현의 모습을 그린 스케치가 캔버스 위에 있었다. 채색하지 못한, 미완성인 그림을 눈앞에 두고 가을은 조심스럽게 손을 뻗어 캔버스 위에 남겨진 의현의 모습을 손끝으로 어루만졌다.

가을의 앞에서만큼은 환하게 웃어주던 얼굴이, 속삭이듯 다정했던 목소리가, 장난스러워도 늘 가을을 배려했던 행동들이, 하나둘씩 머릿속에 떠올랐다. 애써 꾹 눌러 닫았던 기억이 이제는 한계에 다다라 넘쳐흐른 것처럼 쉴 새 없이 쏟아져 내렸다. 마치 어제 일처럼 눈앞에 그려지는 모습에 가을은 무너지듯 울고 말았다.

'완성하고 싶어.'

그림을 매만지는 그녀의 손등 위로 눈물이 떨어져 내렸다. 그에게 주기로 약속한 이 그림만큼은 꼭 완성하고 싶었다. 너는 내게 이렇게 빛이 나는 사람이었다고, 그건 여전히 변하지 않았다고, 널 진심으로 미워한 적은 한 번도 없었다고. 이 그림에 모두 담아 말해주고 싶었다. 설령 이 그림 하나로 그 마음이 의현에게 전해지지 않는다 해도 상관없었다.

가을은 캔버스를 쥔 손에 힘을 주었다. 그림을 한참이나 더 내려다보다 자리에서 일어섰다. 모든 것이 다 끝난 지금에서야 멈춘 것 같던 가을의 시간은 흐르기 시작했다. 새로운 시작이었다.

❖

오늘따라 유독 넥타이가 잘 매어지지 않았다. 의현은 거울 속의 제 모습을 응시하며 넥타이를 몇 차례나 고쳐 매다가 작게 한숨을 내쉬었다. 살짝 삐뚤어진 넥타이가 여전히 마음에 들지 않았지만 시간을 더 지체할 수는 없어 결국 넥타이에서 손을 떼어내고 걸음을 돌렸다.

돌아선 그는 드레스룸의 한쪽에 설치된 서랍 문을 열었다. 잘 정리된 넥타이핀과 커프스, 그리고 줄지어 놓여 있는 시계가 눈에 들어왔다. 잠시 눈으로 그 위를 훑어 내린 의현은 넥타이핀 하나와 평소 자주 착용하는 시계를 꺼내었다.

정장 재킷을 챙겨 입고 아파트를 나선 그는 주차장에서 대기 중이던 차에 올라탔다. 이 아파트에서 호텔 에치몬드까지는 불과 10분의 시간밖에 걸리지 않는 거리였다. 하지만 의현에게는 지겹게도 긴 시간이었다. 의현은 호텔 이사직에 복직한 뒤 자신을 몰아붙이려는 것처럼 쉼 없이 일을 했다. 더는 불면에 시달리지 않았지만 이렇게 아무런 긴장 없이 몸이 쉬어야 하는 시간이 오면 어김없이 찾아오는 기억 때문이었다.

계절은 다시 겨울이 되었다. 가을의 얼굴을 마지막으로 본 뒤 1년의 세월이 지났고 두 사람은 각자의 위치에서 삶을 살아가고 있었다. 또다시 떠오르는 가을의 기억을 애써 지워내려는 것처럼 의현의 시선이 창밖으로 움직였다. 어젯밤 내린 눈은 흔적 없이 사라진 상태였다. 첫눈이었지만 쌓이지 못하고 금세 녹아내린 모양이었다.

"이사님. 도착했습니다."

진호의 목소리에 의현은 뒤늦게 정신을 차렸다. 차는 호텔 에치몬드 앞에 도착해 있었다. 차에서 내려 호텔 안으로 들어선 그는 엘리베이터에서 제 아버지와 마주쳤다. 의현은 꾸벅 묵례했고 재환은 고개를 두어 번 끄덕이는 것으로 인사를 대신했다.

"의현이 너, 요즘 너무 무리하는 거 같던데. 괜찮은 게야?"

"네. 괜찮습니다."

"건강 챙기면서 일해. 시간 되면 집에도 좀 들르고."

"조만간 한번 들를게요."

재환은 그때의 일에 대해 더는 의현에게 어떤 말도 하지 않았다. 그렇다고 가을에 관해 묻지도 않았다. 마치 처음부터 그들의 삶에 존재하지 않았던 사람처럼 가족 중 그 누구도 의현의 앞에서 가을의 이름을 입에 올리지 않았다.

이사실에 들어선 그는 가장 먼저 결재해야 할 서류들을 검토했다. 오후에 있을 회의에 대비해 미리 올라온 기안서까지 확인하고 난 뒤 점심을 먹고 호텔 회의실로 향했다. 크리스마스에 맞춰 준비 중인 기획에 관한 보고를 받고 두 시간 가까이 회의를 진행한 의현이 다시 이사실로 돌아온 것은 4시가 다 된 시간이었다. 저녁에는 항공회사와 한 건의 미팅이 더 잡혀 있었다. 그때까지는 잠시 휴식을 취할 수 있었지만 그는 잠시도 쉬지 않고 뭐라도 하려는 사람처럼 다시 서류를 꺼내어 들었다. 꺼내놓은 서류를 반 정도 확인했을 때였다. 적막감이 감도는 이사실 안에 작은 벨소리가 들려왔다. 책상 위에 놓여 있는 전화기에는 붉은 불빛이 들어와 있었다. 의현은 그 버튼을 눌렀다.

"네."

[이사님. 김태민 씨라는 분이 찾아왔습니다.]

종이를 넘기려던 의현의 행동이 그대로 멈췄다.

[혹시 저 모른다고 하면 서경그룹 대표님 아들이라고 해주세요.]

옆에서 떠드는 목소리가 수화기 너머에서 희미하게 전해졌다. 분명 김태민의 목소리였다. 미간을 좁힌 채 닫힌 문을 응시한 의현은 들여보내라는 답을 하고는 버튼에서 손을 떼어냈다.

"안녕하세요."

태연한 얼굴로 인사를 건네며 안으로 들어선 태민은 앉으라는 말도 없었는데 알아서 소파에 앉아 의현을 바라봤다. 작게 한숨을 내쉰 의현은 자리에서 일어나 그의 맞은편 자리에 앉았다. 곧 커피 두 잔이 테이블 위에 놓였다. 감사합니다— 작게 인사를 건넨 태민의 목소리를 끝으로 다시 무거운 침묵이 내려앉았다.

무슨 용건으로 여기까지 온 건가 싶어 의현은 태민이 먼저 입을 열기를 기다렸지만 그는 조용히 커피를 마시며 의현의 사무실을 둘러보기만 했다. 기다리다 못한 의현이 결국 먼저 입을 열었다.

"여기까지 웬일이야?"

"요 앞에 지나가다가 생각나서 들렀어요."

"뭐?"

"커피 맛있네요. 송 대표님 갤러리에서 마시던 커피보다도 훨씬 맛있어요."

태민은 그 뒤로도 쓸데없는 이야기들을 늘어놓았다. 커피가 맛있다는 거로 시작된 대화는 호텔이 좋다는 둥, 사무실이 깨끗하다는 둥, 자신도 나중에 개인 사무실을 쓰게 되면 이렇게 인테리어를 해야겠다는 대화로 이어졌다. 의현은 기가 차다는 얼굴을 했다. 태민이 무슨 의도로 자신을 찾아온 건지 알 수 없어 묘하게 날이 선 반응을 보였다.

"너, 내가 그렇게 한가해 보여?"

"아니요. 요즘 엄청 바쁘다고 들었어요. 쉬지도 않고 일한다고 소문이 자자하던데요."

"알면 돌아가. 너랑 말장난할 시간 없으니까."

"바빠 보이기는 하는데 주말에는 여유 있지 않아요? 저한테 전시회 티켓이 하나 생겼는데 가실래요? 제가 그날 일이 좀 생겨서요."

의현은 더는 들을 필요가 없다는 얼굴로 자리에서 일어섰다. 하지만 태민이 그의 팔을 붙들었다.

"제 얘기 아직 안 끝났어요."

"더는 들을 필요 없는 이야기겠지."

"보육원에 후원해 주셨더라고요."

이어진 말에 그의 표정이 딱딱하게 굳어졌다. 태민은 그를 붙든 손에 천천히 힘을 풀었다. 다행히 태민의 말을 더 들을 마음이 생긴 건지 의현은 돌아서지 않고 그 자리에 서 있었다.

"그렇게 무서운 얼굴 하지 말아요. 일부러 알아보려고 한 게 아니라 어쩌다가 알게 됐어요. 아버지가 아이들에게 미술 가르치는 보육원이 있는데 그곳에 정기적으로 후원해 주시는 분이 생겼다고 들었어요. 그냥 잘된 일이라고 생각했는데 얼마 전에 보육원에서 익숙한 얼굴을 봐서요. 그분 있잖아요. 이사님이랑 항상 같이 다니시는. 최 실장님이신가요?"

"그래서? 네가 알아서 뭐 어쩌겠다고?"

"제가 아는 게 뭐 중요하겠어요. 근데 가을 누나도 알아요. 같이 봤거든요."

이어진 말에 의현은 얼굴을 한 차례 쓸어내리고는 다시 자리에 앉았다. 금세 안정을 찾은 듯 동요 없는 얼굴은 무슨 생각을 하는 건지 읽어낼 수가 없을 정도로 감정을 드러내지 않았다. 태민은 난감한 기색을 드러내며 작게 웃어 보였다.

"놀라지도 않네요."

"그렇다고 해서 달라지는 건 없으니까."

"왜 없어요? 누나는 그거 알고 많이 울었는데."

의현은 태민에게 가을에 관한 소식을 제게 전할 필요가 없다고 이야기했지만 태민은 그렇게 하지 않았다. 가을이 보육원에서 아이들을 가르치는 일을 돕고 있다는 것을 알게 된 것도 태민 때문이었다. 가끔 전화를 걸어 운동을 함께하자 말할 때가 있었는데 그럴 때면 꼭 한 번씩 가을의 소식을 전해주고는 했다. 물론 오늘처럼 이렇게 미리 언질 없이 그를 찾은 것은 처음이었다.

"용건 제대로 말해. 하고 싶은 말이 뭐야?"

"누나가 이제 그림을 그려요."

잘 유지하고 있던 균형이 무너졌다. 동요 없던 의현의 얼굴이 그 순간 일그러졌다. 태민은 보지 못한 척 일부러 시선을 피했다. 반쯤 비워낸 찻잔을 내려다보며 계속해서 말을 이었다.

"사실 그리려고 시도한 건 꽤 됐어요. 1년 전쯤이었나? 근데 잘 안 되는 모양이더라고요. 조금씩 연습하다가 제대로 그리기 시작한 건 반년 전쯤부터였는데. 정말 완성하고 싶은 그림이 있다고 해요. 최근에서야 그 그림을 완성했고요."

태민은 벗어둔 코트에서 작은 봉투 하나를 꺼내어 테이블 위에 내려놓았다.

"작은 전시장을 빌렸어요. 사실 미술전이라고 부를 수도 없을 만큼 정말 작아요. 누나 그림 완성된 것도 그리 많지 않고 삼 일 정도 빌려서 전시하는 건데 오늘부터 주말까지 해요. 강 이사님이 가주셨으면 해요."

"필요 없으니까 가져가."

"그 그림을 보고도 생각이 바뀌지 않으면 두 사람 관계는 정말 끝이라고 생각해요."

"뭐?"

"그러니까 마지막이에요. 이번에도 울게 하면 저도 더는 착한 사람 안 해요."

태민은 티켓을 담은 봉투를 그대로 둔 채 자리에서 일어섰다.

"가볼게요. 커피, 잘 마셨습니다."

그는 조용히 묵례하고 이사실을 벗어났다. 태민의 모습이 시야에서 사라졌지만 의현은 한동안 자리에서 움직이지 못했다. 봉투 안의 내용물을 꺼내어볼 생각조차 하지 못하고 앉아 있다가 두 손으로 이마를 짚은 채 긴 숨을 토해냈다.

"하."

눈시울이 뜨거워졌다. 입술을 꽉 깨물고 눈에 힘을 줘봤지만 도무지 진정이 되지를 않았다. 손끝이 다 떨려올 정도였다.

처음 그의 곁을 떠나려 했던 것은 가을이었지만 결국 마지막에 그녀를 떠민 것은 의현이었다. 영원히 끝일 것만 같았던 그 이별을 고한 뒤 1년 만이었다. 가을의 얼굴을 볼 수 있는 마지막 기회일지도 모른다. 하지만 여전히 확신이 서지 않았다. 가을을 다시 봐도 괜찮은 건지, 그녀에게서 또 제게서 은형의 그림자를 이제는 지워낼 수 있는 건지, 그 누구도 원망하지 않을 수 있는 건지. 아무것도 확신할 수 없었다.

의현은 티켓을 담은 봉투를 손에 들었지만 내용물을 확인하지 않고 서랍 깊숙한 곳에 넣어두었다. 전시회는 고작 3일이었고 마음의 정리를 하기에는 너무도 짧은 시간이었다. 느리게만 흐르던 시간이 그걸 자각한 순간 야속하리만큼 빠르게 흘러갔다. 1년을 버틴 그 시간이 단번에 무너져 버릴 것 같았다. 가벼운 티켓 한 장은 그만큼 의현을 뒤흔들었다.

보고 싶다. 그런 마음조차 가져서는 안 되는 네가 보고 싶어서 견딜 수 없는 시간이었다.

❖

새벽부터 비가 내렸다. 약하게 흩뿌리듯 세상을 적시던 빗줄기는 점심 무렵이 지날 때쯤부터 조금씩 굵어졌다. 주말이었지만 외출하지 않은 채 집에서 시간을 보내던 의현은 이른 새벽에 눈을 뜬 순간부터 지금까지 아무것도 먹지 않고 거실 소파에 앉아 움직임을 보이지 않았다.

"강 이사님이 가주셨으면 해요."

그의 앞에는 태민이 건네주고 간 티켓이 놓여 있었다. 전시회는 저녁 6시까지였다. 지금 출발해야 늦지 않게 볼 수 있을 것이다. 한참을 고민하던 그는 일단 티켓을 챙겨 들고 자리에서 일어섰다. 직접 차를 몰아 티켓에 적힌 주소를 찾아갔지만 한동안 차에서 내리지 못하고 건물을 바라보기만 했다. 폐점까지는 이제 고작 30분을 남겨두고 있었다.

'그림만…….'

그림만 보고 돌아가자.

그리 마음의 결정을 내리고 차에서 내린 의현은 조심스럽게 건물 안으로 들어섰다. 티켓을 내고 안으로 들어선 그는 천천히 주변을 둘러봤다. 건물 내부는 조용했다. 가을의 모습은 보이지 않았고 의현 외에 한 여자가 그림을 보고 있었는데 막 돌아가려던 참이었는지 금세 모습을 감췄다. 전시회는 마지막 날이었고 끝날 시간도 20분 정도를 남겨둔 상태라 더는 올 사람이 없어 보였다.

홀로 남겨진 의현은 조금 여유 있게 가을의 그림을 관람했다. 그가 가장 먼저 보게 된 그림은 홍매화를 그린 그림이었다. 주로 풍경이나 꽃을 자주 그렸던 가을의 그림은 의현이 언젠가 모두 한 번씩은 보았던 그림이 대부분이었다.

길게 이어진 벽면을 따라 쭉 놓여 있는 그림을 하나씩 관람했다. 그렇게 가장 끝의 코너에 다다랐을 때 의현의 걸음이 우뚝 멈췄다. 마지막 그림이었다. 낯설면서도 익숙한 그림 속 얼굴을 의현은 가만히 바라봤다. 환하게 웃고 있는 남자는 지금보다 좀 더 앳되고 어린 의현이었다.

의현의 초상화는 미완성인 그림이었다. 그는 그제야 가을이 꼭 완성하고 싶다고 했던 그림이 무엇인지 깨달았다. 가을이 가장 행복했던, 그리고 그녀의 곁에서 가장 행복했던 의현을 그리고 싶었던 것이다.

눈물이 차올라 시야가 잔뜩 흐려졌다. 분명 제 모습인데도 웃는 얼굴이 낯설었다. 가장 행복했던 시절에 의현은 가을을 보며 저렇게 웃었다. 저리 행복했었다. 차마 그림에 닿지 못하고 허공을 맴도는 의현의 손은 잔뜩 떨리고 있었다. 그는 그대로 주저앉아 버렸다. 떨어져 내린 눈물이 조용히 바닥을 적셨다.

'미안해.'

소리가 되어 나오지 못하는 말이, 전해지지 않는 그 말이, 마음을 무겁게 짓눌렀다. 그는 제대로 숨을 쉬지 못해 몇 번이나 주먹 쥔 손으로 가슴을 내려쳤다. 폐점 시간이 다 되어 건물 내부를 정리하려던 직원이 뒤늦게 의현을 발견하고 그의 곁으로 다가섰다. 괜찮냐며 그를 걱정했지만 의현은 대답조차 하지 못하고 눈물을 흘렸다. 섣불리 무언가를 물을 수 없는 분위기에 직원은 그가 진정이 되기를 기다렸다. 폐점 시간을 20분이나 넘기고 나서야 의현은 간신히 진정하고 몸을 일으켜 세웠다.

"죄송합니다."

직원에게 사과를 건네고 그는 건물 밖으로 나섰다. 조금 약해진 빗줄기가 여전히 하늘에서 떨어져 내리고 있었다. 우산을 건물 내에 두고 왔다는 것을 뒤늦게 깨달았지만 다시 돌아서지 않았다. 의현은 한참을 그곳에 우두커니 서 있었다.

왼쪽 눈에 희미한 통증이 전해졌다. 그는 잠시 눈을 감았다. 시각 대신

청각이 예민해진 상태에서 지면을 두드리는 희미한 빗줄기 사이로 가까워지는 누군가의 발걸음 소리가 들려왔다. 그는 다시 천천히 눈을 떴다. 눈앞에 우산을 쓴 가을이 서 있었다. 무슨 말을 꺼내야 할까. 한참을 망설이다 어렵게 입술을 떼어냈다.

"머리…… 잘랐네."

"응."

길었던 머리는 이제 어깨보다 살짝 위로 올라가 있었다. 그 모습이 조금 낯설었지만 가을의 얼굴이 예전보다 밝아 보여 아무래도 좋다는 생각이 들었다.

"그림 봤어?"

"어."

"미안해. 약속 너무 늦게 지켜서."

대화가 끊겼다. 지면을 두드리는 희미한 빗소리가 두 사람 사이의 침묵을 메우고 있었다. 이대로 끝인 걸까. 그는 도저히 제가 먼저 가을을 붙잡을 수 없었다. 그럴 용기도 없는 주제에 이게 정말 마지막이라는 걸 알아서 그녀를 잃는 것이 끔찍하게 두려워졌다.

"그림 가져갈래?"

"……아니."

"그럼…… 가끔 보러 올래?"

의현의 얼굴이 엉망으로 일그러졌다. 금방이라도 울음을 토해낼 것 같은 두 눈이 가을을 마주하고 있었다. 9년의 세월을 서로 할퀴고 상처 냈다. 1년 반의 이별과 재회. 그리고 또다시 1년의 이별을 겪고 나서야 두 사람은 이렇게 서로를 마주할 수 있었다.

"그래도 돼?"

"응."

"내가 와도 괜찮아?"

"괜찮아."

의현이 이제 다른 이유로 자신을 필요로 하는 거라면, 함께 있는 것으로 그가 더는 고통받지 않을 수 있다면, 의현에게 용서받을 수 있는 거라면, 가을은 그간 자신이 받은 상처 따위 아무래도 상관 없었다. 조금 더 아프더라도 그 끝에 의현이 있다면 얼마든지 견딜 수 있을 것 같았다.

조금씩 얼굴을 보고, 함께 상처를 덮을 새로운 시간을 보내고, 그렇게 조금 더 서로를 이해하게 된다면 언젠가 그림 속의 모습처럼 웃어줄 날이 올지도 모른다.

가을이 먼저 한 걸음 앞으로 걸었다. 그리고 의현 역시 한 걸음 앞으로 나와 빗속으로 걸어 들어왔다. 이제 서로의 거리는 지척이었다. 고개를 숙인 의현이 가을의 어깨에 이마를 가져다 댔다. 그리고 두 손을 뻗어 가을을 품에 안았다. 그녀의 손에 들려 있던 우산이 둔탁한 소리를 내며 바닥으로 떨어져 내렸다. 그를 마주 안아주기 위해서였다.

세차게 가시처럼 내렸던 빗줄기가 지금은 그의 위로, 그녀의 위로, 꽃처럼 떨어져 내렸다. 더는 아프지 않게, 그 기억이 상처가 되지 못하게. 서서히 두 사람의 마음을 두드렸다. 사랑해도 더는 아프지 않은 순간이었다.

에필로그

거리의 색이 다시 화사해졌다. 메마른 가지에 잎이 나고 길가에 색색으로 피어난 꽃은 봄이라는 계절을 확연하게 알리고 있었다. 추운 겨울이 지나가고 계절이 다시 한 차례 바뀌는 동안 가을에게도 몇 가지의 변화가 생겼다.

계절이 바뀌자마자 그녀가 가장 먼저 한 일은 이사였다. 월세로 얻은 집의 천장에서 물이 새는 문제가 생겼는데 간단한 공사로 끝날 것 같지 않아 어쩔 수 없이 다시 집을 알아봤다. 급하게 집을 구하자니 조건이 맞는 집을 찾기가 어려워 예전에 살던 집보다는 조금 큰 집을 얻게 되었다. 월세는 크게 차이가 나지 않았고 조금 더 시내 쪽으로 나오게 되어 마트가 가깝다는 이점도 있었지만 가을이 혼자 쓰기에는 집이 쓸데없이 넓어서 청소하기가 힘들 것 같았다.

남은 반찬 몇 가지를 넣어 만든 볶음밥으로 아침 식사를 해결하고 집안 청소까지 마친 가을은 커피 한 잔을 내려 책상 앞에 앉았다. 가을에게 생긴 또 하나의 변화를 꼽자면 그녀가 다시 일을 시작했다는 것이다. 그녀는 윤석의 화실 일을 돕던 것을 관두고 삽화 그리는 일을 시작했다.

한참 작업에 집중하던 가을이 펜을 손에서 내려놓고는 주먹 쥔 손을 앞뒤로 움직이며 작게 손목 운동을 했다. 그리 오랜 시간 작업을 한 것도 아닌데 오늘따라 유독 통증이 느껴졌다.

'잠시 쉴까.'

마침 커피도 다 마신 상태라 새로 내려올까 싶어 자리에서 일어서려던 가을은 잠시 움직임을 멈추고 창가를 바라봤다. 흩날리듯 떨어지는 빗방울이 투명한 창에 흔적을 남기고 있었다. 봄비였다. 그 풍경을 확인하자마자 다시 욱신거리는 통증이 느껴져 손목을 내려다봤다. 비가 오면 다친 곳이나 수술한 곳이 유독 아프다는 사람들의 말은 근거 없는 미신 같기는 해도 오늘처럼 꽤 잘 들어맞았다.

빈 컵을 들고 다시 부엌으로 걸음을 옮긴 그녀는 커피를 내렸다. 잠시 멍하니 허공을 바라보고 있는 사이에 좁은 부엌 안에는 커피 향이 가득 들어찼다. 그녀는 커피를 들고 책상 앞이 아닌 소파에 앉았다. 두 다리를 소파 위로 올려 무릎을 끌어모으고는 커피를 마시다 집 안을 천천히 둘러봤다. 이사를 온 지 벌써 일주일이 넘었지만 아직 정리되지 않은 물건들이 꽤 있었다. 내일은 하루 날을 잡고 풀지 못한 짐도 마저 풀고 대청소도 한 번 해야 할 것 같았다.

"창문도 닦아야 할 거 같은데."

커피를 마시며 창가로 시선을 돌린 가을은 흩날리듯 떨어지는 빗방울을 바라보다 의현과 마지막으로 했던 통화를 떠올렸다.

[보름 동안 한국에 없을 거 같아.]

의현은 보름 동안 어딜 가는 건지, 또 무슨 일로 보름이나 한국을 떠나 있게 되는 건지는 설명을 덧붙이지 않았지만 가을은 그것만으로도 좋았다. 의현이 잠시 한국을 떠나 있게 되었고 그걸 가을이 알고 있었으면 한다는 의미 같았기 때문이었다. 그거면 충분했다.

가을은 머릿속으로 날짜를 가늠했다. 오늘은 의현이 한국에 돌아오는 날이었다. 그걸 생각하자마자 테이블 위에 내려둔 휴대전화에 시선이 갔다. 가만히 휴대전화를 바라보고 있는데 때마침 액정에 빛이 들어오며 전화가 걸려왔다. 의현이었다. 우연치고는 대단한 타이밍이라 가을은 저도 모르게 작게 웃고 말았다. 컵을 내려둔 그녀는 전화가 끊기기 전에 서둘러 전화를 받았다.

"여보세요."

의현은 가을이 전화를 받고 나면 해야 할 말을 고민하는 것처럼 잠시 답이 없었다. 5초 정도의 정적이 이어지고 늘 그랬듯 인사도 없이, 안부를 묻는 것도 없이, 앞뒤 자른 말을 건네었다.

[한국이야.]

그게 의현다워서 어쩐지 마음이 놓였다. 가을은 휴대전화를 손에 든 채 창가 앞으로 걸음을 옮겼다.

"공항이야?"

[공항에서는 나왔고 지금 호텔로 가는 길이야.]

바로 일을 하러 가는 모양이었다. 좀 쉬면 좋을 텐데. 차마 하지 못한 말을 삼켜내고는 창밖을 응시했다. 비가 오는 날이면 의현이 유독 눈의 통증을 느끼는 일이 많았기 때문에 걱정이 되었다. 서울은 비가 오지 않았으면 좋겠다고 생각하며 가을은 창문을 등지고 섰다.

"아, 나 이사했어."

[이사? 갑자기 왜?]

천장에서 물이 새는 문제에 대해서는 의현에게 말하지 않았다. 일 때문에 보름간 한국을 떠나 있게 되는 의현이 신경 쓸 일을 만들고 싶지 않았기 때문이었다.

"전에 살던 집에 좀 문제가 생겨서."

[무슨 일 있었어?]

"큰일은 아니고 천장에서 물이 새서. 집 알아보다가 지난주에 이사했는데 원래 살던 곳 근처야."

그래— 혼잣말을 하듯 들릴 듯 말 듯 전해져 오는 음성이 조금 혼탁했다. 아마 그는 지금 여러 가지를 신경 쓰고 있을 것이다.

[이사한 집은 괜찮아?]

천장에서 물이 새는 문제로 예정에 없던 이사를 했으니 다른 문제는 없는지 걱정하는 모양이었다. 그가 걱정하지 않도록 이사한 집은 전에 살던 집보다 크기도 하고 깨끗하다는 말을 하려는 찰나였다.

[이사님. 도착했습니다.]

의현의 목소리가 아닌 다른 이의 음성이 희미하게 섞여 들려왔다. 낯설지 않은 음성은 최진호의 것이었다. 아마 호텔에 도착한 모양이었다. 조금 더 통화하고 싶었지만 바쁜 의현을 붙잡아둘 수는 없었다. 의현이 먼저 전화를 끊길 기다리고 있는데 어쩐지 그에게서 망설이는 기색이 느껴졌다. 무언가 할 말이 있는 것 같았다.

'아.'

가을은 곧 그가 무슨 말을 꺼내고 싶은 건지 깨달았다. 두 사람이 다시 재회하고 이렇게 관계가 변하기까지, 그사이에 얼굴을 자주 본 것은 아니었다. 처음에는 한 달에 한 번, 그다음 달에는 보름에 한 번, 그다음에는 한 달 사이 세 번 정도 얼굴을 봤던 것 같았다. 최근에는 의현이 한국을 떠나 있어 오랜 시간 얼굴을 보지 못했지만 그는 가을을 보기 위해 이곳에 내려올 때면 늘 먼저 연락해서 그녀의 동의를 먼저 얻고는 했다. 그리고 그 말을 꺼내기 전에 항상 이렇게 망설이고는 했다.

'내일 오려는 걸까?'

거기까지 생각을 마친 가을이 먼저 말을 꺼내었다.

"혹시 바쁘지 않으면 내일 올 수 있어? 이사 하고 짐은 대충 정리를 했는데 아직 좀 못한 일이 있어서. 못도 좀 박아야 할 거 같고."

말하고 보니 좀 우스워졌다. 다른 사람도 아니고 의현에게 고작 못을 박으러 여기까지 오라니. 의현이 못을 박을 줄은 알까? 못 박는 건 한 번도 본 적이 없는 거 같은데.

거기까지 생각을 마친 가을이 아무래도 못은 자신이 박거나 다른 사람에게 부탁해야겠다고 생각하며 됐다는 말을 하려던 찰나였다.

[갈게.]

"어?"

[갈 테니까 이사한 주소 보내. 못은 있어?]

"응."

[망치는?]

가을은 아직 정리하지 못한 짐을 물끄러미 응시했다. 못은 어제 사두었지만 생각해 보니 가을의 집에는 공구함이 없었다. 망치는 더더욱 쓸 일이 없었기에 사둔 적이 없는 것 같았다.

"없는 거 같아."

[그럼 못은 뭐로 박아?]

되묻는 목소리에 가을의 입가에 작게 미소가 그려졌다. 의현과 이리 별거 아닌 대화를 나눌 수 있다는 것이 신기하면서도 기뻤다.

"이따 장 보러 갈 거니까 나가는 김에 사둘게."

차 문이 닫히는 소리, 누군가 인사를 건네는 소리가 연이어 희미하게 전해졌다. 차에서 내린 그가 호텔로 들어선 것이다. 잠시 대화가 끊긴 채 서로의 호흡 소리만이 울려 퍼졌다. 내일 얼굴을 볼 것이고 더는 할 말이 남아 있는 것도 아닌데 그는 먼저 전화를 끊지 않았다. 가을은 시간을 확인했다. 아무래도 자신이 먼저 전화를 끊어야 할 것 같았다. 통화의 끝은 늘 어렵기만 했다. 어떻게 인사를 건네야 할까. 고민하는 사이 그의 음성이 들려왔다.

[윤가을.]

"어?"

[내일 일찍 갈게.]

"……응."

그 짧은 대답 하나에 왈칵 눈물이 나올 것 같았다.

❖

초인종 소리가 울렸다. 때마침 설거지를 마친 가을은 고무장갑을 벗고 빠르게 현관으로 달려나갔다. 그녀는 누가 초인종을 누른 건지 확인도 하지 않고 현관문을 벌컥 열었다. 문 앞에는 쓰리피스 정장을 갖춰 입은 의현이 서 있었다. 흐트러짐 없이 깔끔한 정장 차림의 모습이 의현답긴 했지만 못을 박으러 온 차림이라고 보기에는 무리가 있었다. 좀 더 편하게 입고 왔어도 됐을 텐데. 가을이 난감한 기색을 담은 미소를 입가에 머금었다.

"그 차림으로 못 박으러 온 거야?"

습관처럼 평소대로 차려입은 거라 문제점을 느끼지 못한 모양이었다. 일하기에 좀 불편한 차림이라는 것을 그제야 깨달은 건지 그는 살짝 미간을 좁혔다.

"들어와."

집 안으로 들어선 그는 재킷을 벗어 소파에 걸치듯 놓아두고는 거실 중앙에 우두커니 서서 집 안부터 둘러봤다. 가장 먼저 확인한 것은 천장이었다. 아마 이전 집이 천장에 물이 새서 가을이 이사하게 된 것을 신경 쓰는 모양이었다.

"전에 살던 집보다 넓네."

"응. 혼자 살기에 좀 큰데 바로 이사할 수 있는 집이 없었거든. 커피 마실래?"

의현이 고개를 끄덕였다. 가을이 부엌으로 가서 커피를 내리는 동안 그는 서두르지 않고 천천히 걸음을 옮겨 집 안 이곳저곳을 둘러봤다.

"커피 마셔."

가을이 테이블 위에 커피 두 잔을 내려놓고는 의현을 불렀다. 소파에 앉은 의현은 커피를 한 모금 마시고는 가을의 얼굴을 마주했다.

"못은 어디에 박아야 돼?"

"거실에 두 개, 침실에 하나, 그리고 작업실로 쓰는 방에 두 개 정도 박으면 될 거 같아."

대답을 들은 그는 다시 조용히 커피를 마셨다. 오랜만에 얼굴을 보는 것이었고 오가는 대화는 많지 않았다. 이따금 한마디씩 건넬 뿐임에도 그런 의현이 조금도 어색하게 느껴지지 않는 것이 신기할 정도였다. 커피를 다 마신 그는 곧바로 자리에서 일어나 못과 망치를 챙겼다.

못을 박을 자리를 잡고 망치로 두어 번 못을 두드리던 그는 미간을 살짝 좁히고는 망치를 손에서 내려놓았다. 아무래도 정장을 입고 못을 박기는 불편한 모양이었다. 그 모습에 웃음을 참지 못한 가을이 작게 웃어 보이자 더더욱 곤란한 기색을 얼굴에 드러냈다.

"내가 나가서 편하게 입을 티라도 사올까?"

"괜찮아. 셔츠만 입고 움직이면 될 거 같아."

베스트를 벗고 타이까지 풀어 한쪽에 내려둔 의현은 다시 못을 박기 시작했다. 조금 전보다는 움직이기 훨씬 수월한 건지 못을 박는 속도도 빨랐다. 하얀 셔츠를 입은 그의 뒷모습이 낯선 듯하면서도 익숙했다. 가을은 저도 모르게 넋을 놓고 그 모습을 바라봤다. 의현과 한 공간에 이렇게 있을 수 있다는 것이 신기했고 이렇게 바라볼 수 있는 것만으로도 좋았다.

"못 박는 건 누구한테 배웠어?"

가을의 질문에 잠시 뒤를 돌아본 의현이 새 못을 하나 집어 들며 되물었다.

"이게 배워야 할 수 있는 일은 아닌 거 같은데."

그건 그렇지만.

생각해 보면 의현은 의외의 일들을 곧잘 해내고는 했다. 아마 요리도 잘했지. 습득 능력이 빨라도 너무 빨랐다.

"또 어디 박아야 한다고 했지?"

"작업실이랑 침실."

작업실로 사용하는 방에 먼저 들어선 의현은 못을 두 개 더 박아주었고 침실까지 못 박는 작업을 끝내고 거실로 나왔다. 그사이에 가을은 정리 못한 짐을 풀고 있었다.

"또 도와줄 일 있어?"

"짐은 거의 다 정리해서 나머지는 내가 하면 되고 이따 창문 청소 좀 하려고 하는데 그거 도와줘."

거실의 커다란 창을 바라본 의현이 그대로 현관을 향해 걸음을 옮겼다.

"같이해."

"호스만 연결해 둘게."

정리하지 못한 짐은 이제 한 상자만 남겨두고 있었다. 금방 정리하고 자리에서 일어날 수 있을 것 같아 가을은 서둘러 상자를 열었다. 마지막 상자까지 정리를 마친 그녀는 자리에서 일어나 거실 창을 응시했다. 의현의 모습이 보였다. 호스는 분명 연결을 한 것 같은데 그는 수도 앞에 무릎을 굽히고 앉아 한참을 움직이지 않고 있었다. 뭔가 문제가 생긴 모양이었다. 가을이 서둘러 마당으로 나갔다.

"왜? 뭐가 안 돼?"

"물이 안 나오는데."

"정말?"

수도꼭지는 돌린 상태였다. 하지만 그의 말대로 정말 물이 나오지 않고 있었다.

"호스가 불량인가?"

긴 호스가 없어 새로 사온 호스였다. 사용은 처음이었기에 불량인가 싶어 이곳저곳을 만져 보았지만 도통 뭐가 문제인지 알 수 없었다. 의현이 다시 호스를 가져가 확인하고 있는 사이, 가을은 수도꼭지를 잠갔다가 다시 여는 것을 반복했다. 그 행동을 서너 번 반복했을 때였다.

쏴아아— 터지듯 쏟아져 나온 물이 가을을 덮쳤다. 놀란 의현이 호스 건의 방향을 바꾸긴 했지만 순식간에 흠뻑 젖어버린 가을은 이미 물에 빠진 생쥐 꼴이 되어 있었다.

"아."

반쯤 벌어진 입술 새로 신음과도 같은 음성이 흘러나왔다. 놀란 가을은 한동안 말을 잇지 못했다. 의현은 놀란 얼굴을 하고 서 있다가 호스를 내려두고 서둘러 가을에게로 다가섰다. 아직 수도를 잠그지 않은 상태에다 호스의 수압을 세게 해놓았다는 것을 잊은 채로 말이다.

쏴아아—

호스의 끝부분에 장착된 호스 건이 불량이었던 건지 의현이 호스 건의 손잡이를 누르지 않은 상태에서도 갑작스레 물이 쏟아져 나왔다. 제멋대로 쏟아지는 물줄기에 결국 의현마저도 물을 뒤집어쓰고 말았다. 굳어져 있던 가을은 말할 것도 없었다. 정신을 차린 가을이 수도를 잠그고 나서야 상황은 일단락되었다. 두 사람은 몇 분 사이에 엉망이 된 서로의 모습을 바라봤다.

턱 끝에 맺힌 물방울이 뚝뚝 떨어져 내렸다. 가을을 향해 손을 뻗으려던 의현이 잔뜩 젖어버린 제 모습과 가을의 얼굴을 확인하고는 먼저 웃음을 터트렸다. 처음에는 웃음을 참으려는 듯 작게 들려오던 소리가 점차 크게 들려왔다. 꾸밈없이 순수하게 즐거워하는 그의 모습이 가을의 눈에 선명하게 박히듯 들어섰다.

"그 꼴로 웃음이 나?"

타박하듯 물었지만 이미 가을의 얼굴에도 미소가 그려져 있었다. 의현이 저리 웃는 것을 얼마 만에 보는 것일까. 청량한 웃음이 봄을 닮아 있었다. 늘 시린 겨울 같았던 그의 얼굴에 따스한 햇볕이 비친 것이다. 완연한 봄이었다.

가을은 집 근처의 옷가게에 가서 의현이 편하게 입을 수 있는 옷을 구매했다. 샤워를 마친 의현은 청바지에 하얀 니트 차림으로 욕실을 나섰다. 사이즈를 따로 묻지 않았음에도 가을은 그에게 딱 맞는 옷을 사왔다. 옷차림이 가벼워져서인지 의현의 표정도 한결 편해 보였다.

물기가 남아 있는 머리카락을 손으로 몇 차례 흐트러트리듯 털어낸 그는 주변을 둘러봤다. 집 안은 조용했고 가을의 모습은 보이지 않았다. 의현은 천천히 걸음을 옮겨 그녀의 흔적을 좇았다. 부엌에는 차를 준비하던 건지 티백을 담아둔 컵 두 개가 식탁 위에 놓여 있었다.

잠시 걸음을 멈추고 벽에 기대어 선 의현은 부엌 안의 모습을 느릿하게 눈으로 훑어냈다. 그녀는 작업할 때마다 커피와 차를 즐겨 마셨다. 작은 전기 포트 앞에는 가을이 좋아하는 차와 커피가 종류별로 몇 개씩 놓여 있었다. 홍차는 그리 즐겨 마시지 않았는데 아마 의현을 위해 사둔 것 같았다.

식기를 올려놓은 건조대에는 컵도 두 개, 밥공기도 두 개, 국그릇도 두 개씩 짝을 맞춰 나란히 놓여 있었다. 의현을 위한 것이었다. 처음 가을의 집에 왔을 때 여분의 식기가 있긴 했지만 대부분 하나씩만 꺼내어져 있었다. 가을은 혼자였고 집에 누군가를 초대하는 일도 없었다. 집을 찾을 손님이 없었기 때문에 자신이 사용할 식기들만 꺼내놓은 것이다. 그걸 확인한 의현은 가을의 집에 오게 될 때마다 혼자 밥을 먹고 커피를 마시고 홀로 생활할 그녀가 눈에 밟혔었다. 그런데 지금은 아니었다. 두 개씩 짝을 맞춰 꺼내놓은 식기는 더는 그녀가 혼자가 아니라는 것을 알려주고 있었다.

부엌을 나선 의현은 가을이 작업실로 사용하는 방을 향해 걸음을 옮겼다. 그곳에도 가을은 없었다. 이젤과 캔버스를 비롯한 화구들이 놓여 있었고 한쪽에는 가을이 완성한 그림 몇 개가 놓여 있었다. 가을은 이제 미완성의 그림을 그리지 않았다. 그림을 완성하는 일이 더는 그녀에게 아픈 일이 되지 않았기 때문이었다. 그리고 그 완성된 그림을 보는 의현 역시 더는 아픈 얼굴을 하지 않았다.

가장 마지막으로 침실까지 확인하고 나서야 의현은 자연스럽게 시선을 현관으로 옮겼다. 의현에게 아무런 말도 없이 멀리 가지는 않았을 것이다. 현관문이 가까워질수록 희미하게 대화 소리가 들려왔다. 손님이 온 모양이었다.

“그래서 지금 여기 와 있어요?”

문을 여는 것과 동시에 톤이 낮은 남자의 목소리가 들려왔다. 문을 반쯤 열고 고개를 든 의현은 가을의 맞은편에 선 이의 얼굴을 보자마자 설핏 미간을 좁혔다. 손님은 그도 아는 얼굴이었고 지금의 그에게는 전혀 반갑지 않은 손님이었다.

“와, 정말 싫은 티 내는 거봐요.”

태민이었다. 그는 의현이 자신을 반기지 않을 것이라는 걸 이미 알고 있었으면서도 능청스럽게 말하고는 조금 서운하다는 얼굴을 했다. 그래도 우리 꽤 친해진 거 아니었어요? 하고 묻는 말에 의현은 대꾸하지 않았다.

“선생님 화실에 왔다가 잠깐 들렀대.”

뒤를 돌아본 가을이 의현의 모습을 확인하고는 태민이 지금 이곳에 있는 이유에 관해 설명했다. 의현은 자연스럽게 가을의 곁에 섰다. 그녀의 손에는 작은 상자 하나가 들려 있었다. 아기자기한 디자인의 상자에는 가게 상호와 초콜릿이라는 영어가 쓰여 있었다.

식탁 위에 놓여 있는 작은 바구니에서도 마카롱을 비롯한 간식 몇 가지를 봤었다. 가을이 즐겨 먹는 것들이 아니어서 안 그래도 의아했던 의현은 그 간식의 출처가 태민이라는 것을 그제야 알아챘다.

“단 거 안 좋아해.”

“그러게요. 안 좋아하게 생겼네요.”

“뭐?”

“근데 강 이사님 먹으라고 사온 거 아닌데요.”

태민의 말에 의현은 기가 차다는 얼굴을 했다.

“아니. 윤가을 말이야.”

태민의 시선이 가을의 얼굴에 닿았다. 몇 번 간식을 사다 줬을 때 받는 걸 주저하긴 했지만 결국 고맙다는 인사와 함께 받아서 가을이 이런 종류의 간식을 싫어할 것이라고는 생각지 못했다. 거절하지 못해 어쩔 수 없이 받은 건가 싶어 미안해하는 태민의 얼굴에 가을은 조금 당황한 얼굴로 손을 내저었다.

"싫어하는 건 아니에요. 즐겨 먹지 않을 뿐이지 작업할 때 가끔 먹어요. 선생님이랑 그림 가르치러 가면 애들 나눠 주기도 하고요."

"그래도 누나가 잘 먹는 거로 사다 주면 좋았을 텐데요. 그럼 좋아하는 건 뭐예요?"

"커피, 차."

가을은 입술을 달싹였을 뿐 아무런 답을 하지 못했다. 대신 답을 한 의현이 워낙 빨랐기 때문이었다.

"작업할 때 주로 커피나 차 마시니까."

무심한 음성으로 툭 던지듯 답을 건네고 가을의 손에 들린 상자를 내려다보는 얼굴에 조금 짜증이 묻어나 있었다.

"억지로 먹지 마."

낮은 음성이 머리 위에서 속삭이듯 들려왔다. 가을에 관해 의현만큼 잘 아는 사람은 없었다. 오랜 시간 서로를 할퀴고 상처 내며 차갑게 대했어도 끝내 버리지 못한 마음으로 서로를 바라보았다. 그러니 사소한 것마저 눈에 들어오는 것은 당연했다. 가을이 뭘 좋아하는지, 뭘 싫어하는지, 어떤 습관을 지니고 있는지, 의현은 모두 알고 있었다. 그건 가을도 마찬가지였다.

무심한 얼굴을 하고 있어도 의현이 저를 그만큼 신경 쓰고 있다는 생각에 가을은 마음이 온기로 꽉 들어차는 것을 느꼈다. 그녀는 상자를 품에 안은 채 작게 미소 지었다.

"이건 뒀다가 다음에 선생님이랑 애들 만나러 갈 때 줄게요. 아, 태민

씨 혹시 식사 전이면 밥 먹고 갈래요?"

"그래도 괜찮아요?"

태민은 가을에게 질문을 건네면서 의현의 얼굴을 힐끗 바라봤다. 반듯했던 미간이 다시 좁혀졌다. 흉흉한 기세로 의현은 그만 돌아가라는 내색을 했지만 가을의 괜찮다는 답이 떨어지기가 무섭게 태민은 고개를 끄덕였다.

"의현이 너도 배고프지? 식사 준비할 테니까 둘이 얘기라도 하고 있어."

무슨 얘기? 의현이 헛웃음을 터트렸지만 가을은 이미 돌아서서 집 안으로 모습을 감춘 뒤였다. 두 사람만이 남겨진 공간에는 정적이 내려앉았다. 때마침 집 앞 골목을 뛰어가는 아이들의 목소리가 아니었다면 시간이 멈춘 것이라 착각했을 정도로 움직임조차 없었다.

"바로 들어갈 거 아니면 앉죠."

먼저 침묵을 깬 것은 태민이었다. 그는 집 안으로 들어서지 않고 마당에 놓여 있는 작은 벤치 형식의 의자에 앉았다. 의현은 내키지 않는 얼굴을 했지만 가을이 있는 집 안에서 태민과 대화를 하는 것보다는 밖이 나을 거라는 생각에 그를 따라 자리를 잡고 앉았다.

"운동할 때 빼고는 정장 차림 아닌 거 처음 보네요."

태민은 자연스럽게 담뱃갑을 의현에게 내밀었지만 그는 그 손을 밀어냈다.

"안 피워요?"

"안 피워."

"지금 담배 무지 피우고 싶은 얼굴인데요."

작게 중얼거린 태민의 말에 의현은 대꾸조차 하지 않았다. 그러고 보니 태민은 의현이 담배 피우는 모습을 본 적이 없었다. 새해가 되면 금연을 하겠다고 어머니에게 약속했지만 담배를 끊지 못한 태민은 부러운 시선으로 의현을 잠시 바라봤다. 요즘 들어 이 문제로 어머니의 잔소리가 이만저만이 아니었기 때문이었다.

"어떻게 끊어요? 비법 좀 알려줘요."

"피운 적 없어."

"한 번도요?"

이어진 침묵은 긍정을 의미했다. 태민은 의외라는 기색을 얼굴에 드러냈다.

"빠르면 미성년자일 때 피우는 애들도 있고 안 피우던 애들도 졸업하면 호기심에 한 번씩은 피워보잖아요? 진짜 한 번도 안 피워봤어요?"

믿지 못하겠다는 듯 재차 묻는 태민의 말에 의현은 잠시 생각에 잠겼다. 담배를 피우지 않았던 이유가 따로 있었던가? 어릴 때야 몸이 약했지만 중학교에 입학하면서부터 또래 아이들과 다르지 않을 정도의 체력도 생겼고 건강에는 문제가 없었다. 그러니 딱히 몸을 생각해서 피우지 않았던 것은 아니었다. 생각해 보니 의현과 그나마 가깝게 지내던 친구 중에는 고등학교에 다닐 때부터 담배를 피웠던 이들도 있었다. 거기까지 떠올리고 나서야 의현은 자신이 담배를 피우지 않았던 이유를 깨달았다.

"윤가을이 싫어했어."

생각지도 못한 이유에 태민은 짧게 헛웃음을 터트리고는 담뱃갑을 도로 주머니에 넣었다. 비흡연자 앞에서 담배를 피우는 것은 예의가 아닌 것 같았기 때문이었다.

"나쁜 짓은 다 할 것 같이 굴었으면서 은근히 바른 생활하네요."

"넌 바른 생활만 할 것처럼 굴더니 못된 거 많이 배웠네."

명백하게 비꼬는 말에 태민은 난감한 기색을 담은 미소를 입가에 머금었다. 의현과 이렇게 나란히 앉아 이런 대화를 할 날이 오다니. 깨닫고 보니 지금 이 상황이 조금 우스웠다. 손을 들어 얼굴을 한 차례 쓸어내린 태민이 의현의 모습을 다시 바라봤다. 가벼워진 옷차림도, 한결 느슨해진 얼굴도, 모두 편해 보였다. 그건 가을도 마찬가지였다. 그녀는 예전보다 잘 웃었고 조금 더 밝아졌다. 그리고 의현과 함께 있을 때면 행복해 보였다.

"자주 오지 그래요? 내색하지 않아도 보고 싶을 거 아니에요."

내색하지 않아도 보고 싶다. 태민은 그 말의 대상이 딱히 가을이라고 말하지 않았다. 그건 의현에게도 해당하는 말이라고 생각했기 때문이었다. 한차례의 폭풍이 지나갔고 긴 시간을 두고 다시 만나기까지 참으로 오래 걸렸다. 여기까지 와서 뭘 망설이는 건지 가을을 대하는 의현의 태도에는 조심성이 묻어났다. 보고 있자니 답답해서 태민은 등을 좀 떠밀기로 했다.

"여기 좀 위험하지 않아요? 시골이라고는 해도 여자 혼자 사는 집인데 방범창도 없네."

태민의 말에 의현의 시선이 곧바로 창문에 닿았다. 가을은 창문을 열어두고 작업할 때가 많았다. 주택이라 1층인데다 담이 있는 집이 아니라서 창문이 열려 있다면 집안으로의 침입이 무척 쉬웠다. 의현의 얼굴이 조금 심각해진 걸 확인한 태민은 그와 시선이 마주치자마자 기다렸다는 듯이 말을 덧붙였다.

"달아주던가요. 아, 강 이사님 되게 바쁘죠. 제가 할까요?"

"내가 할 테니까 그냥 둬."

"그러실래요? 그럼 기왕 하시는 김에 다른 일도 좀 해주세요. 아버지 화실에 누나 그림이 꽤 있는데 그것도 옮겨야 한다고 하더라고요. 혼자 들기에는 무거울 거 같으니까 강 이사님이 옮겨주세요. 아, 그리고 이사하고 보니 보일러실 문고리 망가졌다고 한번 얘기했었는데 제대로 달았을지 모르겠네."

줄줄이 이어진 말에 의현은 불편한 기색을 드러냈다. 가을의 일에 관해 뭘 이렇게 잘 알고 있는 건가 싶어 삐딱하게 말이 나갔다.

"내가 수리공이야?"

"그런 건 원래 애인이 해주고 그러는 거예요. 형광등 나간 거 없나 그런 것도 좀 봐주고요. 할 일 되게 많네요. 자주 와야겠어요. 아니면 다시 데려가든가."

턱을 괸 채로 의현을 바라보는 태민의 입매가 느슨하게 풀어졌다.

"아버지가 그러더라고요. 누나가 화실 나와서 그림 그리다 말고 휴대전화를 자주 본다고요. 기다리는 전화라도 있는 것처럼요."

"……."

"그 긴 시간을 기다렸는데 지금도 기다리게 하는 건 너무하잖아요."

자리에서 일어선 태민이 툭툭 옷을 털어냈다.

"생각해 보니까 점심은 아버지랑 먹는 게 낫겠어요. 먼저 돌아간다고 전해주세요. 다음에 올게요."

의현은 별다르게 인사를 건네지 않았다. 딱히 인사를 받으려 한 것은 아니었기에 태민은 조용히 돌아서서 마당을 벗어나 화실로 향했다.

태민의 모습이 시야에서 완전하게 사라지고 난 뒤에도 의현은 조금 더 자리에 앉아 있다가 집 안으로 들어섰다. 식사 준비를 한다고 했던 가을은 부엌에 있을 것이다. 그는 자연스럽게 부엌을 향해 걸음을 옮겼다. 현관에 들어설 때까지만 해도 아무런 소리가 나지 않았는데 부엌이 가까워질수록 찌개 끓는 소리가 희미하게 났다.

의현은 부엌 입구에 잠시 섰다. 가스레인지 위에는 작은 냄비 하나가 놓여 있었다. 그는 처음에 가을의 모습을 발견하지 못했다. 그러다 '아—' 하는 짧은 신음을 듣고 나서야 시선을 아래로 내렸다. 가을은 식탁 뒤편의 바닥에 주저앉아 있었다. 뭔가 문제가 생긴 건가 싶어 서둘러 가을을 향해 걸음을 옮긴 그의 얼굴은 곧 사색이 되었다.

"윤가을!"

가을의 손아래에 깨진 유리 파편들이 흩어져 있었다. 그 조각에 베인 건지 붉은 피가 손가락에서 흘러내렸다.

"어? 의현아, 위험……."

가을의 말은 끝을 맺지 못했다. 의현이 그녀의 앞에 주저앉아 손을 붙들었다. 그 힘이 어찌나 센지 가을은 잠시 몸의 균형을 잃고 그에게 안길 뻔했다. 실내용 슬리퍼를 신었다고 해도 발아래 유리 조각이 있어 다칠 수 있었다. 하지만 의현은 가을의 손만 감싸 쥘 뿐 자신이 다치는 것은 조금도 신경 쓰지 않는 것 같았다. 실내화 아래에서 유리 조각이 부서지는 소리가 작게 들려왔다. 화들짝 놀란 그녀가 의현을 밀어내려 했다.

"위험하다니까."

하지만 그는 꿈쩍도 하지 않았다. 가을의 목소리가 들리지 않는 사람처럼 피가 흐르는 그녀의 손을 붙든 채 하염없이 떨고 있었다. 하얗게 질린 얼굴이 금방이라도 무너질 것처럼 보여 가을은 나머지 한 손을 뻗어 의현의 뺨을 감쌌다.

"의현아."

"……."

"강의현!"

좁은 부엌 안에 가을의 큰 외침이 울리고 나서야 의현의 두 눈이 그녀의 얼굴에 닿았다. 두려움과 공포. 그의 두 눈에 담긴 감정이었다. 대체 왜? 가을은 그의 얼굴을 가만히 바라보다 서둘러 지금의 상황을 설명했다.

"접시를 떨어트린 것뿐이야. 치우려다가 손을 좀 베었어."

불안하게 흔들리는 의현의 시선이 갈피를 잡지 못하고 움직였다. 손의 힘이 조금 약해진 틈을 타 가을은 자신의 손을 빼내었다. 하지만 의현의 손은 여전히 허공에 남겨져 있었다. 시야에 확연하게 보일 정도로 그는 손을 떨고 있었다. 제 의지로 어찌할 수 없는 것처럼 경련이 일어나 떨리는 오른손을 의현이 반대편 손으로 꽉 부여잡았다.

"그러지 마."

고통에 일그러진 얼굴로 그는 울음과도 같은 음성을 내뱉었다.

"또 다치는 줄 알고……."

말끝을 흐린 채 곧 무너지듯 손을 들어 두 눈을 가렸다.

"나 때문에 또 그런 건 줄 알고."

가을은 그제야 의현이 왜 이런 반응을 보이는 건지 깨달았다. 떨고 있는 그의 손과 하얗게 질린 그의 얼굴을 보고 가을 역시 곧 울 것 같은 얼굴을 했다. 그를 밀어내기 위해, 반복되는 지옥 같았던 관계를 끊어내기 위해, 극단적으로 했던 선택이 의현에게 트라우마를 남겼다는 것을 가을은 그제야 깨달았다.

"아니야."

가을이 세차게 고개를 가로저었다.

"일부러 그런 거 아니야. 정말 실수로 다친 거야."

조금 전 의현이 그랬던 것처럼 가을 역시 바닥에 흩어진 유리 파편은 신경 쓰지 않은 채 그에게로 다가서 두 팔을 뻗었다. 눈을 가린 손을 떼어내고 두 뺨을 감싼 채 그의 고개를 들어 자신을 바라보게 했다.

"미안해, 의현아. 내가 미안해."

작게 베인 상처였다. 그 작은 상처 하나에도 이리 무너지는 모습을 보이는 의현을 보고 가을은 울음을 터트렸다.

"내가 잘못했어."

가을이 화병으로 제 손을 내려치는 것으로도 모자라 그 파편으로 손과 눈을 망가트리려 했을 때 의현은 처음으로 무너지는 모습을 보였었다. 길 잃은 아이처럼 두려움 가득한 얼굴로 자신을 바라보던 그 얼굴을 가을은 기억하고 있었다. 하지만 지금까지 별다른 내색을 하지 않아 아무렇지 않다고 생각했다.

의현의 이마가 가을의 어깨에 툭— 닿았다. 가을은 두 팔을 뻗어 그를 안아주었다. 손의 떨림이 점차 약해졌고 거칠었던 호흡도 제자리를 찾았다. 가을은 의현이 안정을 찾을 때까지 그의 귓가에 몇 번이고 속삭이듯 말해주었다. 나는 지금 네 곁에서 행복하다고, 그러니 두 번 다시 그런 일은 없을 거라고. 그 다정한 말에 의현은 두 눈을 감았다. 가을의 손이 그의 손을 다시 맞잡은 순간 거짓말처럼 떨림은 사라졌다.

❖

깨진 유리 파편을 치우고 부엌을 정리한 뒤에야 두 사람은 점심을 함께했다. 태민이 먼저 돌아갔다는 답에 가을은 그 이유에 관해 깊게 묻지 않았다. 지금은 온전하게 의현과 단둘이 시간을 보내고 싶어졌기 때문이었다. 점심을 먹은 뒤에는 차를 마시며 함께 대화를 나눴다. 서로에게 그간 하지 못한 이야기를 좀 더 나눌 수 있는 시간이었다.

대화를 마치고 오후에는 보일러실의 문고리를 새로 달았다. 방범창은 가을이 업체에 연락해서 사람을 따로 불러뒀다고 해서 따로 손을 댈 필요가 없어 보였고 해가 지기 시작할 무렵이 되어서야 의현은 돌아갈 준비를 했다. 그를 배웅하기 위해 집 앞으로 나선 가을은 올 때와 달라진 의현의 옷차림을 확인하고는 물에 젖은 정장을 떠올렸다.

"옷은 내가 세탁해서 보내줄게."

운전석의 문을 열고도 한참을 올라타지 못하던 의현이 문을 닫고는 돌아서서 가을의 시선을 마주했다.

"안 보내도 돼."

"어?"

"이틀 뒤에 또 올게."

"올 수 있어?"

그리 묻는 가을의 얼굴에 기뻐하는 기색이 담겨 있어 의현은 조금 아프게 웃고 말았다. 태민의 말대로였다. 내색하지 않아도 보고 싶을 것이라는 말은 틀리지 않았다. 의현이 가을을 보고 싶어하고, 망설이다 끝내 어렵게 전화를 해 여기에 오기까지 가을도 의현이 와주기를 기다리고 있었다.

"앞으로는 평일에도 시간 내서 올 거야."

"어?"

"오고 싶을 때 오라며. 자주 올 거니까 이제 연락 안 하고 올 거야."

마음 같아서는 매일 오고 싶었다. 기다리게 하고 싶지 않다. 하지만 가을을 떠올리면 늘 그런 마음보다 망설임이 앞섰다. 뭐가 이렇게 어렵고 망설여지는지 의현은 알고 있었다. 혹시나 널 또 상처 주게 될까. 그래서 네가 내게서 다시 도망치게 될까. 그게 무섭고 두려웠다. 차마 하지 못하는 말을 꾹 삼켜낸 의현은 아쉬움을 뒤로하고 인사를 건네었다.

"들어가."

"의현아."

돌아서려는 그의 걸음을 가을의 음성이 다시 붙들었다. 잠시 망설이는 기색으로 입술을 달싹이던 가을은 마음의 결정을 내린 듯 의현의 두 눈을 마주했다.

"나 말이야, 다시 서울로 갈까?"

의현은 답하지 않았다. 가을이 갑자기 이런 이야기를 꺼내는 이유를 알아내려는 것처럼 가늠하듯 그녀의 얼굴을 바라보고 있을 뿐이었다.

"아, 물론 당장 가겠다는 건 아니야. 여기 집 문제도 있고 지금 당장은 무리겠지만, 천천히 준비한 뒤에 올라가면 괜찮을 거 같은데."

답을 하는 것에 망설임이 앞섰다. 솔직한 마음으로는 가을이 서울로 올라왔으면 했다. 예전처럼 곁에 있었으면 했고 매일 얼굴을 볼 수 있었으면 했다. 하지만 그건 자신의 욕심이라는 생각에 의현은 단 한 번도 그러한 생각을 입 밖으로 내지 않았다.

'나도 모르게 그런 내색을 했던가.'

이제는 가을이 자신 때문에 희생하는 것은 원치 않았다. 의현은 제 욕심을 누르고 가을을 배려한 답을 건네었다.

"나 때문이라면 안 그래도 돼."

"그런 거 아니야."

가을은 고개를 한 차례 가로젓고는 그를 올려다보며 희미하게 미소 지었다.

"내가 너랑 같이 있고 싶어서 그래."

헤어질 때마다 두 사람 모두 다음 만남을 정확하게 기약하지 않았다. 의현에게서 먼저 연락이 올 때까지 이곳에서 그를 기다리는 것은 가을에게 힘든 일이었다. 언제 또 올지 모르는 그를 매번 이렇게 배웅하는 것도 쓸쓸한 일이었다.

"아파트에 만들어준다던 작업실은 아직 그대로야? 나 그림은 계속 그리고 싶은데."

그대로였다. 혹시라도 가을이 돌아올지 모른다는 생각에 무엇 하나 손대지 않은 채 그대로 두었다. 사람의 온기가 없는 그 공간에 덩그러니 놓여 있는 이젤과 캔버스를 볼 때마다 의현은 가을이 제 곁에 없다는 것을 실감하고는 했다. 의현은 가을이 없는 그 방을 하염없이 바라보던 제 모습을 떠올렸다. 그때 느낀 쓸쓸함과 외로움은 무엇으로도 채울 수 없을 것 같았다. 가을이 돌아오지 않는다면 무엇으로도 채울 수 없을 것이 분명했다.

"강의현."

상념에 잠긴 의현을 다시 현실로 끌어당긴 것은 가을의 목소리였다. 그와 동시에 뺨에 조금 다른 온기가 닿았다. 가을의 손이었다.

"나 가는 거 싫어?"

그럴 리가— 의현은 아프게 웃었다. 제 뺨에 닿은 가을의 손을 감싸 쥐고 천천히 입술을 떼어냈다.

"너만 괜찮다면……."

몇 번이고 하고 싶었던 말을,

"옆에 있어줬으면 좋겠어."

그제야 어렵게 꺼내놓았다.

억지로 가두지 않아도 이제는 곁에 있어주기를. 그 간절한 바람을 알아챈 것처럼 가을은 작게 미소 지으며 고개를 끄덕였다. 그 얼굴을 마주한 의현은 다시 제 곁으로 돌아올 가을의 모습을 떠올렸다. 주인을 잃고 덩그러니 놓여 있던 이젤 앞에 어느 순간 자연스럽게 가을이 앉아 있는 날이 올 것이다. 마치 처음부터 그곳에 있던 것처럼. 그날을 떠올리자 더는 쓸쓸함도 외로움도 느껴지지 않았다. 텅 빈 마음이 너 하나만으로 가득 들어찼다.

의현은 가을을 제 품으로 잡아당겼다. 입술 위에 따스한 체온이 내려앉았고 벌어진 틈으로 그의 혀가 파고들며 서로의 타액이 섞여들었다. 가을의 뺨을 감싼 채 고개를 돌린 의현의 입술은 더 깊게 그녀의 입술에 맞물렸다. 조심스러우면서도 간절한 마음이 전해지는 키스였다.

다시 시선을 마주한 두 사람은 약속이라도 한 것처럼 서로를 바라보며 웃음을 터트렸다. 봄날처럼 따스한 미소가 두 사람의 얼굴 위에 그려져 있었다.

❖

의현은 평소보다 조금 늦은 기상을 했다. 마음이 편해지자 몸도 편해지는 건지 최근 들어 꽤 깊게 잠드는 일이 많았다. 아침에 눈을 떴을 때는 잠을 푹 잔 덕분인지 그만큼 몸이 가볍다는 느낌이 들고는 했다.

샤워하고 아침 식사를 마친 그는 곧바로 외출 준비를 했다. 휴일이었지만 갈 곳이 있었다. 갈아입을 셔츠와 정장을 침대 위에 꺼내두고 그에 맞는 넥타이를 골랐다. 셔츠 단추를 채우며 정면에 있는 창문을 물끄러미 바라봤다. 창을 통해 들어서는 햇살은 유난히 밝았고 하늘은 구름 한 점 없이 파랗다는 느낌만 가득했다. 짧은 봄은 금세 끝이 났고 계절은 또 한 번의 변화를 맞았다.

그레이 색상의 슬림핏 정장을 갖춰 입고 거울 앞에 선 의현은 커프스를 한 차례 매만지고 넥타이를 정리했다. 거울 속의 제 모습을 검토하듯 마지막으로 한 차례 확인하고는 손목의 시계를 내려다봤다. 슬슬 출발하는 것이 좋을 것 같았다.

아파트 주차장을 벗어난 차는 빠르게 도로 위를 달렸다. 오늘은 일과 관련해 움직이는 것이 아니었기에 진호를 따로 부르지 않았다. 가을과 재회를 하고 난 뒤로 의현이 홀로 움직이겠다고 하면 진호는 굳이 그를 따라나서지 않았다. 그건 그만큼 의현의 상태가 많이 안정되었다는 것을 뜻했다.

의현은 가는 길에 잠시 차를 세우고 화원에 들러 꽃을 한 다발 샀다. 잘 차려입은 정장에 꽃다발을 한 손에 들고 그가 찾아간 곳은 은형의 유골을 안치해 둔 봉안당이었다.

의현은 정면에 놓여 있는 은형의 사진을 물끄러미 바라봤다. 사진 속에는 병원복을 입은 어린 의현과 교복을 입은 앳된 얼굴의 은형이 함께 웃고 있었다. 작고 어렸던 의현은 어느덧 이렇게 컸는데 사진 속의 은형은 여전히 열여섯이었다. 멈춰 버린 시간은 두 번 다시 움직이지 않을 것이고 의현의 기억 속에 은형은 평생 열여섯의 강은형으로 남겨질 것이다.

의현은 조금 서글픈 얼굴을 하고는 손에 들고 있는 꽃다발을 내려다봤다. 그가 산 꽃은 리시안셔스였다. 어릴 때 몸이 약해 뛰어놀지 못하고 유독 조용한 성격이었던 의현을 위해 더 활발한 척 행동하고 장난스럽게 굴 때가 많았지만, 사실 은형의 평소 성격은 얌전하고 차분한 편이었다. 그런 은형을 생각하면 이 꽃은 어울리지 않았다. 차라리 하얀 칼라나 안개꽃 같은 수수한 꽃이 더 어울릴 것이다. 하지만 은형은 정원에 핀 홍매화를 유독 좋아했다. 홀로 있으면 수수한 것 같아 보이지만 여러 개가 모여 있으면 화려해지는 꽃을 좋아했다. 리시안셔스를 산 이유는 바로 그 때문이었다.

꽃을 조심스럽게 내려놓은 의현은 다시 사진 속 은형의 모습을 바라봤다. 그는 은형을 만나기 위해 이곳에 올 때면 늘 조용히 침묵을 지키다 꽃을 두고 사진만 보고 돌아갔다. 하지만 오늘은 쉽게 발걸음이 떨어지지 않았다. 사진 속에서 밝게 웃는 은형의 모습이 오늘따라 더 깊게 마음에 박혀들었다. 의현은 한참을 머뭇거리다 어렵게 입술을 떼어냈다.

"형."

그 한마디를 건네었을 뿐인데 울컥— 밀려드는 감정에 목이 멨다. 가을을 떠올리면 자연스럽게 은형의 얼굴이 연이어 떠올랐다. 의현은 끝내 제 곁에 가을을 두기로 했고 가을은 그의 곁에 남기로 했다. 그 결정에 있어 가장 마음에 걸린 사람이 바로 은형이었다.

'미안해.'

머릿속에 맴도는 말은 소리가 되어 나오지 않았다. 의현은 주먹을 꽉 쥐었다. 처음부터 손에 쥐어져 있던 것들은 모두 제 것이 아닌 것만 같았고 의현에게는 사실 필요치 않은 것들뿐이었다. 딱 하나만 바랐다. 그 한 사람만 제 곁에 있어주기를 원했다.

'형이 한 번만 봐주라.'

긴 시간을 돌아 여기까지 왔다. 설령 그 사고의 원인이 정말 가을에게 있었다 해도, 그래서 벌을 받는다 해도, 지금 잡은 손을 놓을 수는 없었다. 의현은 한참을 더 그곳에서 자리를 지키다 돌아섰다. 돌아서는 발걸음이 오늘따라 유독 무거웠지만 애써 걸음을 서둘렀다. 시간이 좀 더 지나면 지금보다 괜찮아질 날이 오겠지. 그때가 되면 가을과 함께 은형을 만나러 오고 싶었다.

차에 올라탄 의현은 시동을 걸지 않고 운전석에 몸을 기댄 채로 잠시 눈을 감았다. 미동 없이 고른 숨만 내쉬고 있던 그가 다시 눈을 뜬 것은 휴대전화가 울렸을 때였다. 가을에게 걸려온 전화였다. 얼굴을 한 차례 쓸어내린 그는 시동을 먼저 걸어두고는 전화를 받았다.

[의현아. 통화 괜찮아?]

"어. 괜찮아."

[어디야? 차 소리 나는 것 같은데 밖이야?]

"잠깐 누구 만나러 올 일이 있어서 나왔어. 지금 돌아가는 길이야."

[어제 몸 안 좋은 것 같길래 걱정돼서 전화했어.]

어제 의현은 가을의 집에 다녀왔다. 가벼운 몸살기가 있었는데 티를 내지 않으려 했지만 가을은 그것을 금세 알아챘다.

"괜찮아."

몸이 안 좋은데 왜 여기까지 온 거냐며 가을의 잔소리가 한동안 이어졌었다. 점심만 먹고 집에 돌아와 약을 먹은 뒤 푹 쉬었더니 몸은 괜찮아졌지만 가을은 의현이 아픈 것을 계속 신경 쓰고 있던 모양이었다.

[오늘 쉰다고 했지? 일찍 들어가서 푹 쉬어. 아프면 병원 꼭 가고.]

"알았어."

[운전 조심해서 해.]

통화를 마친 의현은 아쉬운 기색이 담긴 얼굴로 휴대전화를 내려다보다 그것을 손에서 내려놓았다. 운전대를 잡았지만 목적지를 정하지 못한 것처럼 잠시 출발하지 않은 채 생각에 잠겼다. 핸들 위를 검지로 툭툭 두드리며 고개를 기울인 그가 시간을 확인했다. 몸은 괜찮아졌고 이대로 집에 돌아가 봐야 홀로 할 일이 없었다. 그는 곧 차를 출발시켰다. 행선지는 아파트가 아닌 가을의 집이었다.

가을에게 미리 전화해서 이야기해 둘까 하다 관두었다. 가벼운 몸살기였기에 의현의 몸은 이제 괜찮아졌지만 가을은 그를 걱정해 오늘은 그냥 쉬라고 말할 것이 분명했기 때문이었다. 한참을 달려 가을의 집이 보이기 시작했을 때쯤 그는 평소 차를 세워두던 곳이 아닌 조금 멀리 떨어진 곳에 잠시 차를 세웠다. 가을의 집 앞에 검은 세단 한 대가 서 있었다. 그 번호판이 낯이 익었다. 아버지의 차였다.

운전석에 앉아 그 차를 한참이나 바라보던 의현은 차에서 내려 조심스럽게 집 앞으로 걸음을 옮겼다. 집이 가까워질수록 누군가의 대화 소리가 들려왔다. 의현은 곧 걸음을 멈추고 가을의 집 마당에 놓여 있는 작은 벤치를 응시했다.

날은 금세 더워졌고 벤치는 그늘이 있는 곳으로 옮겨두었다. 가을은 작업하다 말고 답답할 때면 시원한 차를 한 잔 가지고 나와 저 벤치에서 쉴 때가 많았다. 그 벤치에 지금 재환과 가을이 나란히 앉아 대화를 나누고 있었다.

“의현이 그 녀석은 여기 자주 와?”

“어제 왔었어요.”

“요즘 얼굴 보기 힘들다 했더니 여기 자주 오는 모양이구나.”

가을이 조금 어색하게 입매를 끌어 올렸다. 그의 말대로 의현은 요즘 들어 자주 이곳을 찾고 있었다. 주말뿐만이 아니라 평일에도 일이 끝나는 대로 왔다가 늦은 밤에 돌아가는 일이 많아졌다. 재환은 손에 들고 있던 컵을 옆에 내려두고는 가을의 손을 잡았다. 자연스럽게 가을의 시선이 재환의 얼굴에 닿았다.

“너도 의현이도 이제는 잘 지내는 거 같아서 다행이다. 의현이가 요즘 굉장히 안정적이야. 여러모로 너한테 참 미안하고 고맙구나.”

“아니에요, 아저씨. 왜 그런 말씀을 하세요.”

“나야 뒤늦게 알아서 아무 도움도 주지 못했지만 의현이 그놈이 너한테 얼마나 못난 짓을 했냐. 일도 손에서 놓고 폐인 생활했던 게 엊그제 같은데 지금은 정신 차리고 저리 잘 지내고 있으니. 다 가을이 네 덕분이야. 의현이 그놈이 못난 짓을 했는데도 받아줘서 고맙다.”

어쩔 줄을 몰라 하던 가을의 얼굴이 금방이라도 울 것처럼 변했다. 의현의 아버지에게 고맙다거나 미안하다는 말을 들을 때마다 가을은 강은형의 사고에 자신이 연관된 사실을 떠올렸다. 내색하지 않으려 해도 어쩔 수 없는 일이었다. 죄를 짓는 기분에 가을은 고개를 숙였고 제 손을 붙든 재환의 손을 내려다봤다. 커다랗고 주름진 손이 다정하게 가을의 손을 잡아주고 있었다.

“아저씨.”

목이 메 목소리가 제대로 나오지 않는 느낌이었다. 고개를 든 가을의 두 눈에 눈물이 가득 차올라 있었다. 그런 가을의 얼굴을 확인한 의현은 금방이라도 달려나갈 기세로 상황을 주시하고 있었다. 혹여 가을이 제 아버지에게 사고에 관한 이야기를 할까 불안했기 때문이었다. 가을의 눈에서 눈물이 떨어져 내린 순간, 불안감을 참지 못한 의현은 한 걸음 앞으로 달려나갔다. 하지만 뒤이어 들려온 가을의 음성에 그대로 다시 멈춰 서고 말았다.

"저, 의현이가 정말 좋아요. 억지로 의현이 옆에 있는다거나 어쩔 수 없이 선택한 게 아니에요. 제가 의현이를 받아준 게 아니라 의현이가 절 받아준 거예요. 고맙다고 말해야 할 사람은 저예요."

가을의 말을 모두 이해할 수는 없었지만 재환은 더 깊게 묻지 않았다. 울고 있는 가을의 모습이 안쓰러웠기 때문이었다. 그는 다정한 손길로 가을의 등을 토닥여 주었다.

"울긴 왜 울어 이 녀석. 의현이가 알면 너 울렸다고 아저씨 한 소리 듣겠다."

그 모습을 지켜보던 의현은 조용히 뒤로 한 걸음 물러섰다. 가을의 모습을 한참이나 바라보다 돌아서서 차에 올라탔다. 시간이 좀 더 지나자 재환이 가을의 집을 나서는 모습이 보였다. 검은 세단이 시야에서 사라졌고 의현은 그제야 다시 차에서 내려 가을의 집을 향해 걸음을 옮겼다.

벤치 위에는 빈 찻잔 두 개가 놓여 있었다. 가을은 의현을 등진 채로 그 앞에 쭈그려 앉아 울고 있었다. 울음을 참아내려는 듯이 작게 떨리는 어깨가 눈에 아프게 밟혔다.

"윤가을."

머리 위에서 떨어진 음성에 놀란 가을이 뒤를 돌아봤다. 그녀의 두 눈이 커다래졌다. 자리에서 벌떡 일어선 가을은 잠시 말을 잇지 못하고 의현의 얼굴을 바라보다 서둘러 눈물을 닦아냈다. 급하게 닦아낸 눈물이 아직 눈가에 남아 있었다. 붉어진 눈도 조금 전까지 그녀가 울고 있었다는 것을 분명하게 드러내고 있었다.

"언제 왔어? 연락이라도 하고 오지."

의현은 최근 연락을 하지 않고 가을의 집을 찾는 일이 많았다. 그에 대해 한 번도 이야기하지 않았던 가을이 오늘은 당황한 기색을 감추지 못한 채 횡설수설하는 모습을 보였다. 손등에 남아 있는 눈물을 급하게 옷에 닦아내고는 눈가를 다시 한 번 손으로 매만졌다.

"아, 이건 조금 전에 방에서 좀 슬픈 영화를 봤는데 눈물이 안 멈추는 거 있지."

가을은 벤치 위로 힐끗 시선을 보냈다. 그리고 돌아서서 서둘러 찻잔을 치우려 했다. 놓여 있는 찻잔은 두 개였고 손님이 다녀갔다는 것을 의현이 알게 되면 지금 자신의 말이 거짓이라는 것을 알아챌 거라는 생각 때문이었다. 하지만 그런 가을의 손을 의현이 먼저 붙들었다. 다시 그녀를 돌려세운 그는 가을을 제 품으로 끌어당겼다. 목덜미에 이마를 가져다 대고 가을을 안은 두 팔에 힘을 주었다.

"후회하지 마."

내내 가지고 있던 불안감이,

"나 버리지 마, 윤가을."

결국 입 밖으로 흘러나왔다.

혹여 가을이 이 선택을 후회할까, 결국 은형에 대한 죄책감을 떨쳐 내지 못하고 자신을 버리게 될까, 마음 한구석에 늘 불안감이 남아 있었다. 오늘은 은형을 만나고 왔기 때문일지도 모른다. 아니면 아버지와 그녀가 함께 있는 모습을 보았기 때문일지도 모른다. 지금 이 순간 그의 불안감은 극도로 커졌다. 울음을 참으며 떨던 작은 어깨가, 제 아버지를 바라볼 때의 그 아프던 얼굴이, 자꾸만 눈에 밟혔다. 의현은 가을을 놓칠까 불안하기라도 한 것처럼 조금 더 힘주어 그녀를 품에 안았다.

가을은 그의 품에 안긴 채 멍한 얼굴로 허공을 응시했다. 그리고 아프게 표정을 일그러트렸다. 의현이 갑자기 이런 말을 할 리 없었다. 재환과 함께 있는 모습을 의현이 본 거라 짐작했다. 가을 역시 천천히 손을 뻗어 그를 마주 안아주었다. 의현이 더는 저로 인해 아파하지 않고 불행해지지 않는다면, 자신을 필요로 하는 거라면, 가을은 절대로 의현의 손을 놓지 않을 생각이었다.

"같이 있기로 했잖아. 그런 말 하지 마."

흉터는 여전했다. 아마 완전하게 사라지는 날은 오지 않을 것이다. 시간이 흘러 옅어지고 통증은 사라질 수 있어도 그 흔적은 흐릿하게라도 남을 것이다. 아예 없었던 일이 될 수 없는 것처럼. 그렇게 오랜 시간 남겨져 있을 것이다. 되돌릴 수 없는 일이었다. 어쩌면, 만약에, 라는 단어들로 돌이킬 수 없는 시간을 후회하기보다는 아프고 힘들어도 이제는 함께하기로 했다.

가을은 시선을 좀 더 들어 맑은 하늘을 올려다봤다. 쏟아져 내리는 햇빛은 눈이 부실 정도로 밝고 뜨거웠지만 조금 전 재환이 돌아가고 홀로 남겨져 울 때까지 가을의 메마른 마음은 한없이 춥기만 했다. 하지만 의현의 품에 안긴 순간 거짓말처럼 마음에 온기가 들어찼다. 텅 빈 것처럼 황량해졌던 마음이 다시 그로 인해 봄을 찾았다. 신기한 일이었다.

"따듯하다."

그리 말하는 가을의 입가에 희미한 미소가 그려졌다. 응— 들릴 듯 말 듯 작게 전해져 오는 그의 목소리가 귓가에 속삭임처럼 닿았다. 그도 가을과 같은 마음이라는 것을 전하듯이 몇 번이고 속삭이며 낮은 음성을 건네었다. 괜찮다. 다 괜찮을 것이다. 이제 서로가 함께라서 아픈 날보다 행복한 날이 더 많을 테니까.

❖

의현은 품에 들린 마지막 캔버스를 방 한쪽에 내려두었다. 아직 풀지 못한 짐이 담긴 상자가 두어 개 놓여 있었고 가을은 그 상자를 막 뜯어 화구들을 정리하고 있었다.

"짐은 이게 마지막이지?"

"응."

의현은 손을 두어 차례 털어내고는 가을이 짐을 정리하는 것을 도왔다. 그녀는 약속대로 의현이 있는 서울로 올라왔다. 집은 따로 구하지 않고 의현이 사는 아파트에서 지내기로 했다. 버릴 것은 버리고 최소한의 짐만 옮기려 했는데도 화구와 캔버스가 많다 보니 짐을 옮기는데 꽤 오랜 시간이 걸렸다. 남은 짐들을 함께 정리하고 점심을 먹은 뒤 두 사람은 느긋하게 차를 마시며 대화를 나눴다.

"작업실 너무 좋은 거 같아. 보자마자 그림 그리고 싶어졌어."

가을은 작업실을 무척 마음에 들어 했다. 햇볕이 잘 드는 데다 전망이 좋았고 가을의 취향에 대해 잘 아는 의현이 미리 그 방을 작업하기 좋게끔 꾸며두었기 때문이었다.

"그리면 되잖아."

"그렇게 말하고 방해할 거지?"

가을이 그림을 그릴 때면 의현은 그 모습을 구경하듯 한 시간 정도는 내버려 두다가 그 뒤에 방해하는 일이 많았다. 그는 소리 없이 옅게 미소를 그려내고는 차를 한 모금 마셨다. 붓을 손에 든 가을과 이제 그만 그리라며 티격태격하던 자신의 모습이 떠올랐기 때문이었다.

"안 그래도 서류 확인할 게 좀 있어. 방해 안 할 테니까 작업해."

차를 다 마신 뒤 가을은 작업실로 들어섰고 의현은 제 방으로 들어가 미리 챙겨온 서류 몇 개를 확인했다. 서류 확인을 마치고 다음날의 일정을 보고 받기 위해 진호와 통화를 끝낸 의현은 시간을 한 차례 확인하고는 가을의 작업실을 향해 걸음을 옮겼다. 방에 들어선 지 3시간이 지났지만 가을은 꼼짝도 하지 않고 이젤 앞에 앉아 그림을 그리고 있었다.

그는 예전처럼 가을의 작업실에 소파 하나를 가져다 두었다. 그걸 본 가을은 '이거 또 네 전용석이야?' 하고 타박하듯 물었지만 자신이 먼저 그곳에 앉아 보고는 '좋다.' 라고 말하며 예쁘게 웃어 보였다.

의현은 자연스럽게 그곳에 앉아 가을의 모습을 응시했다. 햇빛이 잘 드는 방에 앉아 가을은 그림을 그리고 멀리 떨어지지 않은 곳에 놓인 소파에 앉아 그 모습을 바라보는 일은 의현이 가장 좋아하는 일 중 하나였다. 창을 통해 쏟아져 내리는 햇살은 눈이 부실 정도로 화사했고 그 풍경 속에 앉아 그림을 그리고 있는 가을의 모습은 그 어떤 풍경보다 의현을 설레게 했다.

환상 따위가 아니었다. 정말로 제 앞에서 가을이 그림을 그리고 있었다. 그는 천천히 눈을 감았다. 열 살에 자신의 집에 처음 와서 아버지의 뒤에 숨던 작은 소녀를 떠올렸다. 매일 집에 홀로 남겨져 책을 읽던 의현의 곁으로 와 계속해서 말을 걸던 모습도, 토라진 척 굴다가도 금세 곁으로 다가와서 다시 재잘대던 모습도, 화구통을 한쪽에 매고 의현에게 같이 가자며 달려오던 모습까지. 모두 어제 일처럼 떠올랐다. 하나둘씩 떠오르는 과거의 기억들은 그를 미소 짓게 했다.

"강의현."

머리 위에서 떨어진 음성에 의현이 천천히 눈을 떴다. 그 짧은 새에 꿈을 꾼 듯한 기분이었다. 마지막으로 본 것은 교복을 입은 가을이 저를 향해 웃어 보이는 모습이었다.

"졸리면 방에 가서 자. 왜 그러고 있어?"

지척에 다가선 가을의 얼굴이 시야에 들어왔다. 그 얼굴에 흰 물감이 작게 묻어나 있었다. 의현은 손을 뻗어 가을의 뺨을 엄지로 쓸어내렸다. 이미 굳어진 물감은 지워지지 않음에도 그는 몇 번이나 다정하게 그 뺨을 쓸어내렸다. 교복을 입고 붉어진 얼굴로 자신을 바라보던 앳된 얼굴이 떠올랐다. 가을에게 처음 마음을 열었던 순간이었다.

"엉망이네."

잠에 취한 듯 혼탁한 음성으로 그때와 같은 말을 건넨 그는 조용히 웃어 보였다. 가을 역시 그때의 기억을 떠올린 것처럼 마주쳐 오는 두 눈을 바라보며 희미하게 미소 지어 보였다. 의현은 가을의 손목을 잡아 제 품으로 끌어당겼다. 쉽게 끌려온 그녀의 몸을 안정적으로 받치고는 커다란 손으로 목덜미를 감쌌다. 촉— 가볍게 입술이 닿았다. 떨어진 입술 새로 희미한 숨이 흩어지며 작게 웃음이 터져 나왔다. 시선을 마주하고 있던 두 사람은 약속이라도 한 것처럼 다시 서로의 입술을 찾았다.

의현과 가을의 곁에 놓여 있는 이젤 위에는 완성된 그림이 담긴 캔버스가 놓여 있었다. 의현이 가장 좋아했던 그림, 홍매화였다. 이제 가을에게 그것은 아픈 그림이 아니었다. 더는 서로의 존재가 상처가 아니게 된 것처럼.

비처럼 흩날리는 꽃이 아름답게 떨어져 내리는 풍경 속에 두 사람은 함께였다. 모든 것이 행복했다.

THE END

작가 후기

안녕하세요, 이노입니다.

〈비꽃〉은 종이책이 나오기까지의 기간이 오래 걸리기도 했고, 또 1년 만의 종이책 출간이라 그런지 이렇게 후기를 쓰고 있는 지금 감회가 새롭습니다. '열심히 써서 얼른 10종을 채웠으면 좋겠다.' 라고 생각했을 때도 있었는데 어느덧 비꽃이 '이노' 라는 필명으로 내게 된 9번째 종이책입니다. 까마득해 보였는데 다음 작이 10번째네요. 10종을 채우게 되면 혼자 만세삼창이라도 해야 할 것 같습니다.

글을 쓰는 입장에서의 저는 사실 밝고 아기자기한 글보다는 이런 분위기의 글을 더 좋아합니다. 집필한 글들 모두 애정을 가지고 있지만, 비꽃은 조금 더 남다른 애정을 가지고 작업을 했습니다. 작업하는 내내 글을 쓰는 일이 너무 좋았던지라 의현이도, 가을이도, 태민이도, 누구 하나 빠지지 않고 제 기억에 오래도록 남을 것 같습니다. 이제는 이 후기를 끝으로 제 손을 떠나게 될 이 글이 읽으시는 분들에게 작은 즐거움을 드리길 바라봅니다.

첫 시작을 할 때만 해도 까마득하게 느껴졌던 글들이 점차 형태를 갖추고 하나의 이야기가 되어가는 과정이 그때 당시에는 힘들지만 돌이켜 보면 참 보람되고 즐겁습니다. 부족한 사람이라 그 과정에서 늘 주변 분들에게 많은 도움을 받고 있습니다. 카페 운영자 분들, 자주 연락드리지 못하는데도 오랜 시간 그 자리에서 저와 인연을 이어오고 있는 분들, 그리고 이렇게 예쁜 옷을 입고 제 글이 세상에 나올 수 있게 도움주신 예원북스 출판사 분들께 감사 인사 전합니다.

애증으로 서로에게 긴 시간 상처 주며 가시밭길을 걸었던 두 사람의 행복한 이야기가 좀 부족한 듯싶어서 후기 뒤에 '해밀' 이라는 이야기를 더 추가했습니다. 즐겁게 읽어주시길 바라고, 저는 다시 새로운 글로 인사드리겠습니다.

지금 이 글을 읽는 분들 모두, 늘 행복하고 건강하시길 바랍니다. 감사합니다.

이노 드림.

해밀 : 비가 온 뒤에 맑게 갠 하늘

평소보다 조금 늦은 아침을 먹은 뒤 집을 나선 가을은 보름 전부터 눈여겨보고 있던 미술 전시회에 갔다. 평일이었고, 마지막 날이라 그런지 전시회의 큰 규모에 비해서 사람은 많지 않았다. 에어컨이 쉴 새 없이 가동되어 서늘하다는 느낌이 드는 전시장 안으로 들어선 가을은 시간을 들여 느긋하게 작품을 둘러봤다.

통로를 걷다 전시된 그림이 나오면 대부분 1분에서 2분 정도의 시간을 들여 그림을 보고 다시 걸음을 옮겼다. 그런 가을의 걸음을 한참이나 붙든 그림이 하나 있었다. 한쪽 벽면을 가득 채운 그림은 수련이었다. 올려다보기 목이 아플 정도로 커다란 그림을 가을은 한참이나 바라보고 있었다. 다른 그림보다도 유심히, 그리고 시간을 들여서.

가을은 그 그림을 본 것을 마지막으로 전시장을 나섰다. 건물을 빠져나가 조금 경사진 언덕을 내려서서 간판이 예쁜 커피숍에 들어섰다. 카운터 위의 메뉴판을 물끄러미 올려다보다 아이스티 한 잔을 샀고 플라타너

스가 심어진 길을 따라 걸었다. 여름의 초입에 들어섰을 뿐인데 날은 벌써 무더웠다. 잠시 걸음을 멈추고 고개를 든 그녀는 나뭇잎 사이로 쏟아져 내리는 햇살을 가만히 올려다봤다.

"더워."

귓가를 울리는 눅진한 음성이 환청처럼 들려왔다. 가을은 픽 바람 빠진 웃음소리를 내고 말았다. 유독 더위에 약한 의현은 여름이 되면 습관처럼 덥다는 말을 달고 살았다. 여름에도 항상 정장을 갖춰 입는 그는 뙤약볕 아래 서 있을 일이 거의 없었다. 에어컨이 가동되는 실내에서 대부분 일을 했고 두 사람이 함께 사는 아파트 역시 방마다 에어컨이 설치되어 있었다. 잠시 밖에 나가거나 짧은 거리를 이동하는 일이 아니라면 더위를 느낄 새가 없었다. 그런 그가 덥다는 소리를 혼잣말처럼 중얼거리는 경우는 늘 가을과 함께 있을 때뿐이었다.

가을이 그림을 그리는 방은 에어컨을 잘 틀지 않았다. 날이 더워도 그림을 그릴 때 에어컨을 틀기보다는 창문을 열어두고 작업을 했고, 그걸 알면서도 의현은 꼭 그녀가 그림을 그릴 때면 그 방에 와 있었다.

가을은 멈췄던 걸음을 다시 옮기며 계속해서 의현에 관한 기억을 떠올렸다. 남들 앞에서는 아무리 더워도 불만 하나 내보이지 않는 그가 가을과 함께 있을 때 그 말을 하는 것은 일종의 투정이었다. 그림은 이제 그만 그리고 자기랑 시간 좀 보내자는 투정.

이젤 뒤에 놓인 소파는 여전히 의현의 전용석이었다. 소파에 앉아 얌전히 그림 그리는 모습을 구경하다가 한 시간 정도 지나면 의자를 끌어와 이젤 가까이에 앉고는 했다. 그림을 자세히 보는 것처럼 거리를 좁혀오고, 조금 더 시간이 지나면 어깨에 떡하니 턱을 기대었다. 그럼 가을은 붓을 쥔 손을 내리고 그를 달래야 했다.

"이것만 마저 그리고."

"그려."

"이러고 어떻게 그려?"

웃음기 섞인 대화를 나눈 뒤 다시 그림 그리는 일에 집중할 수 있는 시간은 얼마 되지 않았다. 가을의 어깨에 턱을 괴고 있던 그는 어린아이처럼 이마를 비비기도 했다. 가을의 작업실로 쓰이는 방이 더워서인지 그는 방에 들어오기 전에 먼저 꼭 샤워하고는 했는데 그런 행동을 할 때마다 그에게서 나는 청량한 내음이 더 짙어지고는 했다. 이마를 비비는 행동에도 가을이 붓을 내려놓지 않으면 최후의 수단으로 시야에 드러난 그녀의 목덜미에 입술을 가져다 댔다. 한 번으로 반응이 없으면 살짝 깨물기도 했다. 그럼 가을은 웃음을 터트리며 붓을 내려놓았다. 져주는 것은 결국 가을이었다.

평일에는 그가 호텔에 나가 없으니 자유롭게 그림을 그릴 수 있었지만 의현이 함께 있는 주말에는 작업할 수 있는 시간이 정해져 있었다. 대충 계산해 보니 그가 정해놓은 시간은 딱 2시간이 한계인 것 같았다. 남는 시간에는 함께 집 안에서 뒹굴뒹굴하기도 하고 가을이 좋아하는 전시회를 보러 가거나 영화관을 가기도 했다.

"그나저나 내일은 혼자 뭐 하지?"

의현은 지금 한국에 없었고 가을은 내일 그가 없는 주말을 홀로 보내야 했다. 의현의 아파트로 들어가 함께 살게 된 뒤로 그 없이 주말을 홀로 보내는 일은 처음이었다. 나흘 전 출국한 의현은 앞으로 이틀 정도의 일정을 더 보낸 뒤에 한국으로 돌아올 예정이었다. 통화는 매일 하고 있어서 부재를 크게 느끼지는 못했지만 그래도 역시 곁에 없다는 것을 확인할 때마다 쓸쓸하다는 생각이 들었다.

한번 떠올리고 나니 계속해서 의현에 관한 생각만 났다. 통화를 하다가 문득 그가 없는 집 안을 쭉 둘러보며 네가 없어서 집이 쓸데없이 커 보인다는 말을 한 적이 있었다. 의현은 그걸 이제야 느낀 거냐며 작게 웃었다. 자신은 공항에 들어섰을 때부터 다시 집에 가고 싶었다는 말을 농담처럼 건네었다. 그렇게 사소한 대화만으로도 웃을 수 있을 만큼 두 사람의 관계는 많이 변해 있었다.

의현은 별다른 용건 없이도 매일 가을에게 전화를 했다. 그건 한국에 있을 때도 마찬가지였다. 대화는 사소했고 통화는 그리 길지 않았다. 어차피 저녁이 되면 얼굴을 볼 텐데 그는 늘 그렇게 가을의 안부를 확인하듯 전화를 했다. 함께 있지 않은 시간마저 두 사람은 그렇게 대화를 통해 서로의 시간을 공유했다.

"여기 야경 예쁘더라."

어제는 다른 때보다 유독 통화가 길어졌었다. 의현이 피곤할 것 같아 전화를 끊자는 말에 그는 대답 대신 야경 이야기를 꺼냈다. 아쉬움이 묻어난 음성이었다. 가을은 야경을 홀로 내려다보고 있을 의현의 모습을 떠올렸다.

"매번 일하러 가는 거라 그런 건 안 보는 줄 알았더니. 얼마나 예쁜데? 사진 찍어서 보내봐."

잠시 돌아오는 답이 없었다. 전화가 끊긴 건가 싶어 그의 이름을 부르려는 순간이었다.

"다음에."

"응?"

"사진으로 말고, 다음에 같이 와서 보자."

"……."

"같이 보면 더 좋을 거 같아."

혼잣말처럼 덧붙인 말에 마음이 간질거렸다. 통화는 그렇게 끝이 났고 가을은 한참이나 휴대전화를 손에서 놓지 못하고 만지작거리다 그대로 손에 쥔 채 잠이 들었다. 어제의 통화를 떠올리고 나니 당장 의현이 보고 싶어졌다. 그가 돌아오기까지 남은 이틀의 시간이 그렇게 길게 느껴질 수가 없었다.

버스에 올라탄 가을은 의현에게 보고 싶다는 문자를 보냈다. 답은 없었다. 답을 바라고 보낸 것도 아니었고 일 때문에 바쁜 거라 생각하며 휴대전화를 가방 안에 넣었다. 집에 도착할 때까지도 돌아온 연락은 없었다.

집 안으로 들어선 가을은 옷을 갈아입고 탁상용 달력을 손에 들었다. 삽화 일을 맡은 일정은 아직 여유가 있었다. 그림을 그릴까 하다가 집 안 청소를 시작했다. 가을이 이곳으로 들어오기 전, 의현은 집안일을 해주는 아주머니를 부르고 있었다. 일주일에 5번을 방문했는데 가을은 자기가 들어왔으니 이제 집안일은 제가 하겠다고 말했다. 하지만 의현은 가을이 일하지 않는 것도 아니고 굳이 집안일을 시키고 싶지 않아 어차피 부르던 사람이니 계속 부르겠다고 고집을 부렸다. 아마 이 집에 들어온 이후 처음 다투게 된 일이 바로 그것 때문이었을 것이다. 실랑이를 벌이던 두 사람은 이틀의 냉정 끝에 합의점을 찾았다. 아주머니에게는 청소 업무만 맡기고 일주일에 두 번만 부르기로.

"너 고집 엄청 세졌어."

의현의 말을 가을은 지지 않고 받아쳤다.

"누가 할 소릴."

그렇게 합의점을 찾고 나서야 두 사람은 화해했다. 언제 싸웠냐는 듯 두 사람의 사이는 전보다 더 가까워져 다음날은 한시도 떨어져 있지 않았다.

그때의 일을 떠올린 가을은 작게 웃음을 터트렸다. 청소를 마치고 세탁기까지 돌리고 나니 슬슬 해가 지기 시작했다. 냉장고 앞에서 잠시 고민하다 캔 맥주 두 개와 나초를 꺼내어 와서 소파에 앉았다. 잠들기 전까지 남은 시간에 영화를 볼 생각이었다.

목록을 검색하다 제목이 눈에 띄어 선택한 영화는 슬픈 멜로 영화였다. 에어컨이 가동되는 희미한 소리만 울리던 공간에 곧 익숙한 음악이 흘러나왔다. 언젠가 본 영화인데 기억을 못하는 건가 싶었지만 영화의 내용은 생소했다. 처음 보는 영화였지만 음악이 익숙한 이유를 가을은 곧 알아챘다. 의현이 가을의 작업실에 영화 OST 앨범이나 뉴에이지 음악이 담긴 CD를 가져와 틀어주고는 했는데 지금 나오는 음악은 최근 가장 많이 들었던 앨범에 수록된 곡이었다.

'아, 좋다.'

익숙한 음악이 깔리며 시작된 영화는 격한 느낌보다는 차분하고 조용한 느낌이 들어 좋았다. 집중해서 보다 보니 영화는 어느새 클라이맥스에 도달했고 끝날 때쯤에는 찔끔 눈물이 났다. 힘이 빠진 가을의 손에서 캔이 떨어져 텅— 가벼운 소리가 났다. 화들짝 놀라 밑을 내려다본 그녀는 안도의 한숨을 내쉬었다. 캔은 이미 비어 있었다.

"두 캔이나 마셨네."

영화를 보며 가져온 캔 맥주를 모두 비워냈다. 술을 그리 좋아하는 편은 아니었지만 이렇게 더운 계절이 돌아오면 한 번씩 꼭 마시고 싶어질 때가 있었다. 다음에는 의현과 함께 마셔볼까? 입술 새로 푸— 작게 웃음이 터져 나왔고 알딸딸하게 취기가 올랐다. 가을은 습관적으로 벽시계를 응시했다. 출국한 뒤로는 매번 이 시간쯤 의현이 전화를 하고는 했었는데 오늘은 휴대전화가 조용하기만 했다.

일이 바쁜 모양이라고 생각하며 엔딩 크레디트를 가만히 보고 있던 가을은 캔 맥주 하나를 더 가지고 왔다. 평소라면 이 정도도 많이 마신 것이었지만 오늘은 어차피 의현도 없고 이대로 잠도 오지 않을 것 같았다. 추가로 가져온 술을 모두 비워낸 뒤에 침실로 향하려다 말고 문이 열려 있는 작업실로 들어섰다.

불을 켜자 익숙한 공간이 시야에 들어섰다. 처음에는 이젤 하나와 몇 개의 그림이 그려진 캔버스, 그리고 소파가 전부였는데 의현이 이것저것 가져다 놓다 보니 이제는 빈 곳을 찾는 게 더 힘들 것 같았다. 가을은 이젤 앞에 앉아 의현의 전용석인 소파를 바라봤다.

취기로 인해 몽롱한 느낌이 들었다. 고개를 살짝 기울인 가을의 입가에 어느새 희미한 미소가 그려졌다. 소파에 앉은 의현의 모습이 선명하게 떠올랐기 때문이었다. 의현은 한가하긴커녕 봐야 할 서류가 있을 때도 저 소파에 앉아 일하곤 했다. 이러다 조만간 소파가 아니라 책상을 가져다 놓을지도 모를 일이었다.

그는 그림을 그리는 가을을 보고 다시 화실을 운영할 생각은 없냐고 물은 적이 있었다. 가을은 고개를 저었다. 그녀는 삽화 일을 계속하고 있었고 지금은 의현과 함께 사는 곳에서도 충분히 자신이 그리고 싶은 그림을 마음껏 그릴 수 있었기 때문이었다.

소파에서 시선을 돌려 이젤 위에 놓인 캔버스를 응시했다. 그녀는 의현이 집을 비운 새에도 틈틈이 그림을 그렸다. 캔버스 안에 그려진 것은 의현의 얼굴이었다. 한국을 떠나기 전, 의현은 가을에게 함께 가지 않겠냐고 물었다. 의현이 일을 하는 동안 가을은 삽화를 그리는 일을 하고 남는 시간에는 함께 여행을 해도 괜찮을 것 같았기 때문이었다. 가을은 괜히 그의 일을 방해하는 것 같아 거절했지만 내심 후회가 됐다. 손끝으로 캔버스 위에 그려진 의현의 얼굴을 가만히 매만진 가을이 조금 시무룩한 음성으로 중얼거렸다.

"같이 가자고 할 때 따라갈걸."

"그러니까. 말 되게 안 듣더니."

등 뒤에서 익숙한 음성이 들려왔다. 소리의 방향을 찾아 뒤를 돌아본 가을은 헛것이라도 본 듯 멍한 얼굴로 커다란 눈을 두어 번 껌뻑였다. 반쯤 벌어진 입술 사이에서는 어— 하고 짧은소리가 흘러나왔다.

문가에 기대어 서 있는 사람은 의현이었다. 그는 이틀이 지난 뒤에야 한국으로 돌아올 예정이었지만 서둘러 일정을 마치고 돌아왔다. 취기 때문에 현실감이 느껴지지 않는 건지 가을은 여전히 반쯤 넋을 놓은 얼굴을 하고 있었다. 그걸 본 의현은 고개를 살짝 기울이며 곤란하다는 듯 웃어 보였다.

"뭘 하고 있느라 문 여는 소리도 못 듣고, 불러도 대답이 없나 했더니……."

말끝을 흐린 의현의 시선이 방 안쪽이 아닌 거실 쪽을 향해 움직였다. 테이블 위를 빠르게 시선으로 한 차례 훑어내고는 다시 가을을 마주한 의현의 얼굴에 짓궂은 장난기가 묻어났다. 빈 맥주 캔 3개를 보고 그녀가 술을 마셨다는 사실을 알아챘다.

"술 잘 못 먹잖아."

그는 정장 재킷을 벗으며 순식간에 거리를 좁혀왔다. 재킷을 소파에 걸쳐 두고는 넥타이를 단번에 끌어 내리며 가을을 돌아봤다.

"왜 말이 없어?"

"너무 보고 싶다고 생각해서 헛것이 보이나 잠깐 생각하느라."

생각지 못한 답에 그는 잠시 움직임을 멈췄다가 이내 조용히 입매를 당겨 웃었다. 취했네 윤가을— 작게 중얼거리는 음성이 다정했다.

"나 없으면 매번 이렇게 혼자 술 마셨어?"

"아니."

"증거가 버젓이 밖에 있는데."

"평소에는 마셔도 한 캔인데, 오늘은 기분이 좋아서 그랬어."

의현이 목을 조이고 있던 셔츠 단추를 두어 개를 풀어내며 가을에게로 다가섰다. 취기가 오른 건지 그녀의 뺨이 평소보다 붉었다.

"왜 기분이 좋았는데?"

그리 묻는 의현의 목소리는 평소보다 한 톤 더 낮아진 느낌이 들었다. 손을 뻗은 그가 가을의 뺨을 매만지며 묻자 그녀는 작게 웃으며 의현의 손에 얼굴을 비볐다. 열이 오른 뺨과 대비해 의현의 손은 서늘해 기분이 좋았기 때문이었다.

"오늘 미술 전시회에 다녀왔어."

"전에 보고 싶다고 했던 전시회?"

"응."

"같이 보러 가자니까."

"그러고 싶었는데, 오늘이 마지막 날이었거든."

"그거 보고 와서 기분이 좋은 거야?"

"아니."

"그럼?"

"오늘따라 이상하게 네 생각이 많이 나서."

뺨을 매만지던 의현의 손길이 멈췄다. 가을은 조금 나른한 얼굴로 그림 속의 의현을 바라봤다.

"아침에 일어나자마자 가장 먼저 생각난 것도 너고, 전시회를 보고 나와서 길을 걷는데도 네 생각이 났어. 그렇게 온종일 널 떠올리는데 나쁜 기억이 하나도 없는 거야. 온통 기분 좋은 기억뿐이었거든. 그게 너무 신기하고 기분이 좋았어."

이미 색이 칠해진 그림 위에 또 다른 색을 채워 넣은 것처럼, 좋지 않았던 기억들은 그 색이 바래지고 그곳에는 함께 채워 넣은 새로운 기억들이 선명한 색으로 자리를 잡고 있었다. 오늘 하루 내내 의현을 떠올려서 아픈 게 아니라 매 순간 행복했다. 가을이 하고 싶은 말은 그것이었을 것이다.

뺨을 매만지던 의현의 손이 좀 더 아래로 향했다. 목덜미를 감싸자 가을의 시선이 자연스럽게 다시 그에게 닿았고 두 사람은 입을 맞췄다. 누가 먼저랄 것도 없이 서로의 입술로 찾아들었다. 가볍게 시작한 입맞춤은 시간이 지날수록 깊어졌고 가을은 의현에게 매달리듯 안겼다. 서로의 혀가 엉키고 타액이 섞여들었다. 질척한 소리가 한동안 방안에 울려 퍼졌다.

"하아."

두 사람의 입술이 떨어지고 달뜬 호흡이 흩어졌다. 이젠 앞에 바른 자세로 앉아 있던 가을의 몸은 뒤로 한껏 기울어져 있었다. 허리와 등을 받치고 있는 의현의 팔이 아니었다면 그대로 넘어졌을 것이다.

"너 그림 그리는 곳에서 이러니까 나쁜 짓 하는 거 같다."

"처음 한 것처럼 얘기하네. 이보다 더한 것도 해놓고선."

의현은 모르는 일이라는 것처럼 어깨를 가볍게 한 차례 으쓱이고는 가을을 품에 안았다. 내려달라고 발버둥 쳐 봐야 소용없다는 것을 그간 몇 번의 경험을 통해 깨달은 가을은 얌전히 그의 품에 안겨 있었다. 서두르지 않는 느릿한 걸음으로 방을 빠져나가려는데 가을이 의현의 어깨너머로 보이는 소파를 응시하며 장난스럽게 물었다.

"너 조만간 여기 책상 가져다 놓을 거지?"

그는 조금 삐뚜름하게 웃었다.

"침대부터 가져다 놓는 게 더 좋을 거 같은데."

그리 말하며 다시금 가볍게 입술을 맞췄다. 두 사람은 작업실을 빠져나가 긴 복도를 지나 침실로 들어섰다. 침대에 가을을 내려두고 블랙 원목의 미니 콘솔 위에 놓인 작은 조명을 켰다. 침대 위로 무릎을 딛고 올라선 그는 이미 셔츠를 벗어버린 상태였다. 구김 하나 없이 단정했던 셔츠는 바닥에 아무렇게나 흐트러져 있었다.

가을의 위로 올라선 의현은 다시금 그녀의 입술을 찾았다. 커다란 손이 뺨을 감쌌고 입안으로 파고든 혀는 더 깊게 그녀의 안으로 파고들었다. 가을의 체온보다 조금 서늘한 느낌이 드는 그의 손이 성큼 옷 안으로 들어섰다. 상의를 벗겨내고 브래지어 안으로 파고든 손이 그녀의 가슴을 움켜쥐었다. 부드럽게 손안에 쥐었다가 유두를 엄지로 굴리듯 매만졌다. 입술 새로 가는 신음이 터져 나왔다.

목덜미에 닿아 있던 그의 입술이 쇄골에 닿았다가 다시 가슴 위로 움직였다. 그사이에 의현의 손은 그보다 더 아래로 내려갔다. 입술과 그의 손길이 닿는 곳마다 견딜 수 없는 감각에 가을의 발가락이 절로 곱아들었다. 서늘하다 느껴졌던 의현의 손은 어느덧 가을의 체온과 비슷해져 있었다. 방 안에는 에어컨이 가동되고 있어 온도가 서늘한 편이었지만, 의현의 손길이 닿는 곳마다 눅진하다는 느낌이 들 정도로 두 사람 모두 뜨겁게 열이 올라 있었다.

"아."

옆구리를 느리게 쓸어내린 손이 평평한 아랫배를 지나쳐 가을의 다리 사이에 닿았다. 의현은 그녀의 은밀한 곳을 손으로 애무하며 배꼽 아래의 연한 피부를 입술로 살짝 깨물고 빨아들였다. 짧은 신음이 입술 새로 흘러나오고 가을의 허벅지에 단단히 힘이 들어갔다. 그는 가을의 허벅지에 촉 소리가 나게 입을 맞추고는 열이 오른 혼탁한 음성으로 그녀에게 속삭이듯 말했다.

"윤가을, 이러면 내가 못 움직이지."

못 움직이기는— 작게 중얼거린 가을의 말에 의현은 한껏 느슨해져 있던 입술 끝을 휘어 올리며 소리 없이 웃었다. 자신을 내려다보는 시선에 애정이 가득해 그녀는 함께 웃어버리고 말았다. 뜨거운 숨결 사이로 웃음이 흩어졌다. 의현은 가을을 달래듯 허벅지 안쪽의 연한 피부를 부드럽게 쓸어내렸고, 입술로 물고 빨며 붉은 흔적을 차례대로 남겼다.

속옷 위로 그녀의 은밀한 곳을 쓸어내리듯 매만지던 의현의 손이 남은 속옷마저 벗겨내고는 둔덕 사이의 골을 파고들었다. 길고 곧은 손가락이 가을의 안을 탐색하듯 움직였다. 내벽 사이를 꼼꼼하게 매만지던 손은 평소보다 금세 몸에서 빠져나갔다. 아직 삽입을 하기에는 제대로 젖지 않았다는 생각에 가을이 시선을 아래로 내린 순간이었다.

"강의현. 그거 하지, 아!"

가을의 말은 끝을 맺지 못하고 신음이 되어 허공에서 사라졌다. 그녀의 양쪽 허벅지를 단단히 붙들고 고개를 숙인 의현의 입술이 아직 완전하게 젖지 않은 둔덕 사이에 닿았다. 입술이 닿았다 싶은 순간, 손가락이 빠져나간 자리에 그의 혀가 들어섰다. 손가락보다 깊게 파고들지 않았음에도 내벽을 문지르고 또 살덩이를 빨아들이는 느낌에 가을은 정신을 차릴 수가 없었다. 입술이 닿고 혀가 움직일 때마다 눅진하게 귓가에 전해지는 소리가 쾌감을 배로 만들었다. 가을이 두 손으로 의현의 머리를 밀어내려 했지만 그는 꼼짝도 하지 않았고 두 다리가 덜덜 떨릴 정도의 쾌감에 가쁜 숨을 몰아쉬는 가을의 눈가에는 어느새 눈물이 맺혔다.

반복된 행위에 아래는 충분히 젖어들었고 한참 뒤에야 그의 입술이 멀어졌다. 고개를 든 의현의 입술 역시 번들거리는 물기를 머금은 채로 젖어 있었다.

힘이 들어갔던 허벅지에 점차 힘이 풀리자 의현은 그녀의 다리를 벌려 그 사이에 좀 더 안정적으로 자리를 잡았다. 술을 먹은 탓인지 평소보다 가을의 몸이 예민해져 있는 것 같았다.

간지러움이 허벅지에서 아랫배까지 뭉근하게 번져 나갔다. 가을은 귓불은 물론 목덜미까지 붉어져 있었다. 손길이 닿을 때마다 저절로 신음이 새어 나왔고, 그가 천천히 안으로 들어서는 것이 느껴졌다.

“윤가을.”

둘만의 신호라도 되는 것처럼 가을은 저를 부르는 의현의 목소리를 듣자마자 손을 뻗어 그의 목덜미를 껴안았다. 의현은 늘 가을의 안으로 완벽하게 들어선 순간에 그녀의 입술에 키스했다. 그리고 잠시 움직이지 않았다. 서로가 하나가 된 걸 느끼기라도 하듯이, 천천히 그녀의 입속을 탐했다. 상냥하고 다정한 키스였다. 입술을 떼어내고 가을의 귓불을 입안에서 한 차례 물고 빨다 다시 고개를 든 그가 천천히 허리를 움직였다.

“으흣, 아!”

두 사람의 몸이 서로에게 더 깊게 밀착되었다가 떨어지기를 반복했다. 벌어진 가을의 두 다리가 속절없이 흔들렸고 신음이 커질수록 의현은 더 깊게 그녀의 안으로 파고들었다. 그의 것을 품은 내벽이 수축과 이완을 반복했다. 의현은 몸을 뒤로 빼냈다가 더 크게 허리를 쳐올렸다. 그의 성기가 뿌리까지 박아댈 것처럼 가을의 안으로 몇 번이고 들어섰다가 빠져나가는 것을 반복했다. 살이 맞부딪치는 소리에 침실 안의 공기가 눅진해졌다.

땀에 젖은 가을의 머리카락을 손으로 넘겨준 그는 다시 그녀의 입술을 삼켰다. 빠르게 안으로 파고든 혀가 입천장을 간지럽히듯 건드리다가 서로에게 얽혀들었다. 타액이 섞이며 질척이는 소리를 냈다. 조금은 사나운 키스에 이어 그의 움직임이 빨라졌다. 가을의 신음도 그에 따라 더욱 커져만 갔다. 의현 역시 목 안으로 깊은 신음을 삼켜냈다.

"읏, 하아! 의현아."

입술을 떼어내고 몸을 살짝 일으킨 의현이 가을의 골반을 잡고 허리를 세게 쳐올렸다. 조금 전보다 더 깊게 삽입된 그의 것이 여실히 느껴졌다. 의현은 손에 힘을 풀지 않은 상태로 계속해서 허리를 움직였다. 침실 안에는 어느덧 열에 들뜬 호흡과 신음만이 울려 퍼졌다.

에어컨 바람이 소용없을 정도로 두 사람의 몸은 땀으로 젖어 있었고, 움직임은 더욱 격해졌다. 견딜 수 없을 만큼 저릿한 감각이 가을의 온몸을 지배했다. 아래를 꽉 채운 그의 성기가 움직일 때마다 호흡하는 것조차 녹록지 않은 느낌이 들었다. 땀에 젖은 살이 서로에게 마찰할 때마다 나는 소리가 귓가에 선명하게 전해졌다.

"가을아."

잔뜩 열기가 묻어난 음성에 가을은 어쩐지 견딜 수 없는 기분이 들었다. 의현이 이 집을 비운 동안 아무렇지도 않은 것처럼 일상을 보냈지만 사실 자신은 그가 없어서 무척 외로웠던 것은 아닐까, 하는 생각이 들었다.

가을이 그의 목을 감싸 안은 팔에 힘을 주었다. 의현은 등 뒤로 손을 밀어 넣고 그녀를 더 세게 제 쪽으로 끌어당겼다. 두 사람의 몸이 더 깊게 맞물리며 가을의 신음이 커진 순간, 의현 역시 잇새로 성난 신음을 냈다. 그의 것이 몸 안 가득 들어차는 것이 느껴졌다.

"하아, 하."

아직 정리되지 않은 호흡을 내뱉는 가을의 이마 위에 짧게 입을 맞춘 의현은 그녀의 안에서 몇 차례 더 허리를 움직였다. 그리고 붉게 물든 그녀의 귓불과 목덜미를 한참이나 더 괴롭혔다. 안정된 호흡을 찾은 가을이 간지럽다며 웃음을 터트리자 의현은 이마와 콧등, 그리고 입술에 차례대로 입을 맞추었다. 약속이라도 한 것처럼 두 사람의 시선이 서로에게 얽혀들었다. 그 시선에 애정이 가득했다.

흐트러진 머리카락을 정리해 준 의현은 그대로 가을의 옆에 누워 손을 잡아주었다. 손가락 사이사이로 얽혀드는 체온이 좋았다. 그는 늘 습관처럼 관계를 끝내고 가을이 곁에 있는 걸 확인하듯, 그리고 제가 곁에 있는 걸 그녀에게 확인시켜 주듯 손을 잡아주었다. 서로 하나가 되어 온몸이 닿아 있는 순간만큼이나 의미 있는 시간이었고 행복한 순간이었다.

의현은 이내 가을을 품에 안아주었고 가을은 그의 품 안에서 세상 누구보다 편안하고 행복한 얼굴로 잠이 들었다. 함께 있어 평온한 밤이었다.

❖

몸이 고단했던 건지 가을은 오늘 또 늦잠을 잤다. 평소 의현만큼이나 부지런한 가을이었지만 이틀 연속으로 어중간한 시간에 일어난 그녀는 졸음이 쏟아지는 얼굴로 주변을 둘러봤다. 이미 샤워까지 마치고 말끔한 모습으로 침실에 나타난 의현은 그런 가을을 보고는 작게 웃음을 터트렸다. 거리를 좁혀온 그가 침대에 걸터앉아 흐트러진 가을의 머리카락을 귀 뒤로 넘겨주었다. 젖은 머리카락에서, 스치듯 닿는 손길에서, 익숙한 향기가 났다. 의현이 돌아왔다는 것이 실감이 나 가을은 희미하게 미소 지었다.

"이틀 더 걸릴 거 같다더니 어떻게 벌써 왔어?"

머리카락을 정리해 주던 손이 멀어졌다. 턱을 괸 채로 가을을 빤히 바라보던 그는 조금 심각한 얼굴을 했다. 뭔가 문제라도 생긴 건가 싶어 가을이 조금 긴장한 채로 답을 기다리고 있자 의현의 입술 끝이 살짝 휘어지며 장난스러운 대답이 들려왔다.

"보고 싶다며."

"뭐야, 그래서 서둘러 왔다고?"

"아니."

"그럼?"

"보고 싶어서."

글자 몇 개 바꾼 대답인데 그 느낌이 참 달랐다. 의현의 말에 기분이 좋아진 가을이 피식 웃고 말았다. 함께 지내기 시작하면서 두 사람은 모두 무겁게 지니고 있던 많은 것들을 내려놓은 것처럼 편해 보일 때가 많았다. 의현은 이런 식으로 가끔 장난스러운 농담도 건네고 솔직하게 제 감정을 전하는 일이 많아졌다. 가장 좋은 것은 서로의 곁에서 그 누구보다 편한 얼굴을 한다는 것이었다.

무릎을 끌어모은 가을이 그 위에 턱을 가져다 댔다. 침실 에어컨은 꺼져 있었지만 거실 에어컨을 켜둔 모양인지 열린 문을 통해 거실에서 서늘한 공기가 들어왔다. 너무 덥지도 않고, 그렇다고 춥지도 않은 적당한 실내 온도에 다시 졸음이 쏟아져 내렸다. 의현의 손이 뺨에서 목덜미로 내려와 다정하게 그녀를 어루만졌다.

"오늘 뭐 할 거야?"

"그냥 쉬고 싶어. 오자마자 괴롭힌 누구 때문에 지금 손가락 하나 까딱할 힘이 없거든. 아, 밥하기도 싫다."

"외식해 그럼."

"그러지 말고 라면 먹을까? 갑자기 먹고 싶은데."

눈을 감은 채 의현의 손길을 느끼고 있던 가을이 슬쩍 시선을 들어 그를 바라봤다. 의현은 별다른 고민 없이 고개를 끄덕였다. 내가 끓일게—라는 예상치 못한 답까지 덧붙여 돌아왔다. 가을은 조금 놀란 얼굴로 고개를 들었다.

"라면 끓일 줄 알아?"

의현은 요리를 잘하는 편이었지만 라면이나 즉석식품 같은 건 잘 먹지 않았다. 먹는 걸 본 건 학생 때의 일로 그마저도 거의 손에 꼽을 정도였다. 끓여 먹는 라면은커녕 컵라면을 먹어보기는 했을까? 그런 생각을 하며 의현을 빤히 바라보는데 그는 조금 황당하다는 기색을 드러냈다.

"그게 뭐가 어렵다고."

"은근 어려워. 물 양도 잘 맞춰야 하고."

7첩 밥상을 차려주겠다는 것도 아니고 고작 라면이었다. 의현은 자신 있다는 얼굴로 자리에서 일어나 방을 빠져나갔다. 그 모습을 지켜보던 가을은 작게 웃음을 터트렸다. 라면 하나 끓이러 가는데 표정이 너무 비장했기 때문이었다.

곧장 욕실로 가서 샤워한 뒤 밖으로 나가자 맛있는 냄새가 부엌에서 풍겨왔다. 마침 다 끓인 라면을 식탁 위에 올려놓는 의현의 모습이 눈에 들어왔다. 가을은 의자에 앉아 냄비 안을 들여다보았다. 물의 양은 잘 맞춘 것 같았다. 의현은 그릇에 가을이 먹을 양을 담아 라면을 건네주었고, 한 젓가락 라면을 입에 넣은 가을은 맛있다며 고개를 끄덕였다.

의현은 생각보다 라면을 잘 먹었다. 라면을 싫어하는 줄 알았다는 가을의 말에 그는 딱히 좋아하지도 않지만 싫어하지도 않는다고 답했다. 식사를 마친 뒤 가을은 뒷정리를 했고 의현은 커피를 내렸다. 식탁에 앉아 커피를 마시며 함께 소소한 대화들을 나누었다. 한가롭고 평화로운 시간이었다. 특별한 대화가 아니더라도 이렇게 의현과 함께 앉아 느긋한 시간을 보내는 것을 가을은 무척 좋아했다.

"얼마 전에 미팅 건으로 외부에 나갔다가 거기서 우연히 아버지랑 만나서 점심을 같이하게 된 일이 있었는데, 식사하는 내내 네 얘기밖에 안 하시더라."

"그랬어? 근데 반대로 나랑 있을 때는 네 얘기 자주 하셔."

작게 웃음을 터트린 가을이 반쯤 비워낸 커피 잔을 입에 가져다 댄 순간이었다.

"아버지께서 우리 둘, 언제까지 이렇게 지낼 거냐고 하시더라."

의현의 말에 가을은 커피 잔을 손에서 내려놓고는 턱을 괸 채로 잠시 창가로 시선을 돌렸다. 두 사람의 결혼 문제에 관해 의현의 아버지가 직접 이야기를 꺼낸 것은 처음이었다. 아니, 가을이 듣지 못했을 뿐 의현에게 몇 차례 이야기했을 수도 있다는 생각이 들었다. 가을은 다시 그와 시선을 마주한 채로 물었다.

"그래서 뭐라고 했어?"

"결혼하고 싶다고 했어. 윤가을이 받아줄지 몰라서 그게 문제라고 했지."

"그래서 아저씨는 뭐라고 하셨는데?"

"그것도 못해낼 거면 사업 때려치우라고 하시던데."

조금 난감한 얼굴로 건넨 답에 가을은 소리 없이 미소를 입가에 머금었다. 협박처럼 결혼을 입에 담았던 그때와는 많이 달랐다. 가을 역시 의현과 미래를 약속하고 남은 삶을 함께 살아가는 것을 늘 꿈꿨다. 가정을 이루고 그를 닮은 아이를 낳고, 이렇게 함께 살아갈 수 있다면 그 누구보다 행복할 것이 분명했다. 커피 잔을 다시 손에 든 가을은 쑥스러운 기색을 감추려 일부러 퉁명스럽게 물었다.

"무슨 프러포즈를 반지도 없이 해?"

의현은 당황한 기색 하나 없이 눈짓으로 가을의 손을 가리키며 물었다.

"네 손에 끼고 있는 그건 뭔데?"

가을은 영문을 모르겠다는 얼굴로 시선을 내렸다. 약지에 반지가 끼워져 있었다. 이전에 의현이 출장을 다녀오면서 선물해 준 반지를 늘 손에 끼고 다녀서 이상한 것을 느끼지 못했는데 지금 보니 어제까지 끼던 반지와 디자인이 달랐다. 대체 언제 바꿔놓은 걸까? 그의 능청스러움에 가을의 얼굴에 또 한 번 미소가 번졌다. 커피 잔을 내려놓고 약지에 끼워진 반지를 매만지던 가을이 고개를 든 순간이었다.

"이렇게 얼렁뚱땅 날치기로 하는 게 어디 있……."

의현이 몸을 일으켜 세웠고 끝맺지 못한 말은 서로의 입안으로 흩어졌다. 식탁 위를 짚은 커다란 손에 힘이 들어갔고, 머리카락 사이로 파고든 나머지 손은 가을을 끌어당겼다. 맞닿은 입술은 부드러웠다. 비슷한 체온이 입술 위로 전해지는 것과 함께 조금 전 마신 커피의 잔향이 입안 가득 맴돌았다. 입술이 떨어졌지만 가을의 뺨으로 옮겨진 의현의 손은 떨어질 줄을 몰랐다. 소중한 것을 대하듯, 조심스럽게 뺨을 어루만지는 손길이 다정했다.

"고작 나흘 떨어져 있었는데, 넉 달은 떨어져 있는 것 같더라."

의현은 제 입으로 말하면서도 우스운 듯 조금 애매한 얼굴로 웃어 보였다. 너무 부풀린 것이 아닌가 싶었지만 그에게는 가을과 떨어져 있던 나흘이 정말 넉 달처럼 느껴졌었다. 매 순간, 늘 함께 있는 것처럼, 가을을 떠올리지 않는 순간이 없었고 그녀가 없는 삶을 이제는 상상할 수 없었다.

"그러다 문득 떠오른 건데, 언제부턴가 나는 내 일상에서 널 떼어내고 혼자 있는 모습을 생각해 본 적이 없는 거 같아. 너무 당연하게, 내 옆에 항상 네가 있는 모습을 그려."

"……."

"지금처럼, 앞으로도, 남은 내 삶 전부에, 네가 함께였으면 좋겠어."

시선이 얽혀들었다. 진심을 전하는 그의 음성은 차분했고 시선은 여전히 다정했다. 의현은 곧 웃음기를 거둬낸 진지한 얼굴로 가을에게 청혼했다.

"결혼하자."

식탁 위를 짚은 의현의 손에는 가을의 손에 끼워진 반지와 같은 반지가 끼워져 있었다. 여전히 힘이 들어간 손은 그곳에서 움직일 줄을 몰랐다. 살짝 굳어진 입매도 의현답지 않게 긴장한 듯 보였다. 가을은 식탁 위를 짚은 의현의 손 위에 제 손을 겹치고 그의 입술에 다시 짧게 입을 맞췄다. 촉— 소리를 내며 떨어진 입술 새로 희미한 웃음이 흩어졌다.

"뭘 그렇게 긴장해? 설령 네가 길가의 토끼풀을 뜯어서 꽃반지를 해줬어도 나는 이제 너랑 함께할 텐데."

그제야 긴장이 풀린 의현은 한쪽 눈을 살짝 찡그린 채로 웃었다. 그는 가을에게 다시금 짧게 입을 맞췄고 다정한 시선으로 그녀를 바라봤다. 그래도 토끼풀은 아니지— 하고 덧붙이는 음성에 웃음기가 섞여들었다.

찬란한 햇빛이 창을 통해 두 사람의 위로 쏟아져 내렸고, 반지가 끼워진 손이 서로에게로 얽혀들었다. 미래를 꿈꾸는 일에 서로가 존재한다는 것이 얼마나 가슴 벅찬 일인지, 가을과 의현은 매 순간 깨달아가고 있었다. 원했던 것은 처음부터 하나였고, 그 단 하나의 행복이 지금 서로의 곁에 있었다. 그것은 지금도, 앞으로도, 변치 않을 것이 분명했다.

네가 있는 삶이, 바로 내 행복이기에.